Das Buch

Harrison Sinclair, der Chef der CIA, ist bei einem Autounfall ums Leben gekommen. Die Nachricht erschüttert die höchsten Ebenen Washingtons. Während Sinclairs Tochter Molly und deren Ehemann Ben Ellison noch um einen großen Mann trauern, der auf der Höhe seines Schaffens von einem unzeitigen Tod ereilt wurde, mehren sich die Anzeichen dafür, daß Sinclairs Tod kein Unfall war. War Sinclair ein Verräter? Oder war er der letzte Ehrenmann der CIA? Auch Ben, der früher selbst Geheimagent war, hat Gerüchte gehört, daß sich bei der CIA dunkle Kräfte eingeschlichen haben, die für den Mord an Sinclair verantwortlich sein könnten. Und ehe Ben es sich versieht, ist er verstrickt in ein Netz gefährlicher Intrigen, die ihn auch selbst fast das Leben kosten. Der einzige, der ihm bei der Suche nach den Mördern von Harrison Sinclair jetzt helfen kann, ist Vladimir Orlov, der ehemalige Chef des KGB. Ihn muß er finden, koste es, was es wolle...

Der Autor

Joseph Finder ist Spezialist für Geschichte und Politik der Sowjetunion. Er schreibt als freier Journalist u. a. für den *New Yorker, The Wall Street Journal, Harper's, The Nation, The Republic*. Mit seinem ersten Roman *Die Moskau Connection* (Heyne-TB 01/9730) landete er auf Anhieb einen Erfolg. Joseph Finder lebt in Boston, Massachusetts.

JOSEPH FINDER

DAS CIA-KOMPLOTT

Roman

Aus dem Amerikanischen
von Beatrice und Wolfgang Bick

Deutsche Erstausgabe

WILHELM HEYNE VERLAG
MÜNCHEN

HEYNE ALLGEMEINE REIHE
Nr. 01/10267

Titel der Originalausgabe
EXTRAORDINARY POWERS

Umwelthinweis:
Das Buch wurde auf
chlor- und säurefreiem Papier gedruckt.

4. Auflage

Redaktion: Redaktionsbüro Dr. Andreas Gößling

Copyright © 1994 by Joseph Finder
Copyright © 1997 der deutschen Ausgabe by
Wilhelm Heyne Verlag GmbH & Co. KG, München
Printed in Germany 1997
Umschlagillustration: 1993 by Stanislaw Fernandes
Umschlaggestaltung: Atelier Ingrid Schütz, München
Gesamtherstellung: Ebner Ulm

ISBN 3-453-12435-9

Für Michele und unsere ungeborene Tochter

Die im folgenden dargestellten Ereignisse und Charaktere sind frei erfunden, auch wenn im Text Unternehmen und Institutionen namentlich genannt werden, die real existieren.

Danksagung

Ich danke für freundliche Unterstützung durch Richard Davies und Samuel Etris vom Gold-Institut; Gerald H. Kiel und Bill Sapone von McAuley, Fisher, Nissen, Goldberg & Kiel; Ed Gates von Wolf, Greenfield & Sacks, Dr. Leonard Atkins und Dr. Jonathan Finder sowie den in Paris lebenden Jean Rosenthal und meinen Freunden bei der Pariser Métro.

Dank schulde ich darüber hinaus nicht nur Peter Dowd und Jay Gemma von der Waffenfabrik Peter G. Dowd Firearms, Elisabeth Sinnott, Paul Joyal, Jack Stein, Pat Cooper, Martha Shenton, sondern auch meinen lieben Freunden Bruce Donald und Joe Teig. Wie erwartet, erwies sich der in Sicherheitsfragen unschlagbare Jack McGeorge als ebenso kompetent wie hilfsbereit.

Ferner möchte ich mich sowohl bei den Ballantine-Verlagsmitarbeitern Peter Gethers, Clare Ferraro und Linda Grey als auch bei dem großartigen Danny Baror von der Henry Morrison Incorporation bedanken. Herzlicher Dank gilt auch meinen Freunden und Informanten aus dem Geheimdienstmilieu, die am eigenen Leib erfahren haben, welche Bedeutung sich hinter dem altchinesischen Fluch ›Mögest du in aufregenden Zeiten leben‹ verbirgt.

Henry Morrison stand mir – wie immer – nicht nur als fürsorglicher Redakteur, sondern auch als Herausgeber und Berater zur Seite. Nicht zuletzt stehe ich ferner in der Schuld meines Bruders Henry Finder, der mir mit vielen unschätzbaren wertvollen Ratschlägen weiterhalf. Besonders hervorheben aber möchte ich in Liebe und Dankbarkeit die Unterstützung durch meine Frau Michele Souda, die meine Arbeit an diesem Buch von Beginn an als Redakteurin, Beraterin und Kritikerin begleitet hat.

In einer heilen Welt wären Geheimwaffen überflüssig. Aber wir leben nun einmal in einer Welt voller unausgesprochener und verborgener Feindseligkeiten. Tagtäglich werden daher Geheimwaffen gegen uns eingesetzt und würden – sofern wir uns nicht gegen sie wappneten und selbst über eigene verfügten – die Grundlage dazu schaffen, uns zu wehrlosen Opfern fremden Machtstrebens zu machen. Dabei bedarf es kaum des Hinweises, daß Geheimwaffen in dem Moment wirkungslos werden, in dem ihre Existenz aufgedeckt wird.
    Sir William Stephenson, *A Man Called Intrepid*

Ehemaliger KGB-Agent sucht Tätigkeit in ähnlichem Wirkungsfeld. Tel.: Paris 1-42 50 66 67
    Annonce in der *International Herald Tribune*,
    Januar 1992

Sonderbefugnisse:

Der Begriff entstammt dem Geheimdienstjargon der verschiedenen Spionageorganisationen des früheren Warschauer Paktes. Er bezeichnet die auch einem absolut vertrauenswürdigen Geheimdienstoffizier nur ausgesprochen selten gewährte Befugnis, in extremen Ausnahmesituationen abweichend von seinen ihm erteilten Befehlen zu handeln, sofern er nur durch dieses eigenmächtige Handeln eine Mission höchster Priorität erfüllen kann.

Hinweis für den Leser

Die Ereignisse, die im letzten September und Oktober die Welt erschütterten, sind uns allen unvergeßlich geblieben. Dennoch sind der Öffentlichkeit nur wenige Details dieser ereignisreichen Wochen bekannt – bis jetzt.

Vor mehreren Monaten, d. h. genau am 8. November, wurde mir per Expreß ein Päckchen in meine Wohnung in Manhattan zugestellt. Es war fast neuneinhalb Pfund schwer und enthielt ein teils maschinen-, teils handschriftlich verfaßtes Manuskript. Nirgends war ein Hinweis auf den Absender zu finden, und zunächst führten auch weitere Nachforschungen zu keinem brauchbaren Ergebnis. Durch Nachfrage bei dem Zustelldienst konnte ich zunächst nur herausbringen, daß die auf dem Paketschein angegebene Adresse falsch und die Sendung in Boulder, Colorado aufgegeben und bar bezahlt worden war.

Schließlich bestätigten jedoch drei Handschriftenspezialisten unabhängig voneinander, was ich unterdessen bereits selbst entdeckt oder zumindest geahnt hatte: Es handelte sich um die Handschrift Benjamin Ellisons – eines ehemaligen Agenten der CIA, der später als Anwalt in eine angesehene Kanzlei in Boston, Massachusetts eingestiegen war. Möglicherweise hatte Ellison Vorkehrungen getroffen, daß mir das Manuskript im Falle seines Todes zugesandt würde.

Man kann zwar nicht behaupten, daß ich ein enger Freund Ben Ellisons war, aber immerhin hatten wir während unseres Studiums in Harvard ein Semester lang das Zimmer geteilt. Ellison war ein mittelgroßer, gutaussehender Bursche mit dichtem braunem Haar und braunen Augen gewesen. Ich erinnere mich auch noch gut an sein stets makellos gepflegtes Äußeres und daran, daß sein ansteckendes, unbekümmertes Lachen ihn mir überaus sympathisch gemacht hatte. Ich hatte in den Folgejahren bei verschiedenen Begegnungen auch seine Frau Molly kennen-

und ebenfalls schätzengelernt. Nachdem Mollys Vater Harrison Sinclair zum Direktor der CIA aufgestiegen war, hatte ich ihn einige Male interviewt. Allerdings hatte ich diese Interviews nicht meiner Bekanntschaft mit Ben oder Molly, sondern der mit Sinclair selbst zu verdanken.

Wie eine gründlich recherchierte Artikelserie in der New York Times kürzlich dokumentierte, dürften kaum Zweifel daran bestehen, daß das plötzliche Verschwinden Bens und Mollys in den Gewässern am Cape Cod in Massachusetts im Herbst 1994 unmittelbar mit den eine Woche zuvor geschehenen, weltpolitisch brisanten Ereignissen zusammenhängt. Tatsächlich wurde mir später von einer ganzen Reihe verläßlicher Informanten bei abgeschaltetem Tonband bestätigt, was die New York Times zuvor nur gemutmaßt hatte: daß Ben und Molly – wahrscheinlich sogar von Agenten aus dem Umfeld der CIA – wegen ihres Wissens ermordet worden waren. Allerdings wird die ganze Wahrheit nicht ans Tageslicht gelangen, solange die Leichen der beiden Verschollenen nicht gefunden worden sind.

Aber warum gerade ich? Warum sollte Ben Ellison auf die Idee gekommen sein, ausgerechnet mir sein Manuskript zu schicken? Vielleicht, weil ich den Ruf habe (oder zumindest zu haben glaube), ein halbwegs objektiver und versierter Journalist zu sein, was Außenpolitik und die Tätigkeit von Nachrichtendiensten anbelangt. Vielleicht hatte ihn der Erfolg meines letzten – aus einem Artikel für den ›New Yorker‹ hervorgegangenen – Buches ›Das Vermächtnis der CIA‹ beeindruckt.

Wahrscheinlich ließ er mir die Unterlagen nur deshalb zukommen, weil er gewußt hatte, daß er mir vertrauen konnte und ich sie nicht der CIA oder einer anderen Regierungsbehörde übergeben würde. (Allerdings bezweifle ich, daß Ben sich jemals eine Vorstellung davon gemacht hatte, wie viele Morddrohungen ich aufgrund seiner Hinterlassenschaft in den vergangenen Monaten per Telefon und per Post erhielt, wie vielen offenen und versteckten Einschüchterungsversuchen seitens der von mir befragten Geheimdienstbeamten ich ausgesetzt war und welche massiven juristischen Schritte die CIA unternahm, um die Veröffentlichung dieses Buches zu verhindern.)

Offen gestanden, war mir Bens schockierender Bericht zunächst so bizarr erschienen, daß ich an seiner Glaubwürdigkeit zweifelte. Nachdem ich mich jedoch mit meinem Verleger beraten und dieser mich ermutigt hatte, den Wahrheitsgehalt des Manuskripts zu überprüfen, begann ich in zahlreichen europäischen Metropolen zu recherchieren und führte umfangreiche Interviews mit vielen Personen, die Ben aus dessen Dienstzeit bei verschiedenen offiziellen und inoffiziellen nachrichtendienstlichen Organisationen kannten.

Auf der Grundlage meiner Nachforschungen bin ich zu der Auffassung gelangt, daß Bens Darstellung jener erschütternden Ereignisse – so unglaublich der Bericht auch erscheinen mag – absolut zutreffend ist. Ich habe mir daher lediglich die Freiheit genommen, das mir zugesandte Manuskript, das offensichtlich in großer Hast niedergeschrieben worden war, für die Veröffentlichung zu überarbeiten. Außerdem habe ich Bens Darstellung in einigen Fällen zusätzlich durch Berichte aus diversen Zeitungen untermauert.

Auch wenn das nachfolgende Dokument zweifellos einzelne Fragen offenläßt, handelt es sich doch um die erste und einzige zusammenhängende Darstellung, die Licht in jene düsteren Ereignisse der Weltgeschichte bringt – und ich bin froh und stolz, meinen Teil zu deren Erhellung beigetragen zu haben.

James Jay Morris

The New York Times

CIA-Chef bei Autounfall getötet

Harrison Sinclair (67) wollte dem Geheimdienst nach dem Ende des kalten Krieges zu einer Neuorientierung verhelfen

---

Nachfolger steht noch nicht fest

Von Sheldon Ross
exklusiv für die New York Times

Washington, 2. Mai – Harrison Sinclair, Leiter der Central Intelligence Agency, kam gestern bei einem Autounfall ums Leben, als der von ihm selbst gesteuerte Wagen 26 Meilen entfernt vom CIA-Hauptquartier in Langley, Virginia, in eine Schlucht stürzte. CIA-Sprecher ließen verlauten, daß Sinclair auf der Stelle tot gewesen sei und es keine weiteren Unfallbeteiligten gegeben habe.

Harrison Sinclair, der erst seit weniger als einem Jahr Chef des Geheimdienstes war, den er nach dem Ende des Zweiten Weltkrieges mitgegründet hatte, hinterläßt eine Tochter – Martha Hale Sinclair . . .

Prolog

Die Geschichte beginnt bezeichnenderweise mit einer Beerdigung.

Während der Sarg mit den sterblichen Überresten eines alten Mannes in die Erde gesenkt wird, stehen die Trauernden um das Grab versammelt und zeigen jene Ergriffenheit, die die Teilnehmer an einer Beerdigung in einem solchen Moment zu erfassen pflegt. An dieser Trauergemeinde fällt jedoch auf, daß die Anwesenden überaus elegant gekleidet sind und unübersehbar eine gewisse Aura von Macht und Reichtum ausstrahlen. Es ist schon ein seltsamer Anblick, wie sich an diesem kalten und regnerischen Märztag eine ansehnliche Schar von einflußreichen US-Senatoren, Bundesrichtern und Angehörigen der verschiedenen Washingtoner Regierungsbehörden auf dem kleinen ländlichen Friedhof im Columbia County nördlich von New York eingefunden hat. Während jeder von ihnen mit feierlicher Miene eine Schaufel feuchter Erde auf den Sarg hinabwirft, sind im Hintergrund eine Zahl dunkler Karossen der Marken BMW, Mercedes, Jaguar und anderer exklusiver Autohersteller zu sehen: Statussymbole der Reichen und Mächtigen dieser Welt. Da der Friedhof irgendwo mitten im Niemandsland liegt, mußten die meisten der Trauernden eine lange Anfahrt auf sich nehmen, um dem Toten seine letzte Ehre zu erweisen.

Daß auch ich an der Beerdigung teilnahm, verdankte ich allerdings keineswegs meiner beruflichen Stellung. Ich arbeitete zu jener Zeit nur als einfacher Anwalt für die Bostoner Kanzlei Putnam & Stearns. Bei dieser Firma handelte es sich zwar gewiß um eine sehr gute Adresse, und ich erhielt auch ein durchaus großzügig bemessenes Gehalt, aber unter all diesen herausragenden Persönlichkeiten fühlte ich mich dennoch ausgesprochen unwohl. Doch ich war nun einmal der Schwiegersohn des Verblichenen.

Meine Frau Molly – genauer gesagt Martha Hale Sinclair

– war die Tochter und das einzige Kind Harrison Sinclairs, des Meisterspions, der schon zu Lebzeiten zu einer Legende geworden war. Hal Sinclair war einer der Gründerväter der CIA gewesen, hatte sich dann durch seine Verdienste während des kalten Krieges einen Namen gemacht und war schließlich zum leitenden Direktor der CIA ernannt worden, da man es ihm am ehesten zutraute, den Geheimdienst nach dem Zerfall des Ostblocks erfolgreich aus seiner Sinnkrise herauszuführen.

Wie sein Freund und Amtsvorgänger William Casey hatte Hal Sinclair als amtierender Direktor der CIA den Tod gefunden, was selbstverständlich eine Menge Spekulationen darüber auslöste, welche Geheimnisse der alte Meisterspion wohl mit ins Grab genommen hatte. Und wie sich herausstellen sollte, hatte Hal Sinclair tatsächlich ein geradezu unglaubliches Geheimnis in seinem Herzen verborgen behalten, als er von uns ging. Aber davon ahnten an diesem kalten und wolkenverhangenen Märztag weder Molly und ich noch irgend jemand von den vielen VIPs etwas.

Wir alle wußten lediglich, daß mein Schwiegervater unter höchst mysteriösen Umständen umgekommen war. Vor einer Woche war er nachts auf der Fahrt zu einer dringenden Besprechung im CIA-Hauptquartier in Langley, Virginia von einem unbekannten Fahrzeug von der Straße gedrängt worden und hatte in den Flammen seines explodierenden Wagens den Tod gefunden.

Nur einen Tag vor seinem ›Unfall‹ hatte man Sheila McAdams, seine engste Mitarbeiterin, in einer Straße in Georgetown ermordet aufgefunden. Die Washingtoner Polizei ging davon aus, daß sie das Opfer eines Raubmordes geworden war, da ihre Brieftasche und ihr Schmuck entwendet worden waren. Aber um die Wahrheit zu sagen, waren Molly und ich von vornherein davon überzeugt, daß ihr Vater und seine Mitarbeiterin ermordet worden waren. Und wir waren nicht die einzigen, die einen derartigen Verdacht hegten: Auch die Washington Post, die New York Times und die meisten Fernsehsender äußerten Zweifel daran, daß es sich tatsächlich um einen Raubmord und einen Verkehrsunfall handelte. Aber wer sollte ein Motiv dafür haben, die beiden aus dem Weg zu räumen? Zur Zeit des kalten Krieges wäre man schnell bei der Hand gewesen, den KGB oder irgendeine andere Geheimorganisation aus dem ›Reich des Bösen‹ für den Tod von Hal Sinclair und Sheila McAdams verantwortlich zu machen, aber die Sowjetunion existierte schon lange nicht mehr. Sicher, der amerikanische Geheimdienst mußte sich noch immer mit genügend Feinden in aller Welt herumschlagen, aber wer sollte daran interessiert sein, ausgerechnet auf den Chef der CIA ein Attentat zu verüben – falls es sich tatsächlich um ein Attentat handelte? Auch Mollys Vermutung, daß ihr Vater ein Verhältnis mit Sheila McAdams gehabt hatte, bot keine hinreichende Erklärung, da das Ganze keineswegs so skandalös war, wie es auf den ersten Blick vielleicht schien. Schließlich war Mollys Mutter bereits vor sechs Jahren gestorben.

Obwohl Hal Sinclair stets ein sehr zurückhaltender, ja sogar eher verschlossener und rätselhafter Mensch gewesen war, hatte ich vom ersten Augenblick an, in dem Molly mich mit ihm bekannt gemacht hatte, Sympathie für ihn empfunden. Seine Tochter und ich waren damals an der Universität Kommilitonen gewesen. Es bestand von Anfang an kein Zweifel daran, daß wir einiges füreinander übrig hatten, doch jeder von uns war zu der Zeit mit einem anderen Partner liiert: Ich selbst war damals mit Laura befreundet, die ich unmittelbar nach meinem Examen heiratete, und Molly hatte sich zu der Zeit in irgendeinen Dummkopf verguckt, dem sie jedoch bereits etwa ein Jahr später den Laufpaß gab. Doch dessenungeachtet hielt Hal Sinclair den Kontakt zu mir stets aufrecht und rekrutierte mich sofort nach meinem Abschluß in Harvard für die CIA, da er allem Anschein nach von meinem Talent für nachrichtendienstliche Operationen überzeugt war – was sich später allerdings als ein folgenschwerer Irrtum erweisen sollte.

Wie sich bald zeigte, offenbarte die Spionagetätigkeit eine abgründige und dunkle Seite meines Wesens, die mich zunächst zu einem ebenso erfolgreichen wie auch skrupellosen Agenten machte und insofern nicht nur von meinen Gegnern gefürchtet wurde, sondern auch von mir selbst.

Nachdem ich jedoch zwei Jahre lang auf überaus effektive Weise für die CIA gearbeitet hatte, kam es zu einer schrecklichen persönlichen Tragödie in Paris. Daraufhin quittierte ich den aktiven Dienst und kehrte nach Harvard zurück, um dort meine wissenschaftliche Ausbildung an der juristischen Fakultät zu ergänzen und fortan als Anwalt zu arbeiten, ein Entschluß, den ich seither nicht einen einzigen Augenblick lang bereut habe.

Erst von dem Zeitpunkt an, wo ich nach den furchtbaren Ereignissen in Paris, über die ich auch heute nach all der Zeit noch kaum sprechen kann, als Witwer nach Langley zurückgekehrt war, sahen Molly und ich uns wieder regelmäßig. Ausgerechnet sie – die Tochter des Mannes, der kurz vor seiner Ernennung zum zukünftigen Leiter der CIA stand – hatte Verständnis für meine Entscheidung, unter meine Agententätigkeit einen Schlußstrich zu ziehen. Molly konnte meine Gefühle nur allzu gut nachvollziehen, da sie schon im frühen Alter am eigenen Leibe hatte erfahren müssen, welche Einschränkungen und Spannungen die Arbeit ihres Vaters für ihre Familie bedeutet hatte.

Doch auch als wir später heirateten und Hal Sinclair mein Schwiegervater wurde, bekam ich ihn nur selten zu Gesicht, so daß er mir mehr oder weniger fremd blieb. Wir sahen uns eigentlich ausschließlich bei den üblichen Familientreffen, bei denen er mir mit einer gewissen distanzierten, aber gleichzeitig wohlwollenden Warmherzigkeit begegnete. Ansonsten aber handelte es sich bei ihm um einen typischen ›Workaholic‹, der in allererster Linie mit seiner Arbeit verheiratet war.

Aber wie ich schon sagte, die Geschichte beginnt eigentlich erst mit Hal Sinclairs Beerdigung. Denn dort war es, daß – nachdem sich die meisten Trauergäste unter ihren schwarzen Regenschirmen voneinander verabschiedet und eilig auf den Weg zu ihren Wagen begeben hatten – ein hochaufgeschossener, schlanker Mann Anfang Sechzig mit vom Wind zerzaustem silbergrauem Haar auf mich zutrat und sich mir vorstellte.

Sein Anzug wirkte leicht mitgenommen und zerknautscht, und auch seine Krawatte saß schief. Aber trotz dieser äußeren Erscheinungsmerkmale war sehr wohl zu erkennen, daß sein Zweireiher und das gestreifte Hemd maßgeschneidert waren und vermutlich in der eleganten Savile Row gefertigt worden waren. Obwohl ich dem Mann nie zuvor persönlich begegnet war, erkannte ich ihn sofort. Es handelte sich um Alexander Truslow, einen altgedienten CIA-Mann von untadeligem Ruf. Wie Hal Sinclair gehörte auch er zu den Männern der ersten Stunde, die den Geheimdienst gewissermaßen aus der Taufe gehoben hatten und für eine durch und durch aufrechte moralische Gesinnung einstanden. Truslow war zur Zeit des Watergate-Skandals 1973–74 einige Wochen lang leitender Direktor der CIA gewesen. Präsident Nixon mochte jedoch an ihm keinen rechten Gefallen finden, vor allem da Truslow – so pfiffen es die Spatzen von den Dächern – nicht bereit war, sich auf gewisse Spielchen mit dem Weißen Haus einzulassen und die CIA in Nixons kriminelle Machenschaften zu verstricken. Deshalb war er auch schon kurze Zeit nach seiner Ernennung durch einen weit gefügigeren Amtsnachfolger ersetzt worden.

Mit seiner formvollendeten Art, seiner ruhig-gefaßten, beinahe sanften Sprechweise und seinem, wenn auch ein wenig lässigen, eleganten Erscheinungsbild war Alex Truslow ein typischer Repräsentant der sogenannten WASP-Yankees: der weißen, vom Protestantismus geprägten Angelsachsen, deren Vorväter zu den ersten Einwanderern gehörten, die Neuengland besiedelt hatten und dort zu Wohlstand und Ansehen gelangt waren. Nachdem er von Nixon aus dem Amt gedrängt worden war, hatte Truslow sich aus dem aktiven Geheimdienstgeschäft zurückgezogen – und zwar ohne auch nur ein einziges Wort der Klage. Jeder andere hätte vermutlich sofort eine Pressekonferenz einberufen und alle Welt über das ihm widerfahrene Unrecht informiert. Nicht jedoch ein Gentleman wie Alex Truslow, denn ein solches Verhalten wäre seiner höchst unwürdig gewesen. Statt dessen hatte er wenig später in Boston ein internationales Consulting-Unternehmen gegründet, das in Insider-Kreisen nur als ›die Firma‹ bezeichnet wurde. Die Haupttätigkeit dieser ›Firma‹ bestand darin, weltweit Unternehmen bei ihren verschiedenartigsten geschäftlichen Vorhaben zu beraten. Dabei war es keineswegs nur ein Zufall, daß ein Großteil dieser Geschäfte in enger Zusammenarbeit mit der CIA erfolgte, da Truslow aufgrund der herausragenden Rolle, die er lange Jahre beim Geheimdienst gespielt hatte, natürlich nach wie vor über erstklassige Kontakte verfügte.

Ja, es bestand keinerlei Zweifel daran, daß Alex Truslow in Geheimdienstkreisen noch immer als einer der am meisten respektierten und bedeutendsten Männer galt. Und jetzt, nach Hal Sinclairs Tod, war es ein offenes Geheimnis, daß er einer der aussichtsreichsten Kandidaten für dessen Nachfolge war. Allein schon aufgrund seines untadeligen Rufes und seiner mehrfach bewiesenen moralischen Integrität war er nicht nur in den Augen jüngerer Nachrichtendienstler geradezu prädestiniert, die von Krisen geschüttelte CIA grundlegend zu reformieren. Einige seiner Gegner und Konkurrenten monierten allerdings, daß er zwischenzeitlich ins privatwirtschaftliche Lager abgewandert war. Andere befürchteten hinsichtlich ihrer eigenen Zukunft zu Recht, daß ein neuer Besen bekanntermaßen gut fege und alten Seilschaften und Verfilzungen möglicherweise ein rasches Ende bereiten könne. Aber ungeachtet all solcher Anfechtungen war ich mir ziemlich sicher, in diesem Moment dem zukünftigen Direktor der CIA die Hand zu schütteln.

»Ich möchte Ihnen mein zutiefst empfundenes Beileid aussprechen«, sagte er mit Tränen in den Augen zu Molly. »Ihr Vater war ein großartiger Mensch, den wir alle schmerzlich vermissen werden.«

Molly nickte und nahm seine Kondolenzerklärung nur wortlos entgegen. Ob sie Truslow schon früher einmal persönlich begegnet war? Ihr Verhalten gab mir hierüber jedoch keinerlei Aufschluß.

»Sie müssen Ben Ellison sein«, wandte sich Truslow mir zu.

»Es ist mir eine Ehre, Sie persönlich kennenzulernen, Mr. Truslow«, erwiderte ich höflich.

»Sagen Sie einfach Alex zu mir, Ben. Es wundert mich, daß wir uns in Boston bisher noch nie begegnet sind. Es ist Ihnen doch sicher nicht unbekannt, daß Bill Stearns und ich gute alte Freunde sind?«

William Caslin Stearns III. ist als Seniorpartner der Kanzlei Putnam & Stearns mein direkter Boß und darüber hinaus selbst ein alter CIA-Mann. Das waren die Kreise, in denen ich mich damals bewegte.

»Er hat Sie des öfteren erwähnt«, gestand ich.

Wir machten uns gemeinsam auf den Weg zum Parkplatz und wechselten dabei ein paar belanglose Worte, bis Truslow schließlich mit seinem eigentlichen Anliegen herausrückte. »Übrigens, Ben, hat Bill Stearns Sie davon in Kenntnis gesetzt, daß ich Sie mir als juristischen Beistand für meine Firma wünsche?«

Ich lächelte geschmeichelt. »Ich fühle mich überaus geehrt. Aber seit meinem Ausscheiden aus der CIA habe ich nichts mehr mit nachrichtendienstlicher Arbeit zu tun gehabt. Deshalb glaube ich kaum, daß ich für Sie von Nutzen sein könnte.«

»Oh, Ihre berufliche Vergangenheit hat absolut nichts mit meinem Wunsch zu tun«, versicherte Truslow sogleich beschwichtigend. »Es geht nur um ein paar geschäftliche Dinge. Mir ist zu Ohren gekommen, daß Sie in patentrechtlichen Fragen zu den besten Anwälten in Boston gehören.«

»Da hat man Sie gewiß falsch informiert«, widersprach ich lachend. »Es gibt eine ganze Reihe von Bostoner Anwälten, die erheblich versierter sind und einen weitaus besseren Ruf genießen als ich.«

»Sie sind einfach zu bescheiden, Ben«, stellte Truslow trocken fest. »Wir sollten uns einmal zum Lunch verabreden und in Ruhe über alles reden.« Er setzte ein schiefes Grinsen auf. »Was meinen Sie dazu, Ben?«

»Es tut mir wirklich leid, Alex. Ich weiß Ihr Angebot ehrlich zu schätzen und fühle mich wirklich sehr geschmeichelt, aber ich glaube trotzdem, Sie suchen sich besser jemand anderen als mich.«

Truslow blickte mich mit seinen traurigen bernsteinbraunen Augen, die mich an einen Basset-Hund erinnerten, durchdringend an. Dann zuckte er die Achseln und reichte mir zum Abschied erneut die Hand.

»Wirklich sehr schade, Ben«, sagte er mit einem verloren wirkenden Lächeln und verschwand ohne ein weiteres Wort im Fond seiner Lincoln-Limousine.

Rückblickend erscheint es selbst mir sehr naiv, in diesem Moment allen Ernstes geglaubt zu haben, daß die Sache damit erledigt gewesen sei. Aber ich konnte mir damals einfach nicht vorstellen, warum ein Mann wie Alex Truslow unbedingt Wert auf meine Mitarbeit legen sollte. Als mir die Zusammenhänge später schließlich klar wurden, war es bereits zu spät, und die Dinge hatten längst ihren unaufhaltsamen Lauf genommen.

Teil I

Die Firma

1

Die Büros der Rechtsanwaltskanzlei Putnam & Stearns befinden sich in einer der engen, von den Granitfronten der Bankgebäude gesäumten Straßen des Bostoner Finanzbezirks. Die Gegend erinnert an die New Yorker Wallstreet, nur gibt es hier weit weniger Bars. Unsere Büros nehmen zwei Stockwerke eines ansehnlichen alten Gebäudes in der Federal Street ein. Im Erdgeschoß befindet sich ein weithin bekanntes und geschätztes Bankinstitut, dessen Ansehen offenkundig keineswegs unter der Tatsache leidet, daß hier vor allem Mafiagelder gewaschen werden.

Ich sollte an dieser Stelle nicht unerwähnt lassen, daß Putnam & Stearns eine Art Tochtergesellschaft der CIA ist. Die Kanzlei erledigt für den Geheimdienst eine Vielzahl jener Geschäfte, die dieser selbst nicht betreiben darf, da es der CIA gesetzlich nicht gestattet ist, zu Hause in den Vereinigten Staaten irgendwelchen faulen Zauber zu veranstalten (was die Burschen im Ausland treiben, ist hingegen einzig und allein ihre Sache). So haben wir zum Beispiel ziemlich oft mit juristischen Fragen der, nennen wir es einmal, ›Einbürgerung‹ bestimmter Personen zu tun (meist Überläufer gegnerischer Geheimdienste, die irgendwo in Amerika untertauchen sollen). Ebenso häufig werden wir mit dem Kauf von Grund und Boden beauftragt (damit niemand auf die Idee kommt, eine Verbindung zwischen dem Eigentümer eines Grundstücks, eines Hauses oder eines Büros und der CIA-Zentrale in Langley herzustellen). Eine weitere – und in erster Linie Bill Stearns vorbehaltene – Tätigkeit ist das Verwalten und Transferieren von enormen Geldsummen, die sich auf Nummernkonten von Banken in der Schweiz, Luxemburg oder den Caymaninseln befinden.

Putnam & Stearns beschränken sich jedoch bei weitem nicht darauf, Handlangerdienste für die CIA zu erledigen. Es ist durchaus üblich, daß ein derartiges Tochterunternehmen ein Dutzend Teilhaber hat und mehr als dreißig Anwälte beschäftigt, die auf alle denkbaren Rechtsfragen spezialisiert sind: mag es um handelsrechtliche Streitigkeiten, um Immobilien- oder Scheidungsfragen gehen, um Grund- und Bodenerwerb, Steuerrecht oder Fragen des geistigen Eigentums.

Letzteres ist mein Fachgebiet, das heißt, ich beschäftige mich vor allem mit Patenten und Fragen des Urheberschutzes, oder anders gesagt: Wer hat was erfunden, oder wer klaute wem wessen Erfindung? Sie werden sich bestimmt an den berühmten Sportartikelhersteller erinnern, der vor ein paar Jahren ein Schuhmodell mit brandneuen technischen Mätzchen auf den Markt brachte. Man konnte den Schuh – wozu auch immer – mit Luft aufpumpen, wofür der Käufer lediglich schlappe 150 Dollar berappen sollte. Kurz und gut: Dieser Schuh war mein Werk – im juristischen Sinne, meine ich. Denn ich formulierte ein absolut wasserdichtes und unangreifbares Patent für den Schuh; jedenfalls so wasserdicht und unangreifbar, wie ein Patent nach menschlichem Ermessen eben sein kann.

Ich war also einer von den zwei Patentanwälten bei Putnam & Stearns und bildete zusammen mit meinem Kollegen nach außen hin bereits eine ›Abteilung‹, zu der außer uns einige offiziell und einige – um es vorsichtig zu sagen – halboffiziell eingestellte Sekretärinnen gehörten. Wir waren nur ein Rädchen im Getriebe jener Maschinerie, die es Putnam & Stearns erlaubte, als eine renommierte Kanzlei aufzutreten, die ihren Klienten in allen denkbaren Formen von Rechtsstreitigkeiten beistand. Eine geballte juristische Kompetenz war hier unter einem Dach versammelt – wie bei einem großen Einkaufszentrum, das dem Kunden alles Gewünschte unter einem Dach anbietet und ihm erspart, sich in verschiedene Geschäfte bemühen zu müssen.

Ich galt durchaus als ein erfolgreicher Anwalt, aber nicht etwa, weil ich in meiner Tätigkeit begeistert aufgegangen wäre und mich ganz auf sie konzentriert hätte. Schließlich ist an dem Sprichwort schon etwas dran, daß Anwälte die einzigen Personen sind, bei denen die fortwährende Mißachtung des Gesetzes straffrei bleibt.

Nein, für meinen Erfolg nicht unerheblich war eine neurologische Gabe der Natur, die, statistisch gesehen, nur jedem tausendsten Menschen zuteil wird. Ich habe nämlich ein eidetisches (oder wie der Volksmund sagt: fotografisches) Gedächtnis. Diese Gabe macht mich zwar nicht intelligenter als irgendeinen anderen Menschen, aber sie hat mir doch das Leben in der Schule und an der Universität entschieden erleichtert, sofern es zum Beispiel darum ging, sich Gesetze oder Präzedenzfälle einzuprägen. Allerdings mache ich den meisten Mitmenschen gegenüber nicht viel Aufhebens von meiner Fähigkeit, eine einmal gelesene Textseite später vor meinem geistigen Auge erneut wie ein Foto entstehen lassen zu können. So eine Art Fähigkeit ist nicht dazu angetan, einem viele Freunde zu machen. Und doch ist diese Gabe seit jeher so untrennbar mit meinem Wesen verknüpft, daß es meiner ständigen Aufmerksamkeit bedarf, sie vor andern zu verbergen.

Zur Ehre der Firmengründer sei gesagt, daß Bill Stearns und James Putnam während der ersten Jahre ihrer Tätigkeit beinahe sämtliche Honorare in die Einrichtung und Möblierung der Kanzlei investierten. Deshalb strahlen die Büros mit ihren persischen Teppichen und zerbrechlichen Antiquitäten aus der Epoche Georgs IV. jene Atmosphäre eindrucksvoller, aber diskreter und stiller Eleganz aus, in die sich auch die Empfangsdame nahtlos einfügt, die selbstverständlich aus England stammt und an einem antiken, auf Hochglanz polierten Tisch thront. Ich habe mit eigenen Augen miterlebt, daß Klienten, bei denen es sich um regelrechte Immobilienmogule handelte, die ihren ganzen Hofstaat mitbrachten und ihren Schranzen unaufhörlich Befehle zubellten, plötzlich verblüfft innehielten und schüchtern wie Schuljungen wirkten, wenn sie unseren Empfangsbereich betreten hatten.

Hal Sinclairs Beerdigung lag jetzt etwas mehr als einen Monat zurück, und ich war gerade auf dem Weg zu einer in meinem Büro anberaumten Besprechung. Dabei lief ich Ken McElvoy in die Arme. Er war einer der Juniorpartner in der Kanzlei und hatte seit mittlerweile mehr als sechs Monaten eine unsäglich stumpfsinnige Aktiengeschichte am Hals. Er trug einen enormen Aktenstapel auf den Armen und machte einen so elenden Eindruck, als wäre er eine der armen Kreaturen in Charles Dickens' ›Bleakhaus‹. Ich schenkte ihm ein aufmunterndes Lächeln und steuerte auf meine Bürotür zu.

Meine Sekretärin Darlene winkte mir kurz zu und informierte mich: »Es sind alle da!«

Darlene ist das schillerndste Mitglied des gesamten Mitarbeiterstabes, wozu allerdings, ehrlich gesagt, nicht viel gehört. Normalerweise ist sie von Kopf bis Fuß in Schwarz gekleidet. Passend dazu färbt sie ihre Haare ebenfalls kohlrabenschwarz und verwendet als Lidschatten ein tiefes Mitternachtsblau. Ihre beruflichen Fähigkeiten sind jedoch unbestritten, denn sie arbeitet geradezu unglaublich schnell und zuverlässig, weshalb ich auch nichts auf sie kommen lasse.

Ich hatte diese Unterredung angeregt, um endlich einen Rechtsstreit beizulegen, der sich als Briefverkehr seit beinahe einem halben Jahr hinzog. Bei der Geschichte ging es um ein Sportgerät, das den Produktnamen ›Alpin Ski‹ trug. Es handelte sich dabei um einen eindrucksvoll gestalteten Heimtrainer, der eine Skiabfahrt simulierte und dem Benutzer nicht nur zur Bewegung, sondern auch zu einem gezielten Muskelaufbau verhalf.

Herb Schell, der ehemals als Fitneßtrainer in Hollywood tätige Konstrukteur des ›Alpin Ski‹, war mein Klient. Er hatte sich mit seiner Erfindung zunächst ein ganz hübsches Sümmchen verdient. Doch vor etwa einem Jahr waren plötzlich billig produzierte Werbespots im Abendfernsehen gesendet worden, in denen ein Produkt namens ›Skandinavischer Ski‹ angepriesen wurde, wobei es sich unübersehbar um eine Kopie von Schells Gerät handelte. Während der Original-›Alpin-Ski‹ mehr als 600 Dollar kostete, wurde die Nachahmung für gerade mal 129,99 Dollar verramscht. Der finanzielle Schaden für Schell war natürlich enorm.

Wie mir Darlene angekündigt hatte, saß nicht nur mein Mandant in meinem Büro, sondern auch Arthur Sommer, der Verkaufsdirektor von ›E-Z Fit‹ (der Sportartikelfirma, die die Billignachahmung vertrieb), und dessen berühmtberüchtigter Anwalt Stephen Lyons. Ich war Lyons zwar noch nie persönlich begegnet, hatte aber bereits viel von seinen spektakulären Erfolgen gehört.

Als ich zunächst einmal Herb Schell und Arthur Sommer begrüßte, empfand ich es als Ironie des Schicksals, daß gerade diese beiden, die ihr Geld in der Fitneßbranche verdienten, übergewichtig waren und körperlich einen absolut untrainierten Eindruck machten. Herb hatte mir erst vor wenigen Tagen bei einem gemeinsamen Mittagessen gestanden, daß er selbst schon seit längerem nicht mehr als Trainer aktiv sei und mittlerweile den Kampf gegen die Fettpolster den Schönheitschirurgen überlasse.

»Meine Herren«, sagte ich, noch während wir uns die Hände schüttelten, »lassen Sie uns diese unangenehme Geschichte in gegenseitigem Einvernehmen aus der Welt räumen.«

»Amen«, kommentierte Steve Lyons, der von seinen Feinden – und er hat viele Feinde – nur ›Lügen-Lyons‹ genannt wird.

»Also schön«, seufzte ich. »Ihr Mandant hat auf eklatante Weise gegen das Urheberrecht meines Mandanten verstoßen, indem er dessen Erfindung bis ins Detail nachahmte. Das alles haben wir Dutzende von Malen durchgekaut, und Sie wissen genausogut wie wir, daß Ihr Produkt nichts weiter als eine gottverdammte Billigkopie ist. Falls Sie heute einer einvernehmlichen Regelung nicht zustimmen, werden wir vor Gericht gehen und eine einstweilige Verfügung erwirken. Ich weise Sie ferner darauf hin, daß wir auf Schadensersatz klagen werden, und zwar in einer Höhe, die angesichts der vorsätzlichen Mißachtung des Urheberrechtes entsprechend drastisch ausfallen wird.«

Es liegt in der Natur der Sache, daß patentrechtliche Streitigkeiten meist auf ebenso höfliche wie langweilige Weise geschlichtet werden. So war ich dankbar dafür, eine der wenigen sich mir bietenden Chancen zu einer direkten Konfrontation nutzen zu dürfen. Arthur Sommer war in der Zwischenzeit – vermutlich vor unterdrückter Wut – rot angelaufen, sagte aber nichts. Seine dünnen Lippen verzogen sich vielmehr zu einem gezwungenen Lächeln. Sein Anwalt hatte sich unterdessen in demonstrativ entspannter Pose zurückgelehnt: Wenn es so etwas wie Körpersprache gibt, dann konnte man sie hier und jetzt studieren.

»Sehen Sie, Ben«, begann Lyons mit sanfter Stimme. »Obwohl Sie, bei Licht betrachtet, absolut nichts in der Hand haben, ist mein Mandant bereit, Ihnen großzügigerweise eine Vergleichssumme von fünfhunderttausend Dollar als Zeichen seines Entgegenkommens anzubieten. Ich habe ihm zwar davon abgeraten, aber allein der Zeitaufwand für diese Schmierenkomödie kostet ihn und uns alle ...«

»Fünfhunderttausend? Über das Zwanzigfache könnten wir eventuell verhandeln«, unterbrach ich ihn.

»Jetzt hören Sie mal, Ben«, belehrte mich Steve Lyons. »Das Patent Ihres Mandanten ist nicht einmal das Papier wert, auf das es gedruckt ist.« Er klatschte in die Hände. »Denn in diesem Fall haben wir es mit einem Verkauf des Produktes vor dessen Patentanmeldung zu tun.«

»Was zum Teufel wollen Sie damit sagen?«

»Ich verfüge über Beweismaterial, aus dem hervorgeht, daß das Produkt Ihres Mandanten bereits mehr als ein Jahr im Handel gewesen war, bevor es beim Patentamt angemeldet wurde.« Er ließ seine Worte genüßlich auf der Zunge zergehen. »Um genau zu sein: sechzehn Monate vor der Anmeldung. Aus diesem Grund ist das verdammte Patent absolut wertlos. Sie werden doch wohl die einschlägige Gesetzeslage kennen, oder?«

Dies war ein völlig neuer Aspekt, der unsere Position erheblich ins Wanken brachte. Bis jetzt hatten wir nur Schriftsätze ausgetauscht, in denen es darum gegangen war, ob und inwiefern der ›Skandinavische Ski‹ eine Kopie des ›Alpin Ski‹ sei und somit ein Verstoß gegen das Urheberrecht vorliege. Jetzt berief sich Lyons unerwartet auf eine gesetzliche Bestimmung, derzufolge ein Produkt nicht als Patent angemeldet werden darf, falls es mehr als ein Jahr zuvor bereits ›in öffentlichem Gebrauch oder im Handel‹ gewesen ist.

Ich ließ mir meine Überraschung allerdings nicht anmerken, denn schließlich muß ein guter Anwalt gleichzeitig auch ein guter Schauspieler sein. »Das ist doch lediglich ein nettes Ablenkungsmanöver, mit dem Sie nicht weit kommen werden, und das wissen Sie, Steve«, erwiderte ich, ohne recht zu wissen, wovon ich eigentlich redete.

»Ben«, unterbrach mich Herb Schell.

Lyons überreichte mir einen Aktenordner. »Werfen Sie einen Blick in diese Unterlagen«, forderte er mich auf. »Hier werden Sie unter anderem die Kopie der Mitteilung eines Fitneßstudios in Manhattan finden, in der der ›Alpin Ski‹ Ihres Mandanten als neuestes Trainingsgerät angepriesen wird – und zwar fast eineinhalb Jahre bevor Mr. Schell sein Patent beantragte. Außerdem liegt eine Rechnung vor, die beweist, daß das Gerät nicht nur bereits in Gebrauch, sondern auch schon im Handel war.«

Ich nahm den Ordner entgegen, warf einen gelangweilten Blick auf dessen Inhalt und reichte ihn dann zurück.

»Ben«, wandte sich Herb erneut an mich, »kann ich Sie für einen Augenblick unter vier Augen sprechen?«

Wir ließen Lyons und Sommer in meinem Büro zurück, während wir uns in ein angrenzendes Konferenzzimmer begaben.

»Was zum Teufel hat es mit der ganzen Sache auf sich?« fragte ich Herb Schell.

»Es stimmt. Er hat recht«, gestand er mir.

»Sie haben das Gerät bereits ein Jahr vor der Patentanmeldung zum Verkauf angeboten?«

»Zwei Jahre vorher, um genau zu sein«, korrigierte er mich. »Und zwar zwölf verschiedenen, über das ganze Land verstreuten Fitneßstudios.«

Ich starrte ihm direkt ins Gesicht. »Warum haben Sie das getan?«

»Meine Güte, Ben! Ich kannte die verdammte Rechtslage nicht. Wo soll man denn ein solches Trainingsgerät testen, wenn nicht in der Praxis? Sie haben ja keine Ahnung, was für gefährlicher Unsinn bei unsachgemäßem Gebrauch solcher Geräte passieren kann.«

»Sie haben also später noch Verbesserungen an dem Gerät vorgenommen?«

»Aber natürlich.«

»Hm. Wie schnell können Sie eine schriftliche Bescheinigung darüber aus Ihrer Firmenzentrale in Chicago besorgen?«

Steve Lyons konnte das in ihm schwelende Triumphgefühl nicht verhehlen. »Ich nehme an, Mr. Schell hat Sie zwischenzeitlich über den wahren Stand der Dinge informiert«, sagte er bei unserer Rückkehr in herablassendem Ton, den er wahrscheinlich als Zeichen mitleidiger Sympathie verstanden wissen wollte.

»Gewiß«, bestätigte ich.

»Alles nur eine Frage der Vorbereitung, Ben«, belehrte mich Lyons. »Sie hätten sich eben besser informieren sollen.«

In dem Augenblick begann mein Faxgerät eine hereinkommende Mitteilung auszudrucken. Der Zeitpunkt hätte wirklich nicht besser gewählt sein können. Ich ging hinüber, um das Schreiben noch während des Druckens mitzulesen, wobei ich entgegnete: »Steve, ich wünschte nur, Sie hätten uns all diese Mätzchen erspart und Ihre Hausaufgaben gemacht.«

Das Lächeln auf seinen Gesichtszügen wurde unsicher und wich einer zumindest erahnbaren Verblüffung.

»Ich werde Ihnen auf die Sprünge helfen«, fuhr ich gönnerhaft fort. »Band 917 in der überarbeiteten Ausgabe mit den Erläuterungen zum 1990 ergangenen Urteil Nr. 544 des Bundesgerichtshofes.«

»Wovon redet er?« Sommers Flüstern war nicht zu überhören. Da Lyons es in meiner Gegenwart nicht über sich brachte, mit den Schultern zu zucken, starrte er mich nur ebenso wort- wie verständnislos an.

»Hat er etwas gegen uns in der Hand?« bohrte Sommer nach.

»Das werden wir gleich sehen«, erklärte Lyons mit versteinerter Miene.

Nachdem das Faxgerät eine perforierte Linie in das Papier gestanzt hatte, riß ich das Blatt ab und überreichte es meinem Kontrahenten. »In diesem Schreiben erläutert der von Ihnen angeführte Besitzer des in Manhattan ansässigen Fitneßclubs seine Meinung über den praktischen Nutzwert des ihm von meinem Mandanten zur Verfügung gestellten Trainingsgerätes. Ferner unterbreitet er ihm hier einige Änderungs- und Verbesserungsvorschläge.«

In diesem Augenblick trat Darlene ein und reichte mir wortlos einen aufgeschlagenen und mit der Nummer 917 versehenen Wälzer. Ohne einen Blick auf den Text des Gerichtsurteils zu werfen, drückte ich Lyons den Band in die Hände.

»Was für ein Spiel treiben Sie hier mit uns?« brachte Lyons mit Mühe über die Lippen.

»Das ist kein Spiel«, beschwichtigte ich ihn. »Mein Mandant hat nichts weiter getan, als eine Reihe von Prototypen seines Trainingsgerätes zu Erprobungszwecken zu veräußern. Anhand der ihm mitgeteilten Erfahrungswerte brachte er schließlich das hier zur Diskussion stehende Modell zur Serienreife. Die von Ihnen angeführte Klausel über den Verkauf vor Anmeldung des Patents greift somit nicht.«

»Ich habe keine Ahnung, wie Sie zu dieser Auslegung...«, stieß Lyons hervor.

»Manville gegen Paramount, Urteil Nr. 544«, unterbrach ich ihn.

»Mein Gott, hören Sie doch auf, uns einen Bären aufzubinden«, erwiderte Lyons. »Kein Mensch hat jemals von einem solchen Fall...«

»Seite 1314.« Ich setzte mich in meinen Sessel, lehnte mich zurück und schlug die Beine übereinander. »Wie heißt es doch gleich?« Und ich begann mit monotoner Stimme zu zitieren: »Die Tatsache, daß das Streitobjekt bereits mehr als ein Jahr vor der Beantragung des Patents ›in öffentlichem Gebrauch‹ und ›im Handel‹ gewesen ist, indem es zu Zwecken der Erprobung an einer Highway-Raststätte in Betrieb genommen worden war, berührt in keiner Weise den erst später in Anspruch genommenen patentrechtlichen Schutz. Eine Erprobungsphase der Erfindung war vielmehr zwingend geboten, um auf diese Weise zu gewährleisten, daß die Erfindung...«

Unterdessen hielt Lyons den Band auf seinem Schoß und las mit, während seine Lippen jedes der Worte nachformten. Den letzten Satz beendete er für mich: ». . . daß die Erfindung für ihren vorgesehenen Zweck geeignet war.«

Er sah mit weit offenem Mund hoch.

»Ich bin gespannt, was der Richter dazu sagen wird«, kommentierte ich.

Als Herb Schell wenig später mein Büro verließ, war er um einiges glücklicher und um etwa zehn Millionen Dollar reicher als noch eine Stunde zuvor. Mir blieb das Vergnügen, noch ein paar Abschiedsworte mit Steve Lyons wechseln zu dürfen.

»Sie kannten jedes verdammte Wort des Urteils auswendig«, sagte er. »Wie zum Teufel haben Sie das angestellt?«

»Alles nur eine Frage der Vorbereitung«, erklärte ich ihm gönnerhaft, während ich seine Hand schüttelte. »Sie sollten diesen Ratschlag beherzigen, Steve.«

2

Am nächsten Morgen fuhr ich bereits zu sehr früher Stunde in den Bostoner Harvard Club, um dort mit meinem Boß Bill Stearns zu frühstücken. An diesem Morgen sollte ich unvermittelt erfahren, daß ich in ernsten Schwierigkeiten steckte.

Stearns frühstückte jeden Morgen in seinem Club; wohl nicht zuletzt deshalb, weil Mrs. Stearns' ganze Schaffenskraft offensichtlich von ihrer ehrenamtlichen Tätigkeit im Dienste des Museums für moderne Kunst aufgezehrt wurde. Ich vermutete, daß sie bis in den späten Vormittag zu schlafen geruhte und daß ihr Gatte von dem Zeitpunkt an zu Hause keine einzige Mahlzeit mehr erhalten hatte, an dem ihre beiden Kinder den heimatlichen Hort verlassen hatten, um ihrem Schicksal zu folgen – das für den Abkömmling vornehmer neuenglischer Vorfahren den unausweichlichen Weg vom Deerfield College über die Harvard-Universität in die Branche des Investment Banking und von dort direkt in den Alkoholismus vorsah.

Stearns saß an seinem gewohnten Tisch vor dem großen Fenster, von dem aus man die ganze Stadt überblicken konnte, und hatte, wie gewohnt, einen Teller mit Spiegeleiern vor sich (die im späten zwanzigsten Jahrhundert so verbreiteten Bedenken gegenüber dem Cholesterin beurteilte Stearns - wie die Zeit der 60er Jahre – als eine nicht ernstzunehmende Schrulle). Manchmal pflegte er, vertieft in das Wall Street Journal oder in den Boston Globe, allein zu essen, und manchmal verabredete er sich mit einem oder mit mehreren Seniorpartnern der Kanzlei, um mit ihnen über Geschäfte oder Golf zu reden.

Von Zeit zu Zeit widerfuhr auch mir die Ehre einer solchen Einladung. Für den Fall aber, daß sich der Leser dieser Zeilen der abenteuerlichen Vorstellung hingeben sollte, es handelt sich bei derartigen Begegnungen zwischen Stearns und mir um konspirative Treffen oder zumindest um ein sentimentales Aufbrühen alter CIA-Geschichten, möchte ich von vornherein klarstellen, daß Stearns und ich uns gewöhnlich über nichts anderes als über Sport (ein Thema, von dem ich nur gerade soviel Ahnung hatte, um mich darüber lustig machen zu können) oder über Immobiliengeschäfte unterhielten. Gelegentlich – und das war auch an diesem Morgen der Fall – hatte mein Gesprächspartner allerdings auch ein ernsteres Anliegen auf dem Herzen.

Leute, die meinen Boß nicht näher kennen, halten ihn oft für den Prototyp des gutmütigen, lieben alten Onkels: Bill Stearns ist Ende Fünfzig, grauhaarig, rotgesichtig und schleppt ein nicht zu übersehendes Schmerbäuchlein mit sich herum. Überdies machen seine maßgeschneiderten Zweitausend-Dollar-Anzüge an ihm den Eindruck, als habe er sie im Ausverkauf zwei Nummern zu klein gekauft.

Nach dem alptraumhaften Ende einer zweijährigen operativen Agententätigkeit für die CIA hatte ich mich inzwischen an die trügerische Ruhe gewöhnt, die meine Anwaltstätigkeit für Putnam & Stearns mit sich brachte. Aber letztlich war es eben jene CIA-Vergangenheit, die mir den Einstieg in die Kanzlei ermöglicht hatte, denn Bill Stearns war einer der führenden Köpfe gewesen, mit deren Hilfe der einst legendäre Allen Dulles zwischen 1953 und 1961 den Geheimdienst geleitet hatte.

Als ich vor neun Jahren von Putnam & Stearns unter Vertrag genommen worden war, hatte ich unmißverständlich klargestellt, daß ich – ungeachtet meiner zwar kurzen, aber ansehnlichen Geheimdienstkarriere – nichts mehr mit der CIA zu tun haben wollte. Stearns war theatralisch zusammengefahren und hatte scheinbar entrüstet gefragt, wer denn irgend etwas von CIA gesagt habe. Ich meine aber, mich noch heute deutlich an ein Zwinkern in seinen Augenwinkeln erinnern zu können. Und gewiß hatte er bereits damals darauf spekuliert, daß ich früher oder später doch einmal weich werden und er schließlich ein leichtes Spiel mit mir haben würde. Ihm war so klar wie mir, daß die CIA natürlich lieber mit ihren eigenen Leuten zusammenarbeitete, da es ein leichtes war, aus dem aktiven Dienst ausgeschiedene Agenten gegebenenfalls durch verschiedene Druckmittel wieder gefügig zu machen. Warum also hatte ich mich unter diesen Umständen darauf eingelassen, für eine Tarnfirma der CIA zu arbeiten? Die Antwort ist simpel: Putnam & Stearns boten mir mehr Geld als jede andere vergleichbare Kanzlei.

Ich hatte zwar keine Ahnung, aus welchem konkreten Anlaß Bill Stearns mich an jenem Morgen zu sich gebeten hatte, aber ich spürte, daß etwas im Busch war. Zu Hause hatte ich noch eilig einen Bissen hinuntergewürgt, um auf diese Weise meinen Magen wenigstens ein bißchen zu beruhigen. Um wach zu werden, hatte ich ohnehin bereits mehr Kaffee getrunken, als mit guttat. Ich stimme völlig überein mit Oscar Wildes Feststellung, die sinngemäß lautet, daß nur ›trübe Tassen bereits beim Frühstück glänzen‹.

Als uns nach meinem Eintreffen im Club Kaffee, Toasts und Eier gebracht worden waren, zog Stearns eine Ausgabe des Boston Globe aus seiner Aktenmappe.

»Ich nehme an, daß Sie bereits von der Sache mit der First Commonwealth gelesen haben«, sagte er.

Sein Tonfall versetzte mich unverzüglich in Alarmstimmung. »Ich habe heute morgen noch keine Ausgabe des Globe gesehen«, gestand ich.

Er schob die Zeitung über den Tisch zu mir herüber.

Als ich die Titelseite überflog, sorgte eine der Schlagzeilen dafür, daß mir der kalte Schweiß ausbrach.

»INVESTMENTFIRMA VON REGIERUNGSBEHÖRDEN GESCHLOSSEN«, hieß es dort. Und in kleinerer Schrift darunter: »GELDER DER FIRST COMMONWEALTH EINGEFROREN«.

Trotz ihres großartigen Firmennamens war die First Commonwealth nur eine kleine, in Boston ansässige Investmentfirma, die ein guter Bekannter von mir leitete und die mein gesamtes Vermögen verwaltete. Es handelte sich um die Anlagefirma, die die Hypothek für mein Haus bezahlte und praktisch sämtliche Geldgeschäfte für mich erledigte – oder genauer gesagt: bis zu diesem Morgen für mich erledigt hatte.

Im Unterschied zu meinem Boß bin ich kein reicher

Mann. Mollys Vater hatte ihr nur einen unbedeutenden Bargeldbetrag, ein paar Aktien und andere Wertpapiere sowie sein noch verschuldetes Haus in Alexandria, Virginia, hinterlassen. Darüber hinaus erhielt seine Tochter kurioserweise eine notariell beglaubigte Urkunde, die sie als einzige Zugangsberechtigte für diverse, mehr oder weniger leere Konten im In- und Ausland einsetzte. Das Dokument nannte so viele Details, daß man bei der Lektüre Kopfschmerzen bekam. Kurios war an dem ganzen Papier jedoch vor allem die Tatsache, daß es eigentlich absolut überflüssig war, denn als einzige Hinterbliebene war Molly ohnehin Alleinerbin aller Hinterlassenschaften ihres Vaters. Allem Anschein nach war Harrison Sinclair übervorsichtig gewesen.

Mir hatte er nur eines vermacht: eine handsignierte Ausgabe der Memoiren von Ex-CIA-Direktor Allen Dulles mit dem Titel ›Die Macht des Wissens‹. Die Widmung lautete: ›Für Hal, in tief empfundener Zuneigung, Allen‹. Zweifellos ein nettes Andenken, das ein bezeichnendes Licht auf die Bedeutung meines Schwiegervaters warf, aber ebenso zweifellos ein Gegenstand ohne jeden materiellen Wert.

Als mein Vater einige Jahre zuvor gestorben war, hatte ich etwas über eine Million Dollar geerbt, von der mir nach Abzug aller Steuern noch knapp eine halbe Million übriggeblieben waren. Ich hatte alles an die First Commonwealth überwiesen, da diese Firma einen ausgezeichneten Ruf genoß. Kopf des Unternehmens war Frederick Osborne, genannt ›Doc‹, den ich bei einigen absolut legalen Geschäften als ausgesprochen cleveren Finanzexperten kennengelernt hatte. Welcher weise Mann war es doch gewesen, der einmal gesagt hatte, daß man niemals in einem Lokal mit dem Namen ›Bei Muttern‹ essen und niemals mit jemandem Karten spielen solle, der den Spitznamen ›Doc‹ führe? Doch all das war lange vor der Zeit der Finanzberater gewesen.

Sie werden sich bestimmt fragen, warum ausgerechnet jemandem wie mir, der es wirklich besser wissen sollte, der Fehler unterlaufen konnte, sein ganzes Geld in ein einziges Unternehmen zu investieren. Ich habe mir diese Frage auch immer wieder selbst gestellt, ohne allerdings, wie ich offen gestehen muß, bis heute eine plausible Antwort gefunden zu haben. Immerhin glaube ich, daß zwei Dinge dabei eine wichtige Rolle gespielt haben. Zum einen war Doc Osborne ein Freund und Geschäftsmann von untadeligem Ruf, was eine Risikostreuung unnötig erscheinen ließ. Zum anderen hatte ich mein Erbe immer als eine unantastbare Einheit betrachtet, die ich als Reserve zusammenhalten wollte und auch konnte, da ich selbst ein ansehnliches Gehalt bezog. Schließlich und endlich glaube ich auch, daß etwas an dem alten Sprichwort ist, demzufolge des Schuhmachers Kinder immer die schlechtesten Schuhe tragen. Genauso gehen diejenigen, deren Job es ist, das Geld anderer anzulegen und zu verwalten, oftmals mit ihrem eigenen Vermögen höchst sorglos um.

Ich ließ die Gabel sinken und spürte, wie mein Magen rebellierte. Kopfrechnend überschlug ich rasch, daß ich binnen kürzester Zeit bankrott sein würde, falls ich tatsächlich nicht mehr an mein bei der First Commonwealth angelegtes Geld herankäme. So großzügig mein von Putnam & Stearns bezahltes Einkommen auch bemessen war, würde es doch nicht dazu ausreichen, die auf mein Haus aufgenommene Hypothek abzuzahlen. Angesichts der damals schwachen Immobiliennachfrage hätte ich es mit enormem Verlust verkaufen müssen.

Ich spürte, wie das Blut in meinen Pulsadern pochte. »Was zum Teufel hat das alles zu bedeuten?« fragte ich mit zittriger Stimme. »Wie Sie wissen, gehören solche Angelegenheiten nicht zu meinem Fachgebiet. Vielleicht können Sie mir also ein wenig auf die Sprünge helfen.«

»Ben, es tut mir wirklich sehr leid«, brachte Stearns mühsam mit vollem Mund hervor. Er nahm einen Schluck Kaffee und setzte die Tasse geräuschvoll scheppernd ab. »Also«, meinte er seufzend, »das Ganze bedeutet nicht mehr und nicht weniger, als daß Ihr Geld zusammen mit dem aller anderen Bankkunden zunächst einmal eingefroren wird.«

»Von wem? Wer hat die Macht, so etwas zu veranlassen? Und warum das alles?« Meine Augen flogen immer wieder über den Zeitungsartikel, getrieben von der verzweifelten Hoffnung, irgend etwas über die Hintergründe in Erfahrung zu bringen.

»Diese Maßnahme wurde von der Bankenaufsicht und von der Bostoner Vertretung der Bundesstaatsanwaltschaft veranlaßt«, erklärte Stearns.

»Eingefroren?« wiederholte ich ungläubig.

»Das Büro der Staatsanwaltschaft hat nichts Genaueres durchblicken lassen, da es sich um ein schwebendes Ermittlungsverfahren handelt.«

»Aber gegen wen oder was wird ermittelt?«

»Alles, was ich in Erfahrung bringen konnte, ist, daß es um einen Verstoß gegen das Bankengesetz geht und vor Ablauf eines Jahres wohl kaum ein vorläufiges Ermittlungsergebnis zu erwarten sei.«

»Eingefroren«, murmelte ich noch einmal. »O mein Gott!« Ich fuhr mir mit einer Hand über das Gesicht. »Also, was kann ich in der ganzen Angelegenheit unternehmen?«

»Nichts«, entgegnete Stearns. »Absolut nichts – außer das Ergebnis des Untersuchungssausschusses abzuwarten. Ich könnte Todd Richlin bitten, seine Kontakte zur Bankenaufsicht spielen zu lassen, aber ich kann Ihnen nichts versprechen.« Richlin war der Finanzexperte von Putnam & Stearns.

Ich blickte aus dem Fenster auf die Stadt hinab, die mehr als dreißig Stockwerke unter uns lag. Die prächtige, von Bäumen umsäumte Commonwealth Avenue schien miniaturhaft verkleinert, als sei sie nur Bestandteil einer Modellbaulandschaft. Parallel zu ihr verlief die Marlborough Street, in der ich wohnte. Wäre ich ein Mensch gewesen, der Selbstmordabsichten hegte, so wäre mein damaliger Aufenthaltsort zweifellos das ideale Sprungbrett für die Realisierung eines derartigen Vorhabens gewesen. »Was wissen Sie noch?« hakte ich nach.

»Sowohl die Bankenaufsicht als auch das Justizministerium, das der Staatsanwaltschaft den Ermittlungsauftrag gab, haben die First Commonwealth allem Anschein nach wegen Verflechtungen mit Drogengeschäften dichtgemacht.«

»Drogen?«

»Nun, es heißt, daß Doc Osborne daran beteiligt war, Gelder aus dem Drogenhandel zu waschen.«

»Wie schmutzig die gottverdammten Geschäfte des gottverdammten Doc Osborne auch immer gewesen sein mögen, damit habe doch ich nichts zu tun!«

»Das spielt zur Zeit leider keine Rolle«, erwiderte Stearns. »Erinnern Sie sich nicht mehr an Drexel Brunham, das große New Yorker Maklerbüro? Die Mitarbeiter wurden damals in Handschellen abgeführt, und sämtliche Firmenräume wurden versiegelt. Selbst ein Jahr später standen die Kaffeetassen und die Aschenbecher noch immer unverändert auf den Schreibtischen wie am Tag der Schließung.«

»Aber Drexels Klienten konnten an ihr Geld heran.«

»Wenn Sie allerdings an den einstigen philippinischen Potentaten Ferdinand Marcos oder an den Schah von Persien denken ... Manchmal zieht Vater Staat mir nichts, dir nichts die Gelder seiner Lieben ein und erfreut sich der Zinsen, zum Wohle der Allgemeinheit.«

»Alles Geld einziehen«, echote ich gedankenverloren.

»Die Untersuchungsbeamten haben sämtliche Computer, alle Datenbanken und Dokumente beschlagnahmt und außerdem ...«

»Wann also werde ich wieder an mein Geld heran können?«

»Vielleicht werden Sie in anderthalb Jahren in der Lage sein, ihr Vermögen loszueisen. Vielleicht wird es aber auch länger dauern.«

»Was zum Teufel kann ich nur tun?«

Stearns holte deutlich hörbar tief Luft. »Ich hatte gestern abend ein Gespräch mit Alex Truslow«, begann er. Er betupfte seine Lippen mit der schneeweißen Serviette, bevor er beiläufig hinzufügte: »Ben, ich möchte, daß Sie ein bißchen Zeit abzweigen, um für ihn zu arbeiten.«

»Es tut mir leid, Bill, aber mein Terminkalender ist randvoll«, entgegnete ich.

»Für Alex zu arbeiten, könnte allein in diesem Jahr zweihunderttausend Dollar zusätzliches Einkommen bedeuten.«

»Wir haben mindestens ein halbes Dutzend Anwälte, die für eine solche Aufgabe genauso qualifiziert sind wie ich, wenn nicht sogar besser.«

Stearns räusperte sich, bevor er weitersprach: »Aber nicht in jeder Hinsicht.«

Worauf er anspielte, war klar. »Als ob das eine Qualifikation wäre«, murmelte ich.

»Alex scheint es jedenfalls so zu sehen.«

»Was soll ich überhaupt für ihn tun?«

Die Kellnerin, eine vollbusige Frau in den Fünfzigern, trat an unseren Tisch, um unsere Tassen zu füllen, wobei sie Stearns ein familiäres Zwinkern zuwarf.

»Sicher nur irgendwelche Routineangelegenheiten«, beschwichtigte Stearns, während er sich einige Krümel von der Hose klopfte.

»Warum will er dann ausgerechnet mich? Warum wendet er sich nicht an Donovan und Leisure?« Es handelte sich dabei um eine andere Tarnfirma der CIA, die einst in New York vom ›Wilden Bill‹ Donovan gegründet worden war. Donovan, der ehemalige Chef des militärischen Nachrichtendienstes OSS, galt als legendäre Figur der amerikanischen Spionagegeschichte, und es war ein offenes Geheimnis, daß er auch über Kontakte zur CIA verfügte. Komisch eigentlich, wie viele offene Geheimnisse es gerade im Zusammenhang mit Geheimdienstarbeit gibt.

»Truslow arbeitet bereits mit Donovan und Leisure zusammen, er sucht darüber hinaus aber auch hier in Boston örtliche Unterstützung. Von den Kanzleien, die für ihn in Frage kommen, erscheinen wir ihm als diejenige, die ihm am ehesten eine ... hm, sagen wir, harmonische Zusammenarbeit garantieren kann.‹

Es gelang mir nicht, ein Lächeln zu unterdrücken. »Harmonisch«, wiederholte ich, wobei ich mir Stearns' diskrete Formulierung auf der Zunge zergehen ließ. »Im Klartext soll das wohl heißen, daß er jemanden für einen Geheimauftrag sucht und am liebsten alles innerhalb der Familie regeln möchte.«

»Ben, jetzt hören Sie mir mal zu. Eine solche Chance wird sich Ihnen so schnell kein zweites Mal bieten. Dieser Auftrag ist das Rettungsseil, an dem Sie sich aus Ihrer mißlichen Lage befreien können. Was immer Alex mit Ihnen vorhat – ich bin mir sicher, daß er von Ihnen nicht erwartet, irgendwelche riskanten Operationen zu übernehmen.«

»Was kann dabei für mich herausspringen?«

»Ich zweifle nicht daran, daß wir eine für alle Beteiligten akzeptable Lösung finden werden. Angesichts Ihrer großen Verdienste für die Firma wäre es zum Beispiel denkbar, Ihnen ein Überbrückungsdarlehen zu gewähren, eine Art Vorschuß auf Ihre Jahresgratifikation.«

»Das riecht nach Bestechung.«

Stearns zuckte mit den Schultern und holte erneut tief Luft. »Glauben Sie eigentlich ernsthaft daran, daß Ihr Schwiegervater einem Unfall zum Opfer fiel?« fragte er übergangslos.

Mit Unbehagen mußte ich feststellen, daß er ganz offen meine verborgenen Zweifel ansprach. »Ich sehe keinen Grund, warum ich daran zweifeln sollte. Außerdem – was hat das damit zu tun, ob ich . . .«

»Ihre eigenen Worte strafen Sie Lügen«, unterbrach mich Stearns ärgerlich. »Sie klingen wie ein verdammter Tintenpisser, der eine nichtssagende Pressemitteilung abgibt. Alex Truslow ist davon überzeugt, daß Hal Sinclair ermordet wurde. Wie immer Sie heute auch zur CIA stehen mögen, Ben, Sie schulden es Hal, Molly und nicht zuletzt Ihnen selbst, Alex bei seinen Ermittlungen nach Leibeskräften zu unterstützen.«

Nach einer bedrückenden Minute des Schweigens fragte ich: »Was hat meine Anwaltstätigkeit mit Truslows Vermutungen über den Tod meines Schwiegervaters zu tun?«

»Verabreden Sie sich mit Alex zum Essen. Er wird Ihnen alles Nähere erläutern. Sie werden sehen, Alex ist ein sympathischer Bursche.«

»Ich hatte schon einmal mit ihm zu tun und bin mir durchaus über seine Fähigkeiten im klaren«, erwiderte ich. »Aber ich habe Molly mein Wort gegeben . . .«

»Ihre Kooperationsbereitschaft wäre für uns alle von größter Bedeutung«, bemerkte Stearns mit Nachdruck, während er aufmerksam die Tischdecke musterte, was ein deutliches Zeichen dafür war, daß sich seine Geduld dem Ende näherte. Wäre er ein Jagdhund gewesen, so hätte er in diesem Moment ein lautes Knurren von sich gegeben. »Und Sie könnten das Geld doch allem Anschein nach sehr gut gebrauchen.«

»Es tut mir leid, Bill«, sagte ich, »aber ich muß ablehnen. Ich hoffe, Sie haben Verständnis dafür.«

»Ich habe verstanden«, erklärte Stearns und winkte gleichzeitig der Bedienung, um die Rechnung zu begleichen. Seine Stimme klang höflich, aber aus seinem Gesicht war jede Spur eines Lächelns gewichen.

»Nein, Ben«, sagte Molly entschieden, als wir abends zusammensaßen.

Ihrem eigentlichen Naturell nach ist sie von überschäumendem Temperament und für jede Albernheit zu haben, aber seit dem Tod ihres Vaters war sie verändert. Sie schwankte seitdem nicht nur zwischen einem eher stillen, jammervollen und andererseits aufbrausenden Verhalten – was bei jemandem verständlich war, der gerade einen nahestehenden Verwandten verloren hatte –, sondern schien offensichtlich auch tief verunsichert, handelte oft unentschlossen und war in sich gekehrt. Alles in allem war sie in den letzten Wochen eine andere geworden, und es bereitete mir großen Kummer, sie so leiden zu sehen.

»Wie konnte das nur geschehen?« fragte sie.

Ich wußte nicht, was ich darauf hätte antworten sollen, und zuckte nur die Achseln.

»Aber du hast doch mit all dem nichts zu tun«, rief Molly beinahe hysterisch aus. »Du bist doch Anwalt. Kannst du denn gar nichts dagegen unternehmen?«

»Ich hätte das alles vermeiden können, wenn ich nicht so dumm gewesen wäre, unser gesamtes Vermögen bei nur einer Bank anzulegen.«

Molly bereitete gerade das Abendessen zu. Das tat sie immer dann, wenn sie die Ablenkung brauchte, die das Kochen mit sich bringt. Die Sauce, die sie gerade abschmeckte, verbreitete ein Aroma, das auf Tomaten, Oliven und jede Menge Knoblauch schließen ließ. Molly hatte weitgeschnittene Jeans und eines meiner alten, ausgeblichenen Sweatshirts an, die ich früher am College getragen hatte.

Ich glaube, die meisten Menschen würden Molly auf den ersten Blick nicht gerade für ausgesprochen attraktiv halten. Aber wer sie erst einmal näher kennengelernt hat, kann sich ihrer Ausstrahlung nur schwer entziehen. Ich jedenfalls finde sie atemberaubend.

Sie ist mit ihren knapp 1,70 ein bißchen kleiner als ich. Zu ihren auffälligsten äußeren Merkmalen gehören ihr schwarzgelocktes Haar, das sich erfolgreich jedem Zähmungsversuch entzieht, ihre blaugrauen Augen mit den schwarzen Wimpern und ein frisch und gesund wirkender Teint, den ich persönlich am meisten an ihrem Äußeren schätze. Wie damals, als wir uns am College kennenlernten, faszinieren mich noch heute ihr heiteres Gemüt und ihr auch nach all den Jahren noch immer undurchschaubares, rätselhaftes Wesen.

Molly absolvierte im Rahmen ihrer Ausbildung zur Kinderärztin gerade ihr erstes Jahr am Massachusetts-General-Hospital. Mit ihren sechsunddreißig Jahren war sie die mit Abstand älteste Studentin. Aber es war typisch für Molly, daß sie das Studium erst so spät aufgenommen hatte, denn sie nimmt sich immer sehr viel Zeit für andere Dinge, die ihr gerade wichtig erscheinen. Nach dem College hatte sie beispielsweise zunächst einmal ein ganzes Jahr damit zugebracht, eine Trekking-Tour durch Nepal zu unternehmen. Auch später an der Harvard-Universität, als sie längst ins Auge gefaßt hatte, einmal als Ärztin zu arbeiten, studierte sie zunächst Romanistik und schrieb ihre Examensarbeit über Dante – mit der Folge, daß sie in Italienisch viel besser war als in organischer Chemie.

Sie zitierte oft Tschechow, der einmal gesagt hatte, daß Ärzte genauso seien wie Anwälte: Von beiden werde man in den finanziellen Ruin getrieben, nur kosteten Ärzte einen auch noch das Leben. Mollys Interesse galt jedoch viel mehr der Medizin als etwaigen finanziellen Erwägungen. Halb im Ernst hatten wir uns oft überlegt, unsere Zelte in Boston abzubrechen, alles zu verkaufen und hinaus aufs Land zu ziehen, um dort eine ambulante Klinik für verwahrloste Kinder aufzumachen. Wir hatten uns den Namen Ellison-Sinclair-Klinik überlegt, was allerdings mehr nach einer psychiatrischen Anstalt klang.

Molly drehte die Herdplatte, auf der die Sauce stand, herunter und begleitete mich ins Wohnzimmer, in dem, wie in jedem anderen Raum des Hauses auch, angebrochene Verputzeimer neben offen verlaufenden Kupferleitungen standen und alles von einer feinen Schicht Mörtelstaub überzogen war. Wir ließen uns auf zwei mächtigen, mit Plastikbezügen abgedeckten Sesseln nieder.

Vor fünf Jahren hatten wir beide ein prächtiges altes Stadthaus in Bostons Marlborough Street erstanden – das heißt, es war nur prächtig, was die äußere Fassade betraf. Das Innere des Hauses glich dagegen einer Diva, deren verblichene Schönheit erst durch eine Reihe von kosmetischen Operationen wieder ins Leben gerufen werden mußte. Wir hatten unsere Ruine erstanden, als die Immobilienpreise eine astronomische Höhe erreicht hatten – und kurz darauf ins Bodenlose fielen. Sie werden sich wahrscheinlich fragen, warum ich es nicht besser gewußt hatte, aber auch ich gehörte zu den vielen anderen, die davon überzeugt waren, daß die Preise noch weiter klettern würden. Außerdem war es ein Haus, das ein Makler normalerweise als ›Traum eines jeden Heimwerkers‹ bezeichnet: »Sie müssen nur die Ärmel hochkrempeln und Ihrer Fantasie freien Lauf lassen!« Zugegeben, unser Makler bezeichnete das Haus zwar nie als ›Traum‹, aber er verschwieg uns andererseits auch, daß es an einem arthritischen Wasserleitungssystem litt, daß seine Balken ein Asyl für sämtliche Holzwürmer der Stadt waren und der Putz nicht nur zur Weihnachtszeit von der Decke rieselte. Und dann die Hypothek! In den 8oer Jahren sagte man, daß Kokain das Mittel sei, mit dessen Hilfe Gott jene Menschen strafe, die zuviel Geld hätten. Seit Beginn der 9oer Jahre haben Abzahlungsraten diese Funktion übernommen.

So widerfuhr mir im Grunde nur das, was ich verdiente. Die anfallenden Renovierungsarbeiten waren in ihrer Uferlosigkeit durchaus vergleichbar mit dem Bau der Pyramiden von Gizeh. Wie bei einer Kettenreaktion brachte ein

Vorhaben das nächste ins Rollen. Wollte man zum Beispiel die Reparatur der lebensgefährlichen Treppen in Angriff nehmen, so war dies nur möglich, wenn man zugleich eine zusätzliche tragende Wand einzog, was wiederum erforderte, daß man ... nun ja, Sie können sich schon denken, wie's weitergeht.

Wenigstens gab es keine Ratten im Haus. Von jeher empfand ich einen tiefen, ebenso irrationalen wie unüberwindbaren Ekel gegenüber diesen kleinen Bestien, und zwar in einem Maße, das sich niemand auch nur annähernd vorstellen kann. Bevor wir uns für dieses Haus entschieden, hatte ich mehrere andere Objekte, von denen Molly entzückt gewesen war, nur deshalb ausgeschlagen, weil ich davon überzeugt war, den vorbeihuschenden Schatten einer Ratte gesehen zu haben. An ein Ausräuchern hatte ich nie einen Gedanken verschwendet, denn ich bin zutiefst davon überzeugt, daß Ratten, genau wie Schaben, durch nichts wirklich vernichtet werden können. Diese Kreaturen werden uns alle überleben. Molly ging auf ihre Weise mit meiner Phobie um: Immer wenn wir von Zeit zu Zeit in eine Videothek gingen, um uns ein paar Filme auszuleihen, hielt sie mir eine Kopie von ›Willard‹ unter die Nase; das ist jener entsetzliche Horrorstreifen, in dem Ratten die Hauptrolle spielen. Über diese Art von Humor konnte ich überhaupt nicht lachen.

Als ob wir noch nicht genug Probleme gehabt hätten, lagen wir auch noch seit Monaten im Streit darüber, ob wir ein Kind haben sollten oder nicht. Wenn es normalerweise wohl so aussieht, daß die Frau ein Kind möchte, der Mann aber nicht, so war es bei uns genau anders herum. Ich drängte darauf, ein ... ach was, sogar mehrere Kinder zu haben, während Molly einen solchen Wunsch vehement verwarf. Ich hielt es für ausgesprochen ›seltsam‹, daß eine angehende Kinderärztin selbst nie die Erfahrung einer Mutterschaft gemacht haben sollte. Doch Molly entgegnete, daß sie gerade erst am Anfang ihrer beruflichen Karriere stehe und es der falsche Zeitpunkt für eine Schwangerschaft sei. Wir gerieten uns bei dieser Frage jedesmal wild in die Haare. Ich beteuerte immer wieder, alle elterlichen Pflichten aufrichtig mit ihr teilen zu wollen, aber Molly schenkte mir keinen Glauben. Sie konterte unermüdlich mit der Feststellung, daß es der erste Fall in der Geschichte der menschlichen Zivilisation wäre, in dem ein Mann ein solches Versprechen wahrmachen würde. Worum es aber bei all den Auseinandersetzungen eigentlich ging, war das folgende: Spätestens seit dem Zeitpunkt, als Laura, meine erste Frau, während ihrer Schwangerschaft den Tod fand, wollte ich unbedingt eine richtige Familie gründen, doch für Molly kam dieser Schritt einfach zu früh. Deshalb war damals ein Ende unserer Diskussion nicht abzusehen.

»Wir könnten doch zum Beispiel Vaters Haus in Alexandria verkaufen«, versuchte sie einen Ausweg aus der finanziellen Misere aufzuzeigen.

»Bei der gegenwärtigen Marktlage würde uns das nicht viel weiterhelfen. Und leider war dein Vater niemand, der sich um Geld viele Gedanken gemacht hätte. Deshalb hat er dir praktisch nichts vermacht.«

»Warum nehmen wir nicht einfach einen Kredit auf?« hakte Molly erneut nach.

»Wir sind nicht in der Lage, irgendwelche Sicherheiten zu bieten.«

»Ich könnte nebenbei schwarzarbeiten«, schlug sie tapfer vor.

»Das würde nicht ausreichen«, widersprach ich, »und außerdem würdest du die Doppelbelastung auf Dauer nicht durchstehen.«

»Also schön. Aber was zum Teufel hat Alexander Truslow ausgerechnet mit dir vor?«

Was sollte ich auf diese Frage antworten, da die Welt überschwemmt war von einer Flut höher qualifizierter Anwälte? Um Molly nicht unnötigerweise noch mehr zu belasten, wollte ich ihr gegenüber nicht Stearns' Vermutung wiederholen, ihr Vater sei ermordet worden, zumal diese Vermutung keineswegs erklärte, warum Truslow speziell mich anforderte.

»Ich möchte lieber nicht zu sehr darüber nachdenken, warum er gerade mich haben möchte«, antwortete ich unbeholfen. Schließlich war uns beiden klar, daß die ganze

Geschichte etwas mit meiner CIA-Vergangenheit und meinem in diesem Zusammenhang etwas dubiosen Ruf zu tun haben mußte. Viel klarer wurde das Ganze vor diesem Hintergrund allerdings auch nicht.

»Wie war's auf der Intensivstation?« versuchte ich Molly abzulenken. Sie arbeitete gerade in jener Abteilung des Massachusetts-General-Hospitals, die sich mit der Intensivbetreuung von Frühgeborenen beschäftigte.

Molly schüttelte widerwillig den Kopf. »Ich will jetzt lieber mit dir über diese Truslow-Geschichte reden«, beharrte sie, während sie mit ihrer rechten Hand aufgebracht durch ihre Locken fuhr. »Mein Vater und Truslow waren Kollegen und arbeiteten sehr eng zusammen. Deshalb muß nicht gleich ein besonders enges persönliches Verhältnis zwischen ihnen bestanden haben, doch betonte mein Vater mehrmals, daß er Alex gut leiden könne.«

»Wunderbar«, rief ich aus. »Bestimmt ist er ein furchtbar lieber Mensch. Was das Bild nur leider ein bißchen trübt, ist die Tatsache, daß er ein CIA-Mann ist.«

»Das gleiche könnte man auch über dich sagen«, schoß mir Molly vor den Bug.

»Das ist alles längst vorbei und vergessen.«

»Aber du glaubst, daß Truslow dich für einen Geheimauftrag anwerben will?«

»Nein, das bezweifle ich. Dazu bin ich zu bekannt.«

»Aber es hat etwas mit der CIA zu tun.«

»Das mit Sicherheit. Nicht zuletzt, weil die CIA der bedeutendste Klient der Firma ist.«

»Ich will nicht, daß du dich wieder mit ihnen einläßt«, bat Molly eindringlich. »Wir haben schon so oft darüber gesprochen. Deine Tätigkeit für die CIA ist Vergangenheit: aus und vorbei. Du hast einen Schlußstrich unter all das gezogen, und dabei soll es bleiben.«

Molly wußte nur zu gut, wie wichtig es war, mich von jeder geheimdienstlichen Tätigkeit fernzuhalten, um nicht wieder jene in meinem Innersten verborgene, alptraumhafte Vergangenheit zum Leben zu erwecken. »Ich bin ganz deiner Meinung«, stimmte ich ihr zu, »aber Stearns hat keinen Zweifel daran aufkommen lassen, daß er mir im Falle einer Weigerung alle möglichen Knüppel zwischen die Beine werfen wird.«

Molly erhob sich und kniete sich auf dem Boden vor mich hin. »Ich will nicht, daß du wieder für sie arbeitest. Denke an dein Versprechen.« Ihre Hände glitten scheinbar gedankenlos über meine Schenkel, wobei sie allerdings langsam, aber sicher in Regionen vordrangen, die mich auf ganz andere Gedanken kommen ließen. Währenddessen fixierte sie mich mit ihrem forschenden Blick, der mir in diesem Augenblick rätselhafter denn je erschien. »Gibt es irgend jemanden, den du in dieser Angelegenheit um Rat fragen könntest?«

Ich dachte einen Moment lang nach, bis mir schließlich ein Name einfiel: »Ed Moore.«

Edmund Moore war ein Mann, der nach mehr als dreißig Dienstjahren für die CIA mittlerweile in den Ruhestand gegangen war, aber dennoch mehr als irgendein anderer Mensch über die Interna des Geheimdienstes Bescheid wußte. Er war während meiner kurzen CIA-Karriere so etwas wie mein Lehrer gewesen, mein ›Rabbi‹, wie es im Geheimdienst-Jargon hieß. Nach wie vor war er zweifellos ein Mann von außergewöhnlichem Wissen und Können. Er hatte sich in sein wundervolles Haus in Georgetown zurückgezogen, schien aber jetzt fast beschäftigter zu sein als zu seiner aktiven Dienstzeit. Allem Anschein nach las er jede Biographie, die auf den Markt kam, nahm an zahllosen Wiedersehensfeiern ehemaliger CIA-Mitarbeiter teil, speiste mit Kumpanen aus alten Tagen, trat als Gutachter vor Senatsausschüssen auf und wurde noch von unzähligen anderen Dingen in Anspruch genommen, die ich unmöglich alle aufzählen könnte.

»Rufe ihn doch an«, riet Molly.

»Ich werde etwas noch Besseres tun. Falls ich es einrichten kann, werde ich für den morgigen Nachmittag alle Termine absagen und nach Washington fliegen, um mit ihm unter vier Augen zu sprechen.«

»Falls du es einrichten kannst . . . ? Hoffentlich kann er es einrichten, sich mit dir zu treffen«, spottete Molly. Die Reaktionen meines Körpers ließen unterdessen keinen Zweifel daran, daß es ihr gelungen war, meine Gefühle und mein Denken in gänzlich andere Bahnen zu lenken. Als ich mich vorbeugte, um ihren Nacken zu küssen, schrie sie jedoch plötzlich auf: »Um Gottes willen, die verdammte Sauce ist bestimmt angebrannt!«

Ich folgte ihr in die Küche. Im selben Augenblick, als sie den Herd abstellte und einsah, daß für ihre Sauce jede Rettungsmaßnahme zu spät kam, legte ich meine Arme von hinten um ihre Hüften. Manchmal genügte ein winziger Impuls, damit aus einem harmlosen Gespräch zwischen uns entweder ein handfester Streit wurde oder ...

Ich küßte zuerst Mollys linkes Ohr, dann ihren Hals, ihre Wange und ihren Mund, und schließlich liebten wir uns auf dem Wohnzimmerfußboden – Mörtelstaub hin oder her. Wir hatten nur so lange voneinander abgelassen, daß Molly ihr Diaphragma holen und einsetzen konnte.

Noch am selben Abend rief ich Edmund Moore an, der sich erfreut zeigte, von mir zu hören, und mich für den darauffolgenden Tag zu sich und seiner Frau zum Essen einlud.

Nachdem ich am nächsten Nachmittag alle Termine abgesagt hatte, begab ich mich zum Flughafen und landete wenig später mit einer Delta-Maschine auf dem Washington National Airport. Als mein Taxi über das Kopfsteinpflaster der N-Street dröhnte und mich schließlich vor dem schmiedeeisernen Zaun von Edmund Moores Haus absetzte, senkte sich gerade die Dämmerung über Georgetown.

3

Edmund Moores Bibliothek, in die wir uns nach dem Abendessen begaben, war ein prächtiger zweigeschossiger Raum, der ringsum von deckenhohen Eichenregalen mit Kirschholz-Einlegearbeiten gesäumt wurde. Während man die höher stehenden Bände im Parterre mit bereitstehenden Leitern erreichen konnte, mußte man sich über eine Treppe auf eine schmale Galerie begeben, um zu den Regalen der zweiten Etage zu gelangen. In dem goldenen Lichtschein der Abendsonne, die noch durch die Fenster einfiel, schien der Raum bernsteinfarben zu glühen. Moore besaß eine der schönsten Privatbibliotheken, die ich je gesehen hatte. Ihr Bestand umfaßte unter anderem eine beeindruckende Sammlung von Büchern über Spionage und Geheimdienste, die zum großen Teil vor Überläufern aus den ehemaligen Ostblockstaaten veröffentlicht worden waren; in vielen Fällen, nachdem Ed Moore ihnen auf offizielles Geheiß der CIA Kontakte zu amerikanischen und englischen Verlegern verschafft hatte. Andere Regalreihen waren ausschließlich den Werken von Carlyle, Dickens und Ruskin gewidmet. Sie trugen die Patina solcher Bücher, wie sie Dekorateure verwenden, um die Aura einer altehrwürdigen Fürstenbibliothek zu erzeugen. Aber ich wußte, daß Ed Moore jeden einzelnen Band mit großer Sammlerliebe nicht nur auf Auktionen und in Antiquariaten in London und Paris erstanden hatte, sondern auch kreuz und quer durch die Vereinigten Staaten gereist war, um sie bei Trödlern und in Scheunen auszugraben. Und es bestand kein Zweifel daran, daß er jedes dieser Bücher irgendwann einmal gelesen hatte.

Wir saßen in gemütlichen, abgenutzten Ledersesseln vor dem Feuer, das im Kamin prasselte. Während mein Gegenüber an seinem kostbaren 1963er Portwein nippte, auf den er besonders stolz war, erwärmte ich mich an einem Glas Single-Malt-Whiskey.

Ich genoß die Atmosphäre, die Ed Moore sich mit viel Bedacht hier in seinem Heim geschaffen hatte. Wir waren unendlich weit entfernt vom Georgetown der 1990er Jahre mit seinen zahllosen Videotheken, Supermärkten und billigen Kleiderläden und schienen vielmehr in das England Edwards VII. versetzt zu sein. Obwohl Edmund Moore aus dem Mittelwesten stammte, hatte er im Laufe der Zeit, die er für die CIA an der neuenglischen Ostküste tätig gewesen war, jene Lebensformen angenommen, die eher den britischen Traditionen verpflichtet waren. Dabei handelte es sich keineswegs um eine aufgesetzte Pose, sondern vielmehr um die logische Konsequenz seiner äußeren Lebensumstände. Bei genauerer Betrachtung mußte man sogar zu dem Ergebnis kommen, daß Ed Moore sich in all den Jahren weit weniger verändert hatte als die CIA selbst. Schließlich war der Geheimdienst in den 60er Jahren, in denen die Traditionsuniversitäten an der Ostküste zunehmend von Protestbewegungen und Drogen beherrscht wurden, dazu übergegangen, seine Leute an den ruhigeren Hochschulen des Mittelwestens zu rekrutieren. Anscheinend hatten deren Absolventen ein noch ungebrochenes Verhältnis zu staatsbürgerlichen Wertvorstellungen. Damit waren sie als Nachwuchs, wie ein CIA-Insider später ironisch formulierte, viel ›pflegeleichter‹ als die aufmüpfigen Flegel im Osten. Und hier saß mir nun dieser etwas altmodisch anmutende Mann gegenüber, der geradewegs von einer in den 40er Jahren an der Yale-Universität gehaltenen Vorlesung zu kommen schien. »Lebensart«, so erklärte mir Moore einmal, »ist das, was noch bleibt, wenn das Vermögen längst durchgebracht ist.« Er selbst hatte allerdings in ausgesprochen vermögende Verhältnisse eingeheiratet: Der Großvater seiner Ehefrau Elena hatte irgend etwas erfunden, das ein grundlegender Bestandteil jedes Telefons war.

»Empfinden Sie denn gar keine Wehmut?« fragte er verschmitzt lächelnd. Moore war ein kleingewachsener und kahlköpfiger, einem Kobold ähnlicher Mann von beinahe achtzig Jahren, dessen Augen von den dicken Gläsern seiner breitrandigen Brille stark vergrößert wurden. Sein brauner Tweed-Anzug hing geradezu an ihm herab, was seine Schmächtigkeit noch unterstrich. »Fehlt Ihnen denn all das gar nicht: der Glanz und der Ruhm, das Reisen, die erstklassigen Hotels?«

»Und nicht zu vergessen die schönen Frauen«, fügte ich hinzu, »und die Drei-Sterne-Restaurants aus dem Michelin.«

»Sie sagen es.«

Moore, der während meiner Zeit in Paris Chef der Europa-Sektion und damit mein direkter Vorgesetzter gewesen war, wußte nur zu gut, daß das Leben eines operativen Agenten in erster Linie aus Telegrammen, lausigen Imbißbuden und kalten, verregneten Parkplätzen bestand. Nach der Ermordung meiner ersten Frau hatte Moore alle Hebel in Bewegung gesetzt, um mich aus dem CIA-Hauptquartier in Langley hinauszubefördern und mir deshalb einen Vorstellungstermin bei Bill Stearns in Boston besorgt. Moore hatte ein sicheres Gespür dafür gehabt, daß es ein schwerer Fehler gewesen wäre, wenn ich nach den furchtbaren Ereignissen länger für den Geheimdienst gearbeitet hätte. Zuerst hatte ich ihm sein Verhalten übelgenommen, aber ich gelangte bald zu der Überzeugung, daß er nur mein Bestes gewollt hatte.

Edmund Moore wirkte eher wie ein schüchterner Bücherwurm und hatte nichts von der rauhen, aggressiven und verschlagenen Art an sich, die man gemeinhin von einem leitenden Geheimdienstbeamten erwartete. Man hätte ihm allenfalls zugetraut, als Analytiker gesammelte Daten und Informationen auszuwerten, nicht aber, ein riesiges Agentennetz zu führen. Moore hatte als Professor an der Universität von Oklahoma Geschichte unterrichtet, bevor er während des Zweiten Weltkrieges zum militärischen Nachrichtendienst eingezogen worden war. In seinem Herzen war er immer ein Wissenschaftler geblieben.

Draußen heulte der Wind um das Haus und trieb Regenböen gegen die hohen Flügeltüren an der einen Seite der Bibliothek, durch die hindurch man einen Blick auf den wunderschönen Landschaftsgarten werfen konnte, in dessen Mittelpunkt sich ein Ententeich befand.

Das Unwetter hatte schon während des Abendessens eingesetzt, das aus etwas zu lange gegartem Schmorfleisch bestanden hatte und von Ed Moores ebenfalls zierlicher Ehefrau Elena serviert worden war. Während des Mahles unterhielten wir uns zunächst nur über unverfängliche Themen: über die Politik des Präsidenten, über den Mittleren Osten, die in Deutschland vor der Tür stehenden Wahlen, Klatsch über gemeinsame Bekannte – und über den Tod von Hal Sinclair, woraufhin mir sowohl Ed als auch Elena ihr Mitgefühl ausdrückten. Nach dem Essen entschuldigte sich Elena, noch etwas in ihrem Zimmer erledigen zu müssen, um uns Gelegenheit zu einer ungestörten Unterhaltung zu geben.

Vor meinem geistigen Auge malte ich mir aus, daß wahrscheinlich der größte Teil ihres Ehelebens darin bestanden hatte, sich unter einem Vorwand zurückzuziehen, damit sich ihr Mann, mit wem auch immer und über was auch immer, ungestört unterhalten konnte. Aber Elena war alles andere als eine farblose oder willensschwache Person. Sie war vielmehr eine Frau, die feste Überzeugungen vertrat, gerne und häufig lachte und sowohl scherzen als auch treffsichere Seitenhiebe austeilen konnte.

»Verstehe ich Sie recht, daß Ihnen das seßhafte Leben durchaus gefällt?«

»Mir gefällt es, mit Molly zusammenzuleben, und ich freue mich darauf, mit ihr eine Familie zu gründen. Aber ein Dasein als Anwalt in Boston zu fristen ist alles andere als aufregend.«

Er lächelte, nippte an seinem Port und sagte: »Ich bin mir sicher, daß die Aufregungen, die Sie erlebt haben, für mehrere Leben ausreichen.« Moore wußte über meine Vergangenheit bestens Bescheid, vor allem über das, was die Disziplinarabteilung der CIA als ›Kaltblütigkeit auch unter extremen Einsatzbedingungen‹ bezeichnet hatte.

»So kann man es auch sehen.«

»Gewiß«, bestätigte er. »Früher waren Sie wirklich ein wahrer Hitzkopf, aber das lag sicherlich an Ihrem jugendlichen Leichtsinn. Was aber am wichtigsten ist: Sie waren ein außerordentlich guter Agent. Teufel, Sie hatten tatsächlich Mumm in den Knochen. Es tat uns wirklich leid, Sie zügeln zu müssen. Stimmt es eigentlich, daß es Ihnen einmal gelungen war, einen Ausbilder außer Gefecht zu setzen?«

Ich zuckte nur die Achseln. Es stimmt. Während des Trainings im CIA-Ausbildungs-Camp in Peary hatte mich ein Nahkampf-Experte vor den Augen meiner Kameraden in den Schwitzkasten genommen und nicht aufgehört, mich zu verhöhnen und zur Gegenwehr anzustacheln. Plötzlich hatte mich eine Welle kalter, aber unaufhaltsamer Wut erfaßt. Es war mir so vorgekommen, als hätte sich eine ätzende Flüssigkeit in meinem Bauch angesammelt und dann meinen ganzen Körper durchflutet, um ihn gleichsam zu vereisen. Irgendein archaischer und bis zu jenem Zeitpunkt überdeckter Teil meines Wesens schien plötzlich die Kontrolle über mein Ich gewonnen zu haben und mich in ein nur noch instinktiv handelndes, wildes Tier zu verwandeln. Es gelang mir damit jedenfalls, mit meiner rechten Hand nach hinten zu schlagen und mit dem Handballen das Gesicht des Ausbilders zu treffen, wobei ich dessen Kiefer brach. Die Nachricht über diesen Vorfall verbreitete sich im Camp wie ein Lauffeuer, wurde wieder und wieder erzählt und nach unzähligen harten Drinks immer mehr ausgewalzt und übertrieben. Von jenem Tag an wurde ich mit äußerster Behutsamkeit behandelt, so als wäre ich eine Handgranate, bei der der Sicherungssplint fehlte. Der Ruf, der mich fortan begleitete, leistete mir bei vielen Einsätzen gute Dienste. Außerdem wurde ich von da an mit Aufgaben betraut, die für andere Agenten zu gefährlich schienen. Auf der anderen Seite jedoch litt ich auch unter meinem Image, das in so krassem Widerspruch zu meinen geistigen Fähigkeiten stand und meinem wahren Ich nicht gerecht wurde.

Moore schlug die Beine übereinander und lehnte sich zurück. »Erzählen Sie mir, warum Sie mich aufgesucht haben. Ich nehme an, es handelt sich dabei um einen Anlaß, den man besser nicht am Telefon bespricht.«

Sicher nicht, sofern die Leitung nicht abhörsicher ist, dachte ich. Solche Privilegien aber standen einem ehemaligen Mitarbeiter nach dessen Ausscheiden aus dem aktiven Dienst nicht mehr zu; auch nicht, wenn es sich dabei um eine Persönlichkeit wie Edmund Moore handelte.

»Was wissen Sie über Alexander Truslow?« fragte ich ohne Umschweife.

»So, so«, entfuhr es ihm, und er zog die Augenbrauen empor. »Sie arbeiten also zur Zeit für ihn, stimmt's?«

»Nehmen wir einmal an, daß Sie recht haben, Ed. Ich muß Ihnen übrigens gestehen, daß ich mich zur Zeit in finanziellen Schwierigkeiten befinde.«

»Aha.«

»Vielleicht haben Sie von einer kleinen Anlagefirma in Boston namens First Commonwealth gehört?«

»Ich glaube schon. Ich habe etwas über Drogengelder gelesen.«

»Die Firma ist von der Bankenaufsicht und der Staatsanwaltschaft geschlossen worden. Damit liegt mein flüssiges Kapital für unbestimmte Zeit auf Eis.«

»Das tut mir sehr leid.«

»Vor diesem Hintergrund erscheint mir das Angebot von Truslows Firma ausgesprochen verlockend, denn Molly und ich könnten das Geld sehr gut gebrauchen.«

»Aber haben Sie sich nicht auf Eigentumsfragen oder Patentrecht, oder wie immer das heißt, spezialisiert?«

»Das stimmt.«

»Ich hatte immer gedacht, daß Alex die Dienste von jemandem gebrauchen würde, der . . .«

Er hielt für einen Augenblick inne, um erneut an seinem Port zu nippen. Ich nutzte die Chance, um seinen unvollendeten Satz zu ergänzen: ». . . der vor allem etwas davon versteht, Gelder weltweit in diversen Schlupflöchern verschwinden zu lassen?«

Moore zeigte die Andeutung eines Lächelns und nickte. »Trotzdem sind Sie vielleicht genau derjenige, den er braucht. Sie hatten schließlich einmal den Ruf, einer der qualifiziertesten und am besten ausgebildeten Agenten zu sein.«

»Ed, Sie wissen sehr gut, daß ich vor allem den Ruf hatte, so etwas wie eine ›entsicherte Handgranate‹ zu sein.«

Diese Bezeichnung war nur eines der Etiketten, die mir von meinen damaligen Kollegen und Vorgesetzten bei der CIA verliehen worden waren. Allgemein begegnete man mir mit einer Mischung aus Furcht, Verblüffung und nicht zuletzt auch Ratlosigkeit. Alle gingen davon aus, daß die bei meinen Einsätzen stets präsente Nähe der Gefahr die dunklen Abgründe meines wahren Ich offenbarte. Einige behaupteten sogar, daß Furcht mir gänzlich fremd sei, was nicht zutraf. Andere charakterisierten mich vor allem als ausgesprochen kaltblütig, was der Wahrheit schon wesentlich näher kam.

Tatsache war, daß ich mich in bestimmten Situationen in ein rücksichtsloses und daher auch durchaus furchteinflößendes Wesen verwandelte. Diese Selbsterfahrung trug nicht wenig dazu bei, mein seelisches Gleichgewicht gehörig durcheinanderzubringen.

Vor meiner Zeit in Paris war ich in Leipzig eingesetzt worden, um dort, in der ehemaligen DDR, erste Erfahrungen zu sammeln. Als Handelsattaché getarnt, sollte ich der Kontaktmann für einen Informanten sein, der ziemlich nervös war. Es handelte sich um einen Soldaten der Roten Armee. Man hatte mich für diese Aufgabe ausgewählt, weil ich in Harvard Russisch studiert hatte und es beinahe flüssig sprach. Da ich meine Mission tadellos erfüllte, wurde ich dafür in gewissem Sinne ›belohnt‹, indem man mich als nächstes mit einem weitaus gefährlicheren Auftrag betraute.

Ich brachte einen ostdeutschen Physiker, der sich zum Überlaufen entschlossen hatte, von Leipzig an einen Grenzkontrollpunkt, der in der Nähe der westdeutschen Stadt Herleshausen lag. Dort sollte uns ein Mann des Bundesnachrichtendienstes in Empfang nehmen und weiterleiten. In den Mercedes, den ich auf den Kontrollpunkt zusteuerte, war ein spezielles Versteck eingebaut worden, in dem sich der Physiker verbarg. Zunächst brachten wir reibungslos die routinemäßige Überprüfung des Wagenbodens mit Spiegeln sowie die Paß- und Visakontrolle hinter uns, so daß ich mich bereits innerlich beglückwünschte, meinen Job ohne große Mühe erledigt zu haben. Dann bemerkte allerdings nicht nur ich den BND-Beamten, der sich auf der anderen Seite der Grenzanlage verfrüht zu erkennen gegeben hatte. Auch die ostdeutschen Grenzsoldaten wurden aufmerksam und schöpften Verdacht.

Im Handumdrehen näherten sich erst drei, dann sogar sieben Volkspolizisten meinem Wagen. Einer von ihnen baute sich vor mir auf und befahl mir per Handzeichen, sofort zu stoppen.

Wäre ich meinen Dienstanweisungen gefolgt, hätte ich nun anhalten und mich ebenso unschuldig wie verdutzt zeigen müssen. Auf keinen Fall sollte ein Menschenleben unmittelbar gefährdet werden, so lauteten die Spielregeln.

Doch während ich hinter dem Lenkrad saß, dachte ich an meine wertvolle Fracht: an den schmächtigen und in jenem Augenblick gewiß schweißgebadeten Physiker, der, in das enge Versteck zwischen Rücksitzbank und Kofferraum gezwängt, seines Schicksals harrte. Er war ein mutiger Mann, der bereit war, sein Leben zu riskieren, anstatt den Weg des geringsten Widerstandes zu gehen.

Ich blickte zuerst auf die linke, dann auf die rechte Seite und dann geradeaus. Meine Augen fixierten das von einem selbstgefälligen Grinsen gezeichnete Gesicht des Vopos, der mir den Weg blockierte. Später sollte ich erfahren, daß er ein Stasi-Offizier gewesen war.

Ich saß in der Falle. Alles, was ich im Trainings-Camp gelernt hatte, sagte mir, daß ich nur noch aufgeben konnte, wollte ich nicht den sicheren Tod in Kauf nehmen.

Aber in dem Augenblick überkam mich dieselbe kalte Wut, die damals von mir Besitz ergriffen hatte, als ich meinem Ausbilder den Kiefer brach. Es war, als wäre ich plötzlich in eine andere Haut geschlüpft. Mein Herz schlug völlig normal weiter, während ich innerlich nur noch von dem leidenschaftslosen Verlangen erfüllt war, diesen Menschen vor mir zu töten.

Befreie dich aus der Falle, sagte ich zu mir selbst, befreie dich.

Ich trat das Gaspedal bis auf das Bodenblech durch.

Niemals werde ich aus meinem Gedächtnis den Anblick des Gesichtes streichen können, das vor meiner Windschutzscheibe immer größer wurde und von einem Ausdruck ungläubigen Entsetzens verzerrt war.

Ruhig und ohne jede Erregung starrte ich nach vorn und erlebte alles wie in Zeitlupe. Vor allem aber fixierte ich die

Augen des Offiziers, in denen nur noch die nackte Angst geschrieben stand, während er meinem Blick nichts anderes als teilnahmslose, eisige Gleichgültigkeit entnehmen konnte.

Begleitet von dem furchtbaren Geräusch des Aufpralls, wurde der Körper des Offiziers hoch in die Luft geschleudert. Zwar folgten uns einige Salven Maschinenpistolenfeuer, aber nach wenigen Sekunden hatten mein Passagier und ich unverletzt die andere Seite erreicht.

Später wurde ich in Langley natürlich von meinen damaligen Vorgesetzten offiziell dafür gerügt, eigenmächtig ›unnötige‹ und ›gewaltsame‹ Maßnahmen ergriffen zu haben. Aber hinter vorgehaltener Hand ließen sie keinen Zweifel daran aufkommen, daß sie meine Handlungsweise billigten. Schließlich hatte ich meinen Auftrag erfüllt und den Physiker herausgeholt.

Bei mir selbst wollte sich allerdings keine rechte Freude über meinen Erfolg einstellen. Ich genoß keineswegs das Gefühl, heroischen Mut bewiesen zu haben, sondern litt vielmehr an einem tiefsitzenden Unwohlsein. Für die paar Augenblicke, die wir benötigt hatten, um die Grenze zu passieren, war ich zu einem Roboter geworden, dem es auch völlig gleichgültig gewesen wäre, gegen eine Betonmauer zu fahren. Ich hatte offensichtlich keinerlei natürliche Angst mehr empfunden. Und diese Erkenntnis machte mir wirklich angst.

»Nein, Ben«, fuhr Ed Moore fort. »Sie glichen niemals einer ›entsicherten Handgranate‹. Sie zeichneten sich nur durch eine seltene Kombination von enormen intellektuellen Fähigkeiten und gewaltigem Mumm in den Knochen aus. Für das, was Laura zustieß, tragen Sie keine Verantwortung. Sie waren einer unserer besten Männer. Darüber hinaus waren Sie nicht zuletzt wegen Ihres fotografischen Gedächtnisses, oder wie man diese Gabe auch nennen mag, ein echter Ausnahmeagent.«

»Mein ›eidetisches Gedächtnis‹, wie es bei den Neurologen heißt, hat mir gewiß damals am College eine Menge Vorteile eingebracht. Aber heutzutage, da es überall elektronische Datenbanken gibt, ist diese Gabe nicht mehr viel wert.«

»Sind Sie Truslow schon einmal begegnet?«

»Ich habe ihn auf der Beerdigung meines Schwiegervaters kennengelernt. Dort haben wir uns vielleicht fünf Minuten lang unterhalten. Das ist alles. Ich weiß ja noch nicht einmal, was er eigentlich von mir will.«

Moore stand auf und schritt auf die Flügeltüren zu. Eine von ihnen klapperte unter dem Druck des Sturmes mehr als die anderen. Moore hantierte an ihr herum und schloß sie ab, woraufhin sich der Lärm legte. Während er zu mir zurückkehrte, fragte er: »Erinnern Sie sich an den aufsehenerregenden Bürgerrechtsprozeß gegen die CIA in den frühen 70er Jahren? Ein Farbiger hatte sich auf eine Stelle in der Datenauswertung beworben, war jedoch ohne Angabe plausibler Gründe abgelehnt worden.«

»Sicher erinnere ich mich daran.«

»Es war Alex Truslow, der dem Mann schließlich recht gab und dafür sorgte, daß die Personalabteilung der CIA nie wieder einen Bewerber oder Mitarbeiter aufgrund seiner Hautfarbe oder seines Geschlechts benachteiligte. Das war ein wirklich außergewöhnlicher Schritt, aber Truslow hatte das Ziel vor Augen, die CIA zu einer echten Eliteorganisation von hochspezialisierten Experten und Könnern zu formen. In seinem Konzept war kein Platz für die Dünkel der alten Garde, die nur ihre Pfründe retten wollte. Aber manch einer trägt ihm noch bis heute nach, daß es seit damals praktisch jedem offensteht, dem einst exklusiven Club beizutreten. Haben Sie übrigens davon gehört, daß Truslow gute Chancen hat, zum Nachfolger Ihres Schwiegervaters ernannt zu werden?«

Ich nickte.

»Was wissen Sie über Truslows gegenwärtiges Tun?« fragte Moore.

»Praktisch gar nichts. Nur, daß er mit irgendwelchen ›Sicherheitsfragen‹ beschäftigt sein soll, mit denen sich die CIA selbst nicht auseinandersetzen kann oder will.«

»Kommen Sie. Ich will Ihnen etwas zeigen«, sagte Moore, während er sich erhob und mir andeutete, ihm zu folgen.

Schnaufend erklomm er die hölzerne Wendeltreppe, die zum zweiten Stock der Bibliothek hinaufführte. »Der Tag rückt näher, an dem ich nicht mehr in der Lage sein werde, diese Stufen hinaufzusteigen«, rief er, nach Luft schnappend. »Dann werde ich meinen gesamten Ruskin nach hier oben verbannen, damit er mir aus den Augen kommt. Ist alles wertloses Zeug, was er so verbrochen hat. Außerdem konnte ich diesen alten Kretin ohnehin niemals ausstehen. Das kommt eben dabei heraus, wenn Cousin und Cousine heiraten. So, wir sind am Ziel. Werfen wir einen Blick auf meine geheimen Schätze.«

Wir waren auf der Galerie etwa zehn Fuß an düsteren, in Saffianleder gebundenen Wälzern vorbeigeschritten und hatten einen Abschnitt erreicht, in dem eine holzgetäfelte Wand die Regalreihen unterbrach. Moore berührte ein Paneel, woraufhin die Täfelung eine sich öffnende Tür preisgab, hinter der sich ein schlachtschiffgraues Aktenregal abzeichnete.

»Wie hübsch«, rief ich aus. »Haben die Jungs vom technischen Dienst Ihnen das eingebaut?« In Wahrheit handelte es sich meines Erachtens allerdings um ein vergleichsweise armseliges Versteck, das jeder versierte Experte auf den ersten Blick ausgemacht hätte. Über diese abfällige Einschätzung verlor ich jedoch kein Wort.

Als Moore die Tür weiter aufzog, gab diese einen Laut von sich, der an ein unterdrücktes Stöhnen erinnerte. »Nein«, erwiderte er. »Um die Wahrheit zu sagen, fand ich alles bereits so vor, als ich das Haus 1952 kaufte. Der reiche Industrielle, der es erbaute, hatte offensichtlich eine Schwäche für Geheimverstecke. Ein weiteres davon ist in den Kaminabzug eingebaut, aber ich benutze es nie. Hätte sich der alte Knabe wahrscheinlich nie träumen lassen, daß sein Haus eines Tages in die Hände eines pensionierten Geheimdienstlers fallen würde.«

Die Beschriftungen der Aktenordner ließen keinen Zweifel daran, daß es sich um geheime Unterlagen der CIA handelte. »Ich wußte gar nicht, daß man Ihnen bei Ihrem Ausscheiden aus dem Dienst all diese Akten als Abschiedsgeschenk mit nach Hause gegeben hat«, stichelte ich.

Er wandte sich zu mir um und rückte seine Brille zurecht. »Das hat man auch nicht«, lächelte er. »Aber ich vertraue auf Ihre Diskretion.«

»Selbstverständlich.«

»Nun, ich habe nicht gegen die Geheimhaltungsvorschriften verstoßen – zumindest nicht übermäßig.«

»Wer hat Ihnen dieses ganze Material gegeben?«

»Erinnern Sie sich an Kent Atkins von der Pariser Sektion?«

»Gewiß. Er war ein Freund von mir.«

»Er arbeitet jetzt als stellvertretender Leiter unserer Filiale in München. Er hat Kopf und Kragen riskiert, um mir das hier zu beschaffen. Deswegen habe ich gewisse Sicherheitsvorkehrungen getroffen, damit die Akten nicht durch Zufall simplen Einbrechern in die Hände fallen.«

»Aus all dem darf ich schließen, daß die Firma keine Ahnung von dem Verbleib des Materials hat?«

»Nicht die geringste«, bestätigte Ed Moore. »Ich glaube nicht einmal, daß sie den Verlust auch nur bemerkt haben.« Er nahm einen einzelnen Ordner heraus. »Sie werden gleich sehen, worauf Alex Truslow scharf ist. Haben Sie eigentlich eine Vorstellung davon, womit sich Ihr Schwiegervater kurz vor seinem Tod befaßte?«

Der Regen ließ langsam nach. Auf einem polierten Eichentisch in der Nähe der Flügeltüren hatte Moore eine Reihe von Dokumenten ausgebreitet. Sie alle betrafen die zunehmende Demontage des KGB und weiterer Nachrichtendienste des ehemaligen Ostblocks: Es gab offenkundig eine wahre Flut von Informationen und ehemaligen Mitarbeitern, die von Moskau, Berlin und vielen anderen Orten jenseits des einstigen Eisernen Vorhangs in den Westen strömten. Ich stieß unter anderem auf Protokolle von Verhören, in denen übergelaufene KGB-Offiziere ihr Wissen gegen Sicherheitsgarantien westlicher Staaten feilboten oder der CIA ganze Aktenpakete zum Kauf offerierten. Weitere dekodierte Schreiben machten deutlich, daß aus dem einst weltweiten Agentennetz des KGB immer mehr Informationen nach außen durchsickerten, die man, wie ich auf den ersten Blick feststellen konnte, ohne Übertreibung als explosiv einstufen mußte.

»Es wäre wahrscheinlich für alle Beteiligten besser gewesen«, hob Moore mit sanfter Stimme an, »wenn dieses ganze Material niemals aus den Archiven des KGB ans Tageslicht gekommen wäre.«

»Was wollen Sie damit sagen?«

Er seufzte. »Sie haben sicherlich schon einmal vom sogenannten ›Mittwochs-Club‹ gehört.«

Ich nickte. Der ›Mittwochs-Club‹ war eine Gruppe von ehemaligen CIA-Häuptlingen – also vor allem Direktoren und deren Stellvertreter –, die sich jeden Mittwoch in einem französischen Restaurant in Washington zu einem großen Palaver versammelten. Von den jüngeren Mitarbeitern wurde dieses Ereignis auch respektlos als ›Fossilien-Fütterung‹ bezeichnet.

»Nun, in den letzten Monaten wird dort viel über die Informationen geredet, die aus den Überresten der ehemaligen Sowjetunion zu uns dringen.«

»Kam dabei irgend etwas Brauchbares heraus?«

»Etwas Brauchbares?« Moore betrachtete mich wie eine Eule aufmerksam über den Rand seiner Brille hinweg. »Würden Sie es für ›brauchbar‹ erachten, wenn Sie unumstößliches Beweismaterial dafür erhielten, daß die ehemalige Sowjetunion hinter der Ermordung John F. Kennedys steckte?«

Ich überlegte einen Augenblick lang und schüttelte dann den Kopf. »Nein. Schon deshalb nicht, weil ganze Generationen von Journalisten und Drehbuchautoren, die sich über das Kennedy-Attentat den Kopf zerbrochen haben, durch diesen Hinweis in den Selbstmord getrieben würden.«

Moore brach in schallendes Gelächter aus. »Aber eine Sekunde lang waren Sie sich nicht ganz sicher, stimmt's?«

»Ihr Sinn für Humor ist mir sehr wohl vertraut.«

Er lachte erneut und schob dann seine Brille wieder die Nase hinauf. »Wir erhielten ein paar Hinweise von einigen KGB- und Stasi-Generälen, die zu uns übergelaufen waren und uns Informationen über Tarnadressen und Namen von Agenten des weltweiten KGB-Netzes anboten.«

»Das würde ich als nette Gefälligkeit ansehen.«

»Vielleicht – zumindest aus der Perspektive eines Historikers«, schränkte Moore ein, nahm seine Brille ab und massierte seinen Nasenrücken. »Aber wen sonst sollte es heute noch interessieren, wer vor dreißig Jahren für ein Regime spionierte, das gar nicht mehr existiert?«

»Ich bin mir sicher, daß es durchaus noch einige Interessenten gibt.«

»Zweifellos. Aber mich interessiert es nicht. Vor ein paar Monaten hörte ich jedoch bei einem unserer Mittwochs-Treffen eine Geschichte über Wladimir Orlow.«

»Über den ehemaligen Chef des KGB?«

»Um genau zu sein: den *letzten* Chef des KGB, bevor Jelzins Leute die Organisation vollends entmachteten. Was glauben Sie, wohin sich ein Mann seines Kalibers begibt, wenn man ihm seinen Posten wegnimmt?«

»Vielleicht nach Paraguay oder Brasilien.«

Moore schmunzelte. »Mr. Orlow wußte jedenfalls Besseres mit sich anzufangen, als nur in seiner Datscha außerhalb von Moskau die Zeit totzuschlagen und darauf zu warten, daß man ihn dafür anklagt, seinen Job so gut wie möglich getan zu haben. Er zog es vor, ins Exil zu gehen.«

»Und wohin?«

»Das ist das Problem.« Er sortierte einen Stapel von einzelnen Blättern aus und reichte ihn mir. Es handelte sich um Fotokopien von Telegrammen, in denen ein in Zürich stationierter CIA-Mann berichtete, er habe Wladimir I. Orlow, vormals Leiter des KGB, in einem Café in der Sihlstraße gesichtet. Orlow sei von Sheila McAdams, der Assistentin von CIA-Direktor Harrison Sinclair, begleitet worden. Das Datum verriet, daß dieses Telegramm weniger als einen Monat alt war.

»Ich kann mir auf das Ganze trotzdem keinen Reim machen«, gestand ich.

»Drei Tage bevor Harrison Sinclair zu Tode kam, traf sich Sheila McAdams, seine Assistentin und – damit werde ich Ihnen gewiß nichts Neues sagen – Geliebte, in Zürich mit dem ehemaligen Chef des KGB.«

»Aha.«

»Das Rendezvous war allem Anschein nach von Sinclair selbst eingefädelt worden.«

»Also ging es bei der Begegnung um irgendein Geschäft.«

»Was dachten Sie denn?« rief Moore ungeduldig. »Am darauffolgenden Tag war der Name Wladimir Orlow aus nahezu allen CIA-Datenbanken gelöscht worden. Nur fünf oder sechs der ranghöchsten Direktoren hatten noch Zugang zu Informationen, die ihn betrafen. Dann verschwand Orlow aus Zürich, ohne daß wir einen Anhaltspunkt dafür hatten, wohin er gegangen sein könnte. Der Schluß liegt wohl nahe, daß Hals Assistentin irgend etwas von Orlow erhalten hat, wofür dieser als Gegenleistung fortan praktisch mit einer Tarnkappe versehen wurde. Aber auch das ist nur Spekulation, denn zwei Tage nach ihrer Begegnung mit Orlow wurde Sheila in Georgetown ermordet. Und wiederum einen Tag später kam Hal Sinclair zu Tode.«

»Wer sollte ein Interesse daran gehabt haben, die beiden umzubringen?«

»Das, mein lieber Ben, ist vermutlich genau die Frage, die Sie für Alex Truslow beantworten sollen.« Das Kaminfeuer fiel langsam in sich zusammen, und Ed Moore versuchte, ihm zu neuem Leben zu verhelfen. »In der CIA tobt zur Zeit ein regelrechter Aufruhr, ein schrecklicher Machtkampf.«

»Zwischen wem?«

»Sie müssen bedenken, daß sich Europa derzeit in einer miserablen Lage befindet. Weder von Großbritannien noch Frankreich sind richtungweisende politische Impulse zu erwarten, und Deutschland steckt in einer schweren Wirtschaftskrise. Dort taucht schon wieder das bedrohliche Gespenst nationalistischer Gesinnungen . . .«

»Gut und schön, aber was hat das damit zu tun, daß . . . ?«

»Es geht das Gerücht um, und ich betone, daß es sich beim gegenwärtigen Stand der Dinge wirklich nur um ein Gerücht handelt, wenn auch um eines, das von sehr gut informierten ehemaligen Mitarbeitern gespeist wird, daß gewisse Kreise der CIA einen Weg gefunden hätten, Einfluß auf wichtige Schaltstellen in Europa auszuüben, um sich auf diese Weise das dortige Chaos für ihre obskuren Interessen zunutze zu machen.«

»Bei aller Wertschätzung, Ed, aber das ist wirklich sehr vage.«

»Gewiß«, rief er aus, wobei mich der scharfe Klang seiner Stimme überraschte. »Wir sprechen nur von ›gewissen Kreisen‹, von Dingen wie ›Einflußnahme‹ und benutzen das ganz verharmlosende Vokabular, das wir immer benutzen, wenn wir nichts Genaues wissen. Aber Tatsache ist, daß sich alte Männer, die eigentlich nur noch Golf spielen und sich gelegentlich einen knochentrockenen Martini genehmigen sollten, sehr große Sorgen machen. Freunde, die führende Positionen innehatten, sprechen davon, daß in Zürich enorm hohe Summen den Besitzer gewechselt hätten . . .«

»Und in Wladimir Orlows Taschen geflossen sind?« unterbrach ich ihn. »Oder hat er uns Geld gegeben, damit wir seinen Schutz garantieren?«

»Es geht dabei nicht um das Geld!« Ed Moores Zähne erschienen mir unnatürlich gelb.

»Worum geht es dann?« fragte ich sanft.

»Ich muß Ihnen ehrlich gestehen, daß ich nichts Genaues weiß; doch falls sich meine Befürchtungen bestätigen sollten, könnte es gut sein, daß die CIA eines Tages genauso ein verblichenes Relikt der Geschichte würde wie der KGB.«

Wir verharrten eine ganze Weile in tiefem Schweigen. Ich wollte es gerade mit der Bemerkung brechen, ob die von Moore skizzierte Perspektive nicht auch ihre Vorzüge habe, als ich bemerkte, daß mein Gesprächspartner kreidebleich geworden war.

»Was hält Kent Atkins von der ganzen Sache?« fragte ich.

Es dauerte länger als eine halbe Minute, bevor er sich zu einer Antwort durchrang. »Ich weiß es wirklich nicht, Ben. Ich weiß nur, daß Kent sich furchtbare Sorgen macht. Er selbst fragte mich nach meiner Meinung zu dem, was sich da abspielt.«

»Was haben Sie ihm gesagt?«

»Daß das, was diese Verschwörer drüben in Europa veranstalten, was immer es auch ist, nicht nur die Europäer betreffen wird, sondern auch uns und die ganze restliche Welt. Dabei wage ich gar nicht daran zu denken, welche Konsequenzen uns persönlich drohen.«

»Woran denken Sie dabei?«

Er ignorierte meine Frage und schien in Gedanken versunken zu sein. Ein schwaches, wehmütiges Lächeln zeichnete sich auf seinen Zügen ab. »Mein Vater starb im Alter von einundneunzig, und auch meine Mutter wurde neunundachtzig. Offensichtlich liegt es in der Familie, ein hohes Alter zu erreichen. Allerdings hat keiner meiner Vorfahren im kalten Krieg gekämpft.«

»Ich verstehe nicht, was Sie meinen. An welche Art von Konsequenzen denken Sie, Ed?«

»Sie wissen, daß Ihr Schwegervater in den letzten Monaten seiner Amtsführung geradezu besessen war von der Aufgabe, Rußland vor der Machtübernahme durch reaktionäre Kräfte zu bewahren. Sollte diese Katastrophe eintreten, würde uns der kalte Krieg im nachhinein wahrscheinlich als Kinderspiel erscheinen. Vielleicht war Hal irgendeiner Sache auf der Spur.«

Er ballte seine schmale, von Altersflecken überzogene Hand zur Faust und preßte sie gegen seine geschürzten Lippen. »Alle Mitarbeiter der CIA müssen mit einem gewissen Berufsrisiko leben. Und wie Sie wissen, ist die Selbstmordrate in unserer Branche sehr hoch.«

Ich nickte zustimmend.

»Sicher ist es recht unwahrscheinlich, daß einer von uns in Ausübung seiner dienstlichen Pflichten den Tod findet, aber dennoch geschieht es von Zeit zu Zeit.« Er senkte die Stimme. »Niemand weiß das besser als Sie.«

»Sie befürchten, in Lebensgefahr zu schweben?«

Ed Moore lächelte wieder und schüttelte den Kopf. »Ich gehe auf die Achtzig zu, und ich habe keineswegs die Absicht, meine letzten Lebensjahre mit einem bewaffneten Posten vor meinem Bett zu verbringen, vorausgesetzt, die CIA würde mir überhaupt jemanden zu meinem Schutz bewilligen. Nein, ich sehe keinen Anlaß, meinen Lebensabend in einem Gefängnis zu verbringen.«

»Aber haben Sie denn irgendwelche Drohungen erhalten?«

»Nicht eine einzige. Was mich stutzig macht, ist nur die auffällige, systematische Vorgehensweise.«

»Welche systematische Vorgehensweise?«

»Sagen Sie mir, Ben: Wer weiß davon, daß Sie bei mir sind?«

»Nur Molly.«

»Sonst niemand?«

»Nein.«

»Hm ... aber das Telefon ...«

Ich faßte ihn schärfer ins Auge und fragte mich, ob er etwa genauso paranoid geworden war wie James Angleton in seinen letzten Jahren.

Doch als könnte er meine Gedanken lesen, beruhigte mich Moore. »Keine Bange, Ben. Ich habe noch alle Tassen im Schrank, und gewiß ist mein Mißtrauen unbegründet. Außerdem ist es keinem Menschen gegeben, den Zeitpunkt und die Ursache seines Todes zu bestimmen. Was geschehen soll, wird geschehen. Aber es wird mir doch erlaubt sein, daß ich mir meine Gedanken mache.«

Ich hatte an ihm nie auch nur ein Anzeichen für Hysterie ausgemacht. Deswegen erschütterte mich seine unterdrückte Furcht um so mehr. »Ich glaube, daß Sie sich vielleicht zu viele Gedanken machen«, war alles, was ich über die Lippen brachte.

Wieder kam ein kleines, trauriges Lächeln über sein Gesicht. »Vielleicht, vielleicht auch nicht.« Er langte nach einem großen Briefumschlag, den er mir über den Tisch zuschob. »Ein Freund, oder sagen wir besser, der Freund eines Freundes hat mir dies hier zukommen lassen.«

Ich öffnete den Umschlag und zog ein Hochglanzfarbfoto heraus. Es dauerte ein paar Augenblicke, bis ich das Gesicht identifiziert hatte. Dann jedoch erfaßte mich eine heftige Übelkeit.

»Herr im Himmel«, stieß ich, von Entsetzen gepackt, hervor.

»Es tut mir leid, Ben, daß ich Ihnen das zugemutet habe. Aber Sie mußten die Wahrheit erfahren, denn dieses Bild räumt alle Zweifel daran aus, daß Harrison Sinclair ermordet wurde.«

Ich starrte vor mich hin, während sich in meinem Kopf alles drehte.

»Alex Truslow«, fuhr Moore fort, »setzt alles daran, die CIA von diesem ... nennen wir es ›Krebsgeschwür‹ ... zu befreien. Und er dürfte der einzige sein, dem das gelingen könnte.«

»Stehen die Dinge wirklich so schlecht?«

Ed Moore starrte auf das Spiegelbild des Raumes, das sich auf den dunklen Scheiben der Flügeltüren abzeichnete. Er schien in Gedanken weit entfernt zu sein. »Sie werden davon gehört haben, daß Alex und ich als junge Analytiker in Langley vor vielen Jahren einem Vorgesetzten unterstellt waren, der sich – wie wir wußten – seinen Bericht regelrecht aus den Fingern gesogen hatte. Er hatte bewußt die vermeintliche Gefahr, die von einer linksextremistischen Terrorzelle in Italien ausging, stark aufgebauscht, damit der Etat für seine Abteilung verdoppelt würde. Alex ließ die Sache auffliegen und wurde daraufhin in das Büro unseres Vorgesetzten bestellt. Doch selbst in der Höhle des Löwen zeigte sich Alex keineswegs eingeschüchtert. Er verkörperte schon damals ein Maß an Integrität, das in einem so zynischen Arbeitsumfeld wie dem der CIA beinahe fremd und bizarr wirkte. Soweit ich mich erinnere, war sein Vater ein hoher presbyterianischer Würdenträger in Connecticut, von dem Alex möglicherweise dieses sture, unbeugsame Festhalten an ethischen Wertvorstellungen geerbt hatte. Und glauben Sie mir, Ben, viele Leute respektieren Alex vor allem deshalb.«

Ed Moore setzte seine Brille ab und rieb sich die Augen. »Ich weiß allerdings nicht, ob Alex allein dasteht oder genügend Gefolgsleute hat. Und ich möchte mir lieber nicht ausmalen, was geschehen könnte, sollten seine Feinde mit ihm das gleiche vorhaben wie mit Harrison Sinclair.«

4

Es war bereits nach Mitternacht, als ich zu Bett ging. Da ich die letzte Maschine zurück nach Boston verpaßt hatte, quartierte mich Ed Moore – der von meinen Plänen, die Nacht in einem Hotel zu verbringen, nichts wissen wollte, zumal sein Haus mehr als genug Platz bot, nachdem all seine Kinder vor vielen Jahren ausgezogen waren – in einem komfortablen Gästezimmer im dritten Stock ein. Ich stellte den Wecker auf sechs Uhr, damit ich zeitig genug aufbrechen konnte, um noch zu einer halbwegs angemessenen Zeit in mein Büro zu kommen.

Es mochte eine Stunde vergangen sein, als ich mich plötzlich mit wild klopfendem Herzen aufrichtete und die Nachttischlampe einschaltete: das Foto. Molly durfte auf keinen Fall das Foto zu Gesicht bekommen, sagte ich zu mir selbst. Ich stand auf, schob das Bild in den Umschlag zurück und verstaute diesen in einem Seitenfach meiner Aktenmappe.

Ich legte mich wieder ins Bett, löschte das Licht, wälzte mich eine ganze Zeitlang unruhig hin und her, bis ich es schließlich aufgab und die Lampe erneut einschaltete. Ich konnte einfach nicht einschlafen. Ich hatte es mir jedoch zur Regel gemacht, niemals Schlafmittel zu nehmen; zum einen, weil ich dazu während meiner Agentenausbildung instruiert worden war (schließlich mußte man in der Lage sein, schlagartig wach zu werden und aus dem Bett zu springen), zum anderen, weil ich als Anwalt bei komplizierten Fällen und Verhandlungen nichts weniger brauchte als Kopfschmerzen von irgendwelchen nachwirkenden Medikamenten.

Deshalb schaltete ich den Fernseher ein und suchte nach etwas, das mich einschläfern könnte. Als ich die einzelnen Kanäle durchging, stieß ich bei CNN auf eine Diskussionsrunde, die sich mit dem Thema ›Deutschland in der Krise‹ beschäftigte. Drei Journalisten tauschten ihre Meinungen über die Lage in Deutschland aus, über den dortigen Börsenkrach und die hiermit in Zusammenhang stehenden Neonazi-Demonstrationen. Alle waren sich in der beängstigend düsteren Prognose einig, daß Deutschland in höchster Gefahr schwebe, wieder zu einer Diktatur zu werden.

Einen der beteiligten Journalisten erkannte ich auf den ersten Blick. Es handelte sich um Miles Preston, einen britischen Zeitungskorrespondenten. Ich kannte den rotwangigen Fitneß-Fanatiker mit dem glasklaren Verstand seit Beginn meiner Arbeit für die CIA. Da er ein ausgesprochen gut informierter Bursche war, der zudem über ausgezeichnete Kontakte verfügte, hörte ich ihm aufmerksam zu.

»Ich meine, wir sollten das Kind beim Namen nennen«, erklärte er im Washingtoner Studio von CNN. »Bei den sogenannten Neonazis, die hinter dieser neuen Gewalt stehen, handelt es sich nur um Altnazis, die wieder aus ihren Löchern hervorgekrochen sind. Sie haben bloß auf diesen historischen Augenblick gewartet, und jetzt, da die Deutsche Börse zusammengebrochen ist, halten sie ihre Zeit für gekommen.«

Ich hatte Miles Preston damals während meines ersten Auftrages in Leipzig kennengelernt. Da Laura noch in Reston geblieben war, um dort unser Haus zu verkaufen und erst dann nachzukommen, fühlte ich mich ziemlich einsam. Ich saß mit einem großen Glas Bier vor mir im Thüringer Hof in der Burgstraße, einem gemütlichen und gut besuchten Lokal in der Leipziger Altstadt. »Sie machen einen gelangweilten Eindruck«, sprach mich plötzlich jemand mit britischem Akzent an. Man sah ihm auf den ersten Blick an, daß er aus dem Westen kam.

»Aber überhaupt nicht«, widersprach ich. »Man muß nur genug von diesem Zeug hier trinken, dann erscheint einem alles interessant.«

»Wenn das so ist, dann darf ich mich vielleicht zu Ihnen setzen?«

Ich zuckte nur die Achseln. Er nahm Platz und fragte mich: »Amerikaner? Diplomat oder so etwas Ähnliches?«

»Ich arbeite für das State Department«, antwortete ich, da ich offiziell als Handelsattaché auftrat.

»Ich bin hier, um einen Artikel für den Economist zu schreiben«, fuhr er fort. »Sind Sie schon lange hier?«

»Ungefähr einen Monat.«

»Und Sie wären lieber heute als morgen fort?«

»Die Deutschen hängen mir langsam ein bißchen zum Hals heraus.«

»Da hilft auch das Biertrinken nicht«, fügte er hinzu. »Wie lange haben Sie noch vor zu bleiben?«

»Ein paar Wochen. Dann geht es nach Paris, worauf ich mich sehr freue, denn die Franzosen mochte ich schon immer.«

»Oh«, erwiderte mein Gegenüber. »Die Franzosen unterscheiden sich von den Deutschen eigentlich nur durch ihr besseres Essen.«

In der Folgezeit hielten wir bis zu meiner Abordnung nach Paris den Kontakt aufrecht und trafen uns von Zeit zu Zeit auf einen Drink oder zum Essen. Miles schien meine Geschichte mit dem State Department geschluckt zu haben, zumindest hinterfragte er sie nicht. Vielleicht hatte er mich auch im Verdacht, für die CIA zu arbeiten. Ich weiß es nicht. Bei ein oder zwei Anlässen, bei denen ich mit CIA-Kollegen in Auerbachs Keller, einem ausgezeichneten und bei Besuchern der Stadt äußerst populären Restaurant, zu Mittag aß, war auch Miles hereingekommen. Obwohl er mich gesehen hatte, gab er kein Zeichen des Erkennens, vielleicht aus dem instinktiven Wissen heraus, daß ich ihn ungern den anderen vorgestellt hätte. Journalist hin oder her, das war etwas, das ich an ihm sehr mochte: Er versuchte niemals, irgendwelche Informationen aus mir herauszuquetschen oder mich mit Fragen zu durchlöchern, worin denn meine Aufgabe in Leipzig tatsächlich bestehe. Miles konnte einem zwar seine Meinung unverhohlen und direkt ins Gesicht sagen, was manchen Anlaß zu Scherzen zwischen uns gab, aber andererseits konnte er genausogut auch ausgesprochen taktvoll auftreten. Außerdem ähnelten sich unsere beruflichen Tätigkeiten sehr, was wohl ebenfalls für unsere gegenseitige Sympathie verantwortlich war. Jeder von uns jagte nach einzelnen Informationen und bemühte sich, das Bild eines Ganzen daraus zusammenzusetzen. Der einzige

Unterschied bestand darin, daß ich meinen Job im verborgenen ausübte.

Ich hob den Hörer des Telefons auf meinem Nachttisch ab. Es war bereits nach halb zwei, aber schließlich meldete sich jemand bei CNN in Washington. Es handelte sich wohl um einen jüngeren Mitarbeiter, der mir die Auskünfte gab, die ich brauchte.

Wir trafen uns zu sehr früher Stunde zu einem Frühstück im Mayflower. Miles Preston war noch genauso herzlich und geistreich, wie ich ihn in Erinnerung hatte.

»Haben Sie jemals wieder geheiratet?« erkundigte er sich nach der zweiten Tasse Kaffee. »Verzeihen Sie meine Neugier, aber ich frage mich, wie Sie über diese schreckliche Geschichte mit Laura damals in Paris hinweggekommen sind und . . .«

»Ja«, fiel ich ihm ins Wort. »Ich habe wieder geheiratet. Sie heißt Martha Sinclair und ist Kinderärztin.«

»Eine Frau Doktor, eh? Das könnte Schwierigkeiten bedeuten, Ben. Eine Frau darf nur so klug sein, daß sie die Klugheit ihres Mannes erkennt, und sie muß dumm genug sein, um ihn dafür zu bewundern.«

»Sie hat mehr Verstand, als manchmal für mich gut ist. Aber was ist mit Ihnen, Miles? Soweit ich mich erinnere, ging es bei Ihnen immer zu wie in einem Bienenkorb.«

»Ich habe bis heute erfolgreich einen großen Bogen um den bedauernswerten Stand der Ehe gemacht. Wie heißt es doch so schön: Die Kunst besteht darin, sich genußvoll in die Arme einer schönen Frau sinken zu lassen, ohne ihr auf immer und ewig zu verfallen!« Er gab dem Kellner ein Zeichen, ihm eine weitere Tasse Kaffee einzuschenken. »Sinclair«, wiederholte er murmelnd. »Sinclair . . . Sie haben doch nicht etwa einen Nachkömmling des allmächtigen Regenten jener allwissenden Nachrichtenbörse geehelicht, oder etwa doch? Harrison Sinclairs Tochter?«

»Genau die.«

»Dann möchte ich Ihnen mein aufrichtiges Beileid zum Tod Ihres Schwiegervaters aussprechen. Wurde er . . . ermordet, Ben?«

»Feinfühlig wie immer. Warum fragen Sie?«

»Es tut mir leid. Verzeihen Sie bitte. Aber in meiner Branche muß ich auch Gerüchten nachgehen.«

»Nun, um die Wahrheit zu sagen, ich hatte gehofft, daß Sie ein wenig Licht in die Angelegenheit bringen könnten, Miles«, erwiderte ich. »Ich weiß nicht, ob es ein Unfall war oder ob er ermordet wurde. Aber ich sehe keinen Anhaltspunkt für letztere Annahme, denn soweit ich weiß, hatte mein Schwiegervater keine persönlichen Feinde.«

»Sie sollten nicht nur persönliche Motive in Betracht ziehen, Ben. Sie müssen in politischen Zusammenhängen denken.«

»Was soll das heißen?«

»Harrison Sinclair galt als vehementer Verfechter eines Hilfsprogramms für Rußland.«

»Und weiter?«

»Es gibt eine ganze Menge Leute, die andere Interessen verfolgen.«

»Gewiß«, bestätigte ich. »Vor allem in Zeiten wie denen der gegenwärtigen weltweiten Wirtschaftskrise halten viele Amerikaner nichts davon, mit ihrem Geld die Russen zu unterstützen, vor allem nachdem sie viele Jahre lang viel Geld dafür ausgegeben haben, sie zu bekämpfen.«

»Das meinte ich nicht. Es gibt gewisse Leute, nein, sprechen wir lieber von gewissen Kräften, Ben, die Rußland regelrecht in den Ruin treiben möchten.«

»Um was für Kräfte soll es sich dabei handeln?«

»Bedenken Sie folgendes: In Osteuropa herrscht ein heilloses Durcheinander. Die dortigen Staaten verfügen zwar über immense Bodenschätze, werden aber politisch durch den Widerstreit von zersplitterten und extremistischen Parteien gelähmt. Viele Osteuropäer haben bereits vergessen, welches Unheil der Stalinismus über sie gebracht hatte, und setzen ihre Hoffnungen erneut auf die Kraft der Diktatur. Sie sind gefügige Opfer für jemanden, der darauf abzielt, die Situation auszunutzen.«

»Ich fürchte, ich kann Ihren Ausführungen nicht ganz folgen.«

»Deutschland, Ben! Deutschland könnte eine Schlüsselposition zukommen. Das Land steht an der Schwelle einer wiederauflebenden Diktatur. Und das ist kein Zufall, Ben. Das ist ein von langer Hand geplantes Manöver, bei dem diejenigen, die die Fäden in der Hand halten, kein erstarktes und stabiles Rußland brauchen können. Denken Sie daran, in welchem Maße die Rivalität zwischen Deutschland und Rußland den Verlauf beider Weltkriege geprägt hat. Ein schwaches Rußland ist die Voraussetzung für ein starkes Deutschland. Nehmen wir einmal an – nur als Gedankenspiel –, daß Ihr Schwiegervater als einflußreicher Befürworter eines in sich gefestigten und demokratischen Rußland in die Schußlinie der Drahtzieher dieser Entwicklung geraten ist ... übrigens, wer wird sein Nachfolger?«

»Truslow.«

»Hm. Hat etwas von einem Moralisten an sich, oder nicht? Jedenfalls dürfte er für diese Burschen alles andere als ein Wunschkandidat sein. Sollte mich nicht wundern, wenn er bei der ganzen Geschichte auch etwas abbekommen sollte. Aber jetzt muß ich mich leider verabschieden, Ben, denn ich habe noch einen Squash-Termin. Sie wissen ja, ich muß mich schließlich in Form halten. Eure amerikanischen Frauen sind heutzutage ganz schön anspruchsvoll.«

Bevor ich am Flughafen eine Stunde später die Maschine zurück nach Boston bestieg, rief ich in Alex Truslows Büro an, um einen Gesprächstermin zu vereinbaren.

5

Das verbeulte und in allen Ecken und Kanten scheppernde Taxi, das zudem noch auf der rechten Seite keinen Türgriff mehr besaß und von einem psychopathischen Bordsteinkantenkiller nur mit Mühe auf Kurs gehalten wurde, setzte mich um Viertel nach neun vor meinem Haus ab. Da Molly noch immer ihren Schichtdienst versah, wechselte ich nur schnell meine Kleidung und fuhr dann ins Büro, das ich mit nur fünfzehnminütiger Verspätung erreichte.

Dort begrüßte mich Darlene mit einem vorwurfsvollen Blick, der nichts Gutes verhieß: »Um neun Uhr war eine Telefonkonferenz, oder haben Sie das vielleicht vergessen?«

»Ich wurde in Washington geschäftlich aufgehalten«, erwiderte ich. »Würden Sie mich bei den anderen entschuldigen und einen neuen Termin vereinbaren?«

»Was ist mit Sachs? Er wartet bereits seit einer halben Stunde.«

»Verdammt. Haben Sie seine Nummer da? Ich telefoniere am besten selber mit ihm.«

»Außerdem hat Ihre Frau angerufen.« Sie reichte mir einen rosafarbenen Zettel. »Sie sagte, es sei dringend.«

Ich fragte mich, was wohl so dringend sein könnte, daß Molly mich zu einer Zeit sprechen wollte, zu der sie gewöhnlich im Krankenhaus ihre Visiten machte. »Danke«, rief ich und eilte in mein Büro, wo ich mich in meinen ledernen Schreibtischsessel fallen ließ. Während ich noch einen Augenblick lang überlegte, ob ich Darlene bitten sollte, mich mit der Konferenzschaltung zu verbinden, wählte ich bereits die Nummer, die Molly hinterlassen hatte. Es hob jedoch niemand ab. Deshalb meldete ich mich bei der Telefonzentrale des Krankenhauses und bat darum, Molly auszurufen.

Ich hatte jede Menge Arbeit zu erledigen, aber ich war in Gedanken mit anderen Dingen als mit patentrechtlichen Fragen beschäftigt. Schließlich nahm ich den Telefonhörer ab, um Bill Stearns anzurufen, änderte dann jedoch meinen Entschluß und legte wieder auf. Mein Treffen mit Alex Truslow war auf den nächsten Vormittag angesetzt, aber vielleicht war Stearns darüber schon in Kenntnis gesetzt worden.

Auf meinem Schreibtisch hatte ich eine von jenen Nagelskulpturen stehen, die man unmöglich beschreiben konnte, sondern man mit eigenen Augen sehen mußte. Mit meiner rechten Faust machte ich einen Abdruck hinein und bewunderte eine Zeitlang die 3-D-Abbildung. Mein anderes Spielzeug, das zur Grundausstattung für leitende Mitarbeiter gehörte, war ein elektronischer Basketballkorb, der auf eine Acrylglasplatte gegenüber meinem Schreibtisch montiert war. Ich packte den schwarz und weiß gemusterten, lederähnlichen Ball, ließ ihn durch die Luft sausen, und schon quäkte eine elektronische Stimme inmitten frenetischen Beifalls ›Superschuß‹, was in der steifen und förmlichen Atmosphäre der Kanzlei ausgesprochen fehl am Platze wirkte.

Es waren bereits zehn Minuten vergangen, aber Molly hatte sich noch immer nicht gemeldet. Plötzlich vernahm ich ein leises Klopfen an meiner Tür, und schon trat Bill Stearns mit seiner Bill-Franklin-Lesebrille auf der Nase ein.

»Ich habe mich mit Alex Truslow verabredet«, sagte ich ohne Einleitung. Dann hielt ich die Luft an und faßte ihn scharf ins Auge.

»Alex wird sehr froh darüber sein.«

Ich atmete langsam aus. »Das freut mich. Aber ich habe mich noch zu nichts entschieden. Ich will nur mit ihm reden.«

Er blickte mich mit leicht hochgezogenen Augenbrauen fragend an.

»Wieviel Profit würde dieser Auftrag der Firma einbringen?« erkundigte ich mich.

Stearns nannte mir die Summe.

»Ich gehe doch recht in der Annahme, daß ich meinen Anteil nicht vor Ende des Jahres zu sehen bekäme, nämlich erst dann, wenn der Jahresabschluß gemacht worden ist, stimmt's?«

Jetzt zog er die Augenbrauen so eng zusammen, daß sie nur noch einen Strich bildeten. »Worauf wollen Sie hinaus, Ben?«

»Die Sache ist doch ganz einfach: Truslow möchte, daß ich für ihn arbeite, und sie legen ebenfalls Wert darauf. Ich meinerseits leide momentan unter einem finanziellen Engpaß.«

»Und?«

»Ich verlange nichts weiter, als daß Truslow mich direkt und im voraus bezahlt.«

Stearns setzte seine Brille ab und faltete sie mit einer flinken Handbewegung zusammen. »Ben, das ist höchst . . .«

»Ungewöhnlich, aber durchaus machbar«, ergänzte ich. »Ich werde morgen bei Truslow einen Vertrag unterzeichnen, sofern er umgehend einen sechsstelligen Honorarvorschuß auf mein Konto überweist. Nur so kommen wir ins Geschäft.«

Stearns zögerte einen Augenblick, bevor er die Vereinbarung mit Handschlag besiegelte. »Ich hatte schon beinahe vergessen, was für ein ausgekochter Hundesohn Sie eigentlich sind. Also schön, Ben, wir sind im Geschäft.« Er hatte sich bereits zum Gehen gewandt, kehrte jedoch plötzlich noch einmal zurück. »Mich würde interessieren, was Sie dazu bewogen hat, Ihre Meinung zu ändern.« Er setzte sich in einen der Ledersessel, die sonst den Klienten angeboten werden, und schlug die Beine übereinander.

»Ich könnte versuchen, ein paar Pluspunkte bei Ihnen zu sammeln, indem ich sage, daß es an Ihrer Überredungskunst lag.«

Er lächelte. »Oder?«

»Ich glaube, ich bleibe lieber bei den Pluspunkten«, erwiderte ich und bedachte ihn ebenfalls mit einem Lächeln, während ich meine offene Hand mit gespreizten Fingern in die Nagelskulptur preßte. »Wenn Sie es genau wissen wollen«, fuhr ich nach einer kurzen Pause fort, »ich hatte letzte Nacht eine Unterredung mit einem guten Freund aus alten Tagen.«

Stearns nickte mit einem leeren, ins Nichts gerichteten Blick.

»Er hat sich mit den Umständen von Harrison Sinclairs Tod beschäftigt.«

Stearns zwinkerte ein paarmal. »So?«

»Er glaubt, daß der KGB dahintersteckt.«

Stearns rieb sich mit beiden Händen über die Augen und gähnte: »Es gibt immer noch viele ›kalte Krieger‹, die an ihren alten Vorstellungen festhalten. Der KGB und das ›Reich des Bösen‹ haben uns zu ihrer Zeit gewiß zu schaffen gemacht, und zwar auf übelste Weise. Aber der KGB gehört schon seit ein paar Jahren der Vergangenheit an. Und selbst wenn er noch existieren sollte, dann hätte er bestimmt andere Sorgen, als die Direktoren der CIA zu ermorden.«

Ich erwog, ihm das Foto zu zeigen, das Ed Moore mir gegeben hatte, als das Telefon klingelte.

»Ihre Frau ist am Apparat«, drang Darlenes Stimme flach und metallen klingend aus dem Sprechgerät.

Ich drückte den entsprechenden Knopf und hob sofort den Hörer ab.

»Molly . . .«

Sie weinte und brachte die Worte nur undeutlich und kaum verständlich hervor. »Ben, es ist etwas Schreckliches . . .«

Ich griff nach meinem Mantel und stürmte hinaus in den Korridor zum Fahrstuhl. Während ich dort einen Moment lang warten mußte, warf ich noch einen Blick zurück auf Bill Stearns, der gerade einem jüngeren Mitarbeiter namens Jacobson ein paar Anweisungen gab. Unsere Blicke trafen sich dabei nur kurz, aber ich konnte mich des Eindrucks nicht erwehren, daß Stearns mir einen durchdringenden, ja wissenden Blick zuwarf.

Als ob . . . ja, als ob er bereits Bescheid wüßte.

6

Es schien mir eine Ewigkeit her zu sein, daß ich den für jeden CIA-Agenten obligatorischen Grundlehrgang in Camp Peary, Virginia, absolviert hatte. In den sechs Monaten waren mir die unterschiedlichsten Dinge beigebracht worden, etwa wie man Pässe fälscht, kleinere Flugzeugtypen fliegt oder mit einer Pistole aus einem fahrenden Wagen schießt. Einer meiner Ausbilder betonte immer wieder, daß er uns so lange drillen werde, bis uns all diese Fähigkeiten in Fleisch und Blut übergegangen seien und wir sie rein instinktiv anwenden würden. Am Ende der Ausbildung würden unsere Reflexe so geschult sein, daß unsere Körper auch nach Jahren noch schneller und zuverlässiger als unser Bewußtsein auf unvorhergesehene Situationen reagieren könnten. Ich glaube allerdings nicht daran, daß meine antrainierten Instinkte die Zeit meiner Anwaltstätigkeit unbeschadet überstanden hätten. Ich war mir vielmehr ziemlich sicher, daß sie ein für allemal der Vergangenheit angehörten.

Während ich diesen Gedanken nachhing, ertappte ich mich dabei, daß ich meinen Wagen nicht auf dem Parkplatz hinter unserem Haus, sondern anderthalb Block entfernt an der Commonwealth Avenue parkte.

Warum tat ich das? Ich nehme an aus Instinkt. Eine jener eingefleischten Angewohnheiten von früheren, riskanten Einsätzen.

Molly hatte irgend etwas Entsetzliches entdeckt, etwas, worüber sie am Telefon nicht sprechen konnte. Mehr hatte sie nicht gesagt, aber dennoch . . .

Ich rannte die Allee entlang, die hinter der Häuserzeile verlief, zu der auch unser Haus gehörte. Als ich den Hintereingang erreichte, hielt ich einen Augenblick lang inne, um meine Aufregung abzulegen, bevor ich den Schlüssel in das Schloß steckte. Dann ging ich ruhig und gefaßt hinein und schlich lautlos im Dunkel die Holztreppe hinauf.

Nur die üblichen Geräusche: das Ticken der Pumpe, das

von den Heizungsrohren zu vernehmen war, das Anspringen des Kühlschrankaggregates und all die anderen mechanischen Laute, die mir von meinen eigenen vier Wänden her vertraut waren.

Voll furchtsamer Ungewißheit betrat ich innerlich und körperlich angespannt den langen, aber vergleichsweise niedrigen Raum, der einmal unsere Bibliothek werden sollte. Die deckenhohen Regale gähnten leer in dem noch unmöblierten, aber frisch gestrichenen Raum, dessen Farbe noch nicht ganz getrocknet war, nachdem Frank, der von uns angeheuerte Maler, erst am Vortag seine Arbeit beendet hatte.

Ich wollte gerade zur Treppe hinüberlaufen, die zum Schlafzimmer hinaufführte, als ich aus den Augenwinkeln heraus etwas Auffälliges bemerkte.

Molly und ich hatten bereits unsere Bücher, Akten und persönlichen Unterlagen in diesem Raum untergebracht, um sie in den Regalen aufzustellen, sobald diese trocken waren. Wir hatten die Sachen an einer Wand in sauberen Stapeln gelagert und mit einer Plastikplane abgedeckt, doch: Jemand hatte sich an ihnen zu schaffen gemacht.

Sie waren durchsucht worden; zwar auf professionelle Weise, aber erkennbar. Die Abdeckplanen waren angehoben und so zurückgelegt worden, daß sich die Farbspritzer nun innen und nicht mehr außen befanden.

Ich schlich mich näher heran.

Die Bücher waren zwar noch immer sauber gestapelt, aber anders angeordnet als zuvor. Es schien jedoch nichts zu fehlen. Auch die handsignierte Ausgabe von Allan Dulles ›Macht des Wissens‹ war noch da. Bei genauerer Untersuchung konnte ich jedoch auch feststellen, daß jemand unsere Aktenordner näher unter die Lupe genommen hatte, denn dort, wo medizinische Unterlagen von Molly gelegen hatten, entdeckte ich nun eigene Aufzeichnungen, die ich während meines Jurastudiums gemacht hatte. Auch hier schien jedoch alles nur durchsucht und nichts gestohlen worden zu sein.

Es gab keinen Zweifel. Ich sollte es bemerken. Jemand hatte unser Haus heimlich betreten und durchstöbert und dabei verschiedene Dinge absichtlich verändert zurückgelassen, eben damit ich es bemerkte. Aber warum? Als Warnung?

Mein Herz schlug heftig, und ich stürzte die Stufen hinauf, wo ich Molly in unserem Schlafzimmer vorfand. Sie hatte sich auf der Mitte des Doppelbettes wie ein Fötus zusammengerollt und trug noch immer ihre ›Arbeitskleidung‹: einen grauen Faltenrock und einen lachsfarbenen Kaschmirpullover. Nur ihr Haar, das sie im Krankenhaus normalerweise hinten zusammengesteckt trug, war in Unordnung. Ich bemerkte außerdem, daß Molly das goldene Medaillon trug, das ihr einmal von ihrem Vater geschenkt worden war. Es hatte ihrer Mutter gehört und war ein altes Familienerbstück, das von Generation zu Generation weitergegeben wurde. Ich vermute, daß sie es für eine Art Glücksbringer hielt.

»Liebling?« Ich trat näher an sie heran. Sie mußte schon lange geweint haben, denn ihr Augen-Make-up war ganz zerlaufen. Ich legte meine Hand auf ihren Nacken, der sich heiß anfühlte. »Was ist geschehen?« fragte ich sie. »Sage es mir, Molly.«

Fest an ihre Brust gepreßt hielt sie den Umschlag, den mir Ed Moore gegeben hatte.

»Woher hast du den Umschlag?«

Am ganzen Körper bebend, konnte sie mit zitternder Stimme kaum ein Wort über die Lippen bringen. »Deine Aktenmappe«, stammelte sie, »da, wo du immer die Rechnungen aufbewahrst. Ich suchte heute morgen nach der Telefonrechnung...«

Erfüllt von einer schrecklichen Vorahnung, erinnerte ich mich daran, daß ich meine Aktenmappe liegengelassen hatte, als ich mich am Morgen umzog. Molly schlug ihre rotgeränderten Augen auf. »Wegen Burton konnte ich ein paar Stunden früher nach Hause und wollte mich gleich schlafen legen«, fuhr sie schwach und stockend fort. »Aber ich konnte nicht einschlafen, weil ich zu überdreht war. Deshalb, deshalb entschloß ich mich, ein paar Überweisungen fertigzumachen, aber ich fand nirgends die Telefonrechnung. Und da sah ich in deine Aktenmappe...«

Ich nahm Molly das Foto aus der Hand, das ihren toten Vater zeigte. Harrison Sinclair hatte durch den explodierenden Tank seines Wagens so starke Verbrennungen erlitten, daß es unmöglich gewesen war, ihn im offenen Sarg aufzubahren. Außerdem war sein Kopf – wohl durch den Unfall, wie mir ein Pathologe erklärt hatte – beinahe gänzlich vom Rumpf abgetrennt worden. Angesichts dieser fürchterlichen Entstellungen hatte ich Molly nahegelegt, sich nicht noch einmal die sterblichen Überreste ihres Vaters anzusehen, sondern ihn so in Erinnerung zu behalten, wie er zu Lebzeiten gewesen war, nämlich ein gesunder, kräftiger und lebenslustiger Mann. Ich wußte noch zu gut, wie selbst mir an jenem Morgen in der Washingtoner Leichenhalle die Tränen gekommen waren. Molly mußte das nicht auch noch durchmachen.

Aber sie hatte darauf bestanden. Sie sagte, sie sei schließlich Ärztin. Und doch war es etwas ganz anderes, mit der Leiche des eigenen Vaters konfrontiert zu werden. Der entsetzliche Ausdruck war für sie ein traumatisches Erlebnis. Dennoch war sie trotz der Entstellungen in der Lage gewesen, den Leichnam als den ihres Vaters zu identifizieren: die verblichene blaue Tätowierung eines kleinen Herzens auf seiner rechten Schulter (die er sich während des Zweiten Weltkriegs auf Honolulu nach einer durchzechten Nacht eingehandelt hatte), sein College-Ring und sein Muttermal am Kinn. Danach war Molly beinahe zusammengebrochen.

Das Foto, das Ed Moore mir gegeben hatte, war zwar nach Hals Tod, aber noch vor dem Autounfall aufgenommen worden. Es war ein eindeutiger Beweis für seine Ermordung.

Das Bild zeigte Hal Sinclairs Kopf und seine Schulterpartien. Seine Augen waren weit aufgerissen und starrten mit einem Ausdruck wütender Empörung ins Leere. Seine unnatürlich blassen Lippen waren leicht geöffnet, als wollte er noch etwas sagen.

Das Foto zeigte jedoch unzweifelhaft einen Toten.

Unterhalb seines Kiefers klaffte eine breite, rot und gelblich geränderte Wunde, die von einem Ohr zum anderen reichte. Irgend jemand hatte Hal die Kehle durchgeschnitten, eine mir keineswegs unbekannte Art des Tötens. Die Wunde wurde dem Opfer durch einen rasch ausgeführten Schnitt beigebracht, wobei die Halsschlagader durchtrennt und damit die Blutzufuhr zum Gehirn unterbrochen wurde. Die Folgen für das Opfer waren die gleichen, als schaltete man bei einem elektrischen Gerät den Strom ab. Mollys Vater mußte beinahe augenblicklich tot gewesen sein.

Sie hatten das alles getan: Erst hatten sie Hal Sinclair ermordet, dann hatten sie aus irgendeinem Grund dieses Foto geschossen, die Leiche in das Auto gesetzt ...

Sie.

Ich wußte, wer sie waren.

In der Branche bezeichnete man eine solche Art des Tötens, die für eine bestimmte Gruppe oder Organisation typisch war, als ›Handschrift‹ oder ›Fingerabdruck‹.

Diese Technik, dem Opfer die Kehle zu durchtrennen, war eine Spezialität des ehemaligen ostdeutschen Geheimdienstes, des Staatssicherheitsdienstes, kurz: der Stasi.

Der Mord trug die Handschrift der Stasi, und das Foto war so etwas wie eine Visitenkarte. Aber es war die Visitenkarte eines Nachrichtendienstes, den es gar nicht mehr gab.

7

Ich hielt Molly in den Armen, küßte ihren Nacken und redete sanft auf sie ein, um sie zu beruhigen. Sie weinte und zitterte noch immer.

»Molly, ich hätte dir das gerne erspart.«

Mit beiden Händen zog sie ein Kissen heran, in das sie ihr Gesicht vergrub, so daß ihre Worte nur gedämpft an mein Ohr drangen. »Es ist ein Alptraum, was sie ihm angetan haben.«

»Ich weiß, daß es kein Trost für dich ist, aber wer immer es getan hat, man wird sie fassen und bestrafen.« Auch wenn ich selbst nicht daran glaubte, war ich mir sicher, daß Molly jetzt solcher Worte bedurfte. Ich hütete mich natürlich, ihr meinen Verdacht mitzuteilen, daß das Haus durchsucht worden sei.

Sie wandte sich mir zu und blickte mich so verzweifelt an, daß es mir das Herz brach. »Wer ist zu so etwas imstande, Ben? Wer?«

»Jeder, der ein öffentliches Amt innehat, kann zur Zielscheibe für irgendwelche Verrückten werden, vor allem, wenn es sich um einen so sensiblen Posten wie den des Direktors der CIA handelt.«

»Aber das bedeutet doch, daß Vater bereits zuvor ermordet wurde, nicht wahr?«

»Molly, du hast doch an jenem Morgen noch mit ihm gesprochen?«

Schniefend suchte sie nach einem Taschentuch, um sich die Nase zu schneuzen. »Ja, an dem Tag, an dem er zu Tode kam.«

»Du sagtest mir damals, er hätte dabei nichts Ungewöhnliches erwähnt.«

Molly schüttelte den Kopf. »Ich erinnere mich nur daran«, sagte sie mit matter Stimme, »daß er sich über einen internen Machtkampf innerhalb der CIA den Kopf zerbrach, da er sich über bestimmte Zusammenhänge nicht klar werden konnte. Aber solche Äußerungen waren völlig normal für ihn. Schließlich betonte er immer wieder, daß die CIA eine Organisation sei, die eigentlich von niemandem richtig kontrolliert werden könne. Ich hatte den Eindruck, daß er seinem Herzen gerne Luft gemacht hätte. Wie üblich beließ er es jedoch bei Andeutungen.«

»Erzähl weiter.«

»Na ja, das war's eigentlich schon. Er seufzte und sagte, nein, er sang – so falsch, wie er immer sang – dieses alte Sinatra-Lied von den Dummköpfen, die sich immer in Dinge einmischen, die von klugen Leuten lieber gemieden werden.« Sie nickte und preßte ihre Lippen zusammen. »Das war sein Lieblingslied. Er haßte den Sänger, liebte aber die Musik. Als ich noch klein war, sang er mir das Lied immer beim Zubettgehen vor.«

Ich erhob mich vom Bett, trat vor den Spiegel und rückte meine Krawatte zurecht.

»Mußt du zurück ins Büro, Ben?«

»Ja, leider.«

»Ich habe Angst.«

»Ich weiß. Ich auch ein bißchen. Rufe mich an, wann immer du willst.«

»Du mußt los, um mit Alex Truslow alles klarzumachen, nicht wahr?«

Ich strich den Kragen glatt, fuhr mit einem Kamm durch mein Haar, gab aber keine Antwort. »Wir reden später darüber«, vertröstete ich Molly.

Sie warf mir einen merkwürdigen Blick zu, so als müsse sie sich zu einer Entscheidung durchringen, und sagte schließlich: »Wie kommt es eigentlich, daß du nie über Laura sprichst?«

»Ich bin nicht . . .«

»Nein, Ben! Höre mir bitte einen Augenblick zu. Ich weiß, daß die Vergangenheit zu schmerzvoll für dich ist, um darüber reden zu können. Bitte glaube mir, daß ich dich keineswegs zu etwas zwingen will. Aber angesichts dessen, was Vater zugestoßen ist . . . nun, ich möchte einfach nur wissen, Ben, ob dein Entschluß, für Truslow zu arbeiten, etwas mit den Umständen zu tun hat, unter denen Laura getötet wurde ... ob du vielleicht die Absicht verfolgst, irgend etwas wettzumachen oder ...«

»Molly«, unterbrach ich sie in ruhigem, aber unmißverständlichem Ton, »höre bitte auf.«

»Also gut«, gab sie nach. »Es tut mir leid.«

Sie wollte natürlich auf etwas ganz Bestimmtes hinaus, aber zum damaligen Zeitpunkt war ich mir dessen nicht bewußt.

Ich ertappte mich im weiteren Verlauf des Tages dabei, daß ich des öfteren an Harrison Sinclair dachte. Eine meiner frühesten Erinnerungen an ihn, die vor meinem geistigen Auge wieder lebendig wurden, war eine Situation, in der er einen schmutzigen Witz zum besten gegeben hatte.

Er war ein hoch aufgeschossener, hagerer und stets elegant gekleideter Mann mit vollem weißem Haar gewesen. Ich kannte Hal Sinclair außerdem als einen umgänglichen, charmanten Menschen, der würdevoll und komisch zugleich sein konnte.

Während meines Studiums in Harvard war ich einer von drei Studenten, die an einem Seminar über Kernwaffen teilnahmen. Als ich an jenem Morgen den Seminarraum betrat, bemerkte ich, daß wir als Gast einen großen, gutgekleideten älteren Herrn hatten. Er saß an dem trapezförmigen Konferenztisch und hörte uns die ganze Zeit über zu, ohne ein einziges Mal etwas zu sagen. Ich nahm damals – zu Recht – an, daß es sich um einen Freund unseres Professors handelte. Daß Hal Sinclair damals als Direktor der Operationsabteilung bereits die Nummer drei in der Hierarchie der CIA war und von Boston aus einen Spionagering jenseits des Eisernen Vorhangs leitete, erfuhr ich erst viel später.

Zufällig sollte ich an jenem Nachmittag ein Referat halten, das sich mit dem Trugschluß der amerikanischen Kernwaffenstrategie beschäftigte, von der Abschreckung einer drohenden globalen Vernichtung auszugehen. Ich weiß nur noch, daß ich eine schülerhaft dilettantische Vorstellung bot. Na ja, um meiner Leistung gerecht zu sein, muß ich sagen, daß es mir immerhin gelungen war, eine vergleichsweise gründliche und kritische Analyse zahlreicher Quellen zur sowjetischen und amerikanischen Kernwaffenstrategie vorzulegen.

Nach meinem Vortrag schüttelte mir der vornehm wirkende Herr die Hand und erklärte mir, wie beeindruckt er von meinen Ausführungen sei. Wir standen noch eine ganze Weile beisammen und diskutierten miteinander, wobei der Mann einen derben, aber sehr lustigen Witz über Kernwaffen erzählte. Dann hatte ich plötzlich erstaunt bemerkt, daß Molly Sinclair, eine Kommilitonin, die ich sonst gewöhnlich nur auf dem Campusgelände traf, den Raum betreten hatte. Kurz darauf stellte sie mir den älteren Herrn als ihren Vater vor.

Anschließend lud Hal uns beide zum Essen ein. Dabei tranken wir eine Menge und lachten sehr viel. Als er einen weiteren derben Witz erzählte, errötete Molly.

»Ihr beiden solltet euch zusammentun«, raunte er ihr später zu, aber nicht leise genug, als daß ich es nicht hätte hören können. »Ben ist wirklich ein netter Bursche.«

Daraufhin war Molly noch stärker errötet.

Es bestand kein Zweifel daran, daß Hal und ich uns von Anfang an mochten, aber uns sollte nur wenig Zeit vergönnt sein, unsere Freundschaft zu pflegen.

»Schön, Sie wiederzusehen«, begrüßte mich Alexander Truslow. Er, Bill Stearns und ich trafen uns am Folgetag im Ritz-Carlton. »Ich muß allerdings gestehen, daß ich ein wenig überrascht bin. Als wir uns auf Hals Beerdigung begegneten, hatte ich den Eindruck, daß Sie kein größeres Interesse an einer näheren Bekanntschaft hätten.«

Truslow trug wie gewöhnlich einen eleganten, aber zerknitterten Maßanzug. Auch ich hatte mich in meinen besten Zwirn gehüllt, einen dezent gemusterten dunkelgrauen Glencheck-Anzug aus dem Andover Shop am Harvard Square. Ich vermute, ich wollte dem alten Knaben durch meine Aufmachung imponieren.

Er betrachtete mich mit einem betrübten Blick, während er ein frisch gebackenes Brötchen mit Butter bestrich.

»Ich nehme an, daß Sie über meine kurze nachrichtendienstliche Karriere informiert sind«, bemerkte ich.

Er nickte. »Bill hat mich kurz unterrichtet. Ich weiß, daß es da eine Tragödie gab, an der Sie absolut keine Schuld trugen.«

»Das hat man mir auch gesagt«, murmelte ich.

»Es muß eine schreckliche Zeit für Sie gewesen sein, Ben.«

»Es war vor allem eine Zeit, über die ich nicht gerne rede«, beendete ich das Thema.

»Es tut mir leid. Die Angelegenheit damals war der Grund, daß Sie den Dienst quittierten, nicht wahr?«

»Die Angelegenheit war der Grund, daß ich nicht nur den Dienst quittierte, sondern allem, was mit dieser Art Tätigkeit zusammenhängt, den Rücken kehrte«, korrigierte ich ihn. »Meine Entscheidung war richtig. Außerdem habe ich meiner Frau geschworen, nie wieder ›rückfällig‹ zu werden.«

Ohne abgebissen zu haben, legte er sein Brötchen nieder. »Haben Sie sich das auch selbst geschworen?«

»Jawohl.«

»Dann müssen wir zunächst einige Dinge klären. Sind Sie mit den Dingen vertraut, mit denen sich meine Firma beschäftigt?«

»In etwa«, antwortete ich.

»Nun, wir sind eine internationale Beratungsfirma. Ich glaube, das ist die beste Form, unsere Art von Tätigkeit zu beschreiben. Einer unserer wichtigsten Klienten ist, wie Sie sicher wissen, Ihr ehemaliger Arbeitgeber.«

»Der gewiß keine Beratung nötig hat«, fügte ich hinzu.

Truslow lächelte achselzuckend. »Da haben Sie sicher recht. Sie werden Verständnis dafür haben, daß ich Sie hinsichtlich unseres folgenden Gespräches um absolute Verschwiegenheit bitten muß.«

Ich nickte zustimmend, woraufhin er fortfuhr: »Aus verschiedenen Gründen benötigt unser Hauptklient von Zeit zu Zeit die Dienste eines Außenstehenden, einer Firma, die nicht zur Organisation selbst gehört. Weiß der Himmel warum, aber vermutlich, weil ich nun schon so viele Jahre für die Organisation arbeite und beinahe zum Inventar gehöre, trauen mir die führenden Köpfe in Langley zu, daß ich diese zuweilen seltsame Aufgabe für sie übernehme.«

Ich nahm ein Brötchen, das mittlerweile kalt geworden

war, und biß ein Stück ab. Es war nicht zu überhören, daß Truslow sorgsam vermied, das Wort CIA zu benutzen.

»Ach was«, ließ sich Bill Stearns vernehmen und legte seine Hand auf Truslows Schulter. »Nur keine falsche Bescheidenheit.« Zu mir gewandt fügte er hinzu: »Sie haben sicher davon gehört, daß Alex in der engeren Wahl steht, zum leitenden Direktor ernannt zu werden.«

»Das ist mir bekannt«, sagte ich.

»Es scheint eben kaum qualifizierte Bewerber für dieses Amt zu geben«, kommentierte Truslow. »Nun ja, wir werden ja sehen, was aus der ganzen Geschichte wird. Wie ich bereits sagte, beschäftigt sich meine Firma vornehmlich mit einer Reihe von Projekten, mit denen Langley lieber einen Außenstehenden betraut.«

»Sie wissen, in welchem Maße die Kontrollausschüsse des Kongresses die Arbeit eines Nachrichtendienstes behindern, besonders heute, da die Russen weitestgehend von der Bildfläche verschwunden sind«, warf Stearns ein.

Ich quittierte seine Äußerung mit einem höflichen Lächeln. Dies war die mir so vertraute, typische Klage eines CIA-Mannes, der den Standpunkt vertrat, daß der Geheimdienst keinerlei äußerer Kontrolle bedurfte, sondern einen Freibrief für jedwede Art von Operationen erhalten sollte, seien es explodierende Zigarren für Fidel Castro oder Attentate auf diktatorische Potentaten in der dritten Welt.

»Wie auch immer«, ergriff Truslow wieder das Wort, nun aber mit gedämpfter Stimme. »Das Verschwinden der Russen von der Bildfläche, wie Bill es genannt hat, das heißt, die Auflösung der Sowjetunion, hat uns eine Reihe von ungeahnten Problemen beschert.«

»Sicher«, stimmte ich zu. »Ohne Feindbild braucht man auch die CIA nicht mehr.«

»Es ist nicht ganz so«, widersprach Truslow. »Es gibt Dutzende von Feinden, und ich fürchte, wir werden immer eine CIA brauchen, wenn auch eine reformierte *bessere* CIA. Der Kongreß mag diese Notwendigkeit noch nicht erkannt haben, aber eines Tages wird er es tun. Und außerdem ist die CIA bereits dabei, den veränderten Bedingungen Rechnung zu tragen und neue Aufgaben wahrzunehmen, zum

Beispiel die Bekämpfung von Wirtschaftsspionage. Unsere zukünftigen Kriegsschauplätze werden durch die Notwendigkeit bestimmt sein, die Erfindungen unserer Industrien gegen den Diebstahl durch fremde Mächte zu schützen. Wußten Sie übrigens, daß sich Harrison Sinclair kurz vor seinem Tod darum bemühte, einen Kontakt zum letzten amtierenden Leiter des KGB herzustellen?« fragte mich Truslow übergangslos.

»Durch Sheila McAdams.«

Er blickte mich mit einem überraschten Ausdruck in den Augen an. »Stimmt. Aber allem Anschein nach war auch Hal selbst in der Schweiz. Beide trafen sich mit Orlow. Aber warum? Das Sowjetreich lag längst im Todeskampf, spätestens seit dem gescheiterten Putschversuch im August '91. Von dem Zeitpunkt an wußte die alte Garde, was die Stunde geschlagen hatte. Das Politbüro existierte nur noch auf dem Papier, und auch die Rote Armee zog den Schwanz ein und unterstützte Jelzin, den Hoffnungsträger für die Erhaltung Rußlands. Und der KGB...«

»Der den Putschversuch eingefädelt hatte«, unterbrach ich ihn.

»Gewiß. Eingefädelt, organisiert, wie immer man es nennen will. Aber der Putsch war alles andere als ein Meisterstück, so stümperhaft, wie er inszeniert wurde. Der KGB mußte wissen, daß es nur eine Frage von Wochen, allenfalls Monaten war, bis die Putschisten gezwungen sein würden, aufzugeben.

Zu dieser Zeit haben wir das KGB-Hauptquartier besonders intensiv observiert, um herauszufinden, ob der KGB sein unvermeidliches Todesurteil hinnehmen...«

»Oder sich gegen das Unvermeidbare auflehnen würde«, führte ich Truslows Gedanken zu Ende.

»Exakt. Genau zu dieser Zeit beobachteten wir einen ungewöhnlichen Anstieg diplomatischer Frachtsendungen. Ganze Wagenladungen von Postsäcken und Kartons wurden von Moskau in die sowjetische Botschaft in Genf transportiert. Als Empfänger wurde der dortige ranghöchste KGB-Offizier angegeben.«

»Wenn Sie mich entschuldigen würden«, sagte Bill

Stearns und erhob sich von seinem Stuhl. »Ich muß jetzt zurück ins Büro.« Er schüttelte Truslow die Hand und machte sich auf den Weg. Ich schloß daraus, daß Truslow jetzt unter vier Augen die Katze aus dem Sack lassen wollte.

»Ist bekannt, woraus die Frachtsendungen bestanden?« fragte ich nach.

»Leider nein«, bedauerte Truslow. »Aber ich schätze, daß es sich um etwas ziemlich Wertvolles gehandelt hat.«

»Und deswegen wollen Sie meine Hilfe.«

Truslow nickte. Schließlich nahm er einen Bissen von seinem Brötchen.

»An welche Art Hilfe denken Sie dabei?«

»Sie sollen Nachforschungen anstellen.«

Ich dachte einen Augenblick lang nach. »Warum gerade ich?«

»Weil . . .«, er senkte seine Stimme, bevor er weitersprach. ». . . weil ich den Jungs in Langley nicht mehr trauen kann. Was ich brauche, ist ein Außenseiter, der zwar alle Interna kennt und weiß, wie der Hase läuft, aber keinen unmittelbaren Kontakt zur Organisation hat.« Er schwieg eine ganze Weile, als ränge er innerlich mit sich, wie offen er mit mir reden könnte. Schließlich zuckte er die Achseln: »Ich befinde mich in der Zwickmühle, weil ich nicht mehr weiß, auf wessen Unterstützung ich bei der CIA rechnen darf.«

»Was heißt das?«

Er zögerte sichtlich. »Langley ist durch und durch von Korruption ausgehöhlt, Ben. Sie haben sicherlich auch von den Gerüchten gehört.«

»Ja, das habe ich.«

»Um die Wahrheit zu sagen, es ist alles noch viel schlimmer, als Sie sich vorstellen können. Das Ganze kann man nur noch als kriminell bezeichnen.«

Ich rief mir Ed Moores Warnungen ins Gedächtnis, der von ›Aufruhr‹ sowie einem ›schrecklichen Machtkampf‹ innerhalb der CIA gesprochen hatte und auch davon, daß ›enorm hohe Summen den Besitzer gewechselt‹ hätten. Während unseres Gespräches waren mir diese Äußerungen als Hirngespinste eines Mannes erschienen, der seinen Job schon zu lange ausübte.

»Ich brauche nähere Details«, sagte ich.

»Die werden Sie bekommen«, erwiderte Truslow. »Mehr als Ihnen lieb sein wird. Innerhalb der Organisation gibt es eine Gruppe von Verschwörern, eine Art Ältestenrat. Aber dies ist nicht der Ort, um darüber zu sprechen.« Truslow schüttelte erregt den Kopf.

»Und was hatte Hal Sinclair mit diesen Frachtsendungen zu tun?«

»Das ist das große Rätsel. Niemand weiß bis heute, warum er sich mit Orlow traf und warum er so ein Geheimnis daraus machte. Später kamen Gerüchte auf, daß Hal eine erhebliche Geldsumme veruntreut hätte und...«

»Veruntreut? Hal? Das glauben Sie doch selbst nicht.«

»Ich sage nicht, daß ich es glaube, Ben. Soweit ich Hal kannte, bin ich mir sicher, daß es keine kriminellen Gründe waren, aus denen er sich mit Orlow heimlich in der Schweiz getroffen hatte. Aber was auch immer er beabsichtigt haben mag, hat mit hoher Wahrscheinlichkeit zu seiner Ermordung geführt.«

Ich fragte mich, ob Truslow das Foto kannte, das mir Ed Moore gegeben hatte. Aber bevor ich ihn danach fragen konnte, fuhr er bereits fort: »Worum es geht, ist folgendes: In ein paar Tagen wird es im Senat zu einer Anhörung kommen, bei der Korruptionsvorwürfe gegen ganze Abteilungen innerhalb der CIA zur Sprache gebracht werden sollen.«

»Eine öffentliche Anhörung?«

»Ja. Sicher werden einige Sitzungen unter Ausschluß der Presse stattfinden, aber der für Geheimdienstfragen zuständige Untersuchungsausschuß hat genug von diesen Gerüchten mitbekommen, um ihnen auf den Grund gehen zu wollen.«

»Und dabei wird es auch um Hal gehen. Ist es das, was Sie mir sagen wollen?«

»Offiziell wird er mit der ganzen Geschichte nicht in Zusammenhang gebracht – jedenfalls noch nicht. Ich glaube, daß der Senat noch nicht einmal von den Verdächtigungen gegen ihn gehört hat. Es ist nur durchgesickert, daß eine große Menge Geldes fehlt. Deshalb hat man mich beauftragt, mich mit der Angelegenheit zu beschäftigen. Ich soll herausfinden, womit sich Hal Sinclair kurz vor seinem Tod befaßt hat und warum er getötet wurde. Ferner, wohin das fehlende Geld geflossen ist und wer seine Finger dabei im Spiel hatte. Diese Untersuchungen sollen und dürfen nicht hausintern durchgeführt werden, weil offenkundig zu große Teile der ganzen Organisation von Korruption zersetzt sind. Aus diesem Grund wurde meine Firma mit den Nachforschungen beauftragt.«

»Um wieviel Geld geht es dabei eigentlich?«

Er seufzte. »Ein Vermögen. Lassen wir es dabei für den Augenblick bewenden.«

»Und Sie brauchen mich, um . . .«

»Ich brauche Sie, um herauszufinden, worum es bei dem Treffen zwischen Hal und Orlow ging.« Er blickte mich mit geröteten Augen an. »Ben, Sie können natürlich immer noch nein sagen. Ich hätte volles Verständnis dafür, vor allem mit Blick auf das, was Sie durchgemacht haben. Aber ich mußte mich an Sie wenden, weil Sie nach allem, was ich gehört habe, einer der besten operativen Agenten waren.«

Ich zuckte nur die Achseln. Ich fühlte mich zwar geschmeichelt, wußte aber nicht, was ich erwidern sollte. Bestimmt hatte man ihm ein paar alte Geschichten über meine ›Kaltblütigkeit‹ zugetragen.

»Sie und ich haben eine ganze Menge Gemeinsamkeiten«, sagte Truslow. »Von Beginn an waren Sie ein Senkrechtstarter, der alles für die Organisation getan hat und doch stets fühlte, daß viele Dinge verbesserungswürdig waren. Ich werde Ihnen eine Geschichte erzählen. In all den Jahren, die ich für die CIA gearbeitet habe, mußte ich unzählige Male miterleben, wie unsere eigentliche Hauptaufgabe von Ideologen und Fanatikern des linken wie rechten Flügels immer wieder aufs Spiel gesetzt wurde. Angleton sagte einmal zu mir: ›Alex, Sie sind einer unserer besten Leute. Aber das Paradoxe daran ist, daß Sie nur deshalb so gut sind, weil Sie einen Teil Ihrer Tätigkeit verabscheuen.‹« Truslow stieß ein rauhes Lachen aus. »Damals habe ich diese Behauptung entrüstet zurückgewiesen. Ich habe erst nach vielen Jahren eingesehen, daß sie stimmte. Und ich habe das Gefühl, daß Sie mir hierin sehr ähnlich sind, Ben. Wir beide tun Dinge, die wir für nötig erachten, auch wenn manches dabei nicht unseren Beifall findet.« Er nahm einen großen Schluck aus seinem Wasserglas und blickte verlegen vor sich hin, so als schämte er sich für sein Geständnis.

Dann schob er die Weinkarte über das Tischtuch zu mir herüber, als sollte ich die Wahl treffen. »Könnten Sie einen Blick hineinwerfen, Ben? Suchen Sie uns etwas Hübsches aus.«

Ich öffnete die in Leder gebundene Karte und sah sie rasch durch. »Ich würde den Grand-Puy-Ducasse Pauillac bevorzugen«, sagte ich.

Truslow lächelte und nahm die Weinkarte zurück. »Welcher Wein steht oben auf Seite drei?«

Ich überlegte eine Sekunde lang und antwortete dann: »Ein 82er Stag's Leap Merlot.«

Er nickte bestätigend.

»Eigentlich eigne ich mich nicht sehr dazu, als Zirkusnummer aufzutreten«, fügte ich hinzu.

»Entschuldigen Sie bitte«, sagte er. »Aber Ihre Fähigkeit ist eine seltene Gabe, um die ich Sie sehr beneide.«

»Auf diese Weise war es mir beinahe mühelos möglich, in Harvard die unterschiedlichsten Fächer zu belegen, sofern dabei in erster Linie Gedächtnisleistungen hilfreich waren: englische Literatur, Geschichte, Kunstgeschichte...«

»Sie wissen nur zu gut, Ben, daß Ihr eidetisches Gedächtnis ein unschätzbarer Vorteil bei einem Auftrag wie diesem ist, zum Beispiel, um sich eine Codesequenz einzuprägen – falls Sie bereit sind, mit mir zusammenzuarbeiten. Übrigens füge ich mich vorbehaltlos den Bedingungen, die Sie mit Bill ausgehandelt haben.«

Er meinte die Bedingungen, die ich gestellt hatte, war aber wohl zu höflich, das Kind beim Namen zu nennen. Ich räusperte mich. »Hm, Alex, als Bill und ich über die Bedingungen für eine Zusammenarbeit sprachen, wußte ich noch nicht, für welche Art Auftrag Sie mich engagieren wollten.«

»Sie konnten sicher nicht ahnen, daß...«

»Nein, lassen Sie mich bitte ausreden. Wenn ich Sie richtig verstanden habe, daß es nicht zuletzt auch darum geht, Hal

Sinclairs Namen reinzuwaschen, dann habe ich gewiß nicht die Absicht, für diesen Auftrag einen Söldnerlohn einzufordern.«

Truslow legte seine Stirn in Falten. »Söldnerlohn? Um Himmels willen, Ben. Mir ist keineswegs entgangen, in welcher finanziellen Misere Sie sich zur Zeit befinden. Ihre Mitarbeit würde mir wenigstens die Chance geben, Ihnen hierbei ein wenig unter die Arme zu greifen. Wenn Sie damit einverstanden wären, könnte ich Sie auch zu einem festen Mitarbeiter meines Teams machen.«

»Vielen Dank für das Angebot, aber ich glaube, das wird nicht notwendig sein.«

»Wie Sie wollen. Ich freue mich jedenfalls, Sie an Bord begrüßen zu dürfen.«

Wir schüttelten uns die Hände, um so unsere Übereinkunft auf konventionelle Weise zu besiegeln. »Wie wär's, Ben, meine Frau Margaret und ich fahren heute abend zu unserem Haus in New Hampshire, um dort den Frühling einzuläuten. Es würde uns sehr freuen, wenn Sie und Molly zum Essen kämen. Nichts Großartiges, wir werden vielleicht grillen oder so etwas.«

»Das klingt verlockend«, sagte ich.

»Würde es Ihnen morgen passen?«

Ich hatte für den Folgetag zwar eine Menge Termine, würde aber einige verschieben können. »Warum nicht«, antwortete ich. »Also bis morgen.«

Den restlichen Vormittag über konnte ich mich kaum auf meine Arbeit konzentrieren. War es wirklich denkbar, daß Mollys Vater ein Vermögen veruntreut hatte und gemeinsam mit dem ehemaligen Chef des KGB in eine Verschwörung verwickelt gewesen war? Das alles ergab für mich keinen Sinn. Aber es wäre immerhin ein plausibler Grund für seine Ermordung.

Ich spürte, wie sich vor innerer Anspannung in meinem Magen ein Knoten bildete, der keineswegs die Absicht zu haben schien, sich von allein wieder zu lösen. Das Telefon riß mich aus meinen Grübeleien. Es war Darlene, die mir mitteilte, daß Molly mich zu sprechen wünschte.

»Um wieviel Uhr waren wir noch mit Ike und Linda verabredet?« fragte sie mich. Sie sprach offensichtlich von einem belebten Krankenhauskorridor aus.

»Um acht, aber ich kann es auch absagen, wenn du möchtest. Unter diesen Umständen...«

»Nein. Das möchte ich nicht.«

»Die beiden hätten sicher Verständnis dafür, Mol.«

»Sage die Verabredung nicht ab, Ben. Es ist vielleicht gar nicht schlecht, ein bißchen auszugehen, um auf andere Gedanken zu kommen.«

Zum Glück hatte ich später keine Gelegenheit mehr, vor mich hin zu brüten. Pünktlich um vier Uhr betrat Mel Kornstein mein Büro. Er war ein rundlicher Mann Anfang Fünfzig, der teure italienische Anzüge trug, die eine Spur zu modisch waren, und dessen getönte Goldrandbrille immer ein wenig schräg auf der Nase saß. Er hatte den ruhelosen, ständig umhereilenden Blick eines Genies, für das ich ihn auch hielt. Kornstein hatte sich ein ganz hübsches Sümmchen dadurch verdient, daß er ein Computerspiel namens SpaceTron erfunden hatte, von dem Sie bestimmt schon gehört haben. Falls nicht, ging es dabei in aller Kürze darum, daß Sie als Pilot eines kleinen Raumschiffes die Raumschiffe einer bösen Gegenmacht vernichten mußten, noch bevor diese Sie und die Erde vernichten konnten. So banal das auch klingen mag, das Spiel war ein Spitzenprodukt der Computertechnologie. Die durchgängig dreidimensionale Graphik schaffte eine so realistische Illusion, daß man glaubte, sich tatsächlich inmitten von Kometen, Meteoren und feindlichen Raumschiffen zu befinden. Dieser Eindruck wurde durch ein geniales Softwareprogramm erreicht, das sich Kornstein hatte patentieren lassen. Zusammen mit dem ebenfalls von ihm entwickelten und patentierten Stimmen-Generator, der Kommandos brüllt wie ›Zu weit links!‹ oder ›Zu nah!‹, erzeugte das Spiel am eigenen PC eine beeindruckende Bild- und Klangkulisse. Kornstein hatte jedenfalls einen riesigen Erfolg mit seinem Produkt und nahm jährlich mehrere hundert Millionen Dollar ein.

Vor kurzem jedoch hatte eine andere Software-Firma ein Spiel auf den Markt gebracht, das SpaceTron so ähnlich war, daß Kornsteins Verkaufserlöse erheblich zurückgegangen waren. Es lag auf der Hand, daß er etwas dagegen unternehmen wollte.

Er ließ sich in den ledernen Besuchersessel neben meinem Schreibtisch fallen und verströmte eine Stimmung tiefster Verzweiflung. Wir unterhielten uns einige Minuten lang über belanglose Themen, doch er schien keineswegs zu Plaudereien aufgelegt. Schließlich reichte er mir eine Packung mit dem Konkurrenzprodukt, das SpaceTime hieß. Nachdem ich das Programm auf meinem Computer installiert und gestartet hatte, war ich überrascht, wie unverhohlen Kornsteins Original kopiert worden war.

»Diese Burschen haben nicht einmal versucht, ihren geistigen Diebstahl zu kaschieren, stimmt's?«

Mein Klient nahm die Brille ab und polierte sie an einem Hemdzipfel. »Ich würde die verdammten Bastarde am liebsten an die Wand stellen und niederknallen«, erwiderte er.

»Lassen Sie uns einen kühlen Kopf bewahren«, versuchte ich ihn zu beruhigen. »Ich werde erst einmal ein unabhängiges Gutachten in Auftrag geben, um feststellen zu lassen, wie groß die Übereinstimmungen sind.«

»Ich will diese Schweine fertigmachen.«

»Alles zu seiner Zeit. Wir müssen uns zunächst mit allen Details Ihres Patents beschäftigen.«

»Die beiden Spiele sind völlig identisch«, sagte Kornstein und setzte seine Brille wieder auf, die gleich wieder schief saß. »Müssen wir mit der ganzen Geschichte vor Gericht, oder wie geht es weiter?«

»Nun, Computerspiele unterliegen denselben patentrechtlichen Vorschriften wie etwa Brettspiele. In beiden Fällen umfaßt das Patent das Verhältnis zwischen den materiellen Spielelementen und dem dahinterstehenden Spielkonzept.«

»Ich will nichts anderes, als diese Kerle fertigmachen.«

Ich nickte. »Ich werde mein Bestes tun«, versicherte ich ihm.

Focaccia war eines dieser legendären norditalienischen Restaurants an der Back Bay, die vor allem bei den stets schwarz gekleideten Yuppies, die scheinbar alle aus der Werbebranche kamen, absolut ›in‹ waren. Inmitten des Stimmengewirrs und der dröhnenden Rap-Musik war es so laut, daß man beinahe sein eigenes Wort nicht verstand – anscheinend ein weiteres typisches Merkmal von gehobeneren italienischen Restaurants, die in amerikanischen Großstädten angesiedelt sind.

Molly war offensichtlich aufgehalten worden und noch nicht erschienen. Dessenungeachtet brüllten sich Ike und seine Frau Linda über den Tisch hinweg an, was auf den ersten Blick nach einem handfesten Ehekrach aussah, in Wahrheit aber nichts anderes darstellte als den verzweifelten Versuch, miteinander zu kommunizieren. Isaac Cowan war mein bester Freund. Wir hatten zusammen Jura studiert, wobei er sich darauf spezialisiert hatte, mich im Tennis zu schlagen. Er hatte später als Anwalt eine Tätigkeit aufgenommen, die so unaussprechlich langweilig war, daß nicht einmal er selbst jemals ein Wort darüber verlor. Ich wußte nur, daß er in der Versicherungsbranche arbeitete. Linda, die gerade im siebten Monat schwanger war, gehörte zu dem Typ Frau, der den Großteil seines Lebens mit dem Aufziehen der Kinder verbrachte. Beide waren groß, sommersprossig und rothaarig und ähnelten sich von ihrem Äußeren her auf frappierende Weise. Was aber am wichtigsten war: Man konnte mit ihnen auf unbeschwerte Weise umgehen.

Die beiden redeten gerade über einen bevorstehenden Besuch von Ikes Mutter, als er sich zu mir wandte und etwas zu einem Spiel der Celtics äußerte, das wir uns die Woche zuvor gemeinsam angesehen hatten. Dann unterhielten wir uns über dies und jenes, über Lindas Schwangerschaft (sie wollte Molly dringend zu einem Test befragen, zu dem ihr von ihrem Gynäkologen geraten worden war), über meine Rückhand (die praktisch nicht existierte) und schließlich über Mollys Vater.

Ike und Linda wirkten immer ein wenig befangen, wenn das Gespräch auf Mollys berühmten Vater kam, denn sie wollten den Eindruck vermeiden, indiskret zu erscheinen. Was mich betraf, wußte Ike nur, daß ich für die CIA gearbeitet hatte und nicht gerne darüber sprechen wollte. Ihm war auch bekannt, daß meine erste Frau bei einem Unfall ums Leben gekommen war, aber das war auch schon alles. Das setzte unseren Unterhaltungen in mancherlei Hinsichten zweifellos Grenzen. So auch jetzt, als mir beide anläßlich Hals Tod kondolierten und sich erkundigten, wie Molly mit diesem Schlag fertig werde. Auf keinen Fall konnte und durfte ich ihnen reinen Wein einschenken und eine Andeutung über Hal Sinclairs Ermordung machen.

Als wir gerade mit der Vorspeise fertig waren, tauchte Molly auf und entschuldigte sich für ihre Verspätung.

»Wie war's bei dir?« fragte sie mich und gab mir einen Kuß. Der Blick, den sie mir dabei zuwarf, dauerte lange genug, um mir ihre unausgesprochene Frage bezüglich des Treffens mit Truslow zu übermitteln.

»Gut«, sagte ich.

Dann umarmte sie Ike und Linda, setzte sich an den Tisch und seufzte: »Ich glaube, ich kann das nicht mehr lange ertragen.«

»Deinen Job?« fragte Linda.

»Die Frühgeburten«, erwiderte Molly. »Heute hatte ich es mit Zwillingen und einem weiteren Baby zu tun, und alle drei Patienten wogen zusammen nicht mehr als zehn Pfund. Den ganzen Tag habe ich damit zugebracht, diese kleinen, schwachen Wesen am Leben zu erhalten und ihre gestreßten Eltern zu beruhigen.«

Ike und Linda nickten verständnisvoll.

»Dann die Kinder, die an Aids oder Hirnhautentzündung erkrankt sind«, fuhr Molly fort, »jede dritte Nacht Bereitschaftsdienst und ...«

Ich unterbrach sie: »Wie wär's, wenn wir das alles für den Augenblick vergessen könnten, hm?«

Mit vor Empörung aufgerissenen Augen wandte sie sich mir zu: »Vergessen?«

»Du mußt auch mal abschalten, Mol«, sagte ich mit ruhiger Stimme, während Ike und Linda unbehaglich dreinschauten und sich mit übertriebenem Eifer über ihre Salate hermachten.

»Es tut mir leid«, sagte Molly. Unter dem Tisch nahm ich

ihre Hand. Nach der Arbeit im Krankenhaus wirkte sie des öfteren so abgespannt, aber an diesem Abend kam offensichtlich hinzu, daß sie den Schock über das Foto noch nicht überwunden hatte.

Während des gesamten Essens lächelte sie zwar freundlich und nickte auch zuweilen, konnte aber dennoch nicht verbergen, daß sie in Gedanken ganz woanders war. Ike und Linda führten Mollys Verhalten zweifellos auf die Trauer um ihren Vater zurück, womit sie gar nicht einmal so verkehrt lagen.

Auf dem Heimweg stritten wir im Taxi mit gedämpfter Stimme über Truslow, die CIA und vor allem darüber, daß ich mein ihr gegebenes Ehrenwort gebrochen hätte. »Zum Teufel, Ben«, fluchte sie mit mühsam gebändigtem Zorn, »wenn du Truslow erst einmal deinen kleinen Finger gibst, wird er bald deine ganze Hand nehmen, und du steckst wieder mittendrin in diesem scheußlichen Geschäft.«

»Molly . . .«, begann ich, aber sie war nicht zu bremsen.

»Wer sich mit Hunden schlafen legt, wird mit Flöhen aufwachen. Verdammt, du hattest mir versprochen, niemals wieder mit den alten Geschichten anzufangen.«

»Ich werde nicht wieder mit den alten Geschichten anfangen, Molly«, erwiderte ich.

Sie schwieg für einen Augenblick. »Du hast mit ihm über Vaters Ermordung gesprochen, nicht wahr?«

»Nein, das habe ich nicht.« Eine Notlüge, aber ich wollte sie nicht auch noch mit den Unterschlagungsvorwürfen und den anstehenden Senatsanhörungen belasten.

»Aber was immer er auch von dir verlangt, es hat etwas mit Vaters Tod zu tun, stimmt's?«

»In gewissem Sinne, ja.«

Der Taxifahrer betätigte die Hupe und riß das Steuer zur Seite, um einem Schlagloch auszuweichen.

Wir versanken beide für eine kurze Weile in Schweigen. Dann bemerkte Molly, unerwartet und beinahe nebensächlich klingend, so als habe sie nur auf den passenden Moment für den dramatischen Effekt ihrer Äußerung gewartet: »Ich habe heute übrigens beim Leichenbeschauer des Fairfax County angerufen.«

Ich wußte nicht sofort, worauf sie hinauswollte: »Fairfax County?«

»Der Bezirk, in dem Vater zu Tode kam. Ich wollte eine Kopie des Autopsieberichtes anfordern. Das Gesetz räumt nämlich engen Familienangehörigen dieses Recht ein.«

»Und?«

»Die Unterlagen stehen unter Verschluß.«

»Was heißt das?«

»Daß der Autopsiebericht nur noch vom Bezirksstaatsanwalt und vom zuständigen Generalstaatsanwalt eingesehen werden darf.«

»Haben sie dir einen Grund dafür genannt? Vielleicht deshalb, weil Hal zur CIA gehörte?«

»Nein, das ist nicht der Grund. Der Grund ist, daß jemand seine Finger im Spiel hat, der unbedingt den Mord an Vater vertuschen möchte.«

Den restlichen Teil der Fahrt über wechselten wir kein weiteres Wort. Als wir zu Hause ankamen, gerieten wir durch irgendeinen unsinnigen Anlaß erneut in Streit, bis wir schließlich, jeder wütend auf den anderen, zu Bett gingen.

Es mag merkwürdig erscheinen, aber wenn ich an den Abend zurückdenke, dann tue ich es heute voller Zärtlichkeit und Wehmut im Herzen, denn es war einer der letzten gewöhnlichen Abende, die Molly und ich jemals miteinander verbringen sollten – zwei Tage bevor es geschah.

8

In jener Nacht, der letzten normalen Nacht in meinem Leben, hatte ich einen Traum. Ich träumte von Paris, und zwar so realistisch, wie ein Alptraum nur sein kann; ein Alptraum, den ich wohl schon tausendmal durchlitten hatte.

Es ging jedesmal so:

Ich befinde mich in einem Bekleidungsgeschäft an der Rue du Faubourg-St-Honoré, einem Geschäft für Herrenbekleidung, das aus einem labyrinthartigen Gewirr von vielen kleinen, hellerleuchteten Räumen besteht, in denen ich mich verlaufen habe. Ich durcheile Raum für Raum, auf der Suche nach dem Treffpunkt, den ich mit einem anderen Agenten vereinbart hatte. Schließlich finde ich die Umkleidekabine, in der die Übergabe erfolgen sollte. Dort hängt auf einem Kleiderständer eine marineblaue Strickjacke, die ich, wie vereinbart, an mich nehme. In der Jackentasche finde ich, ebenfalls wie vereinbart, einen kleinen Zettel, auf dem eine codierte Nachricht notiert ist.

Ich halte mich zu lange damit auf, die Nachricht zu entschlüsseln, und stehe deswegen plötzlich unter hohem Zeitdruck, endlich den notwendigen Telefonanruf zu machen. Panikartig renne ich los in diesem verdammten Ladenlabyrinth, renne durch unzählige Räume, um ein Telefon zu finden, frage sämtliche Verkäufer, erhalte aber keine Antwort, bis ich schließlich im Erdgeschoß auf eines dieser altmodischen, zweifarbigen, gelblichbraunen Telefone stoße, das aber aus irgendeinem Grund nicht funktioniert, obwohl ich es immer und immer wieder versuche. Plötzlich aber – dem Himmel sei Dank – höre ich, wie es am anderen Ende der Leitung läutet und jemand den Hörer abnimmt. Es ist Laura, meine Frau.

Sie weint, fleht mich an, nach Hause zu kommen in unser Apartment in der Rue Jacob, etwas Schreckliches sei geschehen. Von Furcht gepackt, renne ich los und erreiche nach ein paar Sekunden (schließlich ist es ein Traum) die Rue Jacob und den Eingang zum Apartmentgebäude. Ich weiß bereits, welcher Anblick mich erwartet. Das ist die schlimmste Phase des Traumes: die Überlegung, daß all dies nicht geschehen wird, wenn ich jetzt umkehre und meine Wohnung nicht betrete. Aber die Faszination des Bösen und Grauenhaften schlägt mich in ihren Bann, und ich treibe, von Ekel geschüttelt, durch die Luft.

Ein Mann verläßt das Gebäude, bekleidet mit einem dikken, wollenen Jägerhemd und mit Nike-Sportschuhen. Ich bin mir sicher, daß er ein Amerikaner ist, etwa in den Dreißigern. Obwohl er mir den Rücken zukehrt, sehe ich, daß er dichtes schwarzes Haar hat sowie – und dieses Detail kehrt in allen Träumen wieder – eine lange häßliche rote Narbe, die unterhalb des Kiefers von einem Ohr bis zum Kinn verläuft. Es ist eine widerwärtige Narbe, wie ich ganz deutlich erkennen kann. Der Mann hinkt und schwankt, als leide er große Schmerzen.

Aber ich halte den Mann nicht auf – warum sollte ich auch –, sondern betrete, während er davoneilt, das Gebäude, nehme den Geruch des Blutes wahr, der mit jeder Treppenstufe, die ich meinem Apartment näher komme, stärker und stärker und schließlich unerträglich wird, so daß ich würgen muß. Und dann bin ich in der Wohnung und sehe die zwei Körper, die grotesk verrenkt in den Blutlachen liegen, und einer von ihnen – ›das *kann* nicht sein‹, sage ich zu mir selbst, ›das *darf* nicht sein‹ – ist Laura.

An diesem Punkt angelangt, wache ich meistens auf.

In Wirklichkeit hatten sich die Dinge natürlich anders zugetragen. Der Traum, der mich immer wieder heimsuchte, stellte so etwas wie eine groteske Verzerrung des tatsächlichen Geschehens dar.

Meine Aufgabe in Paris war es damals vor allem gewesen, eine Reihe von besonders wertvollen Undercover-Agenten zu führen. Wir waren zunächst sehr erfolgreich, indem es uns gelang, einen sowjetischen Spionagering auffliegen zu lassen, der auf eine Turbinenfabrik außerhalb der Stadt angesetzt worden war. Ich selbst war als Architekt getarnt, der für eine amerikanische Firma arbeitete. Mit Laura zusammen bewohnte ich in der Rue Jacob ein kleines, aber sonnendurchflutetes Apartment, das im sechsten Arrondissement lag, also in erstklassiger Lage. Wir waren glücklich, dort wohnen zu können, denn die meisten meiner CIA-Kollegen hatten mit dem eher düsteren und eintönigen achten Arrondissement vorliebnehmen müssen. Wir hatten erst kurz zuvor geheiratet, und Laura hatte absolut nichts dagegen einzuwenden gehabt, nach Paris zu ziehen. Da sie Malerin war, gab es kaum einen anderen Ort auf der Erde, an dem sie sich lieber aufgehalten hätte. Sie war eine kleine, aber unwiderstehlich reizende Person mit langem blondem Haar, das sie meist hochgesteckt trug. Wir beide waren furchtbar ineinander verliebt.

Oft hatten wir darüber gesprochen, einmal Kinder zu haben, aber dennoch wußte ich damals nicht, daß sie bereits schwanger war, obwohl ich mich darüber sehr gefreut hätte. Wahrscheinlich hatte Laura nur nicht den passenden Augenblick gefunden, mich davon in Kenntnis zu setzen, denn sie war sehr eigenwillig und hatte bestimmt eine sehr genaue Vorstellung davon, wie sie mir die frohe Botschaft mitteilen wollte. Ich wußte daher nur, daß sie sich seit ein paar Tagen krank fühlte, und war der Ansicht, es handle sich um eine harmlose Virusinfektion.

Etwa zur gleichen Zeit nahm ein sowjetischer Offizier mit mir Kontakt auf, der eine untergeordnete Position in der Registratur des Pariser KGB-Büros bekleidete. Er bot mir Informationen an, auf die er angeblich im Moskauer Archiv gestoßen war. Als Gegenleistung verlangte er Personenschutz und eine finanzielle Absicherung im Westen.

Ich handelte genau nach Vorschrift und holte mir für das erste Treffen die Genehmigung von James Tobias Thompson, dem ranghöchsten CIA-Beamten vor Ort. Ein sogenanntes ›blind date‹, das ist eine erstmalige Begegnung mit einem unbekannten Agenten an einem von ihm bestimmten Ort, ruft immer ein Höchstmaß an Vorsicht und Argwohn hervor, da es sich dabei um eine Falle handeln könnte.

Aber der Überläufer, der sich selbst Viktor nannte, war bereit, ein von uns organisiertes Treffen zu akzeptieren, was sehr verlockend klang. Deshalb leitete ich alles Nötige in die Wege, um ein zwar nicht risikoloses, aber doch kalkulierbares Rendezvous zu arrangieren. Ein dreimaliges kurzes Telefonläuten in einer Wohnung irgendwo im sechsten Arrondissement signalisierte, wo und wann weitere Hinweise für das Treffen übermittelt werden sollten. Als nächste Station war ein teurer Herrenausstatter in der Rue Faubourg-St-Honoré vorgesehen. Anders als im Traum verlief dort jedoch alles reibungslos. Viktor fand in einer Umkleidekabine auf einem Kleiderständer eine marineblaue Strickjacke vor, die scheinbar von einem achtlosen Kunden zurückgelassen worden war. In einer der Taschen hatte ich einen Umschlag hinterlassen, in dem sich eine codierte Nachricht über Ort und Zeit unserer Begegnung befand.

Am nächsten Tag trafen wir uns im vierzehnten Arrondissement in einer zwar schmuddeligen, aber sicheren Wohnung, die von der CIA unterhalten wurde. Ich wußte aus Erfahrung, daß derartige Treffs gewöhnlich nichts brachten, aber dennoch konnte man eine solche Gelegenheit nicht ungenutzt verstreichen lassen. Schließlich hatten viele der berühmtesten Überläufer in der Geschichte der Nachrichtendienste ihren ersten Kontakt durch solche Treffs geknüpft.

Viktor trug offensichtlich eine blonde Perücke, denn sein dunkler Teint war der eines schwarzhaarigen Mannes. Unterhalb seines Kiefers hatte er eine lange dünne, knallrote Narbe.

Soweit ich es beurteilen konnte, hatten wir mit ihm einen guten Fang gemacht. Sollten wir hinsichtlich der Konditionen eine Einigung erzielen, versprach er, uns beim nächsten Treffen eine bedeutende, ja, eine welterschütternde Eröffnung zu machen. Das betreffende Dokument, das er uns aushändigen wollte, stamme direkt aus dem KGB-Archiv. Viktor gebrauchte in diesem Zusammenhang den Decknamen ELSTER.

Als ich später Toby Thompson, der nicht nur mein Vorgesetzter, sondern auch ein guter Freund war, über meine Begegnung mit Viktor berichtete, erregte dieses kleine Detail seine Aufmerksamkeit. Anscheinend hatte Viktor tatsächlich etwas Wichtiges anzubieten. Aus diesem Grund traf ich die Vorbereitungen für ein zweites Treffen.

Ich bin seit jenen schrecklichen Ereignissen jeden einzelnen Handlungsschritt wohl Tausende von Malen durchgegangen. Da es Viktor gelungen war, mich zu kontaktieren, war meine Tarnung ohnehin bereits zum Teufel. Und weil zudem alle denkbaren Wohnungen und Häuser bereits durch längerfristig geplante Kontaktaufnahmen oder ähnliches belegt waren, schlug ich mit Toby Thompsons ermunternder Zustimmung als Ort für unsere nächste Begegnung mein eigenes Apartment in der Rue Jacob vor.

Ungeachtet ihrer immer wiederkehrenden Anfälle von Übelkeit befand sich Laura außerhalb der Stadt – jedenfalls glaubte ich das. Zwei Tage zuvor hatte sie sich zu einem Bekannten aufgemacht, der in der Nähe von Giverny lebte. Dort wollte sie mehrere Tage lang Monets Gärten erforschen, so daß unser Apartment für meine Pläne eigentlich frei verfügbar hätte sein sollen.

Ich hätte das Risiko dennoch nicht eingehen dürfen, doch ist das heute leicht gesagt, und es macht Laura nicht wieder lebendig.

Das Treffen sollte um Punkt zwölf Uhr am Mittag stattfinden, aber ich wurde bei einer über eine abhörsichere Leitung geführten transatlantischen Telefonkonferenz mit Emory St. Clair, dem stellvertretenden Direktor der Operationsabteilung in Langley, aufgehalten. Deswegen erschien ich erst mit zwanzigminütiger Verspätung in meinem Apartment, in der Erwartung, dort Toby und Viktor anzutreffen.

Ich habe noch genau vor Augen, wie bei meinem Eintreffen ein dunkelhaariger Mann, der ein dickes Wollhemd trug, eilig aus dem Haus strebte. Ich schenkte ihm allerdings keine weitere Beachtung, da ich ihn für einen Mieter oder einen Besucher hielt. Als ich die Treppen hinaufstieg, nahm ich einen seltsamen, widerwärtigen Geruch wahr, der immer stärker wurde, je mehr ich mich dem dritten Stock näherte: Blut! Mein Herz schlug wie wild.

Als ich die Wohnungstür erreicht hatte, bot sich mir ein unvergeßlich grauenhafter Anblick. In großen Lachen frischen Blutes lagen zwei Körper am Boden: Toby und Laura.

Ich nehme an, daß ich laut aufgeschrien habe, aber ich bin mir nicht sicher. Plötzlich schien alles nur noch verlangsamt, wie in Zeitlupe, abzulaufen. Ich kniete neben Laura nieder und bettete ungläubig ihren Kopf in meine Arme. Sie sollte doch gar nicht hier sein. Nein, die Frau vor mir konnte gar nicht Laura sein, das alles war irgendwie nur ein Irrtum.

Laura war von einem Schuß ins Herz getroffen worden, wodurch große Teile ihres weißen Seidennachthemds mit Blut besudelt waren. Sie war tot. Als ich mich umwandte, nahm ich wahr, daß Toby einen Bauchschuß abbekommen hatte, sich aber noch stöhnend regte.

Was danach geschah, weiß ich nicht mehr. Es ist aus meinem Gedächtnis gelöscht. Ich glaube, irgend jemand kam vorbei, oder ich rief jemanden an, obwohl das, was ich gesagt haben könnte, wohl kaum viel Sinn ergeben hatte. Ich war praktisch nicht mehr bei Verstand. Man sagte mir später, daß ich gewaltsam von Laura getrennt werden mußte, da ich offensichtlich davon überzeugt gewesen war, sie wiederbeleben zu können, sofern ich in meinen Bemühungen nicht nachlassen würde.

Toby Thompson überlebte, wenn auch mit tragischen Folgen: Seine Wirbelsäule war von dem Schuß durchtrennt worden, und er würde bis zu seinem Lebensende gelähmt im Rollstuhl sitzen müssen.

Aber Laura war tot.

Später erfuhr ich die Zusammenhänge. Laura war bereits früh am Morgen zurückgekehrt, da sie sich schlecht gefühlt hatte. Sie hatte versucht, mich in meinem Büro anzurufen, um mir ihre Rückkehr mitzuteilen, aber aus irgendwelchen Gründen war ihre Nachricht nicht zu mir gelangt. Ich erfuhr auch erst durch den Autopsiebefund, daß sie schwanger gewesen war. Toby war kurz vor dem vereinbarten Zeitpunkt in meinem Apartment eingetroffen. Um allen Eventualitäten vorzubeugen, war er bewaffnet gewesen. Als er durch die nur angelehnte Eingangstür eingetreten war, hatte er feststellen müssen, daß der KGB-Mann Laura mit gezogener Waffe als Geisel genommen hatte. Nachdem Toby von Viktor bemerkt worden war, hatte dieser zuerst auf ihn und dann auf Laura geschossen. Es gelang Toby zwar noch, das Feuer zu erwidern, aber er war vor Schmerz so benommen gewesen, daß er Viktor auf jeden Fall nicht tödlich getroffen hatte.

Allem Anschein nach hatte es sich bei der ganzen Sache um einen gegen mich gerichteten sowjetischen Vergeltungsanschlag gehandelt. Aber aus welchem Anlaß? Weil ich den Spionagering in dem Turbinenwerk hatte auffliegen lassen? Oder wegen der früheren Operationen in der ehemaligen DDR, bei denen ich einige ostdeutsche und sowjetische Agenten verletzt, in Einzelfällen auch getötet hatte? Offensichtlich hatte mich Viktor in eine Falle locken wollen, um mich dann niederzuschießen. Aber an meiner Stelle war Laura getötet worden – Laura, die ich weit entfernt geglaubt hatte. Und ich war am Leben, ich war durch einen lächerlichen Zufall verschont geblieben. Ich war es gewesen, der das verdammte Treffen in unserem Apartment geplant hatte, aber ich war völlig unversehrt, während Toby zum Krüppel geschossen worden war und für den Rest seines Lebens an den Rollstuhl gefesselt sein würde. Aber vor allem war Laura tot.

Bei dem dunkelhaarigen Mann, der bei meiner Ankunft das Haus verlassen hatte, konnte es sich um Viktor gehandelt haben, der seine Perücke abgenommen haben mußte.

Wochen später kam man zu dem Ergebnis, daß ich zwar gegen keinerlei Dienstvorschrift verstoßen, aber dennoch fahrlässig und mit wenig Weitblick gehandelt hätte, was ich nicht bestreiten konnte, auch wenn Toby mir für das Treffen ausdrücklich grünes Licht gegeben hatte. Aber schließlich war ich zumindest indirekt für den Tod meiner Frau und für Tobys Querschnittslähmung mitverantwortlich.

Meine CIA-Karriere hätte durch das alles nicht notwendigerweise beendet sein müssen, denn ich hätte zum Beispiel einen Schreibtischposten in der Verwaltung übernehmen und mich dort weiter nach oben arbeiten können. Aber mir war nach dem schrecklichen Geschehen die Vorstellung unerträglich geworden, noch länger für die CIA tätig zu sein.

Die Untersuchung des Vorfalles nahm eine ganze Weile

in Anspruch. Jeder, der auch nur im entferntesten damit zu tun gehabt hatte – von den Sekretärinnen über die Verschlüsselungsexperten bis hin zu Edmund Moore als Leiter der Europa-Sektion – wurde endlosen Verhören unterzogen, zum Teil sogar unter Zuhilfenahme von Lügendetektoren.

Meine Frau und mein ungeborenes Kind waren getötet worden, mein Leben schien plötzlich sinnlos.

Wochen gingen ins Land, aber ich durchlitt noch immer Höllenqualen, vor allem wegen der gräßlichen Erinnerungen und wegen der Selbstvorwürfe, die ich mir machte. Man hatte mich in einem Hotel in der Nähe von Langley untergebracht. Von dort aus fuhr ich jeden Morgen zu meinem ›Arbeitsplatz‹: einem fensterlosen, weiß gestrichenen Konferenzraum im ersten Stock, wo mich der Vernehmungsbeamte (der jeweils nach einigen Tagen ausgetauscht wurde) jedesmal freundlich angrinste, mir höflich die Hand reichte und mir einen Kaffee anbot, der mir zusammen mit einer braunen Schale, in der sich ein auf Soja-Basis hergestellter Milchersatz befand, und mit einem hölzernen Stäbchen zum Umrühren gereicht wurde.

Ebenfalls zur dann alltäglich gewordenen Routine gehörte es, daß der Beamte das Verhörprotokoll des Vortages hervorholte und mit mir durchging. Auf den ersten Blick schienen wir zwei Kollegen zu sein, die sich um eine Klärung der Frage bemühten, warum das Treffen in Paris mit einer solchen Katastrophe geendet hatte. In Wirklichkeit aber unternahm der Vernehmungsbeamte alles in seiner Macht Stehende, um mich in Widersprüche zu verwickeln, Risse in meiner Darstellung der Ereignisse zu offenbaren und mich als Lügner oder sogar Verräter zu entlarven.

Nach sieben Wochen wurde das Untersuchungsverfahren, wohl nicht zuletzt aufgrund der immensen Personalkosten, eingestellt, ohne daß es zu definitiven Schlußfolgerungen gekommen wäre.

Ich wurde daraufhin in Hal Sinclairs Büro beordert. Er war zu der Zeit als Direktor der Operationsabteilung noch immer der dritte Mann in der Organisation. Obwohl wir uns nur einige Male begegnet waren, behandelte er mich wie einen alten Freund. Ich bin mir sicher, daß er sich dabei nicht verstellte, um mich irgendwie auszuhorchen, sondern daß er mir einfach helfen wollte, über alles hinwegzukommen. Hal war eben ein ungewöhnlich liebenswürdiger Mensch. Zuerst legte er mir seinen rechten Arm um die Schultern, führte mich zu einem Ledersessel und nahm mir gegenüber Platz. Dann beugte er sich vertraulich zu mir vor, als wollte er mich in eine streng geheime Operation einweihen, erzählte mir aber statt dessen einen Witz über einen alten Mann und eine alte Frau, die sich im Fahrstuhl eines Altersheimes begegneten. Ich erinnere mich allerdings nur noch an die Pointe: »Sie sind also noch zu haben?«

Obwohl ich mich nach den zwei vergangenen Monaten immer noch fühlte, als bestünde mein Inneres aus einem einzigen Scherbenhaufen, stellte ich erstaunt fest, daß ich lachte und die unerträgliche innere Anspannung zumindest für einen Augenblick nachließ. Wir unterhielten uns ein bißchen über Molly, die mittlerweile in Boston lebte, nachdem sie mit dem Friedenscorps für zwei Jahre nach Nigeria gegangen war. Die Beziehung zu ihrem Freund, mit dem sie am College zusammen gewesen war, hatte sie ›glücklicherweise‹ (so Hals Kommentar) abgebrochen. Hal fügte hinzu, daß Molly mir ausrichten lasse, ich sollte mich bei ihr melden, sobald ich den Wunsch verspüre, wieder unter Menschen zu gehen. Ich versprach daraufhin, sie anzurufen.

Er eröffnete mir dann, daß Ed Moore als Chef der Europa-Sektion die Empfehlung ausgesprochen habe, ich solle die CIA verlassen. Zwar bestehe keinerlei Zweifel daran, daß ich an dem Geschehen in Paris absolut unschuldig sei, aber es würden immer Fragen offenbleiben, die zu belastenden Verdächtigungen führen könnten. Deswegen halte er es für unumgänglich, daß ich den aktiven Dienst aufgäbe. Ed Moore, so sagte Hal abschließend, habe seine Empfehlung sehr nachdrücklich formuliert.

Ich war damals nicht in der Lage, mich gegen meinen Rausschmiß zu wehren. Ich wollte mich am liebsten in eine Ecke verkriechen, ein paar Tage schlafen und danach mit der Erkenntnis aufwachen, daß alles nur ein Alptraum gewesen sei.

»Ed meint, Sie sollten vielleicht in Erwägung ziehen, sich mit Jura zu beschäftigen und später als Anwalt zu arbeiten.«

Ich nahm Hals Äußerung nur beiläufig auf. Was hatte ich mit Jura im Sinn? Wie ich später herausfand, nicht viel. Aber war das von Bedeutung? Man kann durchaus einen Beruf qualifiziert und erfolgreich ausüben, ohne von ihm begeistert sein zu müssen.

Ich hätte mit Hal viel lieber darüber gesprochen, was in Paris vorgefallen war, aber er schien daran nicht interessiert zu sein und schob seinen dichtgedrängten Terminkalender vor. Er wollte wahrscheinlich seine Neutralität wahren und nicht unnötig in Vergangenem herumstochern.

»Sie werden einen großartigen Anwalt abgeben«, verabschiedete er mich, allerdings nicht, ohne mir noch einen schmutzigen Witz über Anwälte zu erzählen, über den wir beide lachten.

An jenem Tag verließ ich die CIA-Zentrale und ließ alles für immer – wie ich damals dachte – hinter mir.

Aber der Alptraum von Paris sollte mich bis zu meinem Lebensende verfolgen.

9

Alex Truslows im südlichen New Hampshire gelegenes Wochenendhaus war weniger als eine Autostunde von Boston entfernt. Erstaunlicherweise war es Molly gelungen, sich vom Krankenhaus loszueisen und mit mir zu kommen. Ich vermutete allerdings, daß sie sich unbedingt selbst ein Bild von Alex Truslow machen wollte, um sicherzustellen, daß ich keinen Fehler beginge, wenn ich mich bereit erklärte, für ihn zu arbeiten.

Das Haus war ein verwinkeltes, altes Schmuckstück, das über seinem eigenen See auf einem Felsen thronte und größer war, als wir vermutet hatten. Mit seinem weißen Außenanstrich und den schwarzen Fensterläden wirkte es zugleich gemütlich und elegant. Man hatte den Eindruck, als ob jemand das Gebäude etwa hundert Jahre zuvor als bescheidenes Farmhaus mit nur zwei Wohnräumen gebaut hatte. Im Laufe der Zeit schien es allerdings an allen Ecken und Kanten immer wieder ausgebaut worden zu sein, bis es schließlich seine jetzige Form erhalten hatte.

Als wir ankamen, befand sich Truslow im Freien und bemühte sich darum, ein Feuer zu entfachen. Er war leger gekleidet und trug zu seinem groben Wollhemd eine ausgebeulte moosgrüne Cordhose, weiße Socken und Bootsschuhe. Er begrüßte Molly mit einem Kuß auf die Wange, klopfte mir auf die Schulter und reichte uns beiden Martinis. Erst jetzt wurde mir klar, was mich an ihm immer fasziniert hatte: In mancher Hinsicht – sei es der melancholische Schwung seiner Augenbrauen oder seine unverhohlene Offenheit – ähnelte Alex Truslow auf verblüffende Weise meinem eigenen Vater, der an einem Schlaganfall starb, als ich siebzehn war.

Kurz darauf trat Truslows Frau Margaret, eine schlanke, dunkelhaarige Frau Mitte Sechzig, aus dem Haus und wischte sich die Hände an ihrer leuchtendroten Schürze ab, während die Fliegentür klappernd hinter ihr zuschlug.

»Es tut mir so leid um Ihren Vater«, wandte sie sich nach der Begrüßung an Molly. »Wir vermissen ihn sehr. Er fehlt uns allen.«

Molly dankte ihr lächelnd. »Sie haben es hier wunderschön«, schwärmte sie.

»Nun ja«, wiegelte Margaret Truslow das Kompliment ab und streichelte ihrem Mann liebevoll die Wange. »Ehrlich gesagt, hasse ich es, hier draußen zu sein. Seit Alex nicht mehr direkt für die CIA tätig ist, verschleppt er mich praktisch jedes Wochenende und jeden Sommer über hierher. Aber ich habe mich damit abgefunden, da mir ja doch keine andere Wahl bleibt.« Dabei blickte sie ihn an wie ein ungezogenes, aber geliebtes Kind: mit einem Gesichtsausdruck, der eine Mischung aus aufgesetzter Ärgerlichkeit und unterschwelliger Heiterkeit verriet.

»Margaret bevorzugt den Louisburg Square«, kommentierte Truslow. Louisburg Square war eine exklusive Wohngegend in Boston, in der er ein Haus besaß. »Sie leben auch in der Stadt, nicht wahr?«

»Back Bay«, antwortete Molly. »Sie können unsere Behausung gar nicht verfehlen, wenn Sie nur nach den Baustellenschildern und Schutthaufen Ausschau halten.«

Truslow lachte. »Ich darf also vermuten, daß Sie gerade beim Renovieren sind?«

Bevor wir noch etwas erwidern konnten, stürmten zwei kleine Kinder aus dem Hause: ein Mädchen von etwa drei Jahren, das von einem etwas älteren Jungen verfolgt wurde.

»Elias!« rief Mrs. Truslow.

»Jetzt habe ich dich«, sagte Alex, schnappte das Mädchen und schloß es in seine Arme. »Elias, hör auf, deine Schwester zu ärgern. Zoe, ich möchte dir Ben und Molly vorstellen.«

Die Kleine blickte uns mit tränenüberströmtem Gesicht an, das sie schließlich an Truslows Brust vergrub.

»Sie ist einfach zu schüchtern«, erklärte er. »Elias, reiche Ben Ellison und Molly Sinclair die Hand.« Der pummelige Junge streckte uns seine kleine Hand entgegen, rannte aber, nachdem er uns begrüßt hatte, sofort wieder davon.

»Unsere Tochter ...«, begann Margaret Truslow.

»Unser Früchtchen von einer Tochter«, korrigierte sie ihr Mann, »hat sich mit ihrem arbeitswütigen Gemahl ins Symphoniekonzert davongemacht. Deshalb müssen die armen Kinder mit ihren langweiligen Großeltern zu Abend essen. Stimmt's, Zoe?« Er kitzelte das Mädchen mit der einen Hand, während er sie mit der anderen festhielt. Sie mußte zunächst wider Willen kichern, verfiel dann jedoch erneut in ein leises Weinen.

»Unsere kleine Zoe scheint Ohrenschmerzen zu haben«, sagte Margaret. »Sie hat beinahe ohne Unterbrechung die ganze Zeit über geweint.«

»Ich werde sie mir mal ansehen«, erklärte Molly sofort. »Sie werden wahrscheinlich kein Amoxycillin in der Hausapotheke haben, oder?«

»Amoxy-was?« fragte Margaret nach.

»Macht nichts. Ich glaube, ich habe noch eine Ampulle im Wagen.«

»Ein Glück, daß Sie da sind«, rief Margaret erleichtert aus.

»Und das ohne Honorar«, scherzte Molly.

Zum Abendessen gab es gegrillte Hähnchen, gebackene Kartoffeln und Salat. Vor allem die Hähnchen waren vorzüglich, und Truslow verriet uns voller Stolz sein Rezept.

»Wie heißt es doch so schön«, begann Truslow, während wir das zum Nachtisch gereichte Eis löffelten, »bis die jüngsten Enkelkinder gelernt haben, das Haus sauberzuhalten, sind die ältesten damit beschäftigt, es zu verwüsten. Hab' ich recht, Elias?«

»Nein«, erwiderte Elias.

»Haben Sie Kinder?« erkundigte sich Margaret Truslow.

»Noch nicht«, antwortete ich.

»Ich finde Kinder entsetzlich«, fügte Molly hinzu. »Sie sind nur erträglich, wenn man sie weder sieht noch hört.«

Margaret blickte mich einen Augenblick lang schockiert an, bis sie bemerkte, daß Molly einen Scherz gemacht hatte. »So etwas von einer Kinderärztin zu hören«, kommentierte sie mit gespielter Empörung.

»Kinder sind für mich das Wichtigste in meinem ganzen Leben«, sagte Alex.

»Gibt es da nicht so ein Buch«, fragte Margaret, »mit dem Titel ›Enkel bereiten so viel Freude, daß man sie am besten vor den eigenen Kindern haben sollte‹?«

»Da ist was Wahres dran«, lachte ihr Mann.

»Aber Sie werden auf all das verzichten müssen, wenn Sie zurück nach Washington gehen«, stellte Molly fest.

»Ich weiß. Glauben Sie nur nicht, daß mir dieser Verzicht leichtfallen würde«, seufzte Truslow.

»Aber du bist noch nicht einmal gefragt worden, Alex«, gab Margaret zu bedenken.

»Da hast du allerdings recht«, gestand er und wandte sich zu Molly: »Und um die Wahrheit zu sagen, ist es eine alles andere als leichte Aufgabe, Ihren Vater ersetzen zu wollen.«

Molly nickte stumm.

»Es gibt wenige Dinge, die einem das Leben schwerer machen, als einem guten Vorbild nachzueifern«, warf ich ein.

»Und nun«, hob Truslow an, »hoffe ich, daß unsere charmanten Damen nichts dagegen haben werden, wenn Ben und ich uns ein wenig zurückziehen, um ein paar geschäftliche Dinge zu besprechen.«

»Also ab in die Küche mit uns«, rief Margaret mit gespielter Strenge. »Molly kann mir helfen, die Kinder ins Bett zu bringen. Natürlich nur, falls sie die Nähe der beiden ertragen kann.«

»Vor ein paar Wochen«, eröffnete Truslow das Gespräch, »nahm die CIA eine untergeordnete Charge des rumänischen Geheimdienstes Securitate fest.«

Wir saßen in einem Raum mit Steinfußboden, den Truslow offensichtlich als Arbeitszimmer benutzte. Inmitten der altmodischen Einrichtung wirkte das moderne schwarze Telefon, an das ein Zerhacker angeschlossen war, um die Leitung abhörsicher zu machen, wie ein Fremdkörper.

»Der Mann wurde verhört, blieb zunächst jedoch stumm.«

Da ich nicht wußte, worauf Truslow hinauswollte, wartete ich schweigend ab, was er zu sagen hatte.

»Nach mehreren ergebnislosen Verhören brach er am Ende doch noch zusammen und zeigte Bereitschaft zu reden. Aufgrund der geschickten Geheimhaltungsstrategie der Securitate wußte er allerdings nur sehr wenig. Aber immerhin stellte er uns gewisse Informationen in Aussicht, Informationen über Hal Sinclairs Ermordung...« Truslows Stimme wurde immer leiser.

»Und was weiter?«

»Er starb, bevor er auspacken konnte.«

»Vermutlich das Werk eines übereifrigen Verhörspezialisten, nicht wahr?«

»Nein. Ihr Arm reicht weit, und es gelang ihnen, den Mann auszuschalten, bevor er reden konnte. Sie waren einfach schneller.«

»Wer ist sie?« hakte ich nach.

»Eine oder mehrere Personen innerhalb der CIA«, erklärte er in schleppendem, düsterem Ton.

»Können Sie Namen nennen?«

»Das ist der springende Punkt. Ben, diese Gruppe, die danach trachtet, Langley unter ihre Kontrolle zu bringen, ist sehr gut getarnt, praktisch gesichtslos und nicht zu packen. Haben Sie schon einmal etwas von den sogenannten ›Weisen‹ gehört?«

»Nur insofern, als Sie gestern von einer Art ›Ältestenrat‹ gesprochen haben«, sagte ich. »Aber um wen handelt es sich dabei? Welche Ziele verfolgt diese Gruppe?«

»Wir wissen es nicht«, gestand er achselzuckend.

»Aber Sie glauben, daß diese ›Weisen‹ für Hals Ermordung verantwortlich sind?«

»Das sind reine Vermutungen«, erwiderte Truslow. »Möglicherweise war Hal sogar einer von ihnen.«

Ich hatte langsam das Gefühl, als drehe sich alles in meinem Kopf. Hal war allem Anschein nach von jemandem getötet worden, der vom ostdeutschen Staatssicherheitsdienst ausgebildet worden war. Nun erwähnte Truslow etwas von einem Rumänen. Wie paßte all das zusammen? Und worauf wollte er hinaus?

»Aber Sie müssen doch irgendeinen Anhaltspunkt zur Identität dieser Männer haben?«

»Wir wissen nur, daß es dieser Gruppe gelungen ist, zweistellige Millionenbeträge von verschiedenen CIA-Konten verschwinden zu lassen. Und zwar auf unglaublich raffinierte Weise. Zudem sieht es so aus, als habe Hal Sinclair etwa zwölfeinhalb Millionen davon in die eigene Tasche gesteckt.«

»Das glauben Sie doch selbst nicht. Sie wissen, wie bescheiden Hals Lebensstil war«, widersprach ich.

»Auch ich wäre gerne davon überzeugt, daß Hal Sinclair nicht einen einzigen Cent unterschlagen hat. Das können Sie mir glauben, Ben.«

»Was soll das heißen: Sie wären gerne davon überzeugt?«

Anstatt eine Antwort zu geben, händigte Truslow mir wortlos eine Akte aus, deren Beschriftung deutlich machte, daß sie aus dem CIA-Archiv stammte. Die Unterlagen waren mit ›Gamma eins‹ klassifiziert, eine Geheimhaltungsstufe, die so hoch war, daß ich nie zuvor Zugang zu derartigen Materialien gehabt hatte.

Es handelte sich um Fotokopien von Schecks, Computerausdrucken und unscharfen Fotografien. Auf einer der Aufnahmen war ein Mann mit einem Panamahut zu erkennen, der offensichtlich in einer Art Halle stand. Es handelte sich ohne Zweifel um Hal Sinclair.

»Was soll das alles?« fragte ich, obwohl ich die Antwort bereits kannte.

»Das Foto in Ihrer Hand zeigt Hal auf den Caymaninseln, wie er in einer Schalterhalle auf den Direktor der dortigen Bank wartet. Die übrigen Aufnahmen zeigen ihn bei weiteren Bankbesuchen in Liechtenstein, Belize und Anguilla.«

»Das beweist gar nichts.«

»Ben! Ich war einer von Hals engsten Freunden. Mich hat dieses Material genauso schockiert wie Sie. Es gab zahlreiche Tage, an denen Hal seinem Büro ferngeblieben war, vorgeblich aus Krankheitsgründen oder um einen Kurzurlaub zu machen. Immer gab er an, nicht erreichbar zu sein, oder aber er meldete sich telefonisch in der Zentrale. An diesen Tagen nahm er nach Lage der Dinge die Einzahlungen auf die diversen Bankkonten vor. Es gibt Beweise dafür, daß er viele Reisen mit gefälschten Papieren unternommen hat.«

»Das ist doch alles absoluter Unfug, Alex!«

Er seufzte. Offensichtlich litt er selbst unter den Schlußfolgerungen, die er mir darlegte. »Diese Kopie hier zeigt seine Unterschrift auf einem Formular, mit dem die Zulassung einer Briefkastenfirma in Liechtenstein beantragt wurde. Inhaber dieser unter falschem Namen geführten Firma war nachweislich Hal Sinclair. Wir haben außerdem Kopien von Überweisungen auf die Bermudas. Als Empfänger waren Geschäftskonten liberianischer Firmen angegeben worden. Es existieren Aufzeichnungen über Telefongespräche, Telegramme und telegrafische Anweisungen. Hal hat ein ganzes Labyrinth von Kanälen aufgebaut, in dem Millionen verschwunden sind. Das ist die unumstößliche Wahrheit, so häßlich und widerwärtig sie uns auch erscheinen mag. Aber es handelt sich eindeutig um Fakten!«

Ich wußte mir auf das Ganze keinen Reim zu machen. Das gesamte Beweismaterial schien hieb- und stichfest zu sein, aber es ergab trotzdem keinen Sinn. Mein Schwiegervater ein Betrüger, der Millionen unterschlagen haben sollte? Niemand, der ihn so genau gekannt hatte wie ich, konnte diese Überlegung ernsthaft in Betracht ziehen. Aber es blieb immer ein letzter Zweifel. Schließlich konnte man in niemanden hineinsehen.

»Der Schlüssel zu all diesen mysteriösen Vorgängen liegt in dem Züricher Treffen mit Orlow«, fuhr Truslow fort. »Was fällt Ihnen spontan ein, wenn Sie an Zürich denken?«

»Nummernkonten und das Schweizer Bankgeheimnis.«

»Genau. Und wir dürften kaum falsch liegen, wenn wir vermuten, daß es bei dem Treffen um finanzielle Transaktionen ging – und nicht etwa um einen netten Plausch zwischen dem amtierenden Chef der CIA und dem letzten Boß des KGB«, fügte er sarkastisch hinzu.

»Das klingt alles sehr weit hergeholt«, zweifelte ich.

»Vielleicht. Ich hoffe bei Gott, daß es uns gelingen wird, eine Erklärung für all das zu finden. Ich glaube jedenfalls daran. Und ich hoffe, daß Sie jetzt verstehen, warum ich Sie um Ihre Hilfe gebeten habe. Die CIA hat mich damit beauftragt, einen enormen Fehlbetrag in ihrem Budget wiederzubeschaffen. Ein Vermögen, gegen das die zwölfeinhalb Millionen, die Hal angeblich veruntreut haben soll, ein geradezu lächerlicher Betrag sind. Aber ich bin dabei auf Ihre Hilfe angewiesen. Wir beide können zwei Fliegen mit einer Klappe schlagen, denn wenn wir das Geld finden, haben wir auch die Möglichkeit, Hals Unschuld zu beweisen. Kann ich dabei auf Sie zählen?«

»Ja«, sagte ich. »Das können Sie.«

»Ich muß Ihnen nicht sagen, daß alles in diesem Zusammenhang der höchsten Geheimhaltung unterliegt. Sie werden deshalb die ganze Tretmühle über sich ergehen lassen müssen: die üblichen Belehrungen, den Lügendetektor und so weiter. Kurz, man wird sie auf Herz und Nieren überprüfen.

Bevor Sie heute abend fahren, werde ich Ihnen einen Zerhacker für ihr Telefon mitgeben, der mit dem meines Dienstapparates kompatibel ist. Aber ich will ehrlich sein, eine Menge Leute werden versuchen, Ihnen Knüppel zwischen die Beine zu werfen.«

»Ich verstehe«, erklärte ich, ohne zu wissen, was ich sagte. Ich sollte erst am nächsten Morgen erfahren, welchen tieferen Sinn Alex Truslows Warnung hatte.

10

Die Ereignisse, die den darauffolgenden Vormittag bestimmten, habe ich noch heute mit unglaublicher Klarheit vor Augen.

Die Büros von Alex Truslows Firma nahmen alle vier Stockwerke eines alten Backsteingebäudes an der Beacon Street in Anspruch (wie ich feststellte, nur einen kurzen Spaziergang von Truslows Haus am Louisburg Square entfernt). Ein Bronzeschild an der Eingangstür nannte nur den Namen des Firmeninhabers, ohne jeden Hinweis darauf, welcher Art die Tätigkeit seiner Firma war.

Ich empfand die geschmackvolle Atmosphäre, die mich nach dem Betreten des Hauses umfing, als ausgesprochen angenehm. Nachdem ich einer gutfrisierten Empfangsdame meinen Namen genannt hatte, wurde ich zu einem gediegenen Wartezimmer geleitet, das ebenso unaufdringlich wie teuer möbliert war. Ich ließ mich auf ein bequemes Ledersofa sinken und blätterte einige exklusive Zeitschriften durch, die sich ausnahmslos mit Kunst und Antiquitäten beschäftigten.

Genau zehn Minuten nach dem vereinbarten Zeitpunkt erschien Truslows Privatsekretärin, nachdem sie offensichtlich zuvor von wichtigeren Dingen in Anspruch genommen worden war (vermutlich von Kaffee und Gebäck), und eskortierte mich zu Truslows Büro. Sie war geradezu der klassische Prototyp einer Privatsekretärin, etwa dreißig Jahre alt, hübsch, wirkungsvoll und elegant. Ihr Kostüm, der Gürtel und das goldene Halsband stammten unverkennbar von Chanel. Sie stellte sich als Donna vor und fragte mich, ob ich Mineralwasser, Kaffee oder frisch gepreßten Orangensaft bevorzugen würde. Ich entschied mich für Kaffee.

Alex Truslow erhob sich hinter seinem Schreibtisch, als ich sein Büro betrat. Da die Sonnenstrahlen, die durch die vergleichsweise kleinen Fenster hereinfluteten, von den weißen Wänden reflektiert wurden, war das Zimmer in so grelles Licht getaucht, daß ich wünschte, meine Sonnenbrille mitgebracht zu haben.

Außer Truslow war noch ein breitschultriger, untersetzter Mann mit dunklen Haaren anwesend, der etwa Anfang Fünfzig sein mochte.

»Ben, ich möchte Sie Charles Rossi vorstellen«, sagte Truslow.

»Schön, Sie kennenzulernen, Mr. Ellison«, rief Rossi, der mir bei der Begrüßung beinahe die Hand zerquetschte.

»Ganz meinerseits«, erwiderte ich, obwohl ich bezweifelte, daß sich diese Annahme als wahr erweisen würde. »Sagen Sie einfach Ben zu mir.«

Rossi nickte lächelnd, als wir uns nebeneinander in Ledersessel sinken ließen.

Donna servierte uns in italienischen Keramiktassen frischen Kaffee, der wirklich ausgezeichnet war. Dann entnahm ich meiner Aktenmappe einen Block und meinen Mont-Blanc-Kugelschreiber.

Nachdem Donna den Raum verlassen hatte, tippte Truslow etwas auf der vor ihm liegenden Tastatur, die ihm ermöglichte, während eines Telefonats oder einer Besprechung lautlos mit seiner Sekretärin zu kommunizieren.

»Was wir hier miteinander besprechen, unterliegt absoluter Geheimhaltung«, schickte Truslow voraus.

Ich nickte schweigend und nahm einen weiteren Schluck von dem bemerkenswert guten Kaffee.

»Charles, würden Sie uns jetzt bitte für einen Augenblick entschuldigen«, wandte sich Truslow an meinen Nebenmann, der daraufhin aufstand und das Büro verließ, wobei er sorgsam die Tür hinter sich schloß.

»Rossi ist unser Verbindungsmann zur CIA«, erklärte mir Truslow. »Er kommt direkt aus Langley und hat die Aufgabe, mit Ihnen zusammenzuarbeiten.«

»Ich fürchte, ich verstehe nicht ganz«, sagte ich.

»Rossi rief mich letzte Nacht an. Angesichts der hochsensiblen Bereiche, mit denen wir hier zu tun haben, macht sich die CIA verständlicherweise Gedanken über die Sicherheit und die Geheimhaltung unserer Operation. Langley hat deshalb darauf bestanden, Sie von einem eigenen Mann durchleuchten zu lassen.«

Ich nickte.

»Das alles erscheint mir, ehrlich gesagt, auch ein bißchen übertrieben«, fuhr Truslow fort, »schließlich sind Sie bereits x-mal überprüft worden. Aber wie dem auch sei – Rossi möchte mit Ihnen noch einige Dinge durchgehen und ein paar Tests machen, bevor Sie die volle Unbedenklichkeitseinstufung erhalten. Da wir im Auftrag der CIA arbeiten, müssen wir uns leider gewissen Regeln beugen, Ben.«

»Ich verstehe.«

Truslow spielte auf die Tests mit dem Lügendetektor an, denen sich alle CIA-Mitarbeiter im Verlauf ihrer beruflichen Karriere mehrere Male unterziehen mußten – vor allem bei ihrer Einstellung in den Dienst, dann in regelmäßigen Abständen, manchmal aber auch nach wichtigen Einsätzen oder bei besonderen Vorkommnissen.

»Ihre Hauptaufgabe besteht darin, Wladimir Orlow zur Strecke zu bringen und herauszufinden, worum es bei dem Treffen zwischen ihm und Ihrem Schwiegervater ging. Es ist möglich, daß Orlow ein falsches Spiel mit Hal getrieben hat. Aber Spekulationen helfen uns nicht weiter. Wir brauchen Gewißheit.«

»Was meinen Sie mit ›Orlow zur Strecke bringen‹?«

»Im Augenblick darf ich Ihnen nicht mehr sagen. Erst wenn Sie ohne Einschränkungen als unbedenklich gelten, kann ich mit Ihnen Näheres besprechen.« Er drückte auf einen Knopf, und wenige Augenblicke später kehrte Rossi zurück.

Truslow schritt um seinen massiven Schreibtisch herum und klopfte dem CIA-Mann auf die Schulter. »Jetzt wird sich erst einmal Charlie um Sie kümmern«, sagte er und ergriff dann meine Hand. »Ich heiße Sie nochmals herzlich willkommen, mein Freund.«

Dann wandte sich Truslow wieder der Tastatur auf seinem Tisch zu und drückte erneut eine Taste. Beim Hinausgehen erhaschte ich aus den Augenwinkeln einen letzten Blick auf die nachdenkliche, dunkle, nichtsdestoweniger aber energisch wirkende Gestalt, die sich deutlich gegen das grelle Sonnenlicht abhob.

Charles Rossi kutschierte mich in einer dunkelblauen Regierungslimousine über den Fluß zu einem ultramodernen Gebäude, das sich neben einer ganzen Reihe von High-Tech-Firmen am Rande des Universitätsgeländes von Cambridge befand.

Als wir den Fahrstuhl im vierten Stock verließen, befanden wir uns in einem höchst funktional angelegten Empfangsbereich, der von Chrom und Stahl und grauen Teppichböden dominiert wurde. Ein an der gegenüberliegenden Wand angebrachtes, nüchternes Schild verriet mir, daß ich mich in den ›ENTWICKLUNGSTECHNISCHEN FORSCHUNGSLABORATORIEN‹ befand, zu denen der ›ZUTRITT FÜR UNBEFUGTE VERBOTEN‹ war.

Ich wußte sofort, daß der Laden von der CIA betrieben wurde. Angefangen bei dem nichtssagenden Namen über die nichtssagend-anonyme Innengestaltung bis hin zu dem Verbotsschild roch alles nach CIA. Mir war bekannt, daß Langley nicht nur in der Water Street in New York, sondern auch in den Vororten Washingtons einige Forschungsinstitute und Testlaboratorien unterhielt. Mir war allerdings neu, daß sie auch in Cambridge eine Niederlassung hatten, was jedoch unbestreitbar zweckmäßig war.

Wortkarg schleuste mich Rossi durch eine ganze Reihe von Metalltüren. Er öffnete sie mit Hilfe einer Magnetkarte, die durch einen waagerechten Schlitz gezogen werden mußte. Hinter einer der Türen verbarg sich ein riesiger Raum, in dem sich auf den ersten Blick zahllose Reihen von Computer-Terminals befanden. An den meisten davon waren Menschen damit beschäftigt, irgendwelche Daten einzugeben.

»Hier gibt's nicht viel zu sehen«, bemerkte Rossi, den Raum überblickend. »Alles ziemlich unspektakuläre Tätigkeiten.«

»Dann sollten Sie einmal meine Firma besuchen«, warf ich ein, worauf er höflich lachte.

»Allerdings wird hier an einer ganzen Reihe von wichtigen Projekten gearbeitet«, erklärte er, »zum Beispiel an der Konzeption mikroelektronischer Bauteile, der automatischen Entschlüsselung von Geheimschriften und Codierungen und an ähnlichen Dingen. Kennen Sie sich mit so etwas aus?«

»Offen gestanden, nicht sehr«, gab ich zu.

Er führte mich zu einem jungen, bärtigen Mann, der mit offensichtlich großem Eifer bei der Arbeit war. »Dieser SPARC-2-Terminal wurde von Sun Microsystems hergestellt und ist in der Lage, mit einem Supercomputer zu ›sprechen‹, einer CH-3-Denkmaschine.«

»Aha.«

»Keith ist gerade dabei, verwendungsfähige Textverschlüsselungs-Algorhythmen zu entwickeln, also Codes, die – zumindest in der Theorie – nicht geknackt werden können. Vereinfacht ausgedrückt, wären wir in der Lage, Geheiminformationen in einer Form zu codieren, die völlig unauffällig wäre. Die Zeit der endlosen Zahlen- und Buchstabenkolonnen wäre passé. Statt dessen gäbe es nur noch scheinbar harmlose Alltagstexte.«

Als Rossi wohl an meinem Gesichtsausdruck bemerkte, daß ich ihm nicht ganz folgen konnte, versuchte er es erneut. »Anders gesagt. Mit Hilfe dieses Programms wäre ein Agent in der Lage, ein wichtiges Dokument so zu verschlüsseln, daß als Ergebnis ein Text vorläge, der ohne Aufsehen zu erregen zum Beispiel von einer Radiostation ausgestrahlt werden könnte. Für keinen normalen Zuhörer hätte der Text irgend etwas Ungewöhnliches. Aber der richtige Computer wäre mit dem entsprechenden Programm in der Lage, den Text zu entschlüsseln.«

»Klingt gut.«

»Das ist nur eines von vielen Projekten, an denen hier herumgetüftelt wird. Etwa die Leute dort drüben, sie arbeiten an bestimmten mikroelektronischen Elementen, die in einer Spezialfabrik produziert wurden.«

»Zu welchem Zweck?« fragte ich, neugierig geworden.

Er wiegte seinen Kopf hin und her, als wäre er sich nicht sicher, was er sagen sollte. »Diese winzigen, nur wenige Angström großen Bauteile werden aus Silikon und Xenon hergestellt. Man könnte sie unter anderem unerkannt in einen Computer installieren. Von dort aus wären sie in der Lage, die durchfließenden Daten zu einem Empfänger zu übermitteln. Darüber hinaus gibt es noch viele andere denkbare Einsatzmöglichkeiten, aber ich bin leider nicht autorisiert, darüber Auskunft zu geben. Ich muß um Ihr Verständnis bitten.«

Wir setzten unseren Weg fort und begaben uns in einen anderen Trakt, für dessen Türen Rossi ebenfalls eine Magnetkarte benötigte. »Alles Sicherheitsmaßnahmen«, kommentierte er knapp.

Schließlich betraten wir einen nur in Weiß gehaltenen fensterlosen Korridor. Erneut wies eine große Warntafel darauf hin, daß der ›ZUTRITT FÜR UNBEFUGTE VERBOTEN‹ sei.

Rossi führte mich auch durch diesen Gang und wiederum durch viele Türen, bis wir in einen seltsam aussehenden Raum aus nacktem Beton gelangten. In der Mitte des Raumes befand sich eine Art gläserne Zelle, die einen großen weißen Apparat von etwa fünf Meter Höhe und drei Meter Breite beherbergte. Außerhalb der Glaswände befand sich ein Pult mit diversen Computermonitoren, an denen einige Mitarbeiter saßen.

»Ein Kernspinresonanztomograph«, sagte ich. »Ich habe sie in Krankenhäusern gesehen. Dieser hier scheint mir allerdings ein bißchen größer zu sein.«

»Ich sehe, Sie wissen Bescheid. Die Kernspinresonanztomographen, die Sie aus Krankenhäusern kennen, liegen gewöhnlich zwischen 0,5 und 1,5 Tesla. Tesla ist ein Maß für die Stärke des im Inneren installierten Magneten. Es wird gewiß noch eine ganze Weile vergehen, bis man in einigen hochspezialisierten Abteilungen mit 2 Tesla arbeiten wird. Was Sie hier sehen, ist ein Exemplar mit 4 Tesla.«

»Das klingt erschreckend imposant.«

»Ist aber ziemlich zuverlässig, denn die ganze Apparatur wurde in vielerlei Hinsichten verändert. Ich selbst habe die notwendigen Arbeiten überwacht.« Rossis Blicke streiften unablässig über die nackten Betonwände, als sei er auf der Suche nach etwas.

»Inwiefern ›ziemlich zuverlässig‹?«

Auf Rossis Zügen zeigte sich ein Anflug von Stolz. »Die Anlage vor Ihnen ist eine Art Weiterentwicklung des alten Lügendetektors. Ein modifiziertes Modell wird bald von der CIA bei Sicherheitsüberprüfungen und Verhören von eigenen Beamten, Überläufern, Agenten und anderen benutzt werden, um so etwas wie einen jeweils absolut zuverlässigen ›mentalen Fingerabdruck‹ zu erstellen.«

Würden Sie mir das bitte näher erklären?«

»Die vergleichsweise altertümliche Technik des klassischen Lügendetektors basierte auf Messungen von Blutdruckschwankungen und, mittels Elektroden, von galvanischen Hautreaktionen, wie zum Beispiel Schweißabsonderungen oder Temperaturveränderungen. All das konnte höchstens grobe Anhaltspunkte liefern, die darüber hinaus jedoch nur zu maximal sechzig Prozent verläßlich waren, falls überhaupt.«

»Ich verstehe«, sagte ich ungeduldig, was Rossi jedoch nicht aus der Ruhe brachte.

»Wie Sie wahrscheinlich wissen, haben die Sowjets dergleichen nie benutzt. Statt dessen haben sie ihre Agenten darin ausgebildet, wie man die Testergebnisse manipulieren kann. Du liebe Güte, erinnern Sie sich noch daran, wie damals siebenundzwanzig kubanische Doppelagenten alle Sicherheitsüberprüfungen anstandslos hinter sich brachten?«

»Sicher«, antwortete ich. Schließlich gehörte diese Geschichte zum klassischen Sagenschatz der CIA.

»Die verdammten Geräte registrierten nur emotionale Reaktionen, die je nach Temperament höchst unterschiedlich ausfallen können. Aber dessenungeachtet ist die Befragung mit Hilfe des Lügendetektors einer der Eckpfeiler unserer Sicherheitsüberprüfungen, und zwar nicht nur bei der CIA, sondern auch beim militärischen Abschirmdienst, dem nationalen Chiffrier- und Dechiffrierdienst und bei vielen anderen Organisationen und Behörden.«

»Ein ausgesprochen morscher Eckpfeiler, wenn die Detektoren so einfach auszutricksen sind«, fügte ich hinzu.

»Geradezu beschämend einfach«, bestätigte Rossi. »Die

Technik versagt nicht nur bei Leuten, die in irgendeiner Form Abweichungen von typischen Verhaltensnormen zeigen, indem sie zum Beispiel Schuld- oder Angstgefühle bewußt unterdrücken. Buchstäblich jeder Profi kann den Detektortest bestehen, wenn er vorher nur bestimmte Drogen einnimmt. Selbst dadurch, daß man sich während des Tests körperlichen Schmerz zufügt, indem man sich etwa ins Bein kneift, kann man die Ergebnisse völlig verfälschen.«

»Wirklich beunruhigend«, kommentierte ich in der Hoffnung, daß wir nun endlich zur Sache kommen würden. Rossi schien meine Ungeduld bemerkt zu haben.

»Mit Ihrem Einverständnis würde ich Sie jetzt gerne dem Test unterziehen, damit ich Sie möglichst schnell zu Mr. Truslow zurückbringen kann.«

11

»Etwa eine halbe Stunde«, versicherte mir Rossi, »dann sollten Sie alles überstanden haben.«

Wir standen außerhalb der Glaszelle und sahen uns auf den Monitoren farbige 3-D-Simulationen des menschlichen Gehirns an. Auf dem Bildschirm unmittelbar vor mir drehte sich eine lebensgroße Gehirnprojektion, aus der nach und nach einzelne Sektionen davonflogen wie rosafarbene Grapefruit-Stücke.

Zu Rossis Laborteam gehörte unter anderem eine zierliche dunkelhaarige Assistentin namens Ann, die für uns die jeweiligen Bilder auf die Monitore spielte.

»Hier sehen Sie die Großhirnrinde«, erklärte sie mir mit ihrer leisen Kinderstimme. »Sie besteht aus sechs Schichten. Wir haben festgestellt, daß es deutlich erkennbare Unterschiede im Erscheinungsbild der Großhirnrinde gibt, wenn jemand die Wahrheit sagt und wenn er lügt.« Sie neigte sich mir vertraulich zu. »Allerdings sind wir uns noch nicht sicher, ob dieses Phänomen von den Neuronen hervorgerufen wird, aber wir arbeiten daran.«

Sie deutete auf die nebeneinander dargestellten Gehirne eines ›Lügners‹ und eines ›Nicht-Lügners‹. Es schien mir, als könnte ich leichte Verschiebungen bei einzelnen Farbschattierungen erkennen.

»Würden Sie bitte Ihre Jacke ausziehen«, bat mich Rossi. »Die Prozedur dürfte dann für Sie bequemer sein.« Ich tat, was er sagte, und legte auch meine Krawatte ab. Währenddessen betrat Ann die Glaszelle und bereitete die Apparatur vor.

»Bitte entfernen Sie auch alle Metallgegenstände«, fuhr Rossi fort. »Schlüssel, Gürtelschnallen, Hosenträger, Geldmünzen und bitte auch Ihre Armbanduhr. Da es sich um einen gewaltigen Magneten handelt, würde alles aus Stahl oder Eisen nur so aus Ihren Taschen fliegen. Vor allem Ihre Uhr würde stehenbleiben oder zumindest erheblich verstellt werden.« Er lachte vergnügt. »Ich muß Sie auch um Ihre Brieftasche bitten.«

»Meine Brieftasche?«

»Dieser Apparat könnte auch Ihre Kreditkarten oder ähnliches entmagnetisieren und damit wertlos machen. Ist Ihnen vielleicht eine Stahlplatte in Ihren Kopf implantiert worden, tragen Sie einen Herzschrittmacher oder etwas dergleichen?«

»Nein.« Ich fischte einigen Kleinkram aus meinen Hosentaschen und deponierte alles auf einem Tisch.

»Gut so«, lobte Rossi und führte mich in die Glaszelle. »Hier drinnen mag es Ihnen ein bißchen beengt erscheinen. Leiden Sie unter Klaustrophobie?«

»Nicht mehr als andere auch.«

»Sehr schön. Es gibt auch einen Spiegel, in dem Sie sich sehen können. Viele Menschen mögen es allerdings nicht, sich selbst zu betrachten, während sie hier flach auf dem Rücken liegen. Ich vermute, das liegt daran, daß mancher den Eindruck gewinnt, er liege in einem Sarg.« Wieder lachte Rossi.

Ich legte mich auf eine weiße Liege, und Ann befestigte einige Sensoren an mir. Die Kabelstränge, die sie an meinem Kopf anschloß, waren gepolstert und daher gut zu ertragen. Die gesamte Prozedur erzeugte dennoch ein gewisses Unbehagen in mir.

Anschließend wurde ich in die Mitte des Gerätes geschoben, wo ich ringsum von einer gewaltigen Spulenwicklung umgeben war. Von irgendwo außerhalb der Glaszelle drang Anns Stimme an mein Ohr: ». . . bereit, den Magneten zu aktivieren.«

Dann vernahm ich Rossis Stimme aus einem Lautsprecher über mir. »Alles okay bei Ihnen?«

»Mir geht's prächtig«, log ich. »Was sagten Sie, wie lange wird das hier dauern?«

»Sechs Stunden«, klang es aus dem Lautsprecher. »Unsinn, ich mache nur Spaß. Etwa zehn, fünfzehn Minuten.«

»Sehr witzig.«

»Sind Sie bereit?«

»Ja, fangen Sie an.«

»Sie werden gleich ein hämmerndes Geräusch vernehmen«, meldete sich wieder Rossi, »aber Sie müßten trotzdem meine Stimme hören können. Okay?«

»Okay«, rief ich ungeduldig. Ein über meine Stirn geführter Gurt machte es mir unmöglich, meinen Kopf zu bewegen, was bei mir ein unangenehmes Gefühl erzeugte. »Bringen wir es hinter uns.«

Plötzlich setzte ein dampfhammerartiges Getöse ein, ein rhythmisches Schlagen in kurzen Intervallen.

»Ben, ich werde Ihnen jetzt eine Reihe von Fragen stellen«, schnarrte Rossis metallisch klingende Stimme wieder aus dem Lautsprecher. »Beantworten Sie sie mit ja oder nein.«

»Dies ist nicht meine erste Überprüfung«, erwiderte ich gereizt.

»Sicher. Lautet Ihr Name Benjamin Ellison?« begann Rossi.

»Ja«, antwortete ich.

»Lautet Ihr Name Mr. Unbekannt?«

»Nein.«

»Sind Sie von Beruf Arzt?«

»Nein.«

»Haben Sie jemals einen außerehelichen Seitensprung begangen?«

»He, was soll das werden?« rief ich wütend.

»Ich bitte Sie, Ben, bleiben Sie ruhig. Antworten Sie nur mit ja oder nein.«

Ich zögerte. Wie auch Jimmy Carter war zumindest meinem Herzen die Lust nicht fremd. »Nein.«

»Haben Sie jemals für die CENTRAL INTELLIGENCE AGENCY gearbeitet?«

»Ja.«

»Leben Sie in Boston?«

»Ja.«

Ich vernahm eine weibliche Stimme aus dem Kontrollraum. Sie gehörte Ann. Dann folgte eine männliche Stimme, irgendwo in der Nähe. »Haben Sie jemals als Agent für den sowjetischen Geheimdienst gearbeitet?« meldete sich wieder Rossi über den Lautsprecher.

»Diese Frage kann doch nicht Ihr Ernst sein!« rief ich ungläubig.

»Ja oder nein, Ben. Alle diese Fragen dienen dazu, die Parameter Ihres Angst- und Unruheempfindens auszuloten, verstehen Sie? Also noch einmal. Haben Sie jemals als Agent für den sowjetischen Geheimdienst gearbeitet?«

»Nein.«

»Sind Sie mit Martha Sinclair verheiratet?«

»Ja.«

»Fühlen Sie sich noch wohl da drinnen?«

»Alles in Ordnung. Machen Sie weiter.«

»Sind Sie in New York geboren?«

»Nein.«

»Sind Sie in Philadelphia geboren?«

»Ja.«

»Sind Sie achtunddreißig Jahre alt?«

»Nein.«

»Sind Sie neununddreißig Jahre alt?«

»Ja.«

»Heißen Sie Benjamin Ellison?«

»Ja.«

»Bei den nächsten beiden Fragen möchte ich, daß Sie lügen, Ben. Haben Sie sich als Anwalt auf Immobilienangelegenheiten spezialisiert?«

»Ja.«

»Haben Sie jemals masturbiert?«

»Nein.«

»Nun wieder die Wahrheit. Haben Sie während Ihrer Beschäftigung bei der CIA gleichzeitig auch für Nachrichtendienste anderer Länder gearbeitet?«

»Nein.«

»Hat es seit dem Ende Ihrer Beschäftigung bei der CIA irgendwelche Kontakte zwischen Ihnen und Agenten der ehemaligen Sowjetunion oder anderer ehemaliger Ostblockstaaten gegeben?«

»Nein.«

Es folgte eine lange Pause, bevor Rossis Stimme wieder aus dem Lautsprecher drang. »Danke, Ben. Das war alles.«

»Dann holen Sie mich hier endlich raus.«

»Ann wird in einer Minute bei Ihnen sein.« Das hämmernde Dröhnen verstummte so plötzlich, wie es begonnen hatte. Erleichtert genoß ich die wohltuende Stille, während ich ein taubes Gefühl in den Ohren hatte. Doch aus der Ferne konnte ich wieder Stimmen erkennen. Es mußte sich um die Labormitarbeiter handeln.

»Sie haben es überstanden, Mr. Ellison«, rief Ann, während sie die Liege aus der Apparatur zog. *Ich bete zu Gott, daß er es heil überstanden hat.*

»Wie bitte?« sagte ich.

»Ich sagte, Sie haben es überstanden.« Sie löste den Stirngurt und entfernte dann nacheinander alle Sensoren und Kabel.

»Ich bin okay«, rief ich. »Bis auf meine Ohren. Aber ich nehme an, mein Hörvermögen wird in den nächsten Tagen wiederkehren.«

Ann musterte mich, zog ihre Augenbrauen hoch und urteilte dann: »Sie werden keinerlei Beschwerden mehr haben.« Sie half mir von der Liege auf.

»Es lief doch alles ganz gut«, sagte sie, als ich wieder auf meinen Füßen stand, fügte dann aber ärgerlich hinzu: *Hat nicht funktioniert, hat nicht funktioniert!*

»Was hat nicht funktioniert?« fragte ich nach.

Sie reagierte zunächst nur mit einem seltsamen Blick und erklärte dann zögernd: »Alles lief bestens.« Ich folgte ihr aus der Glaszelle in den Betonraum, wo mich Rossi in entspannter Haltung, die Hände in den Hosentaschen, erwartete.

»Vielen Dank, daß Sie bereitwillig mitgespielt haben, Ben«, rief er. »Sie haben eine weiße Weste. Etwas anderes hat auch niemand erwartet. Die ›Schnappschüsse‹, die uns der Computer von Ihrer Großhirnrinde gezeigt hat, lassen darauf schließen, daß Sie uns die Wahrheit gesagt haben, mit Ausnahme der Lügen, zu denen ich Sie aufgefordert hatte.«

Rossi wandte sich ab, um einen Stapel Unterlagen aufzunehmen, und ich machte mich daran, wieder meine abgelegten Habseligkeiten zu verstauen. Während ich damit beschäftigt war, hörte ich, wie Rossi irgend etwas von Truslow murmelte.

»Was ist mit Truslow?« fragte ich nach.

Er drehte sich zu mir herum und erkundigte sich freundlich lächelnd: »Wie bitte?«

»Wollten Sie mir gerade etwas über Truslow mitteilen?« hakte ich nach.

Er starrte mich mehrere Sekunden lang wortlos an. Dann schüttelte er den Kopf. Das Lächeln in seinen Augen war einem Ausdruck gewichen, der gespannte Aufmerksamkeit verriet.

»Vergessen Sie's«, rief ich, obwohl ich mir absolut sicher war, ihn sprechen gehört zu haben. Wir hatten nicht weiter als etwa einen Meter voneinander entfernt gestanden. Es war einfach umöglich, daß ich mich getäuscht haben könnte. Irgend etwas über Truslow. Sehr seltsam das Ganze. Vielleicht war sich Rossi gar nicht bewußt gewesen, daß er laut gesprochen hatte.

Ich wandte mich wieder den Dingen auf dem Tisch zu und steckte gerade die Brieftasche und das Kleingeld ein, als ich Rossis Stimme erneut vernahm, und zwar genauso klar wie zuvor: *Kann das möglich sein?*

Ich sah ihn an, ohne diesmal nachzufragen.

Hat es tatsächlich funktioniert? fragte Rossi wieder. Seine Stimme klang jedoch, als spräche er aus einiger Entfernung zu mir.

Allerdings, und daran bestand kein Zweifel, da ich ihn die ganze Zeit über beobachtete, hatten sich seine Lippen nicht bewegt.

Er hatte kein Wort gesprochen.

Als mir klar wurde, was meine Beobachtung bedeutete, spürte ich, wie mein Inneres zu Eis erstarrte.

Teil II

Die Fähigkeit

Vertraulichen Berichten zufolge hat das Pentagon Millionen von Dollar in Geheimprojekte investiert, bei denen es darum geht, übersinnliche Phänomene zu erforschen. Dabei soll vor allem untersucht werden, ob die Kraft des menschlichen Geistes für Spionagezwecke nutzbar gemacht werden kann ...

New York Times, 10. Januar 1984

FINANCIAL TIMES

Europa in Angst vor drohendem Nazi-Regime in Deutschland

VON ELIZABETH WILSON IN BONN

Im Rennen um die Kanzlerschaft scheint Dr. Jürgen Krauss, der Führer der wieder ins Leben gerufenen Nationalsozialistischen Partei, seine gemäßigteren Konkurrenten hinter sich zu lassen. Nicht nur der Christdemokrat Wilhelm Vogel, sondern auch der amtierende ...

Angesichts des Zusammenbruchs der Deutschen Börse und der anhaltenden Wirtschaftsmisere geht in Europa zunehmend die Angst vor einer neuen Nazi-Diktatur um ...

1

Rossi und ich hielten einen Moment lang Blickkontakt.

Trotz der vielen Monate, die seit dem damaligen Vormittag vergangen sind, ist es mir bis heute nicht gelungen, eine wirklich plausible Erklärung für dieses unglaubliche Phänomen zu finden.

Ich konnte Charles Rossis Stimme beinahe so deutlich hören, als hätte er mit mir gesprochen. Allerdings nicht ganz so deutlich, als ob er laut gesprochen hätte. Auch das Timbre war anders als das einer gesprochenen Stimme, etwa so, als führte man mit jemandem, der sich in einem weit entfernten Land aufhält, ein Ferngespräch. Die Worte klangen auch etwas gedämpfter und weniger deutlich, ungefähr wie Worte, die man durch eine dünne Trennwand in einem billigen Motel hindurch hört.

Außerdem gab es klar erkennbare Unterschiede zwischen Rossis gesprochener Stimme und seiner – wie soll ich es nennen? –, seiner ›geistigen‹ Stimme, seiner gedanklichen Stimme. Seine gesprochene Stimme klang schärfer, seine geistige hingegen leiser und sanfter.

Aber trotz aller Unterschiede: Ich war in der Lage, Rossis Gedanken zu hören.

Hinter meiner Stirn breitete sich ein unangenehmes Pochen aus, ein betäubender Schmerz, der sich vor allem auf meine rechte Schläfe konzentrierte. Jede Person und jeder Gegenstand im Raum – Rossi, seine neugierig blickenden Assistenten, der Kernspinresonanztomograph und die gummierten Labormäntel, die auf Haken an der Tür hingen – waren von einer leuchtenden, regenbogenähnlichen Aura umgeben. Außerdem spürte ich ein unangenehmes Prikkeln auf meiner Haut, über die abwechselnd heiße und kalte Schauer jagten.

In Hunderten von Büchern werden übersinnliche Wahrnehmungen und weitere abnorme psychische Phänomene dargestellt. Das meiste davon ist absoluter Quatsch. Ich kann es beurteilen, denn ich habe mittlerweile wohl so ziemlich alles gelesen, was es zu diesem Thema gibt. Aber nicht einer der Theoretiker oder der Betroffenen hat auch nur ansatzweise beschrieben, daß es so ist.

Ich konnte seine Gedanken hören.

Natürlich nicht alle Gedanken, sonst wäre ich längst verrückt geworden. Nein, nur gewisse Gedanken, Gedanken von einer bestimmten Intensität. So jedenfalls erklärte ich mir das Phänomen später.

Aber damals, als ich meine Fähigkeit gerade erst erkannt hatte, konnte ich mir auf all das keinen Reim machen. Alles, was ich mit Bestimmtheit wußte, war, daß ich etwas gehört hatte, das Rossi nicht wirklich sagte, und dieser Umstand erfüllte mich mit einer tiefen Verunsicherung. Ich hatte den Eindruck, an einem Abgrund zu stehen, der meinen Verstand zu verschlingen drohte.

Ich war überzeugt davon, daß etwas in mir zerstört worden war und die Magnetfelder dieser Höllenmaschine mir und meinem Nervensystem etwas Schreckliches zugefügt hatten.

Das Geschehen erschien mir so unfaßbar, daß ich in meiner Panik nur auf eine einzige Weise zu reagieren imstande war – nämlich alles abzustreiten. Ich würde zwar gerne den Eindruck erwecken, daß ich damals bereits so clever und abgebrüht war, die Konsequenzen meiner neuen Fähigkeit zu erkennen und sie deshalb für mich zu behalten, aber die Wahrheit sieht anders aus. Ich hielt mich in meinem ersten Schreck, auf unerklärliche Weise Stimmen zu hören, für krank und wollte diesen Umstand instinktiv vor Rossi verbergen.

Er brach als erster das Schweigen. »Ich habe nichts über Mr. Truslow geäußert«, sagte er ruhig. Er wollte mich offensichtlich auf die Probe stellen und meine Reaktion beobachten.

»Ich hatte den Eindruck«, erwiderte ich bedächtig, »aber ich muß mich wohl getäuscht haben.«

Ich wandte mich wieder dem Tisch zu und steckte die verbliebenen Münzen und meinen Kugelschreiber ein. Dabei entfernte ich mich Schritt für Schritt von ihm. Meine Kopfschmerzen wurden jedoch mit jedem Augenblick schlimmer und steigerten sich zu einer ausgewachsenen Migräne.

»Ich habe überhaupt nichts gesagt«, wiederholte Rossi scheinbar gleichmütig.

Ich nickte nur und winkte abwehrend, um die Nichtigkeit des Ganzen zu verdeutlichen. Ich wollte nur weg von diesem Ort und von Rossi und die Schmerzen hinter meiner Stirn loswerden.

Aber Rossi ließ nicht locker und beobachtete mich weiterhin unablässig, und ich . . . ich *hörte* ein Murmeln: *Kann er es?*

Mit aufgesetzter Heiterkeit sagte ich: »Falls das für heute alles war . . .«

Rossi betrachtete mich argwöhnisch: »Bald. Wir müssen uns nur noch über ein paar Dinge unterhalten.«

»Hören Sie«, klagte ich, »können wir das nicht verschieben? Ich habe fürchterliche Kopfschmerzen. Es wird sich wohl um eine Migräne handeln.«

Ich war wenigstens zwei Meter von ihm entfernt und zog gerade meine Jacke an. Rossi ließ mich nach wie vor nicht aus den Augen, sondern fixierte mich, als sei ich eine Boa constrictor, die sich in der Mitte seines Schlafzimmers befand und auf ihn zukroch. In der eingetretenen Stille lauschte ich, ob ich andere Stimmen wahrnehmen konnte, aber ich hörte nichts.

Hatte ich mir die Ereignisse der letzten Minuten doch nur eingebildet? Konnte es sich um Halluzinationen gehandelt haben wie bei den bläulichen Lichterscheinungen, die ich an den Personen und Objekten wahrgenommen hatte? Würden sich meine Sinneswahrnehmungen jetzt wieder normalisieren?

»Leiden Sie öfter unter Migräne?« fragte Rossi.

»Ich hatte noch nie eine. Ich nehme an, es hat etwas mit dem Test zu tun.«

»Das halte ich für unmöglich. Noch nie hat eine der getesteten Personen anschließend über starke Kopfschmerzen geklagt.«

»Was soll's«, sagte ich leichthin. »Auf jeden Fall muß ich schnellstens in mein Büro zurück.«

»Wir sind aber hier noch nicht ganz fertig«, erwiderte Rossi und trat näher an mich heran.

»Es tut mir wirklich leid, aber . . .«, begann ich erneut, um so schnell wie möglich aus diesem verdammten Labor herauszukommen, doch Rossi ließ mir keine Chance.

»Es wird wirklich nicht lange dauern. Warten Sie bitte einen Augenblick, ich bin sofort zurück.«

Er entfernte sich in Richtung des Computerpultes, wo er, wie ich aus den Augenwinkeln beobachtete, einem der Techniker schnell und verstohlen etwas zuraunte. Dann ließ er sich einen Stapel Computerausdrucke aushändigen, mit dem er zu mir zurückkehrte. Er gab mir einen Wink, ihm zu einem schwarzen Tisch zu folgen und ihm gegenüber Platz zu nehmen. Ich zögerte für einen Augenblick, kam jedoch zu dem Schluß, daß ich wohl oder übel mitspielen mußte, wollte ich mich nicht verdächtig machen.

Rossi breitete die Ausdrucke auf dem Tisch aus, unterzog sie mit vorgebeugtem Kopf einer genaueren Untersuchung und schien intensiv nachzudenken. Dabei saßen wir vielleicht einen Meter auseinander.

Wieder drang seine Stimme gedämpft, aber gleichzeitig erstaunlich klar an mein Ohr, ohne daß er die Lippen bewegt hätte: *Ich glaube, du hast die Fähigkeit.*

Er sagte: »Hier sehen Sie Ihr Gehirn während der ersten Testphase.« Er deutete auf eine Abbildung, die ich mir daraufhin näher ansah.

Du mußt mir vertrauen! Du mußt mir vertrauen! vernahm ich.

Dann zeigte er mir eine Reihe von Abbildungen, die am Ende des Tests erstellt worden waren. Selbst ich als Laie konnte erkennen, daß es deutliche Farbunterschiede gab. Rossi kreiste mit dem Finger einzelne gelbliche und magentarote Sektionen ein, die auf den anderen Bildern eher bräunlich beige gewesen waren.

»Hier ist zu erkennen, daß Sie gelogen haben. Natürlich nur an den Stellen, an denen ich Sie dazu aufforderte«, beeilte er sich mit unnötiger Höflichkeit hinzuzufügen.

»Ich verstehe.«

»Ich mache mir Sorgen wegen Ihrer Kopfschmerzen.«

»Es geht schon wieder«, wehrte ich ab.

»Ich mache mir Sorgen, daß das Magnetfeld sie ausgelöst haben könnte.«

»Vielleicht nur der Lärm«, erwiderte ich. »Vielleicht war nur der Lärm dafür verantwortlich. Aber es ist halb so schlimm.«

Rossi nickte mit noch immer vorgebeugtem Kopf.

Es wäre alles so viel einfacher, wenn wir einander vertrauen würden. Seine Stimme schien sich für einen Moment weit zu entfernen, kehrte dann aber zurück, *... und es mir offen sagen würdest.*

Da er nichts erwiderte, wollte ich mich verabschieden. »Wenn nichts weiter anliegt ...«

Hinter dir! rief plötzlich Rossis Stimme, laut und eindringlich. *Paß auf, sie haben eine Waffe, die auf deinen Kopf gerichtet ist!*

Aber ich hörte nicht Rossis Worte: Ich hörte seine Gedanken.

Ich hoffte, keinerlei wahrnehmbare Reaktion zu zeigen, und blickte ihn weiterhin so unbefangen wie möglich an.

Jetzt! Hoffentlich hört er nicht die Schritte hinter sich.

Rossi testete mich offensichtlich, dessen war ich mir absolut sicher. Deshalb durfte ich keinerlei Reaktion, keine Furcht zeigen, denn das war es, was er provozieren wollte. Er lauerte nur auf ein winziges Anzeichen, einen Anflug von Furcht in meinen Augen oder meinem Gesicht als Beweis dafür, daß ich die Fähigkeit hatte, seine Gedanken zu hören.

»Ich muß mich jetzt wirklich auf den Weg machen«, sagte ich so gelassen wie möglich.

Kann er es?

»Okay«, willigte Rossi ein. »Wir können uns auch das nächste Mal darüber unterhalten.«

Entweder ist er ein hervorragender Lügner, oder ...

Ich beobachtete sein Gesicht. Nein, seine Lippen hatten sich nicht bewegt. Erneut spürte ich, wie kalte Schauer über meinen Rücken liefen und mein Herz raste.

Rossi erwiderte meinen Blick, aber dieses Mal meinte ich Resignation in seinen Augen lesen zu können. Es schien so, als hätte ich ihn zumindest für den Augenblick hinters Licht führen können. Allerdings hatte Charles Rossi etwas an sich, das mich ziemlich sicher machte, ihn nicht lange täuschen zu können.

2

Ich kauerte wie betäubt im Fond eines Taxis, das mich durch die verstopften Straßen zu meinem Büro bringen sollte. Mein Kopf drohte zu zerspringen, und mir war so übel, daß ich fürchtete, mich übergeben zu müssen.

Es wäre stark untertrieben, wenn ich behauptete, daß ich mich im ersten Stadium einer kurz vor dem Ausbruch stehenden wilden Panik befand. Meine mir bis dahin vertraute Welt stand plötzlich kopf. Alles hatte sich mit einem Schlag verändert, und ich war von einer abgrundtiefen Furcht erfaßt, meinen Verstand zu verlieren.

Ich hörte Stimmen – Stimmen von Menschen, die nicht redeten. Anders ausgedrückt: Ich war in der Lage, die Gedanken von anderen annähernd so klar und deutlich wahrzunehmen, als hätten sie laut gesprochen.

Ich war zu diesem Zeitpunkt überzeugt davon, in einer Zwangsjacke zu enden.

Ich kann heute noch nicht genau sagen, was ich damals bereits wußte und was ich erst später schlußfolgerte. Hatte ich wirklich ›gehört‹, was ich meinte, gehört zu haben? Welche Erklärung konnte es dafür geben? Welche Rolle spielten Rossi und seine Mitarbeiter bei der ganzen Geschichte? Was hatte es zu bedeuten, als sie fragten, ob ›es funktioniert‹ habe? Es schien mir nur eine plausible Erklärung dafür zu geben: Sie wußten Bescheid. Weder Rossi noch Ann schienen wirklich überrascht gewesen zu sein über die Auswirkungen, die der Test auf mich gehabt hatte. Schließlich hegte ich keinen Zweifel daran, daß der Einfluß des KRT-Magnetfelds auf mein Gehirn für meine gegenwärtigen Fähigkeiten verantwortlich war.

Aber inwieweit war Truslow eingeweiht?

Fragen über Fragen, und je mehr ich über alles nachdachte und nach Antworten suchte, desto mehr zweifelte ich an meinem eigenen Verstand.

Während sich das Taxi durch den Verkehr schlängelte,

überschlugen sich meine Gedanken. Mein Mißtrauen wuchs. War diese ganze Lügendetektor-Geschichte etwa nur ein Vorwand gewesen, um mich dieser Prozedur unterziehen zu können? War das alles nur ein abgekartetes Spiel gewesen? Hatten sie gewußt, was passieren würde?

Vor allem: Hatte es Truslow gewußt?

Und war es mir gelungen, Rossi hinters Licht zu führen? Oder wußte er von meiner neuen und seltsamen Fähigkeit?

Ich konnte mich des Eindrucks nicht erwehren, daß er Bescheid wußte. Jeder von uns hat Situationen erlebt, in denen plötzlich jemand etwas sagt, das wir eine Sekunde zuvor gedacht haben. In solchen Fällen reagieren wir normalerweise überrascht und finden es amüsant, daß sprichwörtlich ›zwei Seelen einen Gedanken‹ hatten.

Aber Rossi hatte nicht überrascht reagiert. Er schien eher, ja, wie soll ich es beschreiben, aufmerksam, alarmiert, mißtrauisch. Geradezu, als habe er so etwas erwartet.

Ich fragte mich immer wieder, ob ich ihn tatsächlich davon überzeugt hätte, nur scheinbar seine Gedanken gelesen zu haben und daß alles nur ein Zufall gewesen sei.

Als das Taxi das Finanzviertel erreichte, beugte ich mich nach vorn, um dem Fahrer weitere Anweisungen zu geben. Es handelte sich um einen Farbigen mittleren Alters mit einem dünnen Bart. Er hatte sich in seinem Sitz entspannt zurückgelehnt und schien in Gedanken abwesend, so als träumte er vor sich hin. Wir beide waren durch eine Plexiglasscheibe getrennt, in der sich allerdings Löcher befanden, durch die man mit dem Fahrer reden konnte. Erst jetzt fiel mir auf, daß ich ihn nicht hören konnte. Nun war ich völlig verwirrt. War meine Gabe schwächer geworden oder sogar völlig verschwunden? Lag es an der Plexiglasscheibe oder an der Entfernung oder an etwas anderem? Oder hatte ich mir das Ganze wirklich nur eingebildet?

»Biegen Sie hier rechts ab«, wies ich ihn an, »und halten Sie in Höhe des großen grauen Gebäudes dort auf der linken Seite.«

Nichts. Nur der Klang des leise gestellten Radios und das gelegentliche Rauschen seines Funkgerätes. Sonst vernahm ich absolut nichts.

War die Fähigkeit, die das Magnetfeld in meinem Hirn erzeugt hatte, genauso schnell wieder verschwunden, wie sie aufgetaucht war?

Innerlich aufgewühlt bezahlte ich den Fahrer und betrat die Eingangshalle des Bürogebäudes. Sie war bevölkert von vielen Menschen, die gerade von ihrer Mittagspause zurückkehrten und sich laut miteinander unterhielten. Inmitten einer ganzen Menschentraube erkämpfte ich mir einen Platz im Fahrstuhl, wobei ich mich darum bemühte, etwas zu hören oder zu lesen, oder wie immer man es nennen will. Aber die verschiedenen, lauten Unterhaltungen erstickten meine Bemühungen im Keim.

Ich hatte das Gefühl, als würde mein Kopf platzen. Außerdem schnürte mir die bedrängende Enge in der Fahrstuhlkabine die Kehle zu und verstärkte die mich peinigende Übelkeit.

Dann schlossen sich die Türen, und die Passagiere verfielen in Schweigen, wie es oft in Fahrstühlen geschieht.

Im gleichen Augenblick hörte ich sie wieder. Wortfetzen, die aus verschiedenen Richtungen zu mir vordrangen, aber auch unverständliche Klangfolgen, so als würde man ein Tonband rückwärts abspielen. In der drangvollen Enge der Kabine stand ich in unmittelbarer Nähe einer korpulenten, rothaarigen Frau von etwa vierzig Jahren. Ihre Züge wirkten gelassen oder sogar gelangweilt. Aber gleichzeitig vernahm ich eine Stimme, die ihr gehören mußte, die wie eine Meereswelle auf- und abschwellend, stärker und schwächer werdend an mein inneres Ohr brandete. . . . *fertig werden . . . wie soll ich nur damit fertig werden . . .*, hörte ich. *. . . nicht antun . . . das kann er mir doch nicht antun . . .* Geschockt durch den Kontrast zwischen ihrer äußeren Erscheinung und ihren beinahe hysterischen Gedanken wandte ich mich einem Mann zu, der links von mir stand. Er war schätzungsweise Anfang Fünfzig und wirkte mit seinem Nadelstreifenanzug, der Hornbrille und dem leicht gelangweilten Gesichtsausdruck wie ein typischer Vertreter meiner Zunft. Er mußte Anwalt sein. Auch seine Gedanken sprachen zu mir: *. . . ein paar Minuten zu spät. Sie haben bestimmt schon ohne mich angefangen, dieser Bastard . . .*

Ich lauschte in beider Gedanken hinein, ohne es eigentlich zu wollen. Es war, als würde man aus einer Menge heraus plötzlich eine vertraute Stimme wahrnehmen, die man an ihrer bestimmten Klangfarbe erkennt. In der Stille der Fahrstuhlkabine war es besonders leicht.

Eine Glocke ertönte, die Türen öffneten sich und gaben den Blick frei auf den Empfangsbereich von Putnam & Stearns. Ich eilte an mehreren Kollegen vorbei, ohne sie wirklich wahrzunehmen. Ich konzentrierte mich nur darauf, den Weg zu meinem Büro zu finden, um dort erst einmal durchatmen zu können.

Darlene blickte auf, als sie mich herannahen sah. Sie war wie üblich in Schwarz gekleidet, trug aber heute ein aufgebauschtes Ding mit hohem Kragen, das sie wahrscheinlich für besonders feminin hielt. Auf mich wirkte es jedoch, als hätte sie es aus der Kleidersammlung der Heilsarmee bezogen.

Noch bevor sie den Mund aufmachte, hörte ich bereits:
. . . sieht wirklich sehr verstört aus.

Sie wollte gerade eine Bemerkung machen, aber ich signalisierte ihr mit einer Handbewegung, daß ich nicht ansprechbar sei, und verschwand rasch in meinem Büro. »Keine Anrufe«, rief ich ihr noch zu, schloß dann die Tür und ließ mich in meinen Sessel fallen, um die Geborgenheit allein in meinen vier Wänden zu genießen. Ich saß eine ganze Zeitlang einfach nur schweigend da, starrte ins Nichts, preßte mit den Händen meine schmerzenden Schläfen zusammen und lauschte dem Pochen meines Herzens.

Irgendwann raffte ich mich auf, Darlene zu fragen, welche Anrufe oder Benachrichtigungen in der Zwischenzeit für mich eingegangen seien. Sie musterte mich neugierig und fragte sich allem Anschein nach, ob ich in Ordnung sei. Sie drückte mir einen Stapel pinkfarbener Notizzettel in die Hand und sagte: »Mr. Truslow hat angerufen.«

»Danke.«
»Fühlen Sie sich jetzt besser?«
»Was meinen Sie?«
»Sie haben Kopfschmerzen, stimmt's?«

»Stimmt. Eine schreckliche Migräne. Offenbar so schrecklich, daß Sie es mitbekommen haben.«

»Ich habe hier ein paar Kopfschmerztabletten«, sagte sie und holte ein Röhrchen aus einer Schreibtischschublade, in der sich eine ganze Apotheke zu befinden schien. »Nehmen Sie zwei davon. Ich kriege auch alle vier Wochen eine Migräne und weiß, wie scheußlich man sich dann fühlt.«

Ich nahm Darlenes Angebot dankend an und warf einen Blick auf die Zettel, während sie sich wieder mit wildem Eifer auf ihre Schreibmaschine stürzte. (Wir benutzten tatsächlich noch Schreibmaschinen bei Putnam & Stearns und nicht etwa Laserdrucker.)

Ich konnte einfach nicht anders, als mich über Darlenes Schreibtisch zu beugen und es zu versuchen.

Und es funktionierte genauso deutlich und klar wie zuvor. . . . *sieht wirklich schlecht aus.*

»Es geht schon wieder«, sagte ich ruhig.

Sie wirbelte mit aufgerissenen Augen herum. »Bitte?!«

»Machen Sie sich keine Sorgen um mich. Ich hatte heute morgen nur einen sehr anstrengenden Termin, das ist alles.«

Sie warf mir einen langen verstörten Blick zu, fing sich dann aber wieder. »Wer macht sich denn Sorgen?« fragte sie und wandte sich dann wieder schweigend ihrer Schreibmaschine zu, während ich in beinahe demselben Konversationston vernahm: *Habe ich denn irgend etwas gesagt?*

»Soll ich Sie mit Mr. Truslow verbinden?«

»Noch nicht«, antwortete ich. »Ich habe noch eine Dreiviertelstunde, bis Kornstein kommt. Unmittelbar darauf habe ich den Termin mit Lewin. Deshalb will ich mir jetzt noch einmal schnell die Beine vertreten, denn ich muß sofort an die frische Luft, sonst explodiert mein Kopf.«

In Wirklichkeit wünschte ich mir eigentlich nichts sehnlicher, als allein in einem abgedunkelten Raum zu sitzen, aber mir schien, daß ein Spaziergang, so quälend er auch sein mochte, meine Kopfschmerzen ebenfalls lindern würde.

Als ich kurz zu meinem Büro gehen wollte, um meinen Mantel zu holen, läutete Darlenes Telefon.

»Hier ist das Büro von Mr. Ellison«, meldete sie sich. Dann: »Einen Moment bitte, Mr. Truslow.« Sie drückte die Taste für die Warteschleife. »Sind Sie für ihn zu sprechen?«

»Ja. Stellen Sie das Gespräch bitte in mein Büro durch.«

»Ben?« ließ sich Truslow vernehmen, als ich den Hörer abnahm. »Ich dachte, Sie wollten zu mir ins Büro zurückkehren, um alles Weitere mit mir zu besprechen.«

»Entschuldigen Sie, Alex«, sagte ich, »aber der Test dauerte länger, als ich angenommen hatte, und in meinem Büro ist der Teufel los. Wenn es Ihnen möglich ist, würde ich gerne einen anderen Termin mit Ihnen vereinbaren.«

Es folgte eine lange Pause.

»In Ordnung«, erklärte er schließlich. »Was halten Sie übrigens von Rossi? Der Bursche kam mir ein bißchen zwielichtig vor, aber ich kann mich auch täuschen.«

»Ich hatte kaum Gelegenheit, ihm näher auf den Zahn zu fühlen«, wiegelte ich ab.

»Wie dem auch sei, Ben. Soweit ich weiß, haben Sie den Test mit dem Lügendetektor mit Glanz und Gloria bestanden.«

»Was Sie hoffentlich nicht überrascht hat.«

»Natürlich nicht. Abr wir müssen dringend miteinander reden, damit ich Sie vollends einweihen kann. Übrigens hat sich unterdessen einiges getan.«

Ich konnte den Anflug von Genugtuung und Stolz deutlich aus seiner Stimme heraushören.

»Der Präsident hat mich nach Camp David eingeladen«, erklärte er.

»Herzlichen Glückwunsch.«

»Für Glückwünsche ist es noch zu früh. Der Präsident wolle mit mir über verschiedene Dinge reden, erklärte mir sein Adjutant.«

»Hört sich an, als ob Sie das Rennen gemacht hätten.«

»Vielleicht«, setzte Truslow an, zögerte dann jedoch für einen Augenblick, bevor er sagte: »Ich werde mich sehr bald bei Ihnen melden.« Dann legte er auf.

Ich folgte der Milk Street, bis ich in die Fußgängerzone und Ladenzeile der Washington Street gelangte. Dann spazierte ich die Summer Street entlang, vorbei an den großen, konkurrierenden Kaufhäusern Filene's und Jordan Marsh. Ziellos schlenderte ich an den Karren der Popcorn- und Brezelverkäufer vorbei sowie an den fliegenden Händlern, die Beduinentücher, grob gestrickte Wollpullover und für vorbeikommende Touristen Boston-T-Shirts feilboten. Unterdessen schienen meine Kopfschmerzen wirklich nachzulassen. Wie gewohnt drängten sich Heerscharen von Kauflustigen, Büroangestellten und Straßenmusikanten durch die Innenstadt. Neben der mir vertrauten Lärmkulisse von hupenden Autos, kreischenden Bremsen, schreienden Menschen, bellenden Hunden und so weiter vernahm ich allerdings etwas für mich völlig Neues, seltsame Wortfetzen, Seufzer, Ausrufe, Flüche, Geflüster, mit einem Wort: Gedanken!

In der Devonshire Street betrat ich ein Geschäft für Elektroartikel, in dem ich die an einer Wand installierte Auswahl von Farbfernsehgeräten betrachtete. Auf den meisten liefen irgendwelche Seifenopern, nur ein Gerät war auf den Nachrichtenkanal CNN eingestellt. Dort berichtete die blonde Moderatorin gerade über einen verstorbenen US-Senator. Ich kannte das Gesicht auf der Mattscheibe. Es handelte sich um Mark Sutton aus Colorado. Er war dem Bericht zufolge in seiner Washingtoner Wohnung erschossen aufgefunden worden. Die Polizei sehe keinen Anhaltspunkt dafür, daß der Mord politische Hintergründe habe. Vieles deute hingegen auf einen Raubüberfall.

Neben mir tauchte ein Verkäufer auf: »Einige der japanischen Geräte sind diese Woche im Sonderangebot.«

Ich bedankte mich für seinen Hinweis, lehnte aber lächelnd ab und trat wieder auf die Straße. Hinter meiner Stirn pochte noch immer der Schmerz. Ich ertappte mich dabei, wie ich an der Ampel versuchte, die Gedanken von Passanten zu belauschen; zum Beispiel bei einer attraktiven, jungen Frau, die ein pinkfarbenes Kostüm trug, unmittelbar neben mir stand und auf Grün wartete. Es gehört gewiß zu den Konventionen unseres Sozialverhaltens, daß normalerweise jeder von uns darauf achtet, einen gewissen räumlichen Abstand zu Fremden zu wahren. Es war daher nicht weiter erstaunlich, daß sie mich finster anblickte, als ich meinen Kopf in gewagter Dreistigkeit ein wenig in ihre Richtung neigte, um besser in ihre Gedankenwelt eindringen zu können.

Aber auch sonst waren meine ersten krampfhaften Versuche, meine neu gewonnene Fähigkeit zu erproben, von wenig Erfolg gekrönt. Ich konnte meinen Kopf und meinen Nacken verdrehen, wie ich wollte, aber die gehenden, laufenden und rennenden Menschen um mich herum schienen einfach zu schnell für mich zu sein.

Hatte sich meine Gabe bereits wieder verflüchtigt? Oder hatte ich mir das Ganze doch nur eingebildet? Ich konnte machen, was ich wollte – ich nahm nichts mehr wahr.

Zurück in der Washington Street, gesellte ich mich zu einer Gruppe von Leuten, die an einem Zeitschriftenkiosk zumeist den Globe, das Wall Street Journal oder die New York Times verlangten. Ein junger Mann betrachtete gerade die Titelseite des Boston Herald. Die Schlagzeile lautete: ›AUFGEBRACHTER MOB FIEL ÜBER VERDÄCHTIGEN HER‹. Darunter befand sich ein Foto, das irgendeinen Westentaschen-Mafioso in Handschellen zeigte. Ich drängte mich dicht an den Mann heran, als wollte ich auch ein Exemplar der Zeitung – doch nichts. Rechts von mir wurde das Zeitschriftensortiment von einer etwa dreißigjährigen Geschäftsfrau durchstöbert, an die ich ebenfalls so nahe wie möglich herantrat. Wieder Fehlanzeige.

Funktionierte es nicht mehr?

Oder, so schoß es mir durch den Kopf, lag es daran, daß die Gedanken dieser Leute nicht stark genug gesendet wurden, weil sie alle weder erregt noch wütend, noch verängstigt waren?

Schließlich stieß ich auf einen Mann Anfang Vierzig, dessen geschniegeltes Äußeres darauf schließen ließ, daß er im Investment-Banking zu Hause war. Ein gewisser Ausdruck in seinen Augen verriet mir, daß er von irgend etwas tief beunruhigt war.

Wieder stellte ich mich unter dem Vorwand, ein bestimmtes Magazin zu suchen, direkt neben ihn und erprobte mein Können aufs neue.

. . . ich sie rausschmeiße, wird sie die ganze gottverdammte Affäre an die große Glocke hängen, mag der Himmel wissen, wie sie reagieren wird; schließlich ist sie absolut unberechenbar; vielleicht würde sie sogar Gloria anrufen und ihr alles erzählen. O mein Gott, was soll ich nur tun, wie konnte ich nur so dumm sein, mit meiner eigenen Sekretärin ins Bett zu gehen . . .

Um sicherzugehen, warf ich einen verstohlenen Blick auf das besorgte Gesicht des Mannes, aber es gab keinen Zweifel: Sein Mund bewegte sich nicht.

Langsam, aber sicher offenbarten sich mir zu diesem Zeitpunkt erste Einsichten und Erklärungsversuche hinsichtlich meiner unfaßbaren Fähigkeit.

(1) Das enorme Magnetfeld, dem ich während des Tests ausgesetzt war, hatte mein Gehirn so beeinflußt, daß ich imstande war, die Gedanken anderer Menschen zu hören.

(2) Ich war nicht in der Lage, alle Gedanken eines Menschen zu hören, sondern nur diejenigen, die mit einer gewissen Intensität »zum Ausdruck gebracht« wurden. Mit anderen Worten: Ich konnte nur solche Dinge hören, die mit großem Nachdruck – wie etwa Wut oder Furcht – gedacht wurden. Außerdem war mein Wahrnehmungsvermögen räumlich begrenzt, denn ich durfte höchstens einen Meter von der betreffenden Person entfernt sein.

(3) Charles Rossi und seine Mitarbeiter wirkten wenig überrascht von meinen seltsamen Wahrnehmungen. Vielmehr schienen sie derartiges geradezu erwartet zu haben. Das wiederum bedeutete, daß sie ihre Apparatur bereits früher für vergleichbare Versuche eingesetzt haben mußten.

(4) Die Tatsache, daß sich Rossi und Ann ihrer Sache allerdings nicht sicher gewesen waren, konnte nur folgendes bedeuten: Entweder hatten ihre Experimente noch nie oder allenfalls selten zu den gewünschten Resultaten geführt.

(5) Rossi wußte zwar nicht mit Gewißheit, ahnte aber wohl, daß sein Experiment bei mir funktioniert hatte. Ich war also nur so lange sicher vor ihm, wie ich mich nicht verriet.

(6) Rossi ließ mich gewiß ständig beobachten, so daß es nur eine Frage der Zeit war, bis sie mich entlarven würden, was immer sie auch mit mir vorhatten.

(7) Ungeachtet aller Spekulationen: Mein Leben hatte sich von Grund auf geändert, und ich war nicht mehr derselbe wie zuvor. Ich ahnte, daß mir fortan Ruhe und Geborgenheit verwehrt bleiben würden.

Bei einem Blick auf meine Armbanduhr stellte ich fest, daß ich schon viel zu lange unterwegs war. Also machte ich mich schleunigst auf den Rückweg zu meinem Büro.

Eine Viertelstunde später betrat ich die geweihten Hallen von Putnam & Stearns, und mir blieben noch ein paar Minuten bis zum Eintreffen meines Klienten. Ich weiß nicht warum, aber plötzlich sah ich vor meinem geistigen Auge das Gesicht des Senators, über den in der CNN-Sendung berichtet worden war: Senator Mark Sutton, der erschossen worden war. Jetzt erinnerte ich mich wieder. Senator Sutton war der Vorsitzende des für die Nachrichtendienste zuständigen Senats-Kontrollausschusses gewesen. Und es mochte etwa fünfzehn Jahre her sein, daß er einer der stellvertretenden Direktoren der CIA gewesen war, bevor man ihn dazu gedrängt hatte, für den Senat zu kandidieren. Und...

Und er war einer von Hal Sinclairs ältesten Freunden gewesen. Beide waren schon während ihrer Studienzeit Zimmergenossen gewesen und hatten später gleichzeitig bei der CIA begonnen.

Innerhalb kurzer Zeit waren drei mit der CIA eng verknüpfte Personen getötet worden: Hal Sinclair und zwei seiner Vertrauten. Es mag Zufälle im Leben geben, aber im Geheimdienstmilieu gibt es sie gewiß nicht, davon war ich fest überzeugt.

Ich drückte auf die Ruftaste an meinem Telefon und bat Darlene, mir meinen Klienten hereinzuschicken.

3

Mel Kornstein stürmte in einem schlecht sitzenden Armani-Anzug herein. Auf seiner modischen Krawatte prangte ein auffällig großer gelber Halbmond, der allerdings verdächtig nach Eigelb aussah.

»Wo ist das Arschloch?« knurrte er und blickte sich in meinem Büro um, während ich seinen weichen, feuchten Händedruck erdulden mußte.

»Frank O'Leary wird in ungefähr fünfzehn Minuten kommen. Ich habe ihn für etwas später bestellt, damit wir noch ein wenig Zeit haben, ein paar Dinge zu besprechen.«

Frank O'Leary war der ›Erfinder‹ von SpaceTime, dem Computerspiel, das nichts anderes war als eine exakte Kopie von Mel Kornsteins umwerfenden SpaceTron. O'Leary und sein Anwalt Bruce Kantor hatten einem gemeinsamen Gespräch zugestimmt, in dem es zunächst darum gehen sollte, die Möglichkeiten für einen außergerichtlichen Vergleich auszuloten. Aller Erfahrung nach deutete die Gesprächsbereitschaft der beiden darauf hin, daß sie ihre eigene Position als eher ungünstig betrachteten und kein Interesse an einer Verhandlung der Sache vor Gericht hatten. Wie heißt doch das alte Sprichwort unter Anwälten: Ein Anwaltsanzug ist eine Maschine, in die du als Schwein hineinsteigst und die du als Würstchen wieder verläßt. Andererseits konnte das Entgegenkommen der beiden auch nur als Akt der Höflichkeit gemeint sein, wobei allerdings anzumerken ist, daß Anwälte mit Höflichkeit nicht viel im Sinn haben. Schließlich war auch denkbar, daß O'Leary und Kantor den Termin nur für eine Demonstration ihrer Selbstsicherheit nutzen wollten, um uns auf diese Weise einzuschüchtern.

Ich befand mich an diesem Nachmittag nicht gerade in Hochform. Obwohl meine Kopfschmerzen stark nachgelassen hatten, fiel es mir dennoch schwer, mich zu konzentrieren, was Mel Kornstein bemerkte. »He, Anwalt, sind Sie überhaupt bei der Sache?« schnaufte er unverdrossen, als ich bei einer Frage den roten Faden verloren hatte.

»Worauf Sie sich verlassen können, Mel«, beruhigte ich ihn und versuchte mich zusammenzureißen. Ich hatte indessen herausgefunden, daß ich nicht zwangsläufig die Gedanken anderer wahrnehmen mußte, sondern frei entscheiden konnte, ob ich es wollte oder nicht. Ich will damit sagen, daß ich, während ich mit Kornstein sprach, nicht die ganze Zeit über von seinen Gedanken bombardiert wurde, was mir wahrscheinlich auch unerträglich gewesen wäre. Statt dessen konnte ich seinen ›laut‹ gesprochenen Äußerungen ganz normal zuhören. Wollte ich jedoch seine Gedanken lesen, war ich dazu in der Lage, sobald ich mich einfach auf sie konzentrierte.

Das Ganze ist schwer zu erklären. Diese Fähigkeit ähnelt im Prinzip dem Vermögen einer Mutter, die Stimme ihres am Strand spielenden Kindes aus Dutzenden von anderen Kinderstimmen herauszuhören. Oder denken Sie an das verwirrende Stimmengewirr auf einer lebhaften Party, wobei man dennoch einzelne Stimmen unterscheiden und verstehen kann. Auch am Telefon erlebt man häufig, daß es geisterhafte Überschneidungen zwischen dem eigenen Gespräch und den Stimmen anderer Personen gibt. Hört man in derartigen Fällen nur genau genug hin, so kann man oftmals jedes Wort verstehen.

Während ich also akkustisch Kornsteins mal klagender, mal aggressiv polternder Stimme zuhörte, fand ich heraus, daß ich seine ›innere Stimme‹ nach Belieben bei mir ein- oder ausblenden konnte.

Glücklicherweise war ich mit dieser zunächst verwirrenden Technik bereits ein bißchen vertraut geworden, als O'Leary und Kantor auf der Bildfläche erschienen und dreiste Unbefangenheit verströmten. O'Leary, ein aufgeschossener, bebrillter Rotschopf von etwa dreißig Jahren, und Kantor, Ende Vierzig, ein kleiner, untersetzter Mann mit Stirnglatze, machten es sich in meinen Sesseln gemütlich, als wären wir alte Kumpane.

»Ben«, sagte Kantor nur anstelle eines Grußes.

»Nett, Sie zu sehen, Bruce«, erwiderte ich. Solche kleinen,

ironischen Sticheleien gehörten nun einmal zum Anwaltsgeschäft.

Bei derartigen Konferenzen werden die Verhandlungen gewöhnlich nur von den Anwälten geführt. Es gehört zu den Spielregeln, daß sich die jeweiligen Mandanten jeder Äußerung enthalten und nicht direkt in das Geschehen eingreifen. Sie sind eigentlich nur deshalb persönlich anwesend, damit ihr Anwalt gegebenenfalls rasch Rücksprache mit ihnen halten kann. Mel Kornstein, der sich geweigert hatte, O'Leary oder Kantor die Hand zu reichen, konnte sich allerdings nicht verkneifen, seinem aufgestauten Unmut Luft zu machen. »In sechs Monaten werden Sie froh sein, O'Leary, wenn Sie bei McDonald's die Tische abwischen dürfen. Ich hoffe nur, daß Sie den Geruch von Fritieröl mögen!«

O'Leary zeigte weiterhin unbeeindruckt sein gelassenes Lächeln und warf Kantor nur einen Blick zu, der deutlich signalisierte, daß es unter seiner Würde sei, sich mit diesem Geisteskranken auseinanderzusetzen. Bevor Kantor etwas äußern konnte, schaltete ich mich direkt ein. »Mel, es wäre vielleicht besser, wenn Sie Bruce und mir alles Weitere überlassen würden.«

Kornstein verschränkte daraufhin seine Arme und schmollte in seiner Ecke.

Im Kern ging es bei diesem Treffen nur um die Klärung der einfachen Frage, ob Frank O'Leary zu der Zeit, als er sein SpaceTime ›entwickelte‹, über einen Prototyp von Kornsteins SpaceTron verfügte. Daß beide Spiele absolut identisch waren, stand außer Frage. Um jedoch Schadensersatz fordern zu können, mußten wir zweifelsfrei nachweisen, daß O'Leary bereits vor der Markteinführung von SpaceTron eine Ausgabe des Spiels gekannt hatte.

O'Leary behauptete natürlich, SpaceTron zum erstenmal in einem Software-Geschäft gesehen zu haben. Demgegenüber war Kornstein davon überzeugt, daß einer seiner Mitarbeiter einen Prototyp seiner Erfindung an O'Leary verkauft hatte. Er konnte seinen Verdacht allerdings nicht beweisen.

Nachdem bereits eine halbe Stunde vergangen war, ereiferte sich Kantor noch immer entrüstet über ungerechte Handelsbeschränkungen im allgemeinen und ungerechtfertigte Anschuldigungen gegen seinen Klienten im besonderen. Es fiel mir nach dem Verlauf des Vormittags zwar schwer, mich auf seine Ausführungen zu konzentrieren, ich bekam aber genug davon mit, um erkennen zu können, daß es sich nur um Schaumschlägerei handelte. Klar war auch, daß weder Kantor noch O'Leary bereit waren, in irgendeiner Form ein Entgegenkommen zu zeigen.

Schließlich fragte ich zum drittenmal: »Können Sie mit absoluter Gewißheit erklären, daß weder Ihr Mandant noch einer seiner Mitarbeiter Zugang zu den Forschungen und Arbeitsergebnissen in Mr. Kornsteins Firma hatte?«

Frank O'Leary behielt seine gelangweilte Pose bei, während sein Anwalt die Dreckarbeit für ihn erledigte. Kantor lehnte sich zurück und verzog sein Gesicht zu einem unverschämten Grinsen: »Ben, ich glaube, wir drehen uns im Kreise. Wenn Sie nichts anderes auf Lager haben, als . . .«

Plötzlich vernahm ich etwas, zwar noch verschwommen und schwach, aber bereits als Frank O'Learys Stimme erkennbar. Ich beugte mich vor, als wollte ich etwas auf meinem Notizblock nachsehen, konzentrierte mich aber ganz und gar auf O'Leary.

Ira Hovanian, hörte ich.

Wenn Hovanian nur nicht auspackt . . .

»Hören Sie, Bruce«, unterbrach ich meinen Kontrahenten. »Vielleicht könnte uns Ihr Klient etwas über Ira Hovanian erzählen.«

Kantor runzelte seine Stirn, setzte einen verärgerten Gesichtsausdruck auf und sagte: »Worauf zum Teufel wollen Sie eigentlich hinaus? Ich habe keine Ahnung, wovon Sie . . .«

O'Leary faßte seinen Arm und flüsterte ihm etwas ins Ohr, woraufhin mich Kantor einen Moment lang verdutzt ansah, sich dann aber wieder seinem Mandanten zuwandte und ihm seinerseits etwas zuflüsterte.

Ich wandte mich wieder vorgeblich meinem Notizblock zu, um den beiden möglichst zuhören zu können, als mich Kornstein anstieß. »Was hat Ira Hovanian mit der ganzen

Sache zu tun?« raunte er mir zu. »Woher wissen Sie überhaupt von ihm?«

»Wer ist Ira Hovanian?« fragte ich leise zurück.

»Sie wissen nicht einmal, wer ...«

»Bitte sagen Sie es mir!« drängte ich ihn.

»Ein ehemaliger Mitarbeiter, der meine Firma ein paar Monate vor der Fertigstellung von SpaceTron verließ. Armer Teufel ...«

»Wieso das?«

»Er hatte mit Aktien einen ganz schönen Batzen Geld verloren. Aber ich nehme an, er hat woanders eine besser bezahlte Stelle gefunden, obwohl er jetzt in Geld schwimmen könnte, wenn er geblieben wäre.«

»Könnte er Firmengeheimnisse verraten haben?«

»Ira? Niemals!«

»Hören Sie«, sagte ich leise zu Kornstein, »aus irgendwelchen Gründen kennt O'Leary den Namen Ira Hovanian. Und er hat eine gewisse Bedeutung für ihn.«

»Sie haben nie zuvor angedeutet ...«

»Ich bin erst jetzt darauf gestoßen«, erwiderte ich. »Okay, lassen Sie mir nur eine Minute, damit ich mir meine Taktik zurechtlegen kann.« Ich wandte mich von Kornstein ab und kritzelte etwas Belangloses auf meinen Block. Tatsächlich konzentrierte ich mich jedoch auf das zwar flüsternd geführte, aber angeregt wirkende Gespräch zwischen O'Leary und Kantor.

... stahl einen Prototyp aus dem Safe. Er kannte die Kombination. Er verkaufte mir den Prototyp für fünfundzwanzigtausend Mäuse und die Zusage über eine weitere Zahlung, sobald wir Profit machten.

Ich schrieb so schnell mit, wie ich konnte, und lauschte weiterhin angestrengt, aber die Stimmen wurden langsam zu schwach, um sie noch verstehen zu können. Ich sah, daß O'Leary wieder lächelte und entspannter wirkte. Deshalb hatten auch seine Gedanken an Intensität verloren und waren für mich unlesbar geworden.

Ich wollte mich gerade an Kornstein wenden, um ihn nach dem Safe zu befragen, als ich erneut ein paar von O'Learys Gedanken auffing.

. . . Warum in aller Welt sollte Hovanian das getan haben? Schließlich ist er derjenige, der ein Verbrechen begangen hat, oder? An wen sollte er sich gewandt haben?

Jetzt meldete sich Kantor für alle vernehmlich zu Wort. »Ich glaube, für heute ist es erst einmal genug. Deshalb schlage ich vor, daß wir uns vertagen und in ein oder zwei Tagen noch einmal zusammensetzen.«

Ich dachte ein paar Sekunden nach und erwiderte dann: »Nun gut, wenn Sie es nicht anders haben wollen. Mit den zwei Tagen geben Sie höchstens uns die Gelegenheit, eine weitere eidesstattliche Erklärung von Mr. Hovanian einzuholen. Er hat uns allerdings bereits einige sehr aufschlußreiche Informationen über einen Prototyp von SpaceTron und einen bestimmten Firmensafe zukommen lassen.«

Kantor machte einen ausgesprochen unglücklichen Eindruck und rieb sich nervös das Kinn.

»Sie können bluffen, soviel Sie wollen«, versuchte er zu kontern, wobei seine Stimme allerdings eine Spur von Unsicherheit verriet, »aber wir wollen hier nicht unsere Zeit verschwenden. Wenn Sie bereit sind, sich mit einer akzeptablen Summe zu bescheiden, dann denke ich, wird es im Interesse meines Klienten liegen, wenn wir die lästige Angelegenheit hier und jetzt . . .«

»Viereinhalb Millionen«, unterbrach ich ihn.

»Wie bitte?« Kantor schnappte nach Luft.

Ich erhob mich von meinem Sessel und streckte ihm und O'Leary meine Hand wie zum Abschied entgegen. »Nun, meine Herren, ich habe noch meine Anträge zu formulieren. Im Hinblick auf Ihre wissentliche Mittäterschaft bei einem Diebstahl wird es sicherlich eine interessante Verhandlung. Wir sehen uns also vor Gericht wieder. Danke für Ihr Kommen.«

»Warten Sie einen Moment«, platzte Kantor heraus. »Ich sehe vielleicht die Möglichkeit für eine Einigung bei etwa . . .«

»Viereinhalb Millionen«, beharrte ich.

»Sie sind nicht bei Trost!«

»Meine Herren«, wiederholte ich.

Beide Mandanten, O'Leary und Kornstein, starrten mich

entgeistert an, als führte ich auf meinem Schreibtisch mit heruntergelassenen Hosen einen Veitstanz auf. »Gütiger Himmel«, raunte mir Kornstein zu.

»Lassen Sie uns ... lassen Sie uns darüber reden«, bat Kantor.

»Gut!« willigte ich ein und setzte mich wieder. »Lassen Sie uns darüber reden.«

Eine Dreiviertelstunde später war alles geregelt. Frank O'Leary willigte ein, innerhalb von neunzig Tagen 4,25 Millionen Dollar an Mel Kornstein zu überweisen. Darüber hinaus verpflichtete sich O'Leary, SpaceTime umgehend vom Markt zu nehmen.

Es war bereits Abend geworden, als er und Kantor mein Büro verließen, allerdings in einer deutlich demütigeren Haltung als beim Betreten. Mel Kornstein drückte mich mit einer bärenhaften Umarmung an sein Herz, dankte mir überschwenglich und zeigte seit Monaten zum erstenmal wieder ein strahlendes Lächeln.

Schließlich saß ich allein in meinem Büro und landete – ohne das Läuten des Telefons zu beachten – einen perfekten Treffer in meinen elektronischen Basketballkorb, wofür ich zur Belohnung den bekannten Jubel erntete. Wie ein Idiot vor mich hin grinsend, fragte ich mich, wie lange meine Glückssträhne wohl anhalten würde.

Wie sich sehr bald herausstellen sollte, hielt sie genau einen Tag an.

4

Zurückblickend muß ich gestehen, daß ich den klassischen Anfängerfehler eines unerfahrenen Agenten machte. Ich zog es nicht in Betracht, überwacht zu werden.

Dieser Fehler läßt sich immerhin dadurch entschuldigen, daß ich damals durch die jüngsten Ereignisse ein bißchen den Boden unter den Füßen verloren hatte. Meine Welt stand kopf. Mit einem Mal war mein von nüchterner Sachlichkeit geprägtes, stetiges und geordnetes Anwaltsdasein über den Haufen geworfen worden.

Ich glaube, daß wir alle unser Dasein auf recht eingeschränkte Weise fristen, indem wir mechanisch unserem Beruf und unseren Pflichten nachgehen, als trügen wir Scheuklappen, die uns den Blick für alles andere verstellten. Ich stand jetzt plötzlich ohne Scheuklappen da. Wie und warum sollte gerade ich so aufmerksam und mißtrauisch sein wie zuvor, als ich noch zu den Normalsterblichen gehört hatte?

Als ich das Büro verließ, war es noch früh genug, um auf dem Heimweg einen Zwischenstopp in der Stadtbibliothek einzulegen. Während ich darüber nachdachte, öffneten sich vor mir die Fahrstuhltüren, und ich betrat die leere Kabine.

Ich mußte dringend mit jemandem über alles reden, aber mit wem? Mit Molly? Sie würde wahrscheinlich denken, daß ich völlig übergeschnappt sei, denn wie alle Mediziner lebte sie in einer Welt, die nur von den Gesetzen des Rationalen regiert wurde. Sicherlich würde ich ihr früher oder später reinen Wein einschenken müssen, aber der Zeitpunkt dafür war noch nicht gekommen. Aber mir wurde gleichzeitig klar, daß ich es bei diesem Stand der Dinge nicht riskieren konnte, mit irgend jemandem zu reden, nicht einmal mit meinem Freund Ike.

Zwei Stockwerke tiefer hielt der Fahrstuhl, und eine junge Frau stieg ein. Sie war groß, hatte kastanienbraunes Haar und trug ein wenig zuviel Make-up um die Augen.

Ihre wohlproportionierte Figur war jedoch sehr ansprechend, wobei ihre üppigen Brüste von der Seidenbluse, die sie trug, noch betont wurden. Wir verharrten in der für Fahrstuhlbenutzer üblichen Schweigsamkeit und blickten nur konzentriert auf die wechselnden Ziffern der Etagenanzeige. Gott sei Dank war von den schrecklichen Kopfschmerzen, die mich den ganzen Tag gepeinigt hatten, nichts mehr zu spüren.

Meine Gedanken kehrten wieder zu Molly zurück, als ich – als ich im wahrsten Sinne des Wortes wieder etwas hörte:

. . . wie er wohl im Bett ist

Ich warf der Frau instinktiv einen verstohlenen Blick zu, um mich erneut zu vergewissern, daß sie nicht laut gesprochen hatte. Es schien mir so, als ob ihre Augen für den Bruchteil einer Sekunde Blickkontakt zu mir gesucht hätten, bevor sie wieder auf die Ziffern über der Tür starrten.

Ich konzentrierte mich stärker auf sie und schnappte tatsächlich mehr auf.

. . . hübschen Hintern. Möglicherweise ganz schön kräftig, der Bursche. Sieht aus wie ein Anwalt, was allerdings bedeuten könnte, daß er vom Typ her ein konservativer Langweiler ist. Aber für eine Nacht . . .

Ich blickte sie wieder an, und diesmal begegneten sich unsere Blicke – eine Sekunde lang.

Zusammen mit der Erkenntnis, daß ich diese Frau neben mir haben konnte, überkamen mich starke Schuldgefühle. Ich war heimlich in ihre intimsten Fantasien eingedrungen, in ihre innersten Gefühle und Sehnsüchte, in ihre Tagträume. Das war ein schreckliches Verbrechen. Ich hatte damit gegen alle Regeln verstoßen, die wir Menschen für den Umgang miteinander, und das gilt auch für das Flirten, entwickelt haben.

Ich wußte jetzt, daß diese Frau bereit war, mit mir zu schlafen, wenn ich sie dazu ermuntern würde. Normalerweise erlangte man nie eine solche Form der Gewißheit, was immer ihre Körpersprache auch signalisiert haben mochte. Manche Frauen flirten gern und treiben das Spiel ganz schön weit, nur um herauszufinden, ob sie noch begehrenswert genug sind, einen Mann zu erregen. Doch plötzlich machen sie dann einen Rückzieher, mimen die mißverstandene Unschuld und berufen sich auf soziale Konventionen. Dieses ganze Spiel der Andeutungen und Hinweise, Vermutungen und Zweifel, das Mann und Frau bereits seit Erfindung des aufrechten Ganges (und vielleicht auch schon länger) miteinander spielen, lebt einzig und allein davon, daß die Spielpartner im ungewissen schweben.

Ich aber war nicht mehr im ungewissen, sondern hatte völlige Klarheit darüber gewonnen, was diese Frau dachte. Diese Erkenntnis weckte nicht nur ein tiefes Entsetzen in mir, sondern auch das Gefühl, nunmehr ein Außenseiter zu sein, jemand, der fortan von den normalen Regeln menschlichen Zusammenlebens ausgeschlossen war.

Ich war mir auch völlig im klaren darüber, daß ein anderer Mann möglicherweise nicht gezögert hätte, sofort Nutzen aus der Situation zu ziehen. Warum auch nicht? Ich wußte ja, daß sie bereit dazu war, und sie war eine wirklich attraktive Frau. Auch wenn sie jetzt nichts sagte und keine deutlicheren Körpersignale zeigte, so hätte ich ohne Risiko die Initiative ergreifen können, denn ich wußte, was ich sagen mußte und wann ich es sagen mußte. Meine Macht war enorm.

Daß ich meine Macht nicht ausnutzte, lag keineswegs daran, daß ich etwa tugendhafter als andere Männer war. Es lag nur daran, daß ich Molly liebte.

Und mir wurde damals bereits schlagartig klar, daß meine Beziehung zu Molly nie wieder so sein würde wie zuvor.

Da die Bostoner Stadtbibliothek an diesem Abend nur mäßig besucht war, hielt ich die von mir gesuchten Bücher bereits nach etwa zwanzig Minuten in Händen.

Es stellte sich heraus, daß es eine recht umfangreiche Literatur zum Phänomen übersinnlicher Wahrnehmungen gab. Eine ganze Reihe von Büchern hatte nüchtern klingende Titel wie ›Psychische Forschung hinter dem Eisernen Vorhang‹ oder ›Wissenschaftliche Grundlagen der Telepathie‹. Andere Titel hingegen, wie ›Bringen Sie Ihre geistigen Fähigkeiten auf Vordermann‹ oder ›Jeder kann übersinnliche Wahrnehmungen haben‹, wirkten wenig vertrauenerweckend und wurden von mir sofort beiseite gelegt. Wieder andere Bücher schienen zwar auf den ersten Blick fundierte Informationen zu liefern, erwiesen sich aber bei näherem Hinsehen als völlig wertlos, indem sie ein Höchstmaß an haltlosen Spekulationen mit einem Wust von Statistiken und Zitaten sowie einem Minimum an Fakten vermischten. Schließlich stieß ich auf drei Bände, die am ehesten meinen Erwartungen entsprachen: ›Psi‹, ›Moderne Entdeckungen auf dem Gebiet der Parapsychologie‹ und ›Die Grenzen des Geistes‹.

Die Lektüre dieser Bücher, die ebenfalls in erster Linie auf Spekulationen aufbauten, hinterließ einen zwiespältigen Eindruck in mir. Es war so, als ob sich ein Migränekranker durch Hunderte von Seiten gelehrter Abhandlungen quälte, nur um herauszufinden, daß einige Wissenschaftler die Hypothese vertraten, es könnte vielleicht so etwas wie Migräne geben. Am liebsten wäre ich aufgesprungen und hätte laut gebrüllt: Gedankenlesen ist mehr als eine gottverdammte hypothetische Fähigkeit! Ich weiß es, denn ich kann es!

Statt dessen arbeitete ich mich durch das Material und stellte fest, daß es neben all den Quacksalbern und Scharlatanen auch eine ganze Reihe renommierter Wissenschaftler und sogar Nobelpreisträger gab, die es für möglich hielten, daß einzelne Personen in der Lage seien, die Gedanken anderer Menschen wahrzunehmen. An Universitäten wie Princeton und Stanford in den USA, Cambridge in England und Freiburg in Deutschland existierten offenbar ganze Forschungsbereiche, in denen man sich mit Dingen wie ›Psychometrie‹ und ›Psychokinese‹ beschäftigte. Allerdings waren alle beteiligten Wissenschaftler vor allem durch ihre Arbeiten auf traditionellen Gebieten der Psychologie zu Ruhm und Ehren gekommen, während ihre Veröffentlichungen zu parapsychologischen Phänomenen in der Fachwelt offensichtlich kaum ein ernsthaftes Echo gefunden hatten.

Als gemeinsamer Nenner der verschiedenen Forschungsrichtungen schien sich herauszukristallisieren, daß ungefähr ein Viertel aller Menschen irgendwann einmal auf die eine oder andere Weise eine Form von Telepathie erlebt. Dennoch weigerten wir uns fast alle, derartige Phänomene als Formen übersinnlicher Wahrnehmung zu akzeptieren. Dazu gab es zahlreiche plausible Fallstudien, zum Beispiel zu jener Frau, die in New York mit Freunden zum Essen gegangen war und aus heiterem Himmel plötzlich die Gewißheit spürte, daß ihr Vater mit dem Tode rang. Als sie wenig später beunruhigt zum Telefon stürzte, erfuhr sie, daß ihr Vater tatsächlich zum Zeitpunkt ihrer Eingebung an einer Herzattacke gestorben war.

Dann hatte ich über einen Studenten gelesen, der aus unerklärlichen Gründen plötzlich ein geradezu zwanghaftes Bedürfnis gespürt hatte, bei seiner Familie anzurufen, um daraufhin zu erfahren, daß sein Bruder kurz zuvor in einen schrecklichen Verkehrsunfall verwickelt worden war.

Wie ich außerdem erfuhr, empfangen die zu derartigen Wahrnehmungen fähigen Menschen ihre ›Signale‹ oder ›Eingebungen‹ meist während des Schlafes oder in Träumen, weil, so der Erklärungsversuch der Wissenschaftler, zu diesen Zeiten unsere skeptische Abwehrhaltung gegenüber solchen Phänomenen quasi außer Gefecht gesetzt ist und wir daher besonders aufnahmefähig sind.

Aber ich mußte auch feststellen, daß keiner der geschilderten Fälle Parallelen zu dem aufwies, was mir zugestoßen war. Ich spürte keine plötzlichen ›Eingebungen‹, ›Signale‹ oder ›zwanghaften Bedürfnisse‹, sondern hörte – anders kann man es nicht ausdrücken – die Gedanken anderer Menschen. Wenn auch nicht auf größere Distanz, sondern allenfalls auf eine Entfernung von einem halben bis einen Meter, doch ich war unzweifelhaft in der Lage, irgendeine Form von ausgesandten Hirnströmen zu empfangen. Darüber fand ich in keinem der Bücher auch nur eine einzige Zeile, bis ich in dem Band ›Die Grenzen des Geistes‹ auf ein bestimmtes Kapitel stieß.

Der Autor befaßte sich mit dem experimentellen Einsatz von Menschen mit übersinnlichen Wahrnehmungsvermögen bei verschiedenen Polizei- und Militäreinheiten in den

USA. Unter anderem fand ich einen Hinweis darauf, daß das Pentagon im Januar 1982 einen Telepathen bei der Suche nach US-General Dozier eingesetzt hatte, der in Italien von Angehörigen der Roten Brigaden entführt worden war.

Dann fiel mein Blick auf einen Verweis, der sich auf einen 1980 in einer militärischen Fachzeitschrift erschienenen Artikel mit dem Titel ›Der menschliche Geist als Schlachtfeld der Zukunft‹ bezog. Darin wurden die ›ungeahnten Möglichkeiten‹ diskutiert, die ›der Einsatz telepathischer Hypnose‹ in einem Kriegsfall, genauer gesagt, in einem ›Psycho-Krieg‹, mit sich bringe. In diesem Zusammenhang war nicht nur die Rede von sowjetischen ›Psychotronen-Torpedos‹, deren Aufgabe es sei, amerikanische Unterseeboote zu versenken, sondern auch davon, daß in US-Geheimdiensten telepathisch befähigte Agenten eingesetzt würden, um zum Beispiel hochkomplizierte Codes des Gegners zu knacken.

Im weiteren Verlauf des Kapitels griff der Verfasser ein Gerücht auf, daß es im Pentagon so etwas wie eine ›Psycho-Spezialeinheit‹ gebe, die unter strengster Geheimhaltung stehe und von einem hohen Geheimdienstoffizier befehligt werde.

Auf der nächsten Seite fand ich schließlich einen Hinweis auf ein ebenfalls streng geheimes CIA-Projekt, das sich damit befasse, die nachrichtendienstlichen Einsatzmöglichkeiten von Agenten mit übersinnlichen Fähigkeiten auszuloten.

Nach den mir vorliegenden Angaben war das Projekt 1977 vom damaligen Chef der CIA, Admiral Stansfield Turner, ins Leben gerufen worden. Es sei wenig später bereits wieder aufgegeben worden, allerdings – so der Verfasser – nur offiziell. Insgesamt gebe es kaum Informationen über das Projekt. Durch die Indiskretion eines ehemaligen CIA-Mitarbeiters sei lediglich der Name des Projektleiters durchgesickert. Der Name lautete Charles Rossi.

Nach dieser Entdeckung verfiel ich zunächst erneut in endloses Grübeln. Ich hielt es schließlich für das beste, mich erst einmal körperlich zu betätigen, um auf diese Weise einen klaren Kopf zu bekommen.

Ich besuchte damals seit mehreren Jahren ein in der Boylston Street gelegenes Fitneßstudio, dessen Vorzug für mich nicht zuletzt darin bestand, daß es sowohl von meinem Haus als auch vom Büro aus gleichermaßen schnell zu erreichen war. Darüber hinaus waren Angebot und Ausstattung des Studios erstklassig. Deshalb wurde es nicht nur von Rechtsanwälten und Geschäftsleuten, Vertretern und mittleren Angestellten, sondern auch von regelrechten Sportskanonen besucht. Ich hatte Molly in all den Jahren nicht ein einziges Mal dazu bewegen können, mit mir gemeinsam zu trainieren. Sie vertrat die Auffassung, daß der Mensch seine begrenzte Lebenszeit nicht damit vergeuden sollte, sich schwachsinnigerweise an einer Kraftmaschine auszutoben; und so jemand nennt sich Ärztin!

Nachdem ich meine Straßenkleidung abgelegt hatte und in meinen Sportdreß geschlüpft war, mühte ich mich die nächsten zwanzig Minuten mit einer Rudermaschine ab.

Wieder und wieder ging mir das in der Bibliothek Gelesene durch den Kopf. Genaugenommen war ich nicht in der Lage, die Gedanken anderer zu lesen. Ich empfing nur die Niederfrequenzwellen, die von einem einzelnen Hirnsektor ausgestrahlt wurden, nämlich von dem in der Großhirnrinde liegenden Sprachzentrum. Anders ausgedrückt: Was ich wahrnahm, waren Ideen, Vorstellungen und Gefühle, die als Vorbereitung einer lauten Äußerung bereits zu Sprache, also zu konkreten Wörtern und Sätzen geworden waren. Wenn ich alles richtig verstanden hatte, dann werden bestimmte Gedanken und Empfindungen, sofern sie nur intensiv genug sind, von uns gewissermaßen vorformuliert, das heißt, für eine sprachliche Äußerung vorbereitet, auch wenn diese dann nicht laut ausgeführt wird. In diesen Phasen des Vorformulierens strahlt die Großhirnrinde offensichtlich Signale nach außen, die wahrnehmbar sind – zumindest für mich.

Ich wünschte mir, mehr über die Funktionsweise des menschlichen Hirns zu wissen, aber ich konnte es damals nicht riskieren, einen Spezialisten zu konsultieren, denn wollte ich meine Fähigkeit geheimhalten, konnte und durfte ich niemandem trauen.

All das ging mir durch den Kopf, als ich mich mit durchgeschwitztem T-Shirt von der Rudermaschine erhob. Ich wandte mich einem anderen Foltergerät zu, bei dem es darum ging, aufrecht stehend abwechselnd zwei Pedale niederzutreten, während man sich mit den Händen an zwei Stangen festhielt und auf einer roten Computeranzeige den Grad der eigenen Belastung ablas.

Neben mir betätigte sich ein untersetzter Herr von etwa fünfzig Jahren, der ein hellblaues Hemd und weiße Shorts trug. Ströme von Schweiß flossen ihm über Ohren, Augenbrauen und Wangen und spritzten schließlich als Tropfen auf die Edelstahloberfläche seines Trainingsgerätes. Ich hatte vor einiger Zeit einmal ein paar Worte mit ihm gewechselt. Sein Name mußte Alan oder Alvin sein. Ich wußte sonst nur von ihm, daß er Vizepräsident bei der Beacon Trust Bank war, die sich seit einiger Zeit aufgrund von Mißmanagement und der allgemeinen Rezession in großen Schwierigkeiten befand. Soweit ich mich erinnern konnte, litt Alan oder Alvin daher – wer hätte es ihm verdenken können – ständig unter Depressionen.

Er hatte mich bisher offensichtlich nicht bemerkt, wohl nicht zuletzt deshalb, weil seine Goldrandbrille vor Anstrengung beschlagen war, so daß er mich praktisch gar nicht sehen konnte.

Es war keineswegs meine Absicht, seine Gedanken zu belauschen, da ich mit mir selbst genug beschäftigt war, aber ich konnte nichts dagegen tun.

Vielleicht Catherines Onkel? ... Nein! Die Aufsichtsbehörde würde dahinterkommen. So leicht kann man diese Bastarde nicht hereinlegen ... Das wäre genauso illegal, als würde ich meinen eigenen Anteil verkaufen. Aber es muß doch einen Weg geben!

Ich bekam nicht alles mit, was er dachte. Seine Gedanken schwankten für mich zwischen laut und leise, klar und undeutlich. Ich kam mir vor wie ein Kurzwellenradio, das einen weit entfernten Sender einzufangen versucht.

Die Gedankenfetzen über gewisse Geschäfte, die allem Anschein nach illegal waren, hatten mich jedoch so neugierig gemacht, daß ich mir größere Mühe gab, alles zu verstehen.

... die Aktienkurse werden wie eine Rakete hochgehen. Teufel auch, es darf doch nicht wahr sein, daß ich von meiner eigenen Bank keine Aktien kaufen darf! Das ist doch nicht fair! Ich frage mich nur, ob die anderen Direktoren im Vorstand gerade dasselbe denken, was ich denke. Mit Sicherheit tun sie das. Mit Sicherheit werden sie alles daransetzen, aus diesem Geschäft als gemachte Leute herauszukommen.

Der innere Monolog meines Nachbarn wurde immer spannender, und ich konzentrierte mich mehr und mehr darauf, ohne äußerlich zu interessiert zu wirken.

Morgen um zwei Uhr mittags wird die Öffentlichkeit erfahren, daß die alte, marode Beacon Trust Bank von der kerngesunden Saxon Corporation übernommen worden ist. Im selben Augenblick werden sich Hunderte und Tausende von Anlegern auf die unterbewerteten Aktien der Beacon Trust stürzen. Die Kurse werden innerhalb weniger Tage von elfeinhalb auf fünfzig oder sechzig Dollar klettern. Gütiger Himmel, und ich soll der einzige sein, der daran nicht verdient? Es muß einen Weg geben. Vielleicht könnte eine von Catherines reichen Freundinnen als Strohmann auftreten. Möglicherweise wäre auch ihr Onkel in der Lage, jemanden zu finden, der morgen früh unter falschem Namen große Aktienpakete kauft und ...

Ich spürte, wie mein Herz immer schneller schlug. Was ich gerade mitbekommen hatte, war nichts anderes als Insiderwissen, das Gold wert war. Morgen würde bekanntgegeben werden, daß die Beacon Trust Bank den Besitzer wechseln würde. Nur eine Handvoll Insider wußten außer Alan oder Alvin über dieses Geschäft Bescheid. Investierte man rechtzeitig, so konnte man aufgrund der mit Sicherheit steigenden Aktienkurse über Nacht zum reichen Mann werden. Mein keuchender Nachbar zermarterte sich allem Anschein nach das Hirn auf der Suche nach einer Möglichkeit, die gesetzlichen Bestimmungen zu umgehen und sein Insiderwissen in bare Münze umzusetzen. Ich bezweifelte allerdings, daß er dazu in der Lage sein würde.

Aber ich war dazu in der Lage. Ich konnte am nächsten Tag mit den Beacon-Aktien ein Vermögen machen, das meinen eigenen Verlust von etwa einer halben Million mehr als wettmachen würde.

Und alles ohne jedes Risiko. Es gab keine Möglichkeit, eine Verbindung zwischen mir und der Beacon Trust Bank herzustellen, denn Putnam & Stearns hatten noch nie etwas mit Beacon zu tun gehabt. Es würde allerdings auch besser sein, wenn ich Alan oder Alvin jetzt nicht grüßte. Am besten, wir wechselten fortan kein Wort mehr miteinander.

Was konnte mir die Behördenaufsicht vorwerfen? Würden sie mich in einen Gerichtssaal zerren und mich illegalen Gedankenlesens bezichtigen, zum Zweck der unrechtmäßigen persönlichen Bereicherung? Der zuständige Staatsanwalt würde gewiß im Handumdrehen in einer Gummizelle enden.

In derlei Überlegungen vertieft, schwitzte ich auf dem Weg in die Umkleidekabine mehr noch als zuvor an den Kraftmaschinen.

5

Ungefähr zwanzig Minuten später vernahm ich zu Hause das Geräusch von Schlüsseln im Schloß der Eingangstür und hörte Molly rufen.

»Ben?«

»Warum kommst du so spät?« erkundigte ich mich gespielt ärgerlich. »Sage mir, was ist wichtiger: das Leben eines Kindes oder mein Abendessen?«

Ich blickte ihr entgegen und erkannte, daß sie sehr erschöpft war. »Hey«, rief ich ihr ermunternd zu und erhob mich, um sie mit einer Umarmung zu begrüßen, »was ist los?«

Sie schüttelte nur schwach den Kopf. »Es war ein harter Tag, das ist alles.«

»Aber jetzt bist du ja zu Hause«, erwiderte ich, schlang meine Arme um sie und gab ihr einen langen Kuß. Dann legte ich beide Hände auf ihr Hinterteil und drückte sie fester an mich.

Sie streichelte meinen Rücken und ließ ihre kühlen, trockenen Hände in den Bund meiner Shorts gleiten. »Mmh«, entfuhr ihr dabei ein wohliges Seufzen. Ich spürte, daß ihr Atem schneller ging.

Ich schob meinerseits die Hände in ihre Bluse bis unter den weißen Stoff ihres elastischen Baumwoll-Büstenhalters, wo ich ihre warmen und festen Brustwarzen fühlte, die ich zärtlich zu streicheln begann.

»Mmh«, stöhnte Molly voller Behagen auf.

»Wollen wir nach oben gehen?« fragte ich.

Ich spürte, wie sie am ganzen Körper erzitterte und leise stöhnte.

... *die Küche*, vernahm ich plötzlich.

Ich kam ihr ganz nahe, wobei ich immer noch ihre rechte Brust streichelte und die vor Erregung geschwollene Brustwarze stimulierte.

... *tu es in der Küche. Im Stehen. Einfach so.*

Ich legte meinen Arm um ihre Schultern und führte sie langsam in die Küche, wo ich sie gegen den antiken Eicheneßtisch drückte.

Ich belauschte ihre Gedanken. Es war falsch, was ich tat, taktlos und beschämend, aber in meiner Lust und Erregung konnte ich mich nicht beherrschen.

O ja...

Sie stöhnte erneut leise auf, als ich ihr die Bluse auszog.

... meine andere Brust auch. Mach weiter... beide Brüste...

Gehorsam liebkoste ich beide Brüste, indem ich mich vorbeugte und ihre Brustwarzen sanft mit meiner Zunge verwöhnte.

Nicht aufhören...

Ich fuhr fort, sie zu liebkosen, indem ich sanft an ihren Brustwarzen saugte, wobei ich sie immer mehr auf den Tisch drückte, bis sie schließlich flach auf der Tischfläche lag. Ich hatte den Film ›Wenn der Postmann zweimal klingelt‹ nie gesehen, aber zumindest von der Handlung gehört. Hatten es nicht auch Lana Turner und John Garfield auf dem Küchentisch getrieben?

Immer noch ihre Brustwarze streichelnd, preßte ich mein steifes Glied gegen ihre Schenkel und begann, mich rhythmisch zu bewegen. Als ich ihre Strumpfbänder löste, hörte ich:

Nein. Noch nicht.

Ihren unausgesprochenen Wünschen folgend, widmete ich meine ganze Aufmerksamkeit weiterhin ihren Brüsten, viel länger, als ich es sonst getan hätte.

Wir liebten uns tatsächlich auf dem Küchentisch, wobei eine billige Porzellantasse zu Bruch ging, ohne daß wir es auch nur bemerkten. Ich muß zugeben, daß es der erotischste und intensivste Sex war, den ich je erlebt hatte. Molly war so erregt, daß sie vollkommen vergaß, ihr Diaphragma einzusetzen. Sie erlebte einen Orgasmus nach dem anderen und vergoß vor Überwältigung sogar Tränen. Hinterher lagen wir mit schweißbedeckten und klebrigen Körpern in fester Umarmung auf dem Sofa im Wohnzimmer.

Nun, da es vorbei war, stiegen starke Schuldgefühle in mir auf.

Man sagt, daß alle Menschen nach dem Sex ein Gefühl der Niedergeschlagenheit empfinden. Ich persönlich glaube, daß dies nur auf Männer zutrifft. Molly blickte gleichzeitig verwirrt und selig drein, während sie meinen nun erschlafften, geröteten und seines Saftes entleerten Penis streichelte.

»Du hast überhaupt nicht verhütet«, bemerkte ich. »Heißt das etwa, daß du deine Meinung übers Kinderkriegen geändert hast?«

»Nein«, sagte sie mit verträumter Stimme. »Es sind zur Zeit meine unfruchtbaren Tage, so daß keine große Gefahr besteht. Ach, Ben, das war einfach wahnsinnig.«

Mein Schuldgefühl verstärkte sich. Ich hatte ihr Vertrauen in prekärer Weise verletzt. Indem ich ihr unausgesprochenes Verlangen erfüllt hatte, hatte ich sie in einem gewissen Sinne bewußt manipuliert. Ich fühlte mich einfach miserabel.

»Ja«, sagte ich, »es war wirklich wahnsinnig.«

Unsere Hochzeitsfeierlichkeiten hatten auf einem wunderschönen, alten Landsitz außerhalb von Boston stattgefunden. Ich werde den Tag nie vergessen. Ich erinnere mich noch genau, wie ich umhergehetzt und voller Nervosität meinen Kummerbund, die Manschettenknöpfe und ein Paar schwarze Socken gesucht hatte.

Kurz vor Beginn der Trauungszeremonie hatte mich Hal am Ellbogen gefaßt. Im Smoking und mit seinem weißen Haar und seinem sonnengebräunten Aristokratengesicht hatte er noch würdevoller als bei unserer ersten Begegnung in Harvard gewirkt.

Zuerst hatte ich geglaubt, er sei ärgerlich. Aber dann hatte ich rasch bemerkt, daß er nur ernst gewesen war, und ich hatte ihn mit seinen vielen Lachfalten um Augen und Mund noch nie zuvor ernst erlebt.

»Du achtest doch auf meine Tochter?« hatte er eindringlich gesagt.

Ich hatte ihn angeblickt, weil ich meinte, er mache nur einen Witz, aber seine Miene war absolut ernst gewesen.

»Hast du gehört?«

Ich versicherte ihm damals voller Sorglosigkeit, daß ich selbstverständlich auf Molly achtgeben würde.

»Du achtest doch wirklich auf sie!« hatte er mit einer Mischung aus Frage und Feststellung wiederholt.

Und plötzlich hatte es mich wie ein Schlag in die Magengrube getroffen. Natürlich! Auch wenn Hal nie ein Wort darüber verlieren würde, so war es doch letztlich mein Versagen gewesen, das Laura das Leben gekostet hatte.

›Du hast deine erste Frau auf dem Gewissen‹, schien Hal mit seiner Frage zu sagen. ›Gib acht, daß nicht auch deiner zweiten Frau etwas zustößt.‹

Damals spürte ich, wie mir das Blut ins Gesicht schoß. Am liebsten hätte ich ihm in diesem Augenblick gesagt, daß er sich zum Teufel scheren solle. Diesen Ton aber konnte ich meinem zukünftigen Schwiegervater gegenüber an Mollys und meiner Hochzeit nicht anschlagen.

Ich hatte mich also zusammengerissen und, so ruhig und herzlich ich konnte, erwidert: »Mach dir keine Sorgen, Hal. Ich werde auf Molly achtgeben.«

»Weißt du, Mol, ich habe da einen neuen Klienten«, sagte ich, als wir später am Küchentisch saßen und Wodka mit Tonic tranken. »Er ist eigentlich ein absolut normaler, gesunder Bursche.«

»Was hat er dann bei Putnam & Stearns verloren?« Sie nippte an ihrem eiskalten Drink. »Genau richtig. Mit viel Limettensaft. So mag ich ihn.«

Ich mußte lachen. »Also, dieser absolut normal wirkende Klient fragte mich, ob ich es für möglich halte, daß jemand über übersinnliche Wahrnehmungen verfügen könne.«

»Aha.«

»Er behauptete, er könne die Gedanken anderer Leute lesen.«

»Alles gut und schön, Ben. Aber worauf willst du hinaus?«

»Weißt du, Mol, dieser Bursche hat es bei mir ausprobiert, und er hat mich wirklich überzeugt. Was mich interessiert, ist vor allem, ob du es für möglich hältst, daß jemand solche Fähigkeiten hat?«

»Nein. Ja. Woher zum Teufel soll ich das wissen? Was soll dieser ganze Quatsch, Ben?«

»Hast du jemals von solchen Phänomenen gehört, Mol?«

»Sicher. In Science-fiction-Filmen im Fernsehen oder in Stephen-King-Büchern. Aber jetzt höre du mir mal zu, Ben. Ich muß mit dir über etwas anderes reden.«

Ich gab wohl oder übel auf. »Okay. Schieß los.«

»Heute hat mich im Krankenhaus der Kerl angesprochen, den du zu mir geschickt hast.«

»Welcher Kerl?«

»Welcher Kerl?« wiederholte sie sarkastisch. »Du weißt verdammt gut, welchen Kerl ich meine.«

»Molly, ich habe keine Ahnung, wovon du sprichst.«

»Heute nachmittag im Krankenhaus. Der Kerl sagte, du hättest ihm gesagt, wo er mich finden könne.«

Ich stellte mein Glas ab. »Was?«

»Du hast nicht mit ihm gesprochen?«

»Ich schwöre dir, ich weiß von nichts. Jemand hat dich angesprochen?«

»Ja, ein Mann. Er saß zunächst in der Wartezone und bat dann jemanden vom Personal, mir Bescheid zu geben. Ich kannte ihn nicht, aber er sah aus wie ein Regierungsbeamter. Du weißt schon, mit grauem Anzug, blauer Krawatte und so weiter.«

»Wer war er?«

»Nun, das weiß ich eben nicht.«

»Du weißt nicht . . .?«

»Hör zu!« rief Molly in scharfem Ton. »Jetzt höre mir genau zu! Er fragte mich, ob ich Martha Sinclair, die Tochter von Harrison Sinclair, sei. Ich bejahte und fragte ihn, wer er sei und was er wolle. Aber er bat mich nur, ihm ein paar Minuten Aufmerksamkeit zu schenken, und ich willigte ein.«

Sie sah mich an, und Tränen standen in ihren rotgeränderten Augen. »Der Mann behauptete, mit dir gesprochen zu haben und ein Freund meines Vaters zu sein. Ich schloß daraus, daß er für die CIA arbeite, zumal er auch so aussah. Deshalb dachte ich mir nichts dabei.«

»Was wollte er wissen?«

»Er fragte, ob ich etwas über ein Konto wisse, das Vater kurz vor seinem Tod eröffnet habe. Über ein Codewort oder so etwas Ähnliches. Ich wußte gar nicht, was er meinte.«

»Das hat er dich gefragt?«

»Dieser Mann hat wirklich nicht mit dir gesprochen, Ben?« vergewisserte sich Molly, die ein Aufschluchzen nicht mehr zurückhalten konnte. »Das kann doch einfach nicht wahr sein!«

»Weißt du seinen Namen?«

»Ich war so geschockt. Ich konnte kaum reden.«

»Wie sah er aus?«

»Groß. Sehr helle Haut, fast ein Albino. Er hatte weißblondes Haar und wirkte sehr kräftig, gleichzeitig aber auch sehr feminin. Wie so eine Art Zwitter. Er sagte, er arbeite für die CIA.« Mollys Stimme wurde immer leiser und schwächer. »Er sei damit beauftragt, Ermittlungen über Dads – wie er es nannte – angebliche Unterschlagungen durchzuführen. Ob Vater irgendwelche Papiere hinterlassen habe, die darüber Aufschluß geben könnten, oder ein Codewort für ein Bankkonto.«

»Warum hast du ihn nicht einfach hinausgeworfen?«

»Ich sagte ihm, daß das alles ein furchtbares Mißverständnis sein müsse. Dann fragte ich, welche Beweise er denn für diese ungeheuerlichen Anschuldigungen habe, aber er erwiderte nur, daß er sich bald wieder melden werde. In der Zwischenzeit solle ich mir über die Dinge Gedanken machen, über die wir gesprochen hätten. Und dann sagte er noch...« Ihre Stimme versagte, und sie schlug die Hände vors Gesicht.

»Was sagte er noch, Molly?«

»Er sagte noch, daß die Unterschlagungen allem Anschein nach mit Vaters Ermordung in Zusammenhang ständen. Er wußte auch von dem Foto...« Sie stockte erneut.

»Weiter, Molly, weiter!«

»Er sagte, auf die CIA werde großer Druck ausgeübt, all diese Dinge an die Öffentlichkeit zu bringen. Ich widersprach, daß man das nicht tun dürfe, weil man damit Vaters Ruf ruinieren würde. Der Mann meinte darauf, daß auch er solche Maßnahmen hasse, andererseits aber auf meine Mitarbeit angewiesen sei.«

»O mein Gott«, stöhnte ich.

»Ben, hat all das irgend etwas mit den Dingen zu tun, die du für Alex Truslow erledigen sollst?«

»Ja«, gestand ich. »Ja, ich befürchte, das hat es.«

6

In aller Frühe, und es mußte noch sehr früh sein, weil Molly noch nicht aufgestanden war, um ins Krankenhaus zu fahren, schlug ich die Augen auf, blickte mich wie gewöhnlich in unserem Schlafzimmer um und sah auf dem Digitalwecker, daß es noch vor sechs Uhr war.

Molly schlief dicht bei mir, auf der Seite liegend, mit vor der Brust gekreuzten Händen. Ich liebte es, sie im Schlaf zu beobachten, ihre an ein kleines Mädchen erinnernde Verletzlichkeit, ihr wirres Haar, das halb ihr ungeschminktes Gesicht verdeckte. Sie war in der Lage, viel tiefer als ich zu schlafen. Manchmal hatte ich den Eindruck, daß sie am Schlafen sogar mehr Freude hatte als am Sex. Ich kam nicht zuletzt deshalb auf diese Idee, weil sie immer erfrischt, heiter und tatendurstig erwachte, so als käme sie gerade aus einem Erholungsurlaub.

Ich hingegen fühlte mich nach dem Aufwachen meist depressiv, benommen und mürrisch. Ich stand auf und tappte über den kalten Fußboden zur Toilette in der Hoffnung, Molly möge vom Lärm der Spülung wach werden. Aber sie war nicht loszueisen von ihren Träumen, in die sie vermutlich gerade versunken war. Darum setzte ich mich an ihrer Seite auf die Bettkante und lehnte meinen Kopf an den ihren.

Überrascht stellte ich fest, daß ich etwas hörte.

Es war nichts Zusammenhängendes, auch keine einzelnen Worte von geordneten Gedanken, wie ich sie am Vortag wahrgenommen hatte.

Ich hörte lediglich einzelne Ton- und Klangfetzen, wie ich sie in noch keiner Sprache gehört hatte und die beinahe an Musik erinnerten. Aber dann gab es plötzlich einzelne Worte, die einen Sinn ergaben. *Computer* konnte ich erkennen und etwas, das sich wie *Fuchs* anhörte, schließlich auch *Monitor*. Molly träumte offensichtlich vom Krankenhaus. Jetzt konnte ich meinen eigenen Namen aufschnappen, dann wachte Molly langsam auf. Hatte sie vielleicht meinen

Atem auf ihrem Gesicht gespürt? Langsam öffneten sich ihre Lider, und als sie mich wahrnahm, schoß sie sofort hoch. »Ist etwas passiert, Ben?« fragte sie alarmiert.

»Nichts, mein Schatz«, antwortete ich.

»Wie spät ist es, Ben? Bereits sieben?«

»Es ist erst sechs.« Ich zögerte zunächst, sagte dann jedoch: »Mol, ich würde gerne mit dir reden.«

»Und ich würde gerne weiterschlafen«, murmelte sie und schloß wieder ihre Augen. »Laß uns später reden.« Sie rollte sich auf die andere Seite und umklammerte das Kopfkissen mit beiden Händen.

Ich berührte ihre Schulter. »Molly, ich fürchte, wir müssen miteinander reden.«

Mit geschlossenen Augen brachte sie immerhin ein »Okay« über die Lippen.

Wieder berührte ich ihre Schulter, woraufhin sie sich zunächst unwillig, dann aber entschlossen aufrichtete. »Also sag schon. Worum geht es?«

Ich schlüpfte zu ihr ins Bett, und sie machte mir Platz.

»Molly«, setzte ich an, brach dann aber wieder ab.

Welche Worte sollte ich wählen? Wie sollte ich ihr etwas begreiflich machen, was ich selbst nicht begreifen konnte?

»Hmh?«

»Mol, weißt du, es ist wirklich schwierig zu erklären. Du mußt mir sehr genau zuhören, auch wenn du mir zuerst nicht glauben wirst, was ich dir zu sagen habe. Ich würde es dir wahrscheinlich auch nicht abnehmen, aber bitte vertraue mir und höre erst einmal zu.«

Sie warf mir einen mißtrauischen Blick zu. »Es hat etwas mit dem Kerl im Krankenhaus zu tun, nicht wahr?«

»Bitte höre mir nur zu. Ich habe dir doch erzählt, daß mich bei Alex Truslow ein CIA-Mann gefragt hatte, ob ich etwas gegen einen Lügendetektor einzuwenden hätte.«

»Worauf willst du hinaus?«

»Ich glaube, daß das Magnetfeld des Kernspinresonanztomographen etwas an mir verändert hat. Genauer gesagt an meinem Gehirn.«

Molly riß die Augen jetzt weit auf und zog die Augenbrauen hoch. »Was ist geschehen, Ben?«

»Höre mir bitte zu. Die Geschichte klingt wirklich verrückt. Molly, glaubst du zumindest an die Möglichkeit, daß ein Mensch übersinnliche Wahrnehmungen haben könnte?«

»Redest du wieder über diesen Klienten von dir?« fragte sie, stutzte dann jedoch. »Es gibt gar keinen Klienten, nicht wahr?« Sie seufzte: »O Ben!«

»Höre mir bitte zu, Mol . . .«

»Ben, ich habe gute Freunde, die du konsultieren könntest. Im Krankenhaus . . .«

»Molly . . .«

»Sie sind wirklich gute Leute, Spezialisten auf ihrem Gebiet. Den Chef der psychiatrischen Abteilung kenne ich besonders . . .«

»Um Himmels willen, Molly, ich bin nicht übergeschnappt.«

»Dann . . .«

»Du weißt doch bestimmt, daß in den letzten Jahren einige Studien veröffentlicht worden sind, die, wenn auch wissenschaftlich nicht beweisbar, dennoch sehr überzeugend darlegen, daß es zumindest einigen Menschen möglich ist, die Gedanken anderer wahrzunehmen. Sieh mal«, fuhr ich fort. »Im Februar 1993 hat ein Psychologe aus Cornell auf der Jahrestagung der Amerikanischen Gesellschaft zur Förderung der Wissenschaft eine unglaubliche Untersuchung vorgelegt. Er präsentierte statistisch erhärtete Beweise für die Tatsache übersinnlicher Wahrnehmungen und dafür, daß einige Menschen wahrhaftig die Gedanken anderer lesen können. Seine Untersuchung wurde von der angesehensten Fachzeitschrift für Psychologie veröffentlicht. Darüber hinaus erklärte der Leiter des Fachbereichs für Psychologie in Harvard, daß ihn das Material sehr überzeugt habe.«

Ohne mich anzublicken, starrte Molly vor sich hin, doch ich setzte meine Ausführungen unbeirrt fort. »Bis vor kurzem habe ich mich nie mit diesen Fragen beschäftigt, zumal ich weiß, daß es jede Menge Scharlatane auf diesem Gebiet gibt.«

Ich redete auf einmal los wie ein Wasserfall, wobei ich

mich verzweifelt darum bemühte, so vernünftig und sachlich zu argumentieren, wie ich es als Anwalt vor Gericht tat. »Im Kern geht es um das folgende: Die CIA, der ehemalige KGB und eine ganze Reihe weiterer Nachrichtendienste auf der ganzen Welt haben sich immer schon mit der Frage beschäftigt, ob es möglich sei, Menschen mit derartigen Fähigkeiten für Spionagezwecke einzusetzen. Ich erinnere mich daran, daß es zu meiner CIA-Zeit bereits Gerüchte über ein streng geheimes Projekt dieser Art gab, und ich habe in der Zwischenzeit die gesamte zu diesem Thema verfügbare Literatur studiert.«

Molly schüttelte langsam den Kopf, wobei ich mir nicht sicher war, ob ich ihre Geste als Zeichen von Ungläubigkeit oder von Besorgnis deuten sollte. Sie berührte leicht mein Knie und fragte mich: »Ben, glaubst du, daß Alex Truslow in die Sache verwickelt ist?«

»Höre mir bitte noch eine Minute zu, dann bin ich fertig«, bat ich sie. »Als ich . . .« Ich brach ab, weil mir eine Idee kam.

»Hm?«

Ich hob eine Hand, um ihr anzudeuten, daß sie schweigen solle. Ich bemühte mich darum, mich nur auf Molly zu konzentrieren und alles andere beiseite zu drängen. Wenn sie tatsächlich so aufgeregt war, wie sie äußerlich schien . . .

Rosenberg, hörte ich so klar, als hätte sie es laut gesagt. Ich biß mir auf die Unterlippe und versuchte, mich noch stärker zu konzentrieren.

. . . ich nur zulassen, daß er diesen gottverdammten Job für Truslow übernommen hat. Es hat ihn offensichtlich sehr mitgenommen, wieder mit diesen Geheimdiensttypen zu tun zu haben, nachdem er mit all dem abgeschlossen hatte, was früher an Schrecklichem passiert war. Hoffentlich dreht er nicht durch. Stan Rosenberg wird nachher schon etwas Zeit erübrigen können, wenn ich ihn darum bitte . . .

Ich unterbrach ihre Überlegungen: »Du hast vor, Stan Rosenberg anzurufen, stimmt's? So lautet doch der Name?«

Sie blickte mich mitfühlend an. »Er ist der neue Chef der Psychiatrie. Ich habe kürzlich dir gegenüber seinen Namen erwähnt, nicht wahr?«

»Nein, Molly, das hast du nicht. Du hast nie über ihn gesprochen. Du hast nur gerade an ihn gedacht.«

Sie nickte und blickte beiseite, noch immer ohne zu verstehen.

»Molly, bitte, tue mir den Gefallen und denke an etwas, das ich unmöglich kennen oder erraten kann!«

»Ben«, sagte sie mit einem mitleidigen Lächeln auf den Lippen.

»Denk ... denk an die Lehrerin, die du in der ersten Klasse hattest. Bitte tue es, Molly!« flehte ich sie an.

»Okay«, sagte sie geduldig. Sie schloß ihre Augen, so als würde sie sehr intensiv nachdenken. Auch ich konzentrierte mich, und schon hörte ich es ...

Mrs. Nocito.

»Es war Mrs. Nocito, stimmt's?«

Sie nickte. Dann starrte sie mich gereizt an und fauchte: »Was soll das hier werden, Ben? Willst du mich auf den Arm nehmen mit diesen Taschenspielertricks?«

»Verdammt, das sind keine Tricks. Höre mir bitte zu! Rossi hat in seinem Labor irgend etwas mit mir angestellt, wodurch mein Gehirn verändert wurde. Seitdem habe ich die Fähigkeit – wie soll ich es dir erklären? –, die Gedanken anderer Menschen zu lesen oder zu hören oder wie immer du es nennen willst. Nicht ständig und nicht alle Gedanken. Nur die Dinge, an die die Leute mit Furcht oder Wut oder sonstiger Erregung denken. Offensichtlich hat jemand einen Weg gefunden, wie man mit einem starken elektromagnetischen Feld menschliche Gehirne, oder zumindest mein Gehirn, beeinflussen kann.«

Fünf, fünf, fünf, null, sieben, zwei, null. Wenn er ins Badezimmer oder nach unten geht, werde ich Maureen anrufen. Sie wird wissen, was zu tun ...

»Molly, falls du mir immer noch nicht glaubst: Du willst eine gewisse Maureen anrufen. Die Nummer lautet 5550720.«

Sie blickte mich verständnislos an.

»Es ist kein Trick. Wie hätte ich das erraten sollen? Bitte glaube mir.«

Ihre immer noch fest auf mich gerichteten Augen füllten

sich langsam mit Tränen. Langsam öffnete sie fassungslos ihren Mund und stammelte: »Woher hast du das gewußt?«

»Dem Himmel sei Dank, Molly. Endlich glaubst du mir. Bitte denke an etwas, das ich unmöglich erraten kann. Bitte!«

Sie zog die Beine an den Körper und preßte ihren Mund gegen die Knie.

Anthony Trollope. Ich habe noch nie ein Buch von ihm gelesen, aber in den nächsten Ferien werde ich ...

»Du denkst gerade daran, daß du in den nächsten Ferien ein Buch von Anthony Trollope lesen wirst«, sagte ich sehr bedächtig.

Molly atmete langsam, aber deutlich hörbar. »O nein! Das kann doch nicht wahr sein!«

Ich nickte nur.

»Nein!« wiederholte sie, und ich erschrak, als ich sah, daß ihr Gesichtsausdruck weniger Erstaunen als vielmehr Furcht verriet. »Nein, Ben. Das darf nicht wahr sein!« Sie faßte sich ans Kinn, offenbar eine unbewußte Geste tiefen Nachdenkens. Dann sprang sie aus dem Bett und ging auf und ab. »Wärest du bereit, dich im Krankenhaus von jemandem untersuchen zu lassen?« fragte sie. »Etwa von einem Neurologen oder einem anderen Facharzt, der etwas von diesem Gebiet versteht.«

Ich dachte kurz nach. »Ich halte das zum gegebenen Zeitpunkt für keine gute Idee.«

»Warum nicht?«

»Wer würde mir schon glauben?«

»Wer würde dir *nicht* glauben, wenn du das wiederholst, was du gerade mir demonstriert hast.«

»Stimmt! Aber wozu sollte das gut sein? Was würden wir erfahren, was wir nicht schon wissen?«

Molly ruderte erst mit den Händen in der Luft und legte sie dann auf ihre Oberschenkel. »Wie das Ganze passiert ist«, rief sie mit schriller Stimme, die ihre innere Angespanntheit verriet. »Wie es überhaupt dazu kommen konnte.«

»Molly«, begann ich und nahm ihre Hand. »Es ist geschehen. Und es gibt niemanden, der mir etwas darüber sagen könnte, was ich mir nicht bereits selber zusammengereimt hätte.«

Sie sah mir ins Gesicht. »Wieviel weiß Alex Truslow?«

»Über mich? Möglicherweise gar nichts. Und Rossi habe ich auch nichts verraten – jedenfalls hoffe ich, daß er nichts gemerkt hat.«

»Hast du nicht mit Alex darüber gesprochen?«

»Noch nicht.«

»Warum nicht?«

»Ich . . . weiß nicht genau.«

»Dann ruf ihn doch an.«

»Er ist zur Zeit in Camp David.«

Sie blickte mich fragend an.

»Eine Unterredung mit dem Präsidenten«, erklärte ich.

»Wegen Vaters Nachfolge, ich verstehe. Hast du Bill Stearns informiert?«

»Nein, natürlich nicht.«

Sie hielt inne. »Und warum ihn nicht?«

»Molly, jetzt hör mal zu . . .«

»Nein, Ben, denke doch einen Augenblick nach.« Sie setzte sich zu mir aufs Bett. »Truslows Firma wurde damit beauftragt, verschwundene Gelder wiederzubeschaffen, ein absolut streng geheimes Projekt. Es leuchtet ein, daß deswegen ein paar CIA-Experten eingeflogen wurden, um deine Zuverlässigkeit mit einer Art Super-Lügendetektor zu überprüfen. Warum sollte es nicht so gelaufen sein? Ich meine, was macht dich so sicher, daß dieses enorme Magnetfeld einen . . . einen gewissen Nebeneffekt gehabt haben könnte und dein Gehirn, oder einen winzigen Teil deines Gehirns, manipuliert hat? Wie kommst du darauf, daß dieser Rossi und die anderen wirklich mit Absicht versucht haben, diese außergewöhnliche Fähigkeit in dir zu erwecken?«

»Zu welcher anderen Schlußfolgerung sollte ich kommen, nach all dem, was mit mir geschehen ist und was du gestern im Krankenhaus erlebt hast?«

»Ben«, sagte sie nach einer Weile in seltsamem Ton. Mollys nachdenkliches Gesicht war so dicht vor mir, daß ich es hätte küssen können. »Als wir . . . als wir uns gestern abend liebten . . . in der Küche.«

Schuldbewußt richtete ich mich unwillkürlich auf. »Ja?«
»Du hast es gestern getan, nicht wahr?«
»Getan?«
»Du hast gestern meine Gedanken gelesen, stimmt's?« In ihrer Stimme lag jetzt wieder die gewisse Schärfe, die sie immer zeigte, wenn sie wütend war.

Ich versuchte, ein verführerisches Lächeln aufzusetzen. »Was macht dich so sicher, daß . . .«
»Ben!«
»*Dazu* benötigen wir beide keine übersinnlichen Wahrnehmungen«, flüsterte ich heuchlerisch und schloß sie in meine Arme, aber Molly riß sich los.

»Du hast es getan, streite es nicht ab.« Sie war wirklich wütend. »Du hast meine Gedanken belauscht, meine Fantasien, nicht wahr?«

Bevor ich noch etwas entgegnen konnte, explodierte sie. »Du verdammter Bastard!« schleuderte sie mir entgegen. Sie sprang auf, stemmte ihre Fäuste in die Hüften und starrte mich prüfend an. »Ich gebe dir nur einen Rat, du elender Hundesohn«, sagte sie mit absolut ruhiger Stimme. »Tue das nie wieder!«

7

Ich konnte Mollys Reaktion gut nachvollziehen. Schließlich ist es ein ausgesprochen beklemmendes Gefühl zu wissen, daß unsere innersten Gedanken und Gefühle keineswegs nur uns selbst zugänglich sind, sondern von einem Außenstehenden belauscht werden können.

Molly und ich hatten die schönste Liebesnacht unseres Lebens verbracht, aber jetzt mußte sie ihr nur noch als abgekartet und geschmacklos erscheinen. Oder etwa nicht? Wenn es mir meine Fähigkeit ermöglichte, Dinge zu wissen, die wir normalerweise nicht wissen können, dann hieß das doch auch, daß ich Menschen etwas geben konnte, das sie sich zwar heimlich ersehnten, aber niemals laut aussprechen würden. Habe ich nicht recht?

Allerdings macht uns gerade die Fähigkeit, selbst zu entscheiden, ob wir unsere Gedanken für uns behalten oder jemandem offenbaren wollen, zu denkenden und intelligenten Wesen, und diese Grenze hatte ich unerlaubterweise überschritten. Als Molly mir eine Stunde später zum Abschied einen Kuß gab, blieb sie auf Distanz. Aber konnte ich ihr nach allem, was sie in der letzten Zeit über mich erfahren hatte, einen Vorwurf machen?

Ich glaube, daß ich noch in der vorangegangenen Nacht irgendwie gehofft hatte, am nächsten Morgen festzustellen, daß alles nur ein Alptraum gewesen wäre und ich wieder unbeschwert ins Büro fahren könnte, um dort nichts weiter als ein paar Besprechungen durchzustehen.

Diese Vorstellung mag Ihnen naiv oder sogar völlig idiotisch erscheinen. Aber die Fähigkeit, die Gedanken anderer Menschen lesen zu können, gehört nach unserem Normalverständnis so sehr in die Welt des Märchens und der Tagträume, daß wir niemals auch nur erwägen, wirklich über eine solche Fähigkeit verfügen zu können. Gewiß haben wir uns alle irgendwann einmal danach gesehnt, eine solche Gabe und die mit ihr verbundene Macht zu besitzen.

Aber glauben Sie mir, Sie können nicht einmal ahnen, was es bedeutet, tatsächlich mit diesem Privileg gestraft zu sein.

Als ich in der Kanzlei eintraf, wechselte ich zunächst mit Darlene ein paar Worte, verzog mich dann aber schnell in mein Büro und rief von dort aus John Matera, meinen Börsenmakler, an. Zuvor hatte ich bereits einige tausend Dollar von meinem Gehaltskonto und aus Anteilen an Investmentfonds sowie ein paar mir vor vielen Jahren von Bill Stearns dringend empfohlene ›Notgroschen‹ zusammengekratzt, um genügend Spielkapital zur Verfügung zu haben.

»John«, fragte ich, nachdem wir ein paar Floskeln ausgetauscht hatten, »wie sieht's mit der Nachfrage nach Beacon Trust aus?«

John Matera, der dafür bekannt war, kein Blatt vor den Mund zu nehmen, erwiderte ohne zu zögern: »Es gibt keine Nachfrage. Die Aktien werden praktisch verschenkt: an jeden, der dumm genug ist, sie zu nehmen. Aber was zum Teufel haben Sie mit diesem Ladenhüter vor?«

»Zu welchem Kurs werden die Aktien angeboten, John?«

Er gab einen langen, tiefen Seufzer von sich. Dann vernahm ich das Klicken eines Keyboards. »Elfeinhalb im Verkauf, elf im Ankauf.«

»Dann wollen wir mal sehen«, sagte ich. »Für dreißigtausend Dollar könnte ich also wieviel bekommen?«

»Ein Magengeschwür«, lautete die trockene Antwort. »Ben, seien Sie kein Idiot.«

»John, tun Sie einfach, worum ich Sie bitte.«

»Es ist mir zwar nicht gestattet, Ihnen irgendwelche Ratschläge zu geben«, versuchte Matera erneut, mich umzustimmen, »aber warum vergessen wir das Ganze nicht einfach, und Sie rufen mich an, wenn Sie wieder bei Verstand sind.«

Schließlich gelang es mir jedoch, ihn zu überzeugen, so daß er trotz vieler Proteste meine Order ausführte. Zehn Minuten später rief er mich zurück, teilte mir sarkastisch mit, daß ich ›stolzer Besitzer‹ von 2800 Anteilen an Beacon Trust sei, und konnte sich nicht verkneifen, mich einen ›Dummkopf‹ zu schelten.

Ein paar Sekunden lächelte ich versonnen vor mich hin und nahm dann all meinen Mut zusammen, um Alex Truslow anzurufen. Als ich mich daran erinnerte, daß er nach Camp David eingeladen worden war, wurde ich noch nervöser. Sicherlich war es unumgänglich, daß ich ihn über meine neugewonnene Fähigkeit informierte und auf diese Weise herausfand, inwiefern er selbst an dem ›Experiment‹ beteiligt war.

Aber zunächst einmal mußte ich ihn überhaupt erreichen.

Zuerst rief ich in seiner Firma an, wo mir seine Sekretärin mitteilte, er sei nicht in der Stadt und könne auch nicht telefonisch erreicht werden. Ja, sie wisse, daß ich ein Freund sei, aber sie könne mir leider dennoch nicht weiterhelfen.

Als nächstes rief ich in seinem Wochenendhaus an, wo eine Frau (wahrscheinlich die Haushälterin) ans Telefon ging und mich an Mrs. Truslow verwies, die sich in New Hampshire aufhalte. Als ich schließlich Margaret Truslow an der Strippe hatte, gratulierte ich ihr zunächst einmal zur Ernennung ihres Mannes und teilte ihr dann mit, daß ich ihn dringend sprechen müsse.

Sie zögerte. »Kann das nicht warten, Ben?«

»Es ist wirklich sehr dringend«, betonte ich.

»Was ist mit Alex' Sekretärin? Vielleicht kann sie Ihnen weiterhelfen.«

»Ich muß mit ihm persönlich sprechen«, wiederholte ich, »und zwar umgehend.«

»Ben, Sie wissen, daß er sich gerade in Camp David aufhält«, sagte sie nachdrücklich. »Ich weiß nicht, ob und wie ich ihn dort erreichen kann. Außerdem halte ich es, ehrlich gesagt, für keinen guten Zeitpunkt, Alex zu stören.«

»Es muß einen Weg geben, ihn zu erreichen«, beharrte ich. »Und ich bin sicher, daß er auf meine Mitteilung großen Wert legt. Gut, sollte er sich gerade beim Präsidenten aufhalten, so werde ich natürlich warten müssen. Aber sollte das nicht der Fall sein . . .«

Schließlich versprach Margaret Truslow mit leicht ärgerlichem Unterton, sich im Weißen Haus an den Mitarbeiter des Präsidenten zu wenden, der Alex die Einladung übermittelt hatte. Er sollte meine Bitte dann an den neuen Chef der CIA weiterleiten.

Die einmal wöchentlich stattfindende Konferenz der Teilhaber und Mitarbeiter ist bei Putnam & Stearns auch nicht spannender als bei anderen Kanzleien. Wir trafen uns gewöhnlich Freitagmorgens um zehn Uhr, um über das zu diskutieren, was Bill Stearns diskutieren wollte, und um zu entscheiden, was entschieden werden mußte.

An jenem bestimmten Vormittag setzten wir uns, versorgt mit Kaffee und hervorragenden Brötchen, unter anderem mit besonders langweiligen Fragestellungen auseinander (Wie viele neue Mitarbeiter sollen wir für das kommende Jahr einstellen?), aber auch mit solchen, die wenigstens eine Spur von Sensation an sich hatten (Sollte die Kanzlei die Interessen eines prominenten Bostoner Unterweltkönigs vertreten, der zufällig der Bruder eines der mächtigsten Politiker im Lande war?). Um es kurz zu machen: Wir entschieden uns für sechs Neueinstellungen, aber gegen den Unterweltkönig.

Die ganze Zeit über hatte ich damit zu kämpfen, zumindest halbwegs dem nervtötend langweiligen Geschehen um mich herum zu folgen. Aber es fiel mir auf, daß Bill Stearns, der am Kopf des trapezförmigen Konferenztisches den Vorsitz führte, mir ungewöhnlich viele Blicke zuwarf. War ich jetzt etwa auch noch paranoid? Oder wußte auch *er* Bescheid?

Nein, die Frage mußte vielmehr lauten: *Wieviel* wußte er?

Ich war versucht, hier und da einen ›Blick‹ in die Überlegungen meiner Kollegen zu tun, aber die Sache gestaltete sich schwieriger, als ich angenommen hatte. Ungewöhnlich viele von ihnen waren nervös, irritiert, wütend und so weiter, so daß es für mich ausgesprochen schwierig war, aus dem sprachlichen und gedanklichen Durcheinander ein paar verstehbare Töne herauszufiltern. Schließlich gab ich mein Bemühen verwirrt und frustriert auf.

Und jedesmal, wenn ich meinen Blick in die Runde schweifen ließ, stellte ich fest, daß Bill Stearns' Augen auf mir ruhten.

Schließlich beschleunigte sich das Arbeits- und Abstimmungstempo, was immer ein untrügliches Zeichen dafür war, daß sich die Konferenz ihrem Ende näherte. Endlich erklärte Stearns sie für beendet, erhob sich aus seinem Sessel und strebte raschen Schrittes aus dem Raum.

Ich verfiel in Laufschritt, um ihn noch abfangen zu können, aber er hatte bereits einen Großteil des Flures hinter sich gelassen.

»Bill«, rief ich.

Er wandte sich zwar um, aber ohne dabei sein Tempo zu vermindern. Es hatte den Anschein, als wollte er möglichst viel Abstand zwischen uns halten. Von dem sonst jovial auftretenden Bill Stearns war nichts mehr zu spüren. Er hatte sich auf einmal in einen energisch und zielstrebig wirkenden Mann verwandelt. Wußte auch er Bescheid?

»Ich habe jetzt keine Zeit für Sie, Ben«, beschied er mich in einem herrischen Ton, den ich nie zuvor von ihm vernommen hatte.

Ein paar Minuten, nachdem ich in mein Büro zurückgekehrt war, wurde mir ein Anruf von Alexander Truslow durchgestellt.

»Herr im Himmel, was ist denn geschehen, daß Sie mich so dringend sprechen müssen, Ben?« Der Zerhacker ließ seine Stimme seltsam flach klingen.

»Es ist einiges geschehen, Alex«, erwiderte ich. »Sind Sie sicher, daß die Leitung sauber ist?«

»Das ist sie. Ich bin froh, daß ich daran gedacht habe, das Nötige mitzunehmen.«

»Ich hoffe, ich habe Sie nicht aus einer Besprechung mit dem Präsidenten geholt.«

»Keine Sorge! Er erörtert zur Zeit mit ein paar Kabinettsmitgliedern die Krise in Deutschland. Deshalb habe ich eine Verschnaufpause. Also, worum geht's?«

Ich gab ihm einen knappen Bericht über das, was in dem Testlabor vorgefallen war, und über die Fähigkeiten, über die ich seitdem verfügte.

Als ich geendet hatte, folgte eine lange Pause tiefen Schweigens. Hielt Truslow mich für verrückt? Würde er einfach einhängen?

Als er sich meldete, war es kaum mehr als ein Flüstern, das an mein Ohr drang: »Das Orakel-Projekt.«

»Was?«

»O mein Gott. Ich habe zwar Gerüchte gehört, aber niemals ernsthaft...«

»Sie wissen über diese Geschichte Bescheid?«

»Hören Sie, Ben! Ich wußte nur, daß dieser Rossi einmal bei einem solchen Projekt mitgearbeitet hatte. Ich dachte... Herrgott, ich wußte nur, daß es ihnen einmal gelungen war bei einer einzigen Person. Aber das letzte, was ich davon hörte, war, daß Stan Turner das ganze Projekt bereits vor einiger Zeit abgewürgt hatte. Das war es also, was Rossi im Sinn trug. Ich hätte es eigentlich merken müssen, daß an seiner Geschichte etwas faul ist.«

»Er hat Sie nicht über sein Vorhaben informiert?«

»Informiert? Er sagte mir, es handle sich um eine ganz normale Sicherheitsüberprüfung. Jetzt sehen Sie selbst, was ich damit meinte, als ich sagte, daß die Organisation außer Kontrolle gerät. Verdammt, woher soll man noch wissen, wem man trauen kann und wem nicht?«

»Alex, so wie die Dinge liegen, werde ich erst einmal alle Kontakte zu Ihrer Firma abbrechen müssen«, erklärte ich ihm.

»Finden Sie das nicht etwas übertrieben, Ben?« protestierte er.

»Es tut mir leid. Aber ich erachte es für absolut notwendig, und zwar zu meiner eigenen Sicherheit, zu Mollys – und auch zu Ihrer. Ich werde am besten für eine Weile auf Tauchstation gehen und mich von Ihnen und jedem, der mit der CIA in Verbindung steht, fernhalten.«

»Warten Sie, Ben. Ich fühle mich für die ganze Geschichte verantwortlich, denn schließlich war ich es, der Sie in all das hineingelotst hat. Was immer Sie vorhaben, ich respektiere Ihre Entscheidung. Einerseits würde ich Sie gerne dazu drängen, am Ball zu bleiben und herauszufinden, was diese Bande von Ihnen will; andererseits sollte ich Ihnen tatsächlich empfehlen, eine Zeitlang aus der Schußlinie zu gehen. Ich weiß wirklich nicht, was ich sagen soll.«

»Und ich weiß nicht, was mit mir los ist, Alex. Ich kann es

immer noch nicht begreifen, und ich bin mir nicht sicher, ob ich es jemals verstehen werde. Aber...«

»Ich habe kein Recht, Ihnen irgendwelche Empfehlungen zu geben. Es liegt daher alles bei Ihnen. Vielleicht sollten Sie mit Rossi sprechen, um herauszufinden, was er von uns will, vielleicht ist er wirklich gefährlich, vielleicht auch nur übereifrig. Sie müssen sich Ihr eigenes Urteil bilden, Ben. Das ist alles, was ich Ihnen raten kann.«

»Okay«, sagte ich. »Ich werde darüber nachdenken.«

»Falls ich in der Zwischenzeit irgend etwas für Sie tun kann...?«

»Nein, Alex, nichts. Im Augenblick kann niemand etwas für mich tun.«

Ich hatte den Hörer gerade aufgelegt, als ein anderer Anruf hereinkam.

»Ein Mann namens Charles Rossi«, erklärte mir Darlene.

Ich nahm das Gespräch an. »Rossi?« sagte ich.

»Mr. Ellison, Sie müssen so schnell wie möglich bei mir vorbeikommen, damit...«

»Nein«, fiel ich ihm ins Wort. »Ich bin gegenüber der CIA keinerlei Verpflichtungen eingegangen, sondern nur mit Alex Truslows Firma, und diese Verpflichtungen sind genau in dieser Minute erloschen.«

»Hören Sie trotzdem...«, begann Rossi erneut.

Aber ich hatte schon eingehängt.

8

John Matera war so aus dem Häuschen, daß er kaum verständlich sprechen konnte: »Teufel auch«, brüllte er, »haben Sie es schon gehört?«

»Was gehört?« fragte ich unschuldig, da ich nicht wußte, wer am anderen Ende der Leitung außer meinem Börsenmakler noch mithörte.

»Beacon! Die Bank ist von Saxon übernommen worden.«

»Das klingt gut«, sagte ich und täuschte vor, überrascht zu sein. »Und was bedeutet das für den Kurs?«

»Was das bedeutet? Das bedeutet, daß der gottverdammte Kurs schon um mehr als dreißig Punkte geklettert ist. Ben, Sie haben Ihr Kapital bereits verdreifacht, und der Tag ist noch lang. Wie gefällt Ihnen das, innerhalb von ein paar Stunden sechzigtausend Dollar verdient zu haben? Heiliger Himmel, gar nicht auszudenken, wenn es Ihnen gelungen wäre, alle verfügbaren Anteile zu kaufen.«

»Stoßen Sie alles ab, John.«

»Was zum Teufel soll ich . . .?«

»Verkaufen, John, und zwar alles!«

Bei mir wollte sich kein Stolz über den geglückten Coup einstellen. Ich spürte vielmehr, wie mich ein kalter Hauch von Furcht durchfuhr. Alles andere, was sich in den letzten Stunden ereignet hatte, konnte ich noch immer als Produkt meiner überreizten Fantasie abtun. Jetzt aber hatte ich vollendete Tatsachen geschaffen, indem ich meine Fähigkeit des Gedankenlesens dazu benutzt hatte, mir Insiderwissen zu verschaffen und dieses in bare Münze umzusetzen.

Nun konnte es auch durchaus noch dazu kommen, daß sich die Börsenaufsicht angesichts eines auffälligen Spekulationsmanövers für mich interessierte. Aber dieses Risiko konnte ich einfach nicht umgehen, da ich das Bargeld dringend brauchte.

Ich gab Matera noch schnell einige Anweisungen, auf welche Konten er meinen Gewinn überweisen sollte, und hängte dann ein, da ich beabsichtigte, ein wichtiges Gespräch mit Ed Moore zu führen.

Ich wählte seine Nummer in Washington und hörte, wie das Telefon scheinbar endlos lange läutete, ohne daß jemand abhob. Ed hatte Dinge wie Anrufbeantworter immer als neumodischen Unsinn abgetan. Ich wollte bereits aufgeben, als sich eine männliche Stimme meldete.

»Ja?«

Es war die Stimme eines jungen Mannes, offenbar von jemandem, der es gewohnt war, Anweisungen zu geben.

»Ich möchte bitte Ed Moore sprechen«, sagte ich.

Es folgte eine Pause. »Wer spricht dort, bitte?«

»Ein Freund.«

»Ihren Namen, bitte!«

»Ich wüßte nicht, was Sie das angehen sollte. Lassen Sie mich mit Elena sprechen«, verlangte ich.

Im Hintergrund konnte ich vage die auf- und abschwellenden, von lautem Schluchzen unterbrochenen Ausrufe einer Frau ausmachen.

»Ich bedaure, sie ist im Augenblick nicht in der Lage, an das Telefon zu kommen«, meldete sich wieder die männliche Stimme.

Die Rufe wurden langsam immer deutlicher und verständlicher. »O mein Gott«, schnappte ich auf, und: »Mein Ed, mein geliebter Ed . . .«

»Was in aller Welt geht da vor?« verlangte ich zu erfahren.

Der Mann deckte offensichtlich die Sprechmuschel ab, um sich mit jemandem zu beraten, bevor er sich wieder meldete. »Mr. Moore ist gerade eben von uns gegangen. Seine Frau fand ihn vor nur wenigen Minuten. Es war Selbstmord. Das ist alles, was ich Ihnen sagen kann.«

Ich war wie vom Donner gerührt.

Ed Moore – Selbstmord? Mein enger Freund und Förderer, dieser schmächtige, aber energiegeladene und ungemein herzliche alte Mann? Ich war zu benommen und schockiert, um fassen zu können, was ich soeben gehört hatte.

Nein, es war unmöglich.

Selbstmord? Er hatte von unterschwelligen Drohungen gesprochen und gesagt, er fürchte um sein Leben. Es war gewiß kein Selbstmord gewesen, auch wenn er mir bei unserem letzten Treffen seltsam verwirrt und unausgeglichen erschienen war.

Edmund Moore war tot.

Und es war kein Selbstmord gewesen.

Ich rief im Krankenhaus an und bat darum, mich mit Molly zu verbinden. Ich baute darauf, daß sie mir mit ihrem Taktgefühl und gesunden Menschenverstand in meinem Schmerz und meiner Ratlosigkeit beistehen könnte. Ich brauchte sie in diesem Augenblick mehr denn je.

Während ich mit dem Hörer in der Hand wartete, spürte ich, wie mich eine tiefe Unruhe erfaßte. Unter jungen Geheimdienstrekruten herrscht aus falsch verstandener Männlichkeit oft die verbreitete Unsitte, sich über das Gefühl der Angst lustig zu machen. Erfahrene Agenten wissen hingegen, daß Furcht der größte Verbündete sein kann und daß man seine Instinkte keineswegs unterdrücken darf.

Und mein Instinkt sagte mir, daß meine hinzugewonnene Fähigkeit für Molly und mich eine große Gefahr bedeutete.

Nachdem ich ziemlich lange gewartet hatte, meldete sich erneut die rauchige Stimme der Frau in der Vermittlung: »Es tut mir leid, Sir, aber es meldet sich niemand. Soll ich Sie vielleicht mit der Intensivstation für Frühgeborene verbinden?«

»Ja, bitte«, rief ich ungeduldig.

Wieder meldete sich eine Frau, diesmal mit einem leichten spanischen Akzent. »Es tut mir leid, Mr. Ellison, aber Ihre Frau ist bereits fort.«

»Fort?«

»Ja. Nach Hause, vor etwa zehn Minuten.«

»Wie bitte?«

»Sie sagte, sie müsse dringend weg. Es handle sich um einen Notfall. Irgend etwas, das mit Ihnen zu tun habe. Ich dachte, Sie wüßten Bescheid.«

Mit klopfendem Herzen warf ich den Hörer auf die Gabel und rannte zum Fahrstuhl.

Der Regen prasselte aus dem düsteren, grauen Himmel herab und wurde von einem heftigen Wind vorangepeitscht. Die Passanten, die diesem Unwetter ausgesetzt waren, fanden weder in ihren Regenmänteln noch unter ihren vor den Böen umschlagenden Regenschirmen genügend Schutz.

Auch ich war schon nach der kurzen Strecke vom Taxi zur Eingangstür unseres Hauses bis auf die Haut durchnäßt. Obwohl es bereits dämmerte, brannte im Haus kein Licht. Seltsam.

Ich stürmte in die Eingangshalle. Welchen Grund konnte Molly gehabt haben, schon früher nach Hause zu wollen? Sie hatte doch heute Nachtdienst.

Das erste, was mich stutzig machte, war die Tatsache, daß die Alarmanlage ausgeschaltet war. Bedeutete das nicht, daß Molly im Haus war? Sie hatte an diesem Morgen das Haus nach mir verlassen und achtete jedesmal peinlich genau darauf, beim Weggehen die Alarmanlage einzuschalten, obwohl es bei uns eigentlich gar nichts zu stehlen gab.

Nachdem ich das Haus betreten hatte, fiel mir etwas anderes ins Auge: Mollys Aktentasche, die sie immer mit zur Arbeit nahm, lag hier in der Eingangshalle.

Also mußte sie zu Hause sein.

Ich schaltete ein paar Lampen ein und stieg leise die Treppe zu unserem Schlafzimmer hinauf. Es war dunkel. Keine Spur von Molly. Ich stieg eine weitere Treppe hinauf in einen noch nicht renovierten Raum, den Molly später als Arbeitszimmer nutzen wollte.

Auch hier nichts. Ich rief: »Mol!« Keine Reaktion. Ich spürte, wie ein Adrenalinstoß meinen Kreislauf beschleunigte und mich zu einer Reihe von hastigen Überlegungen anregte.

Falls sie nicht hier war, war es dann möglich, daß sie sich noch auf dem Weg befand? Und warum hatte sie nicht versucht, mich anzurufen?

»Molly!« rief ich, diesmal wesentlich lauter als zuvor.
Stille.
Das Herz schlug mir bis zum Hals, als ich die Treppen

wieder hinuntereilte und dabei noch weitere Lichtquellen einschaltete.

Nein, sie war weder im Wohnzimmer noch in der Küche.

»Molly!« brüllte ich.

Im Haus herrschte Grabesstille.

Und dann läutete das Telefon.

Mit einem Satz hatte ich den Hörer in der Hand und rief: »Molly?«

Aber es war nicht Molly, sondern eine männliche, mir unbekannte Stimme.

»Mr. Ellison?« Ein leichter Akzent, aber woher?

»Ja?«

»Wir müssen dringend miteinander sprechen.«

»Was zum Teufel habt ihr Schweine mit ihr gemacht?« explodierte ich. »Was . . .«

»Bitte, Mr. Ellison, nicht am Telefon und nicht in Ihrem Haus.«

Ich zwang mich, langsamer zu atmen, um meinen Herzschlag wieder unter Kontrolle zu bringen.

»Mit wem spreche ich?« wollte ich wissen.

»Draußen. Wir müssen uns umgehend treffen. Glauben Sie mir, es ist für uns beide sicherer.«

»Wo zum Teufel . . .«, hob ich wieder an.

»Sie werden für alles eine Erklärung erhalten«, meldete sich die Stimme wieder. »Wir werden über alles reden . . .«

»Nein«, sträubte ich mich. »Ich will hier und jetzt wissen, wer Sie . . .«

»Hören Sie zu«, zischte die Stimme jetzt. »Am Ende des Häuserblocks steht ein Taxi. Darin wartet Ihre Frau auf Sie. Sie müssen den Block links hinunter . . .«

Aber ich wartete das Ende seiner Erklärungen nicht ab. Ich hatte den Hörer bereits zu Boden fallen lassen und stürmte zur Eingangstür.

9

Als ich aus dem Haus trat, war es bereits dunkel geworden. Der starke Regen war in ein so feines Nieseln übergegangen, daß er wie eine Nebelglocke über der beinahe leeren Straße hing.

Da war es – am Ende des Blocks: ein gelbes Taxi, keine hundert Meter entfernt. Aber warum am Ende des Blocks? Warum ausgerechnet dort?

Während ich loslief und immer schneller wurde, konnte ich auf der Rücksitzbank des Taxis die Silhouette eines Frauenkopfes erkennen: langes, dunkles Haar, aber keine Regung.

War das wirklich Molly?

Auf diese Entfernung war es unmöglich, sie zu erkennen. Aber sie konnte es zumindest sein, sie *mußte* es einfach sein! Wie, so fragte ich mich im Weiterlaufen, kam sie dorthin? Was war nur geschehen?

Aber irgend etwas stimmte nicht. Instinktiv wurde ich langsamer, bis ich mich nur noch im Schrittempo voranbewegte. Ich spähte nach allen Seiten, auf der Suche nach etwas Verdächtigem.

Was war das?

Normalerweise streben Passanten im Regen rasch nach Hause, wie es auch die meisten Leute, die ich auf der anderen Straßenseite sah, taten. Aber war da drüben nicht jemand, der eher schlenderte?

Sah ich jetzt wirklich schon Gespenster? Vielleicht wartete der Mann nur auf jemanden? Etwa auf mich?

Es war ein großer, schlanker Mann, der einen schwarzen oder dunkelblauen Mantel sowie eine dunkle, gestrickte Wollmütze trug.

Es schien, als beobachtete er mich. Dann trafen sich unsere Blicke für einen Sekundenbruchteil.

Sein Gesicht wirkte ungewöhnlich blaß, als wäre jede Farbe daraus gewichen. Seine Lippen waren nur dünne

Striche, genauso bleich wie das Gesicht. Unter seinen Augen nahm ich gelbliche Ringe wahr, die sich bis zu seinen Backenknochen hinzogen. Von seinem Haar, das er größtenteils unter der Wollmütze verbarg, war gerade nur zu erkennen, daß es weißblond war.

›*Beinahe ein Albino*‹, hatte Molly über den Mann gesagt, der sie im Krankenhaus aufgesucht hatte und alles von ihr erfahren wollte, was sie über Konten und Vermögen ihres Vaters wußte.

Die ganze Geschichte erschien mir immer merkwürdiger! Der Anruf, Molly, die angeblich im Taxi saß? All das stank zum Himmel. Und in den Jahren meines Agentenlebens hatte ich gelernt, verdächtige Dinge zu wittern, Zusammenhänge zu erkennen und ...

... und noch etwas erregte meine Aufmerksamkeit: ein schwaches Aufblitzen (von einem metallischen Gegenstand?), das ich auf der anderen Straßenseite im Schein einer Laterne gesehen zu haben glaubte.

Dann hörte ich ganz in meiner Nähe ein schwaches Geräusch, wie es Stoffe verursachen, die gegeneinander oder gegen Leder scheuern. Ich kannte das Geräusch, das sich für mich deutlich gegen die normale Geräuschkulisse auf der Straße abhob: ein Pistolenhalfter!

Im gleichen Augenblick, als ich mich auf den Gehsteig warf, hörte ich den Ruf einer tiefen Männerstimme: »Runter!« Dann schien die Hölle loszubrechen.

Die durch Schalldämpfer dumpf klingenden Schüsse von halbautomatischen Pistolen vermischten sich mit dem Schreien panikartig fliehender Passanten und dem metallischen Kreischen, das die Geschosse beim Einschlag in die vor mir geparkten Fahrzeuge verursachten. Ich vernahm auch, daß irgendwo Bremsen quietschten und Glasscheiben zersprangen, wahrscheinlich aufgrund der Querschläger.

Ich ging in die Hocke und versuchte zu erspähen, woher die Schüsse kamen, während mein Verstand auf Hochtouren lief und Fluchtmöglichkeiten überdachte.

Von wo aus wurde ich unter Feuer genommen?

Ich konnte es nicht genau sagen. Von der anderen Straßenseite? Oder von der linken Seite? Ja, von dort, aus der Richtung, in der das Taxi stand.

Eine dunkle Gestalt rannte auf mich zu, ein weiterer Ruf, den ich allerdings nicht verstehen konnte, und dann wieder eine Geschoßsalve, die mich volle Deckung nehmen ließ. Diesmal schlugen die Kugeln in unmittelbarer Nähe ein. Ich spürte ein Brennen an meiner linken Wange und Schmerzen an meinem Kinn, da mir dort der Asphalt beim Hinwerfen die Haut abgeschürft hatte. Dann bemerkte ich ein Stechen an meinem Oberschenkel, was ich jedoch nicht weiter beachtete, da im gleichen Augenblick die Windschutzscheibe des Wagens zersplitterte, hinter dem ich mich verbarg.

Ich saß in der Falle, denn offensichtlich waren meine unerkannten Angreifer näher an mich herangekommen, und ich selbst war unbewaffnet. Verzweifelt kroch ich unter das Auto vor mir, und schon folgte der nächste Geschoßhagel, dann ein Todesschrei, das Quietschen von durchdrehenden Reifen und schließlich: Stille.

Absolute Stille. Das Feuer war mit einem Schlag eingestellt worden.

Unter dem Auto liegend, konnte ich nur einen Lichtfleck auf der anderen Straßenseite ausmachen. In der Mitte des Lichts lag der Körper eines Mannes, dessen mir zugewandter Hinterkopf nur noch aus einem entsetzlichen Brei von Blut und Knochensplittern bestand.

Handelte es sich um den blonden Burschen, den ich ein paar Sekunden zuvor erkannt hatte?

Nein! Beim zweiten Hinsehen erkannte ich sofort, daß der Tote von kleinerer Statur und kräftiger gebaut war.

Um mich herum war es nun still, doch in meinen Ohren dröhnten noch immer die Schüsse. Und noch immer lag ich dicht an den Boden gepreßt und war von der Furcht erfüllt, die kleinste Bewegung könnte meine Position verraten.

Und dann hörte ich meinen Namen.

»Ben!« rief die Stimme erneut, die mir irgendwie bekannt vorkam und jetzt nahe bei mir zu sein schien. Sie kam aus dem Fenster eines heranfahrenden Wagens.

»Ben, sind Sie in Ordnung?«

Ich wollte antworten, war aber nicht in der Lage, auch nur einen Laut von mir zu geben.

»Herr im Himmel«, hörte ich die Stimme rufen, »hoffentlich hat er nichts abbekommen.«

»Hier«, brachte ich endlich über meine Lippen. »Hier bin ich.«

10

Ein paar Minuten später fand ich mich leicht benommen im hinteren Teil eines gepanzerten Vans wieder.

Vor mir in der Fahrerkabine, von der ich durch eine Glasscheibe getrennt war, erkannte ich hinter dem uniformierten Fahrer einen alten Bekannten: Charles Rossi. Die Innenausstattung der Großraumlimousine, so bemerkte ich jetzt, war vom Feinsten; angefangen beim Fernsehgerät über die Kaffeemaschine bis hin zum Faxgerät war alles vorhanden.

»Es freut mich, daß Sie wohlauf sind, Ben«, drang Rossis metallisch klingende Stimme per Lautsprecher an mein Ohr. Allem Anschein nach mußte die Trennscheibe zwischen uns schalldicht sein. »Wir müssen dringend miteinander reden!«

»Was zur Hölle war da eben los?« fragte ich verwirrt.

»Mr. Ellison«, erklärte er matt, als versuchte er einem ungelehrten Schüler zum wiederholten Male etwas beizubringen, »man trachtet Ihnen nach dem Leben. Schließlich ist dies alles kein Kinderspiel.«

Seltsamerweise empfand ich gar keine Wut auf ihn. Sollte ich von dem Überfall noch so mitgenommen sein? Von dem Schock, den Mollys Verschwinden bei mir ausgelöst hatte? Ich spürte nicht mehr als eine eher distanzierte Verwunderung über die jüngsten Ereignisse und eine Art Unbehagen, daß etwas nicht so war, wie es sein sollte. Aber seltsamerweise war ich nicht wütend oder auf irgendeine Weise aufgebracht.

»Wo ist Molly?« fragte ich.

Rossi seufzte. »Sie ist in Sicherheit. Sie können sich darauf verlassen.«

»Sie haben sie?« hakte ich nach.

»Ja!« antwortete Rossi wie aus weiter Ferne. »Sie ist bei uns.«

»Was haben Sie mit ihr gemacht?«

»Sie werden sie bald zu sehen bekommen, Ben. Das verspreche ich Ihnen«, versicherte er mir. »Sie werden dann verstehen, daß alles nur zum Schutz Ihrer Frau geschah.«

Was er sagte, klang beruhigend, vernünftig und plausibel. »Ihre Frau ist in Sicherheit«, wiederholte Rossi. »Und es wird nicht lange dauern, bis Sie sie wiedersehen werden. Sie steht unter unserem Schutz. Sie werden sehen, in ein paar Stunden können Sie mit ihr sprechen.«

»Wer hat versucht, mich umzubringen?«

»Das wissen wir nicht.«

»Sie wissen überhaupt nicht sehr viel, stimmt's?«

Wieder seufzte Rossi. »Wir können noch nicht sagen, ob es jemand von unseren eigenen Leuten war oder jemand anderes.«

Einer von unseren eigenen Leuten? Meinte er die CIA? Oder jemanden aus der Regierung? Wieviel wußten diese Leute überhaupt über mich?

Ich probierte, die Wagentür zu öffnen, mußte aber feststellen, daß sie von außen verschlossen war.

»Bitte lassen Sie das, und unternehmen Sie keinen Fluchtversuch«, sagte Rossi. »Ich bitte Sie darum. Sie sind viel zu wertvoll für uns. Schon deswegen möchte ich nicht, daß Sie sich verletzen.«

Der Wagen hatte sich inzwischen in Bewegung gesetzt, aber ich bekam merkwürdigerweise irgendwie nicht richtig mit, wohin wir fuhren. Ich hatte aber doch vorher etwas anderes mitbekommen? Richtig ... den Stich im Bein.

»Ich bin von irgend etwas getroffen worden«, sagte ich.

»Wie? Sie sehen doch völlig unversehrt aus, Ben.«

»Nein! Ich weiß, daß ich getroffen wurde.«

Ich tastete nach unten und stieß auf eine taube Stelle am rechten Oberschenkel. Daraufhin öffnete ich den Gürtel und zog meine Hose aus. Schließlich fand ich die Einstichstelle: einen kleinen, dunklen Punkt, um den herum die Haut entzündet war. Da ich keinen Pfeil gefunden hatte, konnte es sich nicht um eine hypodermatische Nadel gehandelt haben. »Wie haben Sie es hingekriegt, mir das Zeug unter die Haut zu spritzen?« fragte ich Rossi.

»Was meinen Sie, Ben?«

Wir fuhren den Storrow Drive entlang und bogen in eine Spur ein, die auf den Highway führte.

Ketamin, dachte ich.

Ich mußte wohl laut gesprochen haben, denn wieder meldete sich Rossis metallisch klingende Stimme: »Hm?«

Hatten sie mir eine Benzodiazepin-Lösung injiziert? Nein, es schien mir eher Ketamin-Hydrochlorid zu sein; ein normalerweise vor allem bei Tieren eingesetztes Betäubungsmittel.

Die CIA benutzte diese Substanz gelegentlich dazu, ›unwillige Gäste‹ ein wenig zu beruhigen. Das Mittel rief einen seltsamen Zustand hervor, in dem man zum Beispiel noch fähig war, Schmerzen *wahrzunehmen*, sie aber nicht mehr als solche zu *fühlen*. Es war so, als würde die Bedeutung des Wahrgenommenen von der Wahrnehmung selbst getrennt.

Bei richtiger Dosierung blieb man durchaus bei klarem Verstand, ließ aber dennoch gleichgültig und duldsam alles Mögliche über sich ergehen. Kurz und gut: Wenn man jemanden dazu bringen will, etwas zu tun, das er normalerweise nicht tun würde, dann ist das die für diesen Zweck perfekt geeignete Droge.

Wieder warf ich einen Blick auf die Straße. Wir waren jetzt in der Nähe des Flughafens. Träge fragte ich mich, was sie wohl mit mir vorhatten, aber, ehrlich gesagt, es war mir im Moment ziemlich egal.

Es sah nicht danach aus, als ob es furchtbar unangenehm werden würde. Jedenfalls nicht allzu unangenehm.

Irgendwo tief in mir rief zwar ein warnendes Stimmchen, ich solle versuchen, aus dem Wagen zu springen und zu fliehen. Aber es wurde von einer lauteren und kräftigeren Stimme übertönt, die beruhigend verkündete, daß alles in bester Ordnung sei.

Wahrscheinlich sollte ich nur noch einmal von Charles Rossi getestet werden. Dann würde alles erledigt sein. Schließlich gab es ja nichts Wertvolles, was sie von mir hätten erfahren können. Und falls sie vorgehabt hätten, mich umzubringen, dann hätten sie dazu bereits zahlreiche Möglichkeiten gehabt.

Aber solche Befürchtungen waren überhaupt unnötig, idiotisch, paranoid. Alles war in Ordnung.

Als ich merkte, daß Rossi mit mir sprach, hörte er sich an, als befände er sich Hunderte von Meilen entfernt.

»Wenn ich an Ihrer Stelle wäre und das hinter mir hätte, was Sie hinter sich haben, dann würde ich genauso empfinden. Sie glauben, daß es niemand außer Ihnen und Ihrer Frau weiß, nicht wahr? Sie glauben es ja noch nicht einmal selbst so richtig. Einerseits geraten Sie manchmal geradezu in eine Hochstimmung, wenn Sie sich bewußt werden, über welche Macht Sie nun verfügen, und andererseits fürchten Sie sich davor, womöglich Ihren Verstand zu verlieren.«

»Ich habe nicht die geringste Vorstellung, wovon Sie eigentlich reden«, wehrte ich ab, aber meine Worte erschienen mir selbst platt und wenig überzeugend, so als hätte ich sie auswendig gelernt.

»Ben, es wäre für uns alle viel einfacher, wenn wir zusammen- und nicht gegeneinander arbeiteten.«

Ich erwiderte nichts.

Eine Zeitlang herrschte Schweigen. Dann sprach Rossi erneut. »Wir haben die Möglichkeit, Sie zu schützen. Und Sie werden Schutz nötig haben, denn es gibt leider einige, die wissen, daß Sie an dem Experiment teilgenommen haben.«

»Experiment?« fragte ich. »Sie meinen den Test mit Ihrem Super-Lügendetektor?«

»Die Chance war nur eins zu tausend, allenfalls eins zu hundert, daß sich bei Ihnen der gewünschte Effekt einstellen würde. Allerdings hatten wir Anlaß, optimistisch zu sein, denn nach gründlichem Studium Ihrer medizinischen Unterlagen stellten wir fest, daß Sie über optimale Voraussetzungen verfügen. Ihr hoher Intelligenzquotient, Ihr psychisches Profil und Ihr eidetisches Gedächtnis. Genau das, was wir suchten.«

Gedankenverloren folgte ich mit einem Finger dem Muster auf dem Ledersitz neben mir.

»Wissen Sie eigentlich, daß Sie zu unvorsichtig waren?« fragte mich Rossi. »Aber selbst jemand mit Ihren Erfahrungen kann einmal unaufmerksam sein.«

Alle noch intakten Alarmglocken begannen in mir zu läuten, und ich empfand ein unangenehmes Gefühl, als ob sich meine Nackenhaare aufrichteten. Aber dennoch blieb mein träger Geist von meinen körperlichen Instinkten völlig unbeeindruckt und verharrte in dumpfer Gelassenheit.

»...daß alle Telefongespräche in Ihrem Büro und in Ihrem Haus aufgezeichnet wurden, was übrigens wegen Ihrer möglichen Verstrickung in den Skandal der First Commonwealth Bank völlig legal war«, vernahm ich wieder Rossis Stimme. »Außerdem waren überall Wanzen angebracht worden. Sie hatten wirklich keine Chance.«

Ich schüttelte nur wortlos den Kopf.

»Ich brauche Ihnen nicht zu sagen, daß wir alle gesprochenen Äußerungen abgehört und analysiert haben. Und Sie waren in mancher Hinsicht ganz schön unvorsichtig, sowohl bei Ihrem Treffen mit Kornstein und den anderen als auch bei den Gesprächen mit Ihrer Frau. Ich meine das allerdings nicht als Vorwurf, denn Sie hatten keinen Grund zu glauben, daß irgend etwas nicht in Ordnung war. Schließlich arbeiteten Sie nicht mehr als Agent unter Einsatzbedingungen.«

Ich nahm meinen Kopf zwischen die Knie, um die Durchblutung meines Gehirns zu fördern, aber ich fühlte mich danach nur noch benommener. Die Scheinwerfer der entgegenkommenden Fahrzeuge strahlten für mein Empfinden viel zu hell und drehten sich vor meinen Augen.

Rossis Stimme nahm nun einen besorgten Klang an: »Andererseits hatte Ihre mangelnde Vorsicht auch ihr Gutes. Denn wenn wir nicht über jeden Ihrer Schritte so genau informiert gewesen wären, dann hätten wir Sie vielleicht nicht mehr rechtzeitig von der Straße aufsammeln können.«

Ich unterdrückte ein Gähnen und legte meinen Kopf nach hinten in den Nacken. »Alex«, sagte ich, brach aber wieder ab.

»Es tut mir leid, daß wir so vorgehen mußten und Sie ein wenig ruhiggestellt haben«, fuhr Rossi fort. »Aber wir mußten Sie gewissermaßen vor sich selbst schützen. Sie werden später, wenn die Wirkung nachgelassen hat, sicherlich Verständnis dafür aufbringen. Glauben Sie mir, wir stehen auf Ihrer Seite. Wir haben gewiß kein Interesse daran, daß Ihnen etwas zustößt. Schon deshalb nicht, weil wir auf Ihre Zusammenarbeit angewiesen sind. Aber ich bin überzeugt davon, daß Sie mit uns kooperieren werden, sobald Sie wissen, worum es geht.«

»Sie werden wohl kaum meinen Rat als Anwalt wollen«, murmelte ich.

»Einige sehr gute Leute setzen große Hoffnungen in Sie, Ben!«

»Rossi«, fing ich wieder an, aber meine Stimme wurde immer undeutlicher, da Mund und Zunge kaum noch bereit waren, Bewegungen auszuführen. »Sie waren ... der Leiter ... des CIA-Projekts ... das Orakel-Projekt ...«

»Sie sind für uns wirklich sehr wertvoll«, sagte Rossi. »Wir werden alles in unserer Macht Stehende tun, damit Ihnen niemand ein Haar krümmt.«

»Was soll ... die Heimlichtuerei?« brachte ich mit Mühe über die Lippen.

»Sie kennen doch die goldene Regel in unserer Branche«, antwortete er. »Die Rechte darf nicht wissen, was die Linke tut. Außerdem könnte es für Sie sehr gefährlich werden, zu viel zu wissen. Sie könnten sogar für uns alle eine Gefahr werden. Deswegen ist es besser, wenn Sie so wenig wie möglich erfahren.«

In diesem Moment hielten wir an einem nicht näher gekennzeichneten Terminal des Flughafens.

»In ein par Minuten wird Sie eine Maschine auf die Andrews Air Force Base bringen«, erklärte Rossi. »Sie sollten die Zeit zum Schlafen nutzen.«

»Warum ...«, sagte ich, konnte den Satz aber nicht mehr zu Ende bringen.

»Bald«, hörte ich noch von Rossi, »bald werden Sie alles verstehen.«

11

Das letzte, woran ich mich erinnern konnte, war das Gespräch, das ich in dem Van mit Charles Rossi geführt hatte. Immer noch reichlich benommen, fand ich mich jetzt plötzlich in einer kahlen Flugzeugkabine wieder, die offensichtlich zu einer Militärmaschine gehörte. Langsam wurde mir bewußt, daß ich liegend an eine Art Bahre oder Liege gefesselt sein mußte, da ich mich nicht richtig bewegen konnte.

Falls Rossi auch an Bord war, so war er nicht zu sehen – jedenfalls nicht aus meiner Perspektive. Nicht allzu weit von mir entfernt saßen einige uniformierte Männer. Um mich zu bewachen? Was stellten sie sich vor? Daß ich in dreitausend Meter Höhe einen Fluchtversuch unternehmen würde? Hatten die immer noch nicht bemerkt, daß ich unbewaffnet war?

Das Ketamin wirkte noch immer, denn selbst zu diesem Zeitpunkt konnte ich noch nicht klar denken. Nichtsdestoweniger gab ich mir die größte Mühe, es wenigstens zu versuchen.

Ziel des Fluges war die Andrews Air Force Base. Vielleicht sollte ich in das CIA-Hauptquartier gebracht werden. Nein, das war unwahrscheinlich. Rossi wußte von meiner Fähigkeit, Gedanken zu lesen, und hätte mich überallhin bringen lassen, aber nicht nach Langley. Er wußte offensichtlich auch sehr gut, wozu ich *nicht* in der Lage war: Gedanken anderer Menschen durch Glas oder auf größere Distanz als einen Meter wahrzunehmen. Das aber ließ nur den Schluß zu, daß Rossi bereits zuvor an anderen Versuchskaninchen Erfahrungen gesammelt hatte.

Aber verfügte ich überhaupt noch über mein telepathisches Vermögen? Wie kurzlebig war es? Vielleicht war es inzwischen genauso schnell wieder verschwunden, wie es sich meiner bemächtigt hatte.

Als ich mich auf meinem Lager herumwälzte, wobei ich mich gegen die Gurte stemmen mußte, wandten mir die Wachsoldaten ihre Gesichter zu.

Ob die Frau in dem Taxi wirklich Molly gewesen war? Rossi hatte mir mehrfach versichert, daß sie wohlauf und zu einem sicheren Ort gebracht worden sei. Aber in einem Taxi, das auf offener Straße geparkt hatte? Wahrscheinlich hatte es sich dabei nur um einen Lockvogel gehandelt, um mich zu ködern. Aber wer hatte den Hinterhalt gelegt, wenn nicht Rossis Leute? Die ›anderen‹, jene ohne Namen und Gesicht?

Wer sollten diese ›großen Unbekannten‹ sein?

»He«, krächzte ich mit Mühe, woraufhin sich einer der Soldaten erhob und näher kam (aber nicht *zu* nahe, wie ich bemerkte).

»Was kann ich für Sie tun?« fragte er höflich. Er war groß und kräftig gebaut und mochte Anfang Zwanzig sein.

Ich drehte meinen Kopf in seine Richtung und sah ihm in die Augen. »Mir ist schlecht«, rief ich.

Er zog die Augenbrauen zusammen. »Leider lauten meine Befehle . . .«

»Ich muß mich gleich übergeben«, unterbrach ich ihn. »Die verdammten Drogen. Ich sag's Ihnen nur, damit Sie Bescheid wissen und sich an Ihre Scheißbefehle halten können.«

Er blickte sich zu seinen Kameraden um. Einer von ihnen runzelte die Stirn und schüttelte dann den Kopf.

»Tut mir leid«, sagte der junge Soldat. »Aber soll ich Ihnen vielleicht ein Glas Wasser holen oder etwas anderes?«

Ich stöhnte. »Wasser? Was soll ich damit? Es muß doch hier irgendwo eine Toilette geben.«

Er ging zu den anderen zurück und besprach sich flüsternd mit ihnen, bis sie sich offensichtlich zu einer Entscheidung durchgerungen hatten.

»Tut uns leid, Kumpel. Aber wir können dir höchstens eine Schüssel anbieten. Das ist das Äußerste, was wir für dich tun können«, rief mir der junge Soldat zu.

Ich zuckte die Achseln, soweit das die Gurte erlaubten: »Wenn ihr's nicht anders haben wollt!«

Er ging zum vorderen Teil der Kabine und kehrte kurz darauf mit einem Gegenstand zurück, der wie eine Aluminium-Bettpfanne aussah.

Ich gab mir die größte Mühe, Übelkeit zu simulieren, indem ich stöhnte, hustete und würgte, während der junge Soldat angeekelt mit der Schüssel neben meinem Kopf kniete.

»Ich hoffe, Sie werden für Ihren Job angemessen bezahlt«, sagte ich.

Er erwiderte nichts.

Unterdessen bemühte ich mich, mein von Ketamin umnebeltes Gehirn auf seine Gedanken zu konzentrieren, denn sein Kopf befand sich nicht mehr als einen halben Meter von meinem entfernt.

...ihn auf keinen Fall mißhandeln..., hörte ich plötzlich.

Ich lächelte, denn ich konnte mir zusammenreimen, was er damit meinte.

Ich hustete wieder.

Dann, ein paar Sekunden später *...was immer er auch getan haben mag... nicht unser Bier... schließlich erzählen sie uns nie, was los ist... vielleicht irgend so 'ne Spionagesache... sieht aber nicht so aus... der Typ wirkt eher wie 'n gottverdammter Rechtsverdreher...*

»Ich glaube, Ihnen ist überhaupt nicht schlecht«, sagte der Soldat und zog die Aluminiumschüssel für ein paar Sekunden weg.

»Es geht mir wieder etwas besser«, sagte ich, »aber stellen Sie die verdammte Schüssel bloß nicht zu weit weg.«

Immerhin hatte ich auf diese Weise zwei Dinge herausbekommen: erstens, daß meine telepathischen Wahrnehmungen noch immer funktionierten, und zweitens, daß ich von diesem Burschen nichts weiter erfahren würde, da ihn seine Vorgesetzten offensichtlich nicht darüber informiert hatten, wer ich war und was man mit mir vorhatte.

Ich machte es mir daher so bequem wie möglich und döste nach ein paar Minuten wieder ein.

Als ich das nächste Mal erwachte, befand ich mich im Fond einer Chrysler-Limousine, an deren Steuer ein großgewachsener Enddreißiger mit Bürstenhaarschnitt saß.

Bei einem Blick aus dem Seitenfenster erkannte ich, daß wir uns wahrscheinlich irgendwo in einer ländlichen Gegend Virginias befanden. Zuerst fragte ich mich, ob der

Fahrer mich nicht doch über abgelegene Schleichwege nach Langley bringen sollte, aber dann bemerkte ich bald, daß wir uns in eine ganz andere Richtung bewegten.

Wir durchfuhren ein Gebiet, in dem die CIA eine Anzahl von privaten Wohnhäusern unterhielt, um dort zum Beispiel Agententreffs abzuhalten oder Überläufer einzuquartieren und zu verhören. Manchmal handelte es sich dabei um einzelne Apartments, die mitten in der Stadt in großen, anonymen Wohnanlagen untergebracht waren. Weit häufiger aber waren es unscheinbare, verlassene kleine Farmen, die nur für ein paar Monate angemietet wurden, einfach eingerichtet waren und in deren Kühlschränken genügend Wodka und Wermut eingelagert war, um es dort ein paar Tage auszuhalten.

Zehn Minuten später bogen wir in einen Weg ab, der uns zu einem Grundstück führte, das mit einem etwa fünf Meter hohen und möglicherweise unter Strom stehenden Metallzaun umgeben war. Das hier sah jedenfalls keineswegs nach einer abbruchreifen Farm aus, sondern eher nach einem Hochsicherheitstrakt. Als wir uns zwei mächtigen, mit Verzierungen versehenen Eisentoren näherten, öffneten sich diese automatisch. Sie gaben den Weg auf eine bogenförmige Auffahrt zu einem herrschaftlichen, im letzten Jahrhundert erbauten Backsteingebäude frei, das in der Dunkelheit recht unheimlich wirkte und nichts Gutes zu verheißen schien. Licht drang aus verschiedenen Zimmern in beiden Stockwerken und aus einem großen Raum im Parterre, dessen Vorhänge zugezogen waren. Darüber hinaus beleuchteten Scheinwerfer die Außenfront des Gebäudes. Mir schoß seltsamerweise als erstes die Frage durch den Kopf, was der Unterhalt dieser fürstlichen Residenz die CIA kosten mochte.

»Wir sind da, Sir«, sagte der Fahrer in jenem leicht näselnden Ton, der so typisch für viele Regierungsangestellte war, die aus den ländlichen Regionen Virginias stammten.

»Schön«, erwiderte ich. »Dann nochmals vielen Dank fürs Mitnehmen.«

Er nickte, ohne die Miene zu verziehen. »Ich wünsche Ihnen alles Gute, Sir.«

Ich stieg aus dem Wagen und folgte zögernd dem mit Steinplatten ausgelegten Weg zum Haus. Als ich die Eingangstür fast erreicht hatte, schwang diese auf.

Teil III

Kein Entrinnen

THE WALL STREET JOURNAL

CIA in der Krise

Vertraulichen Berichten zufolge ist mit einer baldigen Ernennung des neuen CIA-Chefs durch den Präsidenten zu rechnen.

Einige Überlegungen, ob ein neuer Besen auch gut kehren kann.

Ist der Geheimdienst außer Kontrolle?

VON MICHAEL HALPERN
REPORTER BEIM WALLSTREET JOURNAL

Während in Washington häßliche Gerüchte die Runde machen, daß die CIA in umfangreiche kriminelle Aktivitäten verstrickt ist, wird damit gerechnet, daß der Präsident in Kürze den neuen Direktor der Behörde ernennen wird.

Die Spekulationen konzentrieren sich zunehmend auf einen langjährigen und verdienstvollen Mitarbeiter des Nachrichtendienstes: Alexander Truslow, der sowohl beim Kongreß als auch in der CIA einen ausgezeichneten Ruf genießt.

Viele Beobachter bezweifeln jedoch, daß Truslow in der Lage sein wird, die beinahe unlösbar scheinende Aufgabe zu bewältigen, eine Organisation zu führen, die nach einer verbreiteten Ansicht völlig außer Kontrolle geraten ist.

1

Es hätte mich eigentlich nicht allzu sehr überraschen dürfen, von dem Mann im Rollstuhl begrüßt zu werden, als ich in das weitläufige und elegant eingerichtete Herrenzimmer geführt wurde. James Tobias Thompson III war stark gealtert, seit ich ihn das letztemal in Paris gesehen hatte – an dem Ort, wo eine wundervolle Frau ihr Leben und ein mutiger Mann seine Bewegungsfreiheit verloren hatten.

»Guten Abend, Ben«, begrüßte mich Toby.

Seine Stimme klang wie ein heiseres Krächzen und war kaum zu verstehen. Toby war Ende Sechzig und machte in seinem edlen Anzug und mit den blankpolierten Schuhen nach wie vor einen eleganten Eindruck. Sein Haar, das er für einen Mann seines Alters und vor allem für einen CIA-Veteranen ein wenig zu lang trug, war voll und schneeweiß. Ich erinnerte mich daran, daß es damals in Paris noch tiefschwarz gewesen war und nur an den Schläfen erste Spuren von Grau gezeigt hatte. Seine braunen Augen blickten würdevoll, machten aber zugleich einen matten, niedergeschlagenen Eindruck.

Toby hielt mit seinem Rollstuhl vor einem großen, gemauerten Kamin, in dem lächerlicherweise künstliche Flammen loderten. Lächerlich daran war vor allem die Tatsache, daß in dem Raum, der etwa fünfzehn Meter breit, dreißig Meter lang und sieben Meter hoch war, durch die Klimaanlage eine unangenehm kühle Temperatur herrschte. Ich mußte damals unwillkürlich an Richard Nixon denken, von dem es hieß, daß auch er in seinem Oval Office selbst mitten im Hochsommer ein prasselndes Kaminfeuer liebte.

»Toby«, sagte ich nur und näherte mich ihm langsam, um ihm die Hand zu schütteln. Aber er deutete auf einen Sessel, der gut und gern zehn Meter von ihm entfernt stand.

Ebenfalls in der Nähe des Kamins hatte es sich Charles Rossi in einem großen Ohrensessel bequem gemacht. Nicht weit von ihm entdeckte ich außerdem zwei junge Männer, die auf einem kleinen Damast-Sofa saßen. Die billigen dunkelblauen Anzüge, die die beiden trugen, waren seit jeher das Markenzeichen der CIA-Sicherheitsbeamten. Mit an Sicherheit grenzender Wahrscheinlichkeit waren sie bewaffnet.

»Ich danke dir, daß du gekommen bist«, sagte Toby.

»Oh, du solltest nicht mir danken«, erwiderte ich, wobei ich einen bitteren Unterton vermied, »sondern Mr. Rossis Leuten – und den CIA-Chemikern.«

»Es tut mir wirklich leid«, sagte Toby. »Aber da ich dich und dein Temperament kenne, sah ich keinen anderen Weg, dich hierher zu bekommen.«

»Sie machten schließlich kein Hehl daraus, daß Sie unter keinen Umständen mit uns zusammenarbeiten wollen«, mischte sich Rossi ein.

»Na schön«, sagte ich. »Ihre Droge macht einen wirklich willenlos. Haben Sie jetzt etwa vor, mich damit auf einen Trip zu schicken, um mich auf diese Weise zur Mitarbeit zu bewegen?«

»Ich gehe davon aus, daß Sie sich sehr viel eher kooperativ zeigen werden, wenn Sie in alles eingeweiht sind. Sollte das nicht der Fall sein, dann können und werden wir Sie nicht zwingen.«

»Also schießen Sie los.«

Der mir zugewiesene Sessel schien so aufgestellt worden zu sein, daß ich sowohl Toby als auch Rossi im Blick hatte und mit ihnen sprechen konnte. Allerdings war der räumliche Abstand zu den beiden sehr groß.

»Diesmal hat sich die CIA aber wirklich nicht knausrig gezeigt und euch beiden ein durchaus standesgemäßes Häuschen angemietet«, bemerkte ich leicht ironisch.

»Eigentlich gehört es einem ehemaligen Mitarbeiter«, verriet Toby lächelnd. »Erzähle, Ben, wie ist es dir in der Zwischenzeit ergangen?«

»Danke, Toby, ich kann mich nicht beklagen. Und wie steht's mit dir? Du siehst gut aus.«

»So gut, wie man es den Umständen entsprechend erwarten kann.«

»Es tut mir leid, daß ich in all den Jahren nie eine Chance hatte, mit dir zu reden«, sagte ich, während mich Rossi schweigend betrachtete.

Toby zuckte die Achseln und lächelte, als hätte ich einen absurden Gedanken geäußert. »So lauten eben die Spielregeln. Wir beide haben sie nicht erfunden, wir müssen sie jedoch wohl oder übel befolgen.«

»Ich kann dir nicht sagen, wie sehr ich . . .« setzte ich erneut an.

»Ben!« unterbrach mich Toby. »Du brauchst nicht weiterzureden. Ich gebe dir keine Schuld an dem, was geschehen ist. Solche Dinge sind unvorhersehbar und geschehen eben. Außerdem ist das, was mir zugestoßen ist, nichts gegen den Verlust, den *du* durch Lauras Tod erlitten hast.«

Wir verfielen beide in Schweigen.

Schließlich nahm ich nach einiger Zeit das Gespräch wieder auf. »Molly . . .«

Toby hob eine Hand, um mich zu beruhigen. »Sie ist wohlauf«, sagte er, »und du – dank Charles und seinen Leuten – glücklicherweise auch.«

»Ich glaube, ich habe eine kleine Erklärung verdient«, erwiderte ich ohne Schärfe.

»Das hast du, Ben«, stimmte Toby zu. »Ich möchte allerdings vorausschicken, daß es diese Unterredung zwischen uns offiziell niemals gegeben haben wird. Es gibt auch keinerlei Aufzeichnungen über deinen Flug nach Washington, und der Bericht der Bostoner Polizei über eine Schießerei in der Marlborough Street ist spurlos verschwunden. Ich baue bei all dem stillschweigend auf dein Einverständnis.«

Ich nickte zustimmend.

»Ich möchte mich bei dir auch dafür entschuldigen, daß wir deinen Sessel so weit von uns entfernt plaziert haben«, fuhr er fort. »Auch das ist, wie du sicher verstehen wirst, eine simple Sicherheitsmaßnahme.«

»Nur dann, wenn du etwas vor mir zu verbergen hast«, widersprach ich.

Rossi lächelte in sich hinein und erklärte dann: »Dies hier ist eine ausgesprochen heikle Situation, die wir in keiner Weise vorausgeplant haben. Wie ich Ihnen bereits auseinandergesetzt habe, ist eine gewisse räumliche Distanz zwischen uns das einzige Mittel, um sicherzustellen, daß Sie nicht mehr erfahren, als absolut notwendig ist. Nur so können wir gewährleisten, daß die ganze Operation nicht gefährdet wird.«

»Und um was für eine Operation handelt es sich?« fragte ich ruhig.

Ich vernahm ein leises mechanisches Surren, als Toby seinen Rollstuhl so ausrichtete, daß er mir gerade ins Gesicht sehen konnte. Dann sprach er mit leiser Stimme, so als würden ihn seine Worte sehr viel Kraft kosten.

»Alex Truslow hatte dich angeheuert, weil du für ihn arbeiten solltest. Dann kam Charles ins Spiel, und ich wünschte aufrichtig, er hätte dich nicht so hinter's Licht geführt, wie es nun geschehen ist. Aber ich bin sicher, daß es ihm selbst am meisten leid tut.«

Rossi lächelte nur.

»Es ist ein totes Rennen, Ben«, sagte Toby. »Wir verfolgen dasselbe Ziel wie Alex. Wir benutzen nur andere Mittel. Und bei der Bewertung dieser Mittel sollten wir nicht aus den Augen verlieren, daß wir es mit einer der bedeutsamsten und erregendsten Entwicklungen in der Geschichte der Menschheit zu tun haben. Ich bin mir sicher, Ben, daß du uns auf unserem Weg begleiten wirst, wenn du alles Nötige weißt. Solltest du dich jedoch wider Erwarten dagegen entscheiden, so kannst du als freier Mann gehen, wohin du willst.«

»Fangen wir an«, schlug ich vor.

»Unsere Wahl fiel bereits vor längerer Zeit auf dich, weil alles an dir unserem Anforderungsprofil entsprach: dein fotografisches Gedächtnis, deine Intelligenz und so weiter.«

»Ihr wußtet also, was mit mir geschehen würde?« unterbrach ich ihn.

»Nein«, widersprach Rossi. »Unsere früheren Versuche waren immer wieder gescheitert.«

»Moment mal«, hakte ich nach. »Wißt ihr überhaupt, wie das Ganze funktioniert?«

»Nur in groben Zügen«, gestand Toby. »Du hast jetzt die

Fähigkeit, sogenannte ENR zu empfangen, das sind extreme Niederfrequenzradiowellen, die das menschliche Gehirn produziert. Übrigens, hat jemand etwas dagegen, wenn ich rauche?« Er zog ein Päckchen Rothmans aus der Jackentasche, was mich daran erinnerte, daß Rothmans die einzige Marke war, die er damals in Paris geraucht hatte, und klopfte damit gege die Lehne seines Stuhles, um eine Zigarette herauszuholen.

»Selbst wenn ich etwas dagegen hätte, glaube ich nicht, daß mich der Rauch auf diese Entfernung stören würde«, erwiderte ich sarkastisch.

Er zuckte die Achseln und zündete sich die Zigarette an. Genußvoll blies er den Rauch durch die Nase und fuhr dann mit seinen Ausführungen fort. »Wir wissen, daß deine ... nennen wir es in Ermangelung eines besseren Begriffes: Fähigkeit, nicht abgenommen hat. Wir wissen auch, daß du nur Gedanken lesen kannst, die in Phasen intensiver Emotionen entstehen. Dieser Befund deckt sich mit Dr. Rossis Theorie, daß die Intensität der ENR in einem proportionalen Verhältnis zur Intensität der emotionalen Beteiligung steht, daß also die Stärke der jeweiligen Emotionen die Stärke des entsprechenden elektrischen Impulses beeinflußt.« Er nahm einen weiteren Zug aus seiner Zigarette. »Natürlich würde es uns sehr viel mehr interessieren, etwas von dir über deine eigenen Erfahrungen zu hören, als nur unser theoretisches Wissen auszutauschen.«

»Was hat euch zu der Annahme veranlaßt, das elektromagnetische Feld des Kernspintomographen könne den gewünschten Effekt bewirken?« fragte ich nach.

»Mit dieser Frage wendest du dich besser an Charles, denn auf diesem Gebiet bin ich nicht so zu Hause wie er«, stellte Toby fest. »Wie du vielleicht weißt – oder auch nicht weißt –, arbeite ich seit ein paar Jahren im Operationsstab.« Er meinte damit jene Abteilung der CIA, die den weltweiten Einsatz von Undercover-Agenten steuerte. »Dort bin ich als stellvertretender Leiter für das zuständig, was man gemeinhin mit ›Sonderaufgaben‹ bezeichnet.«

»Okay«, sagte ich, während mich ein unangenehmes Schwindelgefühl ergriff. »Vielleicht könnte mir einer der

Herren jetzt erklären, um welche Art von Sonderaufgabe oder Operation es sich hier handelt.«

Toby Thompson inhalierte ein letztes Mal und drückte den Zigarettenstummel dann in einem gläsernen Aschenbecher aus, der auf dem Eichentisch neben ihm stand. Er betrachtete kurz die blaue Rauchfahne, die sich in der Luft verlor, und wandte sich dann zu mir um.

»Was wir hier besprechen, unterliegt strengster Geheimhaltung«, sagte er nachdrücklich. »Und wie du dir vorstellen kannst, läßt sich das Ganze nicht in zwei Sätzen zusammenfassen. Aber ich will versuchen, den komplexen Sachverhalt in seinen Grundzügen darzustellen.«

2

»Die CIA«, sagte Toby, den Blick in die Ferne gerichtet, »beschäftigt sich bereits seit längerem mit, sagen wir vielleicht, etwas ›exotisch‹ anmutenden Techniken der Spionage und Gegenspionage. Und damit meine ich nicht nur solche genialen Erfindungen wie den ›Bulgarischen Regenschirm‹, dessen winzige Giftgeschosse aus einer Platin-Iridium-Legierung so manchen Regimekritiker ins Jenseits befördert haben. Ich weiß nicht, wieviel du während deiner aktiven CIA-Zeit von diesen Dingen mitbekommen hast, Ben?«

»Nicht allzuviel«, gestand ich.

»Unser Team hat dich natürlich bei deinen Recherchen in der Bostoner Stadtbibliothek beobachtet. Also hast du zumindest einen groben Überblick, was den Kenntnisstand der Öffentlichkeit angeht. Die Dinge, die sich hinter verschlossenen Türen ereignet haben, sind allerdings sehr viel interessanter.

Dazu muß ich eines vorausschicken: Die Regierung hält die meisten ihrer Projekte nur deshalb geheim, weil sie Angst hat, sich mit ihnen in aller Öffentlichkeit lächerlich zu machen. So einfach ist das. Vor allem in einer Gesellschaft wie der unsrigen, in einem Land wie den USA, das sich einen kompromißlosen Pragmatismus auf die Fahnen geschrieben hat. Nun ja, kurz und gut, ich denke, die Gründerväter der CIA haben richtig erkannt, daß ihr größtes Risiko nicht in einem Aufruhr, sondern in einem Hohngelächter der amerikanischen Bevölkerung besteht.«

Ich nickte zustimmend und mußte unwillkürlich lächeln. Vor der Tragödie in Paris waren Toby und ich gute Freunde gewesen, und ich hatte an ihm schon immer seinen trockenen Humor geschätzt.

»Deshalb«, fuhr er fort, »haben überhaupt nur eine Handvoll leitender Beamter jemals mitbekommen, daß die CIA auf diesem Gebiet Forschungen betrieb.

Wie du ja zweifellos weißt, sind bereits gegen Ende der

20er Jahre in Harvard parapsychologische Experimente durchgeführt worden, und zwar seriöse Experimente von seriösen Wissenschaftlern. Sie wurden jedoch von der Fachwelt niemals mit dem gebührenden Ernst beachtet.« Ein mattes Lächeln zeigte sich auf seinen Zügen. »Das scheint das Schicksal wissenschaftlicher Revolutionen zu sein. Natürlich ist die Welt eine Scheibe, wir haben sie immer für eine Scheibe gehalten, was denn auch sonst?

Die ersten Grundlagenforschungen wurden von einem Mann namens Joseph Banks Rhine Ende der 20er und Anfang der 30er Jahre betrieben. Du kennst bestimmt seine berühmten Symbolkarten.«

»Hm?« murmelte ich.

»Du weißt schon, Karten mit fünf Symbolen: Quadrat, Dreieck, Kreis, Wellenlinie und gerade Linie. Die Testperson soll mittels ihrer telepathischen Fähigkeit erkennen, welche Karte der Testleiter jeweils gerade ansieht. Rhine und seine Schüler fanden heraus, daß zumindest einige wenige Leute in unterschiedlichem Maße über diese Fähigkeit verfügten. Noch deutlich mehr Menschen hätten zumindest die potentiellen Voraussetzungen für eine solche Gabe, bei ihnen blockiere jedoch das Bewußtsein eine wirkliche Entfaltung.

Seitdem haben eine ganze Reihe von Laboratorien Untersuchungen vieler parapsychologischer Phänomene betrieben. Zu nennen ist hier vor allem das von Dr. Rhine gegründete ›Institut zur Erforschung der menschlichen Natur‹, aber auch das ›William-C.-Menninger-Schlaflabor‹, das zum Maimonides-Klinikzentrum in Brooklyn gehört und einige interessante Ergebnisse auf dem Gebiet der Traum-Telepathie erzielt hat. Einige der Labors verdanken ihre Gründung dem ›Nationalen Institut für Psychologie und Psychiatrie‹, hinter dem die CIA steht.«

»Aber die CIA wurde doch erst – wann war es doch gleich? – 1949 gegründet«, wandte ich ein.

»Stimmt, aber dazu kommen wir später. Wie Material aus den CIA-Archiven dokumentiert, bestand bereits seit Anfang der 50er Jahre ernsthaftes Interesse an den theoretischen *Möglichkeiten*, die diese Forschungen beinhalten. Zuerst einmal ging es jedoch nur darum, für weitere Untersuchungen Personen zu finden, die über geeignete psychische Voraussetzungen verfügen. Allerdings schienen die ersten CIA-Bosse mehr darum bemüht, die Arbeit zu beeinträchtigen als zu fördern.«

»Aus Angst, sich lächerlich zu machen«, führte ich den Gedanken zu Ende. »Aber was mich besonders interessiert – wie, zum Teufel, ist die CIA mit den Testpersonen umgegangen? Ich meine, wenn die Betreffenden wirklich übersinnliche Fähigkeiten hatten, dann waren sie sich dessen doch spätestens nach den Tests auch bewußt. Und sie mußten doch wissen, daß sie von Geheimdienstleuten untersucht wurden!«

Toby lächelte mit schräg gestelltem Kopf. »Das muß nach allem, was ich gelesen habe, ein wirkliches Problem gewesen sein. Man versuchte es zu lösen, indem man ein doppeltes Sicherheitssystem mit zwei Mittelsmännern entwickelte. Aber wie ich schon sagte, wir haben uns erst spät, beinahe zu spät mit diesen Fragen beschäftigt. Eigentlich erst, als wir – wie immer – durch die Sowjets dazu angespornt wurden.«

Rossi räusperte sich und bemerkte dann: »Der kalte Krieg hatte eben auch seine guten Seiten.«

»Allerdings«, stimmte Toby zu. »Spätestens seit den 60er Jahren waren der CIA zuverlässige Berichte über Erfolge sowjetischer Militärs auf dem Gebiet parapsychologischer Phänomene bekannt. Es muß etwa um diese Zeit herum gewesen sein, daß eine kleine Gruppe leitender CIA-Mitarbeiter beschloß, eine hausinterne Studie über die mögliche nachrichtendienstliche Nutzung von übersinnlichen Fähigkeiten erarbeiten zu lassen. Die Durchführung dieses Unternehmens erwies sich jedoch als ausgesprochen schwierig. Auf eine Person, die zumindest den Hauch einer wirklichen Gabe zu haben schien, kamen Dutzende von Scharlatanen und alten, überdrehten Wachteln mit Kristallkugeln in den Händen. Es gab viele Probleme und Rückschläge, aber es ging dennoch voran. Du erinnerst dich vielleicht an den Mondflug von Apollo 14 im Jahre 1971, bei dem der Astronaut Edgar Mitchell an einem Telepathie-

Experiment teilnahm, das allerdings scheiterte. In diesen Jahren, als das Ganze noch in den Kinderschuhen steckte, investierten die CIA, die NASA und das Militär ungefähr eine Million Dollar in die Erforschung parapsychologischer Phänomene. Das war nicht mehr als ein Trinkgeld, aber immerhin führte es zu ersten Schritten in die richtige Richtung.

Dann erreichten uns in den frühen 70er Jahren besorgniserregende Berichte des militärischen Nachrichtendienstes. Es sei nur noch eine Frage der Zeit, daß sowjetische Forschungsergebnisse auf dem Gebiet der Parapsychologie Agenten der GRU und des KGB dazu befähigen würden, zum Beispiel Verlegungen und Stationierungen von Heerestruppen oder Schiffen auszuspionieren. Man nahm diese Berichte auch in der obersten Führungsetage sehr ernst. Ich glaube nicht, daß ich ein Geheimnis verrate, wenn ich sage, daß Richard Nixon diesem Programm große Aufmerksamkeit widmete.

In der Folgezeit bestätigten unsere Nachrichtendienste, daß die Sowjets einige Laboratorien – das größte davon in Nowosibirsk – unterhielten, in denen an der militärischen Nutzung übersinnlicher Fähigkeiten gearbeitet wurde. Dann wurde 1977 ein Reporter der Los Angeles Times in Moskau vom KGB verhaftet, als er versuchte, streng geheimes Material aus einem Institut für parapsychologische Studien zu schmuggeln. All das spornte die CIA in ihren eigenen Bemühungen an, denn nun wußte die eine Seite, daß auch die andere Seite Bescheid wußte.

Jedenfalls wurde das Programm innerhalb der CIA so geheimgehalten, daß der Begriff ›übersinnliche Fähigkeiten‹ zu keiner Zeit in irgendeinem Dokument auftauchte. Es war allenfalls die Rede von ›neuen biologischen Informationsübermittlungs-Systemen‹. Ein paar Jahre nach meinem Unfall wurde ich damit beauftragt, die Leitung des Projektes zu übernehmen. Meine Aufgabe bestand darin, die ganze Geschichte entweder voranzutreiben oder aber möglichst schnell auslaufen zu lassen. ›Friß oder stirb‹ lautete also die Devise.

Am Anfang stand auch ich der ganzen Sache ausgesprochen skeptisch, wenn nicht sogar feindlich gegenüber. Ich dachte, man habe mir diesen albernen Quatsch als reine Beschäftigungstherapie aufgehalst, weil sie keine Verwendung mehr für einen Agenten hätten, der seine Beine nicht mehr gebrauchen kann.

Dann aber traf ich eines Tages Dr. Charles Rossi und erfuhr von ihm Dinge, die, und dessen war ich mir absolut sicher, die Welt verändern würden.

»Kann ich dir irgend etwas anbieten?« fragte mich Toby unvermittelt, als es gerade spannend wurde. »Du bevorzugst doch Scotch, nicht wahr?«

»Ja. Warum nicht«, willigte ich ein. »Es war schließlich ein langer und ereignisreicher Tag.«

»Das war er gewiß. Und da die Wirkungen des Ketamins mittlerweile abgeklungen sein müßten, dürfte dir ein guter Tropfen eigentlich nicht schaden. Wally, Scotch für uns alle, äh, nein, Charles, Sie nehmen Wodka, stimmt's?«

»Auf Eis«, bestätigte Rossi. »Und, wenn es sich machen läßt, bitte mit einer Spur Pfeffer.«

Einer der Sicherheitsbeamten erhob sich und verließ den Raum. Dabei war deutlich zu erkennen, daß er einen Schulterhalfter trug. Nach ein paar Minuten, die wir kurioserweise schweigend ausgeharrt hatten, kehrte er mit einem Tablett mit Gläsern zurück. Offensichtlich hatte er keinerlei Erfahrungen als Butler, aber immerhin gelang es ihm, uns alle mit einem Drink zu versorgen, ohne etwas zu verschütten.

»Sagen Sie, Charles, warum ist es mir hier nicht möglich, Ihre Gedanken zu lesen?« fragte ich nach dem Schluck.

»Auf diese Entfernung ...«, begann Rossi.

»Nein«, unterbrach ich ihn, »daran kann es nicht liegen. Als mir Ihr Leibwächter gerade das Glas reichte, blieben meine Bemühungen auch bei ihm ohne Erfolg. Woran liegt das?«

Toby betrachtete mich eine Zeitlang nachdenklich. »Störfrequenzen«, sagte er schließlich.

»Ich fürchte, ich verstehe nicht«, mußte ich zugeben.

»ENR, Extreme Niederfrequenzradiowellen«, rief er und fuhr mit der Hand lebhaft durch die Luft. »Überall im Zimmer sind Lautsprecher eingebaut, die, wie das menschliche Hirn, extreme Niederfrequenzwellen ausstrahlen und dadurch deinen ›Empfang‹ stören. Deshalb ist es dir hier nicht möglich, etwas aufzuschnappen.«

»Dann dürftest du ja kaum etwas dagegen haben, wenn ich mich ein wenig näher zu dir setze.«

Toby lächelte nur. »Wir wollen doch niemanden in Versuchung führen, von verbotenen Früchten zu naschen.«

Ich nickte nur ergeben und entschied mich, das Thema nicht weiter zu verfolgen. »Die ganzen Aktivitäten der CIA auf diesem Gebiet – ich dachte, Stan Turner hätte all dem bereits 1977 den Garaus gemacht?«

»Offiziell ja«, bestätigte Rossi. »Tatsächlich aber wurde alles nur unter einer beinahe undurchdringlichen Decke bürokratischer Verklausulierungen verborgen, so daß praktisch kaum jemand von der Fortsetzung der Arbeit wußte.«

Nach dieser Erklärung übernahm wieder Toby das Kommando. »Bis zum damaligen Zeitpunkt hatten sich unsere Bemühungen darauf konzentriert, die wenigen geeigneten ›Talente‹ aufzuspüren, die es allem Anschein nach gab. Diese zeitraubende Kleinarbeit führte bald zu der Frage, ob es nicht möglich sei, jemanden mit diesen übersinnlichen Fähigkeiten direkt *auszustatten*. Die Realisierbarkeit des Gedankens schien sehr unwahrscheinlich, wenn nicht sogar völlig unmöglich. Charles ... aber das kann er dir selbst sehr viel besser erzählen.«

Rossi richtete sich in seinem Sessel auf, holte tief Luft und atmete dann langsam aus. »Zu Beginn der 80er Jahre arbeitete ich für eine kleine kalifornische Firma an einer Sache, die das Pentagon für sehr interessant hielt. Einfach ausgedrückt, handelte es sich bei diesem elektronischen Paranoia-Erzeuger um ein Gerät, mit dessen Hilfe es möglich sein sollte, die synaptischen Verbindungsstellen zwischen den Nervenzellen des menschlichen Gehirns zu ›stören‹. Anders gesagt, es sollte auf elektronischem Wege der gleiche Effekt erzeugt werden, den sonst etwa eine Droge wie LSD bewirkt. Das Ganze war wirklich ein recht unschönes Projekt, das glücklicherweise zu keinen brauchbaren Ergebnissen führte. Eines Tages erhielt ich jedoch einen Anruf von Toby, der mir über Nacht ein doppeltes Gehalt anbot und mich aus dem sonnigen Kalifornien an diesen lieblichen Ort lockte. Ich beschäftigte mich auch weiterhin mit der Wirkung elektromagnetischer Stimuli auf das menschliche Hirn, verfolgte damals aber eine andere Zielrichtung als heute.

Wie Toby bereits sagte, hatte ich mich auf Extreme Niederfrequenzradiowellen spezialisiert. Sehen Sie, das menschliche Gehirn produziert elektrische Signale. Ich probierte zunächst nur, ob es möglich wäre, starke elektromagnetische Signale auf derselben Frequenz zu übertragen, wie sie das Gehirn überträgt, um auf diese Weise bei der Zielperson Verwirrung oder sogar den Tod zu bewirken.«

»Wirklich hübsch«, kommentierte ich, aber Rossi ignorierte meinen Sarkasmus.

»Wir verloren bald das Interesse daran, hatten aber inzwischen die Möglichkeiten erkannt, die in den ENR steckten. Wenig später stieß ich auf die Arbeiten von Dr. Milan Ryzl, einem Wissenschaftler, der sich an der Universität Prag intensiv mit Hypnose beschäftigte. Einige seiner Testpersonen hatten unter Hypnose einen solchen Entspannungszustand erreicht, daß sie plötzlich auf telepathischem Wege bestimmte bildhafte Vorstellungen empfangen konnten. Das regte mich zum Weiterdenken an.

Mehr oder weniger zufällig erfuhr ich dann 1983 von einem seltsamen Vorfall in einem holländischen Krankenhaus. Dort hatte man an einem Mann mittleren Alters eine Routineuntersuchung mit dem Kernspintomographen durchgeführt. Anschließend war festgestellt worden, daß der Patient nachweislich zu übersinnlichen Wahrnehmungen fähig war. Sie können sich vorstellen, daß die Ärzte wie vom Donner gerührt waren. Sie und der Patient wurden von einem ganzen Heer holländischer, französischer und amerikanischer Geheimdienstexperten umlagert. Am Ende wurden alle Erstbefunde bestätigt: Der Mann verfügte ganz offensichtlich über die Fähigkeit, die Gedanken anderer Menschen wahrzunehmen, sofern diese sich in seiner Nähe aufhielten. Die an den Untersuchungen beteiligten Neurologen führten diese Sensation auf den Effekt zurück, den das immense Magnetfeld auf die Großhirnrinde des Patienten ausgeübt hatte.«

»Waren die telepathischen Fähigkeiten des Mannes von Dauer?« fragte ich.

»Die Frage läßt sich so nicht beantworten«, gestand Rossi hüstelnd, »denn der Mann wurde wahnsinnig. Er fing an, über fürchterliche Kopfschmerzen und schreckliche Geräusche zu klagen, bis er eines Tages im wahrsten Sinne des Wortes mit dem Kopf gegen die Wand rannte und sich so das Leben nahm.« Rossi genehmigte sich eine ordentliche Portion Wodka.

»Wenn der Kernspintomograph bei dem Mann zu diesem Effekt geführt hat, warum tat er das dann nicht auch bei allen anderen Patienten, die dem Magnetfeld ausgesetzt wurden?«

»Das war genau die Frage, die ich mir auch stellte«, sagte Rossi. »Der Kernspinresonanztomograph wird seit etwa 1982 zu medizinischen Zwecken eingesetzt, aber dieses war der weltweit erste Bericht über derartige Folgen. Die aus Holländern, Franzosen und Amerikanern zusammengesetzte Expertenkommission kam zu dem Schluß, daß bestimmte mentale Voraussetzungen des Patienten dafür verantwortlich gewesen sein mußten. Wie sich herausstellte, war er – nach dem Stanford-Binet-Test – ein ausgesprochen heller Kopf mit einem IQ von 170 gewesen, der zudem über ein eidetisches Gedächtnis verfügt hatte.«

Ich nickte.

»Es gab jedoch noch weitere auffällige Merkmale. Der Mann hatte ein hochentwickeltes Sprachvermögen und darüber hinaus außergewöhnliche mathematische Fähigkeiten. Ich flog damals persönlich nach Amsterdam und hatte Gelegenheit, den Mann noch vor seinem geistigen Verfall zu untersuchen. Als ich nach Langley zurückkehrte, war ich fest entschlossen, diesen bizarren Effekt zu wiederholen.

Wir engagierten Männer und Frauen, deren Persönlichkeitsprofile in jeder Hinsicht dem des Holländers entsprachen, und bestrahlten sie mit dem stärksten Kernspinresonanztomographen, den wir auftreiben konnten. Es handelte sich damals um ein Modell der deutschen Siemens AG. Mittlerweile haben wir selbst den Gerätetyp modifiziert, konnten aber keine Erfolge erzielen. – Bis Sie kamen.«

»Warum hat es wohl bei mir geklappt?« fragte ich, trank den Rest von meinem Scotch und stellte dann das leere Glas auf dem Tisch neben mir ab.

»Wir wissen es auch nicht«, gestand Rossi nüchtern. »Ich würde alles dafür geben, den Grund zu erfahren. Sicherlich haben Sie die Voraussetzungen, die offensichtlich notwendig sind: Intelligenz, Sprachvermögen und ein eidetisches Gedächtnis, über das durchschnittlich nur 0,1 Prozent der Bevölkerung verfügt. Sie spielen doch auch Schach, nicht wahr?«

»Es geht.«

»Ganz gut sogar, würde ich sagen. Aber was Kreuzworträtsel angeht, sind Sie ein wahrer Könner. Ich glaube, Sie haben sich sogar schon einmal mit Zen-Meditation beschäftigt?«

»Ja, aber nur oberflächlich«, erwiderte ich.

»Wir haben uns die Unterlagen über deine Ausbildungszeit in Camp Leary sehr genau angesehen«, warf Toby Thompson ein. »Du warst für uns ein sehr erfolgversprechender Kandidat, aber wir hätten nie zu hoffen gewagt, daß es so gut klappen würde.«

Ich wandte mich beiden zu. »Ihr beiden scheint allerdings wenig Interesse an einer Demonstration meines Könnens zu haben?« stellte ich halb fragend fest.

»Ganz im Gegenteil«, widersprach Rossi. »Wir sind sehr daran interessiert. Um die Wahrheit zu sagen, ganz besonders interessiert. Mit Ihrem Einverständnis würden wir Sie morgen früh gerne einigen Tests unterziehen. Ich verspreche Ihnen, daß es nicht allzu anstrengend sein wird.«

»Solche Umstände dürften kaum notwendig sein«, korrigierte ich ihn. »Ich wäre gleich hier und jetzt dazu bereit.«

Es entstand eine ungemütliche Pause, während der niemand sprach. Dann lachte Toby leise vor sich hin: »Wir können warten.«

»Sie scheinen ja eine ganze Menge über meinen Zustand

zu wissen«, sagte ich zu Rossi. »Vielleicht können Sie mir auch sagen, wie lange er anhalten wird?«

Rossi dachte ein paar Sekunden nach. »Es tut mir leid, auch diese Frage kann ich leider nicht beantworten. Aber ich hoffe, lange genug.«

»Lange genug?« wiederholte ich verständnislos. »Lange genug wofür?«

»Ben«, redete Toby mir beruhigend zu. »Wie du bereits vermutet hast, haben wir dich aus einem ganz bestimmten Grund hierher gebracht. Morgen wirst du zuerst eine Testreihe absolvieren, und dann werden wir dich um deine Hilfe bitten.«

»Meine Hilfe«, rief ich aus, ohne mein Mißtrauen zu verbergen. »An was für eine Art ›Hilfe‹ denkst du dabei?«

Wieder entstand eine längere, lastende Stille im Raum. »Ich schätze, du würdest es als eine Art ›Spionagekram‹ bezeichnen«, sagte Toby.

Ich verharrte für vielleicht fünf Minuten bewegungslos in meinem Sessel. »Es tut mir leid, meine Herren«, sagte ich dann zu den beiden Männern, die mich die ganze Zeit über ausdruckslos angeblickt hatten. Ich stand auf und bewegte mich auf die Tür zu.

In dem Augenblick sprangen die beiden Sicherheitsbeamten auf die Füße. Einer von ihnen verstellte mir den Weg zur Tür, der andere nahm eine Position hinter mir ein.

»Ben!« rief Toby laut.

»Was soll denn das, Ben!« sagte Rossi beinahe gleichzeitig.

»Bitte, setze dich wieder hin«, hörte ich Tobys ruhige Stimme, »denn im Augenblick hast du kaum eine andere Wahl.«

3

Während meiner aktiven CIA-Zeit hatte ich gelernt, richtig einzuschätzen, wann es sich lohnte, ein Ziel weiterzuverfolgen, und wann es besser war aufzugeben. Hier mußte ich passen – und zwar nicht nur wegen der beiden Sicherheitsbeamten, denn sicherlich waren noch mehr Leute im Haus. Als ich meine Chance für eine erfolgreiche Flucht überschlug, kam ich auf eins zu zehntausend, eher noch eins zu hunderttausend.

»Ben, du bringst uns in eine wirklich schwierige Situation«, hörte ich Toby hinter mir sagen.

Ich wandte mich langsam um. »Soviel also zu dem ›freien Mann‹, der gehen kann, wohin er will«, kommentierte ich sarkastisch.

Toby wich meinem Blick nicht aus. »Wir, vielmehr ich habe nicht die Absicht, dich zur Zusammenarbeit zu zwingen. Ich möchte eher an deine Vernunft und an dein Pflichtgefühl appellieren, an deine Ehre und an deinen Anstand.«

»Und an mein Verlangen, meine Frau wiederzusehen«, fügte ich hinzu.

»Auch das, ja«, gestand er, wobei er seine Finger vor Nervosität wiederholt zur Faust ballte und wieder öffnete.

»Und darüber hinaus hast du mir ja auch schon eine Menge Informationen gegeben«, fuhr ich fort. »Ich weiß bereits zu viel, nicht wahr? Deshalb habe ich zwar jederzeit das Recht, aus dieser Tür zu gehen, aber es ist nicht sicher, ob ich jemals das Tor unten erreichen würde, stimmt's?«

»Mach dich doch nicht lächerlich!« rief Toby aufgebracht. »Warum sollten wir dir irgend etwas antun wollen, nach allem, was wir dir berichtet haben? Es geht in erster Linie um wissenschaftliche...«

»Hat die CIA auch dafür gesorgt, daß mein Vermögen eingefroren wurde?« fragte ich voller Bitterkeit, denn mir wurden die Zusammenhänge erst jetzt klar. Ich spürte, wie sich mein Magen verkrampfte und mir der Schweiß über die Stirn rann. »Ihr habt diese verdammte Schmierenkomödie mit der First Commonwealth veranstaltet.«

»Ben«, sagte Toby nach längerem Schweigen. »Wir sollten uns lieber darum bemühen, die positiven Dinge zu sehen und unseren Verstand zu gebrauchen. Ich denke, wir werden zu einer vernünftigen Übereinkunft kommen, wenn du alles weißt.«

»Na schön«, gab ich schließlich nach. »Soweit lasse ich mich darauf ein. Worum geht es also?«

»Es ist schon spät, Ben«, sagte Toby. »Du wirst sicher müde sein. Um die Wahrheit zu sagen, ich bin auch sehr müde. Morgen früh, bevor du für ein paar Tests nach Langley gebracht wirst, werden wir uns alle noch einmal zusammensetzen und alles Nötige besprechen, nicht wahr, Charles?«

Rossi murmelte seine Zustimmung, warf mir einen kurzen, durchdringenden Blick zu und verließ dann den Raum.

Toby lächelte freundlich. »Ich nehme an, das Hauspersonal hat dir alles zurechtgelegt, was du für heute nacht brauchen wirst: Kleidung, Toilettenartikel, eine Zahnbürste, was auch immer.«

»Nein, Toby. Du hast etwas vergessen. Ich möchte Molly sehen.«

»Das ist leider nicht möglich, Ben«, sagte Toby.

»Dann, so fürchte ich, wird es keine Übereinkunft zwischen uns geben können.«

»Sie ist nicht hier in der Gegend.«

»Dann will ich sie per Telefon sprechen. Und zwar jetzt sofort!«

Toby starrte mich an, als wollte er an meinem Gesicht ablesen, wie ernst es mir wäre. Schließlich gab er den Sicherheitsleuten ein Handzeichen. Daraufhin verließ einer von ihnen den Raum und kehrte mit einem Telefonapparat zurück, den er in meiner Nähe anschloß. Dann tippte er eine elfstellige Ziffernfolge ein, was bedeuten konnte, daß es sich um ein Ferngespräch handelte. Anschließend folgten drei weitere Zahlen – möglicherweise ein Zugangs-Code. Er lauschte einen Augenblick und sagte dann ›dreiundneunzig‹. Er lauschte wieder und händigte mir dann den Hörer aus.

Bevor ich irgend etwas sagen konnte, drang bereits Mollys aufgeregte Stimme an mein Ohr.

»Ben? O mein Gott, bist du es?«

»Ich bin es, Molly«, sagte ich, so ruhig ich konnte.

»Bist du in Ordnung, Ben?«

»Mir geht es gut, Molly. Was ist mit dir?«

»Ich bin auch okay. Wohin haben sie dich gebracht?«

»In ein Haus irgendwo in Virginia«, antwortete ich, während ich Toby ansah. Er nickte wie zur Bestätigung. »Aber wo zum Teufel steckst du, Mol?«

»Ich weiß nicht, Ben. Irgendein Hotel oder Apartment, glaube ich. Wahrscheinlich außerhalb von Boston, aber nicht sehr weit.«

Ich spürte, wie erneut die Wut in mir aufstieg. Zu Toby gewandt, fragte ich: »Wo ist sie?«

Er zögerte. »Ein bewachtes Gebäude in einem der Bostoner Vororte.«

»Ben!« Mollys Stimme klang besorgt. »Sag mir nur, ob diese Männer hier . . .«

»Mache dir keine Sorgen. Sie sind in Ordnung, Mol. Jedenfalls soweit ich weiß. Morgen werde ich mehr erfahren.«

»Es hat alles damit zu tun, nicht wahr«, flüsterte sie, »zu tun mit . . . damit, daß . . .«

»Sie wissen alles, Molly«, sagte ich.

»Bitte, Ben. Was immer da im Gange sein mag, was habe ich damit zu tun? Was wollen die von mir? Das können die doch nicht mit mir machen! Das ist doch nicht legal! Oder haben die etwa das Recht . . .«

»Ben«, rief Toby mir zu. »Es tut mir leid, aber wir müssen das Gespräch jetzt abbrechen.«

»Ich liebe dich, Mol«, sagte ich. »Mach dir nicht zu viele Gedanken.«

»Ich soll mir nicht zu viele Gedanken machen?« rief sie empört.

»Bald wird alles vorüber sein«, tröstete ich sie, ohne meinen eigenen Worten zu glauben.

»Ich liebe dich, Ben!«

»Ich weiß«, flüsterte ich. Dann wurde die Leitung unterbrochen.

»Es war nicht nötig, Molly so viel Angst einzujagen«, sagte ich zu Toby.

»Es war nur zu ihrem Schutz, Ben.«

»Wie der Schutz, den ich genießen darf?«

»Stimmt«, bestätigte er, ohne auf meinen Sarkasmus zu reagieren.

»Wir sind wirklich gut untergebracht – so gut, wie es sich zwei Gefängnisinsassen nur wünschen können.«

»Nun hör schon auf, Ben. Wenn du wirklich willst, kannst du morgen nach unserem Gespräch gehen, wohin du willst.«

»Und jetzt? Was ist jetzt?«

»Morgen«, erwiderte er. »Morgen, nachdem du alles gehört hast. Ich verspreche es dir, Ben.«

Begleitet von einem elektrischen Summen, entfernte er sich mit seinem Rollstuhl in Richtung Tür. »Gute Nacht, Ben! Sie werden dir dein Zimmer zeigen!«

In dem Augenblick kam mir ein Gedanke, der mich so beschäftigte, daß ich mich von den beiden Beamten ohne jeden Widerstand zur Treppe geleiten ließ.

4

Das Zimmer, das man für mich vorbereitet hatte, war groß und im Stil eines Vermonter Landgasthauses eingerichtet, sparsam, aber elegant. An der einen Wand befand sich ein großes Doppelbett, das mit seiner flauschigen Überdecke nach dem langen und ereignisreichen Tag ausgesprochen einladend wirkte. Aber mir blieb keine Zeit, mich schlafen zu legen. Auch das angrenzende ebenfalls sehr geräumige Badezimmer wirkte mit seinem grünen Marmorfußboden und den schwarzweißen Porzellanfliesen an den Wänden ausgesprochen vornehm.

Wie ich bereits nach kurzem Inspizieren herausgefunden hatte, waren nicht nur die aus dunklem Walnußholz gearbeitete Truhe und der passende Tisch fest mit dem Fußboden oder mit den Wänden verschraubt. Dasselbe galt für die Ölgemälde, auf denen in undefinierbarem Stil Meeresmotive dargestellt waren, und für alle übrigen Einrichtungsgegenstände. Kurz: Das Zimmer machte den Eindruck, als wäre es für die Einquartierung eines wilden Tieres präpariert worden.

Auch die Fenster waren mit einem feinen, beinahe unsichtbaren Metallgewebe verstärkt worden, das zweifellos mit einer Alarmanlage gekoppelt war und die Scheiben zugleich bruchsicher machte.

Wahrscheinlich beherbergte dieses spezielle Zimmer gewöhnlich Überläufer oder andere Agenten, deren Behandlung größter Sicherheitsvorkehrungen bedurfte. Offensichtlich fiel auch ich unter diese Kategorie.

Trotz Tobys rhetorischer Verschleierungsbemühungen war das Fazit eindeutig: Ich war sein Gefangener. Sie hatten mich hier wie ein exotisches Versuchskaninchen eingesperrt, das am nächsten Tag seine Kunststücke vorführen sollte und dann einem ungewissen Schicksal entgegensah.

Aber alles an dieser merkwürdigen Inszenierung wirkte improvisiert. Normalerweise wurden bei der Planung einer

Operation alle Details aus verschiedenen Perspektiven beleuchtet, mehrfach durchdacht und so oft durchgespielt, daß das ganze Verfahren manchmal fast lächerlich wirkte. Natürlich konnte im Ernstfall immer noch etwas schiefgehen, aber das lag dann nicht an Mängeln der Planung. Hier jedoch schienen viele Dinge hastig und aus dem Stegreif arrangiert worden zu sein, und das ließ mich hoffen.

Ich mußte schnellstens etwas unternehmen.

Während ich meinen Anzug ablegte, der als Folge der Schießerei in der Marlborough Street verschmutzt und zerrissen war, dachte ich fieberhaft nach: Sie hatten zwar Molly in ihrer Gewalt, aber in Freiheit würde ich sehr viel bessere Karten in der Hand halten, um auch sie freizubekommen. Gewiß, in mancher Hinsicht konnte man sagen, daß sie sich jetzt in Sicherheit befände. Gleichzeitig aber ging es Tobys Leuten darum, sie von mir fernzuhalten und damit als Druckmittel gegen mich zu benutzen. Aber sie würden ihr im Falle meiner Flucht trotzdem nichts antun. Im Gegenteil: Molly würde ihnen wahrscheinlich gehörig die Meinung sagen, falls sie ihr mit dummen Fragen kommen sollten.

Bei mir selbst lagen die Dinge anders. Seitdem ich über diese seltsame Fähigkeit verfügte, war mein Leben in Gefahr. Die einzige Wahl, die mir offenstand, war die, mit ihnen zu kooperieren oder ... Oder was?

Hatte Toby die Wahrheit gesagt? Welches Interesse sollten sie daran haben, den einzig lebenden Beweis für ihre Theorie zu gefährden? Warum sollten sie die Gans schlachten, die ihnen goldene Eier legte?

Oder hatte die Geheimhaltung des gesamten Projekts oberste Priorität? Vielleicht, ja, vielleicht war es doch das beste, wenn ich die Dinge selbst in die Hand nahm und mich nicht damit zufriedengab, Spielball der anderen zu sein.

Schließlich hatte ich einen unschätzbaren Trumpf im Ärmel – zumindest noch so lange, wie mich meine spezielle Fähigkeit nicht im Stich ließ, aber dafür gab es keinerlei Anzeichen. Das hatte ich auf dem Weg zu meiner Edelzelle feststellen können, als ich von meinen beiden Bewachern, ohne daß sie es gemerkt hätten, wichtige Informationen erhalten hatte.

Toby hatte, dem üblichen Verfahren folgend, zu meiner Bewachung Leute angeheuert, die genau über die vorgesehenen Sicherheitsmaßnahmen Bescheid wußten, jedoch über keinerlei Informationen verfügten, was meine Person betraf.

Als mich die beiden zu meinem Zimmer im zweiten Stock begleiteten, hielt ich mich so dicht wie möglich neben Chet, wie einer der Beamten hieß. Aber offensichtlich war ihm eingetrichtert worden, sich mit mir auf keinerlei Diskussionen einzulassen und Abstand zu mir zu halten. Ihm war allerdings nicht das Denken verboten worden.

»Ich mache mir Sorgen, daß mir jemand an den Kragen will«, hatte ich zu ihm gesagt, als wir die Treppe hinaufgestiegen waren. »Wie viele Wachen gibt es vor meinem Zimmer?«

»Es tut mir leid, Sir«, erwiderte Chet, ohne mich anzusehen. »Es ist mir nicht gestattet, mit Ihnen zu sprechen.«

Ich hatte daraufhin den Wütenden gespielt. »Und wie zum Teufel soll ich dann wissen, ob ich hier in Sicherheit bin? Sie können mir doch wenigstens sagen, mit wie vielen Leuten Sie mich schützen sollen?«

»Es tut mir leid, Sir. Bitte gehen Sie jetzt in Ihr Zimmer.«

Wir hatten unterdessen mein Domizil erreicht, und ich war dahintergekommen, daß die Nacht über zwei Männer vor meiner Tür postiert waren. Ich wußte, daß Chet die erste Wache übernehmen würde, daß er froh über diese Wacheinteilung war und daß ihn seine Neugier plagte, mehr darüber zu erfahren, wer ich war und was ich getan hatte.

Ich verwendete etwa eine Stunde darauf, den Raum gründlich unter die Lupe zu nehmen und vor allem nach Abhöreinrichtungen zu suchen. Obwohl ich am Ende keine entdeckt hatte, waren gewiß welche vorhanden. Neben dem Bett stand zum Beispiel ein Radiowecker, der sich geradezu ideal für eine Wanze eignete.

Aber mit dem Radiowecker hatten sie trotzdem einen Fehler begangen.

Gegen halb zwei klopfte ich gegen meine Zimmertür, um die Wache zu rufen. Nach ein paar Augenblicken öffnete Chet: »Ja?«

»Tut mir leid, Sie stören zu müssen«, sagte ich, »aber

meine Kehle ist wie ausgedörrt. Ich wollte Sie bitten, mir ein Glas Mineralwasser zu besorgen.«

»Es müßte sich etwas in Ihrem Zimmerkühlschrank befinden«, erklärte er mir, wobei seine Körperhaltung aufmerksame Abwehrbereitschaft signalisierte.

Ich lächelte ihn entschuldigend an. »Alles schon weg.«

Chet blickte säuerlich. »Es wird ein paar Minuten dauern«, sagte er und schloß dann die Tür. Ich ging davon aus, daß er jetzt mit dem Sprechgerät Kontakt nach unten aufnahm, da ihm sicherlich befohlen worden war, seinen Posten unter keinen Umständen zu verlassen.

Etwa fünf Minuten später vernahm ich ein leichtes Klopfen an der Tür. Ich hatte mittlerweile das Radio auf volle Lautstärke gedreht und die Dusche angestellt. Der Dampf des heißen Wassers erfüllte nicht nur das Badezimmer, sondern drang durch die geöffnete Verbindungstür auch in den Schlafraum.

»Ich bin unter der Dusche«, brüllte ich. »Stellen Sie es nur irgendwo hin. Und vielen Dank.«

Ein mir unbekannter, uniformierter Mann trat ein und schaute sich ein paar Sekunden unentschlossen um, wohin er das Tablett, auf dem eine Flasche französisches Mineralwasser stand, stellen sollte. In diesem Augenblick griff ich ihn an.

Er war ein durchtrainierter Profi, aber die zwei, drei Sekunden, die ich ihm aufgrund des Überraschungseffektes voraus hatte, genügten mir. Zusammen mit dem Tablett stürzten wir zu Boden, was jedoch wegen der dicken Perserteppiche und der dröhnenden Musik auf dem Flur kaum zu hören war. Er erholte sich allerdings unerwartet schnell von meinem Überfall, sprang auf und landete eine wuchtige Linke an meinem Unterkiefer.

Der Schmerz löste jedoch die mir aus alten Tagen vertraute, eiskalte Entschlossenheit aus.

Das Tablett wurde zu einer furchtbaren Waffe, als ich dessen Kante gegen seinen ungeschützten Adamsapfel schlug. Stöhnend wich er zurück, versuchte aber, mich mit einem Tritt zu erwischen. Plötzlich hörte ich ihn: *... kann nicht, darf nicht schießen ... verdammter Hundesohn ...*

Jetzt hatte ich ihn endgültig, denn jetzt kannte ich seine verwundbare Stelle: Er durfte und würde nicht zu seiner Waffe greifen, da ihm offensichtlich strengstens untersagt war, mich ernsthaft zu verletzen. Er war glücklicherweise schwer angeschlagen, sonst wäre es für mich alles andere als einfach gewesen, so dicht an ihn heranzukommen, daß ich ihm meine Faust in den Unterleib rammen konnte. Er taumelte nach hinten und stürzte über einen Stuhl, wobei er mit dem Kopf gegen die massive Holztruhe krachte. Schlagartig entwich die Luft aus seinen Lungen, und er sackte schlaff auf den Boden.

Er war bewußtlos, hatte aber nur leichte Verletzungen und würde in etwa zehn, zwanzig Minuten wieder auf die Beine kommen.

Immer noch dudelte das Radio mit unverminderter Lautstärke.

Mir war klar, daß mir nur ein paar Sekunden blieben, bis Chet auftauchen würde, um nach dem Verbleib seines Kollegen zu sehen.

Im Schulterhalfter des vor mir liegenden Bewußtlosen steckte eine Ruger P 90, eine halbautomatische 9-mm-Pistole, mit der ich früher häufig auf dem Schießstand geübt hatte. Ich nahm sie an mich, lud sie durch, entsicherte sie und wollte ...

Der Mann, der mich von der Tür aus anstarrte, war nicht Chet, sondern offensichtlich dessen Ablösung. Er hielt einen Revolver auf mich gerichtet.

»Fallen lassen«, befahl er.

Unsere Blicke trafen sich.

»Es ist alles ganz einfach«, sagte er. »Es wird keiner verletzt, wenn Sie jetzt die Waffe auf den Boden legen.«

Ich hatte keine Wahl. Höchstwahrscheinlich bluffte er nur, denn auch er war gewiß instruiert worden, mir kein Haar zu krümmen. Ich nahm ihn kalt und konzentriert ins Visier und feuerte, nur um ihn außer Gefecht zu setzen, nicht aber, um ihn ernsthaft zu verletzen.

Es gab einen lauten Knall, das Mündungsfeuer blitzte auf, dann verbreitete sich der typische beißende Pulvergeruch im Raum. Ich traf ihn am Oberschenkel, und er zeigte jene Reaktion, die man in solchen Fällen immer zeigt: Er stürzte zu Boden.

Ich baute mich vor ihm auf, die Ruger auf seinen Kopf gerichtet.

Der Ausdruck in seinen Augen war eine Mischung aus Schmerz wegen der Verletzung und purer Angst. Ich *vernahm* ein aufgeregtes Durcheinander einzelner Wörter: ... *nein* ... *um Gottes willen* ... *er wird es tun* ... *oh, bitte* ...

Ich mußte seine Furcht ausnutzen.

»Wenn du eine falsche Bewegung machst, werde ich dich töten müssen«, sagte ich mit absolut ruhiger Stimme zu ihm.

Seine vor Angst geweiteten Augen wurden noch größer, und sein Mund zuckte unwillkürlich. Ich entwaffnete ihn und steckte seinen Revolver in meine Jackentasche.

»Du bleibst hier jetzt schön ruhig liegen und zählst bis hundert«, wies ich ihn an. »Solltest du dich vorher rühren oder auch nur einen gottverdammten Laut von dir geben, lasse ich dich in die Hölle fahren.«

Ich verließ das Zimmer, zog die Tür ins Schloß, das automatisch zuschnappte, und befand mich allein auf dem dunklen Flur.

5

Geduckt und dicht an die getäfelten Wände gepreßt, schlich ich den Flur entlang und überdachte meine Situation.

Am einen Ende des Flures war ein Lichtschein zu sehen, der wahrscheinlich aus einer offenstehenden Tür kam. Vermutlich handelte es sich um den Raum, der von den Wachen benutzt wurde, wenn sie dienstfrei hatten. Möglicherweise befand sich dort jemand, vielleicht aber auch nicht.

Ich überlegte: Würde ich in dem Raum etwas vorfinden, das mir nützlich sein könnte? Nein, das war unwahrscheinlich und lohnte nicht das Risiko, es herauszufinden.

Plötzlich vernahm ich ein lautes, gleichbleibendes Krachen. Es stammte von dem Sprechgerät, das der zweite Mann auf einem Tisch im Flur zurückgelassen hatte, als er mein Zimmer betrat. Es handelte sich bestimmt um ein Signal, das bestätigt werden sollte. Aber ich kannte den Code nicht, und es machte kaum Sinn, aufs Geratewohl etwas auszuprobieren.

Das bedeutete, daß mir wohl kaum mehr als eine Minute blieb, bis jemand auftauchen würde, um herauszufinden, warum niemand antwortete.

In der Finsternis eilte ich an einer Reihe von Türen entlang, die alle verschlossen waren. Leider wußte ich über die Aufteilung des Hauses nicht mehr, als ich bei meiner Ankunft von außen gesehen hatte.

Ich entfernte mich jetzt vom Treppenhaus, da es viel zu gefährlich gewesen wäre, von dort aus nach unten und ins Freie zu gelangen. Aber ich war mir sicher, daß es an der Hinterseite eine Art Botenaufgang gab. Und ich hatte recht.

Eine enge und abgenutzte Holztreppe führte unbeleuchtet hinab, und beim Hinuntersteigen knarrten die Stufen erbärmlich, obwohl ich mir alle Mühe gab, so leichtfüßig wie möglich aufzutreten.

Über mir im zweiten Stock waren bereits schnelle Schritte und dann laute Rufe zu hören. Sie hatten also meine Flucht bemerkt, schneller, als ich gehofft hatte.

Meinen Verfolgern war sicher klar, daß ich mich noch irgendwo im Haus aufhalten mußte. Also würden sie alle Ausgänge bewachen und das Gebäude durchkämmen. Ich saß in der Falle.

Vor allem im Erdgeschoß, falls ich überhaupt bis dorthin käme, hielten sich vermutlich jede Menge Leute auf. Aber was war mit dem ersten Stock?

Da ich keine Alternative hatte, mußte ich alles auf eine Karte setzen. Ich rannte die letzten Stufen hinab in den Korridor, der allerdings nicht mit Teppich ausgelegt war, so daß meine Schritte laut von den Wänden widerhallten. Die Stimmen schienen mir hier lauter und näher als zuvor.

Das einzige Licht, das die Dunkelheit matt erhellte, spendete der Mond, der durch ein Fenster am anderen Ende des Ganges hereinschien. Dorthin sprintete ich, bereit, das Fenster aufzureißen und hinauszuspringen, als ich bei einem Blick nach unten fluchend feststellen mußte, daß der Boden nicht aus weichem Gras, sondern aus hartem Asphalt bestand.

Ein Sprung aus sieben Meter Höhe, ohne etwas, das meinen Fall gebremst hätte? Nein, das wäre Selbstmord gewesen.

Im selben Augenblick wurde der Alarm ausgelöst. Überall im Haus schrillten Sirenen und Glocken, und plötzlich gingen mit einem Schlag alle Lampen an.

Laß dir was einfallen und hau ab, schrie ich innerlich auf.

Abhauen, ja – aber wohin?

Voller Verzweiflung rannte ich den Gang zurück in Richtung Treppe und rüttelte an jeder Tür, um festzustellen, ob sie sich öffnen ließ. Endlich, beim fünften- oder sechstenmal, war ich erfolgreich.

Es war ein kleines Badezimmer, durch dessen Fenster, das einen Spalt offenstand, die kühle Nachtluft hereinströmte und den Duschvorhang flattern ließ.

Ich hatte eine Idee. Ja, das könnte gehen!

Während ich von irgendwoher ein Krachen vernahm und

bereits verdächtig nahes Türenschlagen hörte, zerrte ich den Vorhang von seiner Befestigungsstange.

Was nun? Verdammt noch mal, reiß dich jetzt zusammen!

Nur ein gottverdammter Duschvorhang. Hätte ich doch nur ein Bettlaken gehabt.

Ich muß ihn irgendwo befestigen, dachte ich, an irgend etwas Stabilem. Aber es gibt nichts Geeignetes. Nichts, woran ich den glatten Vinylvorhang hätte anbinden können, um dann an ihm aus dem Fenster zu klettern. Es war wirklich höchste Zeit, denn auf meinem Flur näherten sich die Schritte mehrerer Männer. Mein Herz schlug mir bis zum Hals, als ich sie reden hörte, nur noch fünf Meter entfernt: »Du nimmst die rechte Seite!«

Ich schob das Fenster ganz nach oben, stellte aber fluchend fest, daß sich davor noch ein Fliegengitter befand. Ich strengte mich an, es gewaltsam aus seiner Befestigung zu reißen, aber es gelang mir nicht. Also trat ich zurück, nahm geduckt Anlauf und hechtete durch das Fenster mitsamt dem Fliegengitter hinaus in die Nachtluft, wobei ich versuchte, meinen Körper auf den Aufprall vorzubereiten.

Ich krachte auf dem Boden auf. Zwar handelte es sich auch auf dieser Seite nicht um Rasen, aber immerhin auch nicht um Asphalt, sondern um kalte, harte Erde. Ein Schmerz, der mir den Atem raubte, durchfuhr meine Schultern und meinen Nacken. Aber es gelang mir trotzdem, mich einigermaßen abzurollen und wieder auf die Füße zu kommen, auch wenn ich mir dabei den Knöchel verdrehte.

Vor mir erkannte ich im Aufflackern der Suchscheinwerfer, die auf dem Dach des Hauses angebracht waren, schemenhaft eine Baumgruppe. Dorthin hastete ich, so schnell es mein geschundener Körper erlaubte.

Dann hörte ich einen Schuß und beinahe gleichzeitig ein Surren dicht hinter mir. Sie hatten ihre anfängliche Zurückhaltung offensichtlich aufgegeben und waren nun allem Anschein nach auch bereit, meinen Tod in Kauf zu nehmen, denn ich wurde weiterhin beschossen. Aber Gott sei Dank hatte ich mittlerweile die Bäume erreicht, die mir einen natürlichen Schutz boten. Doch auch dieser Schutz war nur begrenzt, denn nur wenige Fuß von mir entfernt splitterte Holz von einem Stamm, in den ein Projektil eingeschlagen war. Ich verdrängte die Schmerzen in meinem Knöchel und den Schultern und mobilisierte meine letzten Reserven zu einem rettenden Spurt bis zum Zaun.

Das letzte Hindernis!

Es war ein fünf Meter hoher Zaun aus solidem, geschmiedeten Eisen. Bestimmt war er mit einer Alarmanlage gekoppelt und stand deshalb unter Strom; aber stand er auch unter Hochspannung?

Ich hatte nur ein paar Sekunden Vorsprung. Ein Umdrehen oder Ausweichen war nicht möglich, denn die Verfolger waren mir bereits dicht auf den Fersen. Schon die dicht in meiner Nähe einschlagenden Schüsse hatten verraten, daß sie mich gesehen hatten und wußten, wo ich zu finden war. Allerdings versperrten ihnen die Bäume noch die Sicht, so daß sie erst näher kommen mußten.

Ich holte tief Luft, um auf die Schnelle das Risiko zu kalkulieren. Das Haus lag inmitten unberührter Natur zwischen Bäumen, in denen nicht nur Rehe und Hirsche, sondern auch Eichhörnchen und Erdhörnchen lebten, die gerne hier und da kletterten, nicht zuletzt auch auf Zäune.

Mit kurzem Anlauf sprang ich an den Zaun und bekam eine Querstrebe zu fassen, an der ich mich emporzog. Von dort aus arbeitete ich mich nach oben. Als ich schließlich die spitzen Zacken erreicht hatte, die es noch zu überwinden galt, zögerte ich für den Bruchteil einer Sekunde.

Und wenn doch Starkstrom . . .?

Mit meiner Rechten umfaßte ich eine der Zacken – und fühlte kaltes, hartes Eisen.

Nein, kein Strom. Es wäre auch ziemlich geschmacklos gewesen, in dieser Umgebung einen tödlichen Zaun zu errichten, an dem zweifellos viele Tiere verenden würden. Ich schwang meine Beine vorsichtig über die spitzen Zacken und kletterte dann rasch auf der anderen Seite hinab, bis ich das feuchte Gras unter den Füßen spürte.

Ich war nun draußen, aber mir blieb keine Zeit, um Atem zu holen. Schnell setzte ich mich wieder in Bewegung, da ich bereits Stimmen und Schritte näher kommen hörte. Aber glücklicherweise lag der Zaun jetzt zwischen uns, und zum ersten Mal hatte ich eine ernsthafte Chance, meinen Vorsprung auszubauen.

Ich rannte und rannte, gekrümmt vor Schmerzen und hin und wieder stöhnend, aber ich ließ nicht nach, bis ich die Straßenkreuzung erreichte, die ich von meinem Kommen her kannte. Ich hatte mich gerade dazu entschlossen, der engen, dunklen Straße zu folgen, als ich ein Scheinwerferpaar auf mich zukommen sah.

Es handelte sich um einen Honda Accord, wie ich erkannte, als der Wagen näher herangekommen war. Ich zögerte noch, ob ich ihn durch Winken anhalten sollte. Er war zwar aus der Richtung der Hauptstraße gekommen, aber ich mußte trotzdem auf der Hut sein. Doch was blieb mir übrig? Zu Fuß würde ich kaum weit kommen. Also zeigte ich mich auf der Straße, wo mich das Scheinwerferlicht des Honda erfaßte und blendete. Doch dann bemerkte ich plötzlich hinter mir ein weiteres, zu einem größeren, amerikanischen Wagen gehörendes Scheinwerferpaar, so daß ich geblendet zwischen beiden Lichtkegeln gefangen stand.

Ich wollte zur Seite flüchten, aber im Nu wurde mir der Weg von den beiden Wagen versperrt, und es jagten bereits zwei weitere Autos heran, die mit quietschenden Reifen zum Stehen kamen.

Vollkommen geblendet von dem mich umgebenden Licht, spähte ich verzweifelt nach einer Fluchtmöglichkeit, wußte aber gleichzeitig, daß alles vergeblich war. Dann hörte ich seine Stimme, die von einem der Wagen her kam:

»Gar nicht schlecht, Ben«, sagte Toby. »Du bist immer noch gut in Form. Aber jetzt steig bitte ein.«

Ich war mittlerweile von einer ganzen Horde umzingelt worden, die ihre Waffen auf mich gerichtet hielten. Es blieb mir nichts anderes übrig, als meine Ruger fallen zu lassen und aufzugeben.

Toby saß im hinteren Teil eines erst zum Schluß eingetroffenen Lieferwagens. Er lächelte mich durch das Seitenfenster an. »Es tut mir wirklich leid für dich, daß es nicht geklappt hat«, sagte er gelassen. »Aber es war trotzdem ein ganz ansehnlicher Versuch.«

6

Am nächsten Tag saß ich im Fond einer unauffälligen dunkelblauen Chrysler-Limousine, die mich nach Christal City brachte. Der Fahrer steuerte den Wagen in die Tiefgarage eines Bürogebäudes, das wie tausend andere aussah und zweifellos gerade wegen dieser Anonymität der CIA gehörte.

Mein Chauffeur eskortierte mich in einen Fahrstuhl, der uns in den sechsten Stock brachte. Dort folgten wir einem gelblich-braun gestrichenen Korridor, der in seiner Nüchternheit ebenfalls darauf hindeutete, daß wir uns in einem Regierungsgebäude befanden. In Zimmer 706 wurde ich von einer Vorzimmerdame begrüßt, die mich in ein angrenzendes Büro führte und dort Dr. Sanjay Mehta vorstellte, einem etwa vierzigjährigen bärtigen Neurologen indischer Abstammung.

Selbstverständlich hatte ich auf dem Weg hierher wiederholt von meiner Fähigkeit Gebrauch gemacht und die Gedanken meines Fahrers und der Leute, die uns im Korridor begegnet waren, gelesen. Der Fahrer wußte, wie die anderen CIA-Angestellten, mit denen ich zu tun hatte, praktisch nichts über mich. Von ihm war daher auch nichts für mich Nützliches zu erfahren. Durch die Leute im Flur wußte ich nun immerhin, daß in diesem Gebäude an technischen und wissenschaftlichen Fragen gearbeitet wurde.

Bei Dr. Mehta lagen die Dinge jedoch völlig anders. Als er mir die Hand reichte, hörte ich überraschenderweise: *Können Sie meine Gedanken wahrnehmen?*

Ich zögerte für einen Moment, entschied mich dann aber dafür, mit offenen Karten zu spielen, und erwiderte deswegen laut: »Ja, das kann ich.«

Er deutete mit der Hand auf einen Sessel und dachte: *Können Sie bei jeder Person Gedanken lesen?*

»Nein«, antwortete ich. »Nur bei . . .«

Nur bei Personen, die sich in gewissen emotionalen Extremsituationen befinden, nicht wahr?

Ich lächelte und nickte.

Dann vernahm ich einen Gedanken, der in einer fremden

Sprache geäußert wurde, die ich nicht verstand. Ich vermutete, daß es sich dabei um Hindi handelte.

Dr. Mehta wandte sich dann zum erstenmal mit einer laut gesprochenen Frage an mich: »Sie verstehen kein Hindi, Mr. Ellison?« Sein Englisch hatte einen britischen Akzent.

»Nein, leider nicht.«

»Sie müssen wissen, Mr. Ellison, daß ich bilingual erzogen wurde und Englisch wie Hindi gleichermaßen beherrsche. Deswegen kann ich in beiden Sprachen denken. Ich darf aber Ihrer Antwort entnehmen, daß Sie meine in Hindi geäußerten Gedanken zwar nicht *verstanden*, aber sehr wohl *gehört* haben. Stimmt das?«

»Ja.«

»Aber natürlich nicht alle meine Gedanken«, fuhr er fort. »Ich habe in den letzten beiden Minuten viele Dinge gedacht, in Hindi und in Englisch. Vielleicht Hunderte von ›Gedanken‹, wenn man diesen Begriff benutzen will, um die Entstehung und den Fluß von Vorstellungen und Ideen zu benennen. Aber Sie waren nur in der Lage, diejenigen meiner Gedanken wahrzunehmen, die ich mit einem gewissen Nachdruck gedacht habe.«

»Ich nehme an, daß Sie recht haben«, sagte ich.

»Würden Sie hier bitte für einen Moment warten?«

Ich nickte.

Er stand auf und verließ den Raum, wobei er die Tür hinter sich schloß.

Während der folgenden Wartezeit inspizierte ich seine Sammlung von Briefbeschwerern, bei denen es sich vor allem um solche handelte, die beim Schütteln ein Schneegestöber erzeugten. Es dauerte allerdings nicht lange, bis ich die Gedanken einer anderen Person empfing. Es war die erregte *Stimme* einer offensichtlich jüngeren Frau.

Sie haben meinen Mann getötet, hörte ich. *Jack getötet. O Gott, sie haben Jack getötet.*

Eine Minute später kehrte Dr. Mehta zurück.

»Nun?« fragte er.

»Ich habe sie gehört.«

»Was haben Sie gehört?«

»Die Gedanken einer Frau. – Ihr Mann sei getötet worden. Sein Name war Jack.«

Dr. Mehta atmete hörbar aus und nickte langsam. Nach einer längeren Schweigepause sagte er nur: »Nun gut!«

»Was heißt ›nun gut‹?« fragte ich.

»Sie haben vorhin nichts weiter *gehört*, sagten Sie, nicht wahr?«

»Nein. Sonst herrschte absolute Stille.«

»Aha. Aber die junge Frau haben Sie klar und deutlich gehört. Das ist interessant, denn ich hatte angenommen, Sie würden nur wahrnehmen können, daß jemand Kummer empfindet. Aber Sie nehmen allem Anschein nach nicht Gefühle wahr, sondern hören Dinge, als würden sie laut gesprochen. Ist das korrekt?«

»Ja.«

»Können Sie mir den möglichst genauen Wortlaut wiederholen, den Sie gehört haben?«

Ich kam seiner Bitte nach.

»Stimmt genau«, stellte er fest. »Wirklich beeindruckend. Können Sie eigentlich unterscheiden zwischen dem, was Sie hören, und dem, was Sie ›*hören*‹?« Für das letztgenannte Hören wählte er eine besondere Betonung.

»Allerdings. Die Klangfarbe ist irgendwie anders«, erklärte ich. »Es ist etwa der gleiche Unterschied, wie wenn man einen Satz flüstert oder in normaler Lautstärke artikuliert.«

»Sehr interessant«, sagte Dr. Mehta. Er stand auf und nahm einen seiner Briefbeschwerer (der den Niagarafällen nachempfunden war), mit dem er gedankenverloren hantierte, während er hinter seinem Schreibtisch auf und ab ging. »Aber Sie haben die erste Stimme nicht gehört?«

»Ich habe nicht bemerkt, daß es eine andere Stimme gab.«

»Es gab eine andere; einen Mann, jenseits der Wand dort drüben. Er sollte seine Gedanken allerdings nur gelassen und eher gleichgültig formulieren. Die andere Stimme, die Sie wahrgenommen haben, gehört einer Frau, die in demselben Zimmer sitzt. Sie sollte sich eine entsetzliche Situation möglichst intensiv vorstellen. Übrigens ist der Raum, in dem sich beide befinden, absolut schalldicht. Beim dritten Versuch, den Sie ebenfalls nicht wahrgenommen haben, war die Frau nicht im angrenzenden Zimmer, sondern etwa neunzig Meter entfernt.«

»Sie sagten vorhin, die Frau habe sich etwas Entsetzliches ›vorstellen‹ sollen. Wollen Sie damit sagen, daß ihr Mann nicht wirklich getötet wurde?« fragte ich.

»Das will ich.«

»Das wiederum würde bedeuten, daß ich nicht in der Lage bin, zwischen echten und vorgetäuschten Gedanken zu unterscheiden.«

»So ungefähr könnte man es ausdrücken«, bestätigte Mehta. »Faszinierend, finden Sie nicht?«

»Das ist noch stark untertrieben«, widersprach ich.

Während der folgenden Stunde wurde ich einer ganzen Reihe von Tests unterzogen, mit deren Hilfe die Sensitivität meiner Fähigkeit ermittelt werden sollte, also wie stark die Gedanken ›emotional aufgeladen‹ sein mußten und über welche räumlichen Distanzen ich noch zu auswertbaren Wahrnehmungen fähig war.

Danach trafen Mehta und ich zu einer Abschlußbesprechung zusammen.

»Wie Sie bereits vermutet haben, hat das Magnetfeld des Kernspinresonanztomographen in Ihrem Gehirn diesen Effekt bewirkt«, sprach er und zündete sich eine Zigarette an. Er inhalierte tief, was seine Denk- und Analysefähigkeiten anzuregen schien.

»Ich weiß sonst nicht viel über Sie«, fuhr er fort. »Nur, daß Sie Anwalt sind und früher für die CIA gearbeitet haben. Und mehr möchte ich über Sie auch gar nicht wissen. Übrigens, falls es Sie interessiert, ich bin der Leiter der psychiatrischen Sektion der CIA.«

»Psychotests, Verhöre und dergleichen?«

»Hauptsächlich. Ich bin sicher, daß meine Leute zahllose Tests mit Ihnen veranstaltet haben, bevor man Sie damals ins Trainingscamp und weiß Gott wohin geschickt hat. Da Ihre Personalakte unter Verschluß ist, konnte ich – selbst wenn ich es gewollt hätte – keine weiteren Informationen über Sie in Erfahrung bringen.« Wieder nahm Mehta einen Zug von seiner Zigarette.

»Sollten Sie jetzt von mir erwarten, daß ich Ihnen irgendwelche Erklärungen für Ihre übersinnlichen Fähigkeiten geben kann, dann muß ich Sie enttäuschen. Ich muß Ihnen sogar gestehen, daß ich bis vor wenigen Jahren zu denen gehörte, die das Ganze für reine Scharlatanerie hielten. Ich erinnere mich noch daran, daß ich Toby Thompson erst für vollkommen verrückt erklärte, als er mir damals seine Überlegungen darlegte.«

Ich lächelte.

»Meine Skepsis rührte nicht daher, daß Telepathie etwas Lächerliches ist. Schließlich gibt es zahllose Beobachtungen, die den Schluß nahelegen, daß bestimmte Tierarten auf diese Weise miteinander kommunizieren, Hunde oder Delphine beispielsweise. Aber mir war nie ein lebender Beweis untergekommen, daß ein Mensch über solche Fähigkeiten verfügt. Alles, was ich kannte, waren absolut unzuverlässige und sensationslüsterne Berichte von irgendwelchen Wichtigtuern.«

»Aber dann haben Sie Ihre Meinung geändert«, stellte ich fest.

Er lachte. »Das Ganze ist ein überaus komplexer Sachverhalt. Zuerst einmal muß man wissen, daß Gedanken in verschiedenen Teilen des menschlichen Gehirns gebildet werden: zum Beispiel im Hippocampus oder Ammonshorn, im vorderen Lappen der Großhirnrinde und in der Neo-Großhirnrinde. In diesem Zusammenhang sind die Ergebnisse des französischen Chirurgen Pierre-Paul Broca sehr aufschlußreich. Broca entdeckte im linken vorderen Hirnlappen den Sektor des menschlichen Hirns, in dem Sprache aufgebaut wird. Ein anderer, nach dem Mediziner Wernecke benannter Sektor dient dazu, Sprache zu erkennen.

Ich erwähne diese beiden Sektoren nur, weil ich vermute, daß bei Ihnen einer von den beiden durch den elektromagnetischen Einfluß des Kernspinresonanztomographen irgendwie verändert wurde und Sie dadurch jetzt in der Lage sind, elektrische Signale, die sogenannten Extremen Niederfrequenzwellen, zu empfangen, die von anderen Gehirnen abgestrahlt werden. Diese Wellen, so lautet meine Theorie, werden bei Denkprozessen durch die Aktivitäten in den Sprachzentren erzeugt.

So weit, so gut! Aber den entscheidenden Schritt taten wir erst, nachdem wir durch zwei neuere Studien wichtige Denkanstöße erhielten. Eine davon wurde vor ein oder zwei Jahren von einem Team am John-Hopkins-Hospital veröffentlicht. Es war den Wissenschaftlern gelungen, den Denkprozeß eines Gehirns mit Hilfe eines Computers darzustellen. Dazu hatten sie Elektroden in ein Affenhirn eingesetzt und die elektrischen Impulse aus dem motorischen Teil der Großhirnrinde, der für die Steuerung des Bewegungsapparates verantwortlich ist, graphisch dargestellt. Jedesmal, wenn das Tier eine Bewegung machte, konnte man eine Tausendstelsekunde zuvor am Computer die Denkprozesse beobachten, die der jeweiligen Bewegung vorausgingen. Es war ein wirklich atemberaubendes Erlebnis, ein Gehirn beim Denken zu beobachten.

Die zweite Studie stammte von einer Gruppe von Geobiologen, die am Kalifornischen Institut für Technologie tätig sind. Die Forscher stellten fest, daß das menschliche Hirn ungefähr sieben Milliarden mikroskopisch kleiner Magnetkristalle beinhaltet. Ihnen ging es darum, herauszufinden, ob es einen Zusammenhang zwischen Krebserkrankungen und elektromagnetischen Feldern gibt. Wir kamen jedoch auf die folgende Idee: Was würde passieren, wenn es gelänge, die Milliarden von Magnetkristallen mit Hilfe des Kernspinresonanztomographen gewissermaßen zu ordnen? Da Sie sich als Anwalt auf Patentrecht spezialisiert haben, werden Sie sicherlich technologische Entwicklungen interessiert mitverfolgen.«

»Im allgemeinen schon.«

»In den ersten Monaten des Jahres 1993 wurde ein weltbewegender Durchbruch auf dem Gebiet der Hirnforschung veröffentlicht – und zwar gleichzeitig von dem japanischen Computergiganten Fujitsu, der Nippon Telegraph und Telephone Corporation sowie der Technischen Universität Graz in Österreich. Unter Einsatz verschiedener biokybernetischer Verfahrenstechniken und einer weiterentwickelten Form elektroencephalographischer Aufzeichnung von Hirnimpulsen hatten die Wissenschaftler es erreicht, daß Menschen speziell programmierte Computer einzig und allein durch *gedachte* Befehle steuern konnten. Nur durch die Kraft des Denkens konnten sie einen Cursor auf dem Bildschirm bewegen oder sogar Briefe schreiben. Als wir davon erfuhren, war uns klar, daß unser Projekt zumindest theoretisch realisierbar ist.«

»Aber warum können Sie diesen Effekt nicht bei jedem Menschen hervorrufen?«

»Das ist die Frage, auf die wir noch keine befriedigende Antwort gefunden haben«, gestand Mehta. »Es könnte mit der Lage der Sprachzentren im vorderen Hirnlappen zu tun haben oder auch mit der Dichte der Neuronen. Doch das ist alles reine Spekulation. Aber aus welchen Gründen auch immer – bei Ihnen hat es funktioniert! Und das macht Sie zweifellos außerordentlich wertvoll.«

»Wertvoll für wen?« fragte ich. Aber Mehta hatte den Raum bereits verlassen.

7

»Ich bin wirklich sehr zufrieden«, sagte Toby Thompson, und es war ihm anzusehen, daß er wirklich zufrieden war: mit meiner Wiederergreifung nach dem gescheiterten Fluchtversuch, mit meinen von Dr. Mehta ermittelten Testergebnissen oder auch mit beidem.

Es war acht Uhr früh. Nach Abschluß der Untersuchungen hatte man mich in einen unterirdischen Trakt des gesichtslosen Bürogebäudes geführt. Dort befand ich mich nun in einem kahlen, hell erleuchteten Verhörzimmer und blickte Toby, der im angrenzenden Raum saß, durch eine große, dicke, mit Fingerabdrücken übersäte Glasscheibe an.

»Sage mir nur eines«, bat ich ihn, »was soll die Glasscheibe? Warum verwendet ihr nicht wie gestern Störfrequenzen?«

Toby zeigte ein beinahe versonnenes Lächeln. »Aber das tun wir doch. Wir wollen dennoch jedes Risiko ausschließen. Mein Vertrauen in die Technik ist eher begrenzt. Wie denkst du darüber?«

Nach der schlaflosen Nacht und Dr. Mehtas Tests war ich nicht in der Stimmung für solche Spielereien. »Wenn mir meine Flucht gelungen wäre . . .«, sagte ich.

». . . dann hätten wir alle Hebel in Bewegung gesetzt, um dich wieder aufzuspüren, Ben. Du bist einfach zu wertvoll für uns. Nebenbei bemerkt ließ dein psychisches Profil beinahe gar keinen anderen Schluß zu, als daß du einen Fluchtversuch unternehmen würdest. Deshalb war ich nicht allzu überrascht, als heute nacht der Alarm ausgelöst wurde. Aber auch wenn du zwischenzeitig aus dem aktiven CIA-Dienst ausgeschieden bist und offensichtlich nicht mehr sehr viel mit uns im Sinn hast, werden wir dich schon aufpäppeln und dafür sorgen, daß du auch wieder den richtigen Geruch bekommst – wie bei den Ameisen.«

»Wie bei den Ameisen?« fragte ich verdutzt.

»Ja, erinnerst du dich nicht mehr daran, daß ich seit jeher von den Ameisen fasziniert bin?«

Mir fiel wieder ein, daß Toby einmal Entomologie studiert hatte, bevor ihn die Wirren des Zweiten Weltkrieges erst zum militärischen Nachrichtendienst OSS und dann zur CIA verschlugen. Von unserer Pariser Zeit her wußte ich, daß seine Begeisterung für Ameisen allerdings ungebrochen war. Außerdem hatte er zumindest damals noch mit seinem alten Freund E. O. Wilson in Verbindung gestanden, der als Professor in Harvard lehrte und als eine der weltweit größten Kapazitäten auf dem Gebiet der Entomologie galt.

»Doch, Toby, ich erinnere mich. Aber ich verstehe trotzdem nicht.«

»Wenn eine Ameise auf eine andere trifft, dann überprüft sie mit ihren Fühlern deren Gestalt und Geruch. Sollte es sich bei der fremden Ameise um einen Eindringling handeln, der zu einem anderen Ameisenvolk gehört, so wird sie sie angreifen. Handelt es sich jedoch um ein Mitglied des eigenen Volkes, dann wird sie gefüttert. Gehört sie zum eigenen Volk, aber zu einer anderen Kolonie, erhält sie weniger Futter, aber nur so lange, bis sie den Geruch der eigenen Kolonie angenommen hat und als vollwertiges Mitglied gilt.«

»Ich gehöre also zu einer anderen Kolonie?« vergewisserte ich mich ungeduldig.

»Hast du schon einmal gesehen, wie eine Ameise einer anderen Futter anbietet? Das Ganze ist eine sehr intime, geradezu rührende Angelegenheit.« Plötzlich wich die Begeisterung in Tobys Augen einem kalten Ausdruck. »Ein Angriff ist jedoch alles andere als angenehm, denn entweder stirbt die eine der beiden Ameisen oder es sterben beide.«

Ich strich mit den Fingern über das künstliche Furnier des Tisches, an dem ich saß. »Na schön, ich habe deine Drohung verstanden. Aber erkläre mir trotzdem, wer es letztens auf mich abgesehen hatte.«

»In Boston?«

»Ja. Aber komm mir jetzt bitte nicht mit ›Wir haben keine Ahnung‹.«

»Aber das ist der Fall. Wir wissen es wirklich nicht. Wir wissen nur, daß es irgendwo eine undichte Stelle . . .«

»Verdammt, was soll das alberne Getue, Toby«, explodierte ich. »Wann fängst du endlich an, mit offenen Karten zu spielen?«

Für mich überraschend, wurde jetzt auch Toby laut. »Ich spiele mit offenen Karten, Ben. Aber ich weiß einfach nicht, wer dir an den Kragen wollte. Ich kann dich deshalb auch nur über Dinge informieren, die dieses Projekt betreffen.

Wie ich dir schon gestern sagte, trage ich seit der Sache in Paris die Verantwortung für das Orakel-Projekt. Für den seltsamen Namen sind übrigens einige Herrschaften aus der Führungsetage in Langley verantwortlich, die offensichtlich eine Schwäche für melodramatische Codenamen haben. Das Wort ist eine Ableitung des lateinischen ›oraculum‹ beziehungsweise ›orare‹, das heißt ›sprechen‹. Wie du ja am besten weißt, können auch Gedanken sehr beredt sein.«

Ich zuckte die Achseln.

»Das Orakel-Projekt beschäftigt sich mit den nachrichtendienstlichen Nutzungsmöglichkeiten der Telepathie und ist ausgesprochen teuer, arbeitsintensiv, streng geheim und wird von den wenigen, die eingeweiht sind, als hoffnungsloser Fall betrachtet. Denn seit dem Selbstmord des Holländers haben wir kein gleichermaßen aufschlußreiches Studienobjekt finden können, obwohl wir inzwischen mehr als achttausend Testpersonen untersucht haben.«

»Achttausend?« rief ich ungläubig.

»Der Großteil der Leute wußte natürlich nichts Genaues, sondern nur, daß es sich um medizinische Versuche handelte – für die es übrigens eine ansehnliche Entschädigung gab. Aber trotz des immensen Aufwandes zeigten sich nur bei zwei Personen Anzeichen für übersinnliche Fähigkeiten, die zudem zwei Tage später wieder völlig verschwunden waren.«

»Bei mir ist es bereits zwei Tage her, aber es hat sich noch nichts verändert«, stellte ich fest.

»Ich bin froh, das zu hören.«

»Aber was, in Gottes Namen, soll der ganze Aufwand? Der kalte Krieg ist vorbei, Toby, und damit auch . . .«

»Nein, Ben«, unterbrach mich Toby, »das Gegenteil ist der Fall. Die Welt hat sich gewiß verändert, aber sie ist ein genauso gefährlicher Ort wie zuvor. Die Russen stellen noch immer eine Bedrohung dar, denn sie warten nur auf die Chance für einen Umsturz oder darauf, daß das ganze System zusammenbricht. Die Situation erinnert an die Weimarer Republik, die mit ihrer Schwäche die Voraussetzungen für einen Adolf Hitler geschaffen hatte, der das in Trümmern liegende Reich zu neuem Glanz führen sollte. Und auch der Mittlere Osten ist und bleibt ein Unruheherd, in dem der Terrorismus blüht. Ich sage dir, Ben, die große Zeit eines weltweiten Terrorismus wird erst noch kommen, denn es wird immer Unruhestifter wie Saddam Hussein oder Muammar al Kadhafi geben. Aus all diesen Gründen brauchen wir Leute mit deinen Fähigkeiten, Agenten, die in der Lage sind, gewisse *Absichten* und *Vorhaben* rechtzeitig in Erfahrung zu bringen.«

»Na schön! Aber erkläre mir, was diese Schießerei in Boston zu beduetan hatte! Das Orakel-Projekt läuft doch bereits seit – wie lange? – fünf Jahren?«

»Ungefähr«, bestätigte Toby.

»Und ausgerechnet jetzt kommt jemand auf die Idee, mich ausschalten zu wollen. Dafür muß es doch einen konkreten Grund geben! Es muß bestimmte Leute geben, die Übles im Schilde führen und denen ich im Weg bin.«

Toby seufzte und berührte mit seinen Fingern die Trennscheibe zwischen uns. »Den Ostblock gibt es glücklicherweise nicht mehr«, sagte er bedächtig. »Aber es gibt jetzt Hunderte und Tausende von arbeitslos gewordenen Ostblock-Spionen, und die stellen eine sehr viel schwerer einzuschätzende Bedrohung dar.«

»Das ist keine Erklärung«, widersprach ich. »Die Leute, die du meinst, machen höchstens die Dreckarbeit. Aber wer sitzt im Hintergrund und gibt die Befehle?«

»Verdammt noch mal, Ben«, donnerte Toby. »Was glaubst du, wer wohl Ed Moore ins Jenseits befördert hat?«

Ich starrte ihn an. Seine weit aufgerissenen Augen spiegelten Schmerz und Furcht zugleich. »Du wirst es mir gleich sagen«, stellte ich mit ruhiger Stimme fest. »Wer hat ihn getötet?«

»Die offizielle Version lautet, daß er sich am Lauf seines

ehemaligen Dienstrevolvers – einem 1957er Smith & Wesson, Modell 39 – verschluckt hat.«

»Und?«

»Wie du weißt, ist das Modell 39 für 9-mm-Parabellum-Geschosse vorgesehen. Es war der erste 9-mm-Revolver, der von einem amerikanischen Hersteller produziert wurde.«

»Zum Teufel, worauf willst du hinaus?«

»Das Geschoß, das Edmund Moores Gehirn zu Brei verwandelte, stammte aus einer speziellen 9-mm-x-18-Hülse. Diese Munition wird normalerweise für Makarow-Pistolen verwendet. Verstehst du jetzt?«

»Eine Waffe, die von den Sowjets benutzt wurde«, sagte ich. »Oder ...«

»Oder von den Ostdeutschen. Das Geschoß, das Ed Moore tötete, wurde für das in der ehemaligen DDR eingesetzte Makarow-Modell gefertigt. Ich glaube allerdings nicht, daß Ed sich ausgerechnet bei seinem ›Selbstmord‹ den makabren Scherz leisten wollte, seine alte CIA-Waffe mit Munition zu laden, die normalerweise der ostdeutsche Geheimdienst verwendete.«

»Aber die gottverdammte Stasi existiert doch gar nicht mehr, Toby!«

»Die DDR existiert nicht mehr und die Stasi auch nicht. Aber es gibt noch genug ehemalige Stasi-Schergen. Und irgend jemand hat einige von ihnen angeheuert und benutzt sie. – Ben, wir brauchen dich wirklich.«

»Ja, es scheint so«, sagte ich, »aber wofür? Wie lautet mein Auftrag?«

Toby begann wieder sein Ritual, ein Päckchen Rothmans aus der Tasche zu ziehen und gegen den Rollstuhl zu klopfen, um so zu einer Zigarette zu gelangen. Nachdem er sie sich angezündet hatte, ließ er endlich, umhüllt von einer blauen Wolke, die Katze aus dem Sack:

»Wir möchten, daß du herausfindest, wo sich der letzte Chef des KGB aufhält.«

»Wladimir Orlow.«

Er nickte.

»Das herauszufinden dürfte doch für euch, mit dem gesamten CIA-Apparat im Rücken, kein Problem sein.«

»Wir wissen nur, daß er sich in Norditalien aufhält, in der Toskana. Das ist alles.«

»Und woher wißt ihr das?«

»Du müßtest dich daran erinnern, daß ich niemals über Informationsquellen rede«, erklärte Toby mit einem verschlagenen Grinsen. »Ich kann aber so viel sagen, daß Orlow ein kranker Mann ist und deshalb einen Kardiologen in Rom konsultiert hat, bei dem er bereits seit Jahren in Behandlung ist, genauer gesagt, seit seinem ersten Rom-Besuch in den späten 70ern. Dieser Herzspezialist behandelt auf ausgesprochen diskrete Weise viele hochrangige Persönlichkeiten aus aller Welt. Anscheinend vertraut ihm Orlow.

Wir wissen auch, daß sich Orlow nach seinem letzten Arztbesuch mit dem Wagen zu einem unbekannten Ort in der Toskana aufgemacht hat. Sein Fahrer scheint allerdings besondere Fähigkeiten beim Abschütteln von Verfolgern zu besitzen.«

»Was ist mit dem Kardiologen?«

»Wir haben uns in Rom in seiner Praxis umgesehen, aber er muß ein sehr gutes Versteck haben, in dem er die Unterlagen über Orlow aufbewahrt.«

»Hm. Und was ist, wenn ich Orlow tatsächlich gefunden haben sollte?«

»Du bist Harrison Sinclairs Schwiegersohn. Deshalb ist es durchaus glaubwürdig, daß er dich in seine ›Geschäfte‹ eingeweiht hat. Orlow wird zwar mißtrauisch sein, aber du wirst ihn schon überzeugen können. Wenn du es schaffst, in Orlows Nähe zu gelangen, dann besteht deine Aufgabe darin, möglichst viel über sein Treffen mit Hal Sinclair herauszufinden. Worüber haben die beiden gesprochen? Hat Hal wirklich ein Vermögen aus dem CIA-Budget beiseite geschafft? Und wenn er es tat, zu welchem Zweck? Was hat Orlow mit der ganzen Sache zu tun? Du sprichst Russisch, und mit deinen außergewöhnlichen Fähigkeiten, Ben...«

»Stimmt. Orlow müßte nicht einmal den Mund aufmachen.«

»Wir könnten mit deiner Hilfe zwei Fliegen mit einer Klappe schlagen, indem du nicht nur den Verbleib des verschwundenen Vermögens aufklärst, sondern auf diese Weise auch Hals Ruf von jedem Makel befreist. Allerdings, es besteht auch die Möglichkeit, daß dir die Dinge, die du über Hal erfährst, nicht gefallen werden.«

»Das halte ich für sehr unwahrscheinlich.«

»Du solltest dir da nicht zu sicher sein. Du willst nicht glauben, daß Hal Sinclair ein Verräter gewesen sein könnte. Alex Truslow und ich wollen das auch nicht, aber bereite dich besser darauf vor, daß du genau das erfahren wirst – so schmerzlich es auch sein mag. Und darüber hinaus sollte ich dich auch noch besser darauf hinweisen, daß dieser Auftrag nicht ganz risikolos ist. Man könnte versuchen, dir Knüppel zwischen die Beine zu werfen.«

»Wer sollte das tun?«

Toby lehnte sich in seinem Rollstuhl zurück. »Schon Auguste Forel, ein großer Entomologe des 19. Jahrhunderts, hatte beobachtet, daß der größte Feind der Ameise die Ameise ist. Frei nach Forel ist also der größte Feind des Spions der Spion.« Er legte die Fingerspitzen aneinander. »Was immer Orlow mit Hal vereinbart haben sollte, er wird bestimmt kein Interesse daran haben, daß es von jemandem enthüllt wird.«

»Rede doch nicht um den heißen Brei herum, Toby«, sagte ich. »Du glaubst also nicht daran, daß Hal unschuldig ist.«

Er machte seinem Unwillen erkennbar Luft. »Nein«, gestand er. »Ich glaube nicht mehr daran, obwohl ich es gerne würde. Aber wie dem auch sei, wenigstens könnten wir erfahren, was Hal kurz vor seinem Tod im Schilde führte.«

»Was Hal im Schilde führte?« rief ich aufgebracht. »Teufel auch, Hal ist tot.«

Toby zuckte zusammen, und ich hatte wieder den Eindruck, einen Hauch von Furcht in seinen Augen zu erkennen, ob vor mir (wegen meines Gefühlsausbruchs) oder jemand anderem, vermochte ich allerdings nicht zu sagen.

»Wer hat ihn ermordet?« bohrte ich nach. »Wer?«

»Vermutlich ehemalige Stasi-Leute.«

»Das meine ich nicht. Wer steckt dahinter? Wer hat den Befehl gegeben, Hal zu ermorden?«

»Das wissen wir nicht.«

»Was ist mit dieser CIA-Clique, die versucht, ihren eigenen Kurs zu fahren, mit diesem Rat der ›Weisen‹, von dem mir Alex erzählte?«

»Möglich, daß sie ihre Finger im Spiel haben. Allerdings wäre auch denkbar – und ich weiß, daß du das nicht hören willst –, daß Hal selbst einer der ›Weisen‹ war. Vielleicht gab es Meinungsverschiedenheiten unter ihnen, wobei Hal den kürzeren zog.«

»Das ist nur eine Möglichkeit«, sagte ich kühl. »Es gibt sicherlich auch andere.«

»Sicher«, stimmte Toby zu. »Vielleicht hat Hal Sinclair irgendein Geschäft mit Orlow gemacht, bei dem es um eine große Geldsumme ging. Vielleicht wurde Hal dann von Orlow aus Gier oder aus Angst umgebracht. Immerhin klingt es für mich logisch, daß ein ehemaliger Geheimdienstmann aus der früheren DDR oder aus Rumänien sein Geld mit einem Mordauftrag verdient, den er von dem Mann bekommt, der früher sein höchster Boß war.«

»Ich muß sofort mit Alex Truslow sprechen.«

»Er ist zur Zeit nicht zu erreichen.«

»Das stimmt nicht«, widersprach ich. »Er ist in Camp David und dort sehr wohl zu erreichen.«

»Ben, er ist bereits auf dem Rückweg. Wenn du unbedingt mit ihm sprechen mußt, dann versuche es am besten morgen. Aber es gilt nun, keine Zeit zu verlieren. Dazu ist die Angelegenheit viel zu dringend.«

»Du hast vor, Molly so lange in deinem Gewahrsam zu behalten, bis ich dir die gewünschten Informationen geliefert habe, nicht wahr?«

»Ben, wir sind wirklich in einer verzweifelten Lage, weil es einfach um sehr viel geht.« Er nahm einen tiefen Zug von seiner Zigarette. »Das mit Molly war nicht meine Idee. Ich habe deswegen lange mit Charles Rossi gestritten.«

»Aber du duldest es.«

»Ich verspreche dir, daß sie bestens behandelt wird, und sie wird dir das selbst bestätigen. Vielleicht tun ihr die paar Tage Ruhe sogar gut nach allem, was geschehen ist. Dem Krankenhaus haben wir übrigens mitgeteilt, daß sie wegen einer dringenden Familienangelegenheit fort mußte.«

Ich spürte, wie mein Adrenalinspiegel bei Tobys scheinheiligem Gerede wieder sprunghaft anstieg, versuchte aber, mich zusammenzureißen. »Toby, ich hoffe bei Gott, daß ihr mit Molly oder mir kein krummes Ding versucht. Warst du es nicht, der mir einmal erklärte, wie sich die Ameisen bei einem Angriff auf ihr Nest verhalten? Sie schicken nicht die jungen, sondern die alten Ameisen in den Kampf, weil es bei denen keine Rolle spielt, ob sie dabei draufgehen oder nicht. Sagt man in solchen Fällen nicht, daß das Ganze zum ›Wohle der Allgemeinheit‹ geschieht?«

»Ben, wir werden zu deinem Schutz alles tun, was in unserer Macht steht.«

»Ich stelle zwei Bedingungen.«

»Was für Bedingungen?«

»Erstens, ich werde nur diesen einen Auftrag übernehmen. Ich habe nämlich keine Lust, auch später von euch als Versuchskaninchen für irgendwelche Tests oder Psycho-Tricks eingesetzt zu werden. Hast du mich soweit verstanden?«

»Ich habe dich verstanden, Ben«, bestätigte Toby gelassen. »Ich gebe allerdings die Hoffnung nicht auf, daß du dich zu einem späteren Zeitpunkt eines Besseren besinnen wirst.«

Ich ignorierte seine Bemerkung und fuhr fort. »Zweitens, ich werde dir die Informationen erst geben, *nachdem* ihr Molly freigelassen habt. Dazu notwendige Instruktionen werde ich euch rechtzeitig zukommen lassen.«

»Du bist verrückt, Ben«, rief Toby, der diesmal keineswegs mehr gelassen wirkte.

»Vielleicht. Aber bei diesem Spiel riskiere ich Kopf und Kragen, und deswegen bestimme ich die Regeln. Entweder wir machen es so oder gar nicht! Also, bist du einverstanden, Toby?«

»Ich kann dazu nicht mein Einverständnis geben, denn es ist ein Verstoß gegen alle Vorschriften und Gepflogenheiten.«

»Du hast keine Wahl, Toby. Sage ja.«

Wieder folgte eine lange Pause. »Zur Hölle mit dir, Ben. Also gut. Ich bin einverstanden.«

»Dann sind wir uns einig«, rief ich.

Er preßte beide Handflächen auf den Tisch. »In ein paar Stunden wirst du mit einer unserer Maschinen nach Rom fliegen«, kündigte er an. »Wir haben keine Zeit mehr zu verlieren.«

Teil IV

Die Toskana

International Herald Tribune

Führer der Nationalsozialistischen Partei ermordet

VON ISAAC WOOD NEW YORK TIMES SERVICE

BONN - Jürgen Krauss, der hitzige Führer der wiedererstandenen Nationalsozialistischen Partei und aussichtsreicher Kandidat für das Kanzleramt, wurde heute morgen auf offener Straße erschossen.

Bis jetzt hat niemand die Verantwortung für das Attentat übernommen.

Nach Krauss' Tod verbleiben nur noch zwei Politiker im Rennen um die Wählergunst. Beide gehören gemäßigteren Parteien an.

In die Trauer um den gewaltsamen Tod des Nationalsozialisten Krauss mischt sich allerdings auch vielerorts Erleichterung darüber, daß ...

1

Ich war bereits mehrere Male zuvor in Rom gewesen, aber ich hatte mich für diese Stadt nie sehr erwärmen können. Italien gehörte zweifellos zu meinen bevorzugten Reiseländern, es stand vielleicht sogar an erster Stelle meiner persönlichen Rangliste, aber dennoch war mir Rom stets heruntergekommen, verschmutzt und einfach erdrückend vorgekommen. Ich gebe zu, die Stadt hat auch überaus prachtvolle Seiten – Michelangelos Campidoglio, den Petersdom, die Villa Borghese, die Via Veneto. Alle diese Sehenswürdigkeiten sind natürlich höchst beeindruckend, vor allem wegen ihrer so weit in die Antike zurückgehenden historischen Bedeutung, ihrer Grandiosität und ihrer opulenten Pracht, doch sind es gerade diese Züge, die ihnen gleichzeitig auch etwas Übermächtiges und Einschüchterndes verleihen. Und wohin man sich in dieser Stadt auch bewegt, irgendwann stößt man unumgänglich auf die Piazza Venezia und damit auf das Monument zu Ehren Victor Emmanuels II.: ein geschmackloses Bauwerk aus weißem Bresciamarmor, das inmitten der beißenden Autoabgase an eine gigantische Schreibmaschine erinnert. Aber ich meide diesen Ort schon deshalb, so gut ich kann, weil Mussolini hier seine bombastischen Hetzreden hielt.

Als ich in Rom eintraf, empfing mich ein unangenehm kühles Regenwetter. In der triefenden Nässe wirkte der Taxistand vor dem internationalen Bereich des Flughafens Fiumicino so verlassen und trostlos, daß ich keine Lust verspürte, mich gleich auf den Weg in die Stadt zu machen.

Deshalb suchte ich zunächst einmal in der Flughafenhalle eine Bar auf, wo ich einen *cafe lungo* orderte. Als ich ihn in langsamen Schlucken genoß, spürte ich, wie das Koffein Wirkung gegen meinen Jetlag zeigte. Ich war mit einem gefälschten Paß eingereist, den einer der Fälschungskünstler der technischen Abteilung der CIA für mich angefertigt hatte (und zwar in Zusammenarbeit mit dem US-Außenministerium, wie hier nicht verschwiegen werden soll).

Ich trug nun den Namen Bernard Mason und gab mich als amerikanischer Konzernchef aus, der einige Projekte mit der italienischen Tochtergesellschaft seiner US-Firma abzustimmen plante. Der Paß, den ich bei mir trug, vermittelte den überzeugenden Eindruck, abgegriffen und zerfleddert zu sein. Wenn ich es nicht besser gewußt hätte, wäre ich selber davon überzeugt gewesen, daß er mit seinen vielen Eselsohren schon etliche internationale Reisen mitgemacht hatte und der Besitzer ein ziemlich schlampiger Mensch sein mußte.

Ich nahm noch einen zweiten *cafe lungo* und ein *cornett* zu mir, bevor ich in Richtung der Toiletten schlenderte. Die in den Farben Schwarz und Weiß gehaltenen Toilettenräume waren schlicht und sauber. An der einen Seite des Raumes befanden sich unter einem großen Spiegel eine Reihe von Waschbecken. Auf der anderen Seite waren vier Toilettenkabinen, deren Türen mit schwarzer Hochglanzfarbe gestrichen waren und nahtlos vom Boden bis zur Decke reichten. Die Kabine links außen war besetzt, und obwohl die übrigen frei waren, blieb ich bei einem der Waschbecken stehen. Dort wusch ich mir die Hände und das Gesicht und kämmte mir die Haare, bis die linke Kabinentür geöffnet wurde. Heraus trat ein rundlicher Araber mittleren Alters, der noch damit beschäftigt war, den Gürtel vor seinem beachtlichen Bauch zu schließen. Er verließ den Raum, ohne sich die Hände zu waschen. Im gleichen Augenblick begab ich mich in die soeben frei gewordene Kabine und verriegelte die Tür.

Ich klappte den Toilettendeckel herunter, kletterte darauf und langte nach einem Kunststoffkasten, der in Deckennähe befestigt war. Wie angekündigt, ließ er sich leicht öffnen, und schon stieß ich auf ein dickes unförmiges Bündel. Es handelte sich um einen großen, gefütterten Umschlag, der, jeweils in einen sauberen Baumwollappen gewickelt, einen Kasten mit fünfzig ACP-Patronen und eine schlanke, mattschwarze 45er-Pistole enthielt: eine halbautomatische Sig-Sauer 220. Die offensichtlich noch vom Hersteller eingeölte Waffe war brandneu. Meiner Ansicht nach ist die Sig die beste aller Pistolen, denn sie verbindet mit ihrem zehn Zentimeter langen Lauf, der sechs Züge enthält, höchste Schußgenauigkeit mit einem geringen Gewicht von nur ungefähr sechsundzwanzig Unzen. Ich hoffte jedoch insgeheim, daß ich nicht in die Lage kommen würde, sie benutzen zu müssen.

Meine Laune war nicht gerade die beste. Ich hatte mir geschworen, niemals wieder bei diesem entsetzlichen Treiben mitzuspielen, doch nun befand ich mich bereits mittendrin. Und ich ahnte, daß mich auch die dunkle, gewalttätige Seite meines Wesens, die ich für immer begraben geglaubt hatte, von neuem einholen würde.

Ich wickelte alles wieder zu einem Bündel zusammen, schob es in meine Reisetasche und ließ den Umschlag in der Kabine zurück, deren Tür ich beim Hinausgehen hinter mir schloß.

Als ich die Toilette verlassen hatte und mich in Richtung des Taxistandes begab, beschlich mich plötzlich ein merkwürdiges Gefühl. Irgend etwas erregte meine Aufmerksamkeit – eine Person, eine Bewegung, ein Geräusch. Flughäfen sind lebhafte Orte mit meist hektischem Betrieb und deshalb auch der ideale Platz, um jemanden unerkannt zu verfolgen. Ich wurde beobachtet. Ich spürte es. Ich kann nicht behaupten, daß ich etwas Bestimmtes *hörte* oder sonstwie wahrnahm, dazu waren viel zu viele Menschen um mich herum, die überall unübersichtliche Gruppen bildeten. Ein wahres Babel an fremd klingendem Sprachengewirr umgab mich, und das bei meinen armseligen Italienischkenntnissen. Doch ich spürte es genau. Mein Instinkt, der einst so fein ausgeprägt gewesen war und dann lange Zeit brachgelegen hatte, erwachte zu neuem Leben.

Nein, es gab keinen Zweifel: Da *war* jemand. Ein kleiner dunkelhäutiger Mann von ungefähr vierzig Jahren, bekleidet mit einer grün-grauen Sportjacke, der in der Nähe einer Drogerie herumlungerte, das Gesicht halb hinter einer Ausgabe des *Corriere della sera* versteckt.

Ich beschleunigte auf dem Weg zum Ausgang meine Schritte ein wenig, bis ich aus dem Gebäude trat. Er folgte mir nach draußen, und zwar auf eine sehr auffällige Weise. Das beunruhigte mich, denn offensichtlich bemühte er sich nicht einmal besonders darum, unbemerkt zu bleiben. Das bedeutete, daß es wahrscheinlich noch andere Verfolger gab. Es bedeutete auch, daß sie es offensichtlich *darauf anlegten*, von mir bemerkt zu werden.

Ich stieg ins nächstbeste Taxi, einen weißen Mercedes, und forderte den Fahrer auf: »Zum Grand Hotel, *per favore*.«

Ich bemerkte sofort, daß mein Verfolger sich direkt hinter mir ebenfalls in einem Taxi befand. Höchstwahrscheinlich war inzwischen noch ein weiteres Fahrzeug auf mich angesetzt, wenn nicht gar zwei oder drei. Nachdem wir uns ungefähr vierzig Minuten lang durch den morgendlichen Berufsverkehr gequält hatten, bog das Taxi in die enge Via Vittorio Emanuele Orlando ein und hielt vor dem Grand Hotel. Sogleich eilten vier livrierte Pagen dem Taxi entgegen, nahmen mein Gepäck in Empfang, luden es auf eine Gepäckkarre, halfen mir aus dem Wagen und geleiteten mich in die gedämpfte Atmosphäre der elegant eingerichteten Empfangshalle.

Ich gab jedem von ihnen ein mehr als großzügiges Trinkgeld und nannte an der Rezeption meinen Namen.

Der Empfangschef lächelte und begrüßte mich: »*Buon giorno, signore!*« Er überflog geschäftig seine Reservierungsliste, bis ein besorgter Ausdruck über sein Gesicht huschte. »*Signore* ... ah, Mr. Mason?« wiederholte er fragend und sah entschuldigend zu mir auf.

»Gibt es ein Problem?«

»Es scheint so, Sir. Uns liegt keine Anmeldung unter diesem Namen vor.«

»Vielleicht unter dem Namen meiner Firma«, schlug ich vor. »TransAtlantic.«

Nach einem Moment des Suchens schüttelte er erneut bedauernd den Kopf. »Wissen Sie, wann die Reservierung vorgenommen wurde?«

Ich schlug mit der flachen Hand auf die aus edlem Marmor gefertigte Rezeptionstheke. »Das interessiert mich nicht, verdammt noch mal!« rief ich wütend. »Dieser Mistladen hat es vermasselt und...«

»Wenn Sie ein Zimmer benötigen, Sir, bin ich sicher . . .«

Ich winkte den Gepäckträger herbei. »Nein. Nicht hier. Ich bin sicher, daß man im Excelsior keine solchen Fehler macht.«

Ich wandte mich dem Gepäckträger zu und forderte ihn auf: »Lassen Sie mein Gepäck nach hinten bringen. Zum Hinterausgang. Und ich brauche ein Taxi zum Excelsior in der Via Veneto. Unverzüglich.«

Der Page verbeugte sich leicht und gab einem der Gepäckjungen ein Handzeichen, woraufhin dieser den Wagen mit meinem Gepäck übernahm und ihn in Richtung des Hinterausgangs schob.

»Sir, falls es sich um einen Fehler des Hauses handelt, bin ich sicher, daß wir ihn problemlos wieder ausbügeln können«, ließ sich der Empfangschef vernehmen. »Wir haben ein Einzelzimmer frei. Darüber hinaus haben wir mehrere kleinere Suiten zu Ihrer Verfügung.«

»Ich möchte Ihnen keinerlei Umstände bereiten«, gab ich in überheblichem Tonfall von mir, während ich dem Gepäckträger zum hinteren Teil der Rezeptionshalle in Richtung Lieferantenausgang folgte.

Innerhalb weniger Minuten traf das Taxi ein und hielt am Hintereingang des Hotels. Der Gepäckträger lud meine Koffer und die kleine Reisetasche in den Kofferraum des Opel. Ich versah ihn mit einem ansehnlichen Trinkgeld und stieg ein.

»Zum Excelsior, *signore*?« erkundigte sich der Fahrer.

»Nein«, erwiderte ich. »Zum Hassler. Piazza Trinità dei Monti.«

Das Hassler liegt direkt über der Spanischen Treppe, einem der schönsten Plätze Roms. Ich hatte dort früher bereits gewohnt, und die CIA hatte mir auf meine Bitte hin in diesem Haus ein Zimmer gebucht. Die Episode mit dem Grand Hotel war selbstverständlich geplant gewesen, und es sah tatsächlich so aus, als hätte das Abschüttelungsmanöver funktioniert; die Verfolger schienen meine Spur zunächst einmal verloren zu haben. Ich wußte natürlich nicht, wie lange es dauern würde, bis sie meinen wahren

Aufenthaltsort herausbekämen, aber fürs erste fühlte ich mich in Sicherheit.

Von der Reise ziemlich erschöpft, nahm ich zuerst einmal eine Dusche und ließ mich dann genüßlich auf das ausladende Doppelbett fallen. Als ich zwischen die frisch gestärkten und makellos gebügelten Laken schlüpfte, durchflutete mich ein herrliches Gefühl des Wohlbehagens, das mich unverzüglich in einen dringend benötigten tiefen Schlaf fallen ließ. Nur die sorgenvollen Gedanken an Molly, die sich in meine Träume schlichen, vermochten mein Glück ein wenig zu trüben.

Einige Stunden später wurde ich von einem Dauerhupen geweckt, das von irgendeinem der Autos in der Nähe der Spanischen Treppe heraufschallte. Es war Nachmittag, und das Zimmer wurde von hellem Sonnenlicht durchflutet. Ich griff zum Telefon und orderte einen Cappuccino und eine Kleinigkeit zu essen, da mein Magen vor Hunger knurrte.

Ein Blick auf meine Armbanduhr verriet mir, daß in Boston gerade die Büros öffneten. Ich ließ mich mit einer Bank in Washington verbinden, auf der ich noch ein bereits vor Jahren eröffnetes Konto hatte. Mein Börsenmakler, John Matera, hatte wie besprochen meinen Erlös aus dem »Geschäft« mit den Beacon-Aktien dorthin überwiesen. (›Geschäft‹ war natürlich nicht ganz das richtige Wort.) Ich wollte es Toby und den anderen CIA-Herrschaften nicht zu einfach machen, erneut mit meinem Geld herumzuspielen. Nach allem, was mit der First Commonwealth geschehen war, schien mir eine gewisse Vorsicht dringend geboten.

Eine Viertelstunde später wurden mir eine große Tasse Kaffee sowie eine Platte mit köstlich angerichteten Sandwiches serviert: dicke Scheiben frischen Weißbrotes, belegt mit hauchdünnen Scheiben von Prosciutto, Arugula und einigen Scheiben *pecorino fresco*. Um die dekorativen Brothappen waren kreisförmig tiefrote Tomatenscheiben drapiert, denen aromatisches Olivenöl einen appetitlichen Glanz verlieh.

Plötzlich überfiel mich eine große Einsamkeit. Gewiß, ich war davon überzeugt, daß Molly sich in Sicherheit befand, denn in ihrer Gefangenschaft war sie gleichzeitig bestens geschützt. Und dennoch machte ich mir Gedanken um sie! Was würden sie ihr über mich erzählen? Ob sie sehr viel Angst hatte? Wie gut würde sie das alles verkraften? Zweifellos würde sie sich keineswegs unterwürfig verhalten, sondern vielmehr ihren Entführern das Leben zur Hölle machen.

Bei diesem Gedanken mußte ich unwillkürlich lächeln, bevor mich das Telefon aus meinen Gedanken riß.

»Mr. Ellison?« erkundigte sich eine Stimme mit amerikanischem Akzent nach meinem Namen.

»Der bin ich.«

»Willkommen in Rom. Sie haben sich eine schöne Zeit für diesen Besuch ausgesucht.«

»Danke«, erwiderte ich. »Es ist hier um diese Zeit erheblich angenehmer als in den Staaten.«

»Und es gibt eine Menge interessanter Dinge zu sehen«, vervollständigte mein CIA-Kontaktmann den vereinbarten Erkennungsdialog.

Ich hängte ein.

Fünfzehn Minuten später trat ich aus dem Hassler hinaus auf die Straße, wo mich das typische sanfte Licht eines römischen Spätnachmittags empfing. Die Spanische Treppe war bevölkert mit herumstehenden, sitzenden und rauchenden Menschen, die damit beschäftigt waren, Fotos zu machen, sich lauthals zu unterhalten oder sich über die Späße der anderen zu amüsieren. Beim Anblick dieses lebendigen Bildes wurde mir erst klar, wie sehr ich außerhalb dieses normalen Lebens stand, und als ich in ein Taxi stieg, spürte ich, wie sich mein Magen vor innerer Anspannung zusammenzog.

2

An der Piazza della Republica, nicht weit vom Hauptbahnhof der Stadt, mietete ich bei Maggiore einen Wagen. Ich benutzte dazu meinen gefälschten, auf den Namen Bernard Mason ausgestellten Führerschein und die goldene Visakarte der Citibank. (Die Kreditkarte selbst war echt, nur die Rechnungen des fiktiven Mr. Mason wurden von der CIA über eine Tarnfirma in Fairfax, Virginia, bezahlt.) Man übergab mir einen schwarzglänzenden Lancia von der Größe eines Ozeandampfers. Genau die Sorte Auto, die Bernard Mason, ein neureicher amerikanischer Geschäftsmann, sich zweifellos ausgesucht hätte.

Die Praxis des Kardiologen lag nur eine kurze Autofahrt entfernt am Corso del Rinascimento, einer lauten, verkehrsreichen Hauptstraße in der Nähe der Piazza Navona. Ich parkte den Wagen in einer Tiefgarage, die nur anderthalb Häuserblocks entfernt lag, und fand ohne Probleme das Haus, in dem sich die Arztpraxis befand. An der Haustür war ein großes Messingschild angebracht, auf dem eingraviert zu lesen stand: DOTT. ALDO PASQUALUCCI.

Ich war fast fünfundvierzig Minuten zu früh für meinen Termin. Deshalb entschloß ich mich, noch einmal zur Piazza hinüberzuschlendern. Es schien mir aus verschiedenen Gründen besser, den ursprünglichen Zeitplan einzuhalten. Ich hatte mir bei dem Kardiologen einen Termin um acht Uhr abends geben lassen, was ungewöhnlich spät für einen Arzttermin war. Die Absicht dahinter war jedoch, daß dieser außergewöhnliche Termin den mir vorauseilenden Ruf noch unterstreichen würde, nämlich daß dies die einzige Zeit sei, in der der zurückgezogen lebende amerikanische Industriemagnat Bernard Mason überhaupt die Möglichkeit eines Arztbesuchs hätte. Diese Tatsache würde ihn für Dr. Pasqualucci noch bedeutsamer erscheinen lassen und zu einer verstärkten Kooperationsbereitschaft und Hochachtung seitens des Doktors führen. Pasqualucci galt als einer der besten Kardiologen Europas, was sicherlich der Grund dafür war, daß der ehemalige KGB-Chef Orlow gerade ihn konsultiert hatte. Es mußte nur logisch erscheinen, daß auch Mr. Mason, der mehrere Monate im Jahr in Rom verbrachte, diesen hervorragenden Spezialisten in Anspruch nahm. Mason hatte eine Überweisung von einem Internisten bekommen, den Pasqualucci flüchtig kannte. Dabei hatte Pasqualucci nur erfahren, daß der Patient mit großer Diskretion zu behandeln sei, da Masons umfangreiches Geschäftsimperium einen nicht kalkulierbaren Schaden nehmen könne, falls öffentlich bekannt würde, daß er wegen Herzproblemen in Behandlung sei. Pasqualucci hatte allerdings nicht die geringste Ahnung, daß der Arzt, der Mason zu ihm geschickt hatte, im Dienst der CIA stand.

Die ockerfarbenen Barockfassaden, die die Piazza Navona säumen, wurden zu dieser Stunde von Scheinwerfern angestrahlt, was ihnen etwas Dramatisches verlieh. Es war ein wirklich stimmungsvoller und schöner Anblick. Der Platz wimmelte von Menschen, die die Cafés bevölkerten, eine hektische, aufgeregte Menge, die wie elektrisiert schien. Pärchen schlenderten vorüber, ganz in sich selbst versunken oder die Leute um sich herum neugierig beäugend. In einer anderen Zeit hätte man diese Art des Spazierengehens als ›Promenieren‹ bezeichnet. Plötzlich fiel mir auch wieder ein, daß die Piazza auf den antiken Überresten des unter Kaiser Domitian erbauten Stadions errichtet worden war. (Vielleicht fiel es mir nur deswegen wieder ein, weil ich nie vergessen kann, daß es Domitian war, der den Satz prägte: ›Kaiser sind eigentlich arme Teufel, da erst ihre Ermordung das Volk davon überzeugen kann, daß die Verschwörungen gegen ihr Leben ernst gemeint sind.‹)

Die Abendsonne spiegelte sich in den Wasserstrahlen der beiden Bernini-Brunnen, die die Spaziergänger wie magisch anzogen, des Brunnens der vier Flüsse im Zentrum des Platzes und des Mohrenbrunnens am Südende. Die Piazza Navona war schon ein seltsamer Platz. Vor Jahrhunderten hatte man ihn für Wagenrennen genutzt, und später hatte der Papst angeordnet, daß man den Platz mit Wasser fluten solle, um Schiffsschlachten darauf nachspielen zu lassen.

Als ich mich nun inmitten der Menschenmenge bewegte, fühlte ich mich in meiner angespannten Stimmung als Fremdkörper zwischen all den lockeren und frohgelaunten Leuten. Ich hatte in meinem Leben schon so manchen Abend auf diese Weise alleine in einer fremden Stadt verbracht, und es hatte auf mich stets einen merkwürdig einschläfernden Einfluß gehabt, von Stimmengewirr in einer mir unbekannten Sprache umgeben zu sein. An diesem Abend jedoch, mit meiner seltsamen neuen Begabung gesegnet (oder besser gesagt: belastet), fühlte ich mich verwirrter denn je. Die Gedanken der Menschen, die Gesprächsfetzen und die Ausrufe vermischten sich für mich zu einem einzigen unverständlichen Sprachengewirr.

Laut artikuliert vernahm ich die Worte: ›*Non ho mai avuto una settima peggiore!*‹, woraufhin eine gedankliche Stimme sich hören ließ: *Avessimo potuto salvarlo!* Dann wieder laut: ›*Lui e uscito con la sua ragazza!*‹ Und in der weicheren Gedankenstimme: *Poverino!* Und dann vernahm ich plötzlich eine weitere gedämpfte Gedankenstimme, diesmal jedoch in reinstem Deutsch: *Der verdammte Kerl hat mich hier einfach stehen lassen!*

Ich drehte mich um. Man sah ihr die Amerikanerin sofort an. Sie war ungefähr Anfang Zwanzig, trug ein Stanford-Sweatshirt unter einer ausgeblichenen Jeansjacke und ging ohne Begleitung einige Schritte von mir entfernt vorbei. Ihr rundes, einfältiges Gesicht zeigte deutlich ihre Verärgerung. Als sie bemerkte, daß ich sie anstarrte, warf sie mir einen zornigen Blick zu. Gerade als ich wegblickte, machte ich einen weiteren Gedanken aus, woraufhin mein Herz heftig zu klopfen begann:

Benjamin Ellison.

Wo kamen diese Gedanken her? Die Person, die sie gedacht hatte, mußte sich ziemlich in meiner Nähe befinden, einer von den Dutzenden von Menschen, die sich um mich herumdrängten, aber wer? Es fiel mir schwer, nicht suchend in alle Richtungen zu spähen, um nach jemandem Ausschau zu halten, der irgendwie verdächtig wirkte oder mir als CIA-Mann auffiel. Deshalb drehte ich mich nur unauffällig um und hörte:

Er darf mich nicht bemerken!
Ich beschleunigte meine Schritte und hielt auf die Kirche S. Agnese zu, immer noch nicht in der Lage, meinen Verfolger in der Menge auszumachen. Unvermittelt bog ich nach links, wobei ich gegen einen weißen Plastiktisch stieß und beinahe einen alten Mann umrempelte, um dann in der Dunkelheit einer engen Seitengasse unterzutauchen, die von einem scharfen Uringestank erfüllt war. Hinter mir hörte ich aufgeregte Stimmen. Ich rannte, so schnell ich konnte, die Gasse entlang, wobei ich meinte, die Schritte eines Verfolgers ausmachen zu können. Schließlich sprang ich blitzschnell durch ein Tor, das offenbar ein Lieferanteneingang war. Als ich mich gegen die hohen Holztüren preßte, kratzten mich die scharfen Kanten der abblätternden Farbe an Hals und Gesicht. Langsam ging ich in die Knie und sank auf den kalten Steinfußboden nieder. Aus dieser Position konnte ich gerade noch durch die zerbrochene Scheibe in der Eingangstür hinaussehen. Ich hoffte, daß die Dunkelheit und die Schatten, die mich umgaben, mir genügend Schutz gewähren würden.
Und da war er: mein Verfolger.
Eine muskulöse Figur tastete sich mit ausgestreckten Händen die Gasse entlang, so als ob sie auf diese Weise Balance halten wollte. Ich hatte den Mann bereits auf der Piazza gesehen, zu meiner Rechten, aber er war zwischen den Italienern nicht weiter aufgefallen. Für mein ungeübtes Auge war er nicht zu erkennen gewesen. Er bewegte sich an mir vorbei, und ich sah, wie sich sein Blick direkt auf den Hausflur richtete, in dem ich hockte.
Würde er mich sehen?
Ich vernahm: *... wohin bloß gerannt ...*
Seine Augen starrten geradeaus, ohne nach unten zu wandern.
Ich fühlte nach dem kalten Stahl der Pistole in meiner Hosentasche und zog sie vorsichtig hervor. Mit langsamen Bewegungen entsicherte ich die Waffe und legte meinen Finger an den Abzug.
Er ging weiter, die Gasse hinunter, und blickte jeweils rechts und links in die Hauseingänge. Ich kroch ein Stück

nach vorne und beobachtete, wie er das Ende der Gasse erreichte, einen Moment innehielt und sich dann nach rechts wandte.

Ich setzte mich hin, atmete erst einmal lang und tief durch und schloß für eine Minute die Augen. Dann beugte ich mich vor und warf erneut einen Blick hinaus auf die Straße. Er war nicht mehr zu sehen. Erst einmal war ich ihn los.

Nach mehreren endlosen Minuten wagte ich mich aus dem Haus und ging die Gasse hinunter in die Richtung, die auch mein Verfolger zuvor eingeschlagen hatte und die mich weg von der Piazza durch ein Gewirr von düsteren Gäßchen und Nebenstraßen zum Corso führte.

Um punkt acht Uhr öffnete Dr. Aldo Pasqualucci die Tür zu seiner Praxis und schüttelte mir mit einer leicht angedeuteten Verbeugung die Hand. Er war von auffällig kleiner und rundlicher Statur, ohne jedoch fett zu wirken, und trug einen bequem sitzenden Tweedanzug mit einer kamelhaarfarbenen Strickweste. Als er mich ansah, erkannte ich in seinen freundlich blickenden braunen Augen einen väterlichbesorgten Ausdruck. In der linken Hand hielt Pasqualucci eine Meerschaumpfeife, die dafür sorgte, daß ihn der an Vanillearoma erinnernde Duft von Pfeifentabak umgab.

»Bitte treten Sie doch ein, Mr. Mason«, begrüßte er mich als seinen neuen Patienten mit bestem britischem Upper-Class-Akzent. Er deutete mit seiner Pfeife in Richtung des Untersuchungszimmers.

»Ich danke Ihnen, daß Sie mich zu so ungewöhnlicher Stunde empfangen«, erwiderte ich.

Er machte eine kleine Kopfbewegung, in der weder Zustimmung noch Ablehnung lag, und antwortete mit einem Lächeln: »Es ist mir eine Ehre, Ihnen helfen zu dürfen. Ich habe viel von Ihnen gehört.«

»Und ich von Ihnen. Aber zuerst muß ich Sie etwas fragen.«

Ich hielt inne, konzentrierte mich, doch konnte ich keinen Gedanken von ihm wahrnehmen.

»Ja, bitte? Kommen Sie doch bitte hier herüber und ziehen Sie Ihr Hemd aus.«

Während ich mich auf die mit einer Papierauflage geschützte Behandlungsliege setzte und meine Jacke und mein Hemd ablegte, erkundigte ich mich beiläufig: »Ich kann mir doch Ihrer absoluten Diskretion sicher sein?«

Er nahm eine Blutdruckmeßmanschette von einem Tisch, legte sie um meinen Arm, zog den Klettverschluß fest und erwiderte dabei auf meine Bemerkung: »Alle meine Patienten können sich hundertprozentig auf meine Diskretion verlassen. Das ist mein oberster Grundsatz.«

Mit erhobener und bewußt herausfordernder Stimme hakte ich nach: »Können Sie mir das *garantieren?*«

Noch bevor Pasqualucci meine Frage laut beantwortete, konnte ich folgende Worte vernehmen, während er die Meßmanschette unnötig fest aufpumpte: *pomposo...arrogante...*

Er stand so dicht vor mir, daß ich die Wärme seines nach Tabak riechenden Atems fühlen und die aufsteigende Spannung in ihm spüren konnte. Ich wußte, daß ich seine Gedanken las – in Italienisch.

Ich wußte über ihn, daß er zweisprachig war. Er war in Italien geboren und in Northumbria, Großbritannien, aufgewachsen; seine Ausbildung hatte er in Harrow und Oxford absolviert.

Was bedeutete es also, zweisprachig zu sein? Dachte er auf italienisch, während er seine Worte in Englisch formulierte? War dies das Prinzip, nach dem Zweisprachigkeit funktionierte?

Er redete mich nun mit weit weniger freundlicher Stimme an: »Mr. Mason, wie Sie sicher sehr gut wissen, behandle ich einige sehr prominente und auf absolute Diskretion angewiesene Patienten. Ich werde ihre Namen hier nicht nennen. Falls Sie kein Vertrauen in meine Verschwiegenheit haben, können Sie gerne einen anderen Arzt Ihrer Wahl aufsuchen.«

Er hatte bei diesen Worten, wahrscheinlich nicht ganz unbeabsichtigt, die Manschette etwas zu lange um meinen Arm geschlossen gehalten. Doch nun ließ er die Luft mit einem lauten Zischgeräusch aus der Manschette heraus, so als wollte er seinen Worten Nachdruck verleihen.

»Ich denke, wir verstehen uns«, versicherte ich ihm.

»Das ist gut. Dr. Corsini sagte mir, daß Sie unter zeitweiligen Ohnmachtsanfällen und vermeintlich grundlosem Herzjagen leiden.«

»Das ist richtig.«

»Ich werde Sie gründlich untersuchen und vielleicht auch einen Streß-Thallium-Test mit Ihnen durchführen, aber das muß ich erst noch sehen. Doch zunächst einmal möchte ich, daß Sie mir mit eigenen Worten Ihre Beschwerden schildern.«

Ich wandte mich ihm zu und sagte: »Dr. Pasqualucci, ich bin darüber informiert, daß Sie auch einen gewissen Wladimir Orlow, einen Sowjetrussen, behandeln. Um ehrlich zu sein, bereitet mir das ein wenig Sorge.«

Er war ganz offensichtlich empört. »Ich sagte Ihnen bereits, daß es Ihnen selbstverständlich freisteht, einen anderen Kardiologen Ihrer Wahl aufzusuchen. Ich kann Ihnen sogar einen guten Arzt empfehlen, wenn Sie möchten.«

»Ich will Ihnen damit nur sagen, Herr Doktor, daß es mir Sorgen bereiten würde, sollten sich Mr. Orlows Krankenberichte hier in Ihrer Praxis befinden. Falls es etwa einen Einbruch gäbe, weil, nun, sagen wir es so, ein *Interesse* an ihm von seiten irgendeines Geheimdienstes bestünde, dann wären doch auch meine Unterlagen in Gefahr. Ich möchte lediglich wissen, welche Sicherheitsvorkehrungen Sie für einen solchen Fall getroffen haben.«

Dr. Pasqualucci sah mich mit zorngerötetem Blick an, und ich konnte seine Gedanken plötzlich mit erstaunlicher Klarheit empfangen.

Ungefähr eine Stunde später lenkte ich den Lancia mitten durch das lärmende, chaotische Verkehrsgewühl in Richtung der Außenbezirke von Rom zur Via del Trullo, von der aus ich rechts in die Via S. Guiliano und damit in einen modernen und ziemlich trostlosen Stadtteil einbog. Nach kurzer Strecke entdeckte ich auf der rechten Straßenseite die Bar, die ich suchte, und hielt an.

Es handelte sich um ein kleines weißgestrichenes Gebäude mit einer gelb gestreiften Markise und weißen Plastikmöbeln vor der Tür. Ein Lavazza-Reklameschild trug die Aufschrift: ROSTICCERIA – PIZZERIA – PANINOTECA – SPAGHETTERIA.

Es war zwanzig vor zehn. Zu dieser Stunde war die Bar bevölkert von Jugendlichen in Lederjacken und von grauhaarigen Arbeitern, die gemeinsam an der Theke saßen und sich unterhielten. Aus der Musikbox ertönte ein alter amerikanischer Hit, den ich kannte: ›I wanna dance with somebody‹. Das mußte Whitney Houston sein.

Mein CIA-Kontaktmann Charles Van Aver – der Mann, der mich vormittags im Hotel angerufen hatte – war nicht zu sehen. Es war noch zu früh, und er würde es sowieso vorziehen, in seinem Wagen auf dem Parkplatz hinter dem Haus zu warten. Ich nahm in einem Plastikstuhl an der Theke Platz, bestellte einen Averna und beobachtete die Menschen um mich herum. Einer der Teenager spielte ein Kartenspiel, bei dem es offensichtlich darum ging, möglichst viele Karten auf den Tisch zu knallen. Um einen der kleinen Tische war eine ganze Familie versammelt, die sich gegenseitig zuprostete. Keine Spur von Van Aver, und mit Ausnahme meiner Person gab es hier offenbar niemanden, der nicht hierher gehörte.

In der Praxis des Kardiologen hatten sich die Beobachtungen, die ich zuerst durch Dr. Mehta erfahren hatte, bestätigt. Ein zweisprachig aufgewachsener Mensch denkt in zwei Sprachen gleichzeitig, salopp formuliert: in einer Art sprachlichem Mischmasch. Auch Dr. Pasqualuccis Gedanken hatten sich als eine seltsame Mischung aus Italienisch und Englisch dargestellt.

Zum Glück war mein Italienisch gut genug, um die Bedeutung seiner Gedanken verstehen zu können.

In den Fußboden seiner Abstellkammer, in der er Reinigungsmittel und -geräte, Kopierpapier, Computerdisketten, Schreibmaschinenbänder und ähnliches aufbewahrte, war ein mit Beton verstärkter Bodensafe eingelassen. Der Safe enthielt Untersuchungsproben, die Unterlagen bezüglich eines Kunstfehlers, der ihm vor mehr als zehn Jahren vorgeworfen worden war, sowie die Papiere einiger Patienten. Unter diesen Patienten befanden sich mehrere Prominente italienische Politiker verschiedener rivalisierender Parteien, der Geschäftsführer eines der größten Automobilkonzerne Europas und – Wladimir Orlow.

Während Dr. Pasqualucci ein kühles Stethoskop auf meine Brust hielt und mich lange und gründlich abhorchte, zerbrach ich mir den Kopf, wie ich es am besten anstellen könnte, daß er die Kombination des Safes mit seinen Gedanken verriet. Plötzlich vernahm ich etwas, das zunächst wie ein unbestimmtes Surren klang, ähnlich dem Kurzwellengeräusch eines Radios, und schließlich als deutliche Worte erkennbar wurde: *Volte Basse... Castelbianco.* Und noch einmal: *Volte Basse... Castelbianco... und Orlow.*

Ich wußte nun, was ich wissen mußte.

Van Aver war immer noch nicht aufgetaucht. Ich hatte mir sein Foto gut eingeprägt. Er war ein großer, rotgesichtiger Mann, ein trinkfester Südländer von achtundsechzig Jahren. Sein dichtes weißes Haar trug er, zumindest auf dem aktuellsten Foto seiner CIA-Akte, so lang, daß es hinten bis über den Kragen reichte. Er hatte eine große, mit roten Äderchen durchzogene Nase, wie es für einen Alkoholiker typisch war. Hal Sinclair pflegte zu sagen: ›Ein Alkoholiker ist ein Mann, den du deshalb nicht magst, weil er genausoviel trinkt wie du.‹

Um viertel nach zehn zahlte ich und verließ möglichst unauffällig die Bar. Der Parkplatz war unbeleuchtet, aber ich konnte das übliche Sortiment von Fiat Pandas, Fiat Ritmos, Ford Fiestas, Peugeots sowie einen schwarzen Porsche ausmachen. Nach dem Trubel und der stickigen Luft im Inneren der Bar genoß ich die Dunkelheit, die mich hier umgab. Ich atmete die kühle Luft, die mir in diesem Teil von Rom irgendwie sauberer und klarer vorkam, tief ein. Ein Moped sauste mit seinem typischen schrillen, kreischenden Motorengeräusch vorbei.

Ganz am Ende der Autoreihe stand ein glänzender, olivfarbener Mercedes mit dem Nummernschild ROMA 17017. Und da erblickte ich ihn, auf dem Fahrersitz tief und fest eingeschlafen. Ich hatte eher erwartet, daß er ungeduldig mit laufendem Motor darauf wartete, sich mit mir zusammen auf die dreistündige Fahrt nach Norden in die Toskana zu begeben, aber das Auto war vollkommen dunkel. Auch die Innenbeleuchtung war ausgeschaltet; ich nahm an, daß Van Aver aufgrund übermäßigen Alkoholgenusses, den ihm die Akte der CIA bescheinigte, eingeschlummert war. Diese Schwäche wurde nur deshalb geduldet, weil er viel herumgekommen und mit Gott und der Welt bekannt war.

Die Windschutzscheibe des Autos war ein wenig beschlagen. Während ich mich dem Wagen näherte, überlegte ich, ob ich darauf bestehen sollte zu fahren oder ob ihn das zu sehr beleidigen würde. Ich stieg in den Wagen und bemerkte, wie ich mich ganz automatisch bemühte, seine Gedanken oder wenigstens die Gedankenfetzen, die ich meinen gerade gewonnenen Erfahrungen nach bei Schlafenden hören konnte, zu empfangen.

Doch es war absolut nichts zu hören. Totale Stille. Es kam mir merkwürdig vor, irgendwie unlogisch, es sei denn ...

Eine Sekunde später durchfuhr mich ein heftiger Adrenalinstoß.

Ich konnte Van Avers langes weißes Haar erkennen, das sich im Nacken auf dem dunkelblauen Pullover kringelte, und ich sah seinen Mund weit offen stehen, als würde er schnarchen.

Doch darunter war deutlich zu sehen, daß seine Kehle in grotesker Weise auseinanderklaffte und sich ein roter Fleck immer weiter über die Revers seines Anzuges und auf seinem Pullover ausbreitete. Sein blasser, faltiger Hals war nur noch eine einzige blutende Wunde – ein fürchterlicher Anblick, den ich kaum ertragen konnte.

Es bestand kein Zweifel daran, daß Van Aver tot war, und ich entfernte mich, so schnell es ging, von seinem Wagen und diesem unglückseligen Ort.

3

Ich rannte fort von dem Parkplatz in die Via del Trullo zu meinem Leihwagen. Mein Herz klopfte bis zum Hals, und meine Hände zitterten so stark, daß ich Mühe hatte, die Fahrertür aufzuschließen. Ich ließ mich auf den Sitz fallen und bemühte mich zunächst einmal, tief und langsam zu atmen, damit ich mich wieder in die Gewalt bekäme.

Plötzlich und ohne Vorwarnung fühlte ich mich in die alptraumhafte Zeit in Paris zurückversetzt. Ohne etwas dagegen tun zu können, kamen all die schrecklichen Bilder nach und nach wieder in mir hoch: der Hausflur in der Rue Jakob, der Anblick der beiden Leichen, deren eine meine geliebte Laura war.

Entgegen den weitverbreiteten Vorstellungen von Spionagetätigkeit haben Agenten normalerweise selten mit Mord und schwerer Körperverletzung zu tun. Auch wenn es seit den Tagen des kalten Krieges Teil unserer Ausbildung ist, auf den Fall eines Blutvergießens vorbereitet zu sein, so stellt eine gewalttätige Konfrontation doch bei weitem die Ausnahme dar.

Die meisten Geheimdienstagenten haben im Laufe ihrer Karriere zwar mit sehr viel Streß und mit gefährlichen Situationen zu kämpfen, direkte Gewalt erleben sie jedoch nur sehr selten. Sofern sie dennoch auf die Opfer eines blutigen Gemetzels stoßen, reagieren sie genauso wie jeder andere Mensch auch mit Ekel, Abscheu und einem natürlichen Kämpfen-oder-Weglaufen-Instinkt. Mancher Agent, der das Pech hatte, allzu oft mit Gewaltverbrechen konfrontiert zu werden, hatte den Dienst vorzeitig quittieren müssen, weil die psychische Belastung im Laufe der Zeit einfach unerträglich wurde.

Bei mir war es anders. Der Anblick von blutig niedergemetzelten Menschen tötete etwas in mir ab, nämlich die zutiefst menschliche Abscheu vor Gewalt. Statt dessen stieg gewöhnlich ein heftiger Zorn in mir auf, der mich erstarren und auf unheimliche Weise ruhig und eiskalt werden ließ. Es war, als ob man mir eine Beruhigungsspritze verabreicht hätte.

Während ich mich noch bemühte, richtig zu begreifen, was eigentlich geschehen war, ging ich in Gedanken ganz methodisch eine Liste wichtiger Fragen durch. Wer hatte davon gewußt, daß ich mich mit Van Aver treffen wollte? Wem hatte er davon erzählt? Und wichtiger noch: Wer hatte ihn deshalb töten lassen und aus welchem Grund?

Es erschien mir nicht unwahrscheinlich, daß Van Aver von den gleichen Personen getötet worden war, die mich seit meiner Ankunft in Rom verfolgten, was allerdings die Frage aufwarf, warum sie mich verschont hatten. Wer immer auch Van Aver die Kehle durchgeschnitten hatte, er war früher als ich am Tatort gewesen. Es sah demnach nicht so aus, als wäre sein Mörder mir zu unserem Treffpunkt *gefolgt*, zumal ich sehr bemüht gewesen war, daß niemand sich von Pasqualuccis Praxis aus an meine Fersen geheftet haben konnte.

All dies wies darauf hin, daß jemand, oder eine Gruppe, aus den Reihen der CIA für den Mord an Van Aver verantwortlich war; jemand, der über meine Verabredung mit Van Aver Bescheid gewußt hatte, der über die Gespräche zwischen Toby Thompson in Washington und Van Aver in Rom bestens informiert war.

Doch je mehr ich über die ganze Sache nachdachte, desto mehr drängte sich mir der Verdacht auf, daß es sich angesichts der hier angewandten Tötungsart bei dem Mörder vielleicht doch nicht um einen CIA-Mann, sondern um einen Ex-Stasi-Geheimdienstler handeln könnte.

Auf diesem Weg kam ich also nicht weiter.

Wie stand es mit dem Motiv für den Mord?

Mir hatte die Tat mit Sicherheit nicht gegolten, denn Van Aver und ich hatten nicht die geringste Ähnlichkeit, so daß man uns keinesfalls verwechselt haben konnte. Außerdem hätte es vorher bereits bessere Möglichkeiten gegeben, mich umzubringen.

Van Aver hatte auch keineswegs über irgendwelche wichtigen Informationen verfügt, die ich nicht in Erfahrung hätte bringen dürfen. Ich wußte von Toby, daß er lediglich den

Auftrag hatte, mich in die Toskana zu begleiten, sobald ich Orlows Aufenthaltsort herausgebracht hatte, und mir dabei behilflich zu sein, zu ihm zu gelangen und einen Kontakt herzustellen.

Ich hatte allerdings keine Ahnung, wie ich an den ehemaligen Chef des KGB herankommen sollte. Ich würde jedenfalls nicht einfach an seine Tür klopfen können in der Hoffnung, daß er mich empfing.

Lag hier möglicherweise der Schlüssel zu dem Mord an Van Aver? Wollte man mich davon abhalten, zu Orlow zu gelangen? Sollte mir auf diese Weise bereits jetzt der Wind aus den Segeln genommen werden? Beabsichtigte jemand, mir die Suche nach Orlow zu erschweren und dadurch gleichzeitig zu verhindern, daß ich etwas über die ›Weisen‹ in Erfahrung brächte?

Plötzlich durchzuckte mich ein Gedanke.

Eine Sache hatte ich bei meinen Überlegungen nicht berücksichtigt: Ich war zu meinem Treffen mit Van Aver zu spät gekommen. Mit Absicht zwar und aus taktischen Überlegungen heraus, aber dennoch *zu spät*.

Wie die meisten Agenten im Außendienst war auch Van Aver sicherlich absolut pünktlich gewesen. Wer immer ihn mit dem Messer in der Hand überrascht hatte, er hatte bestimmt damit gerechnet, daß auch derjenige da wäre, mit dem sich Van Aver verabredet hatte.

Ob sie über meine Identität informiert waren oder nicht, sie wußten jedenfalls, daß *jemand* kommen würde.

Vielleicht würde ich jetzt mit durchgeschnittener Kehle auf dem Beifahrersitz neben Van Aver liegen, wenn ich rechtzeitig zu unserer Verabredung erschienen wäre.

Ich lehnte mich bei diesem Gedanken zurück und atmete tief und lange aus. War das nicht sogar ziemlich wahrscheinlich? Es war zumindest möglich.

Alles war möglich.

Mitternacht war schon lange vorüber, als ich das Hassler verließ und mein Gepäck im Kofferraum des Lancia verstaute. Die Autostrada A-1 war um diese Zeit bis auf einige Lkw, die durch die Nacht dröhnten, ziemlich leer.

Ich hatte mir von der Empfangsdame des Hassler eine sehr gute und genaue Tourenkarte des Touring Club Italiano geben lassen. Es war für mich sehr einfach, mir die Karte einzuprägen. Ich hatte schnell den kleinen Ort Volte-Basse ausgemacht. Er lag nicht weit von Siena, etwa drei Stunden Fahrtzeit in Richtung Norden.

Es dauerte einige Zeit, bis ich mich an die Fahrweise der Italiener gewöhnt hatte. Sie fahren zwar keinesfalls rücksichtslos – im Vergleich mit den Autofahrern Bostons ähnelt die restliche motorisierte Welt ohnehin einem Paradies –, aber auf elegante Weise aggressiv. Dennoch versuchte ich, meine verwirrten Gedanken zu ordnen, während ich mich auf die in orangefarbenes Licht getauchte Straße konzentrierte und mit 120 km/h auf der linken Spur hielt. Allerdings hatte ich den Wagen zweimal ohne Vorankündigung schnell an den Straßenrand gezogen und den Motor sowie die Scheinwerfer ausgeschaltet, um mich zu vergewissern, daß mir niemand folgte. Das ist ein altbekannter Trick, aber er funktioniert meistens. Es schien, als wäre mir tatsächlich niemand auf den Fersen, auch wenn ich mir dessen natürlich nicht hundertprozentig sicher sein konnte.

Als sich mir später während der Fahrt von hinten ein Auto näherte und die Lichthupe betätigte, zuckte ich allerdings unwillkürlich zusammen. Kurz bevor der Wagen mich erreicht hatte, trat ich aufs Gaspedal und riß den Lancia scharf nach rechts.

Ich stellte jedoch erleichtert fest, daß das andere Auto mich tatsächlich nur überholen wollte, mehr nicht.

Meine Nerven waren zweifellos aufs höchste angespannt. In Italien ist dies das übliche Überholmanöver, versicherte ich mir, um mich selbst zu beruhigen.

Mir wurde plötzlich klar, daß ich laut mit mir selbst sprach: ›Nur nicht die Nerven verlieren, Ben‹, hörte ich mich sagen. ›Du wirst es schon schaffen.‹

Das Problem war, daß der Erwerb meines neuen ›Talents‹ mein Leben von Grund auf verändert hatte. Ich konnte nicht mit Sicherheit sagen, wie lange ich diese Fähigkeit behalten würde. Ich wußte nur, daß sie mich bereits jetzt schon etliche Male in Lebensgefahr gebracht hatte. Am schlimmsten war jedoch, daß mich die neue Fähigkeit und die mit ihr verknüpften Ereignisse wieder in den Menschen verwandelt hatten, der ich nie wieder hatte sein wollen, nämlich der vor nichts zurückschreckende Roboter, der ich während meiner früheren Arbeit für die CIA gewesen war.

Mir war inzwischen klargeworden, daß meine telepathische Wahrnehmungsfähigkeit im Grunde keineswegs fantastisch oder bewundernswert war, sondern wie ein Fluch auf mir lastete: Kein Mensch hatte das Recht, den Schutzwall freien Denkens, der natürlicherweise jeden von uns umgibt, zu durchdringen.

Ich steckte wieder mittendrin in einem Umfeld, das mir meine erste Frau genommen hatte und das nun auch mich zu töten oder zumindest in den verhaßten eiskalten Killer zurückzuverwandeln drohte.

Wer waren meine Gegenspieler? Handelte es sich wirklich um eine Gruppe innerhalb der CIA?

Zweifellos würde ich bald mehr erfahren – und zwar in dem kleinen Ort Volte-Basse in der Toskana.

Ich machte bald die Entdeckung, daß es sich um einen sehr kleinen Ort handelte, einen winzigen Fleck auf der Landkarte, nichts weiter als eine Gruppe von uralten, schwärzlich-braunen Steinhäusern, die sich entlang der schmalen, direkt nach Siena führenden Landstraße 71 drängten. Außer einer Bar und einem kleinen Lebensmittelladen hatte der Ort nicht viel zu bieten.

Um halb drei Uhr morgens lag eine absolute Stille über dem Dörfchen, das um diese Zeit noch in die Dunkelheit der Nacht gehüllt war. Auf der Landkarte, die ich mir gut eingeprägt hatte, war trotz aller Detailgenauigkeit nichts unter dem Namen ›Castelbianco‹ eingetragen gewesen, und zu dieser frühen Morgenstunde oder, besser gesagt, Nachtstunde war natürlich niemand in der Nähe, den ich hätte um Auskunft bitten können.

Ich war völlig erschöpft und brauchte dringend etwas Ruhe, aber die Straße bot zu wenig Sichtschutz. Mein Instinkt riet mir, irgendwo abzubiegen, wo ich versteckt parken konnte. Deshalb bog ich von der Hauptstraße ab und fuhr durch die moderne Stadt Rosia hindurch in die bewaldeten Berggebiete, die sich in der Gegend ausdehnen.

Direkt hinter einem Steinbruch entdeckte ich die Einfahrt zu einem Privatgrundstück, bei dem es sich um ein riesiges Waldgebiet mit einem schloßähnlichen Anwesen in der Mitte handelte. Die Auffahrt war dunkel und schmal, und der Untergrund aus Kieseln und größeren Steinen erzeugte beim Befahren verräterische Geräusche. Der Lancia holperte langsam den engen Weg entlang. Als ich an einer Stelle eine Einbuchtung am Wegrand entdeckte, lenkte ich den Wagen dort hinein, so daß er wenigstens während der Dunkelheit der Nacht unentdeckt bliebe.

Ich stellte den Motor ab, arretierte den Fahrersitz auf Liegeposition und holte eine der Decken aus dem Kofferraum, die ich schlechten Gewissens aus dem Hassler mitgenommen hatte. Bald nachdem ich mich zugedeckt und noch mit einem bedrängenden Gefühl der Einsamkeit dem klickenden Geräusch des abkühlenden Motors gelauscht hatte, fiel ich in einen unruhigen Schlaf.

4

Als ich bei Sonnenaufgang steif und unausgeschlafen erwachte, erinnerte ich mich nicht sofort, wo ich mich eigentlich befand. Doch dann holte mich die Realität mit aller schonungslosen Klarheit wieder ein: Ich befand mich keineswegs zu Hause in meinem gemütlichen Bett mit Molly an meiner Seite, sondern auf dem Fahrersitz eines Mietwagens in einem abgelegenen Waldgrundstück irgendwo in der Toskana.

Ich stellte den Sitz wieder in seine normale Position, startete den Motor, fuhr rückwärts aus der Einbuchtung heraus und machte mich auf den Weg nach Rosia. Die Morgenluft war frisch und würzig, und die aufgehende Sonne tauchte die terracottafarbenen Gebäude in ein goldenes Licht. Über allem lag eine feierliche Stille, die nur von dem Lärm eines alten Lastwagens unterbrochen wurde, der durch das Stadtzentrum donnerte, um dann ächzend den sich bergauf windenden Weg zu dem Steinbruch emporzuklettern, an dem ich am Abend zuvor vorbeigekommen war.

Rosia bestand offensichtlich in erster Linie aus zwei Hauptstraßen, an denen sich die niedrigen, rotgedeckten Häuser aufreihten, die wohl gegen Mitte des Jahrhunderts entstanden waren. Die meisten dieser Häuser beherbergten kleine Läden; es gab eine Bäckerei, ein Haushaltsgerätegeschäft, einige Obst- und Gemüseläden (FRUTTA & VERDURA), einen Zeitschriftenkiosk. Zu dieser frühen Stunde war jedoch außer einer Café-Bar am Ende der Straße, aus der Männerstimmen erklangen, noch alles geschlossen. Ich betrat die Bar, in der Arbeiter gerade ihren Morgenkaffee tranken, Sportzeitungen lasen und sich über Gott und die Welt unterhielten. Bei meinem Eintreten blickten die Männer neugierig auf, und die Gespräche verstummten. Ich konnte natürlich Gedankenfetzen in Italienisch wahrnehmen, aber sie sagten mir nicht viel.

Bekleidet wie ich war, mit einer von der Nacht zerknitterten Hose und einem dicken Wollpullover, konnten sie sich wahrscheinlich keinen rechten Reim auf meine Person machen. Falls ich einer von den (meist aus England kommenden) Ausländern war, die in der Gegend zu überhöhten Preisen toskanische Landhäuser kauften oder mieteten, warum hatten sie mich dann noch nie zuvor gesehen? Und was machte dieser verrückte Fremde hier überhaupt um sechs Uhr in der Früh?

Ich bestellte einen Espresso und setzte mich an einen der kleinen runden Plastiktische, während die Arbeiter ihre unterbrochenen Gespräche langsam wieder aufnahmen. Als mir mein Kaffee in einer kleinen Illy-Caffè-Tasse gebracht wurde – ein dampfender tiefschwarzer Espresso mit einer Haube von goldbrauner *Crèma* –, nahm ich erst einmal einen großen Schluck des starken Gebräus. Sofort spürte ich, wie das Koffein seine Wirkung in meinen Adern tat.

Auf diese Weise gestärkt, erhob ich mich und ging zu einem der Arbeiter hinüber, der mir als der älteste in der Runde erschien; ein rundlicher, unrasierter Mann mit beginnender Stirnglatze, der eine nicht mehr ganz weiße Schürze über seiner marineblauen Arbeitskleidung trug.

»*Buon giorno*«, grüßte ich ihn.

»*Buon giorno*«, erwiderte er und maß mich mit mißtrauischem Blick. Er sprach mit dem für die Toskana typischen weichen Akzent.

Ich kramte meine mehr als dürftigen Italienischkenntnisse zusammen und erklärte ihm, daß ich mich auf der Suche nach Castelbianco befände. Er zuckte nur die Schultern und wandte sich den anderen zu.

»*Che pensi, che questo sta cercando di vendere l'assicurazione al Tedesco, o cosa?*« murmelte er. (›Was meint ihr, will er dem Deutschen eine Versicherung andrehen, oder was?‹)

Der ›Deutsche‹ – dafür hielten sie Orlow also? Benutzte er den Vorwand, ein deutscher Emigrant zu sein, als Erklärung für sein Untertauchen an diesem Ort?

Um mich herum erklang Gelächter. Der jüngste der Männer, ein dunkelhäutiger, pfiffig dreinschauender und arabisch aussehender Bursche, ergriff das Wort: »*Digli che vogliamo una parte della sua percentuale.*« (›Sag ihm, daß wir etwas von seinen Prozenten abhaben wollen.‹) Die Männer lachten erneut.

Ein anderer rief: »*Pensi che questo sta cercando di entrare nella professione del muratore?*« (›Oder glaubt ihr, er will beim Steinbruch miteinsteigen?‹)

Ich fiel in ihr Lachen ein. ›*Voi lavorate in una cava?*‹ erkundigte ich mich. (›Arbeitet ihr in einem Steinbruch?‹)

»*No, è il sindaco di Rosia*«, gab der Jüngste schlagfertig zur Antwort, wobei er dem Ältesten auf die Schulter haute. »*Io sono il vice-sindaco.*« (›Nein, dies ist der Bürgermeister von Rosia, und ich bin sein Stellvertreter.‹)

»*Allora, Sua Eccellenza*«, wandte ich mich an den Mann mit der Stirnglatze und fragte ihn nun direkt, ob sie alle im Steinbruch des ›Deutschen‹ arbeiteten. »*Che state lavorando le pietre per il tedesco a Castelbianco?*«

Er machte eine abwehrende Geste mit der Hand, wobei sie erneut lachten. Der Jüngste erklärte: »*Se fosse vero, pensi che staremmo qua perdendo il nostro tempo? Il tedesco sta pagando i muratori tredici mille lire all'ora!*« (›Wenn das so wäre, denken Sie, dann würden wir hier unsere Zeit totschlagen? Der Deutsche zahlt denen, die im Steinbruch arbeiten, dreizehntausend Lire pro Stunde!‹)

»Aber wenn Sie Kalbfleisch kaufen wollen, dann müssen Sie sich an diesen Herrn hier wenden«, rief ein anderer. Einer der Männer wies auf den Ältesten, der sich erhob, seine Hände an seiner Schürze abwischte – ich bemerkte erst jetzt, daß sie mit Tierblut verschmiert war – und zur Tür hinüberging. Der Mann, der soeben gesprochen hatte, folgte ihm.

Als der Schlachter und sein Gehilfe gegangen waren, fragte ich den pfiffigen jungen Mann: »Wo liegt denn nun Castelbianco?«

»In Volte-Basse«, informierte er mich. »Einige Kilometer die Straße hinauf in Richtung Siena.«

»Ist Castelbianco eine Ortschaft?«

»Eine Ortschaft?« Er ließ ein ungläubiges Lachen hören. »Es wäre zwar groß genug, um ein ganzes Dorf zu sein, aber es ist keines. Es ist eine *Tenuta*, ein riesiges Anwesen. Als wir Kinder waren, war Castelbianco für uns der ideale Platz zum Spielen, bevor es dann verkauft wurde.«

»Verkauft?«

»Irgendein reicher Deutscher zog dort ein, es wird jedenfalls gesagt, daß er ein Deutscher sein soll. Ich persönlich weiß nichts darüber. Vielleicht kommt er auch aus der Schweiz oder sonst woher. Er lebt sehr zurückgezogen und zeigt sich nicht in der Öffentlichkeit.«

Er beschrieb mir noch einmal genau, wie ich nach Castelbianco gelangen konnte. Ich dankte ihm und machte mich auf den Weg.

Eine Stunde später entdeckte ich das Anwesen, wo Wladimir Orlow untergetaucht war, falls die ›Information‹, die ich von dem Kardiologen ›erhalten‹ hatte, richtig war. Das konnte ich zu diesem Zeitpunkt zwar noch nicht endgültig beurteilen, aber die Erzählungen der Männer in der Bar über den ›geheimnisvollen Deutschen‹ schienen meinen Verdacht zunächst einmal zu bestätigen. Ob die Leute im Ort wohl davon ausgingen, daß es sich bei Orlow um einen ehemaligen Bonzen aus Ostdeutschland handle, der sich hier nach dem Fall der Mauer verkrochen hatte? Die besten Deckmäntel sind meist die, die sich an der Realität orientieren.

Castelbianco war eine prachtvolle antike Villa im römischen Stil und lag auf einem Hügel mit Blick über die Stadt Siena. Der Zahn der Zeit war allerdings nicht spurlos an dem großen Gebäudekomplex vorübergegangen, und einer der Flügel der Villa wurde offensichtlich gerade restauriert. Das Haus war umgeben von einem Garten, der einmal wunderschön gewesen sein mußte, jetzt aber ziemlich verwildert wirkte. Das Anwesen lag ganz am Ende eines Weges, der sich die oberhalb von Volte-Basse liegenden Berghänge hinaufwand.

Castelbianco hatte wahrscheinlich einst als befestigte Bastion eines der zahlreichen etruskischen Stadtstaaten gedient, bevor es zum Sitz einer alten toskanischen Familie geworden war. Der Wald, der die verwucherten Gärten umgab, war voll von silbrig-grünen Olivenbäumen, üppigen Sonnenblumenfeldern, Weinbergen und mächtigen Zypressen. Es wurde mir schnell klar, warum Orlow gerade dieses Anwesen zu seinem Versteck erwählt hatte. Seine Lage hoch oben auf dem Hügel sicherte es vor Eindringlingen. Ich bemerkte, daß das Anwesen von einer hohen und zusätzlich mit elektrisch geladenem Draht versehenen Steinmauer umgeben war. Auch diese Maßnahme gewährleistete natürlich keinen hundertprozentigen Schutz – es gibt *nichts*, was einen wirklich geübten Einbrecher aufhalten kann –, aber es hielt zunächst (sicherlich sehr erfolgreich) ungebetene Besucher ab. Ein bewaffneter Posten stand in einem neu hinzugebauten Wachhäuschen am Eingang des Komplexes und kontrollierte alle, die hinein wollten. Wie ich heute morgen erfahren hatte, waren dies hauptsächlich die Arbeiter aus Rosia und der Region: Steinmetze und Zimmerleute, die in alten, verstaubten Lastwagen ankamen, am Tor genauestens beäugt und dann weitergewinkt wurden, damit sie sich ihrem Tagwerk widmen konnten.

Orlow hatte den Torwächter wahrscheinlich aus Moskau mitgebracht. Selbst wenn es gelingen sollte, an ihm vorbeizukommen, so würde es auf dem Gelände bestimmt noch weiteres Wachpersonal geben. Es erschien mir deshalb als wenig erfolgversprechend, das Tor mit Gewalt zu durchbrechen.

Nachdem ich vom Wagen aus, aber auch zu Fuß die Gegebenheiten einige Minuten lang näher unter die Lupe genommen hatte, überlegte ich mir einen Plan.

Nur einige Autominuten von hier entfernt befand sich das lebhafte Städtchen Sovicille, die Kreishauptstadt dieser Region, der *commune* westlich von Siena. Es war die unscheinbarste Hauptstadt, die ich jemals gesehen hatte. Ich parkte den Wagen im Zentrum der Stadt, auf der Piazza G. Parconi direkt vor einer Kirche und neben einem Lastwagen, der San-Pellegrino-Mineralwasser geladen hatte. Über dem Platz lag eine friedliche Stille, die lediglich von dem Paarungsgesang eines Vogels und dem Schwatzen einiger Frauen mittleren Alters durchbrochen wurde. Ich entdeckte das gelbe Symbol für ein öffentliches Telefon in Form einer stilisierten Wählscheibe, aber gerade, als ich darauf zuschritt, erhob sich ein ohrenbetäubendes Glockengeläut.

Deshalb betrat ich zunächst eine Bar und bestellte mir einen Kaffee und ein Sandwich. Aus irgendeinem unerfindlichen Grund ist der italienische Kaffee der beste der Welt. Auch wenn der Kaffee nicht eigentlich aus Italien stammt, wissen die Italiener ihn doch meisterlich zuzubereiten, und in jedem noch so einfachen Fernfahrerimbiß bekommt man besseren Kaffee serviert als im feinsten sogenannten ›norditalienischen‹ Restaurant an der vornehmen Upper East Side Manhattans.

Während ich an meinem Kaffee nippte, ließ ich mir die vergangenen Ereignisse noch einmal durch den Kopf gehen. Doch obwohl ich sehr viel nachgedacht hatte, seit ich von Washington hierhergekommen war, hatte ich im Grunde immer noch nicht die geringste Ahnung, was eigentlich los war.

Ich verfügte inzwischen zwar über eine ausgesprochen außergewöhnliche Fähigkeit, aber was hatte sie mir bisher genützt? Es war mir gelungen, den Aufenthaltsort des ehemals führenden Kopfes des sowjetischen Geheimdienstes aufzuspüren. Aber zu diesem wenn auch achtenswerten Erfolg hätte die CIA mit ein bißchen mehr Zeit und einigem Geschick auch ohne mich kommen können.

Wie sollte es nun weitergehen?

Ich würde, wenn alles glattging, dem Ex-Chef des KGB bald Auge in Auge gegenüberstehen, und vielleicht würde ich in Erfahrung bringen können, weshalb er sich mit meinem Schwiegervater getroffen hatte. Vielleicht würde ich aber auch überhaupt nichts erfahren.

Nur so viel glaubte ich zu wissen: Die bösen Vorahnungen Edmund Moores hatten sich bestätigt. Auch Toby hatte dies noch einmal deutlich gemacht. Irgend etwas ging vor sich, das Furcht und Schrecken verbreitete und worin die CIA verwickelt war. Und ich hatte den fürchterlichen Verdacht, daß es sich bei dieser Sache, die immer größere Kreise zog, um etwas handelte, das weltweite Konsequenzen nach sich ziehen würde. Das erste Opfer war Sheila McAdams gewesen, dann hatten Mollys Vater, Senator

Mark Sutton und nun Van Aver in Rom dran glauben müssen.

Wo aber war die Verbindungslinie zwischen all diesen Morden?

Toby hatte mir den Auftrag erteilt, so viel wie möglich aus Wladimir Orlow herauszubekommen, und ich war bei der Ausführung dieses Auftrages um ein Haar ums Leben gekommen.

Weshalb?

Weil ich dabei etwas erfahren konnte, das Harrison Sinclair gewußt hatte und wofür er umgebracht worden war?

Es mußte mehr dahinterstecken als nur eine Veruntreuung von Mitteln aus purer Geldgier. Mein Instinkt sagte mir, daß sich hinter dieser Sache irgend etwas weitaus Größeres verbergen mußte, etwas, das eine enorme Bedrohung für die unbekannten Verschwörer darstellte und sie gewaltig unter Druck setzte.

Mit etwas Glück würde ich von Orlow mehr darüber erfahren. Falls ich Glück hatte; es handelte sich immerhin um ein Geheimnis, das höchst wichtige und mächtige Personen um jeden Preis gewahrt sehen wollten.

Mir war klar, daß ich ebensogut überhaupt nichts in Erfahrung bringen konnte. Auch in dem Fall würden Tobys Leute Molly wieder freilassen, daran bestand kein Zweifel. Aber das würde nichts daran ändern, daß ich mit leeren Händen dastünde. Und was wäre dann?

Weder Molly noch ich würden jemals wirklich sicher vor Verfolgung sein, solange ich diese entsetzliche Fähigkeit besaß und Rossi und seine Leute wußten, wo sie uns finden konnten.

Durch diese Gedanken entmutigt, verließ ich das Café und entdeckte an der gewundenen Hauptstraße, der Via Roma, einen kleinen Laden namens Boero, im Schaufenster Munition und Jagdausrüstungsgegenstände, mit der er diese jagdbegeisterte Region versorgte. Die Kästen und Schachteln der wenig eleganten Auslage trugen Aufschriften wie Rottweil, Browning oder Caccia Extra. Was ich dort bei meinem ausgiebigen Einkauf nicht finden konnte, beschaffte ich mir später in Siena in einem edleren Jagdgeschäft mit Namen Maffei, das an der winzigen Via Rinaldi lag und hochwertige Jagdkleidung sowie Accessoires führte – wahrscheinlich für die reichen Toskaner, die bei ihren Jagdausflügen auf modischen Schick Wert legten oder zumindest den *Eindruck* erwecken wollten, als ob sie auf der Jagd wären. Als nächstes arrangierte ich den Transfer einer ansehnlichen Geldsumme von meinem alten Konto in Washington zu einer American-Express-Filiale in London und von dort nach Siena, wo mir das Geld in Form von amerikanischen Dollar ausgezahlt wurde.

Da ich mir inzwischen einen Plan zurechtgelegt hatte, blieb mir schließlich noch genug Zeit, ein wichtiges Telefongespräch zu führen. An der Via dei Termini in Siena fand ich eine Filiale der italienischen Telefongesellschaft, wo ich in einer Zelle eine internationale Nummer anwählte.

Nach dem üblichen Klicken und Summen sowie einigen Verbindungspausen in der Leitung wurde das Gespräch nach dem dritten Klingeln beantwortet. Eine weibliche Stimme meldete sich: »Zweiunddreißig einhundert.«

»Apparat neun siebenundachtzig, bitte«, forderte ich die Dame am anderen Ende auf.

Wieder ein Klicken, und der Ton der Verbindung änderte sich kaum wahrnehmbar, so als ob das Telefonat nun durch ein spezielles Fiberglas-Kabel geleitet würde. Die Umleitung war tatsächlich sehr wahrscheinlich, nämlich von einer Empfangsstation in der Nähe von Bethesda zu einem Umschaltpunkt in Kanada – in Toronto, soweit ich informiert bin – und zurück nach Langley.

Eine bekannte Stimme meldete sich am anderen Ende der Leitung. Es war Toby Thompson.

»Die *Cataglyhis*-Ameise kommt in der Mittagssonne heraus«, ließ er sich hören.

Es handelte sich bei diesem Satz um ein vorher abgesprochenes Codewort, das sich auf die silberfarbene Sahara-Ameise bezog, die höhere Hitzetemperaturen aushalten kann als jedes andere Tier auf der Welt, etwa bis zu 140 Grad Fahrenheit.

Ich gab zur Antwort: »Und sie kann auch schneller laufen als jedes andere Tier.«

»Ben!« rief er daraufhin aus. »Was zum Teufel treibst...
wo in aller Welt...«

Durfte ich Toby trauen? Vielleicht ja, vielleicht aber auch nicht. Auf jeden Fall war es besser, nichts zu riskieren. Was, wenn Alex Truslow recht hatte und die CIA infiltriert war? Ich wußte, daß die in die Telefonverbindung integrierten Fangschaltungen mir etwas über achtzig Sekunden Zeit gaben, bevor man meinen Aufenthaltsort lokalisiert hatte, deshalb mußte ich mich beeilen.

»Ben, was ist los?«

»Das solltest lieber du *mir* verraten, Toby. Du weißt sicher bereits, daß Charles Van Aver tot ist...«

»Van Aver!«

Soweit ich dies mit Hilfe der wundersamen Telekommunikations-Technik ausmachen konnte, schien Tobys Überraschung echt zu sein. Ich warf einen Blick auf meine Uhr und bat ihn: »Bringe etwas darüber in Erfahrung. Höre dich um.«

»Aber wo steckst du? Du hast uns deinen Aufenthaltsort nicht mitgeteilt. Wir hatten doch vereinbart...«

»Ich wollte dich nur informieren, daß ich mich nicht nach deinem Zeitplan melden werde. Dazu ist mir der Boden zu heiß unter den Füßen. Aber wir bleiben in Verbindung. Ich werde mich heute abend zwischen zehn und elf Uhr hiesiger Zeit noch einmal melden, und ich möchte dann umgehend mit Molly verbunden werden. Ich weiß, daß das möglich ist. Ihr könnt in der Hinsicht zaubern. Falls die Verbindung nicht innerhalb von zwanzig Sekunden hergestellt sein wird, hänge ich ein.«

»Hör zu, Ben...«

»Und noch etwas. Ich nehme an, daß dein Apparat undicht ist. Ich schlage vor, du beseitigst dieses Leck, oder ich werde den Kontakt zwischen uns völlig abbrechen. Ich glaube nicht, daß du das willst.«

Ich hängte ein. Zweiundsiebzig Sekunden. Sie hatten es unmöglich schaffen können, die Spur des Telefonats zurückzuverfolgen.

Ich trat, innerlich immer noch beunruhigt, auf die Straße und steuerte nach kurzem Suchen einen Kiosk an, der eine umfangreiche Auswahl an ausländischen Zeitungen führte: die *Financial Times, The Independent, Le Monde, International Herald-Tribune, Frankfurter Allgemeine Zeitung* sowie *Neue Zürcher Zeitung*. Ich wählte die *Tribune* und überflog beim Weitergehen die Titelseite. Der Leitartikel befaßte sich natürlich mit den Wahlen in Deutschland.

Eine kleine Überschrift auf der unteren Hälfte der linken Seite lautete allerdings:

›ABORDNUNG DES US-SENATS UNTERSUCHT KORRUPTIONSVERDACHT INNERHALB DER CIA‹.

Vollkommen von dieser Überschrift in Bann genommen, rempelte ich ein elegantes junges Pärchen an, das in Olivgrün gekleidet war. Der Mann, der eine Ray-Ban-Sonnenbrille trug, rief etwas auf italienisch aus, das ich nicht ganz verstand.

»*Scusi*«, entschuldigte ich mich, so beschwichtigend ich konnte.

Da fiel mir eine weitere Überschrift oben links auf der Seite ins Auge: ›ALEXANDER TRUSLOW ZUM LEITENDEN DIREKTOR DER CIA ERNANNT.‹

Darunter hieß es: ›Nach Angaben des Weißen Hauses übernimmt Alexander Truslow, ein langjähriger führender Mitarbeiter der CIA, die Position des Leitenden Direktors. Mr. Truslow, Chef einer international tätigen Consulting-Firma mit Sitz in Boston, kündigte als erstes eine umfangreiche Säuberungsaktion innerhalb der CIA an, da der Nachrichtendienst Gerüchten zufolge von Korruption durchsetzt sein soll.‹

Langsam wurde mir einiges klar. Kein Wunder, daß Toby von einer großen Dringlichkeit gesprochen hatte. Truslow stellte für einige sehr mächtige Leute im Hintergrund eine beachtliche Bedrohung dar. Und jetzt, nachdem er offiziell zu Harrison Sinclairs Nachfolger ernannt worden war, besaß er die Möglichkeiten, etwas gegen das ›Krebsgeschwür‹, wie er es genannt hatte, zu unternehmen, bevor dieses die CIA von innen zerfressen konnte.

Hal Sinclair war ermordet worden, ebenso wie Edmund Moore, Sheila McAdams, Mark Sutton, Van Aver und möglicherweise noch andere.

Das nächste Opfer war nicht schwer zu erraten: Alex Truslow.

Toby hatte recht. Es galt wirklich, keine Zeit zu verlieren.

5

Kurz nach drei Uhr nachmittags fuhr ich zum Steinbruch, und zwar in die Nähe der Stelle, wo ich die Nacht zuvor verbracht hatte.

Eineinviertel Stunden später saß ich auf dem Beifahrersitz eines schepprigen Fiat-Transporters, der sich auf dem Weg zur Einfahrt von Castelbianco befand. Ich trug Arbeiterkleidung, die aus einer schweren blauen Tuchhose und einem hellblauen Arbeitshemd bestand, beides natürlich abgetragen und mit Staub bedeckt. Am Steuer des Wagens saß der schlaksige, dunkelhäutige junge Arbeiter, den ich am frühen Morgen in der Bar in Rosia kennengelernt hatte.

Sein Name war Ruggiero, und es hatte sich herausgestellt, daß er der Sohn eines italienischen Landarbeiters und einer marokkanischen Einwanderin war. Mein erster Eindruck von ihm hatte sich als zutreffend erwiesen, denn er zeigte sich als ausgesprochen kooperativ, war offen für Verhandlungen und nicht zuletzt äußerst empfänglich für einen kleinen Zusatzverdienst. Ich hatte ihn im Steinbruch aufgesucht, wo ich ihn zur Seite genommen und zunächst ein wenig ausgefragt hatte.

Selbstverständlich hatte ich mir die Befragung etwas kosten lassen. Ich hatte mich als kanadischer Geschäftsmann ausgegeben, als ein Immobilienspekulant, der bereit wäre, ein gutes Sümmchen für verwertbare Informationen anzulegen. Während ich Ruggiero fünf Zehntausend-Lire-Noten zugesteckt hatte (ungefähr vierzig Dollar), hatte ich ihm erklärt, daß ich an den ›Deutschen‹ herankommen müsse, um mit ihm in Verhandlungen wegen des Anwesens treten zu können, und daß ich dem jetzigen Eigentümer eine ansehnliche Summe für Castelbianco bieten würde, da ich bereits einen Kunden an der Hand hätte. Der ›Deutsche‹ würde auf diese Art und Weise einen schnellen Profit machen können.

»He, warten Sie eine Sekunde«, zögerte Ruggiero, »ich möchte auf keinen Fall meinen Job verlieren.«

»Machen Sie sich deswegen keine Sorgen«, beruhigte ich ihn. »Ich habe alles bestens geplant, so daß überhaupt nichts schiefgehen kann.«

Ruggiero versorgte mich mit den notwendigen Informationen über den Stand der Renovierungsarbeiten auf Castelbianco. Er verriet mir auch, daß einer der Hausangestellten direkt mit dem Steinbruch zusammenarbeitete, indem er dort Marmor und Granitfliesen bestellte. Der ›Deutsche‹ gab sich bei der Renovierung offensichtlich nur mit dem Besten zufrieden. Der vom Zerfall bedrohte Flügel des Gebäudes wurde mit Bodenfliesen aus dunkelgrünem Florentiner Marmor sowie mit Granitfliesen für den Terrazzo sorgfältig wiederaufgearbeitet. Er hatte eigens für diese Arbeiten erfahrene Steinmetze aus Siena kommen lassen, die als Meister ihres Fachs galten.

Ruggiero verhandelte hart mit mir. Am Ende kosteten mich einige Stunden seiner Zeit siebenhunderttausend Lire – über fünfhundert Dollar. Nachdem wir uns einig geworden waren, telefonierte er mit seinem Kontaktmann auf Castelbianco und gab vor, daß sich die letzte Lieferung des florentinischen Marmors als unvollständig herausgestellt habe. Einem Mitarbeiter, den man inzwischen gefeuert habe, sei ein Fehler unterlaufen. Der fehlende Rest Marmor werde jedoch umgehend nachgeliefert werden.

Es war sehr unwahrscheinlich, daß diese Nachlieferung des Steinbruchs bei irgend jemandem Verdacht erwecken würde. Sollten schlimmstenfalls Orlows Leute doch aus irgendeinem Grunde die Lieferung noch einmal überprüfen und bemerken, daß gar nichts fehlte, würde Ruggiero sich damit herausreden können, falsch informiert worden zu sein. Auf diese Weise drohte ihm in keinem Fall Gefahr.

Einige Minuten später erreichten wir die Einfahrt von Castelbianco. Der Wachmann trat mit einer Klemmtafel, an der eine lange Papierliste befestigt war, aus seinem Häuschen und kam auf uns zu. Da er dabei direkt in die Sonne blickte, mußte er die Augen zusammenkneifen.

»*Si?*«

Seine Intonation und sein Akzent wirkten schroff, und ich konnte mir gut vorstellen, daß er einige hundert Meilen nördlicher mit der gleichen Brüskheit ›*Da*?‹ hätte fragen können. Sein kurzgeschorenes weizenblondes Haar und seine gesunde, gerötete Gesichtsfarbe offenbarten auf den ersten Blick seine Abstammung von einer russischen Bauernfamilie. Kurz: Er gehörte zu der willfährigen und bulligen Sorte Schlägertyp, wie sie vom KGB gerne eingesetzt worden war.

»*Ciao*«, grüßte Ruggiero.

Der Wachmann erkannte ihn, nickte ihm zu und machte einen Haken auf seiner Liste. Als er einen Blick auf den geladenen Marmor warf, sah er mich... und nickte noch einmal.

Ich erwiderte seinen Gruß mit einem fast unmerklichen Achselzucken und blickte finster drein, so als würde ich nur darauf warten, diese Lieferung endlich hinter mir zu haben.

Ruggiero brachte den Transporter wieder auf Touren und lenkte ihn vorsichtig zwischen den massiven Steinsäulen des Eingangstores hindurch. Der unbefestigte Weg wand sich zwischen einigen Häusern mit schrägen Dächern hindurch, die, wie ich annahm, von Arbeitern bewohnt wurden. Vor den Häusern tummelten sich Hühner und Enten, die auf der Erde herumscharrten und Körner aufpickten und ziemlich viel Lärm machten. Einige Arbeiter verteilten eine pudrige weiße Substanz aus einem großen Sack mit Düngemittel auf einer freien Rasenfläche.

»Hier wohnen seine Leute.«

Ich brummte nur, da ich mir denken konnte, wen er damit meinte.

Auf einem niedrigen Hügel zu unserer Linken graste eine kleine Schafherde. Die Schafe hatten schmale rosafarbene Gesichter und unterschieden sich von jeder Schafart, die ich je in Amerika gesehen hatte. Als wir an ihnen vorbeifuhren, blökten sie, aufgeschreckt durch unser Motorengeräusch, jämmerlich im Chor.

Oben angekommen, ragte das Hauptgebäude in beinahe bedrohlicher Mächtigkeit vor uns auf. »Wie sieht es wohl da drinnen aus?« erkundigte ich mich.

»Ich bin nie drinnen gewesen, aber ich habe gehört, daß das Innere sehr eindrucksvoll, aber auch ein bißchen heruntergekommen wirke. Man müsse wohl einiges an Arbeit investieren, und man sagt, der Deutsche habe das Anwesen deshalb auch sehr günstig bekommen.«

»Gut für ihn.«

Wir fuhren oberhalb eines engen Hohlweges um eine Kurve und kamen dabei an einem weiteren kleinen Steingebäude vorbei, das jedoch keine Fenster aufwies.

»Das Rattenhaus«, bemerkte Ruggiero.

»Hm?«

»Ich mache nur Spaß. Es ist allerdings etwas dran an dem Namen, denn früher wurden hier die Essensreste ausgeschüttet, deshalb wimmelte es hier von Ratten. Heute wird dort alles Mögliche aufbewahrt. Ich halte mich aber trotzdem lieber fern von diesem Gebäude.«

Ich schauderte bei dem Gedanken an die Ratten. »Woher weißt du so viel über dieses Anwesen?«

»Über Castelbianco? Meine Freunde und ich haben als Kinder jede freie Minute hier verbracht.« Er schaltete in den Leerlauf und stoppte den Wagen in der Nähe einer Terrasse, auf der mehrere sonnenverbrannte Männer mittleren Alters kauerten und damit beschäftigt waren, Kalksteinkacheln in einem kunstvollen Muster aus konzentrischen Kreisen zu verlegen. »Damals, als Castelbianco noch den Peruzzi-Moncinis gehörte, erlaubten sie den Kindern von Rosia, hier zu spielen. Es machte ihnen nichts aus, und manchmal halfen wir ihnen dafür auch ein wenig.« Er langte nach hinten zur Rücksitzbank und griff nach zwei Paar derben Arbeitshandschuhen, von denen er mir ein Paar herüberreichte. Während er einen Hebel betätigte, mit dem er die Ladefläche automatisch absenken konnte, bemerkte er nebenbei: »Wenn Sie einen neuen Eigentümer für Castelbianco finden, sehen Sie doch zu, daß er auf den Stacheldraht verzichtet. Dieses Anwesen ist immer ein Teil der *commune* gewesen.«

Er schwang sich aus dem Führerhaus, und ich folgte ihm nach hinten zur Ladeklappe des Wagens, wo er die Marmorplatten nacheinander vorsichtig heraushob und säuberlich aufstapelte.

»*Che diavolo stai facendo, Ruggiero?*« rief einer der Steinmetze, indem er sich uns zuwandte und offensichtlich wissen wollte, was wir hier zu tun hatten.

»*Calmati*«, beruhigte ihn Ruggiero und fuhr mit seiner Arbeit fort. (›Immer mit der Ruhe.‹) »*Sto facendo il mio lavoro. É per l'interno, credo. Che ne sei io?*« (›Ich tue nur meine Pflicht‹), fügte er mit Bestimmtheit hinzu. Ich half ihm, die dünnen Marmorplatten, die nicht schwer, aber sehr zerbrechlich waren, vorsichtig abzuladen und zu stapeln. Sie fühlten sich auf der einen Seite ganz rauh an, während sie auf der anderen Seite bereits glattpoliert waren.

»Es hat mich niemand von dieser Lieferung unterrichtet«, erregte sich der Steinmetz, der offensichtlich der Vorarbeiter war. »Der Marmor ist bereits letzte Woche gekommen. Was macht ihr Jungs nur für einen Mist.«

»Ich tue nur, was man mir aufgetragen hat«, verteidigte sich Ruggiero und wies dabei in Richtung des Hauptgebäudes. »Die letzte Lieferung war unvollständig, so daß Aldo den Fehler wettmachen möchte. Außerdem ist das nicht dein Bier.«

Der Steinmetz nahm eine Kelle und glättete damit eine Fuge. »Hau bloß ab«, murmelte er verärgert.

Wir setzten unsere Arbeit schweigend fort, wobei wir einen gemeinsamen Rhythmus für das Anheben, Tragen und Absetzen der Platten fanden. »Die Kerle hier kennen dich, was?«

»Der da kennt mich. Mein Bruder hat einige Jahre lang für ihn gearbeitet. Ein ausgemachtes Schwein. Sollen wir alles abladen?«

»Fast alles.«

»Fast alles?« wiederholte er fragend.

Während wir wortlos weiterarbeiteten, prägte ich mir das Umfeld des Haupthauses ein. Von nahem betrachtet, verlor Castelbianco den Eindruck eines Palazzos; es beeindruckte zwar weiterhin durch seine enorme Größe, aber aus der Nähe sah man auch deutlich, wie heruntergekommen und renovierungsbedürftig es war. Wenn man etwa eine Million Dollar für eine gründliche Renovierung hineinstecken würde, könnte man dem Haus vielleicht die Grandeur, die es in den vergangenen Jahrhunderten verloren hatte, wieder verleihen, doch Orlow steckte offensichtlich nur den Bruchteil einer solchen Summe hinein. Ich fragte mich, wo er wohl das Geld hernahm, aber andererseits war es mehr als wahrscheinlich, daß der ehemalige Chef des sowjetischen Geheimdienstes Wege gefunden hatte, einen Teil seines damals schier unbegrenzten Budgets beiseite zu schaffen und auf einem Schweizer Nummernkonto sicherzustellen. Was er wohl dem halben Dutzend Wachposten, das er beschäftigte, zahlte? Sicherlich keine großen Summen, vermutete ich, denn er bot diesen Kerlen ja zugleich Asyl und ersparte ihnen auf diese Weise die Gefängnisstrafe, die sie zu Hause in Rußland für ihren treuen Dienst beim inzwischen diskreditierten KGB zu erwarten hätten. Wie schnell das Blatt sich gewendet hatte: Die einst gefürchteten und mächtigen Offiziere der Staatssicherheit, Schwert und Schild der Partei, wurden nun wie tollwütige Hunde gejagt.

Es wunderte mich, daß ich so problemlos in das Anwesen hatte vordringen können. Was für ein armseliger Schutz war dies für einen Mann, der um sein Leben fürchten mußte; einen Mann, der mit der CIA um seinen Personenschutz feilschen mußte wie irgendein Ladenbesitzer in Chicago um Schutz vor den Killern Al Capones.

Die Sicherheitsvorkehrungen waren in der Tat bescheiden. Es gab weder Scharfschützen, noch existierte eine Kameraüberwachung. Und doch machte all dies in gewisser Hinsicht auch einen Sinn, denn sein eigentlicher Schutz war seine Anonymität. Schließlich war es nicht einmal der CIA gelungen, herauszufinden, wo er sich aufhielt. Zu viele Sicherheitsvorkehrungen hätten – das Bild drängte sich mir auf – wie eine ›rote Flagge‹ gewirkt oder zumindest verstärkte Aufmerksamkeit erregt. Ein exzentrischer Deutscher würde wohl ein paar Wachleute einstellen, aber ein allzu ausgeklügeltes Sicherheitssystem wäre sicherlich aufgefallen. Ich war nun also in das Gelände vorgedrungen, und nach all meinen Informationen befand Orlow sich ebenfalls hier. Das nächste Problem war, ins Haus vorzudringen. Aber falls ich es schaffen sollte, hineinzukommen, wie würde ich es unbemerkt wieder verlassen können?

Wahrscheinlich zum zwanzigsten Mal ging ich in Gedanken meinen Plan durch und gab dann meinem italienischen Komplizen ein Zeichen, die Marmorplatte aus den Händen zu legen und mir zu folgen.

»*Aiutatemi*! Hilfe! Helft mir doch! *Per l'amor di Dio, ce qualcuno chi aiutare*?« Während er wie wild gegen die schwere Holztür hämmerte, die direkt von der Küche nach außen führte, jammerte Ruggiero laut und herzzerreißend: »Um Gottes willen, hilft mir denn niemand?« Sein rechter Unterarm war entsetzlich zugerichtet und wies eine klaffende und blutende Wunde auf.

Ich hatte mich im Gebüsch hinter einigen Metalltonnen, die Küchenmüll enthielten, versteckt und beobachtete von dort aus die Szene. Irgend jemand schien Ruggieros heftiges Klopfen gehört zu haben, denn man konnte von drinnen Geräusche wahrnehmen. Mit einem Knarren öffnete sich langsam die schwere Tür, und eine rundliche alte Frau wurde sichtbar, die eine grüne Stoffschürze über einem formlosen, mit einem Blumenmuster bedruckten Hauskleid trug. Beim Anblick der Wunde riß sie ihre braunen Augen, die unter ihrem buschigen grauen Haar tief in ihr runzeliges Gesicht eingebettet waren, weit auf.

»*Shto eto takoye*?« fragte sie erschrocken mit schriller Stimme auf. »*Bozhe moi! Pridi malodoi chelovik! Bystro!* – Was ist das?« rief sie auf russisch. »Um Himmels willen, kommen Sie rein, junger Mann!«

Ruggiero erklärte auf italienisch: »*Il marmo . . . Il marmo é affilato.*« (›Der Marmor ist verdammt scharf.‹)

Es handelte sich bei der Frau offensichtlich um die russische Haushälterin, die vielleicht bereits für Orlow gearbeitet hatte, als er noch in Amt und Würden war. Und tatsächlich reagierte sie so mütterlich und besorgt, wie ich es von einer Russin ihrer Generation erwartet hatte. Sie dachte natürlich nicht im Traum daran, daß Ruggieros Wunde nicht von der scharfen Kante einer Marmorplatte herrührte, sondern von mir mittels Bühnen-Make-up aus einem Laden in Siena kreiert worden war.

Noch rechnete die arme Frau nicht damit, daß jemand im selben Moment, in dem sie sich umdrehte, um mit dem jungen Mann in die Küche zu gehen, wo sie ihn verarzten wollte, aus den Büschen herausspringen und sie überwältigen würde. Ich preßte ihr hastig ein mit Chloroform getränktes Tuch auf Mund und Nase, wodurch ich ihren Aufschrei unterdrückte. Dann fing ich ihren leblosen Körper auf, als sie zusammensackte.

Ruggiero schloß die Küchentür so leise wie möglich. Er blickte mich erschrocken an, wobei er sich bestimmt fragte, was für ein merkwürdiger ›kanadischer Investor‹ ich war. Aber ich hatte mir seine Hilfe erkauft, und er ließ mich nicht im Stich.

Ruggiero wußte seit seiner Kindheit, wo sich der Eingang zur Küche befand. Was mich betraf, so hatte er seinen Auftrag zur Zufriedenheit erledigt. Ich zog ein Knäuel dünnen Nylonbandes aus meinem Overall, und er half mir noch, die Haushälterin zu fesseln, wobei er darauf achtete, daß das Band nicht zu sehr einschnitt. Nachdem wir sie auch noch geknebelt hatten, damit sie nicht um Hilfe rufen konnte, wenn sie wieder zu sich kam, trugen wir sie gemeinsam aus der nach Zwiebeln riechenden Küche in die geräumige Speisekammer.

Er schüttelte mir zum Abschied die Hand. Ich gab ihm den Rest der vereinbarten Summe in amerikanischen Dollar, woraufhin er mit einem leicht nervösen Lächeln ›*Ciao*‹ sagte und verschwand.

Eine kleine, unbeleuchtete Treppe führte von der Küche hinauf in einen ebenfalls im Dunkeln liegenden Korridor, von dem offenbar unbewohnte Schlafräume abgingen. So geräuschlos es ging, schlich ich vorwärts, wobei ich meinen Weg mehr ertastete als ihn zu sehen. Irgendwo im Haus konnte ich Rufe ausmachen, aber sie schienen von weither zu kommen. Es gab jedoch keines der üblichen Geräusche, die man in einem gewöhnlichen Haushalt – selbst in einem so alten Gemäuer wie diesem – erwartet hätte.

Schließlich kam ich an eine Stelle, an der sich zwei Korridore kreuzten und zwei kleine, schäbige Holzstühle standen. Das anhaltende, eher brummende Rufen war nun näher und deutlicher zu hören. Es schien von irgendwo aus dem Stockwerk unter mir zu kommen. Dem Geräusch folgend, stieg ich die Treppe hinunter, wandte mich dann nach links, ging einige Schritte geradeaus und bog wieder nach links.

Ich ließ meine Hand in die Tasche meines Overalls gleiten und berührte die Sig-Sauer. Es beruhigte mich, die kühle Glätte der Pistole zu spüren.

Schließlich stand ich vor einer hohen, aus zwei Flügeln bestehenden Eichentür. Die Rufe kamen offensichtlich aus dem dahinter liegenden Raum und drangen in unregelmäßigen Abständen nach draußen.

Ich griff nach der Pistole, und während ich mich so nah wie möglich an den Fußboden kauerte, öffnete ich einen der Türflügel, ohne im geringsten zu ahnen, wen oder was ich vor mir sehen würde.

Der Raum erwies sich als ein großer, fast leerer Speisesaal mit kahlen Wänden und gekacheltem Fußboden. Ein ellenlanger Eichentisch war für eine einzelne Person gedeckt.

Allem Anschein nach hatte hier jemand gerade das Mittagessen zu sich genommen. Der einsame Esser, der an einem Ende des Tisches saß und ärgerlich nach seiner Haushälterin rief, die allerdings nicht kommen würde, war ein kleiner, kahlköpfiger alter Mann, der hinter einer dicken schwarzgeränderten Brille hilflos umherblinzelte. Ich hatte diesen Mann unzählige Male auf Fotos gesehen, aber ich hatte nicht gewußt, wie klein Wladimir Orlow wirklich war.

Er trug Schlips und Kragen, was mir seltsam erschien, denn wer sollte ihn hier in seinem Versteck in der Toskana schon aufsuchen? Sein Anzug war nicht wie die eleganten englischen Anzüge geschnitten, die von so vielen jüngeren Russen in hohen Machtpositionen bevorzugt wurden, sondern wies den altmodischen, schlackerigen Schnitt auf, der typisch für sowjetische oder osteuropäische Konfektion ist. Der Anzug sah auf jeden Fall so aus, als ob er bereits mehrere Jahrzehnte hinter sich hätte.

Wladimir Orlow, der letzte Chef des KGB, dessen steif und ernst wirkendes Konterfei ich so viele Male in den Akten der CIA und auf Pressefotos gesehen hatte. Michail Gorbatschow hatte ihn zum Nachfolger jenes verräterischen

KGB-Führers gemacht, der seine Regierung zu einem Zeitpunkt stürzen wollte, als die alte Sowjetunion bereits in ihren letzten Zügen lag. Über Orlow war nur bekannt, daß er als ›zuverlässig‹ und als ›treuer Gefolgsmann Gorbatschows‹ galt. Die übrigen Attribute, die man ihm zuschrieb, hatten sich als wenig aussagefähig und zudem oft haltlos erwiesen.

Als er nun vor mir saß, wirkte er nur noch klein und zusammengeschrumpft. Alle Kraft schien aus seinem Körper gewichen zu sein. Er sah plötzlich zu mir auf, schrak zusammen und fragte mich mit ärgerlich klingender Stimme auf russisch: »Wer sind Sie?«

Einige Sekunden lang fiel es mir schwer, mich zu einer Antwort durchzuringen. Dann aber hörte ich meine eigene Stimme mit einer Sanftheit erklingen, die mich selber in Erstaunen versetzte. »Ich bin Harrison Sinclairs Schwiegersohn«, erklärte ich ihm auf russisch. »Ich bin mit seiner Tochter Martha verheiratet.«

Der alte Mann sah mich an, als wäre ich ein Geist. Er zog seine dichten Augenbrauen zusammen, um sie wieder hochzuziehen, und kniff die Augen zusammen, um sie dann weit aufzureißen. Im gleichen Augenblick wurde er kreideweiß. »*Bozhe moi*«, flüsterte er. »O mein Gott. *Bozhe moi.*«

Ich starrte ihn mit heftigem Herzklopfen an und verstand nicht, was er sagen wollte und für wen er mich hielt.

Er erhob sich langsam, warf mir einen finsteren Blick zu und zeigte mit dem Finger vorwurfsvoll auf mich.

»Wie, zum Teufel, sind Sie hier hereingekommen?« Sein Russisch hatte einen seltsam klingenden Akzent.

Ich antwortete nicht.

»Sie müssen verrückt sein, hierher zu kommen.« Seine Worte waren nur noch ein Flüstern, so daß ich sie kaum verstehen konnte. »Harrison Sinclair hatte mich betrogen. Und nun wird man uns beide töten.«

6

Ich trat langsam in den riesigen Speisesaal. Das Echo meiner Schritte hallte von den kahlen Wänden und der hohen, gewölbten Decke wider.

Hinter seiner zur Schau gestellten Ruhe und seinem herrischen Auftreten verbarg Orlow große Angst, wie ich am Flackern seiner Augen erkennen konnte.

Mehrere Sekunden absoluter Stille verstrichen.

Meine Gedanken rasten. ›Harrison Sinclair hat mich betrogen. Und nun wird man uns beide töten.‹

Ihn *betrogen*? Was hatte das zu bedeuten?

Orlow begann mit klarer und laut hallender Stimme zu sprechen: »Wie können Sie es wagen, vor mir zu erscheinen?«

Der alte Mann griff unter den Eßtisch und betätigte einen Knopf. Irgendwo im Korridor erklang ein lange anhaltendes surrendes Geräusch, dann hörte man Schritte. Die Haushälterin, die wahrscheinlich längst wieder zu Bewußtsein gekommen war, sich aber nicht bemerkbar machen konnte, reagierte nicht auf das Klingelsignal. Doch vielleicht hatte ein Wachmann das Geräusch gehört und schöpfte Verdacht.

Ich zog daher meine Sig aus der Overalltasche und zielte damit auf den ehemaligen KGB-Chef. Dabei fragte ich mich, ob Orlow wohl jemals so direkt mit einer Waffe bedroht worden war. In den Kreisen des Geheimdienstes, in denen er sich, jedenfalls nach den mir zugänglichen Unterlagen über seine Karriere, bewegt hatte, waren es nicht Pistolen, Schnellfeuerwaffen oder vergiftete Pfeile, mit denen man kämpfte, sondern Gesundheitsberichte und Aktennotizen.

»Ich möchte, daß Sie zunächst eines wissen: Ich habe nicht die geringste Absicht, Ihnen etwas anzutun.« Bei diesen Worten hielt ich die Pistole unter dem Tisch auf ihn gerichtet. »Ich möchte nur kurz mit Ihnen unter vier Augen sprechen, dann verschwinde ich wieder. Falls gleich ein

Wachmann auftauchen sollte, sagen Sie ihm, daß alles in Ordnung ist. Andernfalls sind Sie ein toter Mann.«

Bevor ich weitersprechen konnte, flog die Tür auf, und ein Wachmann, den ich zuvor nicht gesehen hatte, richtete eine Automatikpistole auf mich und brüllte: »Keine Bewegung!«

Ich zeigte bloß ein gleichgültiges Lächeln und warf dem alten Mann einen fast unmerklichen Blick zu. Nach einem winzigen Moment des Zögerns wandte er sich dem Wachmann zu: »Du kannst wieder gehen, Wolodja. Ich danke dir, aber es ist alles in Ordnung. Es war nur ein Versehen von mir.«

Der Leibwächter senkte die Waffe, wobei sein Blick mich von oben bis unten maß. Als Arbeiter gekleidet, erschien ich ihm verdächtig. Aber er beruhigte sich langsam und verließ den Raum mit einer gemurmelten Entschuldigung, wobei er die Tür leise hinter sich zuzog.

Ich erhob mich, schritt auf Orlow zu und nahm neben ihm Platz. Auf seiner Stirn standen Schweißperlen, und sein Gesicht war aschfahl. Ja, er gab sich nach außen eiskalt und überlegen, aber in Wahrheit war er zutiefst von Panik erfaßt, auch wenn er alles tat, um dies zu verbergen, so gut es ging.

Ich saß kaum einen Meter von ihm entfernt, was ihm offensichtlich Unbehagen bereitete, denn er sah mich nicht an, als er sprach. Man konnte an seinen Gesichtszügen ablesen, wie unwohl er sich fühlte.

»Warum sind Sie hier?« herrschte er mich mit belegter Stimme an.

»Wegen einer Absprache, die Sie mit meinem Schwiegervater getroffen haben«, erwiderte ich. Es trat eine längere Pause ein, in der ich mich angestrengt bemühte, seine Gedankenstimme zu hören, aber es gelang mir nicht, etwas wahrzunehmen.

»Sie sind mit Sicherheit verfolgt worden und bringen uns beide in Lebensgefahr.«

Ohne darauf eine Antwort zu geben, preßte ich meine Lippen in höchster Konzentration zusammen und hörte plötzlich etwas, einen Satz ohne Sinn, der unverständlich für mich war, der Hauch eines Gedankens, den ich nicht zu fassen vermochte.

»Sie sind kein Russe, nicht wahr?« bemerkte ich.

»Warum sind Sie hier?« wiederholte Orlow, wobei er sich mir zuwandte und dabei mit dem Ellenbogen gegen eine Servierplatte stieß. Seine Stimme wurde lauter und kräftiger: »Sie Narr!«

Während er sprach, konnte ich eine weitere Phrase in einer mir unbekannten Sprache ausmachen, die ich nicht verstand. Um welche Sprache handelte es sich hierbei nur? Russisch konnte es nicht sein, denn es klang vollkommen fremd für mich. Ich horchte, mit äußerster Anspannung, aber ich nahm nur einen Strom an Vokalen wahr, den ich nicht entschlüsseln konnte.

»Was ist?« fragte er nervös. »Weshalb sind Sie nun hierhergekommen? Und was machen Sie da?«

Er schob seinen schweren geschnitzten Eichenstuhl zurück, so daß dieser ein quietschendes Geräusch auf dem Terracotta-Fußboden machte.

»Sie sind in Kiew geboren«, fuhr ich fort, »habe ich recht?«

»Verschwinden Sie!«

»Sie sind kein Russe von Geburt, nicht wahr? Sie sind Ukrainer.«

Er sprang auf und bewegte sich rückwärts langsam zur Tür.

Ich erhob mich ebenfalls und zog die Sig hervor, auch wenn ich ihn nur ungern bedrohte. »Bitte bleiben Sie.«

Er blieb stehen.

»Ihr Russisch weist einen leichten ukrainischen Akzent auf. Es ist das G, das Sie verrät.«

»Was wollen Sie von mir?«

»Ihre Muttersprache ist Ukrainisch. Sie *denken* in Ukrainisch, nicht wahr?«

»Das ist nicht neu für Sie«, bellte er mich an. »Sie sind bestimmt nicht hierhergekommen, um etwas zu erfahren, das Harrison Sinclair Ihnen bereits verraten hat. Dafür würden Sie unser beider Leben nicht aufs Spiel setzen.« Er bewegte sich bei diesen Worten drohend einen Schritt auf mich zu, als wollte er mich angreifen. Ein hilfloser und ungeschickter Versuch, psychologisch die Oberhand zu gewinnen. Sein alter Anzug aus der Stalin-Ära hing an ihm herunter wie die Lumpen an einer Vogelscheuche. »Wenn Sie mir etwas zu sagen oder zu übergeben haben, dann hoffe ich, daß es wirklich von Bedeutung ist.«

Er tat einen weiteren Schritt auf mich zu. Dann forderte er mich in bestimmtem Ton auf: »Ich bin überzeugt, daß dies der Fall sein muß, und ich gebe Ihnen fünf Minuten Zeit, um Ihre Sache vorzubringen, bevor Sie wieder verschwinden.«

»Setzen Sie sich bitte.« Ich wies mit meiner Waffe auf seinen Stuhl. »Ich werde mich kurz fassen. Mein Name ist Benjamin Ellison. Wie ich bereits sagte, bin ich mit Martha Sinclair, der Tochter von Harrison Sinclair, verheiratet. Martha ist Alleinerbin der gesamten Hinterlassenschaft ihres Vaters. Sie können sich gerne über Ihre Verbindungen, und ich bin sicher, daß die immer noch sehr gut sind, bestätigen lassen, daß ich tatsächlich der bin, als der ich mich hier vorstelle.«

Es hatte den Anschein, als ob sich seine Anspannung etwas lösen würde, doch dann schnellte er plötzlich hoch und stürzte mit ausgestreckten Armen auf mich zu, wobei es aussah, als würde er den Boden unter seinen Füßen verlieren. Mit einem gräßlichen kehligen und beinahe umenschlich anmutenden Laut, einer Art von verzerrtem und heiserem Gurgeln, warf er sich auf mich, umklammerte meine Knie und versuchte mich zu Fall zu bringen. Ich entwand mich ihm jedoch, packte ihn bei den Schultern und drückte ihn zu Boden.

Nach Luft japsend, lag er mit hochrotem Gesicht unter mir. »Nein«, keuchte er. Seine bei dem Sturz heruntergefallene Brille befand sich ungefähr dreißig Zentimeter von ihm entfernt.

Die Pistole weiterhin auf ihn gerichtet, streckte ich mich nach der Brille und half ihm mit meinem freien Arm etwas unbeholfen auf die Beine. »Bitte«, gab ich ihm eindringlich zu verstehen, »bitte versuchen Sie das nicht noch einmal.«

Orlow setzte sich in den nächstbesten Eßzimmerstuhl und sackte in sich zusammen, offensichtlich erschöpft, aber immer noch wachsam. Es hat mich seit jeher fasziniert, wie bedeutende Persönlichkeiten, die über Wohl und Wehe der Menschheit entscheiden, nahezu physisch wahrnehmbar schrumpfen, sobald sie ihrer Macht enthoben sind. Ich erinnere mich noch lebhaft daran, wie ich einmal Michail Gorbatschow an der Kennedy School in Boston begegnete. Er hatte dort einen Vortrag gehalten, nachdem er einige Jahre zuvor auf so unzeremonielle Weise von Boris Jelzin aus dem Kreml verabschiedet worden war. Als ich ihm im Anschluß an den Vortrag die Hand schüttelte, fiel mir auf, wie klein er wirkte: ein völlig normaler Sterblicher, der sich durch nichts vom Durchschnittsbürger unterschied. In dem Moment durchzuckte mich ein Gefühl von Mitleid für ihn.

Ein russischer Satz.

Ich hörte sie, hörte seine Gedanken – Wörter, die ich verstand, russische Wörter inmitten eines Gedankenstromes in Ukrainisch, gleichsam eine Uranspur, die in Granitgestein eingebettet war.

Es stimmte: Er war in Kiew geboren. Als er fünf Jahre alt war, war seine Familie nach Moskau gezogen. Wie der Arzt in Rom war auch er zweisprachig, auch wenn er hauptsächlich auf ukrainisch dachte und sich nur wenige Gedanken auf russisch dazwischenmogelten.

Die Wörter, die ich verstanden hatte, bedeuteten übersetzt: *Rat der Weisen*.

»Sie wissen nur sehr wenig über den ›Rat der Weisen‹, nicht wahr«, fragte ich provozierend.

Orlow lachte. Er zeigte dabei seine Zähne, die vergilbt und schief in dem lückenhaften Gebiß standen. »Ich weiß alles, Mr. . . . Ellison.«

Ich nahm ihn fest in den Blick und konzentrierte mich darauf, noch weiteres zu hören. Das meiste kam jedoch wieder auf ukrainisch, auch wenn mir einige Wörter bekannt vorkamen, weil sie russischen, englischen oder deutschen Wörtern ähnelten. Ich verstand *Tsyurik*, was Zürich heißen mußte. Auch *Sinclair* verstand ich und etwas, das wie *Bank* klang, obwohl ich nicht hundertprozentig sicher war.

»Wir müssen«, setzte ich unser Gespräch fort, »über Harrison Sinclair und Ihre Geschäfte mit ihm sprechen.«

Ich beugte mich zu ihm vor, als ob ich angestrengt darüber nachdächte. Ein erneuter Strom an fremdklingenden Worten schwappte über mich hinweg, leise und undeutlich, aber ein Wort stach aus den anderen heraus. Es war noch einmal *Zürich* oder irgend etwas, das so ähnlich klang.

»Geschäfte!« empörte er sich. Der alte Geheimdienstchef ließ ein lautes und zynisches Lachen hören. »Er hat mir und meinem Land Milliarden von Dollar gestohlen. *Milliarden von Dollar!* Und Sie wagen es, von Geschäften zu sprechen!«

7

Es stimmte also, was Alex Truslow gesagt hatte.

Aber – *Milliarden von Dollar*?

Sollte es denn wirklich nur um Geld gehen? War es das allein? Wenn man es recht überlegte, war Geld der Grund für die meisten großen Untaten in der Weltgeschichte gewesen. Hatten Sinclair und die anderen nur deswegen sterben müssen?

Milliarden von Dollar!

Er betrachtete mich mit arroganter Miene, während er sich bemühte, seine Brille geradezurücken.

»Und nun«, fuhr er seufzend in Englisch fort, »ist es zweifellos nur noch eine Frage der Zeit, bis mich meine Leute finden werden. Es verwundert mich im Grunde gar nicht allzusehr, daß Sie mich hier entdeckt haben. Es gibt keinen Platz auf der Erde, jedenfalls keinen bewohnbaren, wo man nicht aufgespürt werden könnte. Aber ich begreife nicht, weshalb Sie hier sind, weshalb Sie mich mit Ihrem Kommen in diese Gefahr bringen. Wie wichtig es Ihnen auch erscheinen mag, es war verrückt, hier aufzutauchen.« Sein Englisch war ausgezeichnet. Er sprach nicht nur fließend, sondern mit bestem britischen Akzent.

Ich holte tief Luft. »Ich war auf meinem Weg hierher äußerst vorsichtig. Sie haben wenig zu befürchten.« Sein Gesichtsausdruck wirkte wie versteinert. Nur seine Nasenflügel verrieten ein kaum wahrnehmbares Zittern, während seine Augen starr geradeaus blickten und nicht die geringste Gefühlsregung nach außen dringen ließen.

»Mein Kommen war erforderlich«, fuhr ich fort, »um einige Dinge ins rechte Licht zu rücken. Ich möchte die Verfehlungen meines Schwiegervaters Ihnen gegenüber wiedergutmachen und werde Ihnen eine sehr ansehnliche Summe zahlen, falls Sie bereit sind, mir bei der Suche nach dem Geld behilflich zu sein.«

Er schürzte die Lippen. »Auf die Gefahr hin, vulgär zu

wirken, Mr. Ellison, ich bin höchst interessiert zu erfahren, was Sie unter einer ›ansehnlichen Summe‹ verstehen.«

Ich nickte und erhob mich. Dann schob ich die Pistole zurück in meine Tasche und trat aus seiner Reichweite. Ich bückte mich und schob die Hosenbeine meines Overalls hoch, so daß die Dollarbündel sichtbar wurden, die ich an meinen Beinen befestigt hatte. Ich löste die Klettverschlußbänder, die ich mir in einem Sportartikelladen in Siena für diesen Zweck besorgt hatte, und legte das Geld, das ich an den Beinen jeweils in zwei Päckchen angebracht hatte, auf den Tisch.

Es war eine sehr hohe Summe. Wahrscheinlich mehr Geld, als Orlow – und auf jeden Fall mehr, als *ich* – jemals zuvor gesehen hatte. Die Wirkung blieb nicht aus.

Er überflog die Geldbündel mit seinem Blick und betastete sie mit seinen Händen, so als wolle er sich von ihrer Echtheit überzeugen. Dann blickte er auf und bemerkte: »Kann es sein, daß dort – lassen Sie mich schätzen – eine dreiviertel Million Dollar liegen?«

»Genau eine Million«, versicherte ich.

»Ah!« Er riß die Augen auf. Doch dann stieß er ein harsches, spöttisches Lachen aus und schob mit theatralischer Geste die Geldbündel zu mir herüber. »Mr. Ellison, ich stecke in einer großen finanziellen Verlegenheit. Aber wieviel hier auch liegen mag, es ist nichts, verglichen mit dem, was ich erhalten sollte.«

»Das mag sein«, stimmte ich ihm zu, »und nur mit Ihrer Hilfe kann ich das Geld ausfindig machen. Aber dafür müssen Sie erst bereit sein, offen mit mir zu sprechen.«

Er lächelte. »Ich bin nicht zu stolz, um Ihr Geld als eine Art Vertrauensvorschuß anzunehmen. Und nachdem wir geredet haben, werden wir zu einer Einigung kommen.«

»Das ist gut.« Ich nickte zustimmend. »Lassen Sie mich Ihnen meine erste Frage stellen: Wer hat Harrison Sinclair auf dem Gewissen?«

»Ich hatte gehofft, daß Sie *mir* das verraten würden, Mr. Ellison.«

»Aber es waren doch wohl Stasi-Agenten, die den Befehl ausführten«, wandte ich ein.

»Das ist gut möglich. Aber ob es nun Agenten der Stasi oder der Securitate waren, ich hatte jedenfalls nichts damit zu tun. Wie Sie selber am besten verstehen werden, lag es mit Sicherheit nicht in meinem Interesse, Harrison Sinclair beseitigen zu lassen.«

Ich zog fragend die Augenbrauen hoch.

»Mit der Ermordung Harrison Sinclairs«, fuhr Orlow fort, »wurden mein Land und ich um zehn Milliarden Dollar betrogen.«

Ich spürte, wie die Röte in mein Gesicht stieg. Ich war überzeugt, daß er die Wahrheit sagte, und diese Wahrheit bereitete mir großes Herzklopfen.

Orlows toskanische Villa war sicherlich nicht als bescheidener Aufenthaltsort zu bezeichnen, aber sein Lebensstil war auch nicht mit dem der schwerreichen Nazis zu vergleichen, die nach dem Ende des Zweiten Weltkriegs in Brasilien und Argentinien in Saus und Braus lebten. Eine größere Geldsumme würde ihm nicht nur ein Leben im Luxus, sondern (was viel wichtiger war) ein Leben in Sicherheit ermöglichen.

Orlow redete weiter: »Wie heißen doch noch die Memoiren des CIA-Direktors unter Nixon, William Colby? Waren sie nicht mit ›Ehrenwerte Männer‹ betitelt?«

Ich nickte voll gespannter Aufmerksamkeit. Ich konnte Orlow nicht besonders leiden, was jedoch nichts mit Ideologie oder der bitterer Rivalität zu tun hatte, die man den Männern des KGB und der CIA gewöhnlich unterstellte. Hal Sinclair hatte mir einmal anvertraut, daß ihn zu Zeiten, als er Sektionschef in verschiedenen Hauptstädten der Welt gewesen war, ein geradezu kameradschaftliches Verhältnis mit manchen seiner direkten Gegenspieler auf der Seite des KGB verbunden habe. Mir klang seine Stimme noch im Ohr: ›Es gibt – ich sollte vielleicht besser sagen, *gab* – viel mehr Gemeinsamkeiten als Unterschiede.‹

Nein, es war Orlows Selbstgefälligkeit, die mich abstieß. Noch vor wenigen Minuten war er mich hilflos angegangen wie eine alte Frau, und nun saß er wie ein Pascha vor mir und dachte . . . um Himmels willen. Orlows Gedanken gingen immer mehr ins Ukrainische zurück.

»Nun gut«, führte Orlow weiter aus, »Bill Colby mag ein ehrenvoller Mann gewesen sein und ist es vielleicht auch noch heute, vielleicht sogar zu ehrenvoll für seinen Beruf. Und bis zu dem Moment, wo er mich betrog, dachte ich das gleiche über Harrison Sinclair.«

»Ich verstehe nicht ganz.«

»Wieviel hat er Ihnen darüber verraten?«

»Nur sehr wenig«, gab ich zu.

»Kurz bevor die Sowjetunion zusammenbrach«, erklärte Orlow,»nahm ich heimlich Kontakt zu Harrison Sinclair auf. Ich benutzte dazu geheime Kanäle, die lange Jahre nicht genutzt worden waren. Es gibt – oder besser, es gab – Wege, dies zu tun. Ich bat ihn um Hilfe.«

»Hilfe wofür?«

»Um aus meinem Land den größten Teil der Goldreserven hinauszuschaffen«, gab er unumwunden zu.

Ich war überrascht, sogar überwältigt, aber es machte Sinn. Es paßte zu dem, was ich bereits durch die Presse und durch Geheimdienstmaterial wußte. Die CIA hatte stets angenommen, daß sich die Sowjetunion im Besitz von mehr als zehn Milliarden Dollar in Goldreserven befand, die in den Gewölben in und um Moskau herum lagerten. Doch nachdem der Putschversuch der Kommunisten im August 1991 fehlgeschlagen war, verkündete die Sowjetregierung plötzlich, daß sie lediglich über einen Goldwert in Höhe von drei Milliarden Dollar verfügte.

Diese Nachricht brachte die gesamte Finanzwelt in Aufruhr. Wohin, zum Himmel, konnte diese enorme Menge Goldes verschwunden sein? Es gab alle möglichen Erklärungsversuche. Der glaubwürdigste war der, daß die Kommunistische Partei der Sowjetunion 150000 Tonnen Silber, acht Tonnen Platin und wenigstens sechzig Tonnen Gold ins Ausland geschafft hätte. Es wurde behauptet, die führenden Mitglieder des Politbüros hätten möglicherweise eine Gesamtsumme von fünfzig Milliarden Dollar auf Banken in der Schweiz, in Monaco, Luxemburg, Panama, Liechtenstein sowie auf zahlreichen abgelegenen Banken, wie zum Beispiel auf den Caymaninseln, untergebracht.

Es wurde weiterhin berichtet, daß die Kommunistische

Partei in den letzten Jahren ihrer Existenz Geldwäsche im großen Stil betrieben habe. Die Köpfe bedeutender sowjetischer Unternehmen hätten erfundene Joint Ventures und verschiedene Tarnfirmen gegründet, um auf diesem Wege Geld aus dem Land herausschaffen zu können.

Die Jelzin-Regierung ging sogar so weit, die amerikanischen Nachforschungsspezialisten Kroll Associates – übrigens Alex Truslows größter Konkurrent – damit zu beauftragen, nach dem Verbleib des Geldes zu forschen. Aber alle Versuche, es ausfindig zu machen, blieben erfolglos. Es wurde sogar verbreitet, daß ein einzelner gigantischer Transfer auf Schweizer Banken durch den Geschäftsführer der Kommunistischen Partei veranlaßt worde sei. Der Mann konnte jedoch nicht danach befragt werden, da er einen Tag nach dem geplatzten Staatsstreich tot aufgefunden worden war. Es war nicht zweifelsfrei zu klären gewesen, ob es sich um Selbstmord oder Mord handelte.

Sollten es tatsächlich Orlows alte Kameraden gewesen sein, die mich davon abzuhalten versucht hatten, ihren ehemaligen Chef und über ihn das Gold aufzuspüren, und die deshalb den CIA-Mann Charles Van Aver in Rom getötet hatten?

Ich lauschte, vor Erstaunen wie betäubt.

»Rußland«, fuhr er fort, »brach auseinander.«

»Sie meinen, *die Sowjetunion* brach auseinander.«

»Beides. Ich meine beides. Es war mir und allen anderen denkenden Menschen klar, daß die Sowjetunion auf dem ›Aschehaufen der Geschichte‹ landen würde, um diesen abgegriffenen Ausspruch von Marx zu verwenden. Aber Rußland, mein geliebtes Rußland, es sollte auch zerbrechen. Gorbatschow hatte mich zum Leiter des KGB ernannt, nachdem Kryuchkow den Umsturz versucht hatte. Doch die Macht glitt Gorbatschow schnell wieder aus den Fingern, denn die Falken rissen sich alle Reichtümer des Landes unter die Nägel. Sie wußten, daß Jelzin die Macht übernehmen würde, und sie lauerten nur darauf, Gorbatschow zu stürzen.«

Ich hatte bereits eine Menge gehört und gelesen, was das

mysteriöse Verschwinden von Rußlands Schätzen anging – sowohl in Form von harter Währung und Edelmetallen als auch in Form von Kunstwerken. Das war also nichts Neues für mich.

»Vor dem Hintergrund dieser Ereignisse«, führte Orlow weiter aus, »hatte ich einen Plan ausgearbeitet, mit dessen Hilfe ich so viel Gold wie möglich außer Landes schaffen konnte. Mochten die Falken ruhig die Macht zurückerobern, aber wenn ich ihnen die finanzielle Grundlage entzog, würden sie bald machtlos dastehen. Ich wollte Rußland vor einem Desaster retten.«

»Das war Hal Sinclairs Absicht«, sagte ich mehr zu mir selbst als zu ihm.

»Auch ich war davon überzeugt, daß er die gleichen Ziele verfolgte. Mein Vorschlag machte ihm jedoch angst. Die Sache mußte gänzlich inoffiziell und als streng geheime Gemeinschaftsoperation ablaufen, bei der die CIA dem KGB helfen sollte, Rußlands Gold zu stehlen und außer Landes zu schaffen. Irgendwann, sobald die Lage es wieder erlauben würde, sollte das Gold zurückgegeben werden.«

»Aber weshalb benötigten Sie die Mithilfe der CIA?«

»Es ist sehr schwirig, Gold zu transferieren, ganz besonders schwierig sogar. Und da ich sehr genau beobachtet wurde, war es mir unmöglich, das Gold selbst außer Landes zu bringen. Meine Leute und ich wurden strengstens überwacht, deshalb wären die notwendigen Aktivitäten, wie Verkauf und Transfer des Goldes, sehr schnell bis zu mir zurückverfolgt worden.«

»Und deshalb trafen Sie sich in Zürich.«

»Genau. Auch das war ein sehr schwieriges Unterfangen. Wir trafen uns mit einem Bankier, den er kannte und dem er vertraute. Sinclair hatte zuvor ein Kontensystem errichtet, in dem er das Gold auf sichere Weise deponieren konnte. Auch auf meine Bedingung, mich mit einer Art Tarnkappe zu versehen, damit ich völlig untertauchen konnte, ging er ein und löschte deswegen alle meine Person betreffenden Hinweise aus den Datenbanken der CIA.«

»Aber wie gelang es nun Sinclair oder der CIA, das Gold aus Rußland herauszubekommen?«

»Oh«, sagte Orlow müde, »da gibt es Wege, wissen Sie. Die gleichen Kanäle, die in den alten Tagen dazu benutzt wurden, Überläufer aus Rußland herauszuschmuggeln.«

Ich wußte, daß mit diesen Kanälen unter anderem der militärische Kurierdienst westlicher Staaten gemeint war, der unter dem Schutz der Wiener Konvention steht. Mit dessen Hilfe waren mehrere berühmte Überläufer durch den Eisernen Vorhang geschleust worden. Ich erinnerte mich, aus der Gerüchteküche der CIA eine Geschichte gehört zu haben, nach der der berühmte Überläufer Oleg Gordiewskij in einem Möbeltransporter außer Landes geschafft worden sei. Auch wenn dies Gerücht wahrscheinlich nicht ganz der Wahrheit entsprach, war es doch sicher auch nicht völlig aus der Luft gegriffen.

Orlow setzte seine Erläuterungen fort. »Ein westliches Militärflugzeug wird wie die Aktentasche eines Diplomaten behandelt und kann deshalb das Land ohne Kontrolle verlassen. Und dann gibt es natürlich versiegelte Lastwagen. Es gibt eine Menge Wege, die uns selbst jedoch versperrt waren, weil wir so genau überwacht wurden. Überall gab es Informanten, sogar unter meinen persönlichen Mitarbeitern.«

Irgend etwas paßte für mich immer noch nicht hundertprozentig an dieser Geschichte. »Aber wie konnte Sinclair wissen, ob er Ihnen trauen konnte? Woher wußte er, daß Sie nicht auch einer der anderen waren und zu den Falken gehörten?«

»Er wußte es«, Orlow räusperte sich, »wegen des Angebotes, das ich ihm unterbreitete.«

»Erklären Sie mir das bitte näher.«

»Nun, er wollte innerhalb der CIA ›aufräumen‹, wie er es nannte. Er war der Überzeugung, daß die CIA durch und durch von Korruption zerfressen sei. Und ich lieferte ihm den Beweis dafür.«

8

Orlow blickte zur Tür, als erwartete er, daß jeden Moment einer seiner Wächter auftauchte. Dann seufzte er.

»In den frühen achtziger Jahren war es uns endlich gelungen, die Technologien zu entwickeln, die es uns ermöglichten, auch die am kompliziertesten verschlüsselten Nachrichten zwischen Ihren CIA-Hauptquartieren und anderen Regierungsstellen abzuhören.« Er seufzte erneut und zeigte ein mechanisches Lächeln. Es schien so, als hätte er die ganze Geschichte schon einmal erzählt.

»Die Satelliten- und Kurzwellenantennenanlage auf dem Dach der sowjetischen Botschaft in Washington fing nun eine große Menge an Signalen auf. Auf diese Weise wurden Informationen, die wir von einem Maulwurf in Langley erfahren hatten, bestätigt.«

»Und das wäre?«

Wieder dieses mechanische Lächeln. Ich fragte mich, ob das einfach sein normales Lächeln war: eine schnelle Bewegung der Lippen, ohne daß die Augen sich veränderten.

»Was war die große Mission der CIA von ihrer Gründung an bis, sagen wir, 1991?«

Ich grinste; ein Lächeln zwischen zwei vom Leben geschulten Zynikern. »Den Kommunismus weltweit zu bekämpfen und euch Kerlen das Leben zur Hölle zu machen.«

»Richtig. Gab es jemals eine Phase, in der die Sowjetunion eine echte Bedrohung für die Vereinigten Staaten darstellte?«

»Wo soll ich beginnen? Litauen? Lettland? Estland? Ungarn? Berlin? Prag?«

»Ich meine für die *Vereinigten Staaten*.«

»Ihr hattet die Bombe, vergessen Sie das nicht.«

»Und wir fürchteten uns genauso davor, sie einzusetzen, wie ihr. Nur, ihr habt sie eingesetzt, wir nicht. Hat irgend jemand in Langley ernsthaft geglaubt, daß wir ein Interesse daran und über die Möglichkeiten verfügt hätten, die Welt zu erobern? Und was hätten wir mit der Welt tun sollen, wenn sie uns gehört hätte – sie in den Ruin treiben, wie es, und es tut mir leid, das sagen zu müssen, unsere großen und hochgeehrten sowjetischen Machthaber mit dem einst so mächtigen russischen Reich geschafft haben?«

»Derartige Verblendungen gab es sicherlich auf beiden Seiten«, räumte ich ein.

»Ah! Aber diese Verblendung hat die CIA jahrelang dazu angestachelt, Überstunden zu machen, nicht wahr?«

»Was wollen Sie damit sagen?«

»Ganz einfach«, erläuterte Orlow. »Eure große Mission ist es nun, vor allem Wirtschaftsspionage zu bekämpfen. Die Japaner, die Franzosen und auch die Deutschen sind alle scharf darauf, wertvolle Geheimnisse von euren armen, heimgesuchten amerikanischen Industrieunternehmen zu stehlen. Und einzig die CIA ist in der Lage, Amerikas Kapitalismus zu schützen.

Nun denn, Mitte der 80er Jahre war der KGB weltweit der einzige Geheimdienst, der über die technischen Möglichkeiten verfügte, die gesamte Kommunikation, die von den CIA-Hauptquartieren ausging, abhören zu können. Und was wir dabei erfuhren, bestätigte die düstersten Verdachtsmomente meiner fanatischsten kommunistischen Genossen. Aufgefangene Meldungen zwischen Langley und den Außenstellen der CIA im Ausland oder zwischen Langley und wichtigen politischen Schaltzentralen auf der ganzen Welt setzten uns darüber in Kenntnis, daß die CIA seit Jahren damit beschäftigt war, ihre hervorragenden Fähigkeiten gegen die ökonomischen Strukturen verbündeter Staaten wie Japan, Frankreich und Deutschland einzusetzen, konkret, gegen private Industrien in diesen Ländern. Und das alles im Namen der Sicherheit des amerikanischen Volkes.«

Er machte eine Pause und richtete seinen Blick auf mich.

»Ja, und? Das ist doch ganz normal in diesem Geschäft«, erwiderte ich trocken.

»Also«, erzählte Orlow weiter, wobei er sich in seinem Stuhl zurücklehnte und beide Hände hob, so als wollte er seine Worte unterstreichen. »Wir dachten, wir hätten eine ganz normale Geldwäscheaktion aufgedeckt. Sie wissen schon, Geld fließt von den Konten Langleys bei der Bundesbank in New York zu verschiedenen weltweiten CIA-Vertretungen. Wo immer gerade geheime Aktionen im Kampf um die Demokratie unterstützt werden müssen. Sie verstehen? Von New York nach Brüssel, nach Panama City, nach San Salvador. Aber nein, wir hatten uns gründlich geirrt.«

Er blickte mich an, wobei er wieder dieses merkwürdige Lächeln zeigte. »Je intensiver sich unsere Finanzgenies mit der Sache auseinandersetzten . . .« Er bemerkte meine skeptische Miene und wiederholte: »Ja, wir hatten in der Tat einig wenige Genies unter den ganzen Narren. Je mehr sie forschen, desto mehr erhärtete sich ihr Vedacht, daß es sich bei den Aktionen keineswegs um eine Standard-Geldwäsche handelte. Es wurde nicht einfach Geld in verschiedene Kanäle gepumpt. Vielmehr wurde *Geld gemacht, angesammelt!* Geld, das mit Wirtschaftsspionage vedient wurde. Die abgehörten Meldungen bestätigten wieder und wieder unseren Verdacht.

Steckte die CIA als Gesamtorganisation dahinter? Nein. Unser Maulwurf in Langley fand heraus, daß es sich nur um einige wenige Personen handelte, die die Operationen durchführten.«

»Der ›Rat der Weisen‹«, murmelte ich.

»Eine überaus ironische Bezeichnung, wie ich finde. Eine relativ kleine Gruppe von Leuten innerhalb der CIA häufte ein wahres Vermögen an, indem sie sich das Wissen zunutze machte, das sie sich mit den Möglichkeiten des Geheimdienstes angeeignet hatte.«

Es kommt in der Tat nicht selten vor, daß Mitarbeiter der CIA sich einen Teil von ihren Budgets und Geldmitteln abzwacken, denn die Gelder fließen oft unregelmäßig und sind aus gutem Grunde meistens nur unzureichend registriert (kein CIA-Direktor, der eine geheime Operation in einem Dritte-Welt-Land leitet, möchte es schließlich riskieren, daß sich parlamentarische Untersuchungsausschüsse auf seine Fährte setzen könnten, indem sie nur seine Kontoauszüge studierten). Ich kannte viele, die es sich gewissermaßen zur Gewohnheit gemacht hatten, auf Vorrat zu wirtschaften oder, wie sie es auch nannten, *den zehnten Teil zu erheben*, indem sie zehn Prozent der Gelder, die sie verwalteten, regelmäßig auf ein Schweizer Nummernkonto verschwinden ließen. Ich hatte mich dieser Praxis nie angeschlossen. Aber diejenigen, die es taten, wollten sich auf diese Weise nicht persönlich bereichern, sondern nur ein Sicherheitspolster schaffen, falls irgend etwas schiefgehen sollte. Und auch die Buchhalter in Langley sind mit dieser Praxis sehr wohl vertraut und schreiben die Summen einfach ab, wohl wissend, wohin sie verschwinden.

Ich gab diese Zusammenhänge auch Orlow zu verstehen, der jedoch nur den Kopf schüttelte. »Wir reden hier über enorme Geldsummen, nicht über den üblichen ›zehnten Teil‹.«

»Wer waren oder sind diese ›Weisen‹?«

»Wir erfuhren keine Namen. Sie waren zu gut getarnt.«

»Und auf welche Weise konnten die Betreffenden an solch enorme Summen herankommen?«

»Man benötigt wirklich keine tiefschürfenden Kenntnisse der Volks- oder Betriebswirtschaft, Mr. Ellison, um dahinterzukommen. Die ›Weisen‹ hörten auch die geheimsten Gespräche und Strategiesitzungen ab, die in den Vorstandszimmern und Chefbüros in Bonn, Frankfurt, Paris, London und Tokyo geführt wurden. Und mit diesen Informationen war es wirklich kein Problem, strategische Investitionen auf den Börsenmärkten der Welt, vor allem in New York, Tokyo und London, zu tätigen. Seien Sie ehrlich, wenn Sie diese Informationen über Siemens, Philips oder Mitsubishi hätten, wüßten auch Sie, welche Aktien Sie kaufen oder verkaufen würden, nicht wahr?«

»Dann war es, genau genommen, also gar keine Veruntreuung?«

»Das war es in der Tat nicht, keine *Veruntreuung*, aber eine Manipulation des Börsenmarktes, eine Verletzung Hunderter amerikanischer und ausländischer Gesetze. Und die ›Weisen‹ waren sehr erfolgreich tätig. Ihre Bankkonten in Luxemburg, auf den Caymaninseln und in Zürich florierten. Sie verdienten ein Vermögen, Hunderte von Millionen Dollar, wenn nicht noch mehr.«

Er schielte erneut zur Tür und fuhr dann mit einem triumphierenden Lächeln fort: »Bedenken Sie nur, was wir mit unseren Beweisen alles hätten anstellen können. Mit den Kopien, den abgefangenen Meldungen und so fort. All das hätte uns unvorstellbare Möglichkeiten eröffnet. Eine bessere Hetzpropaganda gegen Amerika hätten wir gar nicht erfinden können: Amerika bestiehlt seine Verbündeten! Etwas Besseres hätte uns nicht passieren können, denn ein solcher Skandal hätte das Ende der NATO bedeutet!«

»Mein Gott!«

»Aber dann kam das Jahr 1987.«

»Und was war in diesem Jahr?«

Orlow schüttelte kaum merklich den Kopf. »Wissen Sie das nicht?«

»1987?«

»Haben Sie wirklich vergessen, was 1987 mit der amerikanischen Wirtschaft passiert ist?«

»Mit der Wirtschaft?« fragte ich verwirrt zurück. »Es gab den großen Zusammenbruch auf dem Börsenmarkt im Oktober 1987, aber sonst . . .«

»Genau. Das Wort ›Zusammenbruch‹ ist vielleicht ein wenig übertrieben, aber der amerikanische Börsenmarkt erlebte, ich glaube, es war genau am 19. Oktober 1987, einen schweren Einbruch.«

»Aber was hat das zu tun mit . . .«

»Ein ›Zusammenbruch‹ der Börse, um Ihr Wort zu gebrauchen, ist nicht notwendigerweise ein Desaster für den, der darauf vorbereitet ist. Das Gegenteil ist der Fall. Eine Investorengruppe mit Köpfchen kann in so einem Fall durch Blitzverkäufe und durch Ausnutzung der extremen Kursschwankungen enorme Gewinne machen, oder etwa nicht?«

»Was wollen Sie damit sagen?«

»Ich will sagen, Mr. Ellison, daß wir, nachdem wir den ›Weisen‹ auf die Schliche gekommen waren, die Möglichkeit hatten, ihre Aktivitäten ohne ihr Wissen Schritt für Schritt zu verfolgen.«

»Und diese Gruppe machte in dem Börsen-Crash Gewinne, ist es das?«

»Indem sie computerisierte Handelsprogramme einsetzten und mit insgesamt vierzehnhundert verschiedenen Geschäftskonten operierten, um exakt im richtigen Moment und mit der richtigen Geschwindigkeit den Hebel zu betätigen, machten sie nicht nur unglaubliche Gewinne durch den Börsenkrach, Mr. Ellison, sondern sie führten ihn eigenhändig herbei.«

Vollkommen überrascht starrte ich ihn mit aufgerissenem Mund an.

»Sie sehen also«, setzte er hinzu, »wir waren im Besitz äußerst brisanter Beweise dafür, welche ungeheuren Verbrechen eine Gruppe innerhalb der CIA verübt hatte.«

»Und haben Sie dieses Beweismaterial benutzt?«

»Ja, Mr. Ellison, es gab eine Zeit, in der wir es benutzt haben.«

»Und wann war das?«

»Wenn ich ›wir‹ sage, so meine ich damit unsere Organisation. Sie erinnern sich an die Situation im Jahr 1991, an den Putschversuch gegen Gorbatschow, der durch den KGB angestiftet und organisiert worden war. Nun, wie Sie sehr genau wissen, war die CIA über diesen Plan bereits vorher informiert. Was glauben Sie, warum man dennoch nichts tat, um den Plan zu vereiteln?«

»Es gibt unterschiedliche Theorien darüber.«

»Es gibt Theorien, und es gibt Fakten. Und ein Faktum ist, daß der KGB detaillierte und hochbrisante Akten über diese Gruppe besaß, die sich die ›Weisen‹ nennen. Wären diese Informationen an die Öffentlichkeit geraten, so hätten sie die Glaubwürdigkeit ganz Amerikas zerstört, wie ich Ihnen bereits vorher deutlich gemacht habe.«

»Auf diese Weise wurde also die CIA inaktiviert«, folgerte ich. »Sie wurde erpreßt mit der Drohung, über ihre Interna auszupacken.«

»Exakt. Und wer würde eine solche Waffe hergeben? Bestimmt kein überzeugter Gegner der Vereinigten Staaten und auch kein loyaler KGB-Mann. Was für einen besseren Beweis hätte ich liefern können?«

»Allerdings«, bestätigte ich, »das war brillant. Wer weiß von der Existenz dieser Akten?«

»Nur eine Handvoll Menschen«, versicherte Orlow.

»Mein Vorgänger beim KGB, Kryuchkov, der zwar noch lebt, aber viel zu sehr um seine Sicherheit fürchtet, als daß er auspacken würde. Dann sein Hauptmitarbeiter, der allerdings umgebracht wurde. Verzeihen Sie, ich glaube, die *New York Times* schrieb in einem Artikel, daß er direkt nach dem gescheiterten Putschversuch Selbstmord begangen habe, war es nicht so?

Und dann natürlich ich.«

»Und Sie übergaben also Harrison Sinclair diese hochbrisanten Akten?«

»Nein«, widersprach er.

»Warum nicht?«

Ein leichtes Achselzucken, ein kurzes Lächeln. »Weil die Akten verschwunden waren.«

»Wie bitte?« fragte ich ungläubig.

»Korruption nahm zu dieser Zeit in Moskau überhand«, erklärte Orlow, »es war damals noch schlimmer als heute. Dem alten System, das heißt, den Millionen von Angestellten, die für die alte Bürokratie gearbeitet hatten, in den Ministerien, den Sekretariaten, eigentlich der Gesamtheit der sowjetischen Regierung war klar, daß alles nur noch eine Frage der Zeit sei. Fabrikinhaber suchten ihre Ware auf dem Schwarzmarkt loszuschlagen, und Sekretärinnen verschleuderten Akten meistbietend direkt in den KGB-Büros. Boris Jelzins Leute hatten etliche Unterlagen von KGB-Hauptquartieren mitgenommen, und sogar einige dieser beschlagnahmten Akten wechselten ihren Besitzer! Und dann erreichte mich die Nachricht, daß die Akte über die ›Weisen‹ verschwunden war.«

»Solche wichtigen Akten verschwinden gewöhnlich nicht so einfach.«

»Selbstverständlich nicht. Mir wurde gesagt, daß eine relativ unbedeutende Sekretärin aus der oberen Führungsetage des KGB die Akte mit nach Hause genommen und verkauft habe.«

»An wen?«

»An ein Konsortium deutscher Geschäftsleute. Man sagte, sie habe über zwei Millionen Deutsche Mark dafür bekommen.«

»Also ungefähr eine Million Dollar. Sie hätte erheblich mehr dafür erzielen können.«

»Natürlich! Diese Akte hat einen unschätzbaren Wert. Sie enthält den Schlüssel, um einige der obersten Direktoren der CIA erpressen zu können! Sie ist weit mehr wert als das, was diese törichte Frau dafür bekommen hat! Die Geldgier hat ihr den Verstand vernebelt.«

Ich unterdrückte mühsam ein Lächeln. »Ein deutsches Konsortium«, wiederholte ich nachdenklich. »Weshalb sollte eine Gruppe Deutscher daran interessiert sein, die CIA zu erpressen?«

»Das konnte ich mir zunächst auch nicht erklären.«

»Aber jetzt wissen Sie es?«

»Ich habe inzwischen eine mögliche Erklärung gefunden.«

»Und die wäre?«

»Sie wollen Fakten wissen. Wir trafen uns in Zürich, Sinclair und ich. Das Treffen fand selbstverständlich unter absoluter Geheimhaltung statt. Ich hatte zu diesem Zeitpunkt das Land verlassen und wußte, daß ich nie mehr zurückkehren würde. Sinclair war sehr erbost über den Verlust der Akte und drohte mir damit, unsere Verhandlungen abzubrechen, nach Washington zurückzukehren und der ganzen Sache ein Ende zu setzen. Wir diskutierten heftig mehrere Stunden lang. Ich bemühte mich sehr, ihn davon zu überzeugen, daß ich ihn nicht betrogen hatte.«

»Und glaubte er Ihnen?«

»Damals dachte ich, daß er das tat. Aber jetzt bin ich davon nicht mehr überzeugt.«

»Und weshalb nicht?«

»Weil ich dachte, daß wir zu einer Einigung gekommen wären, aber es stellte sich heraus, daß dem nicht so war. Ich verließ Zürich und fuhr zu dem Haus, das Sinclair für mich angemietet hatte und wo ich auf weitere Absprachen warten sollte. Zu diesem Zeitpunkt befanden sich bereits zehn Milliarden Dollar im Westen – Gold, das Rußland gehörte. Es war ein gefährliches Spiel, aber es blieb mir nichts anderes übrig, als auf Sinclairs Ehrlichkeit und vor allem auf sein eigenes Interesse an der Sache zu vertrauen. Auch sein Ziel war es, zu verhindern, daß Rußland zu einer rechtsextremen, russisch-chauvinistischen Diktatur verkommen würde. Aber es war wahrscheinlich die fehlende Akte, die den Eindruck bei ihm erweckt haben mußte, daß ich ihn betrogen hatte. Warum sonst sollte er so ein falsches Spiel mit mir gespielt haben?«

»Ein falsches Spiel?«

»Die zehn Milliarden Dollar kamen in Zürich in ein Gewölbe unter der Bahnhofstraße, und es wurden zwei Zugangscodes vereinbart, um an das Gold heranzukommen. Ich selbst hatte keinen Zugriff auf diese Codes. Und dann wurde Harrison Sinclair getötet. Jetzt gibt es für mich keine Hoffnung mehr, an das Gold zu gelangen. Ich hoffe, Sie verstehen nun, warum ich mit Sicherheit kein Interesse daran gehabt haben kann, ihn töten zu lassen?«

»In der Tat«, stimmte ich ihm zu, »das haben Sie gewiß nicht gehabt.«

»Falls Sie Sinclairs Zugangscodes kennen...«

»Nein«, unterbrach ich ihn. »Er hat mir keinen solchen Code hinterlassen.«

»Dann befürchte ich, daß auch Sie nichts weiter tun können.«

»Das wiederum ist falsch. Ich *kann* sehr wohl etwas tun, aber ich brauche dazu den Namen des Bankiers, den Sie in Zürich getroffen haben.«

Genau in diesem Moment flog die geteilte Tür am Ende des Eßsaales auf.

Ich sprang auf, ohne meine Pistole aus der Tasche zu ziehen. Falls es wieder nur einer der Wächter sein sollte, wollte ich auf keinen Fall, daß es so aussähe, als würde ich seinen Herrn bedrohen.

Als ich den tiefblauen Stoff sah, wußte ich Bescheid.

Drei uniformierte italienische Polizisten stürmten herein, ihre Waffen auf mich gerichtet.

»*Tieniti le mani al fianco!*« befahl einer von ihnen. »Lassen Sie Ihre Hände, wo sie sind!«

In Kampfformation drangen sie in den Raum vor. Ich sah schnell, daß meine Pistole mir hier nichts nützen würde, da die Polizisten in zu großer Überzahl waren. Orlow wich von mir zurück bis zur Wand, so als wollte er aus der Schußlinie treten.

»*Sei in arresto*«, teilte der andere mir mit. »*Non muoverti.* – Keine Bewegung. Sie sind festgenommen.«

Ich stand verwirrt und wie betäubt da. Wie hatte das passieren können? Wer hatte sie gerufen? Ich konnte es nicht begreifen.

Da fiel mir der kleine schwarze Knopf ins Auge, der in den breiten Eichenfuß des Eßtischs eingelassen war, dort, wo er auf den Terracotta-Fußboden auftraf. Solche Knöpfe konnte man mit dem Fuß betätigen, um unbemerkt bei der Polizei ein Signal auszulösen, wie es Bankkassierer bei einem Überfall tun. In diesem Fall war das Alarmsignal offensichtlich bis zur Hauptwache in Siena geleitet worden, was auch das verspätete Eintreffen der Polizei erklärte, einer Polizei, die zweifellos von diesem geheimnisvollen ›deutschen‹ Einwanderer, der sorgfältigen Schutzes bedurfte, bezahlt wurde.

Der Sprung, mit dem sich Orlow auf mich gestürzt hatte, dieser ungeschickte Angriff: Er hatte gewußt, daß ich ihn zu Boden stoßen und er dabei die Chance erhalten würde, sich herumzurollen und den Knopf zu betätigen.

Doch irgend etwas stimmte nicht an der ganzen Geschichte!

Ich musterte den Ex-KGB-Chef und bemerkte, daß er zu Tode erschrocken war. Weshalb?

Er erwiderte meinen Blick: »Folgen Sie dem Gold!« krächzte er. Was meinte er damit?

»Der Name!« rief ich ihm zu. »Sagen Sie mir den Namen!«

»Ich kann ihn nicht sagen!« stieß er hervor und machte mit den Händen eine Bewegung in Richtung der Polizisten. »Sie ...«

Natürlich. Er durfte den Namen nicht laut aussprechen, nicht vor diesen Männern.

»*Der Name*«, drängte ich ihn noch einmal. »*Denken* Sie den Namen!«

Orlow warf mir einen verwirrten und verzweifelten Blick zu, dann wandte er sich an die Polizisten.

»Wo sind meine Leute? Was haben Sie mit ihnen gemacht?« Plötzlich schien ihn etwas ruckartig nach oben zu reißen. Dann vernahm ich einen zischenden Laut, der mir nur zu vertraut war. Im selben Augenblick sah ich, daß einer der Polizisten mit einer Maschinenpistole auf Orlow zielte. Die Geschoßsalve fetzte eine gräßliche Wunde in die Brust des alten Mannes. Sein letzter, fürchterlicher Schrei wurde von zuckenden Bewegungen seiner Arme und Beine begleitet. Blut spritzte in alle Richtungen, auf den Steinfußboden, gegen die Wände und auf den polierten Eichentisch. Orlow – sein Kopf halb vom Körper abgetrennt – war nur noch ein schrecklich anzusehender blutiger Klumpen. Es war wie ein Alptraum.

Ohne es zu wollen, schrie ich vor Entsetzen laut auf. Trotz der Übermacht der anderen hatte ich meine Pistole gezogen, doch sie konnte mir hier nichts nutzen.

Dann trat plötzlich eine tiefe Stille ein. Das Feuer der Maschinenpistole war verstummt. Benommen hob ich die Hände und ergab mich.

9

Mit Handschellen gefesselt, führten mich die Carabinieri durch das gewölbte Eingangsportal des Hauses langsam zu einem blauen Polizeitransporter. Auch wenn sie wie Carabinieri gekleidet waren und so auftraten, bestand doch kein Zweifel daran, daß sie keine Polizisten, sondern gekaufte Mörder waren. Aber zu wem gehörten sie? Immer noch benommen von dem schrecklichen Erlebnis, konnte ich keinen klaren Gedanken fassen. Orlow hatte seine eigenen Leute, seine Leibwächter, gerufen und war von den *anderen* überrascht worden. Wer waren sie wohl?

Und warum hatten sie mich nicht getötet?

Einer der Männer sagte schnell und leise etwas auf italienisch. Die anderen beiden nickten, nahmen mich in die Mitte und begleiteten mich zum Laderaum des Transporters.

Es war jetzt nicht der geeignete Moment, um einen Fluchtversuch zu wagen oder irgend etwas Unüberlegtes zu unternehmen, deshalb folgte ich ihnen widerstandslos. Einer von ihnen setzte sich mir im Laderaum des Wagens gegenüber, während ein anderer das Steuer übernahm und der dritte mich vom Beifahrersitz aus beobachtete.

Sie schwiegen.

Ich sah mir meinen Bewacher genauer an: Es war ein untersetzter, mürrisch dreinblickender junger Mann. Er saß ungefähr einen halben Meter von mir entfernt.

Ich konzentrierte mich, so gut es ging.

Außer dem lauten Röhren des Motors beim Verlassen des Grundstückes über den unbefestigten Weg konnte ich nichts wahrnehmen. Ich konnte nur erahnen, wo wir entlangfuhren, denn es gab im Laderaum des Transporters keine Fenster. Die einzige Beleuchtung kam von einem Oberlicht. Meine Handgelenke, die mit den Handschellen gefesselt auf meinem Schoß lagen, waren wundgescheuert und schmerzten.

Noch einmal strengte ich mich an, alle ablenkenden Gedanken aus meinem Kopf zu vertreiben, um mich besser konzentrieren zu können. Im Laufe der letzten Woche war mir dies beinahe zur Gewohnheit geworden: Ich befreie mich soweit möglich von allen Überlegungen, damit mein Gehirn frei wurde für den Empfang von Signalen. Und dann vernahm ich tatsächlich die Ströme und Wirbel der Gedanken, die in der mir inzwischen schon beinahe vertraut gewordenen Tonlage an mein inneres Ohr drangen, so daß ich sofort sicher war, nichts laut Gesprochenes zu hören.

Ich bemühte mich, mein Gehirn so empfangsbereit wie möglich zu machen, und dann *hörte* ich tatsächlich ... meinen Namen ... dann irgend etwas, das mir bekannt vorkam ... in diesem eigenartigen Ton, der mir sofort sagte, daß es sich um Gedanken handelte. In Englisch. Er war überhaupt kein Polizist, und er war auch kein Italiener.

»Wer sind Sie?« fragte ich ihn.

Mein Bewacher sah auf, wobei er nur für den Bruchteil einer Sekunde sein Erstaunen verriet, bevor er schweigend und abweisend die Achseln zuckte, so als ob er mich nicht verstünde.

»Ihr Italienisch ist exzellent«, versicherte ich ihm.

Das Motorengeräusch des Transporters wurde leiser und verstummte dann völlig. Wir waren irgendwo stehengeblieben und konnten uns nicht weit vom Anwesen entfernt befinden, denn wir waren nur einige Minuten unterwegs gewesen. Ich fragte mich, wo wir wohl waren.

Die Tür zum Laderaum wurde geöffnet, und die anderen beiden Männer stiegen ein. Einer von ihnen richtete eine Pistole auf mich, während der andere mir ein Zeichen machte, mich hinzulegen. Dann fesselte er meine Knöchel mit breiten schwarzen Bändern.

Ich machte es ihm möglichst schwer, indem ich um mich trat und wild zappelte, doch er schaffte es dennoch, die Bänder mit Klettverschluß fest um meine Beine zu schließen. Dabei entdeckte er meine zweite Waffe, die ich in einem Halfter an meiner linken Wade befestigt hatte.

»Noch eine, Jungs«, triumphierte er. In Englisch.

»Daß er ja keine behält«, warnte derjenige der Männer, der offensichtlich das Sagen hatte, mit tiefer und vom Rauchen heiserer Stimme.

»Das ist alles«, versicherte der andere, nachdem er mich durchsucht hatte.

»Also dann«, begann der Wortführer unter ihnen, »wir sind Kollegen von Ihnen, Mr. Ellison.«

»Können Sie das beweisen?« hakte ich nach. Da ich auf dem Bauch lag, konnte ich nichts von den Männern erkennen.

Nach einer kurzen Pause sprach der Wortführer weiter. »Es steht Ihnen frei, uns zu glauben oder nicht. Das ist uns völlig gleichgültig. Wir müssen Ihnen einige Fragen stellen. Wenn Sie uns diese Fragen ehrlich beantworten, haben Sie nichts zu befürchten.«

Während er sprach, fühlte ich, wie man meine bloßen Arme, mein Gesicht, den Hals und die Ohren mit einer kühlen und klebrigen Flüssigkeit einstrich.

»Wissen Sie, was das ist?« fragte mich der Anführer der angeblichen Polizisten.

Ich schmeckte die Süße der sirupähnlichen Flüssigkeit an meinen Mundwinkeln, ohne mir allerdings einen Reim auf die ganze Prozedur machen zu können.

»Ich kann es mir vorstellen.«

»Gut.«

Alle drei zusammen hievten mich aus dem Transporter in die blendende Helligkeit des Tageslichts. Es gab in diesem Augenblick keine Möglichkeit, mich zu wehren. Während sie mich so aus dem Wagen herausschleppten, blickte ich mich um und konnte Bäume, Sträucher und ein Stück Stacheldraht erkennen. Wir befanden uns immer noch auf dem Grundstück von Castelbianco, nicht weit vom Eingangstor entfernt vor einem der kleinen Steinhäuschen, an denen ich bereits beim Hereinfahren vorbeigekommen war.

Vor dem Gebäude legten sie mich auf den Boden, so daß der Lehmgeruch der Erde und der Fäulnisgestank von verrotteten Küchenabfällen in meine Nase stieg. Ich wußte sogleich, wo wir waren.

»Wir erwarten von Ihnen lediglich, daß Sie uns verraten,

wo das Gold ist«, wandte sich der Anführer der Männer erneut an mich.

Auf dem Rücken liegend, den Kopf naß und kalt von der feuchten Erde, antwortete ich: »Das hat Orlow mir nicht verraten. Ich hatte ja kaum die Möglichkeit, mit ihm zu reden.«

»Das nehmen wir Ihnen nicht ab, Mr. Ellison«, fiel einer der anderen beiden ein. »Sie belügen uns.« Er näherte sich meinem Gesicht mit einem kleinen, glänzenden Teil, das ich als ein rasierklingenscharfes Skalpell erkannte. Instinktiv schloß ich die Augen. *O Gott, nein. Bitte nicht.*

Ich spürte, wie das Skalpell blitzschnell über meine Wange glitt. Eine Berührung von kühlem Metall, der sofort ein stechender Schmerz folgte.

»Es wäre uns lieber, wenn wir Sie nicht allzu schlimm zurichten müßten«, ließ sich der Ältere vernehmen. »Also, verraten Sie uns lieber, was wir wissen wollen. Wo befindet sich das Gold?«

Ich spürte, wie etwas Warmes und Klebriges meine rechte Wange hinunterrann. »Ich habe keine Ahnung«, beteuerte ich.

Das Skalpell ritzte nun meine linke Wange und fühlte sich zunächst wieder kühl und auf seltsame Weise angenehm an.

»Ich tue das wirklich ungern, Mr. Ellison, aber Sie lassen uns keine Wahl. Mach weiter, Frank.«

»*Nein!*« schrie ich laut auf.

»Wo ist das Gold?«

»Ich sagte Ihnen doch bereits, ich habe keine . . .«

Ein erneuter Schnitt mit dem Skalpell. Erst kühl, dann brennend heiß, und ich fühlte das Blut auf meinem Gesicht herunterlaufen, wo es sich mit der klebrigen Flüssigkeit vermischte, mit der ich bestrichen worden war. Die Tränen traten mir in die Augen.

»Sie wissen, warum wir das tun, Mr. Ellison«, drohte der Anführer.

Ich versuchte, mich auf den Bauch zu drehen, aber zwei der Männer hinderten mich daran, indem sie mich fest an den Boden drückten. »Fahrt zur Hölle«, fluchte ich. »Auch

Orlow wußte es nicht. Ist das so schwer zu begreifen? *Er* konnte es mir nicht sagen und deshalb kann *ich* es auch nicht tun!«

»Zwingen Sie uns nicht, wirklich ernst zu machen«, beharrte der Wortführer. »Sie wissen, daß wir nicht scherzen.«

»Wenn Sie mich freilassen, kann ich Ihnen helfen, die Spur des Goldes zu verfolgen«, flehte ich verzweifelt.

Er machte mit seiner Waffe ein Zeichen, woraufhin die beiden jüngeren Männer mich an den Schultern und an den Füßen packten. Ich wehrte mich mit aller Kraft, aber meine Bewegungsmöglichkeit war stark eingeschränkt, und sie hielten mich fest umklammert, so daß ich keine Chance hatte, freizukommen.

Sie schleppten mich in die kalte, moderige Finsternis der engen Steinhütte. Ein scharfer Geruch nach verfaulten Kohlresten stieg mir in die Nase, und ein Rascheln drang an mein Ohr. Auch einen strengen, beißenden Kerosin- oder Benzingeruch nahm ich wahr.

»Gestern wurde der Abfall abgeholt«, informierte mich der Anführer. »Sie werden also ziemlich hungrig sein.«

Das Rascheln wurde deutlicher. Und noch weitere Geräusche: das Knistern von Plastik, ein heftigeres Rascheln. Und der Geruch: Ja, es handelte sich eindeutig um Benzin oder Kerosin.

Sie setzten mich ab, die Füße noch immer gefesselt. Das einzige Licht, das in diese ungemütliche Baracke drang, fiel durch die offene Tür, so daß sich die Silhouetten der zwei falschen Carabinieri gegen das Licht abzeichneten.

»Was im Himmel wollen Sie von mir?« krächzte ich voller Verzweiflung.

»Sagen Sie uns einfach, wo es ist, und wir werden Sie umgehend wieder herauslassen«, vernahm ich die tiefe, rauhe Stimme des Anführers. »So einfach ist es.«

»O mein Gott«, entfuhr es mir. Zeige nie deine Angst, ist eine unserer Grundregeln, aber meine Panik war einfach zu groß. Ein schnarrendes Geräusch, noch lauteres Rascheln. Es mußten Dutzende sein.

»Ihre Akte verrät uns, daß Sie eine extreme Angst vor

Ratten haben. Bitte helfen Sie uns, dann ist der Spuk für Sie vorbei.«

»Ich sagte doch schon, daß Orlow es auch nicht wußte!«

»Er will es nicht anders. Verschließ die Tür, Frank«, befahl der Anführer in harschem Ton.

Die Tür des Steinhauses wurde zugeschlagen und von außen verriegelt. Einen Moment lang war es um mich herum stockfinster, aber nachdem sich meine Augen langsam an die Dunkelheit gewöhnt hatten, nahm alles einen trüben Braunton an. Von überallher kam nun das Scharren und Rascheln, und große, dunkle Schatten huschten zu allen Seiten um mich her. Es lief mir eiskalt den Rücken hinunter.

»Wir sind hier«, hörte ich eine Stimme draußen sagen, »falls Sie es sich doch noch überlegen sollten.«

»Das könnt ihr nicht tun!« schrie ich zurück. »Ich habe bereits alles gesagt, was ich weiß!«

Ich fühlte, wie irgend etwas über meine Füße rannte.

»Um Himmels willen...«

Von draußen ließ sich erneut die heisere Stimme hören. »Wußten Sie eigentlich, daß Ratten beinahe blind sind? Sie orientieren sich fast ausschließlich mit ihrem Geruchssinn. Ihr mit Sirup und Blut verschmiertes Gesicht wird sie unwiderstehlich anziehen, und sie werden sich voller Gier auf Sie stürzen.«

»Aber ich habe keine Informationen«, antwortete ich verzweifelt.

»Dann tun Sie mir wirklich leid«, ließ sich die heisere Stimme vernehmen.

Ein großes, warmes und trockenes Etwas war an meinem Gesicht, meinen Lippen – es mußten mehrere sein, viele. Es war mir unmöglich, die Augen zu öffnen, während ich scharfe Schneidezähne an meinen Wangen spürte, unerträgliche stechende Schmerzen empfand, ein Geräusch wie von raschelndem Papier hörte, einen Schwanz gegen mein Ohr schlagen und feuchte Pfoten auf meinem Hals fühlte.

Einzig und allein das Wissen, daß meine Entführer draußen vor der Hütte standen und auf mein Aufgeben warteten, hielt mich davon ab, Panik und Schrecken gellend herauszuschreien.

10

Irgendwie – ich weiß nicht, wie – gelang es mir, meine Gedanken einigermaßen beisammenzuhalten.

Ich kämpfte mich in eine Sitzposition, wobei ich die Ratten mit den Händen von meinem Gesicht und Hals fortscheuchte. Es dauerte nur wenige Minuten, die Nylonschnüre zu lösen, doch das konnte mir nur wenig helfen, denn eines war auch den Männern da draußen klar: Der einzige Ausgang aus diesem massiven Steingebäude war die Tür, und die war fest verriegelt.

Ich tastete nach meiner Waffe, aber sie hatten mir natürlich alles abgenommen. Einige Munitionsrollen waren zwar noch unter meinen Socken, wo ich sie an meinen Knöcheln befestigt hatte, aber ohne Pistole waren sie für mich ohne Nutzen.

Meine Augen hatten sich immer mehr an die Dunkelheit gewöhnt, und ich konnte jetzt genauer erkennen, von wo der Benzingeruch kam. An einer der Wände waren neben einigen landwirtschaftlichen Geräten mehrere Benzinkanister gestapelt. Das ›Rattenhaus‹, wie mein italienischer Freund diese Hütte bezeichnet hatte, mußte wohl für den Küchenabfall herhalten, aber es fungierte offensichtlich gleichzeitig als Lagerraum für allerlei Gerätschaften und Materialien: Papiersäcke mit Zement, Plastiksäcke mit Dünger, Harken, Düngersprühgeräte und dergleichen.

Während die Ratten aufgeregt um mich herum huschten und ich meine Gliedmaßen in ständiger Bewegung hielt, um sie davon abzuhalten, an mir hochzuklettern, analysierte ich das magere Angebot an möglichen Hilfsmitteln für einen Ausbruchsversuch. Eine Harke, so machte ich mir klar, würde wohl kaum dem Versuch standhalten, die schwere, stahlverstärkte Tür einzurammen. Das galt auch für die anderen Arbeitsgeräte, die überall herumstanden. Das Benzin schien noch das erfolgversprechendste Mittel für einen Angriff, aber – einen Angriff worauf? Und womit konnte ich es entzünden? Streichhölzer besaß ich nicht. Selbst wenn es mir gelingen sollte, das Benzin auszuschütten und tatsächlich irgendwie zu entzünden, würde ich dann nicht bei lebendigem Leibe verbrennen? Das war es gewiß nicht, was ich beabsichtigte. Aber es mußte eine Möglichkeit geben.

Ich fühlte den glatten Schwanz einer Ratte gegen meinen Hals klatschen und schauderte.

Wieder ertönte von draußen die sonore Stimme: »Alles, was wir brauchen, ist die Information, um die wir Sie gebeten haben.«

Das einfachste schien es zu sein, sich eine plausible und vermeintlich richtige Information auszudenken und so zu tun, als wollte ich aufgeben. Aber sie waren viel zu gut informiert, um darauf hereinzufallen. Sie würden es sofort merken und mir dann endgültig den Garaus machen. Nein, ich mußte mir etwas Besseres ausdenken. Es schien schier unmöglich, aus diesem Raum herauszukommen, ohne ein Zauberkünstler vom Schlage Houdinis zu sein, aber ich mußte es schaffen.

Die Ratten, fette, kleine braune Viecher mit langen, nackten Schwänzen, huschten um meine Füße, wobei sie ein gieriges Quieken von sich gaben. Es gab Dutzende von ihnen. Einige waren an den Wänden emporgeklettert, zwei von ihnen waren auf einen Fünfzig-Pfund-Sack mit Düngemittel gekrochen, von wo aus sie mich, angelockt von dem Blutgeruch meiner Wangen, ansprangen. Voller Entsetzen hob ich meine Hände, um sie abzuschütteln. Einer der Ratten gelang es jedoch, mich in den Hals zu beißen. Ich schlug und trat wie wild um mich, wobei ich einige von ihnen tötete.

Mir war klar, daß ich hier nicht lange überleben würde.

Plötzlich fiel mein Blick auf den Sack mit Düngemittel. Im Dämmerlicht konnte ich ein Etikett ausmachen:

CONCIME CHIMICO
FERTILIZANTE

Ein gelber Aufkleber in Diamantform wies den Dünger als ›Oxydationsmittel‹ aus. Normalerweise wurde das Zeug für Rasenflächen verwendet. Das Etikett verriet, daß der Inhalt zu dreiunddreißig Prozent aus Stickstoff bestand. Aufmerksam näherte ich mich dem Düngersack. Hergestellt aus jeweils fünfzig Prozent Ammoniumnitrat und Sodiumnitrat.

Düngemittel. Sollte es möglich sein . . .?

Zumindest war es eine Idee. Die Wahrscheinlichkeit, daß es funktionierte, war zwar gering, aber es war einen Versuch wert. Es war schließlich die einzige Chance, die ich hatte.

Ich bückte mich und angelte das 45er Patronenmagazin aus meiner linken Socke, wo ich es an meinem Knöchel festgeschnürt hatte. Sie hatten zwar die Waffe entdeckt, nicht aber das schmale Magazin.

Es war voll und enthielt sieben Patronen. Das war nicht viel, aber es konnte genügen. Während ich dem Magazin die Patronen entnahm, drang von draußen eine Stimme herein:

»Noch viel Spaß für den Rest des Tages, Ellison. Und für die Nacht.«

Ich verdrängte meine Panik und bahnte mir den Weg durch die Rattenschar zu der gegenüberliegenden Wand. Eine nach der anderen rammte ich die Patronen nebeneinander in eine Fuge im Mörtel, so daß die stumpfen grauen Geschoßspitzen eine Linie bildeten.

Dann machte ich mich daran, mit einer rostigen Zange, die irgendwo herumgelegen hatte, vorsichtig die einzelnen Geschoßspitzen zu packen und sie durch Drehen und Ziehen aus der Hülse zu entfernen. Für die Projektile hatte ich keine Verwendung. Mein Interesse galt einzig und allein der Treibladung und den Zündhütchen.

Währenddessen sprangen drei Ratten über meine Füße, von denen eine an meinem Hosenbein hochkletterte und sich in meinem Hemd festkrallte, offenkundig von der widerwärtigen Absicht getrieben, den Weg zu meinem Gesicht zu finden. Mir stockte der Atem vor Entsetzen. Schaudernd schlug ich nach den Ratten und schleuderte sie mit Wucht auf den Steinfußboden.

Immer noch von Ekel geschüttelt, entfernte ich die einzelnen Messinghülsen aus dem Mörtelriß in der Wand und entleerte vorsichtig die geringen Mengen des explosiven

Gemisches, die sie enthielten, auf ein Stück Papier, das ich von einem der Zementsäcke abgerissen hatte. Immerhin ergaben die Inhalte der sechs Patronen zusammen ein nettes kleines Häufchen einer dunkelgrauen Substanz, die aus winzigen, unregelmäßig geformten Kügelchen aus Nitrocellulose und Nitroglyzerin bestand.

Der bei weitem gefährlichste Handgriff stand mir als nächstes bevor: das Entfernen der Zündhütchen. Diese Hütchen sind kleine, hochexplosive Nickelgefäße, die sich am Ende jeder Patrone befinden und dazu dienen, den Treibsatz zu zünden. Problematisch war vor allem, daß sie extrem sensibel auf Erschütterung reagieren. Und ich hantierte hier unter Bedingungen, die meiner Konzentrationsfähigkeit nicht gerade zuträglich waren: in der Dunkelheit und vor allem mit den Ratten, die um meine Füße huschten. Und doch mußte ich mit größter Vorsicht vorgehen.

Zunächst suchte ich nach etwas, das man als eine Art Bohrer benutzen könnte, aber ich entdeckte nichts, was auch nur annähernd dazu taugte. Wenn ich jede der dunklen Ecken der Hütte genauestens durchforscht hätte, wäre ich vielleicht auf etwas Brauchbares gestoßen, aber ich konnte mich einfach nicht dazu überwinden, mit meinen bloßen Händen in die völlig finsteren Nischen zu fassen. Ich bin nicht gerade stolz auf meine Rattenphobie, aber jeder hat nun einmal seine ganz bestimmten Ängste – und diese ist, wie sicher auch Sie zugeben werden, nicht völlig aus der Luft gegriffen. Ich mußte mich wohl mit dem Kugelschreiber begnügen, den ich in der Tasche hatte. Er würde mir hoffentlich gute Dienste leisten. Ich entfernte die Mine.

Sehr, sehr vorsichtig führte ich die Spitze der Mine in die Einbuchtung am Ende der Hülse und drückte das erste Zündhütchen heraus. Das zweite ließ sich erheblich leichter entfernen, und innerhalb weniger Minuten hatte ich schließlich alle sechs Zündhütchen aus den dazugehörigen Hülsen geholt. Eine Patrone ließ ich intakt.

Etwas Trockenes, Glattes streifte meinen Nacken, woraufhin ich zusammenzuckte und spürte, wie sich mein Magen unwillkürlich verkrampfte.

So behutsam ich konnte, schob ich die Zündhütchen in

die intakt gebliebene Patronenhülse, indem ich eins auf das andere legte. Den restlichen Freiraum füllte ich mit den Treibladungen, die ich mit dem Zeigefinger fest hineinstopfte.

Nun verfügte ich über eine winzige Bombe.

Als nächstes sammelte ich eine geeignete Holzleiste, ein verrostetes Stück Rohr, eine alte Limonadenflasche, einen Stofflappen, einen größeren Stein und einen beinahe geraden, langen Nagel zusammen. Es dauerte mehrere Minuten, bis ich diese Dinge alle hatte; eine Zeitspanne, die mir mit all den Ratten, die meine Füße wie ein furchtbarer, sich bewegender Teppich umgaben, wie eine Ewigkeit vorkam. Mein Magen war immer noch völlig verkrampft und wirkte wie ein einziger, schmerzhaft angespannter Muskel. Mir fiel auf, daß ich die ganze Zeit über zitterte.

Mit dem Stein hämmerte ich den Nagel in das Holz, bis die Spitze gerade ein kleines Stück an der anderen Seite herausstand. Dann kam der Dünger. Von den verschiedenen Fünfzig-Pfund-Düngersäcken wählte ich einen aus, der mit dreiundreißig Prozent den höchsten Stickstoffgehalt von allen aufwies. Diesen Sack riß ich auf und entnahm ihm eine Handvoll Düngemittel, das ich auf ein weiteres Stück abgerissenes Zementsackpapier streute. Einige der Ratten näherten sich dem Düngemittelhäufchen, wobei ihre Schnurrhaare vor Gier zitterten. Als ich mit der Limonadenflasche nach ihnen schlug, bemerkte ich angeekelt, daß ihre Körper erheblich fleischiger und muskulöser waren, als ich angenommen hatte. Es wäre mir in diesem Moment nicht möglich gewesen, auch nur ein Wort über die Lippen zu bringen, denn ich war wie gelähmt von panischer Angst. Dennoch sorgte mein Nervensystem irgendwie dafür, daß mein Körper beinahe automatisch weiterarbeitete, als wäre ich ein Roboter.

Ich rollte die Limonadenflasche über die Düngerkörner, bis sie zu einem feinen Pulver zermahlen waren. Nach mehrfacher Wiederholung dieser Prozedur hatte ich eine gute Menge feinen Pulvers zusammen. Unter optimalen Bedingungen wäre diese Maßnahme vielleicht nicht unbedingt nötig gewesen, aber von optimalen Bedingungen konnte man hier wahrlich nicht reden. Zunächst einmal hätte der Reaktionsstoff idealerweise so etwas wie ein Nitromethan sein sollen, jene blaue Flüssigkeit, mit der Liebhaber von Kavalierstarts den Oktangehalt des Benzins erhöhen. Aber da es so etwas hier nicht gab, mußte ich mich mit Benzin zufriedengeben, auch wenn es bei weitem nicht so effektiv war. Doch mit dem Zermahlen des stickstoffhaltigen Düngemittels und der damit verbundenen Vergrößerung der Partikeloberfläche würde ich zumindest die Reaktionstärke des Stickstoffs erheblich erhöhen.

Ich öffnete den Benzinkanister und goß vorsichtig etwas Benzin über das Düngemittelpulver. Die Ratten schienen die Gefahr zu ahnen, denn sie huschten erregt in die Ecken, wobei sie seltsame und skurrile Pirouetten drehten.

Mit aller Beherrschung, zu der ich noch fähig war, füllte ich den aufbereiteten Dünger in das rostige Rohr, das ich an der einen Seite durch einen passenden Stein verschlossen hatte. Das Rohr hatte den für mein Vorhaben sehr günstigen Durchmesser von ungefähr eineinviertel Zentimeter. Zum Abschluß steckte ich die von mir speziell vorbereitete Patrone in das Nitratpulver.

Als ich nun die fertiggestellte Vorrichtung noch einmal beäugte, überkam mich plötzlich ein Gefühl der Verzweiflung und Entmutigung. Ich befürchtete, daß die Bombenkonstruktion nicht funktionieren würde. Die wichtigsten Zutaten waren da, aber dennoch war der Ausgang meines Unterfangens absolut unvorhersagbar, so hastig, wie ich die Konstruktion zusammengeschustert hatte.

Nun stopfte ich mit aller Kraft das Rohr in einen Riß, den ich in dem alten, vertrockneten Mörtel zwischen zwei Steinen ausmachen konnte. Es paßte genau.

Ja. Es könnte funktionieren.

Doch wenn es nicht funktionierte ... wenn der Sprengsatz nur verpuffte, anstatt zu detonieren? Auch dann wäre mein Ende besiegelt, denn in diesem kleinen Raum würden mich die entstehenden giftigen Dämpfe rasch außer Gefecht setzen oder sogar töten. Denkbar war auch, daß ein Mißerfolg mich ›nur‹ erblinden lassen oder zum Krüppel machen würde.

Ich brachte die Holzlatte oberhalb der aus der Wand herausragenden Rohrbombe an, so daß die Nagelspitze gerade das Ende der Patrone berührte. Mit angehaltenem Atem und heftigem Herzklopfen verband ich mir die Augen mit dem schmutzigen Stofflappen und nahm den Stein in die Hand, den ich zuvor als Hammer benutzt hatte.

Mit der rechten Hand hielt ich ihn direkt über den Nagel in der Holzlatte. Dann holte ich aus und schmetterte ihn mit enormer Wucht gegen den Kopf des Nagels.

Die Explosion war immens und unglaublich laut. Ein Donnerschlag, nach dem plötzlich alles um mich herum sich in ein alptraumhaftes orangefarbenes Gleißen verwandelte, das ich sogar durch den dreieckigen Lappen wahrnahm, den ich mir fest um die Augen gebunden hatte; ein fürchterlicher Hagelsturm an Steinen, Flammen und Splittern. Die Welt um mich herum war ein einziger roter Feuerball, und das war das letzte, was ich wahrnahm, bevor ich das Bewußtsein verlor.

Teil V

Zürich

Le Monde

Deutschland wählt Mann der Mitte zum neuen Kanzler

Weltweite Erleichterung nach der Abkehr Deutschlands vom Neofaschismus und der Wahl des Christdemokraten Wilhelm Vogel

VON JEAN-PIERRE REYNARD IN BONN

Europa muß nicht länger ein Wiederaufleben des Faschismus befürchten, wie die Kanzlerwahl in der wirtschaftlich auf dem Tiefpunkt angekommenen Bundesrepublik Deutschland demonstriert. Mit überwältigender Mehrheit ...

1

Weiß ... Das strahlend helle, makellos saubere Weiß der Bettlaken ließ mich die Qualität der Farbe Weiß erstmals richtig wahrnehmen. Nicht die Abwesenheit von Farbe machte es aus, sondern ein reines, sahniges Weiß, das mir mit seiner Klarheit und seinem hellen Schimmer ein Gefühl tiefer Beruhigung schenkte.

Ein leises Murmeln drang von irgendwoher an meine Ohren.

Ich hatte das Gefühl, als schwebte ich auf einer Wolke, auf der ich einmal kopfüber dahintrieb, um im nächsten Moment wieder aufrecht dahinzugleiten, ohne genau sagen zu können, wann ich mich nun kopfüber und wann kopfunter befand. Doch das war mir in diesem Moment auch völlig gleichgültig.

Das Murmeln wurde deutlicher. Als ich kurz zuvor die Lider geöffnet hatte, war es mir so vorgekommen, als seien sie eine Ewigkeit zugeklebt gewesen.

Es bereitete mir große Schwierigkeiten, die murmelnden Schatten vor meinen Augen klar und scharf zu erkennen.

»Er ist zu sich gekommen«, hörte ich eine Stimme sagen.

»Seine Augen sind geöffnet.«

Langsam, ganz langsam, bekam das Umfeld vor meinem Gesicht Konturen.

Der Raum, in dem ich mich befand, wurde ganz durch die Farbe Weiß bestimmt. Ich war mit aufgerauhten weißen Musselinlaken zugedeckt, und meine Arme – meine einzigen Körperteile, die ich sehen konnte – waren mit weißen Bandagen umwickelt.

Während um mich herum nach und nach alles wieder schärfer erkennbar wurde, nahm ich wahr, daß auch die Wände des Zimmers weiß gestrichen waren. Wo war ich? Ob ich mich in einem Bauernhaus befand? Zwar hing mein linker Arm an einem Tropf, aber dennoch wirkte der Raum gar nicht wie ein Krankenhauszimmer.

»Mr. Ellison?« hörte ich eine männliche Stimme mit deutlichem Akzent fragen.

Ich versuchte zu antworten, aber es gelang mir offensichtlich nicht, einen Ton hervorzubringen.

»Mr. Ellison?«

Erneut gab ich mir Mühe, mich bemerkbar zu machen, doch wieder hatte ich den Eindruck, als ob ich unfähig wäre zu sprechen. Vielleicht täuschte ich mich allerdings auch, denn die Stimme mit dem starken Akzent klang plötzlich zufrieden: »Ah, sehr gut.«

Jetzt erst konnte ich den Sprecher erkennen: einen kleinen Mann mit einem schmalen Gesicht, ordentlich getrimmtem Bart und warmen braunen Augen. Er trug einen dicken, grobgestrickten grauen Pullover und graue Wollsocken sowie ausgetretene Lederschuhe. Er war offensichtlich mittleren Alters und hatte einen leichten Bauchansatz. Freundlich streckte er mir seine weiche, rundliche Hand entgegen.

»Mein Name ist Boldoni«, stellte er sich vor. »Massimo Boldoni.«

Mit großer Anstrengung brachte ich hervor: »Wo . . .?«

»Ich bin Arzt, Mr. Ellison, auch wenn ich auf den ersten Blick nicht so aussehen mag.« Sein Englisch wies einen weichen italienischen Akzent auf. »Ich trage keinen Ärztekittel, weil ich sonntags normalerweise nicht arbeite. Um Ihre Frage zu beantworten: Sie befinden sich in meinem Haus. Wir haben einige Zimmer frei, leider.«

Er hatte die Verwirrung in meinem Blick offensichtlich bemerkt, denn er fuhr fort: »Dies ist ein *Podere* – ein altes Bauernhaus. Meine Frau führt hier ein Gästehaus, die Podere Capra.«

»Ich . . .«, bemühte ich mich zu sprechen. »Was ist . . .«

»Es geht Ihnen verhältnismäßig gut, wenn man bedenkt, was Sie durchgestanden haben.«

Ich blickte erst auf meine bandagierten Arme und dann wieder zu ihm auf.

»Sie haben großes Glück gehabt«, fuhr er fort. »Es ist allerdings möglich, daß Sie eine Beeinträchtigung Ihrer Hörkraft zurückbehalten werden. Verbrennungen haben Sie nur an den Armen, die jedoch bald wieder völlig ausgeheilt sein werden. Sie werden selbst sehen, daß es sich nur um leichtere Verletzungen handelt. Sie haben wirklich viel Glück gehabt. Ihre Kleidung hatte zwar Feuer gefangen, aber man fand Sie, bevor Schlimmeres passiert war.«

»Die Ratten«, erinnerte ich mich.

»Sie sind weder mit Tollwut noch mit irgend etwas anderem infiziert worden«, versicherte er mir. »Sie sind sehr genau untersucht worden. Unsere toskanischen Ratten sind eine gesunde Sorte. Die Bißwunden sind nur oberflächlich und sogleich sorgfältig behandelt worden, so daß auch im schlimmsten Fall allerhöchstens sehr feine Narben zurückbleiben werden. Ich habe etwas Morphium in Ihren Tropf gegeben, um Ihre Schmerzen zu lindern. Es kann daher sein, daß Sie zeitweise das Gefühl haben zu schweben, ist es so?«

Ich nickte. Es war in der Tat ein höchst angenehmes Gefühl, und ich empfand nicht die geringsten Schmerzen. Ich hätte gerne gewußt, wer er genau war und wie ich hierher gekommen war, aber es fiel mir sehr schwer, Worte zu formulieren. Außerdem hatte ich das Gefühl einer großen, lähmenden Trägheit.

»Ich werde die Dosis nach und nach reduzieren. Doch nun haben Sie erst einmal Besuch von einigen Freunden.«

Er drehte sich um und klopfte leicht an eine oben gerundete Holztür. Als die Tür geöffnet wurde, zog er sich zurück.

Ich spürte, wie mein Herz zu klopfen begann.

In einem Rollstuhl saß, erschöpft und abgespannt, Toby Thompson. Und neben ihm stand Molly.

»Mein Gott, Ben«, rief sie aus und eilte auf mich zu.

Nie zuvor war sie mir so schön vorgekommen. Sie hatte einen braunen Tweedrock und eine weiße Seidenbluse an. Um ihren Hals trug sie die Perlenkette, die ich ihr bei Shreve's gekauft hatte, und das Medaillon, das ihr von ihrem Vater geschenkt worden war.

Wir gaben uns einen langen Kuß.

Mit Tränen in den Augen betrachtete sie mich von Kopf bis Fuß. »Ich habe mir . . . wir haben uns solche Sorgen um dich gemacht. O Gott, Ben.«

Sie nahm meine Hände in die ihren.

»Wie seid ihr beide hierhergekommen?« brachte ich mühsam heraus.

Ich hörte das Sirren von Tobys Rollstuhl, der nun auch näher an mein Bett herankam.

»Ich glaube, wir sind leider ein bißchen zu spät gekommen«, bemerkte Molly, wobei sie meine Hände drückte. Ich verzog das Gesicht vor Schmerz, und sie ließ hastig los. »Es tut mir leid, Ben.«

»Wie fühlst du dich?« erkundigte sich Toby. Er trug einen marineblauen Anzug und glänzend schwarze, orthopädische Schuhe. Sein weißes Haar war säuberlich gekämmt.

»Ich bin gespannt, wie es ohne das Schmerzmittel gehen wird. Wo bin ich hier?«

»Greve in Chianti.«

»Der Arzt?«

»Massimo ist absolut vertrauenswürdig«, versicherte Toby. »Wir halten ihn in Diensten, denn wir brauchen von Zeit zu Zeit seinen medizinischen Beistand. Podere Capra wird, wenn auch nur selten, von uns als ein sicherer Unterschlupf genutzt.«

Molly berührte meine Wange mit ihrer Hand, so als wollte sie sich noch einmal versichern, daß ich wahrhaftig vor ihr lag. Aus der Nähe konnte ich erkennen, wie abgespannt sie aussah. Trotz ihrer Bemühungen, die verräterischen Spuren unter Make-up zu verbergen, sah ich tiefe Schatten unter ihren Augen. Und dennoch war sie sehr schön. Sie hatte Fracas, mein Lieblingsparfüm, aufgelegt, und ich fand sie so unwiderstehlich wie immer.

»Mein Gott, wie sehr habe ich dich vermißt«, seufzte sie.

»Ich dich auch, Baby.«

»Du hast noch nie ›Baby‹ zu mir gesagt«, wunderte sie sich.

»Es ist nie zu spät für ein neues Kosewort«, murmelte ich leise.

»Du versetzt mich immer wieder von neuem in Erstaunen«, ließ sich nun Toby vernehmen. »Wie du das nur hinbekommen hast?«

»Was habe ich hinbekommen?«

»Ein solches Loch in die Wand des Steingebäudes zu

sprengen. Wenn dir das nicht gelungen wäre, würdest du jetzt wahrscheinlich nicht mehr unter uns weilen. Die Kerle hätten dich, ohne mit der Wimper zu zucken, da drin gelassen, bis du bei lebendigem Leibe aufgefressen worden oder vor Angst gestorben wärst. Und unsere Leute hätten mit Sicherheit nicht gewußt, wo sie dich hätten suchen sollen, wenn die Explosion sie nicht auf das Haus aufmerksam gemacht hätte.«

»Ich verstehe noch nicht ganz«, unterbrach ich ihn, »woher du überhaupt wissen konntest, wo ich war.«

»Laß mich ganz von vorne anfangen«, bat Toby. »Dein Telefonat von Siena aus konnten wir nach acht Sekunden zurückverfolgen.«

»*Acht* Sekunden? Ich dachte . . .«

»Unsere Telekommunikations-Technologie hat sich in der Zeit, in der du nicht mehr für uns tätig warst, erheblich weiterentwickelt. Glaube mir, ich sage dir die Wahrheit, Ben. Wenn du möchtest, komme ich mit meinem Rollstuhl näher an dein Bett, damit du meine Gedanken überprüfen kannst.«

Doch für den Moment reichte mir seine Versicherung. Selbst wenn ich es gewollt hätte, war ich im Augenblick viel zu benebelt, um mich auf seine Gedanken konzentrieren zu können.

»Sobald wir durch deinen Anruf erfahren hatten, daß du dich in Siena aufhieltest, gelang es uns auch, den Rest deines Weges zu verfolgen.«

»Gott sei Dank«, ergänzte Molly. Sie hielt immer noch meine Hände fest, als wollte sie sichergehen, daß ich mich nicht aus dem Staub machte.

»Ich habe sofort für Mollys Freilassung gesorgt und bin mit ihr unverzüglich nach Mailand geflogen, begleitet von einigen Sicherheitskräften. Und wir kamen gerade noch rechtzeitig, wie ich sehe.« Er schlug auf die Armlehnen seines Rollstuhls. »Es war gar nicht so einfach mit diesem Gefährt. In Italien gibt es nicht viele Rampen für Rollstuhlfahrer. Unser Rettungsplan hat jedenfalls gut funktioniert. Habe ich dir schon einmal erzählt, daß ein einziger Wassertropfen am Eingang eines Ameisenbaus . . .«

Ich stöhnte auf. »Erspare mir die Ameisen, Toby. Ich habe jetzt nicht die Kraft dafür.«

Er überhörte meinen Einwand einfach und fuhr fort: ». . . bewirkt, daß die Arbeiterinnen sofort durch die Gänge laufen und alle anderen wegen einer möglichen Überflutung des Baus alarmieren. Sie zeigen ihnen sogar die möglichen Notausgänge. Innerhalb von weniger als einer halben Minute ist eine Gruppe der Arbeiterinnen bereits dabei, den Bau zu evakuieren.«

»Faszinierend«, erwiderte ich, wobei meine Begeisterung nicht sehr überzeugend klingen konnte.

»Verzeihung, Ben, ich schweife ab. Auf jeden Fall hat deine Frau unserem Dr. Boldoni sehr genau auf die Finger geschaut, damit du die bestmögliche Behandlung erhältst.«

Ich wandte mich Molly zu.

»Bitte, sag mir die Wahrheit, Mol. Wie schwer bin ich verwundet?«

Sie zeigte ein etwas trauriges, aber ermutigendes Lächeln. Die Tränen standen ihr noch immer in den Augen. »Du wirst bald völlig wiederhergestellt sein, Ben. Mach dir keine Sorgen.«

»Sage mir Genaueres.«

»Du hast an den Armen Verbrennungen zweiten Grades abbekommen«, erklärte sie mir. »Sie werden ziemlich schmerzen, aber sie sind nicht gefährlich, da nicht mehr als ungefähr fünfzehn Prozent deiner Hautoberfläche betroffen sind.«

»Wenn es nichts Ernstes ist, weshalb bin ich dann von oben bis unten eingewickelt?«

Jetzt erst bemerkte ich, daß ein merkwürdiger Verband um meinen Zeigefinger an der Spitze rot leuchtete, wie bei dem außerirdischen Wesen in dem Film »E.T.«.

Ich hielt den Finger in die Höhe.

»Was zum Teufel ist das?«

»Was da so rot leuchtet, ist der Laserstrahl eines Puls-Oxymeters. Er mißt die Sauerstoffsättigung deines Blutes, die sich auf etwa siebenundneunzig Prozent eingependelt hat. Deine Herzfrequenz ist leicht erhöht, was in deinem Zustand jedoch völlig normal ist. Außerdem hast du während der Explosion eine leichte Gehirnerschütterung erlitten. Dr. Boldoni befürchtete darüber hinaus zunächst, daß du dir in dem brennenden Haus beim Einatmen innere Verbrennungen zugezogen haben könntest. Das hätte ernsthafte gesundheitliche Folgen für dich haben können, weil dann ein Anschwellen deiner Luftröhre möglich gewesen wäre, an dem du hättest sterben können. Du hustetest nämlich irgendein Zeug heraus, das Dr. Boldoni zunächst für abgelöste Teilchen deiner Luftröhre hielt. Aber es stellte sich zum Glück heraus, daß es lediglich Rußteilchen waren. Schließlich haben unsere Untersuchungen ergeben, daß du dir keinerlei innere Verbrennungen, aber immerhin eine leichte Rauchvergiftung zugezogen hast.«

»Und wie sieht meine Therapie aus, Frau Doktor?«

»Wir versorgen dich mit IV-Fluiden. D-5, gelöst im gleichen Teil Salzlösung. Zwanzig Einheiten K zu zweihundert pro Stunde.«

»Und was heißt das im Klartext, bitte?«

»Entschuldige. Es handelt sich dabei um Kalium. Ich möchte sicherstellen, daß du ausreichend mit Flüssigkeit versorgt wirst. Außerdem müssen deine Bandagen täglich gewechselt werden. Und das weiße Zeug, das du unter dem Verband siehst, ist Silviden-Salbe.«

»Du bist wirklich zu beglückwünschen, Ben, eine solche Leibärztin an deiner Seite zu haben«, wurde Molly von Toby unterbrochen.

»Was du dringend brauchst, ist strenge Bettruhe«, fuhr Molly fort. »Deshalb habe ich dir einiges an Lesestoff mitgebracht.« Sie holte einen Stapel Zeitschriften aus einer Tasche. Ganz oben lag das Time Magazine, auf dessen Titelblatt ein Großporträt von Alexander Truslow prangte. Er sah gut aus und strahlte energische Entschlossenheit aus, auch wenn der Fotograf sich nicht die Mühe gemacht hatte, die Tränensäcke unter seinen Augen zu kaschieren. DIE CIA IN DER KRISE, lautete die Schlagzeile, und darunter war zu lesen: DER BEGINN EINER NEUEN ÄRA?

»Auf dem Foto sieht es so aus, als hätte der gute Alex in den letzten zehn Jahren nicht allzuviel Schlaf bekommen«, kommentierte ich.

»Auf den anderen Aufnahmen ist er besser getroffen«, meinte Toby. Er hatte recht, von der Titelseite des New York Times Magazine strahlte Alex Truslow, sein silbergraues Haar makellos gekämmt, dem Betrachter stolz entgegen. »KANN ER DIE CIA RETTEN?« fragte die Titelüberschrift.

Ich empfand selbst einen Anflug von Stolz, mit diesem Mann in so wichtiger Mission zusammenarbeiten zu dürfen, als ich den Packen Zeitschriften auf die Seite legte. »Wann wird seine Ernennung nun endlich vom Senat bestätigt?«

»Sie ist bereits bestätigt worden«, ließ Toby mich wissen. »Noch am Tage seiner Ernennung wurde der Geheimdienst-Kontrollausschuß des Senats vom Präsidenten davon überzeugt, daß man angesichts der dringenden Aufgaben umgehend einen voll autorisierten Direktor brauche und ein umständliches Bestätigungsverfahren nur für unnötige Unruhe sorgen würde. Daraufhin wurde Alex fast einstimmig – ich glaube, bis auf zwei Gegenstimmen – in sein neues Amt gewählt.«

»Das ist ja großartig«, freute ich mich.

»Ich glaube, ich weiß auch, wer seine beiden Opponenten waren.«

Ich nannte die Namen der beiden Senatsmitglieder, die den erzkonservativen Flügel des Kontrollausschusses bildeten und beide aus dem Süden stammten.

»Du hast richtig getippt«, bestätigte Toby. »Aber diese beiden Clowns sind nichts, verglichen mit den wirklichen Gegnern, denen sich Alex gegenübersieht.«

»Du meinst innerhalb der CIA«, ergänzte ich.

Er nickte.

»Bitte, sag mir: Wer waren die Kerle, die sich als italienische Carabinieri ausgegeben haben?«

»Wir wissen nur, daß es Amerikaner waren. Ich denke, es handelte sich um privat angeworbene Söldner.«

»Angeworben von der CIA?«

»Du meinst, ob sie CIA-Leute waren? Nein, sie werden nirgendwo in den Akten erwähnt. Sie sind – sie wurden getötet. Es gab eine ziemlich wilde Schießerei, bei der wir zwei gute Männer verloren haben. Zur Zeit lassen wir alle Informationen, die wir haben, Fingerabdrücke, Fotos und so weiter, durch die Computer laufen, um zu sehen, ob wir auf diesem Wege mehr über die Burschen erfahren.«

Er blickte auf seine Uhr. »Und ungefähr jetzt . . .«

Ein Telefon, das auf einem Tischchen in der Nähe des Bettes stand, klingelte.

»Ich vermute, das dürfte für dich sein«, erklärte Toby.

2

Es war Alexander Truslow. Die Verbindung war von so ausgezeichneter Qualität, daß ich seine Stimme absolut klar hören konnte. Sie wurde aller Wahrscheinlichkeit nach elektronisch verstärkt, ein Hinweis darauf, daß die Leitung sauber war.

»Gott sei Dank sind Sie in Ordnung«, erwiderte ich. »Sie sehen auf der Time ein wenig geschafft aus, Alex.«

»Margret meint, ich sähe wie frisch einbalsamiert aus. Vielleicht haben sie ganz bewußt dieses Foto gewählt, weil jetzt die Antwort auf die Frage, ob dies der Beginn einer neuen Ära sei, nur lauten kann: Sicher nicht, dieser Knabe sieht nicht so aus, als ob er einer solchen Aufgabe gewachsen wäre. Ich bin eben ein altes Fossil, und die Leute wollen junges Blut sehen.«

»Nun, in diesem Fall haben die Leute unrecht. Ich gratuliere jedenfalls zur Ernennung.«

»Der Präsident hat ziemlich nachgeholfen. Aber was viel wichtiger ist, Ben, ich möchte, daß Sie zurückkommen.«

»Warum?«

»Nach all dem, was Sie hinter sich haben.«

»Aber ich habe meinen Auftrag noch nicht erfüllt«, widersprach ich. »Sie haben von einem Vermögen gesprochen – wir können doch offen sprechen?«

»Das können wir.«

»Okay. Sie sprachen das letzte Mal von einem enormen Vermögen, das vermißt werde. Aber ich hatte bis vor kurzem keine Ahnung, wie groß dieses Vermögen wirklich ist und woher es stammt.«

»Was haben Sie herausgefunden, Ben?«

»Soll ich Sie jetzt gleich darüber informieren?« Ich blickte Toby fragend an.

Er wiederum warf Molly einen bezeichnenden Blick zu und bat sie: »Würde es Ihnen etwas ausmachen, uns für wenige Minuten allein zu lassen?«

Mollys Augen wirkten rot und geschwollen, und erste Tränen liefen über ihre Wangen. Sie blickte Toby fest an. »Ja, es würde mir viel ausmachen.«

Am anderen Ende der Leitung ließ sich Alex hören: »Ben, sind Sie noch dran?«

Toby wandte sich erneut an Molly. »Wir haben einige ziemlich langweilige technische Einzelheiten zu besprechen.«

»Es tut mir leid«, erwiderte sie mit fester Stimme. »Aber Ben und ich gehören zusammen, und ich werde mich nicht kaltstellen lassen.«

Ein lastender Moment der Stille trat ein. Dann willigte Toby schließlich ein: »Also gut. Aber ich muß mich auf Ihre Diskretion verlassen können.«

»Sie können sich darauf verlassen.«

Ich gab über das Telefon und damit gleichzeitig für Molly und Toby einen zusammenfassenden Bericht dessen, was Orlow mir mitgeteilt hatte. Während ich sprach, konnte ich auf den Gesichtern der beiden ein zunehmendes Erstaunen ablesen.

»Du lieber Himmel!« Truslow atmete tief aus. »Nun wird mir manches klar. Und wirklich schön zu hören, daß Hal Sinclair in keinerlei kriminelle Handlungen verwickelt war, sondern nur versucht hatte, den Russen beizustehen! Aber nun, bitte, ich möchte, daß Sie in die Staaten zurückkehren.«

»Weshalb?«

»Großer Gott, Ben, diese Kerle, die Sie auf so grauenhafte Weise abservieren wollten, sind von der hiesigen Clique beauftragt worden.«

»Vom Rat der Weisen?«

»Es muß so sein, anders ergibt es keinen Sinn. Hal muß irgend jemandem sein Vertrauen geschenkt haben, dessen Hilfe er für die Transaktion mit dem Geld benötigte. Dieser Jemand spielte in Wahrheit jedoch ein doppeltes Spiel. Wie hätten diese Verbrecher sonst von dem Gold erfahren können?«

»Und die ›Weisen‹ steckten auch hinter der Schießerei in Boston?«

»Möglich. Nein, wahrscheinlich sogar.«

». . . Aber das ist noch keine Erklärung für die Ereignisse in Rom«, warf ich ein.

»Van Aver«, erwiderte Troslow. »In der Tat. Und Sie fragen noch, warum ich darauf bestehe, daß Sie zurückkommen.«

»Wer steckte Ihrer Meinung nach hinter dem Mord an Van Aver?«

»Was das betrifft, so tappe ich selber noch im dunklen. Es gibt bisher keinerlei Hinweise darauf, daß die ›Weisen‹ dahinterstecken, aber es ist auch nicht auszuschließen. Wer immer es war, er wußte jedenfalls sehr genau über Ihr vereinbartes Treffen Bescheid. Vielleicht gibt es ein Leck in der Leitung zwischen Rom und Washington. Oder vielleicht mag auch eine undichte Stelle in Rom dahinterstecken, wer weiß?«

»In Rom?«

»Möglicherweise wurde Van Avers Telefon abgehört. Unter Umständen sind sogar die Telefone *aller* in Rom tätigen Mitarbeiter verwanzt. Sie wissen, daß wir es vielleicht mit einigen ehemaligen Kameraden Orlows zu tun haben, die bestens ausgebildet sind. Wir werden wohl nie ganz herausfinden, warum Van Aver sterben mußte: es ist schon merkwürdig.«

»Was ist merkwürdig?«

»Es gab eine Zeit, in der ich ganz versessen darauf war, die CIA zu leiten. Ich hätte damals alles für den Direktorenposten gegeben. Aber jetzt, da ich dieses Ziel erreicht habe, kommt mir alles wie eine Todesfalle vor. Die Messer sind bereits gewetzt und warten nur auf mich. Es gibt einfach zu viele mächtige Leute in diesem riesigen Apparat, die mich in dieser Position nicht haben wollen. Mich beschleicht langsam das Gefühl, in einer Todesfalle zu sitzen.«

»Konntest du Orlows Gedanken lesen?« richtete sich Tony fragend an mich, sobald ich eingehängt hatte.

Ich nickte. »Es gab allerdings eine Schwierigkeit«, fügte ich hinzu. »Orlow wurde in der Ukraine geboren.«

»Aber er sprach Russisch!« wandte Toby ein.

»Russisch ist nur seine zweite Sprache. Als ich merkte, daß Orlow auf ukrainisch dachte, wollte ich zunächst aufgeben, doch dann fiel mir etwas ein. Der Mitarbeiter der CIA, der mich getestet hatte, dieser Dr. Mehta, hatte über die Möglichkeit nachgedacht, daß ich vielleicht gar nicht die Gedanken selbst auffange, sondern extreme Niederfrequenzradiowellen, die vom Sprachzentrum des Gehirns ausgehen. Dieser Theorie zufolge kann ich Worte wahrnehmen, die das Gehirn gerade zum Aussprechen – oder auch zum Nicht-Aussprechen – vorbereitet hat. Ich wechselte daher in unserem Gespräch zwischen Englisch und Russisch hin und her, da ich wußte, daß Orlow beide Sprachen beherrscht. Auf diese Weise konnte ich seine Gedanken lesen, da sein Gehirn seinen auf ukrainisch formulierten Gedanken englische Wörter zuordnete.«

»Ja«, murmelte Toby nachdenklich. »Natürlich.«

»Deshalb stellte ich ihm immer wieder Fragen, denn ich wußte, daß er zwar nicht laut, aber doch zumindest in Gedanken eine Antwort formulieren würde.«

»Sehr gut«, lobte Toby anerkennend.

»Manchmal«, berichtete ich weiter, »bemühte er sich so sehr darum, nicht zu antworten, daß er die englischen Worte dessen, was er mir verheimlichen wollte, dennoch als Gedanken in seinem Gehirn formulierte.«

Ich spürte, wie das Schmerzmittel mich so benommen machte, daß ich mich kaum mehr zu konzentrieren vermochte. Mein größter Wunsch war es, einfach nur die Augen zu schließen und zu schlafen.

Toby setzte sich in seinem Rollstuhl zurecht und rollte surrend etwas näher, indem er einen Hebel betätigte. »Ben, vor einigen Wochen haben wir beobachtet, wie ein ehemaliger Oberst der Securitate, der rumänischen Geheimpolizei unter dem inzwischen verstorbenen Diktator Ceausescu, mit einem uns keineswegs unbekannten Paßfälscher Kontakt aufnahm.«

Nachdem ungefähr eine Minute des Schweigens verstrichen war, fuhr Toby fort: »Wir schnappten uns den Rumänen. Nach intensiven Verhören kam heraus, daß er über einen Plan informiert war, demzufolge einige einflußreiche CIA-Mitarbeiter umgebracht werden sollten.«

»Und wessen Plan war das?«

»Das wissen wir nicht.«

»Gegen wen richtete sich das Komplott?«

»Auch das wissen wir nicht.«

»Und du bist der Ansicht, daß die Sache mit dem verschwundenen Gold in Verbindung steht?«

»Das ist zumindest möglich. Bitte sage mir eines: Hat Orlow dir verraten, wo die zehn Milliarden Dollar geblieben sind?«

»Nein.«

»Glaubst du, er wußte es und wollte es dir nicht sagen?«

»Nein, das glaube ich nicht«, versicherte ich Toby.

»Und er nannte dir auch kein Codewort oder irgend etwas Ähnliches?«

»Nein, das tat er nicht«, sagte ich.

Tobys Enttäuschung war nicht zu übersehen. »Ist es nicht möglich, daß alles nur ein großer Trick von Hal war? Du weißt, was ich meine. Vielleicht hat er Orlow nur glauben gemacht, daß er die gleichen Ziele wie er verfolgen würde. Als die zehn Milliarden jedoch erst einmal in seine Obhut gelangt waren, hat er vielleicht ...«

»Hat er vielleicht was ...?« schaltete sich Molly ein. Sie starrte ihn entrüstet an, und ihre Wangen röteten sich vor Zorn. Mir war klar, daß sie mehr gehört hatte, als sie verkraften konnte. Flüsternd, beinahe zischend, stieß sie hervor: »Mein Vater war ein *aufrichtiger* und wundervoller Mann. Er war so ehrlich und vertrauenswürdig, wie es ein Mensch nur sein kann. Das einzige, was man ihm vorwerfen könnte, wäre, daß er in mancher Hinsicht vielleicht zu direkt gewesen ist.«

»Molly«, fiel ihr Toby beschwichtigend ins Wort.

Doch sie war so in Wut, daß sie sich nicht unterbrechen ließ. »Ich saß einmal zusammen mit ihm auf der Rückbank eines Taxis in Washington, und er fand eine Zwanzig-Dollar-Note und übergab sie dem Fahrer. Er sagte, daß derjenige, der den Geldschein verloren habe, es vielleicht bemerken und sich mit der Taxizentrale in Verbindung setzen würde. Ich machte ihn darauf aufmerksam, daß der Taxifahrer nun doch sicher den Schein in seine eigene Tasche stecken...«

»Molly!« Toby nahm ihre Hand, wobei er sie traurig anblickte. »Wir müssen leider alle Möglichkeiten in Betracht ziehen, so unwahrscheinlich sie uns auch erscheinen mögen.«

Molly verstummte. Ihre Unterlippe zitterte. Ich bemerkte, daß ich versuchte, ihre Gedanken zu lesen, aber sie war ein wenig zu weit von mir entfernt, und meine mentale Kraft reichte nicht aus. Um ehrlich zu sein, ich wußte nicht einmal, ob ich die Fähigkeit überhaupt noch besaß. Womöglich war sie durch das fürchterliche Erlebnis in dem Rattenhaus ebenso plötzlich vernichtet worden, wie ich sie erlangt hatte. Ich glaube, es hätte mir damals nicht einmal sehr viel ausgemacht, meine telepathische Gabe los zu sein.

Welche Gedanken ihr auch durch den Kopf gehen mochten, ich spürte jedenfalls, daß sie sehr innig und intensiv waren. Ich wünschte mir nichts sehnlicher, als aus dem Bett aufzuspringen und Molly tröstend in die Arme nehmen zu können. Statt dessen lang ich hier, die Arme dick bandagiert, und wurde von Minute zu Minute benommener.

»Ich bin da anderer Meinung als du, Toby«, griff ich den Faden wieder auf. »Molly hat recht. Das Ganze will irgendwie nicht zu Hals Charakter passen.«

»Aber damit sind wir keinen Schritt weiter«, erwiderte er.

»Doch«, widersprach ich. »Orlow hat mir zumindest einen Hinweis gegeben.«

»Oh!« Beide blickten mich gespannt an.

»›Folge dem Gold‹, sagte er, ›Folge dem Gold‹. Und er dachte den Namen einer Stadt.«

»Zürich? Genf?«

»Nein. Er dachte an Brüssel. Dort müssen wir ansetzen, Toby. Da Belgien nicht als typisches Goldhandelszentrum gilt, kann es nicht allzu schwierig sein herauszubekommen, wo dort Gold im Wert von zehn Milliarden Dollar versteckt sein kann.«

»Ich kümmere mich umgehend um die Flugmodalitäten«, versprach Toby.

»*Nein!*« rief Molly aus. »Ben fährt nirgendwohin. Er braucht mindestens noch eine Woche Bettruhe.«

Ich schüttelte den Kopf. »Molly, wenn wir der Sache nicht schnellstens nachgehen, wird Alex Truslow der nächste sein, der daran glauben muß. Und dann wir. Es ist die einfachste Sache der Welt, einen ›Unfall‹ zu inszenieren.«

»Wenn ich dich so früh aufstehen lasse, dann verletze ich meinen hippokratischen Eid.«

»Vergiß den verdammten Eid«, unterbrach ich sie. »Unser Leben ist in Gefahr. Es geht um ein Milliarden-Vermögen, und wenn wir es nicht bald ausfindig machen, wirst du nicht mehr viel Zeit haben, nach diesem gottverdammten Eid zu leben.«

Ich hörte Toby leise sagen: »Ich fürchte, du hast recht.« Dann rollte er langsam aus dem Raum, begleitet von dem hohen elektrischen Summton des Rollstuhls.

Im Zimmer herrschte nun vollkommene Ruhe. In der Stadt gewöhnen wir uns so sehr an die vielen Geräusche, daß wir sie nach einiger Zeit nicht mehr wahrnehmen. Doch hier, in der ländlichen Abgeschiedenheit Norditaliens, drang von draußen nicht das geringste Geräusch herein. Durch das Fenster konnte ich im blassen Abendlicht ein Sonnenblumenfeld sehen. Die Pflanzen waren längst verblüht und standen als vertrocknete braune Stengel auf dem Feld, mit Köpfen, die in andächtigen Reihen leise nickten.

Toby hatte Molly und mich allein gelassen, um uns Gelegenheit zu geben, miteinander zu sprechen. Sie saß auf meinem Bett und streichelte gedankenverloren durch das Laken hindurch meine Füße.

»Es tut mir leid«, sagte ich zu ihr.

»Was denn?«

»Ich weiß nicht. Ich wollte dir einfach nur sagen, daß es mir leid tut.«

»Ich nehme deine Entschuldigung an.«

»Ich hoffe, das mit deinem Vater ist nicht wahr.«

»Aber ganz tief in deinem Herzen . . .«

». . . glaube ich nicht, daß Hal etwas Unrechtes getan hat. Doch wir müssen die Wahrheit herausbekommen.«

Molly blickte sich im Zimmer um und sah dann aus dem Fenster, wo sich ihr ein spektakulärer Ausblick auf die toskanischen Berge bot. »Hier könnte ich es aushalten, weißt du.«

»Das könnte ich auch.«

»Wirklich? Meinst du, wir beide könnten hier leben?«

»Warum nicht? Ich eröffne einfach die toskanische Filiale von Putnam & Stearns. – Mol, das ist doch Träumerei.«

»Mit deinem Talent, Geld zu machen.« Sie schnitt eine Grimasse. »Wir lassen uns hier einfach nieder. Du steigst aus der Juristerei aus, und wenn sie nicht gestorben sind, dann . . .«

Eine lange Stille trat ein. Schließlich sagte sie: »Ich möchte mit dir kommen, nach Brüssel.«

»Molly, das ist zu gefährlich.«

»Ich kann dir dort sehr gut behilflich sein, das weißt du selbst. Außerdem solltest du in deinem Zustand auf keinen Fall ohne ärztliche Begleitung reisen.«

»Warum protestierst du eigentlich gar nicht mehr dagegen, daß ich überhaupt reise?« wollte ich wissen.

»Weil ich weiß, daß der Verdacht gegen meinen Vater unberechtigt ist, und weil ich das gerne beweisen möchte.«

»Aber kannst du mit dem Gedanken leben, daß wir womöglich auf Beweise stoßen, die deinen Vater in ein schlechtes Licht rücken könnten?«

»Mein Vater ist tot, Ben. Das Schlimmste ist bereits passiert. Nichts, was du entdecken könntest, kann daran etwas ändern.«

»Also gut«, lenkte ich ein, »ich bin einverstanden.« Meine Augenlider wurden immer schwerer, und ich hatte nicht mehr die Kraft, gegen die Müdigkeit anzukämpfen. »Aber nun mußt du mich schlafen lassen.«

»Ich werde mich schon einmal um ein Hotelzimmer in Brüssel kümmern«, hörte ich sie meilenweit entfernt sagen. Gut, dachte ich, tu das.

»Alex Truslow hat mich vor Verrätern in den eigenen Reihen gewarnt«, flüsterte ich. »Und ich beginne mich zu fragen, ob nicht sogar Toby . . .«

»Ben, ich habe etwas gefunden, etwas das uns vielleicht

weiterhelfen kann.« Sie fügte noch etwas hinzu, aber ich konnte es nicht mehr verstehen, und dann schien ihre Stimme immer leiser zu werden, bis ich sie überhaupt nicht mehr wahrnahm.

Einen Moment später – es konnten Minuten oder auch Sekunden sein – war mir, als ob Molly leise das Zimmer verließe. Ich hörte irgendwo in der Ferne noch das Blöken von Schafen, und bald darauf war ich fest eingeschlafen.

3

Toby Thompson verabschiedete uns am Eingang des Swissair-Terminals von Mailands internationalem Flughafen. Molly küßte ihn auf die Wange, und ich reichte ihm die Hand, bevor wir durch die Sicherheitsschleuse traten. Einige Minuten später erfolgte der Aufruf zum Swissair-Flug nach Brüssel, während Toby sich auf den Weg nach Washington machte.

Das Schmerzmittel, das mich während der letzten beiden Tage in einem angenehmen ›Schwebezustand‹ gehalten hatte, ließ langsam in seiner Wirkung nach. Mein Kopf war aber noch lange nicht klar genug, um Tobys Gedanken zu lesen. Ich wußte, daß ich die Medikamente absetzen mußte, wenn ich einigermaßen wachsam sein wollte. Doch meine Arme, besonders die Innenseite meiner Unterarme, brannten daraufhin wie Feuer. Jeder einzelne Pulsschlag sandte stechende Schmerzen bis zu meinen Schultern hinauf. Und zu alldem kam noch hinzu, daß ich seit dem Absetzen der Schmerzmittel permanent unter rasenden Kopfschmerzen litt.

Dennoch war ich in der Lage, meine beiden Schultertaschen zu tragen (wir hatten beide kein Gepäck aufgegeben) und ohne größere Probleme meinen Sitzplatz zu erreichen. Toby hatte Erster-Klasse-Tickets und neue Ausweispapiere für uns besorgt. Wir reisten nun als Carl und Margaret Osborne, Inhaber eines kleinen, aber florierenden Andenkenladens in Kalamazoo, Michigan.

Ich hatte, wie gewünscht, einen Fensterplatz erhalten und sah interessiert dem emsigen Treiben der Swissair-Bodenmannschaft zu, die gerade den letzten Check durchführte. Ich war aufs äußerste angespannt. Der vordere Eingang des Flugzeugs war bereits vor wenigen Minuten geschlossen worden. Da die Erste-Klasse-Kabine einen hervorragenden Überblick erlaubte, hatte ich keine Probleme zu verfolgen, wie der letzte Mann der Bodenmannschaft das Cockpit verließ und die Stufen zum Rollfeld hinabstieg. Im gleichen Moment schrie ich lauthals los.

Ich riß meine bandagierten Arme in die Höhe und brüllte: »Laßt mich hier heraus! Mein Gott! O mein Gott! Laßt mich heraus!«

»Was ist los?« kreischte Molly.

Sämtliche Passagiere der Ersten Klasse starrten entsetzt in unsere Richtung, und eine Stewardeß eilte den Gang entlang auf uns zu.

»O Gott«, schrie ich. »Ich muß hier raus und zwar sofort!«

»Es tut mir leid, Sir«, versuchte mich die Stewardeß zu beruhigen, »aber es ist uns nicht erlaubt, Passagiere so kurz vor dem Start aus der Maschine steigen zu lassen.« Sie war groß und blond, und ihr einfältiges Gesicht wies einen humorlosen Ausdruck auf. »Können wir irgend etwas für Sie tun?«

»Was ist denn überhaupt los mit dir?« erkundigte sich Molly.

»Laßt mich aussteigen!« Ich erhob mich. »Ich muß hier raus. Die Schmerzen sind unerträglich!«

»Sir!« protestierte die Stewardeß.

»Nimm bitte unsere Taschen!« forderte ich Molly auf. Meine Arme immer noch in die Luft gestreckt, bahnte ich mir stöhnend und jammernd einen Weg durch den Gang. Molly griff eilig unsere Taschen, schaffte es irgendwie, über jede ihrer schmalen Schultern einen Riemen zu hängen und die anderen beiden mit der Hand festzuhalten, und folgte mir den Gang entlang zum vorderen Teil der Maschine.

Die Stewardeß versperrte uns den Weg. »Sir! Madam! Es tut mir entsetzlich leid, aber unsere Regeln verbieten es . . .«

Eine ältere Dame schrie panisch: »Laßt ihn raus!«

›O mein Gott!« brüllte ich.

»Sir, wir befinden uns kurz vor dem Start!«

»Machen Sie Platz! Aus dem Weg!« Molly war nun voll in Rage. »Ich bin seine Ärztin! Wenn Sie uns nicht sofort aus dem Flugzeug lassen, werden Sie eine enorme Klage am Hals haben. Und zwar Sie *höchstpersönlich*, Lady, und Sie werden damit der ganzen verdammten Fluggesellschaft großen Schaden zufügen. Ist Ihnen das eigentlich klar?«

Die Stewardeß riß die Augen auf und wich zurück den Gang entlang. Sie preßte sich an die Sitzreihe, um uns vorbeizulassen. Mit Molly im Schlepptau, die sich fürchterlich mit unserem Gepäck abmühte, rannte ich die Servicetreppe hinunter, die zum Glück noch nicht weggerollt worden war.

Wir rannten quer über das Rollfeld und erreichten das Flughafengebäude. Dort nahm ich Molly die Taschen ab, was zwar äußerst schmerzhaft war, mir aber dennoch gelang, und zog sie mit zum Swissair-Schalter.

»Was *zur Hölle* ist eigentlich los?« rief sie.

»Beruhige dich. Ich erkläre dir später alles!«

Das Schalterpersonal hatte zum Glück nicht gesehen, woher wir kamen. Ich zückte ein Bündel Banknoten (die ich Toby verdankte) und kaufte zwei Erste-Klasse-Tickets nach Zürich. Der Flug ging nur zehn Minuten später. Wir konnten es gerade noch schaffen.

Obwohl der Swissair-Flug von Mailand nach Zürich angenehm und ohne irgendwelche Zwischenfälle verlief (die Swissair war schon immer meine bevorzugte Fluggesellschaft), befand ich mich die ganze Zeit über in einem bejammernswerten körperlichen Zustand.

Ich klammerte mich an einer ›Bloody Mary‹ fest und bemühte mich, einen klaren Gedanken zu fassen. Molly schlief tief und fest. Bereits vor dem Flug, auch schon vor dem Flugzeugwechsel, hatte sie sich nicht besonders gefühlt. Sie hatte ihr Unwohlsein jedoch nicht sehr ernst genommen und es auf irgendeinen Bazillus zurückgeführt, den sie sich möglicherweise auf dem Flug nach Italien in einer, wie sie es ausdrückte, ›747-Zahnpastatube‹ geholt hatte. Molly liebte das Fliegen nicht gerade.

Ich hatte mich entschlossen, Toby lieber nicht blind zu vertrauen. Auch wenn ich vielleicht etwas übervorsichtig sein mochte, so war jetzt jedenfalls nicht der Augenblick, unnötige Risiken einzugehen. Und es war schließlich nicht ausgeschlossen, daß Toby tatsächlich zur anderen Seite gehörte.

Aus diesem Grund hatte ich ihm gegenüber vorgegeben,

nach Brüssel zu fliegen. Nein, Orlow hatte keineswegs an Brüssel gedacht, aber das wußte nur ich. In einer Stunde würden die CIA-Leute in der belgischen Metropole merken, daß Mr. und Mrs. Carl Osborne nicht aus Mailand eingetroffen waren, und daraufhin Alarm schlagen. Doch auch wenn wir sie nur für eine Weile abschütteln konnten, so war das immer noch besser als gar nichts.

»*Folgen Sie dem Gold*«, hatte Orlow mir zugerufen, bevor er ermordet wurde. »*Folgen Sie dem Gold.*«

Ich verstand jetzt, was er damit gemeint hatte, zumindest hatte ich eine Idee, was er gemeint haben könnte. Er und Sinclair hatten ihre Geschäfte in Zürich durchgeführt. Er hatte mir zwar den Namen der Bank nicht verraten, aber er hatte an etwas *gedacht*, vermutlich an einen Namen: *Koerfer*. War es der Name einer Bank? Oder der einer Person? Ich mußte jedenfalls die Bank finden, in der die beiden Geheimdienstchefs sich getroffen hatten.

›*Folgen Sie dem Gold*‹, das bedeutete soviel wie: ›Folgen Sie der Spur der Papiere.‹ Das war der einzige Weg, den Mörder Hal Sinclairs ausfindig zu machen, und wahrscheinlich auch die einzige Chance für Molly und mich, am Leben zu bleiben.

Ich versuchte mich zu entspannen. Eine der ersten Fragen, die Toby mir nach dem höflichen Anfangsgeplänkel gestellt hatte, war die gewesen, ob meine *Fähigkeit*, wie er vorsichtig formuliert hatte, das Feuer überstanden habe. Die Wahrheit war, daß ich die Frage in dem Moment gar nicht beantworten konnte, da ich weder die Kraft noch den Willen gehabt hatte, es auszuprobieren.

Nun mobilisierte ich jedoch alle Reserven, und während Molly schlief, bemühte ich mich, meine Gabe zu überprüfen. Mein Kopf schmerzte mehr, als ich es je zuvor erlebt hatte. Ob es mit den Verletzungen zusammenhing, die ich im Feuer erlitten hatte?

Oder hatte es womöglich mit der immensen Kraft des Magnetfeldes zu tun, der ich im Laboratorium des Orakel-Projekts ausgesetzt worden war? Hatte der Einfluß des Kernspinresonanztomographen zu Schädigungen meines Gehirns geführt? Wer war es noch gewesen – Rossi?

Toby? –, der ganz nebenbei erwähnt hatte, daß der einzige Mensch, bei dem das Verfahren bisher angeschlagen habe, dieser Holländer, verrückt geworden sei? Das Hämmern in seinem Kopf hatte ihn den Verstand gekostet und ihn in den Selbstmord getrieben. Das konnte ich beinahe schon nachempfinden.

Gleichzeitig hatte ich jedoch die Befürchtung, diese verdammte telepathische Fähigkeit, der ich eigentlich diesen ganzen Schlamassel zu verdanken hatte, möglicherweise gänzlich verloren zu haben. Deshalb zog ich meine Stirn in voller Konzentration zusammen und versuchte, mein Gehirn, so gut es ging, auf Empfang einzustellen, was mir allerdings Probleme bereitete. Ich war von unzähligen unterschiedlichen Geräuschen umgeben, die es mir ungeheuer erschwerten, die Niederfrequenzradiowellen auszumachen. Da war das gedämpfte und einschläfernde Dröhnen der Motoren und daneben das Stimmengewirr von den Unterhaltungen der anderen Passagiere, das sich aus den verschiedenartigsten Geräuschen und Klängen zusammensetzte: ein lautes, schallendes Gelächter von der weiter hinten liegenden Rauchersektion, das Wimmern eines Kleinkindes einige Reihen hinter uns und das Klappern und Klirren der mit Portionsfläschchen und Dosen beladenen Servierwagen, die die Gänge entlanggeschoben wurden.

An meiner Seite schlief Molly, aber ich wollte nicht gerne das Versprechen verletzen, das ich ihr gegeben hatte. Da wir uns in der ersten Klasse befanden, saß der nächste Passagier jedoch ein ganzes Stück von uns entfernt.

Vorsichtig beugte ich mich über Molly und hörte sie etwas murmeln. Plötzlich bewegte sie sich, so als ob sie meine Annäherung bemerkt hätte, und schlug die Augen auf.

»Was machst du da?« fragte sie.

»Ich sehe nur nach, wie es dir geht«, schwindelte ich.

»Ach ja?«

»Wie geht es dir?«

»Lausig. Mir ist immer noch übel.«

»Das tut mir leid.«

»Danke. Es wird schon wieder.« Sie richtete sich langsam

auf und massierte ihren steifen Nacken. »Ben, weißt du schon, was du in Zürich unternehmen wirst?«

»Ich habe mir ein paar Dinge überlegt«, erklärte ich. »Alles weitere werde ich improvisieren.«

Sie nickte und nahm meine rechte Hand. »Was machen deine Schmerzen?«

»Sie lassen nach«, log ich.

»Das freut mich, auch wenn deine Antwort nur ein netter Versuch sein dürfte, den starken Mann zu spielen. Aber ich weiß genau, wie sehr es weh tun muß. Wenn du einverstanden bist, werde ich dir heute abend etwas geben, damit du schlafen kannst. Die Nächte sind am schlimmsten, wenn du dich ganz unwillkürlich auf die Arme rollst.«

»Wird schon nicht nötig sein.«

»Sage mir bitte Bescheid, wenn es doch notwendig wird.«

»Das werde ich tun.«

»Ben?« Ich blickte zu ihr auf. Ihre Augen waren rotgerändert. »Ben, ich habe von Dad geträumt. Aber das weißt du ja vermutlich bereits.«

»Ich habe dir doch gesagt, Molly, daß ich nicht...«

»Ist ja auch gleichgültig. Dieser Traum... du weißt doch, all die Orte, an denen wir gelebt haben, als ich klein war – Afghanistan, die Philippinen, Ägypten. Ich habe von meiner frühesten Kindheit an unter der dauernden Abwesenheit von Vater gelitten. Das ist wahrscheinlich ziemlich normal bei Kindern von CIA-Angehörigen. Dein Vater ist immer irgendwo anders, und du weißt nie, wo oder warum oder was er eigentlich tut. Und deine Freunde fragen andauernd, warum dein Vater nie da ist, verstehst du? Nie war er da. Ich verstand erst viel später, *warum*. Ich erinnere mich, daß ich immer dachte, ich müsse nur ganz lieb zu Mama sein, dann würde auch er öfter nach Hause kommen und mit mir spielen. Als ich dann älter wurde und er mir erzählte, daß er für die CIA arbeite, war das keine große Überraschung mehr für mich. Ich hatte mir ohnehin schon so etwas zusammengereimt, und auch einige meiner Freunde hatten bereits etwas Derartiges vermutet. Einfacher wurde die Situation für mich jedoch auch dann nicht.«

Sie stellte ihren Sitz nach hinten, bis er beinahe auf Liegeposition stand, und schloß die Augen, als ob sie auf der Couch eines Psychiaters läge. »Nachdem er seine Tätigkeit für die CIA offen eingestanden hatte, wurde es eher noch schwieriger. Er arbeitete pausenlos, ein Sklave seines Berufs. Was blieb mir also übrig? Ich wurde ebenfalls zur Sklavin *meiner* Karriere als Ärztin, was in mancher Hinsicht noch schlimmer ist.«

Ich bemerkte, daß sie weinte, was ich auf ihre Übermüdung oder das Erlebnis, das wir gerade erst hinter uns gebracht hatten, zurückführte.

Mit einem tiefen Seufzer fuhr sie fort: »Ich habe immer geglaubt, daß er und ich uns näherkommen würden, sobald er in den Ruhestand treten würde und ich eine Familie hätte. Und nun . . .« Ihre Stimme klang plötzlich ganz verzagt und hoch, wie die eines kleinen Mädchens. »Und nun werde ich nie mehr . . .«

Ihre Stimme erstarb, und ich streichelte ihr über das Haar, um ihr zu zeigen, daß sie nichts weiter zu sagen brauchte.

Zum letzten Mal hatte ich Mollys Vater während einer Geschäftsreise nach Washington gesehen. Er war zu diesem Zeitpunkt bereits seit mehreren Monaten Direktor der CIA. Ich hielt mich wegen irgendwelcher Rechtsgeschäfte in Washington auf. Eigentlich gab es keinen besonderen Grund, ihn vom Jefferson-Hotel aus, wo ich wohnte, anzurufen. Wahrscheinlich steckte eine gewisse Eitelkeit dahinter, mich im Ruhme meines Schwiegervaters, der eine so wichtige Position innehatte, zu sonnen und teilzuhaben an dem Glanz und an der Ehre, die sein Amt mit sich brachten. Zweifellos reizte mich auch die Vorstellung, triumphierend in das Hauptquartier der CIA zurückzukehren, auch wenn es genaugenommen natürlich nicht mein persönlicher Triumph war.

Hal versicherte mir am Telefon, daß er sich über ein Treffen zum Lunch oder auf einen Drink sehr freuen würde. (Er war zu einem regelrechten Gesundheitsfanatiker geworden und hatte jedwedem Alkoholgenuß abgeschworen. Er trank nur noch alkoholfreies Bier oder seinen bevorzugten Pseudo-Cocktail: Cranberrysaft, Soda und Limejuice.)

Er schickte mir einen Wagen mit Fahrer, der mich abholen sollte. Das machte mich allerdings etwas nervös. Was wäre, wenn die Washington Post von diesem Dienstmißbrauch Wind bekommen sollte? Harrison Sinclair, die personifizierte Rechtschaffenheit, hatte eine vom Steuerzahler finanzierte Regierungslimousine geschickt, um seinen Schwiegersohn abzuholen, der doch genausogut ein Taxi hätte nehmen können. Würde ich morgen mein Konterfei auf der Titelseite der Zeitung sehen, wie ich gerade in die große schwarze Regierungslimousine einstieg?

Im Unterschied zu meinem letzten Besuch bei der CIA, bei dem ich mit einem Pappkarton unter dem Arm allein durch die riesige Eingangshalle zum Parkplatz geschlichen war, war dieser Einzug in der Tat triumphal für mich. Sheila McAdams, eine attraktive Mittdreißigerin und Hals persönliche Assistentin, empfing mich in der Eingangshalle und begleitete mich im Fahrstuhl hinauf zu Hals Büro.

Er sah gut aus und schien sich ehrlich über meinen Besuch zu freuen. Sicherlich steckte auch ein wenig Stolz dahinter, mich mit seinen neuen Privilegien bekannt machen zu können. Wir nahmen unseren Lunch in seinen Privaträumen ein: griechische Salate, gegrillte Auberginensandwiches und eisgekühlten Cranberrysaft, Soda und Limejuice in hohen schlanken Gläsern.

Zunächst führten wir ein recht oberflächliches Gespräch über die Geschäfte, die mich nach Washington gebracht hatten, über die Veränderungen innerhalb der CIA seit dem Ende der Sowjetunion und über seine Pläne in seiner neuen Position als Direktor. Wir unterhielten uns auch über gemeinsame Bekannte und über Politik. Alles in allem war es ein angenehmes, wenn auch eher oberflächliches Treffen.

Ich werde jedoch nie vergessen, was er zu mir sagte, als ich mich verabschiedete. Er legte mir den Arm um die Schultern und meinte: »Wir haben nie darüber gesprochen, was in Paris passiert ist.«

Ich blickte ihn verwirrt an.

»Über dein Erlebnis, ich meine ...«

»Ich verstehe.«

»Ich möchte, daß wir irgendwann darüber reden«, fuhr er fort. »Es gibt da etwas, das ich dir gerne sagen will.«

Ich spürte, wie ein Gefühl des Unwohlseins in mir aufstieg. »Dann laß uns jetzt sofort darüber reden.«

Ich war beinahe erleichtert, als er antwortete: »Ich kann jetzt nicht.«

»Dein Terminkalender ist sicher . . .«

»Das ist es nicht. Ich kann es jetzt einfach nicht, aber wir werden darüber sprechen, und zwar bald.«

Es sollte nie mehr dazu kommen.

Als Molly und ich in Kloten angekommen waren, nahmen wir uns ein Mercedes-Taxi ins Stadtzentrum von Zürich. Wir kamen auf unserer Fahrt an dem riesigen, gerade neu renovierten Hauptbahnhof vorbei und umrundeten die Statue von Alfred Escher, dem Politiker des neunzehnten Jahrhunderts, der den Grundstein dafür legte, daß Zürich heute ein modernes Bankenzentrum ist.

Ich hatte uns ein Zimmer im Savoy Baur en Ville, dem ältesten Hotel der Stadt, gebucht, der bevorzugten Adresse für reiche amerikanische Juristen und Geschäftsleute. Das im Jahr 1975 ansprechend renovierte Haus lag sehr zentral direkt am Paradeplatz und, was am wichtigsten war, auch ganz in der Nähe der Bahnhofstraße, wo sich die meisten Bankinstitute befinden.

Wir checkten ein und begaben uns direkt auf unser Zimmer, das mit viel Messing und prächtigen Schränken, die mit Birnenholzintarsien verziert waren, sehr gediegen und gemütlich eingerichtet und weder zu altmodisch noch zu modern war. Wir unterhielten uns eine Weile, bis uns die Müdigkeit überfiel. Molly bot mir erneut ein Schlafmittel an, das ich jedoch ablehnte. Ich beobachtete, wie Molly langsam einschlummerte, und versuchte es ihr gleichzutun, aber obwohl ich den Schlaf dringend nötig hatte, wollte er sich bei mir nicht so recht einstellen. Meine Arme und Hände brannten heiß vor Schmerz, und in meinem Kopf drehten sich die Ereignisse und die neuen Erkenntnisse der letzten Tage.

In irgendeinem der unzähligen Gewölbe unter der Bahnhofstraße lag die Antwort auf die Frage, was mit den zehn Milliarden Dollar in Gold, die Hal und Orlow aus der Sowjetunion herausgeschmuggelt hatten, passiert war, und damit auch die Antwort auf Hals rätselhaften Tod. In wenigen Stunden würden wir dem Geheimnis vermutlich bereits auf der Spur sein, es vielleicht sogar gelöst haben. Ich wünschte mir nichts sehnlicher, als daß der Morgen schon angebrochen wäre.

Auf einem Tischchen erblickte ich die neueste Ausgabe der International Herald Tribune, die das Hotel für uns bereitgelegt hatte. Ich nahm die Zeitung zur Hand und überflog unkonzentriert die Titelseite.

Einer der Artikel – eine einspaltige Kolumne auf der rechten Seite des Blattes – wurde von einem Foto gekrönt, das mir inzwischen bestens bekannt war. Obwohl es mich nicht erstaunte, auf einen derartigen Artikel zu stoßen, erschien mir der Inhalt doch ein wenig seltsam.

Der letzte Chef des KGB in Norditalien ermordet aufgefunden

VON CRAIG RIMER WASHINGTON POST SERVICE

ROM – Wladimir A. Orlow, der letzte Kopf des ehemaligen sowjetischen Geheimdienstes KGB, wurde in seinem Wohnhaus, 25 Kilometer außerhalb von Siena, von der örtlichen Polizei tot aufgefunden. Orlow war 72 Jahre alt.

Aus diplomatischen Quellen ist bekannt, daß sich Orlow, nachdem er Rußland heimlich verlassen hatte, seit mehreren Monaten in der Toskana versteckt gehalten hatte.

Die italienischen Behörden melden, daß Orlow Opfer eines bewaffneten Überfalls wurde. Über die Täter ist nichts bekannt, es wird jedoch vermutet, daß es sich um politische Gegner Orlows oder um Mitglieder der sizilianischen Mafia handelt. Es gibt bisher noch unbestätigte Hinweise darauf, daß Orlow kurz vor seinem Tod in illegale Geldgeschäfte verwickelt gewesen sein soll.

Die russische Regierung verweigert jeden Kommentar zu Orlows Tod. In einer heute vormittag in Washington veröffentlichten Erklärung des neu ernannten Direktors der CIA, Alexander Truslow, heißt es: ›Wladimir Orlow war maßgeblich an der Auflösung des KGB und damit des einflußreichsten Instrumentes der sowjetischen Unterdrückung beteiligt, wofür wir ihm dankbar sein müssen. Wir beklagen sein Ableben.‹

Ich setzte mich im Bett auf. Mein Herz klopfte mit den pochenden Schmerzen in meinen Armen und Händen um die Wette. Der daneben stehende Artikel befaßte sich mit dem neugewählten deutschen Bundeskanzler. ›VOGEL‹, lautete die Schlagzeile, ›BEMÜHT SICH UM VERTIEFUNG DER BEZIEHUNGEN ZU AMERIKA.‹
Der Artikel begann folgendermaßen: ›Der künftige Bundeskanzler Wilhelm Vogel hat nach seinem überwältigenden Wahlsieg – dem der deutsche Börsenkrach und hierdurch ausgelöste panikartige Reaktionen in der Bevölkerung vorausgingen – den zum Direktor der CIA ernannten Alexander Truslow zu Gesprächen eingeladen, um die amerikanisch-deutschen Beziehungen zu festigen. Der neue Geheimdienst-Chef nahm die Einladung als Gelegenheit zu einem ersten offiziellen Staatsbesuch an und wird in Bonn neben dem Bundeskanzler auch seinen deutschen Kollegen Hans König, den Direktor des Bundesnachrichtendienstes, treffen.«

Ich wußte sofort, daß Truslow in Gefahr schwebte.
Es war die Nebeneinanderstellung der Artikel.
Wladimir Orlow hatte vor den russischen Falken gewarnt, die eine Gefahr für sein Land darstellten. Und was hatte noch mein Freund, der britische Korrespondent Miles Preston, über ein schwaches Rußland gesagt, das die Voraussetzung für ein starkes Deutschland sei? Orlow, der zusammen mit Harrison Sinclair versucht hatte, Rußland zu retten, war tot. Und während Rußland schwach und ge-

lähmt am Boden lag, wurde in Deutschland ein neuer Kanzler gewählt.

Die mißtrauischen Vertreter einer Verschwörungstheorie, zu denen ich mich (wie ich bereits erwähnt habe) nicht zählte, schrieben und sprachen gerne von den Neonazis, als ob ganz Deutschland sich das Dritte Reich zurückwünschte. Ich hielt diese Unterstellung für absoluten Unsinn. Die Deutschen, die ich während meines kurzen Aufenthaltes in Leipzig kennen- und mit der Zeit auch schätzengelernt habe, bestätigten dieses Vorurteil keineswegs. Sie waren nichts weniger als Nazis oder Braunhemden. Sie trugen auch keine Hakenkreuzsymbole oder etwas Derartiges. Sie waren gute, anständige und patriotische Menschen und im Grunde nicht anders als jeder durchschnittliche Russe, Amerikaner, Schwede oder Kambodschaner.

Aber es ging hier natürlich nicht um das *Volk*.

»*Deutschland, Ben!*« hatte Miles gesagt. »*Deutschland könnte eine Schlüsselposition zukommen. Das Land steht an der Schwelle zu einer wiederauflebenden Diktatur. Und das ist kein Zufall, Ben. Das ist ein von langer Hand geplantes Manöver... von langer Hand geplant...*«

Und Toby hatte vor einem bevorstehenden Attentat gewarnt.

Plötzlich ging mir ein Licht auf, ein kurzer Lichtblitz in der Dunkelheit, und verhalf mir zu einer plötzlichen Erkenntnis.

Das Foto des ermordeten Wladimir Orlow hatte diese Erkenntnis in mir aufblitzen lassen. Er hatte vom amerikanischen Börseneinbruch im Jahre 1987 gesprochen.

»*Ein ›Zusammenbruch‹ der Börse, um ihr Wort zu gebrauchen, ist nicht notwendigerweise ein Desaster für den, der darauf vorbereitet ist. Das Gegenteil ist der Fall. Eine Investorengruppe mit Köpfchen kann in so einem Fall enorme Gewinne machen.*«

Ich hatte ihn gefragt, ob die ›Weisen‹ an dem Börseneinbruch verdient hätten, und er hatte es vehement bejaht:

»*Indem sie computerisierte Handelsprogramme einsetzten und mit insgesamt vierzehnhundert verschiedenen Geschäftskonten operierten, um exakt im richtigen Moment und mit der richtigen*

Geschwindigkeit den Hebel zu betätigen, machten sie nicht nur unglaubliche Gewinne durch den Börsenkrach, Mr. Ellison, sondern sie führten ihn eigenhändig herbei.«

Wenn die ›Weisen‹ die weitreichende, wenn auch relativ harmlose Krise auf dem amerikanischen Börsenmarkt herbeigeführt hatten, hatten sie womöglich das gleiche auch in Deutschland inszeniert?

Es gab, so hatte Alex angedeutet, ein wucherndes Geschwür an Korruption innerhalb der CIA: eine Gruppe von Leuten, die mit dem Sammeln und der Auswertung von streng geheimen Wirtschaftsdaten aus der ganzen Welt das Ziel verfolgte, Börsenmärkte und damit gleichzeitig auch ganze Nationen zu manipulieren.

Sollte das wirklich wahr sein?

Und sollte vor diesem Hintergrund ein ganz anderes, dunkles Motiv hinter der Einladung des neuen CIA-Direktors durch den ebenfalls neu gewählten Bundeskanzler Vogel stecken?

Was würde geschehen, wenn es in Bonn Proteste gegen den amerikanischen Geheimdienstchef geben sollte? Die Nachrichten sprachen schließlich ständig von Demonstrationen der Neonazis. Wen würde es da groß wundern, wenn Alexander Truslow deutschen ›Extremisten‹ zum Opfer fallen sollte? Es sah wie ein überaus logischer und perfekter Plan aus.

Alex – der zweifellos zu viel über die ›Weisen‹ und den deutschen Börsenkrach wußte...

Es war in Washington gerade neun Uhr abends, als ich Miles Preston erreichte.

»Der deutsche Börsenkrach?« blaffte er mich an, als ob ich den Verstand verloren hätte. »Ben, zum deutschen Börsenkrach ist es gekommen, weil die Deutschen sich zu einem vereinten Börsenmarkt, der Deutschen Börse, zusammengeschlossen hatten. Vier Jahre zuvor wäre so etwas undenkbar gewesen. Doch würden Sie mir den Grund für Ihr plötzliches Interesse an der deutschen Wirtschaft verraten?«

»Darüber kann ich jetzt nicht sprechen, Miles.«

»Wo stecken Sie denn so zur Zeit? Irgendwo in Europa, nicht wahr? Aber wo?«

»Belassen wir es am besten bei Europa.«
»Und womit beschäftigen Sie sich gerade?«
»Verzeihung, aber auch darüber kann ich nicht sprechen.«
»Ben Ellison, ich dachte, wir wären Freunde. Nun rücken Sie schon heraus mit der Sprache.«
»Ich würde, wenn ich könnte. Aber ich kann nicht.«
»Ich verstehe, okay. Wie Sie meinen, aber dann lassen Sie mich Ihnen wenigstens ein bißchen helfen. Ich werde mich umhören, ein bißchen herumfragen, mit Freunden sprechen. Sagen Sie mir, wo ich Sie erreichen kann.«
»Das kann ich nicht.«
»Dann melden Sie sich bei mir, einverstanden?«
»Sie hören von mir, Miles«, versicherte ich ihm und beendete das Gespräch.
Unmittelbar nach diesem Gespräch beschlich mich eine dunkle Vorahnung.
Ich saß eine ganze Weile auf dem Bettrand und starrte aus dem Fenster auf den eleganten Paradeplatz, wo die Gebäude im Sonnenlicht erstrahlten. Ein düsteres, lähmendes Gefühl der Angst ergriff mich.

4

Ich konnte einfach nicht einschlafen.

Statt dessen rief ich einen der Anwälte an, die ich in Zürich kannte, und erreichte ihn auch tatsächlich in seinem Büro. John Knapp war Anwalt mit dem Spezialgebiet Körperschaftsrecht, das einzige Rechtsgebiet, das noch langweiliger als Patentrecht ist, was mich mit Genugtuung erfüllte. Er lebte seit etwa fünf Jahren in Zürich und arbeitete für die örtliche Filiale einer renommierten amerikanischen Kanzlei. Er war besser über das Schweizer Bankensystem informiert als jeder andere, den ich kannte, denn er hatte einige Semester an der Universität Zürich studiert und bereits eine erhebliche Anzahl von halblegalen Geldgeschäften für eine ganze Reihe von Kunden getätigt. Knapp und ich kannten uns von der Rechtsfakultät her, wo wir im gleichen Semester studiert hatten, und wir trafen uns von Zeit zu Zeit zum Squash-Spielen. Ich hatte den Verdacht, daß er mich genausowenig leiden konnte wie ich ihn, aber unsere berufliche Tätigkeit brachte uns immer wieder zusammen. Wohl deshalb hielten wir unsere freundschaftliche Beziehung zumindest in lockerer Form aufrecht.

Ich hinterließ eine Nachricht für Molly, die immer noch schlief. Darin teilte ich ihr mit, daß ich in ein bis zwei Stunden zurück sein würde. Dann stieg ich in eines der vor dem Hotel wartenden Taxis und bat den Fahrer, mich zur Kronenhalle in der Ramisstraße zu bringen.

John Knapp war ein kleiner, schlanker Mann, der den verhängnisvollen Fehler vieler kleiner Männer beging: Wie ein Chihuahua, der versucht, einem Bernhardiner zu imponieren, stolzierte er mit anmaßenden Gebärden herum, die ihn nur lächerlich machten und ein wenig wie eine Witzfigur erscheinen ließen. Er hatte kleine braune Augen und kurzgeschorenes brünettes, mit grauen Strähnen durchzogenes Haar. Die Ponyfransen, die ihm in die Stirn hingen, gaben ihm das Aussehen eines Mönches. Nach der ganzen Zeit, die er schon in Zürich lebte, hatte er sich auch äußerlich an das Lokalkolorit angepaßt und trug den typischen Bankierszwirn – einen dunkelblauen Anzug mit englischem Schnitt und dazu ein burgunderfarben gestreiftes Hemd, das höchstwahrscheinlich von Charvet in Paris stammte. Seine aus Seide gewebten Manschettenknöpfe stammten jedenfalls mit Sicherheit von dort. Er kam fünfzehn Minuten zu spät, was wahrscheinlich nichts anderes als eine Demonstration seiner Überlegenheit darstellen sollte. Er war der Typ, der alle Bücher über Macht und Erfolg gelesen hatte und wußte, wie man ein ›Power-Lunch‹ gab und sich ein Eckbüro unter den Nagel riß.

Die Bar in der Kronenhalle war so voll, daß ich mir kaum einen Weg durch die Menge zu einem freien Platz bahnen konnte. Die Stammgäste entsprachen genau Knapps Geschmack, denn sie entstammten allesamt der Züricher Schickeria. Knapp, der viel für einen gehobenen Lebensstil übrig hatte, liebte Plätze wie diesen. Er fuhr deshalb auch regelmäßig zum Skifahren nach St. Moritz und Gstaad.

»Mein Gott, was hast du mit deinen Händen gemacht?« erkundigte er sich erschrocken, als er meine rechte Hand ein wenig zu fest schüttelte und sah, wie ich dabei mein Gesicht vor Schmerz verzog.

»Schlechte Maniküre«, erwiderte ich lässig.

Sein entsetzter Blick wandelte sich umgehend in übertriebene Fröhlichkeit: »Und du bist sicher, daß du dich nicht beim Durchblättern von aufregenden Patentanmeldungen am Papier geschnitten hast?«

Ich war drauf und dran, mein ganzes Arsenal an Spitzen auf ihn abzuschießen (ich habe mit der Zeit gelernt, daß Körperschaftanwälte besonders empfindlich dafür sind), lächelte aber nur und schwieg. Man sollte meiner Meinung nach nie vergessen, daß derjenige ein Langweiler ist, der spricht, wenn man von ihm erwartet zuzuhören. Knapp würde schon im nächsten Moment meine bandagierten Hände wieder vergessen haben.

Nachdem wir unsere Begrüßungsformeln hinter uns gebracht hatten, fragte er: »Was führt dich nach Zürich?«

Ich trank einen Scotch, während er es sich nicht nehmen ließ, auf schweizerdeutsch ein Kirschwasser zu bestellen.

»Ich fürchte, daß ich diesmal ein bißchen vorsichtig mit meinen Äußerungen sein muß«, gab ich zur Antwort. »Es ist nämlich geschäftlich.«

»Aha«, rief er mit bedeutungsvoller Miene. Zweifellos hatte er von einem unserer gemeinsamen Bekannten erfahren, daß ich für die CIA gearbeitet hatte, und sicherlich führte er auch meine Erfolge als Anwalt darauf zurück (womit er natürlich nicht gänzlich Unrecht hatte). Es schien mir bei Knapp der bessere Weg zu sein, ein wenig geheimnisvoll zu tun, als mir eine harmlose, frei erfundene Geschichte auszudenken.

Ich tat so, als würde ich mich dennoch zu einigen Informationen hinreißen lassen. »Ich habe mit einem Klienten zu tun, der gewisse Vermögenswerte, die er hier besitzt, aufspüren möchte.«

»Liegt das nicht etwas außerhalb deines normalen Arbeitsgebietes?«

»Nicht gänzlich. Es hat mit einem Auftrag zu tun, um den meine Kanzlei sich bemüht. Du wirst verstehen, daß ich nicht sehr viel weiter ins Detail gehen kann.«

Er schürzte seine Lippen und grinste geheimnisvoll, so als wüßte er mehr über die ganze Sache als ich. »Laß hören.«

Der Geräuschpegel um uns herum war so hoch, daß schon der Gedanke daran, seine Gedanken zu lesen, überflüssig war. Dennoch versuchte ich es ein paarmal, indem ich mich zu ihm vorbeugte und mich so gut es ging auf ihn konzentrierte, aber es half nichts. Zum Glück machte es nicht viel aus, da ich von Knapp nichts erfahren wollte, was er nicht auch laut von sich geben würde, ganz davon zu schweigen, wie banal und hirntötend langweilig Knapps Gedanken sein mußten.

»Was weißt du über Gold?«

»Was möchtest du wissen?«

»Ich bemühe mich darum, ein Golddepositum, das bei einer der Banken hier niedergelegt wurde, aufzuspüren.«

»Bei welcher?«

»Das weiß ich eben nicht.«

Er schnaubte spöttisch. »Vierhundert Banken sind in Zürich registriert, mein Junge. Fast fünftausend Filialen. Und jedes Jahr treffen Millionen Unzen neuen Goldes aus Südafrika oder sonstwoher in der Schweiz ein. Viel Glück.«

»Welches sind die größten Banken?«

»Die größten Banken? Das sind die großen Drei: *Schweizerische Kreditanstalt*, *Schweizerische Vereinsbank* und *Schweizerische Unionsbank*. Du suchst also nach Gold, das sich in einer dieser drei Banken befindet, aber du weißt nicht, in welcher?«

»Genauso ist es.«

»Um wieviel Gold handelt es sich?«

»Um Tonnen.«

»*Tonnen?*« Ein erneutes Schnauben. »Das bezweifle ich ernsthaft. Worüber sprechen wir hier, über die Goldreserven eines ganzen Landes?« Er war dichter an der Wahrheit, als er ahnen konnte.

Ich schüttelte den Kopf. »Über ein florierendes Unternehmen.«

Er pfiff leise durch die Zähne. Eine blonde Frau in einem zartgrünen, enggeschnittenen Kleid mit Spaghettiträgern blickte zu ihm hinüber, da sie mißverständlicherweise den Pfiff als ein an sie gerichtetes Kompliment verstanden hatte. Doch sie wandte sich schnell wieder ab. Offensichtlich schien ihr der Mönch im blauen Anzug nicht besonders zu gefallen. »Was ist nun genau das Problem?« hakte er nach, wobei er sein Kirschwasser hinunterstürzte und dem Kellner mit einem Fingerschnippen zu verstehen gab, daß er noch eines bringen solle. »Hat vielleicht jemand die Kontonummer vergessen?«

»Höre mir einen Moment zu«, bat ich ihn. Ich war dabei, mich wie Knapp anzuhören, was mir gar nicht gefiel. »Wenn eine bedeutende Menge an Gold nach Zürich gelangen würde und auf ein Nummernkonto käme, wo würde das Gold, ich meine, wo würden die Barren gelagert werden?«

»In den Gewölben. Du sprichst übrigens ein für die Banken ganz aktuelles Problem an, denn es wird immer schwieriger, all das Gold und die immer größer werdenden Geldmengen irgendwo unterzubringen. Die Depots sind voll, und die städtischen Auflagen erlauben es nicht, in die Höhe zu bauen, so daß sie wie die Maulwürfe in die Tiefe buddeln müssen.«

»Unter der Bahnhofstraße.«

»Richtig.«

»Wäre es dann nicht bequemer, das gesamte Gold hier zu verkaufen und in Deutsche Mark, Schweizer Franken oder welche Währung auch immer umzuwandeln?«

»Da gibt es ein Problem. Die Schweizer Regierung hat Angst vor Inflation. Deshalb hat sie eine Höchstgrenze für den Bargeldbesitz von Ausländern festgelegt. Früher gab es sogar ein Limit von hunderttausend Franken für alle ausländische Konten.«

»Für Gold gibt es keine Zinsen, nicht wahr?«

»Selbstverständlich nicht«, bestätigte Knapp. »Aber höre mal, niemand bringt sein Geld wegen der *Zinsen* auf einer Schweizer Bank unter! Die Zinsrate liegt bei etwa einem Prozent, wenn nicht gar bei Null. Es ist sogar durchaus üblich, für das Privileg, hier Geld unterbringen zu dürfen, noch *draufzuzahlen*. Im Ernst, viele Banken verlangen sogar eine Gebühr von etwa anderthalb Prozent pro Abhebung.«

»Ich verstehe. Man kann doch dem Gold ansehen, wo es herstammt, nicht wahr?«

»Normalerweise ja. Gold – jedenfalls das Gold, das die Zentralbanken als Geldreserven halten – wird in Form von Goldbarren aufbewahrt, von denen jeder einzelne meistens ein Troygewicht von vierhundert Unzen hat. Es handelt sich in der Regel um 999er Gold, das bedeutet, daß es sich um 99,9 Prozent reines Gold handelt. Normalerweise ist das Gold gekennzeichnet, indem die Barren verschiedene Nummernstempel erhalten, nämlich Prüfnummer, Seriennummer und Identifizierungsnummer.«

Der Kellner brachte das Kirschwasser, und Knapp nahm es entgegen, ohne dem Ober auch nur die geringste Beachtung zu schenken. »Der jeweils zehnte Barren, der gegossen wird, wird geprüft, indem er an sechs verschiedenen Stellen angebohrt wird und einige Millimeter als Probe entnommen werden. Du kannst also den meisten Barren problemlos ansehen, woher sie stammen.«

Er schmunzelte, während er nachdenklich an seinem Getränk nippte. »Du solltest dieses Zeug auch einmal versuchen, es macht regelrecht süchtig. Der Goldmarkt ist übrigens ein äußerst sensibles Gewerbe. Ich erinnere mich daran, daß er vor gar nicht allzulanger Zeit vollkommen verrückt spielte, als die Sowjets den Versuch unternahmen, hier eine ganze Schiffsladung Goldbarren zu verscherbeln. Jemand hatte auf einigen der Barren den *zaristischen Adler* entdeckt. Die Händler sind halb durchgedreht.«

»Weshalb?«

»Das fragst du noch, alter Junge? Das Ganze ist Weihnachten 1990 passiert. Und dann mit dem Romanoff-Adler geprägte Goldbarren! Die Gorbatschow-Regierung kämpfte ums Überleben und versuchte offensichtlich, ihre letzten Goldreserven zusammenzukratzen und zu verkaufen! Warum hätte man sonst auf das zaristische Gold zurückgegriffen? Der Goldpreis schoß damals jedenfalls um etwa fünfzig Dollar pro Unze in die Höhe.«

Ich erstarrte und fühlte, wie mir das Blut in den Kopf stieg. »Und was passierte dann?« fragte ich aufgeregt.

»Was dann passierte? Nichts passierte. Das Ganze stellte sich als ein geschickter Schachzug der Sowjets heraus. Sie hatten bewußt Fehlinformationen verbreitet, indem einige der alten zaristischen Goldbarren unter neuere gemischt worden waren. Sie beobachteten, wie der Goldmarkt infolgedessen erwartungsgemäß verrückt spielte, und stießen dann ihr Gold zu dem gestiegenen Preis ab. Ziemlich raffiniert, was? Die Sowjets waren keineswegs nur Dummköpfe.«

Ich dachte einen Moment lang nach. Und wenn es sich in Wirklichkeit gar nicht um eine bewußte Fehlinformation gehandelt hatte, fragte ich mich? Was, wenn . . .? Ich konnte mir auf das alles keinen rechten Reim machen. Mit möglichst gleichgültiger Miene stellte ich mein Glas ab und fragte ihn weiter: »Kann Gold auch *gewaschen* werden?«

Nach kurzem Überlegen erwiderte er: »Ja, sicher. Man kann es einschmelzen, neu veredeln, eine erneute Metallprobe machen und es auf diese Weise von allen Kennzeichnungen befreien. Es ist nicht einfach, so etwas in aller Heimlichkeit zu tun, aber es ist auch nicht unmöglich. Und es ist nicht einmal so teuer, denn es ist vollkommen legal. Aber, Ben, ich verstehe überhaupt nichts mehr: Du suchst einen riesigen Haufen Gold, der einem deiner Kunden gehört, und du weißt nicht, wo dieses Gold steckt?«

»Die ganze Geschichte ist etwas komplizierter. Ich kann zu diesem Zeitpunkt aber leider nicht mehr verraten. Doch sage mir eines: Wenn man von der Verschwiegenheit der Schweizer Banken spricht, was ist dann eigentlich damit gemeint? Wie schwierig ist es wirklich, an geheime Informationen zu kommen?«

»Nanu«, empörte sich Knapp, »das hört sich jetzt aber sehr nach einer Mantel-und-Degen-Geschichte an.«

Ich starrte ihn nur wortlos an, und er fuhr schließlich fort: »Das ist alles andere als einfach, Ben. Das Prinzip der Verschwiegenheit und die Freiheit jedweder finanziellen Transaktion gehören in dieser Stadt zu den höchstgeachteten Prinzipien. Im Klartext bedeutet das ein unveräußerliches Recht, schwarzes Geld zu verstecken. Davon lebt das gesamte hiesige Bankensystem. Geld ersetzt hier die Religion. Bevor Ulrich Zwingli die Zürcher Reformation in Gang brachte, indem er alle katholischen Statuen in die Limmat warf, entfernte er zunächst die Goldschicht und übergab sie der Stadtverwaltung. Das war der Anfang des Schweizer Bankensystems.

Die Schweizer sind in dieser Hinsicht wirklich unschlagbar. Sie halten die Diskretion über alles – so lange, bis es sich für sie lohnt, sie zu brechen. Seien es Mafiosi, Drogenbosse oder korrupte Dritte-Welt-Diktatoren mit dicken Brieftaschen voll schmutzigem Geld – die Schweizer beweisen auch hier ihre Verschwiegenheit wie ein Priester bei der Beichte. Aber man darf auch nicht vergessen, wie hilfsbereit sie plötzlich wurden, als die Nazis während des Krieges Druck auf sie ausübten. Sie gaben ihnen bereitwillig die Namen von deutschen Juden, die über Schweizer Konten verfügten. Auch wenn sie gerne den Mythos unterstützen, den Nazis mutig entgegengetreten zu sein, als diese sich das Geld der Juden unter den Nagel reißen wollten, ist das alles andere als wahr. Nun ja, vielleicht waren nicht alle Banken gleich, aber es traf zumindest für sehr viele zu. Es ist beispielsweise eine bewiesene Tatsache, daß die Basler Handelsbank Nazi-Gelder gewaschen hat.« Seine Augen schweiften über die Menschenmenge, als ob er nach jemandem Ausschau halten würde.

»Ben, ich fürchte, du suchst nach einer Nadel im Heuhaufen.«

Ich nickte, wobei ich mit den Augen die Spur einiger Tröpfchen auf dem Glas verfolgte. »Nun«, erklärte ich, »zumindest weiß ich einen Namen.«

»Einen Namen?«

»Ich glaube, es ist der Name eines Bankiers.« Ich verschwieg natürlich, daß es ein Name war, den Orlow im Zusammenhang mit dem Gold und Zürich gedacht hatte: »Koerfer.«

»Na, dann ist ja alles klar«, triumphierte Knapp. »Warum hast du das nicht eher gesagt? Dr. Ernst Koerfer ist kaufmännischer Direktor der Bank von Zürich, oder er war es jedenfalls bis vor etwa einem Monat.«

»Im Ruhestand?«

»Gestorben. Herzinfarkt oder so etwas. Auch wenn ich nicht so sicher bin, daß er ein Herz *besaß*. Ein wirklicher Hundesohn, aber er war äußerst erfolgreich.«

»Ah«, freute ich mich.

»Kennst du vielleicht irgend jemanden, der bei der Bank von Zürich arbeitet?«

Er blickte mich an, als ob ich den Verstand verloren hätte. »Höre mal, alter Junge! Ich kenne jeden einzelnen im Schweizer Bankgeschäft. Das erfordert meine Tätigkeit. Der neue Direktor ist ein gewisser Dr. Alfred Eisler. Wenn du möchtest, kann ich ihn anrufen und ein Treffen arrangieren. Möchtest du, daß ich das tue?«

»O ja«, bat ich freudig, »das wäre großartig.«

»Kein Problem.«

»Ich bin dir sehr verbunden, alter Junge«, dankte ich ihm.

In der Schweiz eine Pistole zu besorgen war problematischer, als ich erwartet hatte. Ich verfügte hier über keinerlei Kontakte, auf die ich hätte zurückgreifen können. Andererseits wollte ich es möglichst vermeiden, zu Toby oder irgend jemandem von der CIA Kontakt aufzunehmen, da ich nicht wußte, wem ich noch trauen konnte. Truslow würde ich nur im allergrößten Notfall heranziehen. Wer konnte mir garantieren, daß die Telefonleitungen nicht abgehört wurden? Es war sicherer, ihn gar nicht erst anzurufen. Schließlich bekam ich vom Manager eines Sportgeschäftes den Tip, doch seinen Schwager anzusprechen, der unter anderem ein Bücherantiquariat betrieb.

Der Laden lag nur ein paar Häuserblocks entfernt. Auf dem Schaufenster stand in goldenen Buchstaben (in alter deutscher Frakturschrift) geschrieben:

Buchhändler
Antiquitäten und Manuskripte

Als ich in den Laden eintrat, klingelte eine Türglocke. Der Raum war eng, dunkel und von einem dumpfen Schimmelgeruch erfüllt, der sich mit dem vanilleartigen Duft vermischte, der von alten, brüchigen Buchdeckeln ausgeht.

Buchstäblich jeder Quadratzentimeter des kleinen Raumes wurde von schwarzen Holzregalen eingenommen, die vollgestopft waren mit Stapeln von Büchern und vergilbten Magazinen. Zwischen den Regalen hindurch führte ein enger Gang zu einem kleinen Eichenschreibtisch, auf dem sich ebenfalls ein Chaos von Büchern und Papieren stapelte, hinter dem ich auf den Ladeninhaber stieß. »Guten Tag!« begrüßte er mich.

Ich nickte zum Gruß, blickte mich um, so als würde ich etwas ganz Bestimmtes suchen und fragte ihn auf deutsch: »Wie lange haben Sie geöffnet?«

»Bis sieben«, erklärte er.

»Ich komme wieder, wenn ich mehr Zeit habe.«

»Wenn Sie nur ein paar Minuten Zeit haben, zeige ich Ihnen gerne einige Neuerwerbungen in meinem Hinterzimmer.« Er erhob sich, schloß die Ladentür ab und hängte ein ›Geschlossen‹-Schild ins Fenster. Dann führte er mich in ein winziges Hinterzimmer, das über und über mit alten, halbzerfallenen ledergebundenen Büchern vollgestopft war.

Dort bewahrte er in Schuhkartons eine kleine Sammlung an Schußwaffen auf, von denen die besten eine Ruger Mark II (eine brauchbare Halbautomatik, allerdings nur eine 22er), eine Smith & Wesson und eine Glock 19 waren. Ich wählte die Glock. Auch wenn meine früheren CIA-Kollegen immer behaupteten, daß diese Waffe jede Menge Macken habe, hielt ich sie für sehr brauchbar. Der Preis, den ich zahlen mußte, war allerdings astronomisch hoch, aber ich befand mich schließlich in der Schweiz.

Während unseres Abendessens im Agnes Amberg in der Hottingerstraße sprachen weder Molly noch ich über das, was uns auf dem Herzen lag. Es schien, als bräuchten wir beide eine Pause von all den Spannungen und Ereignissen und als wollten wir wenigstens für den Moment einfach nur ganz normale Touristen sein. Deshalb hatten wir uns ein exquisites Mahl bestellt. Mit meinen immer noch bandagierten Händen bereitete es mir jedoch einige Probleme, das Geflügel zu zerkleinern.

Folge dem Gold ...

Ich wußte nun einen Namen und eine Bank und war damit wieder einige Schritte weiter gekommen. Jetzt, da ich eine Richtung, den Anfang einer Spur gefunden hatte, würde ich endlich der Wahrheit näher kommen und erfahren, wer Hal Sinclair ermordet hatte, wer die Verschwörer waren – und ob meine mitternächtliche Eingebung sich bestätigen würde.

Wir saßen da und schwiegen. Dann ergriff Molly, noch bevor ich etwas sagen konnte, das Wort. »Wußtest du, daß in diesem Land die Frauen erst seit dem Jahr 1969 das Wahlrecht haben?«

»Was willst du damit sagen?«

»Und ich war der Überzeugung, die Medizin in den Vereinigten Staaten sei erzkonservativ und nehme die Frauen nicht ernst. Aber ich werde das nie wieder behaupten, nachdem ich hier heute beim Arzt war.«

»Du warst beim Arzt?« fragte ich nach, obgleich ich es wußte.

»Wegen der Magengeschichte?«

»Jawohl.«

»Und?«

»Und«, sie faltete ihre weiße Damastserviette säuberlich zusammen, »ich bin schwanger. Aber das hast du bereits gewußt, nicht wahr?«

»Ja«, gab ich zu, »das habe ich gewußt.«

5

Molly und ich schafften es kaum bis zurück ins Hotel. Die Freude – und auch die Angst – zu erfahren, daß man ein menschliches Leben gezeugt hat, hat etwas Erregendes an sich, und an diesem Abend waren wir beide ohnehin ziemlich liebesbedürftig. Auch Laura war schwanger gewesen, aber das hatte ich erst nach ihrem Tod erfahren, so daß dies doch eine ganz neue Erfahrung für mich war. Und was Molly betraf, so hatte sie sich seit Jahren so oft gegen eine Schwangerschaft ausgesprochen, daß ich zunächst erwartete, sie würde entsetzt reagieren und vielleicht sogar über so schreckliche Möglichkeiten wie eine Abtreibung nachdenken.

Doch ganz im Gegenteil: Sie schien vor Freude außer sich zu sein. Ich fragte mich, ob das etwas mit dem kürzlichen Ableben ihres Vaters zu tun hatte. Wahrscheinlich war es so, aber wer vermag schon die Tiefen unseres Unterbewußtseins zu ergründen?

Sie fing bereits an, mich auszuziehen, bevor wir noch die Tür unseres Hotelzimmers richtig geschlossen hatten. Sie ließ ihre Hände über meine Brust und hinab in meinen Hosenbund gleiten, wobei sie mich die ganze Zeit über mit wilden Küssen bedeckte. Ich reagierte ebenso leidenschaftlich, indem ich ungeduldig an den Knöpfen ihrer cremefarbenen Seidenbluse herumfummelte (wobei mehrere der Knöpfe absprangen) und meine Hände unter ihre Wäsche schob, um ihre Brustwarzen zu streicheln, die schon ganz hart waren vor Erregung. Dann erinnerten mich die Schmerzen allerdings an meine bandagierten Hände, und ich benutzte statt dessen meine Zunge, mit der ich in kreisförmigen Bewegungen um ihre Brustwarzen herumfuhr, wobei ich mich ihnen immer mehr näherte. Molly erbebte vor Lust. Mit meinem Oberkörper, die Arme ausgebreitet wie die Zangen eines Hummers, drückte ich sie rückwärts auf das breite Bett und legte mich auf sie. Doch sie ließ sich nicht so einfach nehmen. Wir kämpften und bewegten uns mit einer Aggressivität, die wir bisher bei der Liebe noch nie an den Tag gelegt hatten. Ich war von großer Erregung erfüllt, und auch sie stöhnte und keuchte vor Lust und Vorfreude, noch bevor ich in sie eingedrungen war.

Danach streichelten wir uns, genossen die Hitze unserer schweißnassen Leiber und unterhielten uns leise.

»Wann ist es gewesen?« wollte ich wissen. Ich erinnerte mich daran, wie wir uns, kurz nachdem mir meine telepathischen Fähigkeiten verliehen worden waren, mit einer so großen Erregung geliebt hatten, daß Molly völlig vergaß, ihr Diaphragma einzusetzen.

»Letzten Monat«, erwiderte sie.

»Hattest du vergessen, das Diaphragma zu benutzen?«

»Zum Teil.«

Ich mußte über ihre Ausflüchte lächeln und fühlte keine Spur von Unbehagen. »Siehst du«, schmunzelte ich, »viele Leute in unserem Alter versuchen wieder und wieder, ein Kind zu bekommen, indem sie alles mögliche ausprobieren. Und du vergißt einmal, das Diaphragma einzusetzen, und schon ist es passiert.«

Sie lächelte geheimnisvoll. »Es war nicht ganz zufällig.«

»Ich habe mich das schon öfter gefragt.«

Sie zuckte die Achseln. »Hätten wir vorher darüber sprechen sollen?«

»Wahrscheinlich«, sagte ich nur. »Aber ich bin auch so ganz und gar einverstanden.«

Nach einer Pause erkundigte sie sich: »Wie steht es mit deinen Verbrennungen?«

»Viel besser«, beteuerte ich. »Natürliche Endorphine sind offensichtlich gute Schmerzmittel.«

Sie zögerte einen Moment, als ob sie allen Mut zusammennehmen müßte, um etwas Wichtiges zu sagen. Ohne es zu wollen, hörte ich einen Satz: *Was für ein eiskalter Bursche er damals war*, bevor sie sprach.

»Du hast dich verändert, nicht wahr?«

»Was willst du damit sagen?«

»Das weißt du genau. Du bist das geworden, was du nie wieder sein wolltest.«

»Es ist die einzige Möglichkeit, um zu überleben, Mol. Ich hatte wirklich keine andere Wahl.«

Ihre Antwort klang zögernd und leise. »Das mag sein. Aber du bist wirklich anders. Ich *spüre* es genau. Und ich brauche keinerlei telepathische Kräfte, um es zu wissen. Es ist einfach, als wären all die Jahre in Boston wie weggefegt. Und du bist wieder mittendrin in der ganzen Sache. Ich mag das nicht, es macht mir angst.«

»Es macht auch mir angst.«

»Du hast mitten in der Nacht gesprochen.«

»Im Schlaf?«

»Nein, am Telefon. Mit wem hast du gesprochen?«

»Mit einem Reporter, den ich kenne. Miles Preston. Ich kenne ihn noch aus meinen frühen CIA-Tagen in Deutschland.«

»Du fragtest ihn etwas wegen des deutschen Börseneinbruchs.«

»Und ich dachte, du schläfst tief und fest.«

»Denkst du, es besteht ein Zusammenhang zwischen der Wirtschaftskrise und Vaters Ermordung?«

»Ich weiß es nicht, möglicherweise.«

»Ich habe etwas gefunden.«

»Ich erinnere mich, daß du so etwas angedeutet hast, kurz bevor ich in Greve einschlief.«

»Ich glaube, ich verstehe jetzt, warum Dad mir diese Ermächtigung hinterließ.«

»Wovon sprichst du?«

»Erinnerst du dich an das Dokument, das er mir mit dem Testament hinterlassen hat? Diese seltsame Urkunde, die mich befugt, über alle seine Konten im In- und Ausland zu verfügen?«

»Ja, ich erinnere mich. Und weiter?«

»Nun, eine solche Erklärung wäre für seine *inländischen* Konten vollkommen überflüssig gewesen, da sie ganz automatisch auf mich als Alleinerbin übergehen. Für *ausländische* Konten jedoch, für die ganz andere Bankgesetze gelten, leistet mir ein solches Schreiben allerdings gute Dienste.«

»Besonders bei einem Schweizer Bankkonto.«

»Richtig.« Sie erhob sich vom Bett, ging zum Schrank hinüber, öffnete einen Koffer und holte einen Umschlag hervor. »Dies ist die Urkunde«, erklärte sie. Dann kramte sie das Buch hervor, das mir ihr Vater aus irgendeinem Grunde zugedacht hatte, die Erstausgabe von Allen Dulles' Memoiren ›Die Macht des Wissens‹.

»Warum in Gottes Namen hast du eigentlich dieses Buch mitgenommen?« wollte ich wissen.

Ohne mir eine Antwort zu geben, ging sie zurück zum Bett und legte die beiden Gegenstände auf das zerwühlte Bettlaken.

Dann öffnete sie das Buch. Der graue Einband war noch wie neu, da das Buch wahrscheinlich so gut wie nie geöffnet worden war. Wahrscheinlich sogar nur ein einziges Mal, nämlich als der legendäre Mr. Dulles seinen Waterman-Füllhalter genommen und mit schwarz-blauer Tinte in seiner ordentlichsten Handschrift die Widmung ›Für Hal, in tief empfundener Zuneigung, Allen‹ auf die Titelseite geschrieben hatte.

»Dieses Buch war das einzige, was Dad dir vererbt hat«, sagte Molly nachdenklich. »Und ich habe mich lange gefragt, warum es gerade dieses Buch war.«

»Das habe ich mich auch gefragt.«

»Er hat dich sehr gemocht. Und auch wenn er immer sparsam gewesen ist, so war er doch nie kleinlich. Deshalb wunderte ich mich darüber, daß er dir einzig und allein dieses eine Buch vermacht hat. Ich kannte Dad ganz gut; er war eine Spielernatur. Als sie mich meine Sachen zusammenpacken ließen, habe ich deshalb auch all die Papiere, die Dad mir hinterlassen hatte, sowie dieses Buch mitgenommen, um alles sorgfältig nach irgendwelchen Zeichen zu untersuchen. Als ich noch ein Kind war, markierte er die Bücher immer für mich, damit ich die wichtigen Stellen nicht überlas. Und ich habe tatsächlich etwas gefunden.«

»Und das wäre?«

Ich warf einen Blick auf die Seite, die sie aufgeschlagen hatte. Auf Seite 73, auf der es um Codes, Geheimschriften und deren Entschlüsselung ging, war der Begriff ›Pink Code‹ im laufenden Text unterstrichen. Daneben stand mit Bleistift leicht hingeschrieben: L2576HJ.

»Das ist Vaters Handschrift, denn dies hier ist ganz eindeutig seine Sieben«, erklärte sie. »Und auch die Zwei und das J sind von ihm.«

Ich verstand augenblicklich: ›Pink Code‹ stand hier für den Onyx Code. Dulles hatte offensichtlich den richtigen Namen nicht verraten wollen. Der Onyx Code war ein legendäres Codebuch im Ersten Weltkrieg gewesen, das die CIA vom Diplomatischen Dienst übernommen hatte, und das, wenig benutzt, immer noch kursierte, obwohl der Code längst geknackt war. ›L2576HJ‹ war ein codierter Satz.

Hal Sinclair hatte seiner Tochter die rechtliche Voraussetzung für den Zugang zum Konto hinterlassen. Und mir hatte er die Kontonummer vermacht – sofern es mir gelang, sie zu dechiffrieren.

»Noch etwas«, unterbrach sie meine Gedanken, »auf der Seite davor.«

Oben auf der Seite 72 zeigte sie mir eine Zahlenreihe: ›79648‹, die Dulles für den Laienleser als Beispiel für die Funktionsweise eines solchen Codes genannt hatte. Die Zahlen waren leicht mit Bleistift unterstrichen, und Sinclair hatte ›R2‹ hinzugefügt.

›R2‹ bezog sich auf ein erheblich neueres Codebuch, das ich noch nie benutzt hatte. Ich nahm an, daß 79648 eine weitere Verschlüsselung war, die nach Anwendung des R2-Codes eine Reihe von Zahlen (oder auch Buchstaben) ergeben würde.

Ich benötigte hierfür Informationen von einem CIA-Insider, durfte aber auf keinen Fall meinen Aufenthaltsort verraten. Ich nahm deshalb telefonischen Kontakt zu einem Freund auf, mit dem ich in Paris zusammengearbeitet hatte, der aber bereits vor einigen Jahren in den Ruhestand getreten war und jetzt Politikwissenschaften in Erie, Pennsylvania, unterrichtete. Er war mir etwas schuldig, weil ich ihm damals zweimal aus der Patsche geholfen hatte.

Er bot mir auch sogleich an, sich mit einem Freund, der immer noch für die CIA arbeitete, in Verbindung zu setzen und ihn darum zu bitten, die Entschlüsselungsarchive, die nur eine Etage tiefer als sein Büro lagen, aufzusuchen. Nur wenig später erhielt ich in der öffentlichen Telefonzelle vor dem Hotel die gewünschten Informationen. Da ein fünfundzwanzig Jahre altes Codebuch alles andere als eine Sache der nationalen Sicherheit ist, hatte der Freund meines ehemaligen Kollegen ihm ohne zu zögern eine Reihe von Codes ausgehändigt, die mir nun mitgeteilt wurden.

Schließlich hielt ich die Zahlenfolge der Kontonummer in der Hand.

Der zweite Code war allerdings erheblich schwieriger zu knacken, da das entsprechende Code-Buch noch immer benutzt wurde und sich deshalb nicht im Entschlüsselungsarchiv, ›Crypt‹ genannt, befand.

»Ich werde mein Bestes tun«, versprach mir mein Freund aus Erie.

»Ich melde mich wieder bei dir«, schloß ich das Gespräch und ging zurück ins Hotel.

Molly und ich saßen uns schweigend gegenüber. Ich ging Dulles' Memoiren durch. Dem Kapitel ›Codes und Geheimschriften‹ hatte er das ebenso berühmte wie gestrenge Wort Henry Stimsons vorangestellt, der 1929 Staatssekretär gewesen war: »Gentlemen lesen nicht die Post anderer Leute.«

Das stimmte selbstverständlich keineswegs mit der Realität überein, was Dulles in seinem Buch deutlich zu machen versuchte. Jeder liest im Spionagegeschäft die Post der anderen und auch alles übrige, was er in die Finger bekommt. Vielleicht sollte man Spione allerdings auch nicht mit dem Begriff ›Gentlemen‹ in Verbindung bringen.

Ich fragte mich, was dieser Henry Stimson wohl auf die Frage geantwortet hätte, ob Gentlemen die *Gedanken* anderer lesen dürften.

Eine Stunde später meldete ich mich erneut in Erie. Mein Freund nahm gleich beim ersten Klingeln den Hörer ab, und seine Stimme klang merkwürdig verändert.

»Ich konnte es nicht bekommen«, sagte er knapp.

»Wie meinst du das?« Hatte er irgend etwas über mich erfahren?

»Es ist deaktiviert worden.«

»Wie bitte?«

»Es wurde deaktiviert. Sämtliche Ausgaben sind aus dem Verkehr gezogen worden.«

»Und seit wann?«

»Seit gestern. Ben, was hat das alles zu bedeuten?«

»Sorry«, beschwichtigte ich ihn, während sich mir die Brust zusammenzog – die ›Weisen‹. »Ich habe es eilig. Vielen Dank für deine Hilfe.« Ich hängte ein.

Am nächsten Morgen gingen wir die Bahnhofstraße entlang, die nur einige Blocks vom Paradeplatz entfernt liegt, bis wir zu der von uns gesuchten Hausnummer gelangten. Die meisten Banken waren in den oberen Stockwerken der Gebäude untergebracht, in deren Parterre sich oft elegante Läden befanden.

Trotz ihres bedeutend klingenden Namens war die ›Bank von Zürich‹ nur ein kleines Familienunternehmen, das sich allerdings durch außerordentliche Diskretion auszeichnete. Der Eingang lag versteckt in einer kleinen Seitengasse der Bahnhofstraße neben einer Konditorei. Auf einem unauffälligen Messingschild stand lediglich ›B.Z. et Cie‹. Wem diese Information nicht genügte, den ging auch alles weitere nichts an.

Als wir in das Haus traten, spürte ich, wie sich hinter uns etwas bewegte. Schnell drehte ich mich um und sah, daß es nur ein vorübergehender Passant war, wahrscheinlich ein Züricher. Groß und ziemlich schlank, gekleidet in einen taubengrauen Anzug, war er zweifellos ein Bankier oder Ladenbesitzer auf dem Weg zur Arbeit. Ich entspannte mich und trat, meinen Arm um Molly gelegt, in den Hausflur.

Doch irgend etwas beunruhigte mich immer noch, so daß ich mich noch einmal umblickte. Der Mann war nicht mehr zu sehen.

Es war das Gesicht gewesen: bleich, extrem bleich, mit großen gelblichen Ringen unter den Augen, dünnen Lippen und schütterem, glatt zurückgekämmtem blondem Haar.

Er kam mir zweifellos bekannt vor, ich war mir ganz sicher.

Und dann schoß mir die Erinnerung an den verregneten Abend in Boston durch den Kopf. Die Schießerei in der Marlborough Street, der Passant auf der anderen Straßenseite . . .

Er war es. Es hatte etwas gedauert, aber jetzt war ich mir

ganz sicher. Es war derselbe Mann, den ich damals in Boston gesehen hatte. Und nun war er hier in Zürich.

»Ist etwas?« erkundigte sich Molly.

Ich wandte mich wieder ihr zu, und wir traten in die Bank ein. »Nichts«, sagte ich nur. »Komm, wir haben noch einiges vor uns.«

6

»Was ist los, Ben?« hakte Molly nervös nach. »War da jemand?«

Aber bevor sie noch weiterreden konnte, ertönte eine männliche Stimme über die Sprechanlage und fragte uns nach unserem Anliegen.

Ich nannte meinen tatsächlichen Namen.

Der Mann im Empfang antwortete mit einem Klang von Hochachtung in der Stimme: »Treten Sie doch bitte ein, Mr. Ellison. Herr Direktor Eisler erwartet Sie schon.«

Das mußte man John Knapp lassen: Er war hier offensichtlich gut angesehen.

»Ich möchte Sie bitten, sämtliche Metallgegenstände, die Sie bei sich tragen, Schlüssel, Taschenmesser, Münzen und so weiter, in dieses Aufbewahrungsfach zu legen«, ließ sich die unsichtbare Stimme vernehmen. Eine kleine Schublade schob sich aus der Wand, und wir folgten der Aufforderung. Eine wirklich durchdachte und sinnvolle Vorsichtsmaßnahme, dachte ich.

Ein leichtes Surren war zu hören, und dann öffnete sich elektrisch eine Tür vor uns, wobei mein Blick auf zwei kleine japanische Überwachungskameras fiel, die in Deckennähe angebracht waren. Molly und ich traten in einen kleinen Empfangsraum, wo wir darauf warteten, daß sich die nächste Tür automatisch öffnen würde.

»Du hast doch nichts mehr bei dir, oder?« flüsterte Molly.

Ich schüttelte den Kopf. Die zweite Sicherheitstür öffnete sich, und wir wurden von einer jungen, etwas einfältig dreinblickenden blonden Dame empfangen. Sie war rundlich und trug eine großflächige Brille mit Stahlgestell, die bei jeder anderen Person wahrscheinlich modisch ausgesehen hätte. Nachdem sie sich uns als Eislers Assistentin vorgestellt hatte, führte sie uns einen mit grauem Teppichboden ausgelegten Korridor entlang. Ich verschwand kurz in der Toilette und schloß mich dann den beiden Frauen wieder an.

Dr. Alfred Eislers relativ kleines und mit Walnußholz getäfeltes Büro war schlicht eingerichtet. Die einzige Dekoration bestand aus einigen in Pastelltönen gehaltenen Aquarellen mit hellen Holzrahmen. Keine Spur von den Gestaltungselementen, die ich erwartet hatte – keine Orientteppiche, keine antike Standuhr, keine Möbelstücke aus Mahagoni. Statt dessen war der ordentlich aufgeräumte Schreibtisch des Direktors aus Glas und Chrom gefertigt. Vor dem Tisch waren zwei weiße, bequem aussehende Lederstühle in modernem schwedischem Design sowie eine weiße Ledercouch zu einer gemütlichen Sitzgruppe arrangiert.

Eisler hatte etwa meine Größe, war jedoch etwas kräftiger von Statur und trug einen schwarzen Schurwollanzug. Er war in den Vierzigern und hatte ein rundes, ein wenig volles Gesicht mit tiefliegenden Augen und großen abstehenden Ohren. Um seinen Mund, auf der Stirn und auf der Nasenwurzel zwischen den Augenbrauen hatten sich tiefe Falten eingegraben. Er war vollkommen kahlköpfig. Insgesamt war Eisler eine interessante, wenn auch etwas düstere Erscheinung.

»Mrs. Sinclair«, er nahm zur Begrüßung Mollys Hand. Er wußte offensichtlich genau, wem er seine Hauptaufmerksamkeit zu schenken hatte: keineswegs dem Ehemann, sondern der Gattin, der rechtlichen Erbin der Guthaben, die ihr Vater auf Nummernkonten deponiert hatte. Er verbeugte sich leicht. »Mr. Ellison.« Eislers Stimme war ein tiefer, brummender Baß, und sein Akzent war eine Mischung aus Schweizerdeutsch und bestem ›Oxbridge-Englisch‹.

Wir nahmen in den weißen Ledersesseln Platz, wogegen er sich uns gegenüber auf die Couch setzte. Während wir uns ein wenig in Smalltalk übten, ließ er seine Sekretärin jedem von uns eine Tasse Kaffee auf einem eigenen Tablett servieren. Mir fiel auf, daß beim Sprechen die Falte zwischen seinen Augenbrauen noch tiefer wurde und er mit seinen wohlmanikürten Fingern beinahe feminin wirkende Bewegungen ausführte.

Schließlich setzte Eisler ein angespanntes Lächeln auf

und signalisierte uns so den Beginn der eigentlichen Verhandlungen, indem sein Gesichtsausdruck zu fragen schien: Was also wollen Sie?

Ich holte das Ermächtigungsschreiben, das Mollys Vater unterzeichnet hatte, hervor und reichte es ihm.

Er warf einen Blick darauf und fragte, wobei er uns ansah: »Ich nehme an, Sie wünschen Zugang zu dem Nummernkonto?«

»Genauso ist es«, bestätigte Molly im Tonfall einer Geschäftsfrau.

»Es gibt da erst noch einige Formalitäten zu erledigen«, erklärte er entschuldigend. »Wir müssen Ihre Identität und Ihre Unterschrift überprüfen. Ich nehme an, Sie verfügen über Referenzen amerikanischer Banken?«

Molly nickte hochnäsig und präsentierte eine Reihe von Unterlagen, die ihn mit den notwendigen Informationen versorgten. Er nahm sie entgegen, drückte einen Knopf, mit dem er seine Sekretärin hereinrief, und übergab ihr die Papiere.

Es waren noch nicht einmal fünf Minuten vergangen, in denen wir über das Kunsthaus und andere Sehenswürdigkeiten Zürichs plauderten, als sein Telefon klingelte. Er nahm den Hörer ab, sagte »Ja bitte?«, lauschte einige Minuten lang und legte den Hörer wieder auf. Ein erneutes angespanntes Lächeln.

»Das Wunder der Fax-Technologie«, bemerkte er. »Diese Prozedur hat früher immer sehr viel länger gedauert. Wenn Sie bitte . . .«

Er reichte Molly einen Kugelschreiber und eine Schreibunterlage, auf der ein einzelnes Blatt Papier mit dem Briefkopf der Bank befestigt war. Eisler bat Molly, die Kontonummer auf die einzelne graue Linie in der Mitte des Blattes zu schreiben.

Als sie damit fertig war, die von ihrem Vater so sorgfältig verschlüsselte Zahlenfolge zu notieren, bat er erneut seine Sekretärin herein und reichte ihr das Blatt. Im Plauderton erklärte er, daß die Handschrift gescannt und mit der von unserer amerikanischen Hausbank gefaxten Unterschrift verglichen würde.

Wieder klingelte das Telefon, wieder nahm er ab, sagte »Danke« und hängte auf. Einen kurzen Augenblick später kehrte die Sekretärin mit einem grauen Aktendeckel mit der Aufschrift 322069 zurück.

Wir hatten offensichtlich die erste Hürde genommen, denn die Kontonummer schien korrekt zu sein.

»Nun denn«, ließ sich Eisler vernehmen, »was genau kann ich für Sie tun?«

Ich hatte mit Absicht so nahe wie möglich bei ihm Platz genommen. Mit all meiner Konzentration lehnte ich mich vor und lauschte. Und ich konnte es hören, auf deutsch natürlich – einen Schwall von Sätzen.

»Meine Herrschaften?« fragte er erneut, als er mich so dasitzen sah, den Kopf zur Seite geneigt und die Stirn gerunzelt.

Es war nicht genug, um etwas damit anfangen zu können. Ich hatte Deutsch gelernt, war sogar durch ein intensives Sprachtraining gegangen, aber er dachte einfach zu schnell, als daß ich ihm hätte folgen können.

Es klappte einfach nicht.

»Wir möchten gerne wissen, wieviel sich auf dem Konto befindet«, brachte ich vor.

Ich beugte mich, so weit es ging, zu ihm hin und bemühte mich unter Aufbietung all meines Konzentrationsvermögens, etwas in dem deutschen Sprachfluß auszumachen; *irgend etwas*, das einen Sinn für mich ergab, das mich weiterbrachte.

»Ich habe nicht die Befugnis, solche Einzelheiten mit Ihnen zu besprechen«, warf Eisler in phlegmatischem Ton ein. »Und darüber hinaus weiß ich es auch gar nicht.«

Im gleichen Moment gelang es mir, ein Wort auszumachen – *Stahlkammer*.

Das Wort war deutlich zu verstehen, es sprang mich geradezu an: *Stahlkammer*.

Das Gewölbe.

»Zu diesem Nummernkonto gehört doch eine Gewölbekammer, nicht wahr?« wandte ich mich an den Direktor.

»So ist es, Sir«, bestätigte er. »Es handelt sich sogar um ein ziemlich geräumiges Gewölbe.«

»Ich möchte es bitte sehen«, äußerte ich.

»Wie Sie wünschen«, versicherte er, »selbstverständlich.« Er erhob sich von der Couch. Seine Glatze glänzte im Licht der in die Decke eingelassenen Punktstrahler. »Ich nehme an, Sie kennen die Geheimkombination.«

Molly gab mir mit einem Blick zu verstehen, daß sie nicht im Bilde war.

»Ich dachte, es sei die gleiche Zahlenkombination wie die Kontonummer«, sagte ich.

Eisler lachte auf und nahm wieder auf der Couch Platz. »Das kann ich Ihnen nicht sagen. Wir raten unseren Kunden aus Sicherheitsgründen jedoch davon ab. Die Kombination hat aber auf jeden Fall nicht die gleiche Anzahl von Ziffern wie die Kontonummer.«

»Ich bin sicher, daß wir die Kombination irgendwo in den zahlreichen Papieren und Notizen, die mein Schwiegervater uns hinterließ, haben. Es würde uns allerdings sehr helfen, wenn Sie uns zumindest die Anzahl der Ziffern verraten würden.«

Er blickte in die Unterlagen. »Ich befürchte, das kann ich Ihnen nicht sagen.«

Und doch hörte ich es, mehrmals sogar, eine Zahl, die er trotzig zurückhielt, aber dennoch irgendwo in seiner Großhirnrinde vorformulierte.

Vier.

Bedeutete das vier Ziffern?

»Handelt es sich vielleicht um eine vierstellige Zahl?« fragte ich laut.

Wieder ließ er ein Lachen hören und gab mit seiner Körpersprache gleichzeitig zu verstehen, daß er dies Spiel nicht mitzuspielen gedachte.

»Zum einen gibt es das Nummernkonto, das wir verwalten und für das wir zuständig sind«, erläuterte er uns langsam und geduldig, wie man etwas einem Kind erklärt. »Sie haben laut Gesetz die Befugnis, die Einlagen auf diesem Konto abzuheben oder zu transferieren. Andererseits gibt es das Gewölbe oder, besser gesagt, eine Gewölbekammer, für deren Sicherheit wir verantwortlich sind. Wir haben allerdings bis auf ganz seltene Sonderfälle keinen Zugang zu dieser Kammer. Und der leider von uns gegangene Mr. Sinclair hat die Bedingung gestellt, daß die Öffnung der Kammer nur mit Hilfe einer Geheimkombination möglich sein dürfe.«

»Dann können Sie uns die Kombination doch sicherlich sagen«, stellte Molly mit einem scharfen Unterton in der Stimme fest.

»Es tut mir leid, aber das ist leider unmöglich.«

»Als rechtmäßige Erbin bestehe ich darauf.«

»Ich würde Ihnen die Nummer gerne sagen, wenn ich könnte«, beteuerte Eisler. »Aber unter den hier vorliegenden Voraussetzungen ist es mir leider nicht möglich.«

»Aber . . .«

»Es tut mir wirklich leid«, sagte der Banker mit Bestimmtheit, »ich muß dabei bleiben.«

»Ich bin rechtmäßige Alleinerbin des Gesamtvermögens meines Vaters«, begann Molly von neuem.

»Wie ich schon sagte, es tut mir sehr leid, und ich hoffe nicht, daß Sie den weiten Weg – von Boston, nicht wahr? – hierher gekommen sind, nur um dies zu erfahren. Ein einfaches Telefongespräch hätte Ihnen viel Geld und Mühe ersparen können.«

Ich saß schweigend da und spielte am Reißverschluß meiner ledernen Aktenmappe herum.

Und da war es wieder: *Vier.* Und dann kam eine Reihe von anderen Zahlen – *Acht . . . Sieben . . .* Ich beobachtete, wie er erneut auf die Akte blickte, und nun vernahm ich es in aller Deutlichkeit: *. . . vier acht sieben neun neun.*

»Sehen Sie, Mr. Sinclair«, hub Eisler an zu erklären, »es handelt sich hier um einen doppelten Zugangsschlüssel, damit . . .«

»Ich verstehe«, unterbrach ich ihn und tat so, als ginge ich unsere Papiere noch einmal durch. Bei einem Blatt stockte ich. »Hier habe ich etwas. Ich glaube, wir haben die Nummer.«

Eisler stutzte, nickte mit dem Kopf und musterte mich prüfend. »Ausgezeichnet«, bestätigte er, als ich die Zahl genannt hatte. »Nun, nachdem Sie die korrekte Kombination genannt haben, geht das Konto gemäß der Absprache mit den Inhabern des Kontos vom ruhenden in den aktiven Zustand über.«

»Inhabern?« unterbrach ich ihn verwundert. »Gibt es denn mehrere?«

»Jawohl, Sir. Das Konto wurde von zwei Herrschaften eröffnet, und Ihre Frau ist als Erbin nun rechtlich an die Stelle des einen Inhabers getreten.«

»Wer ist der andere?« erkundigte sich Molly.

»Das kann ich Ihnen leider nicht verraten«, erwiderte Eisler gleichzeitig entschuldigend und hochmütig. »Um ehrlich zu sein, ist mir die Identität des zweiten Inhabers gänzlich unbekannt. In dem Fall, daß er uns seine Geheimkombination nennt, geben wir diese zusammen mit der Unterschrift der betreffenden Person in unseren Computer ein, der die Zahlen vergleicht und uns daraufhin eine abgespeicherte Unterschriftenprobe zum Vergleich ausdruckt. Das ist unser persönliches Sicherheitssystem, um zu gewährleisten, daß kein Mitarbeiter unseres Hauses in den Verdacht einer Veruntreuung geraten kann.«

»Und was bedeutet das für uns?« wollte Molly wissen.

»Das bedeutet«, erklärte Eisler mit ruhiger Stimme, »daß Sie per Gesetz das Recht haben, Einblick in die Gewölbekammer zu nehmen und sich der korrekten Aufbewahrung des Inhaltes zu vergewissern. Ohne das Einverständnis des zweiten Eigentümers ist es Ihnen jedoch nicht erlaubt, den Inhalt zu transferieren, abzuheben oder anderweitig zu entfernen.«

Dr. Eisler geleitete uns in einem engen Fahrstuhl einige Etagen tiefer, wobei er uns erklärte, daß wir uns auf dem Weg in die Katakomben unter der Bahnhofstraße befanden.

Wir gelangten in einen kurzen, mit Teppichboden ausgelegten Korridor, der wie ein Käfig mit Stahlgitterstäben versehen war. Am Ende des Ganges stand ein kräftiger, untersetzter Wachmann, der eine olivgrüne Uniform trug. Er nickte dem Direktor nur kurz zu und öffnete dann die schwere Stahltür für uns.

Wir schwiegen, während wir durch die Tür traten und einem weiteren, von stählernen Gitterstäben begrenzten Gang folgten, bis wir einen kleinen Raum erreichten, der mit der Ziffer *Sieben* markiert war. Drei Wände des Raumes wurden wiederum von Stahlgitterstäben gebildet, die vierte bestand aus einer Türkonstruktion, die komplett aus einer Art gebürstetem Chrom oder Stahl gefertigt war. In der Mitte der Tür befand sich ein großes Metallrad mit sechs Speichen, das offensichtlich den Mechanismus zum Öffnen in Gang setzte.

Eisler entfernte einen Schlüssel von dem Schlüsselring, der an seinem Gürtel befestigt war, und öffnete den käfigähnlichen Raum.

»Bitte nehmen Sie doch Platz.« Er wies auf einen kleinen grauen Metalltisch und zwei Stühle, die sich in der Mitte des Raumes befanden. In den Tisch waren ein Telefon ohne Tasten, eine Zifferntastatur und ein kleiner schwarzer Bildschirm eingelassen.

»Die Vereinbarungen bezüglich des Kontos legen fest«, erläuterte uns Eisler, »daß kein Bankpersonal während der Eingabe der Kombination anwesend sein darf. Geben Sie die Zahlen bitte langsam ein, und überprüfen Sie sie auf der Digitalanzeige, um sicherzugehen, daß die Kombination korrekt ist. Sie haben einmal die Möglichkeit, die Zahlenreihe zu korrigieren, danach blockiert der elektronische Mechanismus, und Sie können es erst nach ungefähr vierundzwanzig Stunden erneut versuchen.«

»Ich verstehe«, bestätigte ich. »Was passiert, wenn wir den Code eingegeben haben?«

»Im gleichen Moment«, Eisler zeigte auf das sechsspeichige Rad, »wird sich die innere Tür des Gewölbes elektronisch öffnen, und Sie können das Rad drehen. Es geht viel leichter, als man vermutet. Machen Sie sich also keinerlei Gedanken. Dann können Sie die Gewölbekammer betreten.«

»Und wenn wir fertig sind?« fragte Molly.

»Wenn Sie mit der Besichtigung des Guthabens fertig sind oder eine Frage haben, heben Sie einfach den Hörer des Telefons ab.«

»Wir sind Ihnen für Ihre Hilfe sehr verbunden«, bedankte sich Molly höflich bei Dr. Eisler, bevor er den Raum verließ.

Wir warteten, bis wir die zweite Stahltür zufallen hörten.

»Ben«, flüsterte Molly, »was um Himmels willen machen wir, wenn...«

»Ganz ruhig.« Langsam und vorsichtig gab ich mit meinen durch den Verband ziemlich unbeholfenen Fingern die Zahl 48799 ein, wobei ich auf dem kleinen schwarzen Bildschirm die in Rot erscheinenden Ziffern genauestens beobachtete. Als ich die letzte Neun eingegeben hatte, ertönte ein elektronisches Signal, das sich so anhörte, als ob ein Siegel gebrochen worden wäre.

»Bingo«, kommentierte ich trocken.

»Mir stockt der Atem«, wisperte Molly mit zittriger Stimme.

Wir gingen zum Metallrad hinüber und drehten es gemeinsam. Es ließ sich mühelos im Uhrzeigersinn bewegen. Dann öffnete sich die Tür.

Ein schwaches Neonlicht erhellte das beinahe enttäuschend kleine Gewölbe nur unvollkommen. Die Gewölbekammer hatte unregelmäßige, aus Ziegelsteinen gemauerte Wände, war ungefähr 1,5 mal 1,5 Meter groß, und sie schien vollkommen leer.

Erst auf den zweiten Blick wurde ich gewahr, daß unsere Augen einer optischen Täuschung erlegen waren.

Was wir zunächst für unregelmäßig gemauerte Ziegelsteinwände gehalten hatten, erkannten wir jetzt, da sich unsere Augen an die Dunkelheit gewöhnt hatten, als etwas ganz anderes.

Es handelte sich gar nicht um Ziegelsteine. Was da direkt in greifbarer Nähe vor unseren Augen lag, waren Goldbarren – von gelblicher Farbe und mit einem leicht rötlichen Schimmer.

Sie füllten die Gewölbekammer beinahe komplett an, vom Boden bis zur Decke!

7

»Mein Gott«, flüsterte Molly erregt.

Ich hatte den Mund vor Überraschung weit aufgerissen. Vorsichtig und beinahe andächtig näherten wir uns den Mauern aus massivem Gold. Sie glänzten und glitzerten keineswegs, wie man es vermutet hätte. Die Hauptfarbe war eine Art schmutziges Senfgelb, aber bei näherem Hinsehen erkannte man, daß einige der Barren leuchtend gelb waren (neu und fast zu hundert Prozent reines Gold), während wieder andere ein rötliches Gelb aufwiesen, was auf Kupfereinschlüsse hindeutete; diese Barren waren wahrscheinlich aus geschmolzenen Goldmünzen und Schmuck gegossen worden. Jeder einzelne Barren war an der Seite mit einer Seriennummer versehen.

Wären nicht der gelbliche Farbton und der leichte Glanz gewesen, hätte man die Barren wirklich für ganz gewöhnliche, ordentlich aufgestapelte Ziegelsteine halten können, wie man sie auf jeder Baustelle findet.

Eine ganze Reihe der Barren war zerkratzt und zerbeult; sie waren wahrscheinlich schon seit hundert Jahren oder länger in russischem Besitz gewesen. Ich wußte, daß einige davon durch Stalins siegreiche Truppen Hitlers Armeen gestohlen worden waren. Die meisten stammten jedoch aus der Sowjetunion selbst. Etliche Barren wiesen an den Rändern Kerben auf, die offensichtlich von Entnahmen für Metallproben stammten. Die neueren Goldbarren hatten eine trapezförmige Gestalt, die meisten jedoch waren rechteckig.

»Um Himmels willen, Ben.« Molly wandte sich mir zu. Ihre Wangen waren gerötet und die Augen weit aufgerissen. »Hättest du das für möglich gehalten?« Unwillkürlich flüsterte sie. Sie versuchte ohne Erfolg, einen der Barren hochzustemmen, er war einfach zu schwer. Erst mit beiden Händen schaffte sie es, den Barren ein wenig anzuheben. Nach ein paar Sekunden legte sie ihn mit einem dumpfen Geräusch wieder ab.

»Das ist das Gold, nach dem alle suchen, nicht wahr?« rief sie aus.

Ich nickte schweigend. Ich war verständlicherweise nervös, erregt und nicht frei von Angst, so daß ich das Adrenalin regelrecht durch meine Blutgefäße schießen spürte.

Es gibt einen berühmten Satz Lenins: ›Wenn die Weltrevolution gesiegt haben wird, dann werden wir das Gold benutzen, um daraus Toiletten auf den Straßen in einigen der größten Städte der Welt zu bauen.‹

Lenin irrte in vielerlei Hinsicht.

Dagegen war der zweihundert Jahre vor Christi Geburt geprägte Ausspruch des römischen Dichters Plautus eher zutreffend: ›Ich hasse das Gold, denn es hat viele Männer in vielen Situationen zu schlimmen Taten hingerissen.‹

Wie recht er hatte.

Der Anblick Mollys, die, mit dem Rücken gegen die Wand aus Goldbarren gelehnt, auf den Betonboden niedergesunken war, riß mich aus meinen abschweifenden Gedanken. Es sah so aus, als wäre Mollys ganze Energie aus ihrem Körper gewichen.

»Wer mag der zweite Eigentümer des Kontos sein?« fragte sie mit schwacher Stimme.

»Ich habe keine Ahnung«, gestand ich.

»Hast du wenigstens eine Vermutung?«

»Nicht einmal das. Noch nicht.«

Sie schlang die Arme um ihre Knie und zog sie dicht an die Brust. »Wieviel ist es wohl?« Sie hatte die Augen geschlossen.

Ich maß den Raum mit meinen Augen ab. Die Stapel Goldbarren waren knapp zwei Meter hoch. Jeder einzelne Barren war neunzehn Zentimeter lang, acht Zentimeter breit und zweieinhalb Zentimeter hoch.

Es dauerte zwar einige Zeit, aber ich zählte 526 Stapel von jeweils gut 1,80 Meter Höhe. Das bedeutete: Es waren 37 879 Goldbarren.

Hatte ich richtig gerechnet?

Ich erinnerte mich daran, daß ich einmal einen Artikel über die Bundesbank in New York gelesen hatte. In deren Gewölbe, das halb so lang wie ein Footballfeld war, wurde

Gold im Wert von ungefähr 126 Milliarden Dollar aufbewahrt, legte man einen Marktwert von 400 Dollar pro Unze Gold an. Ich kannte natürlich nicht den Goldpreis, der zur Zeit von Orlows und Sinclairs Transaktionen aktuell gewesen war, aber die 400 Dollar würden als Richtwert für meine Kalkulation ausreichen.

Nein, das war doch zu ungenau.

Nun gut. Das größte Goldaufbewahrungsgewölbe der Bundesbank enthielt eine Wand aus Barren, die drei Meter lang, drei Meter hoch und mehr als fünfzig Meter tief war. Das hieß, sie bestand aus 107 000 Barren, was einem Wert von siebzehn Milliarden Dollar entsprach.

Mein Kopf schwirrte schon vor lauter Rechnerei. Hier handelte es sich etwa um ein Drittel dieses Volumens.

Ich kehrte zu meinen errechneten 37 879 Goldbarren zurück. Der derzeitige Goldkurs lag nun nicht mehr bei 400 Dollar pro Unze, sondern bei ungefähr 330 Dollar. Wenn man diese 330 Dollar pro Unze anlegte, war ein Goldbarren von 400 Unzen Troygewicht also 132 000 Dollar wert.

Das ergab also einen Gesamtwert von ungefähr ...

Fünf Milliarden Dollar.

»Fünf«, sagte ich nur.

»Fünf *Milliarden*?«

»Jawohl.«

»Das liegt jenseits meiner Vorstellungskraft«, bemerkte Molly. »Da sitze ich hier, angelehnt an eine solch unglaubliche Menge Gold, und kann es mit all meiner Vorstellungskraft einfach nicht fassen – fünf Milliarden Dollar. Und alles gehört mir!«

»Das stimmt nicht ganz.«

»Dann eben die Hälfte.«

»Auch das nicht. Das Gold gehört Rußland.«

Sie warf mir einen strengen Blick zu. »Es macht keinen Spaß mit dir, du Spielverderber. Aber du hast recht.«

»Er sprach von zehn«, unterbrach ich sie.

»Wie bitte?«

»Dies hier sind ungefähr fünf Milliarden Dollar. Orlow sprach von zehn Milliarden.«

»Dann hat er sich eben geirrt. Oder er hat dich angelogen.«

»Oder die andere Hälfte ist verschwunden.«

»*Verschwunden?* Was willst du damit sagen, Ben?«

»Ich dachte, wir hätten das Gold endgültig gefunden. Und nun fehlt die Hälfte.«

»Was ist das?« rief sie überrascht aus.

»Was?«

In einem Spalt zwischen zwei Goldbarrenstapeln steckte direkt über dem Boden ein kleiner quadratischer, cremefarbener Briefumschlag.

»Was in aller Welt . . .?« Sie zog den Umschlag aus der Lücke heraus. Mit vor Neugierde weit aufgerissenen Augen drehte sie den Umschlag um, sah, daß nichts daraufstand, und öffnete ihn vorsichtig.

In ihm befand sich eine blau geränderte, offensichtlich von Tiffany's stammende Karte, auf der ganz oben in Druckbuchstaben der Name ›Harrison Sinclair‹ stand.

In der Mitte der Karte war etwas in seiner Handschrift vermerkt.

»Es ist . . .«, begann Molly, doch ich unterbrach sie hastig.

»Sprich nicht laut. Zeig es mir.«

Es waren nur zwei Zeilen.

Die erste lautete: »Box 322. Banque de Raspail.«

Und die zweite: »Boulevard Raspail, 128, Paris 7e.«

Das war alles. Der Name und die Anschrift einer Pariser Bank. Die Nummer eines Schließfaches, wahrscheinlich die eines Safes bei einer Bank. Aber was hatte diese Information zu bedeuten? Die ganze Geschichte wurde im Hinblick auf die vielen unterschiedlichen Schließfächer im wahrsten Sinne des Wortes zu einer immer verschachtelteren Angelegenheit.

»Was?« ließ sich Molly vernehmen.

»Komm«, sagte ich ungeduldig, indem ich die Karte einsteckte. »Wir wollen uns noch einmal mit Eisler unterhalten.«

8

›Ein Toter kann nicht mehr beißen‹, heißt es bei Plutarch. Und es war, so glaube ich, John Dryden, der vor Jahrhunderten gesagt hatte: ›Tote erzählen keine Geschichten.‹

Beide haben unrecht. Hal Sinclair jedenfalls erzählte noch lange nach seinem Ableben Geschichten, und zwar Geschichten, die äußerst geheimnisvoll waren.

Der brillante alte Geheimdienstchef Harrison Sinclair hatte in den sechs Dekaden seines Lebens Hunderte von Menschen, seine Freunde, Kollegen, Vorgesetzten, Angestellten und Feinde auf der ganzen Welt und vor allem in Langley, immer wieder in Erstaunen versetzt. Und es schien, als ob sogar nach seinem Tod die Überraschungen, die dieser Mann laufend aus dem Ärmel geschüttelt hatte, kein Ende nehmen würden. Wer hätte das von einem Verstorbenen erwartet?

Nachdem Molly und ich uns auf die Schnelle im Flüsterton abgesprochen hatten, erwartete uns auf dem Korridor vor dem Gewölbe Eislers Assistentin, der wir mitgeteilt hatten, daß wir umgehend noch einmal den Direktor sprechen wollten.

»Gibt es irgendein Problem?« erkundigte sie sich mit besorgter Miene.

»Ja«, sagte Molly nur, ohne auf weitere Einzelheiten einzugehen.

»Wir werden Ihnen selbstverständlich mit allen uns zur Verfügung stehenden Mitteln behilflich sein«, versicherte sie, während sie uns im Fahrstuhl bis zu Eislers Büro begleitete. Sie gab sich geschäftsmäßig nüchtern, aber ihre typisch schweizerische Reserviertheit war doch ein wenig geschmolzen. Sie sprach mit uns beinahe so vertraut, als ob wir in der letzten Stunde Freunde geworden wären.

Molly wechselte einige höfliche Worte mit ihr, während ich schwieg. In meiner rechten vorderen Tasche fühlte ich die Glock.

Es war kein Kinderspiel gewesen, mit der Waffe die Metalldetektoren der Bank zu passieren. Ich hatte dies zugegebenermaßen meiner Ausbildung durch die CIA zu verdanken. Damals beschrieb mir einmal ein Kollege, wie er eine Glock durch die Sicherheitskontrolle auf dem Charles-de-Gaulle-Flughafen in Paris geschmuggelt hatte. Die Glock ist größtenteils, wenn auch natürlich nicht komplett, aus Plastikteilen gefertigt. Mein Kollege hatte die Waffe in ihre Einzelteile zerlegt (was ich für einen ziemlich genialen Einfall hielt) und die kleineren Metallteile in einem klebrigen Rasieretui, die größeren im Rahmen seines Kleidersackes versteckt. Beides fiel beim Durchleuchten des Gepäcks nicht auf.

Unglücklicherweise konnte ich diese Methode hier nicht anwenden, da ich kein Gepäck bei mir hatte, mit dem ich einen Metalldetektor hätte austricksen können. Ich war darauf angewiesen, alle Teile der Waffe direkt am Körper zu tragen, was mit Sicherheit einen Alarm ausgelöst hätte.

Ich erfand deshalb eine eigene Methode, indem ich die Schwachstelle aller Metalldetektoren ausnutzte. Diese Geräte sind an den äußeren Rändern ihres Wirkungsfeldes nicht halb so genau wie im Zentrum. Darüber hinaus kam mir natürlich der geringe Metallanteil der Glock zugute. Ich befestigte also die Pistole mit einem langen Nylonfaden an meinem Gürtel, den ich durch ein kleines Loch in meiner rechten vorderen Hosentasche führte. Die Pistole baumelte auf diese Weise in meinem rechten Hosenbein in der Nähe meines Schuhs, und ich hielt sie unter Kontrolle, indem ich meine Hand beim Passieren des Metalldetektors in der Tasche ließ und die Schnur festhielt. Dadurch gelang es mir, die Pistole am unteren Rand des Magnetfeldes, wo die Wirkung nur sehr schwach ist, durch den Detektor zu schleusen. Ich war natürlich die ganze Zeit über innerlich starr vor Angst, daß etwas schiefgehen könnte und mein Trick nicht funktionieren würde, aber ich kam ohne Probleme durch die Sperre. Mein kurzer anschließender Besuch in der Herrentoilette gab mir die Möglichkeit, die handliche Pistole hinaufzuziehen und bequem erreichbar in der Hosentasche zu verstauen.

Dr. Eisler, der noch verstörter wirkte als seine Assistentin, bot uns zunächst einmal einen Kaffee an. Wir lehnten höflich ab. Er runzelte besorgt die Stirn, als er uns gegenüber auf der Couch Platz nahm.

»Nun denn«, begann er mit verwirrt klingender, aber dennoch gewohnt kultivierter Sprechweise. »Worin besteht das Problem, das Sie vorhin andeuteten?«

»Der Inhalt der Gewölbekammer ist nicht komplett«, erklärte ich.

Er starrte mich eine ganze Weile schweigend an und zuckte dann hochmütig die Schultern. »Wie verfügen über keinerlei Informationen bezüglich des Inhalts der Kammern. Unsere Aufgabe ist es allein, für die Sicherheit der Einlagen zu sorgen.«

»Aber die Bank ist haftbar.«

Er ließ ein etwas höhnisches Lachen hören. »Ich muß Sie enttäuschen: Das ist nicht der Fall. Und außerdem ist Ihre Frau nur die Miteigentümerin des Vermögens.«

»Eine ganze Menge Gold«, fuhr ich fort, »scheint zu fehlen. Erheblich zu viel, als daß es einfach nur verlegt worden sein könnte. Ich möchte gerne wissen, wo sich dieses Gold befindet.«

Eisler atmete durch die Nasenlöcher aus und nickte uns freundlich zu. Scheinbar erleichtert, meinte er: »Mr. Ellison, Mrs. Ellison, Sie werden sicherlich verstehen, daß ich weder in der Lage noch befugt bin, Ihnen über jede Transaktion Rechenschaft abzulegen, die ...«

»Da es sich hier um mein Konto handelt«, fiel ihm Molly ins Wort, »habe ich wohl auch das Recht, zu erfahren, *wohin* das Gold gekommen ist!«

Eisler hielt inne und nickte erneut verständnisvoll. »Madam, Sir. Im Falle eines Nummernkontos unterliegt es unserer Verantwortlichkeit, demjenigen Zugang zu dem Guthaben zu ermöglichen, der die mit den Einrichtern des Kontos vereinbarten Bedingungen erfüllt. Darüber hinaus müssen wir im Interesse aller Beteiligten jedoch völlige Verschwiegenheit wahren.«

»Wir sprechen über *mein* Konto«, entgegnete Molly kalt. »Und ich möchte wissen, *wo* sich das Gold befindet!«

»Mrs. Ellison, absolute Verschwiegenheit in solchen Angelegenheiten ist Tradition unseres nationalen Bankensystems, und die Bank von Zürich fühlt sich verpflichtet, diesen Grundsatz ohne Einschränkung auch für ihr Haus gelten zu lassen. Es tut mir schrecklich leid. Wenn es sonst etwas gibt, das wir für Sie tun können?«

Mit einer schnellen Bewegung zog ich die Glock hervor und richtete sie auf seine hohe, breite Stirn.

»Die Pistole ist geladen«, ließ ich ihn wissen. »Und ich bin bereit, sie zu gebrauchen. *Tun Sie das nicht*...« Ich entsicherte die Waffe, als ich beobachtete, wie er seinen Fuß ganz langsam nach rechts schob. Nun sah auch ich den Alarmknopf unter seinem Schreibtisch, nur einige Zentimeter entfernt. »Machen Sie keinen Fehler, indem Sie den Alarmknopf betätigen.«

Ich näherte mich ihm, so daß der Lauf der Pistole beinahe seine Stirn berührte.

Ich brauchte mich kaum zu konzentrieren, so deutlich vernehmbar flossen seine Gedanken. Ich konnte eine Menge verstehen. Ein ganzer Schwall an Gedanken in Deutsch, mit gelegentlichen Gedankenfetzen in Englisch, vorformuliert in der Absicht, uns Proteste und Flüche entgegenzuschleudern.

»Wie Sie bemerken, sind wir verzweifelt«, gab ich ihm zu verstehen. Mein entschlossener Blick zeigte ihm jedoch, daß ich mich trotz aller Verzweiflung in der Gewalt hatte und durchaus bereit war, falls nötig abzudrücken.

»Mich zu erschießen wäre eine große Dummheit und würde Ihnen überhaupt nichts nützen«, sagte Eisler mit erstaunlicher Ruhe. »Auf jeden Fall werden Sie dann keine Möglichkeit mehr haben, diesen Raum zu verlassen. Meine Assistentin wird den Schuß hören, und darüber hinaus befinden sich auch Sensoren in diesem Raum, die auf Bewegungen reagieren.«

Eisler log, so viel konnte ich ausmachen. Und er war natürlich mit Recht zu Tode erschrocken. Er war vermutlich noch nie zuvor mit einer solchen Situation konfrontiert gewesen. »Nehmen wir an, ich würde Ihnen die Information, die Sie wünschen, wirklich geben, was ich nicht vorhabe zu tun, so würden Sie aus der Bank doch nicht mehr hinauskommen«, fuhr Eisler fort.

Damit hatte er – und für diese Erkenntnis benötigte ich meine telepathischen Fähigkeiten nicht – vermutlich recht.

»Dennoch bin ich bereit, diesem Wahnsinn mit Vernunft zu begegnen«, fuhr er fort. »Wenn Sie die Waffe fallen lassen und sofort verschwinden, werde ich den Vorfall nicht melden. Ich verstehe, daß Sie verzweifelt sind. Aber Sie werden überhaupt nichts erreichen, wenn Sie mich bedrohen.«

»Wir drohen Ihnen nicht. Alles, was wir wollen, ist eine Information über die Transaktionen bezüglich des Kontos, das nach amerikanischem und schweizerischem Recht meiner Frau gehört.«

Einige Schweißperlen hatten sich auf seiner Glatze gebildet und rannen nun in den tief eingeschnittenen Falten auf seiner Stirn hinab. Ich spürte, wie sein Widerstand schwächer wurde.

Dann vernahm ich wieder einige Gedanken, manche voller Ärger, andere eher flehentlich. Er wußte nicht, was er tun sollte.

»Hat irgend jemand Gold aus dem Gewölbe entfernt?« fragte ich ruhig.

Nein, hörte ich, *nein*.

Er schloß die Augen, so als wollte er sich auf den Schuß vorbereiten, der sein Ende bedeuten würde. Der Schweiß floß nun in Strömen.

»Ich kann es Ihnen nicht sagen«, antwortete er.

Niemand hatte Gold weggeschafft. Aber ... Plötzlich kam mir ein Gedanke. »Es gab jedoch mehr Gold, nicht wahr? Gold, das gar nicht erst in das Gewölbe geschafft wurde.«

Ich hielt die Pistole fest in der Hand und drückte sie mit dem Ende des Laufes gegen seine schweißnasse Schläfe. Als ich sie fest gegen seine Haut preßte, fühlte ich diese nachgeben und beobachtete, wie sie um den Lauf herum kleine Falten warf.

»Bitte!« wisperte er leise, kaum hörbar.

Seine Gedanken kamen nun hastig und überschlugen sich, so daß ich sie nur schlecht verstehen konnte.

»Beantworten Sie unsere Frage«, forderte ich ihn auf, »und wir werden Sie sofort verlassen.«

Er schluckte und schloß die Augen, um sie sogleich wieder zu öffnen. »Eine Schiffsladung«, flüsterte er. »Goldbarren im Wert von zehn Milliarden Dollar. Wir haben die gesamte Menge hier bei der Bank von Zürich in Empfang genommen.«

»Und wo ist es dann hingekommen?«

»Ein Teil wurde in das Gewölbe geschafft; die Menge, die Sie gesehen haben.«

»Und der Rest?«

Wieder mußte er schlucken. »Es wurde zu Geld gemacht. Wir waren dabei behilflich, den Kontakt zu Goldhändlern herzustellen, mit denen wir vertraulich zusammenarbeiten. Das Gold wurde eingeschmolzen und neu gegossen.«

»Wie hoch war der Wert?«

»Vielleicht fünf ... oder sechs ...«

»Milliarden.«

»Ja.«

»Wurde es in eine flüssige Währung umgewandelt? In Bargeld?«

»Der entsprechende Betrag wurde telegraphisch überwiesen.«

»Und wohin?«

Er schloß erneut die Augen. Seine Muskeln waren angespannt, und er machte den Eindruck, als betete er. »Das kann ich nicht sagen.«

»Wohin?«

»Ich *darf* es nicht sagen!«

»Wurde das Geld nach Paris transferiert?«

»Nein, bitte, ich kann nicht ...«

»Wohin wurde das Geld transferiert?«

Deutschland ... Deutschland ... München ...

»Wurde das Geld nach München überwiesen?«

»Sie werden mich töten müssen«, flüsterte er, die Augen immer noch geschlossen. »Ich bin bereit zu sterben.«

Sein Entschluß überraschte mich. Was ließ ihn so hartnäckig schweigen? Was war der Grund für seine närrische Selbstaufgabe? Wollte er wissen, ob ich nur bluffte? Er mußte doch eigentlich längst gemerkt haben, wie ernst es mir war. Und selbst wenn es nur ein Bluff sein sollte: Welcher halbwegs vernünftige Mann würde das Risiko eingehen, es darauf ankommen zu lassen, daß die Waffe nicht geladen war? Wollte er sich wirklich lieber töten lassen, als das schweizerische Bankgeheimnis zu verletzen?

Ein leichtes plätscherndes Geräusch war zu vernehmen, und ich sah, daß er sich vor Angst buchstäblich in die Hose gemacht hatte. Ein dunkler unregelmäßiger Fleck breitete sich am Schritt seiner Hose aus. Er hatte fürchterliche Angst. Seine Augen waren immer noch geschlossen, und er war wie gelähmt vor Panik.

Dennoch konnte ich jetzt nicht nachlassen.

Ich preßte den Pistolenlauf noch fester gegen seine Schläfe und sagte nachdrücklich: »Alles, was wir brauchen, ist ein Name. Sagen Sie uns, wohin das Geld transferiert wurde. An wen! Geben Sie uns einen Namen!«

Eislers ganzer Körper war nun ein einziger Ausdruck der Furcht. Seine Augen waren nicht nur geschlossen, die Lider waren fest zusammengepreßt und die Muskeln so angespannt, daß sie kleine Knoten bildeten. Der Schweiß rann über sein Gesicht, über sein Kinn und dann den Hals hinunter. Auch die Aufschläge seines grauen Anzugs und seine Krawatte waren von Schweißflecken bedeckt.

»Alles, was wir wollen«, wiederholte ich, »ist ein Name.«

Molly beobachtete mich, und in ihren Augen standen Tränen. Sie konnte das, was sie sah, kaum ertragen. Halte durch, Mol, wollte ich ihr sagen, halte durch.

»Sie wissen, welchen Namen ich von Ihnen haben will.«

Und innerhalb einer Minute hatte ich einen Namen.

Er verharrte in Schweigen. Seine Lippen bebten, als würde er zu weinen anfangen, aber er tat es nicht. Er schwieg.

Er dachte. Und er schwieg.

Ich wollte gerade die Waffe sinken lassen, als mir eine weitere Frage einfiel. »Wann wurde zum letzten Mal Geld von hier aus an diesen Unbekannten transferiert?«

Heute morgen, dachte Eisler.

Er preßte seine Lider noch fester zusammen. Schweißperlen rollten über seine Nase und fielen auf seine Lippen.

Heute morgen.
Dann sagte ich, wobei ich die Waffe sinken ließ: »Nun, ich sehe, daß Sie ein Mann von stählerner Willenskraft sind.«

Ganz langsam öffnete er die Augen und sah mich an. Natürlich stand noch immer große Angst in ihnen geschrieben, aber da war auch noch etwas anderes, ein triumphierendes Glitzern – und ein Anflug von Trotz.

Schließlich redete er. Seine Stimme klang gebrochen. »Verlassen Sie umgehend mein Büro...«

»Sie haben nichts verraten«, bemerkte ich. »Ich bewundere Sie dafür.«

»Verschwinden Sie endlich...«

»Ich habe nicht vor, Sie zu töten«, fuhr ich fort. »Sie sind ein ehrenhafter Mann und tun nur Ihren Job. Ich möchte Ihnen vorschlagen, daß wir uns darauf einigen, dieses Ereignis als ungeschehen anzusehen. Sofern Sie einverstanden sind, uns nicht anzuzeigen, und es uns ermöglichen, unbehelligt die Bank zu verlassen, können wir dies alles vergessen. Wir werden gehen.«

Mir war natürlich klar, daß er im gleichen Moment, in dem wir die Bank verlassen haben würden, die Polizei verständigen würde; ich hätte in seiner Position das gleiche getan. Dennoch würden wir auf diese Weise einige kostbare Minuten gewinnen.

»Einverstanden«, erwiderte er. Seine Stimme klang immer noch unsicher. Er räusperte sich. »Verlassen Sie jetzt umgehend unsere Bank. Und ich rate Ihnen, wenn Sie auch nur einen Funken Verstand haben, was ich allerdings ernsthaft bezweifle, auch Zürich schnellstmöglich zu verlassen.«

9

Wir traten eilig aus der Bank und beschleunigten unsere Schritte nach Erreichen der Bahnhofstraße. Eisler hatte offensichtlich sein Versprechen eingelöst und uns unbehelligt aus der Bank verschwinden lassen (zu seiner Sicherheit und der seiner Mitarbeiter). Aber ich rechnete damit, daß er inzwischen wahrscheinlich sowohl die Banksicherheitsbeamten als auch die Polizei verständigt hatte. Er kannte allerdings nicht unsere falschen Namen, auf die unsere Pässe lauteten, was ein gewisser Trost war. Dennoch würde es höchstens eine Sache von Stunden sein – falls es überhaupt so lange dauern würde –, bis man uns identifiziert hatte.

»Hast du ihn bekommen?« fragte mich Molly, während wir weiterliefen.

»Ja, aber wir können jetzt nicht darüber sprechen.« Ich war nun geradezu übervorsichtig und beobachtete wachsam die Passanten um uns herum. Ich hielt vor allem nach dem einen Gesicht Ausschau, das ich wiedererkannt hatte: das bleiche Gesicht des weißblonden Mannes, den ich zum ersten Mal bei der Schießerei in Boston gesehen hatte.

Er war nirgendwo zu sehen.

Dennoch hatte ich das Gefühl, daß wir verfolgt wurden.

Es gibt Dutzende von Möglichkeiten, wie man jemandem möglichst unauffällig folgen kann, und diejenigen, die diese Kunst wirklich beherrschen, werden selten erkannt. Das Problem des Blonden war allerdings, daß ich ihn wiedererkannt hatte. Er würde mir, außer vielleicht in großer Entfernung, kaum mehr unerkannt folgen können. Zur Zeit jedenfalls konnte ich ihn nicht in unserer Nähe entdecken.

Doch ich sollte später erfahren, daß sich andere Verfolger an unsere Fersen geheftet hatten, die ich *nicht* kannte. In der Menschenmenge, die sich auf der Bahnhofstraße bewegte, war es schwierig, einen Verfolger auszumachen.

»Ben«, begann Molly von neuem, aber ich warf ihr einen finsteren Blick zu, der sie sofort wieder schweigen ließ.

»Nicht jetzt«, keuchte ich atemlos.

Als wir die Bärengasse erreichten, bog ich nach rechts ab, und Molly folgte mir. Die großen Schaufensterflächen boten mir die ideale Gelegenheit, um darin nach Verfolgern Ausschau zu halten, aber es gab niemanden, der mir verdächtig vorkam. Es mußten professionell ausgebildete Beschatter sein. Wahrscheinlich waren von dem Augenblick an, als ich den Blonden erkannt hatte, andere für diese Aufgabe eingesetzt worden. Ich würde sie irgendwie abhängen müssen.

Molly seufzte tief. »Das alles ist Wahnsinn, Ben. Und es ist verdammt gefährlich!« Bei den nächsten Worten wurde ihre Stimme wieder weicher. »Wirklich, ich habe es verabscheut, wie du dem Mann die Pistole an die Schläfe gedrückt hast. Es war schrecklich, ihn so leiden zu sehen. Ich hasse diese Dinger.«

Wir gingen die Bärengasse hinunter, wobei ich die vorübergehenden Passanten auf beiden Seiten genau im Blick behielt, aber noch konnte ich niemanden ausmachen.

»Sprichst du von Schußwaffen?« hakte ich nach. »Sie haben mir mehr als einmal das Leben gerettet.«

Wieder entfuhr ihr ein langer Seufzer. »Das hat Dad auch immer gesagt. Deshalb hat er mir beigebracht, wie man schießt.«

»Mit was für einem Waffentyp?«

»Mit Pistolen, einer 38er und einer 45er. Ich war recht gut darin, ein ziemliches As sogar. Einmal gelang es mir, auf einem dieser Schießstände, auf denen die Polizisten trainieren, aus einer Entfernung von dreißig Metern mitten ins Schwarze zu treffen. Ich habe seit damals allerdings nicht mehr geschossen und Dad außerdem gebeten, nie mehr eine Waffe im Haus zu haben.«

»Aber wenn du jemals in die Situation kämst, mich oder dich verteidigen zu müssen.«

»Dann würde ich es selbstverständlich tun. Aber bringe mich lieber nicht in eine solche Situation.«

»Das werde ich nicht tun, versprochen.«

»Danke. War das mit Eisler denn eigentlich notwendig?«

»Ja, leider war es das. Ich habe jetzt den Namen. Einen

Namen und ein Konto, und beides wird uns verraten, wo das restliche Gold geblieben ist.«

»Was ist mit der Banque de Raspail in Paris?«

Ich schüttelte den Kopf. »Ich habe keine Ahnung, was diese Nachricht bedeutet und für wen sie gedacht war.«

»Aber aus irgendeinem Grund wird mein Vater sie dorthin gesteckt haben.«

»Ich tappe im Moment noch völlig im dunkeln.«

»Aber wenn es ein Schließfach gibt, dann muß dazu doch auch ein Schlüssel existieren, nicht wahr?«

»Das sollte man annehmen.«

»Wo befindet er sich wohl?«

Ich schüttelte wieder ratlos den Kopf. »Wir haben ihn jedenfalls nicht. Aber es muß eine Möglichkeit geben, um an den Inhalt des Faches heranzukommen. Doch zunächst müssen wir uns um München kümmern und darum, Truslow abzufangen, bevor ihm etwas zustößt.«

Hatten wir sie abgehängt? Unwahrscheinlich.

»Was ist mit Toby?« erkundigte sich Molly. »Sollten wir ihn nicht unterrichten?«

»Wir können es jetzt nicht riskieren, zu ihm oder irgend jemandem von der CIA Kontakt aufzunehmen.«

»Aber wir könnten seine Hilfe jetzt gut gebrauchen.«

»Ich vertraue ihm nicht genug.«

»Und wie wäre es, wenn wir versuchten, Alex Truslow zu kontaktieren?«

»Ja, genau das habe ich vor«, erwiderte ich. »Er befindet sich vielleicht bereits auf dem Weg nach Deutschland. Wenn ich ihn nur aufhalten könnte.«

»He, was ist los?« rief Molly verdutzt.

Mitten im Satz drehte ich mich um und schritt auf eine öffentliche Telefonzelle zu, die sich direkt am Straßenrand befand. Es war natürlich viel zu gefährlich, in Truslows Büro bei der CIA anzurufen, aber es gab auch noch andere Wege, sogar, wenn alles kurzfristig und improvisiert funktionieren mußte.

Mitten auf der Straße stehend, beobachtete ich mit Molly an meiner Seite sehr genau, was um mich herum vor sich ging. Niemand war zu sehen – noch nicht.

Mit Hilfe der internationalen Vermittlung rief ich eine private Verbindungszentrale in Brüssel an, deren Nummer ich mir ohne Probleme ins Gedächtnis rufen konnte. Nachdem diese Verbindung zustande gekommen war, gab ich eine Ziffernfolge ein, die den Anruf über eine technisch ziemlich komplizierte Telefonschaltung (eine Art Sackgassenschleife) laufen ließ. Die Spur des nächsten Anrufs, den ich von Zürich aus direkt tätigte, würde bei einer Rückverfolgung vermeintlich nach Brüssel führen.

Truslows Sekretärin nahm meinen Anruf entgegen. Ich gab ihr einen Namen, der Truslow sofort signalisieren würde, daß ich es war, und bat sie, ihm den Anruf zu melden.

»Es tut mir leid, Sir«, entschuldigte sie sich. »Der Direktor befindet sich in diesem Augenblick in einem Militärflugzeug irgendwo über Europa.«

»Er ist aber doch über Satellitenverbindung zu erreichen«, beharrte ich.

»Sir, ich habe nicht die Erlaubnis...«

»Dies ist ein *Notfall*!« schrie ich die Sekretärin mit erhobener Stimme an. Ich mußte Truslow unbedingt erreichen, um ihn zu warnen, bevor er nach Deutschland einreiste.

»Es tut mir leid, Sir«, beharrte sie.

Ich hängte ein. Es war zu spät.

Und dann vernahm ich meinen Namen. Ich wandte mich Molly zu, aber sie hatte nichts gesagt.

Ich hatte jedenfalls den *Eindruck*, als hätte ich meinen Namen gehört.

Ein merkwürdiges Gefühl. Ja, es war eindeutig mein Name. Ich sah mich auf der Straße um.

Da war er wieder, *gedacht*, nicht gesprochen. Es gab keinen Zweifel.

Aber es war kein Mann in der Nähe, der...

Natürlich. Es war kein Mann, sondern eine Frau. Meine Verfolger waren offensichtlich Arbeitgeber, die Frauen gleichberechtigt beschäftigten – ein gesellschaftspolitisch überaus korrekter Zug.

Es war die Frau, die alleine kaum einen Meter entfernt drüben am Zeitungsstand verweilte und so tat, als ob sie in eine Ausgabe des Le Canard Enchaîné, eines französischen Satire-Journals, vertieft wäre.

Sie sah aus wie eine Mittdreißigerin, hatte kurze rötliche Haare und trug ein schlichtes olivfarbenes Business-Kostüm. Sie war kräftig gebaut, und ich konnte mir vorstellen, daß sie in ihrem Job, der sicher mehr als nur Beschatten von ihr verlangte, zweifellos gut war.

Doch falls sie tatsächlich mit unserer Beschattung beauftragt war, *wer* mochte ihr Auftraggeber sein? War es die Gruppe innerhalb der CIA, vor der Truslow gewarnt hatte, die sogenannten ›Weisen‹? Oder waren es Leute, die mit Orlow in Verbindung gestanden hatten, die von der Existenz des Goldes wußten und nun von mir zu dem Gold geführt werden wollten?

Wer immer auch ihre Auftraggeber waren, sie wußten, daß ich bei der Bank von Zürich gewesen und mit leeren Händen wieder herausgekommen war.

Mit leeren Händen zwar, aber auch mit einer brauchbaren Information, nämlich dem Namen eines Deutschen in München, dem ungefähr fünf Milliarden Dollar überwiesen worden waren. Nun war es an mir zu handeln.

»Mo«, sagte ich, so leise ich konnte. »Du mußt hier verschwinden.«

»Wie bitte . . .?«

»*Sag bitte nichts.* Tue einfach so, als ob nichts wäre.« Ich zwang mich zu einem Lächeln. »Wir sind nicht allein, deshalb möchte ich, daß du weggehst.«

»Aber *wohin* soll ich gehen?« wollte sie wissen.

»Geh und hole unsere Taschen von der Gepäckausgabe beim Hauptbahnhof«, flüsterte ich und überlegte einen Moment lang. »Dann geh zum Baur au Lac in der Talstraße. Jeder Taxifahrer weiß, wo das ist. Dort gibt es ein Restaurant mit dem Namen ›Grill-Stube‹. Da werde ich dich treffen.« Ich übergab ihr meine lederne Aktenmappe. »Nimm das bitte mit.«

»Aber was ist, wenn . . .«

»*Verschwinde, mach schnell!*«

Voller Entsetzen flüsterte sie mir zu: »Aber du bist nicht in dem Zustand, um dich so in Gefahr zu bringen, Ben.

Deine Hände, deine noch nicht verheilten Verbrennungen...«

»*Hau ab!*«

Sie funkelte mich an, drehte sich auf dem Absatz um und verschwand eiligen Schrittes in der Menschenmenge. Sie hatte gut geschauspielert. Jeder Beobachter mußte annehmen, daß wir uns gestritten hatten, so natürlich hatte Mollys Reaktion gewirkt.

Die Rothaarige sah hastig von ihrer Zeitung auf und folgte Molly mit ihrem Blick, bevor sie sich wieder in ihre Lektüre vertiefte. Ganz offensichtlich hatte sie sich entschieden, mir auf der Spur zu bleiben.

Gut so.

Mit einem Mal drehte ich mich um und rannte die Straße hinunter. Aus den Augenwinkeln konnte ich erkennen, daß die Rothaarige ihre Zeitung fallen ließ und alle Tarnung aufgab, indem sie mir ganz offen hinterherrannte.

Direkt vor mir erblickte ich eine kleine, schmale Nebengasse, in die ich hastig einbog. Hinter mir hörte ich laute Rufe und schnelle Schritte. Ich preßte mich an eine Mauer und sah, wie die Frau im olivfarbenen Kostüm mir in die Gasse hinterherstürzte und eine Waffe zog. Ich entsicherte die Glock und feuerte in ihre Richtung.

Sie stöhnte laut auf, verzerrte das Gesicht und stolperte ein ganzes Stück vorwärts, bevor sie die Balance wiedererlangte. Ich hatte sie irgendwo am Oberschenkel getroffen oder an der Hüfte. Nun stürzte ich ohne Zögern auf sie zu und drückte erneut ab. Ich zielte nicht direkt auf sie, sondern feuerte knapp an ihrem Kopf und an ihren Schultern vorbei. Als sie ihre Balance wiedererlangt hatte, richtete sie ihre Pistole auf mich, zielte aber einen Augenblick zu lang, und...

Ihre Hand öffnete sich ruckartig, als eine Salve aus meiner Waffe ihr Handgelenk zerschmetterte. Ihre Pistole fiel auf die Straße, und mit einem Sprung war ich über ihr und drückte sie, mit meinem Ellbogen auf ihrer Kehle, zu Boden. Mit meiner linken Hand hielt ich sie an die Erde gedrückt, und einen Augenblick lang hielt sie still.

Sie war an der Hüfte und am Handgelenk verletzt, und das Blut breitete sich in dunklen Flecken an verschiedenen

Stellen ihres olivfarbenen Seidenkostüms aus. Aber sie war sehr kräftig und bäumte sich trotz ihrer Verwundungen mit einer kraftvollen und geschmeidigen Bewegung auf, wobei sie mich beinahe umwarf. Draufhin drückte ich meinen rechten Ellbogen noch härter gegen ihren Kehlkopf.

Aus der Nähe erkannte ich, daß die Frau erheblich jünger war, als ich angenommen hatte, vielleicht erst Anfang Zwanzig.

Mit sicherem Griff faßte ich eilig nach ihrer Pistole, einer kleinen Walther, und steckte sie in die Innentasche meines Anzugs.

Auf diese Weise absolut wehrlos und von starken Schmerzen gepeinigt, gab meine Angreiferin einen seltsamen, kehligen und klagenden Laut von sich, der fast unmenschlich klang. Ich richtete die Pistole auf sie und zielte direkt zwischen ihre Augen.

»Diese Waffe hat sechzehn Schuß«, erklärte ich ihr ruhig. »Fünf davon habe ich bereits abgefeuert. Es bleiben also noch elf übrig.«

Ihre Augen weiteten sich, nicht etwa vor Angst, sondern vor zornigem Trotz.

»Ich werde nicht zögern, Sie zu töten, wenn es nötig ist«, fuhr ich fort. »Sie werden mir das sicherlich glauben, aber das ist auch ohne Bedeutung. Ich töte nur, um mich oder andere zu verteidigen. In diesem Moment würde ich eigentlich gerne darauf verzichten.«

Ihre Augen verengten sich leicht, so als ob sie sich geschlagen geben wollte.

Das Geräusch von Polizeisirenen näherte sich, sie mußten schon ganz in der Nähe sein. Glaubte sie, das Eintreffen der Polizei würde ihr die Möglichkeit verschaffen zu entkommen?

Ich hielt mich weiterhin schußbereit, denn mir war klar, daß ich es bei ihr mit einem Profi zu tun hatte, der bereit war, notfalls auch sein Leben für die Erfüllung des sicherlich bestens bezahlten Auftrags zu opfern.

Sie würde wahrscheinlich nichts unversucht lassen, aber sie würde auch nicht sterben wollen, wenn es nicht unbedingt nötig war. Der Überlebenswille ist ein menschlicher

Instinkt, und auch eine Killerin konnte ihre Instinkte nicht vollkommen verleugnen.

Ich mußte sie so weit wie möglich von der Gassenmitte wegziehen, damit man uns nicht sofort sah. »Also«, befahl ich ihr, »ich möchte, daß Sie langsam aufstehen und sich dorthin bewegen, wohin ich Sie dirigiere. Wenn Sie den Fehler begehen sollten, irgendwelche Dummheiten zu versuchen, werde ich keinen Moment zögern, Sie zu erschießen.«

Ich ließ von ihr ab, indem ich den Druck des Ellbogens auf ihrer Kehle lockerte, und beobachtete – die Glock stets auf sie gerichtet –, wie sie mühsam hochkam.

Dann sprach sie zum ersten Mal mit mir. »Tun Sie es nicht«, bat sie mich mit undefinierbarem europäischem Akzent.

»Drehen Sie sich um«, forderte ich sie auf.

Sie drehte sich langsam um, und ich tastete sie eilig nach weiteren Waffen ab, ohne etwas zu finden.

»Nun gehen Sie«, befahl ich, indem ich ihr meine Pistole an den Hinterkopf drückte und sie auf diese Weise vorwärts schob.

Als wir eine kleine, dunkle und abgelegene Einbuchtung am Ende der Gasse erreicht hatten, stieß ich sie, die Pistole immer noch fest an ihren Kopf gepreßt, dort hinein und forderte sie auf: »Sehen Sie mich an!«

Sie drehte sich ganz langsam um. Auf ihrem Gesicht, das aus der Nähe betrachtet sehr kantig und beinahe männlich wirkte, ohne dabei unattraktiv zu sein, lag ein Ausdruck von sturer Widerspenstigkeit. Sie gab sich offensichtlich mit ihrer Aufmachung viel Mühe, ob aus persönlicher Eitelkeit oder um ihrer Rolle wegen, konnte ich nicht sagen. Sie trug jedenfalls ein aufwendiges Augen-Make-up: einen dunkelblauen Lidstrich und hellblauen Lidschatten, der Glimmerteilchen enthielt. Die vollen, wohlgeformten Lippen hatte sie sorgfältig mit leuchtend rotem Lippenstift nachgezogen.

»Wer sind Sie?« fragte ich sie.

Sie antwortete nicht. Ihr linkes Auge zuckte leicht, aber sonst zeigte ihr Gesicht keinerlei Regung.

»Sie sollten meine Geduld lieber nicht überstrapazieren«, warnte ich sie.

Ihre linke Gesichtshälfte verzog sich ein wenig, aber sie blickte mich weiterhin nur gelangweilt an.

»In wessen Auftrag haben Sie mich verfolgt?« bohrte ich nach.

Keine Antwort.

»Aha, ich habe es mit einem echten Profi zu tun«, spottete ich. »Davon gibt es heutzutage nur noch wenige. Sie müssen verdammt gut bezahlt worden sein.«

Ein erneutes Zucken, aber weiterhin Schweigen.

»Wer ist der Blonde«, fragte ich weiter, »der mit dem bleichen Gesicht?«

Immer noch Schweigen.

Sie sah mich an, als ob sie etwas sagen wollte, und ließ ihren Blick in die Ferne schweifen. Es gelang ihr wirklich erstaunlich gut, ihre Angst zu verbergen.

Ich überlegte, ob ich sie härter anpacken sollte, aber dann fiel mir ein, daß es für mich andere Wege gab, um herauszubekommen, was ich wissen wollte. Wozu besaß ich eigentlich meine besondere Fähigkeit?

Die Pistole auf ihr Gesicht gerichtet, näherte ich mich ihr. Sofort umgab mich der mir inzwischen so vertraut gewordene Geräuschfluß, dieses Gemisch von einzelnen Silben und Lauten. Zu meinem großen Erstaunen schienen ihre *hörbaren* Gedanken keinerlei Angst auszudrücken, auch wenn sie in einer Sprache formuliert wurden, die mir unbekannt war.

Ihre linke Gesichtshälfte hatte aus Anspannung und nicht aus Furcht gezuckt. Diese Frau stand in eine dunkle Ecke gedrückt, eine Halbautomatik direkt auf sie gerichtet, und zeigte dennoch keinerlei Angst.

Es gibt zahlreiche Mittel, die Agenten verabreicht werden, damit sie auch in extremen Situationen vergleichsweise gelassen reagieren. Ein ganzes Medikamentensortiment an Beta-Blockern und ähnlichem wird manchmal zusammengestellt, um sie ruhig, aber dennoch wachsam zu halten. Möglicherweise stand diese Frau unter dem Einfluß solcher Mittel. Vielleicht gehörte sie auch nur zu den Menschen, die von Natur aus mit einer solchen Seelenruhe ausgestattet sind, daß man sie kaum einschüchtern kann, was sie für diese Art von Job besonders geeignet macht. Sie hatte sich mir offensichtlich nicht aus Furcht, sondern aus reinem Kalkül ergeben, und wartete wahrscheinlich nur auf einen Moment der Unaufmerksamkeit, um mich auszutricksen.

Doch niemand ist völlig immun gegen Angst. Angst ist ein Teil unserer menschlichen Natur, und sie dient uns dazu, am Leben zu bleiben.

»Sein Name«, flüsterte ich.

Ich legte meinen Finger leicht, aber sichtbar um den blaumetallenen Abzug, wohlwissend, daß ich die Frau notfalls würde erschießen müssen.

Max.

Ganz deutlich verstand ich in dem typischen kristallinen Klang diese eine Silbe: *Max.* Ein Name, der in jeder Sprache ähnlich klingt.

»Max«, wiederholte ich laut. »Und weiter?«

In ihren Augen erkannte ich lediglich einen Ausdruck der Gleichgültigkeit.

»Ich bin über Ihre Fähigkeit unterrichtet«, informierte sie mich. Ihre Sprache verriet sie eindeutig als Europäerin, aber sie war keine Französin – stammte sie vielleicht aus Skandinavien? War sie Finnin oder Norwegerin? Sie zuckte gelangweilt die Schultern. »Ich weiß nur äußerst wenig. Deswegen bin ich auch für diesen Einsatz ausgewählt worden.«

Ich meinte nun ihren Akzent zu erkennen. Es war Holländisch oder Flämisch.

»Sie wissen vielleicht wenig«, warf ich ein, »aber Sie wissen zumindest *etwas.* Sonst wären Sie nicht hinter mir her. Man hat Ihnen auf jeden Fall Instruktionen, Codenamen und weitere Informationen gegeben. Wie heißt dieser Max mit Nachnamen?«

Wieder hörte ich nur *Max.*

»Bemühen Sie sich nur«, meinte sie hochnäsig.

»Wie lautet sein Nachname?«

Sie verzog die Mundwinkel ein wenig. »Ich habe keine Ahnung. Ich bin sicher, daß Max nicht einmal sein wirklicher Name ist.«

Ich nickte zustimmend. »Da haben Sie wahrscheinlich recht. Aber mit wem arbeitet er zusammen?«

Erneutes Achselzucken.

»Wer ist Ihr Auftraggeber?«

»Sie meinen, welche Firma zeichnet für meinen wöchentlichen Gehaltsscheck?«

Ich beugte mich zu ihr vor, bis ich ihren heißen Atem auf meinem Gesicht spürte. Die Glock hatte ich immer noch auf sie gerichtet, und ich drückte sie nun fest gegen die Mauer.

»Wie heißen Sie?« fragte ich sie noch einmal. »Ich nehme an, daß Sie wenigstens das wissen.«

Keinerlei Regung zeigte sich auf ihrem Gesicht.

Zanna Huygens, dachte sie.

»Woher stammen Sie, Zanna?«

Verschwinde, du Wichser, hörte ich auf englisch. *Verpiß dich.*

Sie sprach Englisch, Deutsch und Flämisch und war wahrscheinlich eines der flämischen Killer-Talente, die von den Geheimdiensten in aller Welt gerne engagiert wurden. Die CIA wählte die Holländer oder die Flamen nicht nur deshalb, weil sie in der Regel besonders gut ausgebildet waren, sondern vor allem deshalb, weil sie ganz selbstverständlich viele Fremdsprachen beherrschten. Auf diese Weise war es ihnen möglich, ziemlich problemlos überall in der Welt zu operieren, ohne allzusehr aufzufallen.

Ich lauschte einem Gedankenfluß, der sich immer wieder aufs neue wiederholte: *den Namen den Namen den Namen . . . den Namen, du Wichser, den Namen, sag mir den Namen . . . den Namen, sag mir den Namen . . .*

»Ich weiß überhaupt nichts.« Sie spuckte mich an, und ich fühlte, wie ihr Speichel in kleinen Tropfen mein Gesicht traf.

»Sie haben den Auftrag, einen Namen aus mir herauszubekommen, nicht wahr?«

Ein Zucken ihrer linken Gesichtshälfte, ein ganz leichtes Verziehen ihrer perfekt geformten roten Lippen. Dann, nach einer kurzen Denkpause, redete sie.

»Ich weiß über Ihre ›Besonderheit‹ Bescheid«, sagte sie. Und dann sprudelte eine wahre Wortflut in einem flämischen Singsang-Akzent aus ihr heraus. »Ich weiß, daß Sie durch die CIA ausgebildet wurden und über diese merkwürdige Fähigkeit verfügen, unter bestimmten Voraussetzungen in die Köpfe anderer Leute hineinzuhorchen. Ich habe keine Ahnung, wie oder warum und woher Sie diese Fähigkeit haben oder ob Sie damit vielleicht schon geboren wurden...«

Sie plapperte unaufhörlich auf mich ein, ohne nachzudenken, was sie sagte, und plötzlich ging mir auf, was sie damit bezweckte.

Dadurch, daß sie pausenlos redete, füllte sie das Sprachzentrum in ihrem Gehirn mit wahrscheinlich vorher auswendig gelernten Phrasen, so daß kein Platz für wirklich informative Gedanken frei war, die ich hätte lesen können.

»... oder weshalb Sie hier sind«, redete sie weiter, »aber ich weiß, daß Sie als skrupellos und blutrünstig gelten, und ich weiß auch, daß Sie nicht lebend in die USA zurückkehren werden, aber ich kann Ihnen vielleicht helfen, und bitte, *bitte töten Sie mich nicht*, bitte töten Sie mich nicht. Ich habe nur meinen Job getan, und ich habe nicht direkt auf Sie gezielt, *bitte*...!«

War ihr Flehen echt? wunderte ich mich. War das wirklich Angst in ihren Augen? Hatte das Beruhigungsmittel in seiner Wirkung nachgelassen, oder zeigten der Streß und die Angst nun doch langsam ihre Wirkung? Während ich tief einatmete und mich bemühte, mir einen Reim auf das Ganze zu machen, krallte sie mir plötzlich ohne Vorwarnung ihre scharfen Fingernägel unterhalb meiner Augen ins Gesicht und fing an, ohrenbetäubend zu kreischen. Gleichzeitig rammte sie ihr Knie zwischen meine Beine. Das alles passierte so schnell und unerwartet, daß ich nur mit Verzögerung reagieren konnte. Dennoch erfolgte meine Reaktion noch rechtzeitig. Ich zielte mit der Pistole auf sie, den verbundenen Finger am Auslöser. Sie versuchte, mir die Waffe aus der Hand zu schlagen, was ihr allerdings nicht gelang, sondern mich instinktiv dazu veranlaßte zurückzuweichen. Auch wenn es nur eine winzige Bewegung war, so reichte sie doch, den Abzug zu betätigen, woraufhin der Kopf der Frau buchstäblich explodierte. Mit einem häßlichen Geräusch wich die Luft aus ihrer Lunge, und sie sank zu Boden.

Mich zur Ruhe zwingend, durchsuchte ich sie, ohne jedoch irgendwelche Ausweispapiere oder eine Brieftasche zu entdecken. Das einzige, was ich fand, war eine kleine Menge Schweizer Franken, wahrscheinlich gerade so viel, wie sie den Tag über benötigte. Dann rannte ich fort.

Während ich Molly im Speisezimmer des Baur au Lac suchte, *wußte* ich plötzlich für einen entsetzlich langen Moment, daß sie tot war. Ich wußte, daß sie sie erwischt hatten. Genau wie damals hatte ich es überlebt, aber sie hatten dafür meine Frau getötet.

Der Speisesaal der ›Grill-Stube‹ strahlte mit seiner American Bar, dem großen gemauerten Kamin und den Geschäftsleuten, die an den Tischen ihr *Emince de Turbot* speisten, eine clubartige Gemütlichkeit aus. Abgerissen und blutverschmiert, wie ich war, wirkte ich hier eindeutig fehl am Platze und zog eine ganze Reihe mißtrauischer Blicke auf mich. Als ich gerade wieder verschwinden wollte, eilte eine junge Serviererin auf mich zu und fragte: »Sind Sie Mr. Osborne?«

Voller Sorge um Molly reagierte ich im ersten Moment nicht auf meinen falschen Namen. »Weshalb fragen Sie?«

Sie nickte schüchtern und reichte mir einen zusammengefalteten Zettel. »Von Mrs. Osborne«, sagte sie und wartete, während ich die Nachricht überflog. Ich gab ihr eine Zehn-Franken-Note, und sie eilte davon.

›*Der blaue Ford Granada vor dem Haus*‹, las ich in Mollys Handschrift auf dem Zettel.

10

Als wir in München ankamen, war es bereits dunkel. Es war ein klarer, kühler Abend, und die Lichter der Stadt funkelten hell. Wir hatten unsere Taschen aus der Gepäckaufbewahrung des Züricher Hauptbahnhofs abgeholt und den Zug um 15.39 Uhr genommen, der um 20.09 Uhr in München eintraf. Der Moment, als der Zug die deutsche Grenze passierte und ich mich innerlich auf die Paßkontrolle einstellen mußte, war ziemlich nervenaufreibend gewesen. Ich wußte sehr gut, daß inzwischen reichlich Zeit gewesen war, um die deutschen Behörden per Fax über unsere gefälschten Papiere zu informieren, besonders wenn dies, wie bei uns, im Interesse der CIA lag.

Doch die Zeiten haben sich geändert. Die Tage, als man noch mitten in der Nacht dadurch aufgeschreckt wurde, daß jemand die Abteiltür aufriß und schroff »Deutsche Paßkontrolle!« bellte, sind endgültig vorbei. Europa ist auf dem Weg zusammenzuwachsen, und Paßkontrollen sind inzwischen die Ausnahme geworden.

Völlig erschöpft, zugleich angespannt und nervös, versuchte ich im Zug zu schlafen, aber ich konnte einfach keine Ruhe finden.

Wir wechselten in der Bahnhofsfiliale der Deutschen Verkehrsbank etwas Geld und reservierten für dieselbe Nacht ein Hotel. Das Metropol, das den Vorteil hat, direkt gegenüber dem Hauptbahnhof zu liegen, war leider ausgebucht. Doch es war mir möglich, ein Zimmer im Bayerischen Hof am Promenadeplatz zu bekommen; ein unverschämt teures Haus, das aber dafür beim Service nichts zu wünschen übrigließ.

Von einer öffentlichen Telefonzelle aus meldete ich mich bei Kent Atkins, dem stellvertretenden Direktor des Münchener CIA-Büros. Atkins, ein alter Saufkumpan aus meiner Pariser Zeit, war, wie ich schon einmal erwähnte, auch ein alter Freund Edmund Moores. Was allerdings noch viel wichtiger war: Kent hatte Ed Moore die Dokumente zukommen lassen, durch die dieser auf die ominösen Ereignisse innerhalb der CIA aufmerksam geworden war.

Es war ungefähr halb zehn, als ich Atkins zu Hause erreichte. Er nahm gleich nach dem ersten Klingeln ab.

»Ja, bitte?«

»Kent?«

»Ja?« Seine Stimme klang scharf und wachsam, auch wenn es sich so anhörte, als ob ich ihn gerade aus dem Schlaf geholt hätte. Eine der wichtigsten Fähigkeiten in unserem Geschäft ist es, im Bruchteil einer Sekunde hellwach zu sein.

»Du schläfst aber schon früh, alter Junge. Es ist gerade mal neun.«

»Wer spricht dort, bitte?«

»Vater John.«

»Wer?«

»*Père Jean.*« Das war ein alter Witz zwischen uns gewesen, und ich hoffte, daß ihn diese Anspielung an alte Zeiten auf die richtige Spur bringen würde.

Eine lange Weile des Schweigens verstrich. »Wer sind ... o mein Gott. Wo steckst du?«

»Können wir uns auf einen Drink treffen?«

»Hat es Zeit?«

»Nein. In einer halben Stunde im Hofbräuhaus?«

Atkins reagierte schlagfertig und mit einer Spur Sarkasmus in der Stimme: »Warum treffen wir uns nicht gleich in der Eingangshalle des amerikanischen Konsulats?«

Ich verstand seine Anspielung und mußte lächeln. Molly blickte mich verunsichert an, aber ich nickte ihr beruhigend zu.

»Wir sehen uns bei Leopold«, sagte er nur und hängte ein. Seine Stimme hörte sich besorgt an.

Er wußte, daß ich seinen Vorschlag verstanden hatte. Mit Leopold meinte er die Leopoldstraße, die im nördlichen Stadtteil Schwabing liegt. Das hieß, daß er mich im Englischen Garten erwarten würde, und zwar beim Monopteros, einem klassizistischen Tempel, der im frühen neunzehnten Jahrhundert auf einer Anhöhe des Parkes erbaut worden war. Es war ein guter Treffpunkt.

Anstatt direkt vom Bahnhof aus die U-Bahn zu nehmen, was uns zu riskant erschien, verließen wir das Bahnhofsgebäude und schlenderten zunächst einmal zum Marienplatz. Der stets bevölkerte zentrale Platz der Stadt wird architektonisch bestimmt durch das monströse gotische Rathaus mit seiner grauen Zuckerbäckerfassade, die etwas äußerst Gruseliges an sich hat, wenn sie nachts angestrahlt wird. Die kitschig-gotische Prägung des Platzes wird nur an seiner südwestlichen Seite durch das ziemlich häßliche moderne Gebäude eines Kaufhauses durchbrochen.

Viel hatte sich in Deutschland offensichtlich nicht verändert, seit ich das letzte Mal hier gewesen war. Genau wie damals standen die Leute geduldig an der roten Ampel und warteten stur auf das Grün-Signal, obwohl meilenweit kein Auto zu sehen war und es unbemerkt geblieben wäre, wenn die Gruppe bei Rot die Straße überquert hätte. Doch Gesetz ist nun mal Gesetz. Selbst ein junger Mann, der ungeduldig von einem Fuß auf den anderen hüpfte wie ein Pferd vor dem Start, durchbrach diese soziale Verhaltensregel nicht.

Doch in manchen Bereichen hatte sich das Land sehr deutlich verändert. Die Menschengruppen auf dem Marienplatz wirkten lauter und bedrohlicher als die damals vor allem höflichen nächtlichen Spaziergänger. Neo-faschistische Skinheads lungerten in Banden herum und beschimpften die übrigen Passanten mit rassistischen Parolen. Die ansonsten wohlkonservierten gotischen Gebäude waren mit Graffiti übersät: ›*Ausländer raus!*‹, ›*Kanacken raus!*‹, ›*Tod allen Juden und dem Ausländerpack!*‹ und ›*Deutschland ist stärker ohne Europa!*‹ Daneben gab es auch Sprüche, die die ehemaligen Bürger der DDR als ›*Ossi-Parasiten!*‹ diskriminierten. In greller Leuchtfarbe standen auf dem Schaufenster eines ansonsten sehr eleganten Restaurants Parolen, die ungute Erinnerungen an eine vergangene Epoche der deutschen Geschichte weckten: ›*Deutschland den Deutschen*‹. Daneben ein einziger anklagender Aufschrei: ›*Für mehr Menschlichkeit, gegen Gewalt!*‹

Dutzende von obdachlosen Pennern schliefen auf Pappkartonunterlagen oder auf Metallrosten. Viele der Schaufensterscheiben waren mit Pappe oder Sperrholz geschützt, andere waren zerbrochen, aber nicht repariert worden. Es fiel auf, wie viele der Geschäfte offensichtlich aufgegeben wurden. »Wegen Geschäftsaufgabe alle Waren 30% billiger!« lautete eines der Schilder, und ein anderes verkündete: WIR GEBEN UNSER GESCHÄFT AUF! ALLE WAREN UM 30% HERUNTERGESETZT!

Es wirkte, als wäre München eine Stadt, die außer Kontrolle zu geraten drohte, und ich fragte mich, ob der Rest des Landes, das unter der schlimmsten ökonomischen Krise seit der Zeit vor Hitlers Machtergreifung litt, sich in einem ebenso beklagenswerten Zustand befand.

Molly und ich nahmen die U-Bahn vom Marienplatz zur Münchner Freiheit und liefen auf den asphaltierten Wegen des Englischen Gartens an dem künstlichen See und dem Chinesischen Turm vorbei. Wir fanden ohne Probleme den Monopteros-Tempel, der mich mit seinen plumpen Säulen und Schneckenhauskapitellen immer an eine schwülstige Version des Jefferson-Denkmals erinnerte. Schweigend schritten wir um den Tempel herum. In den späten sechziger Jahren war dies der Treffpunkt für Landstreicher, Hippies und Protestler gegen das Establishment gewesen, doch nun schienen sich hier die im amerikanischen Stil mit Sweatshirts und schwarzen Lederjacken bekleideten Teenager zu ihren Rendezvous zu verabreden.

»Was glaubst du, warum das Geld gerade nach München überwiesen wurde?« grübelte Molly. »Ist nicht Frankfurt das Finanzzentrum Deutschlands?«

»Das ist richtig. Aber München bildet das Zentrum des Versicherungswesen und ist gleichzeitig die Hauptstadt Bayerns. Es ist damit die wirkliche Finanzmetropole des Landes und wird deshalb auch ›Deutschlands heimliche Hauptstadt‹ genannt.«

Wir waren zu früh dran, oder besser gesagt, Atkins verspätete sich mit seinem alten Ford Fiesta, der durch und durch verrostet war und nur noch von Draht und Klebeband zusammengehalten wurde. Sein Autoradio dröhnte laut: Donna Summer mit ihrem alten Ohrwurm ›She Works Hard for the Money‹. Ich erinnerte mich daran, daß er schon in Paris eine besondere Schwäche für Diskotheken gehabt hatte. Erst als er die Zündung ausschaltete und der Wagen etwa fünfzehn Meter von uns entfernt mit stotterndem Motor zum Halten kam, verstummte die Musik.

»Ein schönes Auto«, rief ich ihm entgegen, als er auf uns zukam. »Sieht äußerst gemütlich aus!«

»Eher schrottreif«, entgegnete er trocken. Auf seinem Gesicht zeichnete sich die große Besorgnis ab, die ich schon aus seiner Stimme herausgehört hatte. Atkins war Mitte Vierzig und hatte eine durchtrainierte Figur. Seine ungebändigte, vorzeitig weiß gewordene Mähne stand in Kontrast zu seinen buschigen schwarzen Augenbrauen. Trotz seines langen, schmalen Gesichtes und seiner dünnen Lippen war er ein gutaussehender Mann. Was ihm allerdings lange Zeit seine Karriere sehr erschwert hatte, war die Tatsache, daß er schwul war (die hohen Tiere in Langley haben sich erst seit kurzem zu der Auffassung durchringen können, daß dieser Umstand keine Beeinträchtigung des beruflichen Könnens bedeutet).

Atkins war seit unserer gemeinsamen Zeit in Paris stark gealtert. Dunkle Ringe unter seinen Augen verrieten ein großes Schlafdefizit. Damals in Paris war er nie einer von der Sorte gewesen, die sich viele Gedanken machen, aber jetzt schien ihn etwas sehr zu beunruhigen, und ich konnte mir denken, worum es ging.

Ich stellte ihm Molly vor, doch er schien zur Zeit keinen besonderen Sinn für Höflichkeiten zu haben. Er legte mir die Hand auf die Schulter und drückte sie mit festem Griff.

»Ben«, sagte er eindringlich und mit besorgtem Blick. »Um Himmels willen, macht, daß ihr hier wegkommt. Verschwindet so schnell wie möglich aus Deutschland. Ich darf auf keinen Fall mit euch gesehen werden. Wo wohnt ihr eigentlich?«

»Im Vier Jahreszeiten«, log ich.

»Das ist viel zu sehr im Blickfeld, ich würde mich an eurer Stelle ganz von der Innenstadt fernhalten.«

»Warum?«

»Du bist eine PNG. Eine ›Persona non grata‹.«

»Hier?«

»Überall.«

»Und was heißt das?«
»Du bist auf der Beobachtungsliste!«
»Und weiter?«

Atkins zögerte, warf einen Blick auf Molly und sah mich dann an, als wollte er mich um Erlaubnis bitten, weitersprechen zu können. Ich nickte zustimmend.

»Du bist ein ›verbrannter Agent‹.«
»Wie bitte?«

Im internationalen Geheimdienstjargon bezeichnete man einen Agenten, der enttarnt worden war und dadurch in großer Gefahr schwebte, als ›verbrannten Agenten‹. Zu seiner eigenen Sicherheit sollte er schnellstmöglich außer Landes geschleust und in Sicherheit gebracht werden. Doch immer häufiger wurde dieser Ausdruck auch ironisch gebraucht und bedeutete in Wirklichkeit die Verhaftung eines Agenten durch die eigenen Auftraggeber, weil er für die eigene Organisation eine Gefahr zu werden drohte.

Atkins informierte mich, daß weltweit der Aufruf an alle CIA-Organisationen ergangen war, mich umgehend festzunehmen, falls ich irgendwo auftauchen sollte.

»Dabei handelt es sich um eine Anweisung von höchster Ebene. Genauer gesagt, stammt dieser Befehl von so einem Wichtigtuer namens Rossi. Aber sag mal, was machst du hier eigentlich?« Atkins hatte nun ein sehr flottes Tempo angeschlagen, wahrscheinlich eine Art unbewußte Panikreaktion. Wir bemühten uns, mit ihm Schritt zu halten, was Molly nur halb laufend gelang. Sie hörte uns nur zu und überließ mir das Reden.

»Ich benötige deine Hilfe, Kent.«
»Ich fragte dich, was du hier machst! Bist du denn ganz und gar lebensmüde?«
»Was haben sie dir über mich erzählt?«
»Sie haben mich vorgewarnt, daß du hier auftauchen könntest. Bist du auf eigene Faust hier?«
»Ich arbeite nur für mich, seit ich die CIA verließ und mein Jurastudium aufnahm.«
»Aber du bist nun wieder mit dabei«, stellte er fest. »Warum nur?«
»Ich bin dazu gezwungen worden.«

»Das sagen alle. Man kann einfach nicht mehr aussteigen, wenn man einmal dabei war, ist es das?« fragte er sarkastisch.

»Quatsch. Ich war für eine ganze Zeit draußen.«

»Man sagt, daß sie dich einem speziellen Experiment unterzogen hätten, einer Art Forschungsprogramm, das dazu dienen sollte, deinen Nutzen für die CIA zu erhöhen. Ich habe keine Ahnung, was das alles genau bedeutet. Die Gerüchte sind sehr vage.«

»Die Gerüchte sollen nur als *Barium* wirken«, erwiderte ich. Er verstand meine Anspielung sofort: ›Barium‹ ist die vom KGB entliehene Bezeichnung für Fehlinformationen, die einem als Verräter verdächtigten Agenten zugespielt werden, damit er sich enttarnt – in Analogie zum medizinischen Gebrauch von Barium als Kontrastmittel in der Gastroenterologie.

»Möglich«, erwiderte er nur. »Aber ihr müßt auf jeden Fall untertauchen, alle beide. Verschwindet, so schnell ihr könnt. Euer Leben ist in größter Gefahr.«

Als wir eine einsam gelegene Baumgruppe neben einem unbefestigten Weg erreichten, blieb ich stehen. »Du weißt, daß Ed Moore tot ist.«

Er zwinkerte nervös. »Ja, das weiß ich. Ich habe noch am Tag vor seinem Tod mit ihm gesprochen.«

»Er sagte mir, daß du Todesangst hättest.«

»Moore übertrieb gerne.«

»Aber du *hast* Angst, Kent, und du mußt mir sagen, was du weißt. Schließlich hast du Moore Dokumente zukommen lassen, aus denen . . .«

»Wovon sprichst du eigentlich?« unterbrach er mich.

Molly, die sein Zögern richtig einschätzte, verkündete: »Ich werde ein Stück spazierengehen. Ich brauche ein bißchen Bewegung.« Sie strich mir mit der Hand über den Rücken, bevor sie sich langsam von uns entfernte.

»Ed hat es mir gesagt, Kent«, fuhr ich fort. »Und ich habe es niemandem weitererzählt, ich schwöre es. Wir haben keine Zeit zu verlieren. Also, *was weißt du*?«

Er biß sich auf die dünne Unterlippe und zog die Stirn in Falten. Sein Mund war nur ein Strich, dessen Enden nach unten gebogen waren. Er warf einen unruhigen Blick auf sein Rolex-Imitat. »Die Dokumente, die ich Ed gegeben habe, waren alles andere als beweiskräftig.«

»Aber inzwischen weißt du mehr, habe ich recht?«

»Ich habe nichts schwarz auf weiß. Alles, was ich weiß, basiert auf mündlichen Informationen«, redete er sich heraus.

»Das sind oft die wichtigsten Informationen. Ed Moore ist dafür umgebracht worden, Kent. Ich weiß einige sehr nützliche Einzelheiten.«

»Ich *verzichte* auf deine verfluchten Informationen!«

»*Hör mir zu!*«

»Nein«, widersprach er. »hör du *mir* zu! Ich habe mit Ed noch wenige Stunden, bevor ihn diese verdammten Schweine zum Selbstmord zwangen, geredet. Er sprach von einem geplanten Attentat.«

Mein Magen zog sich zusammen. »Auf wen?«

»Ed wußte nichts Genaues, er hatte lediglich Vermutungen.«

»Auf wen?«

»Auf den einzigen Mann, der die CIA von Korruption und Filz säubern kann.«

»Alex Truslow.«

»Du hast es erraten.«

»Ich arbeite für ihn.«

»Es freut mich für ihn und für die CIA, das zu hören«, sagte er höhnisch.

»Keine Komplimente. Ich brauche Informationen. Vor kurzem ist eine große Summe Geldes auf ein Firmenkonto bei der Commerzbank in München überwiesen worden.«

»Und auf wessen Konto?«

Konnte ich ihm vertrauen? Ich mußte mich wohl auf Ed Moores gute Menschenkenntnis verlassen. Also wagte ich mich vor. »Bist du auf meiner Seite?«

Atkins atmete tief ein. »Das bin ich, Ben.«

»Der Empfänger war ein gewisser Gerhard Stössel, und das Firmenkonto gehört zur Krafft AG. Sagt dir das etwas?«

Er schüttelte den Kopf. »Das muß ein Mißverständnis sein, alter Junge.«

»Weshalb glaubst du das?«

»Weißt du, wer dieser Stössel ist?«

»Nein«, gab ich zu.

»Du liebe Güte! Hast du denn nicht die Zeitung gelesen? Gerhard Stössel ist der Chef der ›Neuen Welt‹, eines riesigen Immobilienkonzerns. Man spricht ihm den Besitz und die Kontrolle des größten Anteils an gewerblichem Grund und Boden im ganzen vereinten Deutschland zu. Genauer gesagt, er ist Wilhelm Vogels Wirtschaftsberater, der ihn auch bereits zum Finanzminister in seinem Kabinett ernannt hat. Stössel soll das heruntergekommene deutsche Wirtschaftssystem wieder aufbauen. Er ist als eine Art Finanzgenie bekannt. Wie ich bereits sagte: Du mußt dich geirrt haben.«

»Inwiefern?«

»Vogels Immobilienfirma steht in keinerlei Verbindung mit der Krafft AG. Weißt du eigentlich über die Krafft AG Bescheid?«

»Unter anderem, um darüber mehr zu erfahren, bin ich hierhergekommen«, erwiderte ich. »Ich weiß, daß es sich um Rüstungsgüter in großem Stil handelt.«

»Es ist der größte Rüstungskonzern Europas mit Hauptsitz in Stuttgart. Weitaus mächtiger als die anderen deutschen Waffenhersteller, wie Krupp, Dornier, Krauss-Maffei, Messerschmitt-Bölkow-Blohm, Siemens und nicht zu vergessen die Bayerischen Motorenwerke. Mächtiger auch als das Ingenieurkontor Lübeck, eine U-Boot-Fabrik, oder als die Maschinenfabrik Augsburg-Nürnberg, als AEG, MTU, Messerschmitt, Daimler-Benz, Rheinmetall . . .«

»Weshalb bist du so sicher, daß Stössel keinerlei Verbindungen zur Krafft AG hat?«

»Das Gesetz erlaubt es nicht. Vor einigen Jahren, als die Neue Welt mit der Krafft AG fusionieren wollte, verweigerte das Kartellamt seinen Segen, da beide Konzerne sonst einen unkontrollierbaren monopolistischen Giganten bilden würden. Wußtest du übrigens, daß das Wort ›Kartell‹ aus dem Deutschen kommt, daß es ein deutsches Konzept ist?«

»Aber meine Informationen sind zuverlässig«, beharrte ich.

Die ganze Zeit über hatte ich mich bemüht, Kents Gedanken ausmachen zu können. Ich konnte tatsächlich einige Fetzen aufschnappen, die allerdings nur bestätigten, was ich sowieso schon wußte, nämlich daß er mir gegenüber ehrlich war.

»Falls . . . falls deine Information wirklich stimmen sollte – und ich frage besser nicht, woher du sie hast, denn ich will es lieber gar nicht wissen –, dann wäre sie ein unumstößlicher Beweis dafür, daß Stössel hintenherum auf illegale Weise die Krafft AG geschluckt hat!«

Ich blickte mich nach Molly um, um mich zu vergewissern, daß sie sich in Blickweite befand. Beruhigt sah ich, daß sie sich ganz in unserer Nähe aufhielt.

Ohne es laut zu sagen, machte ich mir klar, was all dies eigentlich bedeutete.

Die Bank von Zürich hatte Milliarden von Dollar in einen deutschen Konzern gepumpt, der den größten Immobilienriesen und das größte Rüstungsimperium Europas unter einem Dach vereinigte und Wilhelm Vogel den Rücken stärkte: dem nächsten deutschen Kanzler und damit praktisch dem mächtigsten Mann in Europa.

Ich schauderte und versuchte erfolglos den Gedanken daran zu verdrängen, welche weltpolitischen Konsequenzen eine solche Konstellation haben konnte. Es war mir mit allzu großer Deutlichkeit bewußt, daß diese Konsequenzen sogar noch weitaus schlimmer sein würden, als ich zunächst angenommen hatte.

11

»Könnte es sich vielleicht um einen Bestechungsfall handeln?« fragte ich Kent.

»Stössel ist als ein äußerst ehrenhafter Mensch bekannt«, lautete die Antwort.

»Das sind oft die Bestechlichsten.«

»Nun gut, ich will nicht behaupten, daß ich für ihn die Hand ins Feuer legen kann. Aber es ist eine Tatsache, daß große Finanzierungsprojekte in Deutschland heutzutage sehr genau beobachtet werden. Auf diese Weise soll sichergestellt werden, daß einzelne Industriegiganten nicht ein ganzes Land politisch kontrollieren können. Es gibt natürlich genug Wege, um heimlich Geld einzuschleusen, aber das würde kein Konzern wagen. Der deutsche Geheimdienst paßt sehr darauf auf. Falls du also tatsächlich über hieb- und stichfeste Beweise verfügen solltest, dann wären diese Beweise politisches Dynamit.«

Was sollte ich darauf antworten? Ich besaß keinerlei Beweismaterial. Alles, was ich hatte, waren Eislers Gedanken, die ich hatte lesen können. Aber wie sollte ich das Atkins verständlich machen?

»Was du mir erzählst, bestätigt nur, wie wertvoll eine solche enorme Geldsumme, die heimlich ins Land geschafft würde, für einen Kanzlerkandidaten wäre«, entgegnete ich Atkins. »Aber eines verstehe ich nicht ganz: Ich dachte, Vogel wäre ein Politiker der Mitte.«

»Laß uns ein Stück gehen«, bat er. In meinem Augenwinkel konnte ich beobachten, daß Molly uns in einiger Entfernung folgte.

»Also«, begann Atkins, der beim Gehen seinen Kopf gesenkt hielt, »die deutsche Wirtschaft steckt in ihrer schwierigsten Krise seit den zwanziger Jahren, verstehst du? Es gibt Unruhen in Hamburg, Frankfurt, Berlin, Bonn, kurz gesagt, in allen größeren Städten bis hin zu den Kleinstädten. Als Folge davon zeigen sich überall die Neonazis, und eine

Welle der Gewalt überrollt das Land. Kannst du mir folgen?«

»Ja, sprich weiter.«

»Nun steht also den Deutschen diese große Wahl bevor. Und was passiert einige Wochen vor dem Wahltermin? Ein heftiger Börsenkrach erschüttert die Republik. In dieser Situation eine wirkliche Katastrophe. Die deutsche Wirtschaft ist über Nacht ruiniert. Sie befindet sich in einer Depression, die in mancher Hinsicht schlimmer ist als die Lage der Vereinigten Staaten in den dreißiger Jahren.

Die Deutschen geraten aufgrund dieser Ereignisse in Panik und ersetzen den aktuellen Amtsinhaber durch einen neuen Mann. Und zwar durch einen volksnahen Kandidaten, einen äußerst vertrauenswürdigen, ehrenhaften Mann, der ein ehemaliger Lehrer und ein Familienvater ist und Deutschland retten und es wieder nach oben bringen soll.«

»Ich verstehe«, warf ich ein. »Auf die gleiche Weise kam Hitler 1933 aufgrund des Desasters der Weimarer Republik an die Macht. Glaubst du, daß Vogel ein heimlicher Nazi ist?«

Zum ersten Mal ließ Atkins ein Lachen – wenn auch ein sehr zynisches – hören.

»Nazis oder Neonazis sind etwas Abstoßendes. Aber sie sind Extremisten und repräsentieren keineswegs die Mehrheit der wahlberechtigten Bevölkerung. Ich glaube, daß man den Deutschen in diesem Fall mit einem allzugroßen Vorurteil begegnet. Wir können Hitlers Existenz selbstverständlich nicht leugnen, aber es sind viele Jahre seitdem vergangen, und die Menschen haben sich verändert. Die Deutschen wollen einfach nur aus dem Tief heraus und ihren Status als Weltmacht wiedererlangen.«

»Und Vogel?«

»Er ist nicht der, für den er sich ausgibt.«

»Und das bedeutet?«

»Das wollte ich herausbekommen, als ich diese Unterlagen Ed Moore zukommen ließ. Ich wußte, daß er ein guter Mann war, dem ich vertrauen konnte und der außerhalb der CIA und damit über den Dingen stand. Darüber hinaus war er Experte für europäische Politik.«

»Und was hast du herausbekommen?«

»Ich wurde kurz nach dem Fall der Berliner Mauer hierher versetzt. Mein Auftrag war es, so viel über die KGB-Agenten und Stasi-Leute herauszufinden, wie ich konnte. Es gab Gerüchte – wirklich nur Gerüchte –, daß Wladimir Orlow riesige Mengen Geldes aus dem Land geschafft habe. Aber diese ganzen unteren Chargen hatten keinerlei Ahnung. Doch als ich Informationen über Orlow abrufen wollte, fand ich heraus, daß sein Aufenthaltsort in allen Datenbanken mit ›unbekannt‹ verzeichnet war.«

»Er wurde von der CIA gedeckt«, fiel ich ein.

»Genau. So etwas geschieht zwar selten, aber es passiert. Dann traf ich auf einen ziemlich einflußreichen KGB-Offizier aus dem Hauptdirektorat, der mir aus offensichtlich finanziellen Interessen von irgendwelchen Unterlagen erzählte, die er gesehen habe und die Beweise für Korruption innerhalb der CIA beinhalten würden. So weit, so gut. Ist die CIA korrupt? Scheißt der Papst in den Wald? Er erzählte etwas über eine Gruppe von offiziellen CIA-Mitarbeitern, aber ich habe den Namen vergessen. Das ist auch nicht so wichtig. Doch eines gab mir zu denken: Dieser KGB-Typ berichtete mir von einem Plan der Amerikaner, genauer gesagt, der CIA, den deutschen Börsenmarkt zu manipulieren.«

Ich nickte nur und spürte, wie mein Herz schneller schlug.

»Im Oktober 1992 einigte sich die Frankfurter Börse darauf, einen gemeinsamen Geldmarkt, die Deutsche Börse, zu gründen. Der Mann erläuterte, daß seitdem durch die engen Verknüpfungen innerhalb Europas, die auch das europäische Währungssystem beträfen, eine Krise an der Deutschen Börse zwangsläufig schlimme Folgen für den ganzen Kontinent haben würde. Besonders in der heutigen Zeit der computergesteuerten Börsengeschäfte kann es schnell zu einem Zusammenbruch kommen. Da die Computer darauf programmiert sind, bei bestimmten Kursständen automatisch zu verkaufen, und da es keine Möglichkeit gibt, dies kurzfristig zu korrigieren, kann es in einem riesigen Ausmaß zu Verkäufen und Kursstürzen kommen, so wie es beim Börsenkrach auch geschah. Hinzu kam dabei noch, daß das Ganze in einer Phase großer Währungsschwankungen geschah. Seit sich die Deutsche Bundesbank gezwungen gesehen hatte, den Leitzinssatz zu erhöhen, mußte auch das restliche Europa wohl oder übel mitziehen. Dies wiederum schwächte den Börsenmarkt noch weiter. Doch diese ganzen Details sind im Moment eigentlich nebensächlich. Was mich wirklich aufhorchen ließ, war, daß der Kerl mir sagte, es gebe einen Plan, die gesamte europäische Wirtschaft zu unterminieren und damit zu zerstören. Da er offensichtlich viel von Finanzpolitik verstand, nahm ich seine Worte sehr ernst. Er sagte weiterhin, daß die Hebel bereits in Position ständen und es nun nur noch darum gehe, schnell und unerwartet eine große Kapitalmenge einzuschleusen.«

»Wo ist dieser KGB-Mann jetzt?«

»Er kriegte die Masern.« Kent lächelte traurig und zuckte die Achseln. Er sprach damit eine Mordart an, bei der es nach einem natürlichen Tod aussehen sollte. »Wahrscheinlich durch einen seiner eigenen Leute.«

»Hast du es gemeldet?«

»Natürlich, Mann, das ist doch meine Aufgabe. Aber man sagte mir, ich solle die Sache fallenlassen und alle Bemühungen, mehr herauszubekommen, sofort einstellen. Es würde die deutsch-amerikanischen Beziehungen belasten, und ich solle keine weitere Zeit darauf verschwenden.«

Erst jetzt sah ich, daß wir wieder vor Atkins' alter Rostlaube, seinem Ford Fiesta, angekommen waren. Ich war so in unser Gespräch vertieft gewesen, daß wir, ohne daß ich es bemerkt hatte, eine große Runde durch den Park gedreht hatten. Molly schloß sich uns wieder an.

»Seid ihr Jungs fertig?«

»Jawohl«, bestätigte ich, »für den Augenblick ja.« Ich wandte mich Atkins zu: »Danke, alter Junge.«

»Nichts zu danken«, erwiderte er und öffnete die Wagentür. Er hatte sie nicht verschlossen, da kaum ein Mensch auf die Idee kommen würde, eine solche Kiste zu stehlen. »Laß dir bitte einen Rat geben, Ben. Und das gleiche gilt auch für deine Frau. Macht, daß ihr so schnell wie möglich das Land verlaßt. Und wenn ich an eurer Stelle wäre, würde ich damit nicht bis morgen warten.«

Ich reichte ihm zum Abschied die Hand. »Würdest du uns bis in die Stadtmitte mitnehmen?«

»Es tut mir leid«, entgegnete er. »Aber ich möchte auf keinen Fall mit euch zusammen gesehen werden. Ich habe zugestimmt, dich zu treffen, weil wir Freunde sind. Du hast mir in harten Zeiten geholfen, und ich bin dir einiges schuldig. Aber tue mir einen Gefallen und nimm die U-Bahn.«

Er nahm auf dem Fahrersitz Platz und schnallte sich an. »Viel Glück«, wünschte er uns, schlug die Tür zu, drehte die Fensterscheibe herunter und warnte uns noch einmal: »Verschwindet hier, so schnell ihr könnt.«

»Können wir uns noch einmal treffen?« fragte ich ihn.

»Nein.«

»Warum nicht?«

»Bleib weg von mir, Ben, oder ich bin ein toter Mann.« Er drehte den Zündschlüssel um und fügte grinsend hinzu: »Du weißt doch, wie ansteckend Masern sind.«

Ich nahm Mollys Arm, und wir gingen den Weg in Richtung Tivolistraße hinunter. Zweimal versuchte Kent erfolglos, den Motor zu starten, aber beim dritten Versuch hörte man die Maschine aufjaulen.

»Ben«, begann Molly, aber irgend etwas beunruhigte mich, und ich drehte mich zu Kent um, der gerade den Wagen zurücksetzte.

Plötzlich fiel mir die laute Musik ein.

Er hatte den Motor bei dröhnender Musik, diesem Lied von Donna Summer, abgestellt, aber nun war das Radio still.

Er hatte es aber nicht ausgeschaltet.

»Kent!« schrie ich und stürzte auf das Auto zu. »Spring raus, schnell!«

Er sah mich überrascht und ein wenig fragend an, als ob er nicht genau wüßte, ob ich nur versuchte, ihn auf den Arm zu nehmen.

Doch das Lächeln ging urplötzlich in einem gewaltigen weißen Lichtblitz unter, dem ein seltsam hohles Geräusch folgte, als die Fenster von Kents Ford Fiesta platzten. Dann erschallte eine ungeheure donnernde Explosion, und ein schwefelartiges Gleißen flammte auf, das erst golden, dann blutrot leuchtete und schließlich in rot zuckende Flammenzungen überging. Dichte Aschewolken stiegen auf, aus denen Autoteile in alle Richtungen durch die Luft geschleudert wurden. Irgend etwas schlug hart gegen meinen Hinterkopf: Es war Kents nachgemachte Rolex-Armbanduhr.

Molly und ich klammerten uns einen Moment lang vollkommen starr vor Schreck aneinander, bevor wir, so schnell wir konnten, in die Dunkelheit des Englischen Gartens eintauchten.

12

Wir erreichten Baden-Baden, die berühmte alte deutsche Kurstadt im Schwarzwald, einige Minuten nach zwölf Uhr mittags. Wir hatten die Strecke mit unserem gemieteten silberfarbenen Mercedes 500 SL (der mit seiner burgunderfarbenen Lederausstattung genau die Sorte Wagen war, die ein ehrgeiziger junger Mitarbeiter der kanadischen Botschaft ausgewählt hätte) in einer sehr guten Zeit zurückgelegt. Wir hatten für die Strecke auf der Autobahn A 8 bei zügiger, aber vorsichtiger Fahrweise noch nicht einmal vier Stunden gebraucht. Gekleidet war ich in einen konservativen, aber eleganten Anzug, den ich mir vor dem Verlassen der Stadt bei Lodenfrey in der Maffeistraße von der Stange besorgt hatte.

Wir hatten eine schlaflose, verzweifelte Nacht in unserem Hotel am Promenadeplatz verbracht. Die fürchterliche Explosion im Englischen Garten und der entsetzliche Tod meines Freundes – die Bilder standen uns noch allzu lebhaft vor Augen und nahmen unsere Gedanken vollkommen in Besitz. Wir versuchten uns gegenseitig zu trösten und redeten stundenlang, um die Ängste des anderen zu vertreiben und das, was geschehen war, überhaupt zu begreifen.

Wir wußten nun, daß wir Gerhard Stössel, den deutschen Industriellen und Immobilienkönig, der der Empfänger der Geldüberweisung aus Zürich gewesen war, unbedingt finden mußten. Er stand ganz offensichtlich im Zentrum der Verschwörung, so viel war gewiß. Es mußte mir irgendwie gelingen, in seine Nähe zu kommen und seine Gedanken zu lesen. Außerdem mußte ich Alexander Truslow in Bonn, oder wo er sich sonst aufhielt, erreichen und ihn warnen. Auch wenn er das Land nicht verlassen würde, mußte er doch zumindest Sicherheitsvorkehrungen treffen.

In den frühen Morgenstunden – ich hatte es längst aufgegeben, den so notwendigen Schlaf zu finden – hatte ich eine Wirtschaftsreporterin des Nachrichtenmagazins Der Spiegel angerufen, die ich aus meiner Leipziger Zeit flüchtig kannte.

»Elisabeth«, hatte ich ihr ohne Umschweife mein Anliegen erklärt, »ich muß Gerhard Stössels Aufenthaltsort herausbekommen.«

»Den großen Gerhard Stössel persönlich? Ich bin sicher, er ist in München, wo sich die Zentrale der Neuen Welt befindet.«

Meine vorangegangenen Nachforschungen hatten jedoch ergeben, daß er sich nicht in München aufhielt. »Ist es möglich, daß er zur Zeit in Bonn ist?« hatte ich mich erkundigt.

»Ich werde dich nicht fragen, warum du Stössel so unbedingt finden mußt«, hatte sie, der Dringlichkeit meiner Nachfrage offensichtlich bewußt, bemerkt. »Aber du mußt wissen, daß es sehr schwierig ist, an ihn heranzukommen. Laß mich ein paar Anrufe machen.«

Zwanzig Minuten später hatte sie zurückgerufen. »Er hält sich zur Zeit in Baden-Baden auf.«

»Ich weiß nicht, woher du das erfahren hast, aber ich gehe davon aus, daß es eine vertrauenswürdige Quelle ist.«

»Hundertprozentig vertrauenswürdig.« Und bevor ich noch weitere Fragen hatte stellen können, hatte sie hinzugefügt: »Und er pflegt stets in Brenners Park- und Kurhotel abzusteigen.«

Im neunzehnten Jahrhundert hatte sich in Baden-Baden alles getroffen, was Rang und Namen hatte, und hier hatte Dostojewski voller Verzweiflung seinen Roman ›Der Spieler‹ geschrieben, nachdem er all sein Geld in der Spielbank verloren hatte. Heute kamen Deutsche und Europäer aus aller Herren Länder zum Skifahren, zum Golf- oder Tennisspielen, um die Pferderennen in Iffezheim zu besuchen oder um sich die heilenden Eigenschaften der mineralstoffreichen Quellen zunutze zu machen.

Der Tag war von Anfang an sehr kühl und bedeckt, und als wir das von einem großen Park am Oosbach-Fluß umgebene Park- und Kurhotel erreichten, setzte ein unangenehmer Sprühregen ein. Die von prächtigen Bäumen gesäumte zentrale Promenade – die Lichtentaler Allee mit ihren farbenprächtigen Rhododendren, Azaleen und Rosen – ließ erkennen, daß die Stadt sich gerne mit Pracht und Feierlichkeit präsentierte. In diesem Moment jedoch lag über allem eine verlorene und düstere Stimmung.

Molly wartete im Mercedes, während ich die ausladende Eingangshalle des Hotels betrat, in der sich um diese Zeit kein Hotelgast befand. Es ging mir durch den Kopf, wie viele Kilometer ich in den letzten Monaten gereist und was alles seit jenem verregneten Märztag im Staate New York, an dem wir Harrison Sinclair das letzte Geleit gegeben hatten, geschehen war. Und nun befanden wir uns inmitten eines wie ausgestorben wirkenden Kurortes in Deutschland, und wie damals wurden wir von Regenwetter begleitet.

Am Empfangsschalter stand ein großgewachsener junger Mann Mitte Zwanzig, der einen sehr geschäftigen Eindruck machte. »Kann ich Ihnen helfen, mein Herr?« erkundigte er sich höflich.

»Ich habe eine dringende Nachricht für Herrn Stössel«, erwiderte ich, wobei ich in meine Worte soviel Bedeutsamkeit legte wie möglich und einen Umschlag mit vermeintlich wichtigen Geschäftsunterlagen schwenkte.

Ich stellte mich als Christian Bartlett, zweiter Attaché des kanadischen Konsulats in der Talstraße in München, vor. »Würden Sie ihm bitte diesen Brief überbringen?« bat ich ihn auf deutsch, zwar mit starkem Akzent, aber verständlich.

»Selbstverständlich, mein Herr«, versicherte der junge Mann und streckte die Hand nach dem Umschlag aus. »Er ist allerdings im Augenblick leider nicht im Hause.«

»Wo kann ich ihn finden?« fragte ich und schob den Umschlag in meine Brusttasche.

»Im Kurbad, soviel ich weiß.«

»Und in welchem?«

Er zuckte die Achseln. »Es tut mir leid, aber das kann ich Ihnen leider nicht sagen.«

Es gibt in Baden-Baden eigentlich nur zwei große Kurthermen, die sich beide am Römerplatz befinden: die sogenannte Alte Therme, auch Friedrichsbad genannt, und die Caracalla-Therme. Ich suchte zuerst die Caracalla-Therme auf, wo man mich nur verständnislos ansah. Ein Herr Stössel sei nicht hier, sagte man mir. Ein älterer Mitarbeiter der Therme jedoch, der mein Anliegen mitgehört hatte, wandte sich an mich und sagte: »Herr Stössel kommt nicht hierher, versuchen Sie es doch im Friedrichsbad.«

Im Friedrichsbad hatte ich mehr Glück. Der Empfangschef, ein untersetzter, blaßgesichtiger Mann mittleren Alters, nickte auf meine Frage. Ja, Herr Stössel sei hier, informierte er mich.

»Ich bin Christian Bartlett«, stellte ich mich wieder vor. »Ich komme von der kanadischen Botschaft. Es ist äußerst wichtig und dringend, daß ich Herrn Stössel erreiche.«

Der Mann am Empfang schüttelte verneinend den Kopf. »Er nimmt gerade ein Dampfbad. Man darf ihn auf gar keinen Fall stören.«

Immerhin schien ich den Mann mit meinem dringlichen Auftreten und wahrscheinlich auch dadurch, daß ich ein Ausländer war, dennoch so beeindruckt zu haben, daß er einwilligte, mich zu dem privaten Dampfbad zu begleiten, in dem Stössel sich aufhielt. Wenn es tatsächlich so überaus dringlich sei, so wolle er sehen, was sich machen ließe. Auf unserem Weg begegneten uns Kellner in weißen Uniformen, die auf silbernen Tabletts Getränke jonglierten, und andere, die Stapel von flauschigen, makellos weißen Handtüchern vor sich hertrugen. Schließlich erreichten wir einen Korridor, der offenbar nicht von allen Angestellten betreten werden durfte.

Vor dem Dampfbad hielt ein stämmiger, rotgesichtiger Mann in der typisch grauen Uniform eines Sicherheitsbeamten Wache. Der Leibwächter schwitzte stark und fühlte sich sichtlich unwohl in seiner Haut.

Als er uns näher kommen sah, fauchte er uns entgegen: »Hier ist der Zutritt verboten!«

Ich schenkte ihm ein überraschtes Lächeln, bevor ich mit einer Handbewegung meine Pistole hervorzog und den Wachmann mit dem Griff der Waffe zu Boden schlug. Er stöhnte auf und sank bewußtlos in sich zusammen. Mit einer schnellen Drehbewegung wirbelte ich herum und erwischte auch den völlig überrumpelten Mann vom Empfang am Hinterkopf, so daß auch er zusammenbrach.

Eilig zerrte ich die beiden regungslosen Körper aus dem Blickfeld heraus in eine Abstellkammer, deren Tür ich abschloß. Ohne Zeit zu verlieren, entkleidete ich den Empfangschef und schlüpfte in dessen weiße Uniform. Sie war mir zwar ein wenig zu weit, aber es mußte gehen. Ich schnappte mir ein leeres Tablett und einige Flaschen Mineralwasser aus einem kleinen Kühlschrank, der sich in dem kleinen Raum befand. Dann machte ich mich mit selbstverständlicher Miene auf den Weg zum Dampfbad. Ich zog fest an der Tür, die sich daraufhin mit einem zischenden Geräusch öffnete.

Sofort wurde ich von dichten Dampfwolken eingehüllt, die mich beinahe unsichtbar machten. Der schwefelig-scharfe Dampf, den man auf der Zunge schmecken konnte, machte den Raum unerträglich heiß und stickig.

»Wer ist da? Was ist los?« hörte man eine ärgerliche Stimme fragen.

Ich konnte in dem dichten Nebel die Umrisse zweier korpulenter roter Körper erkennen, die auf weißen Handtüchern auf einer langen steinernen Bank lagen und mich an Tierleichen in einem Schlachthof erinnerten.

Die Stimme gehörte zu dem Mann, der näher bei mir lag, einem rundlichen Typ mit stark behaarter Brust. Während ich durch die Schwaden näher trat, das Tablett in einer Hand balancierend, konnte ich seine abstehenden Ohren, seine schütteren Haare und seine ausgeprägte Nase erkennen: Es war eindeutig Gerhard Stössel. Ich hatte noch am gleichen Vormittag eine Aufnahme von ihm im Spiegel gesehen, und es bestand kein Zweifel, daß er es war, der dort vor mir lag. Den anderen Mann konnte ich von meiner Position aus nicht gut erkennen. Ich sah nur, daß er ebenfalls mittleren Alters sein mußte, wenig Körperbehaarung aufwies und ziemlich kurze Beine hatte.

»Erfrischungen?« bellte Stössel verärgert. »Nein, jetzt nicht!«

Ohne zu antworten, verließ ich das Dampfbad wieder und schloß die Tür hinter mir.

Der Leibwächter und der Angestellte der Therme waren beide noch bewußtlos. Aufmerksam schritt ich den Korridor ab, bis ich gefunden hatte, was ich suchte: eine Tür ohne Glasscheibe, die sich offensichtlich auf der Rückseite des Dampfbades befand, in dem Stössel sich aufhielt. Ich hatte vermutet, daß es irgendeinen Zugang für Handwerker geben mußte, falls Reparaturen an den Dampfrohren auszuführen waren. Die Tür war erwartungsgemäß nicht verschlossen. Aufgeregt schlüpfte ich in den niedrigen Raum, der vollkommen finster war. Die Wände waren von einer schleimigen Feuchtigkeit und von kristallinen Sedimenten überzogen. Einen Moment lang verlor ich das Gleichgewicht und langte an die Decke, um Halt zu finden. Dabei berührte ich aus Versehen ein glühend heißes Rohr und konnte nur mit Mühe einen Schmerzenslaut unterdrücken.

Ich kroch auf den Knien weiter, immer auf einen kleinen Lichtpunkt zu, den ich entdeckt hatte. Die Dichtung um eines der Dampfrohre hatte sich an einer Stelle an der Wand zum Dampfbad gelöst und gab ein kleines Loch frei, durch das ein wenig Licht fiel und gedämpfte Stimmen drangen.

Nach kurzer Zeit hatten sich meine Ohren an die schwierige Akustik gewöhnt, und ich konnte einzelne Wortfetzen und dann sogar ganze Sätze ausmachen. Das Gespräch fand natürlich auf deutsch statt, dennoch konnte ich das meiste verstehen. In der Dunkelheit zusammengekauert, vor Angst, entdeckt zu werden, wie gelähmt und die Hände gegen die schmierige Betonwand gestützt, lauschte ich voller Spannung und Entsetzen dem Gespräch der beiden Männer.

13

Zuerst bekam ich nur einzelne Begriffe mit, wie ›*der deutsche Bundesnachrichtendienst . . . Schweizer Geheimdienst . . . DST, Direction de la Surveillance du Territoire*‹ (der französische Spionageabwehrdienst). Auch Stuttgart wurde erwähnt und irgendein Flughafen.

Dann wurde das Gespräch flüssig, und ich konnte zusammenhängende Sätze verstehen. Eine zornige Stimme – war es die von Stössel oder die des anderen Mannes – rief: »Und trotz all deiner Möglichkeiten, deiner Informationsquellen, deiner Datenbanken hast du keine Ahnung, wer dieser mysteriöse Mitwisser ist?«

Ich konnte die Antwort nicht hören.

Dann nur der Anfang eines Satzes: »Um den Erfolg zu sichern . . .« Und: »Die Verschwörung . . .« Dann: »Wenn das vereinigte Europa uns gehören soll . . .« Und weiter: »Eine solche Chance gibt es nur alle hundert Jahre einmal. Perfekte Zusammenarbeit mit dem ›Rat der Weisen‹ . . .«

Der andere Mann, den ich nun eindeutig als Stössel ausmachen konnte, sagte: ». . . Geschichte. Es ist einundsechzig Jahre her, daß Hitler Kanzler wurde und die Weimarer Republik unterging. Niemand hatte gedacht, daß er auch nur ein einziges Jahr an der Macht bliebe!«

Der zweite Mann entgegnete ärgerlich: »Hitler war ein Verrückter! Wir hingegen setzen unseren Verstand ein!«

»Wir sind zum Glück nicht von einer Ideologie belastet«, ließ sich Stössel hören, »die stets nur der Anfang vom Ende ist . . .«

Wieder konnte ich etwas nicht verstehen, bis ich erneut Stössel vernahm: »Wir müssen Geduld haben, Wilhelm. In wenigen Wochen wirst du der deutsche Bundeskanzler sein, und wir werden die Macht in Händen halten. Aber es wird einige Zeit brauchen, diese Macht zu festigen. Unsere amerikanischen Partner zeigen immer noch große Zurückhaltung.«

»*Du wirst der deutsche Bundeskanzler sein...*« Bei dem zweiten Mann mußte es sich also um Wilhelm Vogel persönlich handeln! Ich spürte, wie sich mir der Magen zusammenzog.

Nun gab Vogel, und ich war jetzt sicher, daß es *Vogel* war, einen Laut von sich, der nach einem Einwand klang, woraufhin Stössel klar und deutlich erwiderte: »... daß sie tatenlos zusehen werden. Seit Maastricht ist es erheblich einfacher geworden, die Kontrolle über Europa zu erlangen. Die Regierungen werden sich nach und nach fügen, um so mehr, als sich unter den Spitzenpolitikern nicht gerade besonders starke Führungspersönlichkeiten befinden. Sie orientieren sich an den Wirtschaftsgrößen, da in Wirklichkeit nur Wirtschaft und Handel in der Lage sind, ein vereintes Europa zu regieren. Und sie haben keine Vision! Wir sind es, die eine Idee, ein Ziel vor Augen haben! Wir blicken viel weiter – weit über den Tag und die gegenwärtigen Probleme hinaus.«

Wieder vernahm ich ein unverständliches Murren, das von Vogel kommen mußte. Stössel fuhr fort: »Eine Welteroberung, die deshalb so aussichtsreich ist, weil sie auf dem schlichten Motiv der Profitgier aufbaut.«

»Aber der Verteidigungsminister«, warf Vogel ein.

»Mit dem werden wir leicht fertig«, entgegnete Stössel. »Er verfolgt die gleichen Ziele. Wenn die deutsche Armee erst einmal wieder zu alter Macht und Glorie zurückgefunden hat...«

Wieder ein undeutlicher Einwurf, dann fuhr Stössel fort: »Problemlos! Absolut problemlos! Rußland ist keine Gefahr mehr! Rußland ist bedeutungslos. Und Frankreich – du bist alt genug, dich an den Zweiten Weltkrieg zu erinnern, Willi. Die Franzosen werden laut lamentieren, sich mit ihrer Maginot-Linie wichtig machen, aber letztendlich werden sie kampflos kapitulieren.«

Es schien, als hätte Vogel erneut Einwände gemacht, denn Stössel reagierte in entnervtem Tonfall: »Weil es in ihrem eigenen wirtschaftlichen Interesse liegt, weshalb denn sonst? Das übrige Europa wird nachgeben, und Rußland wird ebenfalls nichts anderes übrigbleiben, als sich mit der Situation abzufinden.«

Vogel bemerkte etwas über Washington und einen ›unbekannten Zeugen‹.

»Wir werden ihn finden«, versicherte Stössel. »Wir werden die undichte Stelle herausbekommen und stopfen. Er hat es uns zugesagt.«

Vogel entgegnete etwas wie »vorher«, und Stössel sagte: »Genau, in drei Tagen wird es passieren... Ja. Man wird den Mann ausschalten, und diesmal wird es nicht schiefgehen. Es ist alles bestens vorbereitet. Er ist schon so gut wie tot. Wir brauchen uns wegen ihm keine Gedanken mehr zu machen.«

Ich hörte ein dumpfes Geräusch, das offensichtlich vom Öffnen der Tür zum Dampfbad herrührte. Dann sagte Stössel laut und deutlich: »Ah, Sie sind also gekommen.«

»Willkommen«, begrüßte auch Vogel den Dazugekommenen. »Ich hoffe, Sie hatten einen angenehmen Flug nach Stuttgart.«

Ein erneutes Geräusch – die Tür war zugefallen.

»... möchten Ihnen sagen«, ließ sich Stössel vernehmen, »wie dankbar wir Ihnen alle sind.«

»Wir stehen in Ihrer Schuld«, sagte auch Vogel.

»Und wir gratulieren Ihnen herzlich«, fügte Stössel hinzu.

Der Neuankömmling sprach in fließendem Deutsch mit ihnen, aber er hatte einen ausländischen, wahrscheinlich amerikanischen Akzent. Die Stimme war ein volltönender Bariton und kam mir irgendwie bekannt vor. Hatte ich sie schon einmal im Fernsehen gehört? Oder im Radio?

»Der Zeuge wird vor dem Geheimdienst-Kontrollausschuß des Senats erscheinen«, hörte ich die Stimme sagen.

»Um wen handelt es sich dabei?« erkundigte sich Stössel.

»Wir kennen den Namen noch nicht. Haben Sie noch etwas Geduld. Wir haben uns Zugang zu den Datenbanken des Ausschusses verschafft und wissen daher aus sicherer Quelle, daß der unbekannte Zeuge über den ›Rat der Weisen‹ aussagen wird.«

»Und auch über uns?« bohrte Vogel nach. »Weiß er auch über die Rolle Deutschlands Bescheid?«

»Das ist uns nicht bekannt«, gestand der Amerikaner. »Aber ob er oder sie Bescheid weiß oder nicht, es ist jedenfalls nicht schwer, die Verbindung zu Ihnen herzustellen.«

»Dann muß die Person liquidiert werden«, erwiderte Stössel.

»Ohne ihre Identität zu kennen, werden wir sie wohl kaum liquidieren können. Erst im Moment ihres Erscheinens vor dem Ausschuß . . .«

»Erst in dem Augenblick . . .?« unterbrach ihn Vogel.

»Genau in dem Moment«, ergriff der Amerikaner erneut das Wort, »wird es passieren. Machen Sie sich keine Sorgen.«

»Aber man wird doch extreme Sicherheitsvorkehrungen treffen, um den Zeugen zu schützen«, warnte Stössel.

»Es gibt keine Sicherheitsvorkehrungen, die es verhindern könnten«, fuhr der Amerikaner unbeirrt fort. »Machen Sie sich darüber keine Gedanken, ich tue es auch nicht. Wichtig sind jetzt gute Zusammenarbeit und Koordination. Sobald die einzelnen Hemisphären verteilt sind, wir also ganz Amerika und Sie ganz Europa regieren . . .«

»Sie meinen die Koordination zwischen den beiden Zentren der Weltherrschaft«, mischte sich Stössel voller Ungeduld ein. »Ich denke, das wird kein Problem sein.«

Es wurde höchste Zeit, daß ich aus meinem Versteck verschwand und einen Blick auf den Neuankömmling warf. So leise wie möglich drehte ich mich um, was in der Enge des kleinen Raumes gar nicht so einfach war. Dann lauschte ich, ob irgendwelche Schritte auf dem Korridor zu hören waren, und öffnete schließlich die Tür. Der hellerleuchtete Gang blendete mich nach der absoluten Dunkelheit, in der ich mich eben noch befunden hatte. Mein Blick fiel auf die dunklen Flecke, die der schmutzige Boden auf dem weißen Stoff meiner Uniformhose hinterlassen hatte.

Ich rannte zur Eingangstür zum Dampfbad, ergriff das dort abgestellte Tablett mit den Mineralwasserflaschen und riß die Tür auf. Beim Eintreten umfing mich eine dichte Dampfwolke. Stössel lag nun etwas weiter rechts, während sich der Mann, den ich als Vogel ausgemacht hatte, immer noch am gleichen Platz befand. Der zuletzt Dazugekommene saß noch hinter Vogel, so daß ich ihn nicht sehen konnte.

»He«, ließ sich der Amerikaner auf deutsch hören, »niemand soll uns hier stören, verstanden?« Die Stimme kam mir verwirrenderweise immer bekannter vor.

Auch Stössel wandte sich zornig an mich: »Genug mit Ihren Erfrischungen! Lassen Sie uns endlich damit zufrieden! Ich habe angeordnet, daß wir ungestört sein wollen!«

Ich stand regungslos und bemühte mich, meine Augen an den dichten Dampf zu gewöhnen. Der Amerikaner schien, soweit ich es erkennen konnte, ein Mann mittleren Alters zu sein, und er war offensichtlich körperlich durchtrainierter als die beiden anderen. Plötzlich teilte ein Luftzug die dichten Schwaden, so daß ich das Gesicht des Amerikaners für einen Augenblick klar vor Augen hatte. Ich war wie erstarrt.

Vor mir sah ich den neuen Direktor der CIA, meinen Freund Alex Truslow.

Teil VI

Lac Tremblant

Los Angeles Times

Deutschland rüstet mit Nuklearwaffen auf
Washington und andere westliche Mächte
begrüßen diesen Schritt

VON CAROLYN HOWE

Erleichtert über die Tatsache, daß Deutschland dem Neofaschismus nun entschieden den Rücken gekehrt hat, begrüßen die Vereinigten Staaten und die Mehrheit der Regierungen in aller Welt die Zielsetzung des deutschen Bundeskanzlers Wilhelm Vogel, den ›deutschen Nationalstolz wieder zu stärken‹ ...

1

»Wer ist denn das?« rief Vogel aus. »Und wo ist der Leibwächter?«

Ich konnte nun deutlich Alex Truslows silbergraues, säuberlich gekämmtes Haar und sein von der Hitze oder vor Zorn gerötetes Gesicht erkennen.

Ich näherte mich ihm.

Er sprach mit leiser und besorgt klingender Stimme eindringlich auf mich ein. »Bitte, Ben, tun Sie jetzt nichts Unüberlegtes. Denken Sie an Ihre eigene Sicherheit. Haben Sie keine Sorge, ich habe den beiden soeben gesagt, daß Sie ein Freund von mir sind und sie Ihnen nichts tun sollen. Es wird Ihnen also nichts geschehen.«

Er muß sterben, hörte ich gleichzeitig seine ›innere Stimme‹, *er muß unbedingt sterben.*

»Wir haben Sie überall gesucht, Ben«, fuhr Truslow in süßlichem Ton fort. *Ellison muß erledigt werden*, dachte er im gleichen Moment.

»Hier hätte ich Sie, ehrlich gesagt, am allerwenigsten vermutet«, sprach er in beschwichtigendem Ton weiter, »aber Sie sind jetzt in Sicherheit und . . .«

Aus heiterem Himmel schleuderte ich das Tablett in Truslows Richtung, wobei die Mineralwasserflaschen in alle Richtungen flogen. Eine davon traf Vogel gegen den Bauch, während die übrigen mit lautem Geklirr auf die Bodenkacheln fielen.

Truslow brüllte auf deutsch: »Halten Sie den Mann auf. Er darf hier nicht lebend herauskommen!«

Ich stürzte aus der Tür und rannte, so schnell ich nur konnte, zum nächsten Ausgang und auf den Römerplatz hinaus. Truslows Worte hallten in meinen Ohren nach, und ich wußte, daß er mich zum letzten Mal belogen hatte.

Molly hatte mit laufendem Motor am Seitenausgang des Hotels auf mich gewartet und fuhr schnellstens aus der

Stadt hinaus auf die Autobahn A 8. Der Flughafen Echterdingen war von uns aus etwa sechzig Meilen in östlicher Richtung und nur einige Meilen südlich von Stuttgart gelegen.

Eine ganze Weile brachte ich kein einziges Wort heraus, bis ich endlich in der Lage war, ihr zu berichten, was ich gehört und wen ich gesehen hatte. Sie reagierte, genau wie ich, zunächst mit ungläubigem Entsetzen, das jedoch in große Wut umschlug.

Wir erkannten nun schlagartig, was der wirkliche Grund dafür gewesen war, daß Truslow mich um meine Mithilfe gebeten und Rossi mich durch einen Trick dem Experiment mit dem Kernspinresonanztomographen unterzogen hatte. Vieles machte jetzt plötzlich einen Sinn.

Während wir auf der Autobahn dahinrasten, versuchte ich, laut noch einmal die einzelnen Mosaiksteine dessen, was geschehen war, zusammenzusetzen. »Dein Vater hat sich keiner Verfehlung schuldig gemacht«, wandte ich mich an Molly. »Er hat lediglich versucht, alles ihm Mögliche zur Rettung Rußlands zu tun. Und einzig und allein aus dieser Motivation heraus half er Orlow, die russischen Goldreserven außer Landes zu schaffen und zu verstecken. Er schaffte das Gold nach Zürich, wo ein Teil in einem Gewölbe untergebracht und ein Teil im wahrsten Sinne zu Geld verflüssigt wurde.«

»Aber was geschah mit diesem zweiten Teil?«

»Er gelangte in die Hände der ›Weisen‹.«

»Du meinst, in Alex Truslows Hände.«

»Ganz richtig. Und indem er mich darauf ansetzte, das verschwundene Vermögen aufzuspüren, das vermeintlich von deinem Vater veruntreut worden war, benutzte er mich oder, besser gesagt, meine telepathischen Fähigkeiten in Wirklichkeit dazu, an den Teil des Goldes heranzukommen, der ihm bis dahin unerreichbar geblieben war, da dein Vater ihn in der Züricher Bank in Sicherheit gebracht hatte.«

»Aber wer ist nun der zweite Kontoinhaber?«

»Das weiß ich auch nicht«, gab ich zu. »Truslow muß angenommen haben, Orlow habe das Gold gestohlen. Deshalb ließ er mich ihn auch aufspüren, was der CIA bis zu dem Zeitpunkt nicht gelungen war.«

»Und sobald du ihn gefunden hattest...?«

»Sobald ich ihn gefunden hatte, konnte ich seine Gedanken lesen und so erfahren, wo er das Gold hingetan hatte.«

»Aber da Dad Mitinhaber des Kontos war, würde doch Truslow in jedem Fall auch meine Unterschrift brauchen.«

»Aus irgendeinem Grund muß Truslow gewollt haben, daß wir nach Zürich fahren. Wie waren noch die Worte des Bankiers: In dem Moment, in dem wir uns Zugang zu dem Konto verschaffen, geht der ruhende in einen aktiven Zustand über.«

»Und was bedeutet das?«

»Ich habe keine Ahnung.«

Molly zögerte einen Moment, während uns ein Lastwagen überholte. »Und was wäre geschehen, wenn das Orakel-Projekt bei dir nicht funktioniert hätte?«

»Dann hätte es ihn auf jeden Fall erheblich mehr Zeit gekostet, das Gold zu finden, wenn es überhaupt gelungen wäre.«

»Du behauptest also, daß Truslow die fünf Milliarden, über die er bereits verfügte, dazu benutzte, den Zusammenbruch der Deutschen Börse herbeizuführen?«

»Es paßt alles zusammen, Molly. Ich kann es nicht beweisen, aber es paßt. Wenn Orlow die Wahrheit gesagt hat, und die ›Weisen‹, sprich: Truslow und vielleicht auch Toby und noch andere...«

»...die jetzt in der CIA das Sagen haben...«

»Genau. Falls die ›Weisen‹ also wirklich den Apparat der CIA mißbraucht haben, um geheime Informationen über fremde Märkte zu erhalten, und darüber hinaus tatsächlich den amerikanischen Börsenkrach im Jahr 1987 hervorriefen, dann müssen es genau diese Männer sein, die auch den erheblich schwereren Einbruch der Deutschen Börse anleierten.«

»Aber *wie*?«

»Im Grunde ist es ganz einfach: indem du die lumpige Summe von ein paar Milliarden Dollar (oder Deutscher Mark) klammheimlich in den deutschen Börsenmarkt einschmuggelst. Wenn diese Summe dann schnell und zum richtigen Zeitpunkt von Experten mit Zugang zu computerisierten Handelskonten richtig eingesetzt wird, kann sie leicht dazu benutzt werden, eine riesige Geldmenge auf Kredit zu erwerben und damit einen bereits geschwächten Märkt völlig zu destabilisieren. Das heißt, immer größere Vermögenswerte an sich zu reißen und mittels der EDV-gesteuerten Programme immer wieder zu kaufen und zu verkaufen, in einer Geschwindigkeit, wie sie erst im Zeitalter der Computer möglich geworden ist.«

»Aber mit welchem *Ziel*?«

»Mit welchem Ziel?« wiederholte ich ihre Worte. »Überlege doch mal, was geschehen ist. Vogel und Stössel sind kurz davor, die Macht über Deutschland an sich zu reißen. Und Truslow und die ›Weisen‹ haben das Sagen in der CIA.«

»Und was passiert jetzt?«

»Ich weiß es, ehrlich gesagt, auch nicht.«

»Aber wer ist es, der getötet werden soll?«

Nicht einmal das konnte ich sagen. Ich wußte nur, daß es eine undichte Stelle gab; irgend jemanden, der über die Verschwörung zwischen Truslows und Stössels Leuten, zwischen Deutschland und Amerika, informiert war. Und diese Person, wer immer es auch sein mochte, sollte vor dem Geheimdienst-Kontrollausschuß des Senats über Korruption und eine Verschwörung innerhalb der CIA aussagen; über eine kriminelle Gruppierung also, deren Kopf der neue Direktor der CIA, Alexander Truslow, war. Doch ein unbekannter Zeuge war drauf und dran, das ganze Komplott innerhalb der nächsten zwei Tage platzen zu lassen. – Falls er (oder sie) nicht vorher getötet wurde.

Auf dem Flughafen Echterdingen suchte ich mir eine private Fluggesellschaft aus, deren Pilot gerade dabei war, Feierabend zu machen. Als ich ihm jedoch für einen Flug nach Paris die doppelte Summe des normalen Tarifs bot, zog er seine Fliegerjacke wieder an und führte uns zu seinem kleinen Flugzeug. Er besorgte sich per Funk eine Landeerlaubnis in Paris, und schon starteten wir.

Wir landeten kurz nach Mitternacht auf dem Flughafen Charles de Gaulle und konnten nach einer schnellen und problemlosen Paßkontrolle in ein Taxi einsteigen, um ins Stadtzentrum zu fahren. Beim Duc de Saint-Simon in der Rue Saint-Simon im siebten Arrondissement stiegen wir aus, weckten die Empfangsdame, die an ihrem Schalter eingenickt war, und baten um ein Zimmer. Sie war alles andere als glücklich über die späte Störung. Molly bestand nur halbherzig darauf, mich bei meiner geplanten nächtlichen Mission zu begleiten, denn sie fühlte sich nicht sehr wohl und ließ sich deshalb auch leicht von ihrem Vorhaben abbringen.

Paris war für mich nicht einfach eine der Hauptstädte dieser Welt, diese Stadt war für mich zur Bühne meiner immer wiederkehrenden Alpträume geworden. Paris war für mich auch nicht die *Ile*, das linke Seineufer oder die Rue Royale. Es bestand für mich hauptsächlich aus der Rue Jacob, dieser engen, dunklen Straße, in der Laura und unser ungeborenes Kind ermordet worden waren und James Tobias Thompson III zum Krüppel geworden war – in einer Szene, die sich in meinen Träumen immer und immer wiederholte und beinahe zu einem unwirklichen und grotesken Ritual geworden war. Kurz: Paris war für mich der Schauplatz der größten Tragödie meines Lebens.

Und dennoch war mir keine Wahl geblieben, als dorthin zurückzukehren.

Ich befand mich in einem deprimierenden Fotostudio im zweiten Stock eines Hauses, das in einem heruntergekommenen Abschnitt der Rue de Sèze lag. In den ebenerdigen Räumen waren abstoßende Etablissements mit schwarzgestrichenen Schaufensterscheiben untergebracht, auf denen SEX VIDEO, SEXODROME oder GUMMI- UND LEDERWÄSCHE zu lesen war. Ein leuchtendes grünes Kreuz wies auf die Grande Pharmacie de la Place im gleichen Gebäudekomplex hin.

Was offensichtlich früher nur ein winziges Ein-Zimmer-Apartment gewesen war, hatte man über die Jahre hinweg mehr schlecht als recht in ein kleines Porno-Fotostudio mit Videoverleih verwandelt. Ich saß auf einem schmuddeligen

Plastikstuhl und wartete darauf, daß Jean mit seiner Arbeit fertig war. Jean – seinen Nachnamen hatte ich nie gehört und wollte ihn auch nicht erfahren – ging einer lukrativen Nebentätigkeit nach, indem er perfekte Fälschungen von Dokumenten herstellte, unabhängig davon, ob es sich um Pässe, Führerscheine oder andere Dinge handelte. Seine Kundschaft bestand hauptsächlich aus freiberuflich tätigen Agenten und kleinen Ganoven. Während meiner Pariser Zeit hatte ich ein paarmal mit ihm zu tun gehabt und wußte daher, daß er gute Arbeit machte und zuverlässig war.

Dennoch, konnte ich ihm wirklich vertrauen? Nun, es gibt nichts auf der Welt, worauf man sich hundertprozentig verlassen kann, aber in diesem Fall lag es in Jeans eigenem Interesse, mein Vertrauen nicht zu verletzen. Sein Geschäft hing voll und ganz von seinem Ruf ab, absolut verschwiegen zu sein. Eine einzige Indiskretion konnte diesen Ruf für immer zerstören.

Ich hatte nun bereits fünfundvierzig endlose Minuten damit verbracht, ein langweiliges, völlig zerfleddertes Filmmagazin durchzublättern und die leeren Videohüllen, die auf der Verkaufstheke aufgebaut waren, zu betrachten. Es gab offensichtlich im Pornogeschäft mehr Variationen und Perversitäten, als ich mir je vorgestellt hatte, und man konnte alles auf Videofilmen kaufen.

Es war bereits nach ein Uhr früh. Der Fotograf hatte die Wohnungstür abgeschlossen und die Rolläden heruntergelassen. Aus der Dunkelkammer hörte ich das Sirren eines Heißlufttrockners.

Schließlich trat Jean aus der Dunkelkammer. Er war ein kleiner, schwächlicher Mann mittleren Alters, den sein schütteres Haar, sein vergrämtes Gesicht und seine Nickelbrille allerdings eher älter erscheinen ließen. Ein starker Geruch nach Kaliumpermanganatlösung, die er dazu benutzte, den Dokumenten ein abgegriffenes Aussehen zu verleihen, ging von ihm aus.

»Voilà«, sagte er und breitete die Papiere vor mir aus. In seinem Lächeln lag nicht wenig Stolz über das Ergebnis seiner Arbeit. Es war für ihn kein besonders schwieriger Job gewesen. Er hatte als Vorlagen die von der CIA erstellten

Dokumente und brauchte sie gewissermaßen nur zu überarbeiten, indem er die Fotos weiterverwendete und die Paßnummern änderte. Er überreichte mir einen Satz kanadischer und zwei Sätze amerikanischer Pässe, so daß Molly und ich uns nun als amerikanische oder auch als kanadische Bürger ausweisen konnten.

Ich warf einen kritischen Blick auf die Papiere. Er leistete wirklich ausgezeichnete Arbeit. Sein Honorar war allerdings auch entsprechend hoch. Ich befand mich jedoch nicht in der Position, um über den Preis lange feilschen zu können.

Ich nickte zustimmend, bezahlte und trat aus dem Haus. Das Motorengeheul von Mopeds und ein scharfer Geruch von Diesel empfingen mich auf der Straße. Selbst zu dieser späten Stunde waren die Straßen im Bezirk Pigalle noch von Menschen bevölkert, die auf der Suche nach einem kleinen Abenteuer waren. Eine Gruppe Jugendlicher im College-Alter, gekleidet in der Mode der Sechziger, was offensichtlich gerade der letzte Schrei in Frankreich war, kam an mir vorbei. Sie trugen schwarze oder braune Lederjacken, Jacken amerikanischen Stils (die durch aufgedruckte Slogans wie ›American Football‹ eher als lächerliche Verkleidung denn als echte Sportkleidung wirkten), lange Haare, umgeschlagene Jeans und Schuhe, die wie die orthopädischen Schuhe von Nonnen aussahen. Irgend jemand brauste auf einer schweren Honda Africa Twin 750 vorbei.

Während der nächsten Minuten nahm ich telefonischen Kontakt zu mehreren alten Bekannten aus meiner CIA-Zeit auf, von denen jedoch keiner offiziell für den Geheimdienst arbeitete. Sie alle standen auf der illegalen Seite der Branche (wobei im Spionagegeschäft legal und illegal schwer zu trennen ist). Die Spannweite reichte vom Besitzer eines Souvlaki-Restaurants, der (selbstverständlich gegen eine entsprechende Gebühr!) Geldwäsche betrieb, bis hin zu einem Waffenhändler, der nach Kundenwunsch Änderungen an Waffen vornahm. Außer einem, der eine Nachteule war und sich offenbar mit seinem mobilen Telefon in einer Tanzbar aufhielt, konnte ich alle erfolgreich aus dem Schlaf holen. Schließlich gelang es mir auch, über einen alten Freund einen *ingénieur*, wie meine französischen Kollegen sagten, aufzutreiben. Ein *ingénieur* ist ein Spezialist in der gekonnten Nutzung des internationalen Telefonnetzes. Noch in der gleichen Stunde begab ich mich zum Apartment des betreffenden Mannes, das sich in einem heruntergekommenen Hochhaus aus den sechziger Jahren im zwanzigsten Arrondissement, nahe der Rue de la République, befand.

Er beäugte mich einige Sekunden lang durch das Guckloch in der Wohnungstür und öffnete mir dann. In der mit billigen Möbeln nur spärlich eingerichteten Wohnung roch es nach abgestandenem Bier und Schweiß. Der Mann war klein und untersetzt und trug schmuddelige Jeans und ein mit Flecken übersätes Hard-Rock-Café-T-Shirt, unter dem sich sein enormer Bierbauch wölbte. Ich hatte ihn offensichtlich aus dem Schlaf geholt, denn seine Haare waren zerwühlt und seine Augen noch halb geschlossen. Knurrend wies er mit dem Daumen auf einen schmuddeligen weißen Telefonapparat, der auf einem Plastiktisch mit imitiertem Holzfurnier stand, dessen Ecken abgestoßen waren. Neben dem Beistelltisch stand ein gräßliches senfgelbes Sofa, dessen Polsterung an mehreren Stellen hervorquoll. Das Telefon thronte auf einem gefährlich wackelig aussehenden Stapel Pariser Telefonbücher.

Der *ingénieur* kannte weder meinen Namen, noch fragte er danach. Er wußte nur, daß ich ein ›*hommes d'affaires*‹ war, was wahrscheinlich auf alle seine Kunden zutraf. Er verdiente sich leichte 500 Franc, indem er mich seinen speziellen Telefonanschluß benutzen ließ.

Das Gespräch, das ich zu führen vorhatte, war zwar zurückzuverfolgen, aber die Spur würde sich irgendwo in Amsterdam verlieren. Von dort nämlich wurde die Verbindung nach Paris über einige Umwege geleitet, die noch kein elektronisches Suchsystem verfolgen konnte.

Der Mann nahm mein Geld, gab einen grunzenden Laut von sich und verschwand im Nebenzimmer. Wenn mir mehr Zeit geblieben wäre, hätte ich lieber zuverlässigere Sicherheitsmaßnahmen getroffen, aber unter den gegebenen Umständen hatte ich keine Wahl.

Ich stellte angeekelt fest, daß der Hörer schmutzverschmiert war und nach Pfeifentabak stank. Nachdem ich die Nummer gewählt hatte, hörte ich zunächst eine Reihe von merkwürdigen Tönen. Wahrscheinlich machte das Signal erst seinen Weg durch Europa, unter dem Atlantischen Ozean hindurch und vielleicht sogar ein zweites Mal durch Europa, bevor es Washington D.C. erreichte, wo es in das Glasfaser-Telekommunikationssystem der CIA eingespeist, verstärkt und durch die dortigen elektronischen Kanäle weitergeleitet wurde.

Ich lauschte den vertrauten Klick- und Summgeräuschen, bis das dritte Klingeln ertönte.

Im gleichen Moment meldete sich eine weibliche Stimme: »Drei-zwei-null-null.« Wie war es nur möglich, daß sich stets die gleiche Frau meldete, egal, um welche Tages- oder Nachtzeit man anrief? Vielleicht war es überhaupt keine menschliche Stimme, sondern eine künstliche von hoher Klangqualität.

»Die Verbindung neun-siebenundachtzig, bitte«, sagte ich.

Noch ein Klicken, und dann hörte ich Tobys Stimme.

»Ben? Gott sei Dank! Ich habe von Zürich gehört. Bist du...«

»Ich weiß Bescheid, Toby.«

»Du weißt...«

»Von Truslow und den ›Weisen‹. Und von den beiden Deutschen, Vogel und Stössel. Ich weiß auch, daß es einen unbekannten Zeugen gibt.«

»Um Gottes willen, Ben, wovon sprichst du überhaupt? Und wo bist du?«

»Hör auf, Toby«, bluffte ich, »es wird sowieso alles herauskommen. Ich kenne genug Einzelheiten. Truslow hat versucht, mich umzubringen. Das war ein schwerer Fehler.«

Im Hintergrund war ein schwaches Rauschen zu hören.

»Ben«, hörte ich ihn sagen, »du irrst dich.«

Ich blickte auf die Uhr und sah, daß die Verbindung nun zehn Sekunden lang bestand. Das bedeutete, daß das Gespräch lange genug gedauert hatte, um verfolgt zu werden – bis Amsterdam, was eine nützliche falsche Fährte war.

»Natürlich«, erwiderte ich in sarkastischem Ton.

»Nein, Ben, bitte. Es passieren Dinge, die man ohne den richtigen Blickwinkel nicht verstehen kann. Wir leben in einer gefährlichen Zeit, und wir brauchen Leute wie dich, um so mehr, als du besondere Fähigkeiten hast...«

Nachdenklich hängte ich den Hörer ein. Ich hatte recht gehabt. Toby steckte mit drin in der Sache.

Ich kehrte ins Hotel zurück und schlüpfte leise ins Bett zu Molly, die tief und fest schlief.

Doch meine Grübeleien ließen mich nicht zur Ruhe kommen, und so stand ich wieder auf, nahm die Memoiren von Allen Dulles, die Mollys Vater mir hinterlassen hatte, zur Hand, und begann ziellos darin herumzublättern. Es war nicht einmal ein besonders großartiges Buch, aber es war das einzige, das ich hier im Hotelzimmer hatte, und ich brauchte einfach irgend etwas, womit ich mich von meinen Sorgen und Ängsten ablenken konnte. Ich überflog ein Kapitel über die Jedburghs, die mit dem Fallschirm über Frankreich abgesprungen waren, und über Sir Francis Walsingham, Meisterspion im sechzehnten Jahrhundert unter Queen Elizabeth I.

Noch einmal las ich die Codes, die Hal Sinclair mir und Molly hinterlassen hatte, und dachte an die kryptische Botschaft aus dem Gewölbe in Zürich, in der von einem sicheren Bankfach auf dem Boulevard Raspail die Rede war.

Zum millionsten Mal gingen mir die Gedanken an Mollys Vater und an die rätselhaften Geheimnisse, die er uns hinterlassen hatte, durch den Kopf. Ich fragte mich...

Aus einer unbestimmten Ahnung heraus stand ich noch einmal auf und holte eine Rasierklinge aus meinem Rasierset.

Früher – und mit ›früher‹ meine ich das Jahr 1963 – zeichnete sich die Buchherstellung in Amerika durch eine höhere Qualität aus als heutzutage. Unter dem grau-rot-gelben Papierumschlag von ›Die Macht des Wissens‹ war der Pappdeckel des Buches in einen feingewebten schwarz-weißen Leinenbezug eingeschlagen, in den die Insignien des Autors geprägt waren. Die Seiten waren fadengeheftet, nicht einfach nur geklebt. Ich unterzog das Buch, das ich von seinem Papierumschlag befreit hatte, einer genauen Untersuchung, indem ich es in alle Richtungen drehte.

Sollte er wirklich . . .? Wie clever war der alte Spionagechef wohl gewesen?

Vorsichtig schnitt ich mit der Rasierklinge den Buchdeckel auf, hob den Leinenbezug ab und entfernte das braune Deckpapier. Und da blinkte es mich an wie ein Signalfeuer: eine Botschaft aus Harrison Sinclairs Grab.

Es war ein kleiner, merkwürdig geformter Messingschlüssel, auf den die Zahl 322 geprägt war – der Schlüssel zu dem Geheimnis, das sich in einem Schließfach am Boulevard Raspail befand.

2

Am nächsten Morgen eilten wir die Rue Grenelle in Richtung des Boulevard Raspail und der Banque de Raspail entlang.

»In zwei Tagen soll ein Attentat verübt werden, Ben«, bemerkte Molly. »*In zwei Tagen!* Und wir wissen nicht einmal, wer getötet werden soll. Wir wissen nur, daß *wir* mit Sicherheit so gut wie tot sind, wenn der unbekannte Zeuge nicht aussagen sollte.«

Das war auch mir nur allzu klar: Uns blieben nur noch zwei Tage. Mir stand diese verdammt kurze Frist die ganze Zeit über drohend vor Augen, aber ich sagte nichts dergleichen zu Molly.

Ein ordentlich gekleideter älterer Herr in dunkelblauem Mantel kam uns entgegen, das kurzgeschnittene weiße Haar zurückgekämmt, die braunen Mandelaugen hinter viereckigen Brillengläsern verborgen. Er lächelte höflich. Im Vorübergehen warf ich einen Blick in ein Schaufenster, auf dem das Wort IMPRIMERIE geschrieben stand und auf einem Korkbrett als Anschauungsstücke der Handwerkskunst Visitenkarten ausgestellt lagen. In dem Schaufensterglas sah ich das Spiegelbild einer Frau, deren Figur meine Bewunderung erregte – und erkannte sie als Molly. Dann erblickte ich in der Scheibe das gespiegelte Abbild eines kleinen rot-weißen Austin Mini Coooper, der uns langsam folgte.

Ich erstarrte.

Das gleiche Auto war mir bei einem Blick aus dem Fenster unseres Hotelzimmers bereits in der vergangenen Nacht aufgefallen. Sollte dies wirklich ein Zufall sein? So viele rote Austins mit weißem Dach gab es nun auch wieder nicht.

»Mist!« rief ich aus und schlug mir mit der flachen Hand in einer theatralischen Geste gegen die Stirn.

»Was ist los?«

»Ich habe etwas vergessen.« Ohne mich umzudrehen, deutete ich hinter mich. »Wir müssen zurück zum Hotel gehen, wenn es dir nichts ausmacht.«

»Was hast du denn vergessen?«

Ich nahm ihren Arm. »Komm mit.«

Ich zog sie mit mir in Richtung Hotel. Ein schneller Blick auf den Austin zeigte mir, daß der Fahrer, ein junger Mann mit Brille, Gas gab und davonfuhr.

»Hast du die Dokumente vergessen?« fragte mich Molly, während ich den Schlüssel in das Schloß unseres Hotelzimmers steckte. Ich legte nur den Finger auf die Lippen. Sie warf mir einen besorgten Blick zu. Ich schloß die Tür und warf meine Ledermappe auf das Bett. Ich entleerte sie und hielt sie gegen das Licht. Jedes einzelne Reißverschlußfach öffnete ich und fuhr mit den Fingern an den Nähten entlang.

Molly formte mit den Lippen eine Frage: »Was ist los?«

Ich antwortete laut: »Wir werden verfolgt.«

Sie blickte mich fragend an.

»Es ist alles in Ordnung, Molly«, beruhigte ich sie. »Du kannst jetzt reden.«

»*Natürlich* sind wir verfolgt worden«, sagte sie erregt. »Wir sind verfolgt worden seit . . .«

»Seit *wann*?«

Sie zögerte: »Ich weiß es nicht.«

»Überlege bitte. Seit wann?«

»Mein Gott, Ben, du bist doch der . . .«

». . . Experte, ich weiß. Das ist richtig. Es wartete jemand auf mich, als ich in Rom eintraf. Ich wurde dort ständig verfolgt, aber in der Toskana habe ich sie wohl abgeschüttelt.«

»In Zürich . . .«

»Ja, in Zürich wurden wir ebenfalls verfolgt, auf dem Weg zur Bank und auch danach. In München wahrscheinlich auch, obwohl ich es nicht genau sagen kann. Aber ich bin mir ziemlich sicher, daß mir letzte Nacht niemand folgte.«

»Wieso bist du dir da so sicher?«

»Nun, ehrlich gesagt bin ich mir dessen nicht einmal hundertprozentig sicher. Aber ich habe mich jedenfalls ungeheuer bemüht und bin noch eine ganze Weile herumgelaufen, nachdem ich bei dem Dokumentenfälscher war, und ich habe nichts bemerkt. Ich habe im Laufe meiner Erfahrungen ein Auge dafür bekommen, und so etwas verlernt man nicht, auch nicht nach einer so langen Zeit als Patentanwalt.«

»Und was willst du damit sagen?«

»Daß *du* verfolgt worden bist.«

»Und du willst mir die Schuld dafür geben? Wir haben den Flughafen gemeinsam verlassen und sind mit dem Taxi ziemlich durch die Gegend gekurvt, und du sagtest, du wärest sicher, daß niemand uns verfolgte. Das Hotel habe ich die ganze Zeit über nicht verlassen.«

»Darf ich einmal deine Handtasche sehen?«

Sie reichte sie mir herüber, und ich schüttelte den Inhalt aufs Bett. Mit entrüstetem Blick verfolgte sie, wie ich mir alles genau ansah und dann die Tasche selbst und deren Futterstoff untersuchte. Schließlich checkte ich noch die Absätze unserer Schuhe, obwohl wir diese nicht aus den Augen gelassen hatten und ein Mißbrauch daher unwahrscheinlich war. Aber auch hier Fehlanzeige.

»Ich fürchte, ich bringe dir kein Glück«, seufzte Molly.

»Du bist höchstens die Glocke um meinen Hals, die mich verrät«, erwiderte ich zerstreut. »Aha!«

»Was ist?«

Ich zog vorsichtig das Medaillon, das sie an einer Kette um den Hals trug, über ihren Kopf, öffnete den goldenen Deckel und erblickte im Inneren des Medaillons nichts anderes als die Elfenbeingemme.

»Aber wonach suchst du, Ben? Nach einer Wanze?«

»Man darf nichts unversucht lassen, oder?« Ich reichte ihr das Schmuckstück, doch dann fiel mir etwas ein, und ich öffnete es noch einmal.

Ich warf einen sehr genauen Blick auf die Innenseite des Deckels. »Was ist hier eingraviert?« fragte ich.

Sie schloß die Augen und versuchte sich zu erinnern. »Nichts. Die Gravur befindet sich auf der Rückseite.«

»Genau«, entgegnete ich, »und das machte es sehr einfach.«

»Was?«

An meinem Schlüsselring, der auf dem Bett lag, befand sich ein kleines Uhrmacherwerkzeug. Den winzigen Schraubendreher schob ich in den Schmuckdeckel, aus dem daraufhin eine goldene Scheibe herausfiel, die ungefähr die Größe eines Vierteldollars hatte und etwa drei Millimeter dick war. An dieser Scheibe war ein hauchdünner, zusammengekringelter Draht befestigt.

»Das ist keine Wanze, sondern ein Sender«, stellte ich fest. »Ein winziger Suchsender mit einem Signalradius von bis zu sechs oder sieben Meilen.«

Molly warf mir einen überraschten Blick zu.

»Als Truslows Leute dich in Boston in Gewahrsam nahmen, trugst du doch dieses Schmuckstück, nicht wahr?«

Sie überlegte eine ganze Weile. »Ja.«

»Und als sie dich nach Italien schickten, haben sie es dir mit deinen restlichen Sachen zurückgegeben, habe ich recht?«

»Ja.«

»Natürlich. Selbstverständlich wollten sie, daß du bei mir bist. Trotz all unserer Vorsichtsmaßnahmen haben sie die ganze Zeit über unseren Aufenthaltsort gekannt. Zumindest immer dann, wenn du die Kette trugst.«

»Auch in diesem Moment?«

Ich antwortete möglichst behutsam, um sie nicht unnötig zu beunruhigen: »Ja, es spricht einiges dafür, daß sie auch in diesem Moment wissen, wo wir uns aufhalten.«

3

Bei der kleinen, aber überaus eleganten Banque de Raspail, auf dem Boulevard Raspail, Hausnummer 128, im vornehmen siebten Arrondissement gelegen, handelte es sich um eine private Handelsbank, die einen exklusiven Kundenkreis an reichen Parisern ihr eigen nannte. Die Kunden, die höchsten Wert auf Diskretion und persönliche Betreuung legten, hofften in diesem Bankhaus einen Service zu finden, den die großen Banken mit Massenpublikum nicht bieten konnten.

Das Innere der Bank spiegelte deren Exklusivität wider: Nicht ein einziger Kunde war zu sehen. Mit den antiken Aubusson-Teppichen, den über den Raum verteilten, mit Scalamandre-Seide bezogenen Biedermeiersesselchen und den zerbrechlich aussehenden italienischen Büsten und Lampenfüßen, die auf Biedermeier-Beistelltischen standen, glich der Innenraum des Gebäudes viel eher einem elegant eingerichteten Privathaus als einer Bank. Golden gerahmte Stiche mit architektonischen Motiven waren streng symmetrisch aufgehängt und unterstrichen den Eindruck von klassischer Eleganz, Traditionalität und Solidität. Ich persönlich hätte einer Bank, die so viel Geld in derartige Oberflächlichkeiten investierte, mein Vermögen nicht gerne anvertraut, aber ich bin natürlich auch kein Franzose.

Molly und ich waren uns bewußt, daß wir unter großem Zeitdruck standen. Es verblieben nur noch zwei Tage bis zu dem geplanten Attentat, und immer noch hatten wir keine Ahnung, wem es gelten sollte. Und nun kannten Truslows Agenten und vielleicht auch die für Vogel und das hinter ihm stehende deutsche Konsortium tätigen Killer zu allem Unglück auch noch unseren Aufenthaltsort. Sie wußten, daß wir in Paris waren, auch wenn sie den genauen Grund für unseren Aufenthalt nicht kannten und ebenso wenig von der geheimnisvollen Botschaft Hal Sinclairs aus dem Bankgewölbe ahnen konnten.

Ich hatte mit Molly noch nicht offen darüber gesprochen, aber es war leider nur allzu wahrscheinlich, daß man uns nach dem Leben trachtete.

Nun gut, ich war für den amerikanischen Geheimdienst aufgrund meiner besonderen Fähigkeiten zwar einiges wert, aber dennoch stellte ich zur Zeit eine überaus große Gefahr dar.

Ich wußte nun über die Machenschaften von Truslows Leuten in Deutschland wenigstens in groben Zügen Bescheid. Aber ohne irgendwelche handfesten Beweise würde mir niemand Glauben schenken, und auch ein Anruf bei der New York Times würde nur als Spinnerei belächelt werden. Die logische Schlußfolgerung war, daß Truslows Leute mich und Molly aus dem Wege räumen mußten. Unsere einzige Rettung bestand darin, so schnell wie möglich herauszufinden, wer in zwei Tagen in Washington ermordet werden sollte. Wir mußten das Attentat vereiteln und die ganze Geschichte ans Tageslicht bringen. Davon war ich zumindest überzeugt.

Wer konnte es nur sein? Wer war dieser unbekannte Zeuge? Handelte es sich vielleicht um einen Mitarbeiter Orlows, einen Russen, der die Wahrheit herausbekommen hatte? Es konnte natürlich auch ein Freund Hal Sinclairs sein, dem dieser sich anvertraut hatte.

Ich zog sogar eine allerdings ziemlich unwahrscheinliche Möglichkeit in Betracht. Was, wenn es sich bei dem unbekannten Zeugen um Toby handelte? Er wußte schließlich mehr als alle anderen. Sollte er es am Ende sein, der in zwei Tagen völlig überraschend vor den Senat treten, seine Aussage gegen Truslow machen und damit alles auffliegen lassen würde?

Doch auch diese Variante schien als Lösung ausgesprochen fragwürdig zu sein.

Erschöpft, voller Angst und gänzlich ratlos hatten Molly und ich im Duc de Saint-Simon lange diskutiert, bis wir uns schließlich einen Plan zurechtgelegt hatten, der funktionieren konnte. Wir mußten so schnell wie möglich das Hotel verlassen und uns zum Boulevard Raspail begeben, um zu sehen, was Mollys Vater uns hinterlassen hatte, denn wir durften kein Teil in diesem Puzzle übersehen. Auch auf die Gefahr hin, daß das Fach leer sein würde oder es überhaupt kein Fach auf seinen Namen mehr geben sollte, mußten wir jede Chance wahrnehmen, mehr zu erfahren. »*Folgen Sie dem Gold*«, hatte mich Orlow eindringlich aufgefordert. Das hatten wir getan, und die Spur führte uns nun direkt zu dieser kleinen Privatbank in Paris.

Wir hatten eilig unsere Sachen gepackt und dem Pagen aufgetragen, das Gepäck diskret ins Crillon zu schicken, wofür wir ihn mit einem großzügigen Trinkgeld belohnt hatten. Molly hatte als Erklärung behauptet, daß wir für einen bedeutenden ausländischen Staatsmann tätig seien, dessen Vorhut wir bildeten, und daß es überaus wichtig sei, unseren Aufenthaltsort geheimzuhalten. Er dürfe unter gar keinen Umständen ausplaudern, wohin er unser Gepäck geschickt habe.

Als nächstes hatte ich mich um Mollys Medaillon mit dem Sender gekümmert, der uns zweifellos unsere Verfolger innerhalb kürzester Zeit auf den Hals hetzen würde. Wir hätten den Sender natürlich einfach zerstören können, aber es war besser, ihn zu einem Ablenkungsmanöver zu nutzen. Ich nahm daher den Anhänger an mich und schlenderte wie ziellos aus dem Hotel in Richtung Boulevard Saint-Germain. Gegenüber der Métro-Station Rue du Bac befand sich ein stets gut besuchtes Café. Ich betrat das Café und setzte mich an die Bar, wo ich eine *Demi-tasse* bestellte. Dicht neben mir saß eine Dame mittleren Alters mit kupferfarbenem Haar, das sie zu einem Knoten hochgesteckt trug. Sie hielt eine große, geräumige Handtasche aus grünem Leder fest an sich gepreßt und las eine druckfrische Ausgabe der Zeitschrift Vogue. Unauffällig ließ ich den Schmuckanhänger in die Handtasche der Frau gleiten, trank meinen Kaffee aus, legte einige Francs auf den Tresen und begab mich zurück ins Hotel. Ich hoffte, daß diese Maßnahme unsere Verfolger zumindest so lange an der Nase herumführen würde, wie meine Vogue lesende Freundin sich in Menschenmengen bewegte. Denn es würde bei dieser Art Sender unmöglich sein exakt zu orten, von wo das Signal ausging.

Wir hatten das Hotel getrennt und durch verschiedene Ausgänge verlassen, wobei ich Ihnen die Einzelheiten ersparen möchte, aber ich kann Ihnen versichern, daß wir mit hoher Wahrscheinlichkeit nicht verfolgt wurden. Von unserem verabredeten Treffpunkt am Obelisken auf der Place de la Concorde begaben wir uns in einem Taxi auf den Rückweg, indem wir über den Pont de la Concorde die Seine überquerten und den Boulevard Saint-Germain bis zur Ecke Boulevard Raspail hinunterfuhren.

Einige attraktive, äußerst elegant gekleidete junge Frauen saßen eifrig über ihre Mahagonischreibtische gebeugt, die sich in gebührender Entfernung von den in Mahagoni gefaßten Glastüren befanden, durch die Molly und ich soeben eingetreten waren. Einige der Damen warfen uns etwas pikierte Blicke wegen dieser Störung zu. Sie strahlten eine Form von Geschäftigkeit aus, die eine besondere französische Prägung hatte. Ein junger Mann erhob sich von einem der Schreibtische und eilte mit alarmiertem Blick auf uns zu, so als ob wir vorhätten, die Bank auszurauben.

»*Oui?*« Der junge Bankangestellte stand vor uns und blockierte uns praktisch den Weg. Er trug einen beinahe übertrieben steif geschneiderten doppelreihigen Anzug und eine Nickelbrille mit schwarzem Gestell, wie sie der Architekt Le Corbusier (und nach ihm Generationen von affektierten amerikanischen Architekten) getragen hatte.

Ich deutete auf Molly, um deren Geschäfte es hier ja eigentlich ging. Sie trug eines ihrer aparten, höchst modischen Outfits, eine Art schwarzes Leinenhemd, das man gleichermaßen gut am Strand wie zu einer Dinnerparty im Weißen Haus tragen konnte. Wie immer gelang es ihr, mit einer äußerst überzeugenden Exzentrik aufzutreten. In ihrem fließenden Französisch begann sie, ihre Situation darzulegen: daß sie Alleinerbin des Vermögens ihres Vaters sei und daher rein routinemäßig einen Blick in das Schließfach zu werfen wünsche. Ich beobachtete das Gespräch wie aus großer Distanz, und mir wurde die Merkwürdigkeit der Situation nun erst richtig bewußt. *Das Vermögen ihres Vaters!* Da waren wir nun dabei, die Hinterlassenschaft ihres Vaters ausfindig zu machen, ein riesiges Vermögen, das ihm in Wirklichkeit nicht einmal gehörte.

Als schweigender Ehegatte folgte ich den beiden quer durch das Foyer bis zum Schreibtisch des jungen Mannes, wo unsere Angelegenheit geregelt werden sollte. Auch wenn dies erst die zweite Bank war, in der ich mich seit Beginn dieses Dramas aufhielt – das mit dem Erlangen meiner telepathischen Fähigkeiten begonnen hatte –, kam es mir doch so vor, als ob ich in den letzten Tagen nichts anderes getan hätte, als eine Bank nach der anderen aufzusuchen, so vertraut erschien mir schon jetzt jedes der sich scheinbar stets wiederholenden Rituale.

Während wir wartend dasaßen, bemerkte ich, wie ich mich unwillkürlich auf den ganz bestimmten Bereich meines Gehirns konzentrierte, der mir mittlerweile ebenfalls sehr vertraut geworden war, dieser seltsame Ort in meiner Großhirnrinde, an dem ich Wörter und Gedankenfetzen anderer Menschen auffing. Ich verfügte über einige Grundkenntnisse in Französisch und wartete darauf, daß die Gedanken des Bankangestellten sich zu Worten formten ...

... aber es geschah nichts.

Einen Moment lang packte mich die Angst, die ich nun schon des öfteren verspürt hatte. Sollte mich meine so plötzlich aufgetretene Fähigkeit ebenso plötzlich wieder verlassen haben? Nichts erreichte mich, absolut nichts. Ich erinnerte mich an jenen Nachmittag, an dem ich durch Boston gelaufen war, nachdem ich die Kanzlei verlassen hatte. Eine verwirrende Menge an Gedankenfetzen der Leute um mich herum, die voller Ärger, Trotz und Erregung steckten, war auf mich eingestürzt, ohne daß ich mich hätte konzentrieren müssen.

Ich fragte mich, ob diese Fähigkeit sich nun langsam verflüchtigte.

»Ben?« Mollys fragende Stimme riß mich aus meinen Gedanken.

»Ja?«

Sie blickte mich fragend an. »Der Herr sagt, daß wir jetzt sofort Zutritt zu dem Schließfach haben können. Ich brauche bloß dieses Formular auszufüllen.«

»Dann laß uns ruhig jetzt gleich hineinschauen«, antwortete ich und spürte, daß sie meine weiteren Pläne aus meinen Worten herauszulesen versuchte. *Wenn du die Fähigkeit besäßest, bräuchtest du mich nicht zu fragen*, dachte ich.

Der Bankangestellte holte aus einer Schublade ein aus zwei Bögen bestehendes Formular, dessen einziger Zweck eindeutig war: Es dient der Einschüchterung. Nachdem Molly das Formular ausgefüllt hatte, warf er einen Blick darauf, kräuselte die Lippen, stand auf und wandte sich an einen älteren Herrn, der wahrscheinlich sein direkter Vorgesetzter war. Nach einigen Minuten kam er zu uns zurück und führte uns mit einer einladenden Kopfbewegung zu einem Innenraum, in dem sich eine große Anzahl polierter Messingschließfächer befand – von zehn Zentimeter im Quadrat bis zur dreifachen Größe. Er steckte seinen Schlüssel in eines der kleineren Schließfächer.

Dann zog er den Metallkasten heraus und brachte ihn in einen angrenzenden Konferenzraum, wo er ihn auf einem Tisch abstellte. Er erklärte uns das französische Schließfachsystem, bei dem es zwei Schlüssel gibt: einen, der dem Kunden gehört, und einen zweiten, der im Besitz der Bank ist. Mit einem höflichen Lächeln und einem ermunternden Kopfnicken ließ er uns allein.

»Und nun?« wandte ich mich an Molly.

Molly schüttelte den Kopf, eine kleine Geste, in der sehr vieles lag: Entschlossenheit, Erleichterung, Neugierde, aber auch Enttäuschung. Dann steckte sie den winzigen Schlüssel, den ihr Vater im Bucheinband von Allen Dulles' Memoiren versteckt hatte, in das Schloß. Harrison Sinclair – Friede seiner Seele – hatte bis zu seinem Ende seinen Sinn für Ironie nicht verloren.

Die Messingplatte, die die Vorderseite der Box bildete, öffnete sich mit einem kaum hörbaren Klicken. Molly schob ihre Hand hinein.

Ich hielt für einen Moment den Atem an und beobachtete sie voller Spannung. »Ist es leer?« fragte ich sie.

Nach einigen Sekunden schüttelte sie den Kopf.

Ich atmete tief aus.

Sie zog aus der Box einen langen grauen Briefumschlag,

der ungefähr zwanzig mal zehn Zentimeter maß. Aufgeregt riß sie den Umschlag auf und zog einen maschinengeschriebenen Brief heraus, einen vergilbten Geschäftsumschlag und ein kleines Schwarzweiß-Hochglanzfoto. Einen Augenblick später bemerkte ich, wie sie nach Luft schnappte. »O mein Gott«, stammelte sie nur.

4

Ich starrte das Foto an, dessen Anblick sie so aufgewühlt hatte. Auf mich machte es den Eindruck eines vollkommen gewöhnlichen Schnappschusses aus dem Familienalbum: Standard-Fotogröße, der für die fünfziger Jahre so typische, gezackte Fotorand und sogar der unvermeidliche braune Fleck auf der Rückseite, der von angetrocknetem Fotoklebstoff herrührte. Ein schlanker, athletischer und gutaussehender junger Mann, der Arm in Arm mit einer dunkelhaarigen und dunkeläugigen Schönheit stand, und vor ihnen ein schelmisch grinsendes, kleines Mädchen von drei oder vier Jahren mit blitzenden Augen und einer ordentlich geschnittenen Ponyfrisur sowie zwei lose geflochtenen Zöpfen.

Die drei standen auf der verblichenen Holztreppe eines großen Holzhauses, wie man es als komfortable Sommerhütte am Lake Michigan, am Lake Superior, in den Poconos, den Adirondacks oder an den Ufern jedes pittoresken Sees im ganzen Land finden kann.

Das kleine Mädchen – es handelte sich ohne Zweifel um Molly – war offensichtlich ein richtiges Energiebündel, und die Kamera hatte diese Eigenschaft in dem Bruchteil der Sekunde, die das Drücken des Auslösers benötigt hatte, sehr gut einzufangen vermocht. Ihre Eltern wirkten stolz und zufrieden; das Ganze erinnerte so sehr an ein herzzerreißendes amerikanisches Familienidyll, daß es fast schon kitschig wirkte.

»Ich erinnere mich an diesen Ort«, kommentierte Molly das Foto.

»Hm?«

»Ehrlich gesagt, erinnere ich mich eher daran, was mir später über diesen Ort erzählt wurde. Das Haus, irgendwo in Kanada an einem See gelegen, gehörte meiner Großmutter mütterlicherseits.«

Molly verstummte und starrte erneut auf das Bild, wahrscheinlich um die Details näher zu studieren: den Holzstuhl auf der Terrasse hinter ihnen, dem eine Sprosse fehlte, die großen, unregelmäßigen Steine, die die Vorderseite des urigen Hauses bildeten, die Seersucker-Jacke ihres Vaters, seine Fliege, das mit Blumenmuster bedruckte bunte Sommerkleid ihrer Mutter sowie den Gummiball und den Baseballhandschuh, die auf der Treppe neben ihnen lagen.

»Was für ein seltsames Gefühl«, dachte Molly laut. »Eine glückliche Zeit. Leider gehört uns das Haus nicht mehr. Ich glaube, meine Eltern haben es verkauft, als ich noch klein war. Wir sind nach jenem Sommer nie wieder dorthin gefahren.«

Ich nahm den Geschäftsumschlag zur Hand, auf den in einer zierlichen europäischen Handschrift eine Adresse, oder jedenfalls der Teil einer Adresse, gekritzelt war: *7, Rue du Cygne, 1er, 23.* Offensichtlich Paris, aber was mochte sich hinter dieser Adresse verbergen? Warum befand sie sich hier, eingeschlossen in einem Bankschließfach?

Und warum das Foto? War es ein Signal, eine Botschaft für Molly von ihrem verstorbenen Vater aus (Sie werden die etwas abgegriffene Phrase verzeihen) dem Jenseits?

Ich warf nun auch einen Blick auf den Brief, der auf einer alten Schreibmaschine geschrieben worden war und vor Durchstreichungen und Tippfehlern nur so strotzte. Gerichtet war der Brief ›An meine geliebte Snoops‹.

Ich blickte Molly an, um sie zu fragen, was in aller Welt diese Anrede zu bedeuten habe, als sie etwas beschämt lächelte und erklärte: »Snoops war sein Kosename für mich.«

»*Snoops?*«

»Für Snoopy. Du kennst doch den kleinen Hund. Er war damals meine über alles geliebte Zeichentrickfigur.«

»Snoopy.«

»Außerdem liebte ich es als kleines Mädchen, meine Nase in verschlossene Schubläden zu stecken und in Dingen herumzuschnüffeln, die mich nichts angingen. Eigentlich etwas, das alle Kinder gerne tun, aber wenn der Vater Chef des CIA-Büros in Kairo ist oder eine höchst geheime Mission zu erfüllen hat, dann wird man für seine Neugier mehr gescholten als die anderen. Vater nannte mich deshalb Snoopy, was später zu Snoops wurde.«

»Snoops . . .« Ich ließ das Wort schelmisch auf der Zunge zergehen.

»Wage es nicht, Ellison, hörst du? Ich *warne* dich!«

Ich wandte mich erneut dem so fehlerhaft getippten Brief zu, der auf ecrufarbenem Briefpapier der Firma Crane geschrieben war. Das Schreiben, das den Briefkopf Harrison Sinclairs trug, lautete folgendermaßen:

AN MEINE GELIEBTE SNOOPS:
Wenn Du diese Zeilen liest – und ich bin sicher, daß Du allein diesen Brief finden wirst –, so laß mich Dir zuallererst zum millionsten Mal meine Bewunderung aussprechen. Du bist eine wunderbare Ärztin, aber Du wärest auch eine erstklassige Agentin geworden, wenn Du nicht immer eine so große Abneigung gegen meinen Beruf empfunden hättest. Ich meine das nicht als Kritik, denn in vielerlei Hinsicht hast Du mit guten Gründen die Geheimdiensttätigkeit verabscheut. Vieles daran ist mit Fug und Recht zu kritisieren. Dennoch hoffe ich, daß Du eines Tages auch die positiven Seiten unserer Organisation anerkennen wirst, und das nicht nur aus einem töchterlichen Loyalitätsgefühl heraus. Als die Krebserkrankung Deiner Mutter erkennbar so weit fortgeschritten war, daß sie nur noch einige Wochen zu leben hatte, bat sie mich in ihr Krankenzimmer. Sie – und es gibt niemanden, der bis zu seinem Ende mehr Würde gezeigt hätte als Deine Mutter – sagte mir und drohte mir dabei mit dem Zeigefinger, daß ich Dich nach Deinen eigenen Vorstellungen leben lassen solle. Sie sagte, sie wisse sehr wohl, daß Du nie den konventionellen Lebensmustern folgen, aber wie immer auch Dein Lebensweg beschaffen sein möge, Dein Dasein mit mehr Weitsicht und Menschenverstand gestalten würdest als jeder andere Mensch. Sie vertraute fest auf ihre ›liebe Martha‹, wie sie damals sagte. Ich bin sicher, Du verstehst, was ich **Dir** damit sagen möchte.

Dir wird bald klar werden, warum dieses Schließfach in meinen Unterlagen und in meinem Testament keine Erwähnung gefunden hat. Um an diese Zeilen zu gelangen, mußt Du den Schlüssel entdeckt haben (die einfachsten und ältesten Methoden sind immer noch die besten) und auch in dem Gewölbe in Zürich gewesen sein.

Das bedeutet, daß Du das Gold, für das ich Dir zweifellos eine Erklärung schuldig bin, gefunden hast.

Ich habe Verfolgungsspielchen und -jagden nie gemocht, deshalb glaube mir bitte: Nicht Dir wollte ich die Sache erschweren, sondern den ›anderen‹. Wenn Du bis hierher gekommen bist, wirst Du mein Vorgehen sicher verstehen können, denn deine Sicherheit liegt mir sehr am Herzen.

Ich schreibe diesen Brief einige Stunden, bevor ich mich in Zürich mit Wladimir Orlow, der Dir als der letzte Chef des KGB namentlich bekannt sein dürfte, treffen werde. Ich habe mit ihm eine Abmachung getroffen, die ich Dir erläutern möchte. Darüber hinaus möchte ich Dich in einige Dinge einweihen, die ich durch ihn erfahren habe.

Man wird mich mit großer Wahrscheinlichkeit umbringen, und was immer auch geschehen mag, ich möchte, daß Du weißt, warum es so gekommen ist.

Du weißt besser als jeder andere Mensch, Snoops, daß das Anhäufen von Reichtümern für mich nie eine Rolle gespielt hat. Deshalb wirst du bestimmt niemandem Glauben schenken, der Dir weismachen möchte, ich sei korrupt und bestechlich gewesen. Du weißt, daß diese Behauptungen nicht stimmen.

Dagegen weißt Du nicht, daß ich eine ganze Reihe von Morddrohungen erhalten habe, seit ich zum Direktor der CIA ernannt worden war, und ich es mir zur Aufgabe gemacht hatte, die ganze Organisation von der sie zersetzenden Korruption zu befreien. Ich ließ mich auf diesen ziemlich aussichtslosen Kampf ein, weil ich fest an die Organisation *glaube*. Ben, ich bin sicher, daß du dies besser verstehen wirst als jeder Außenstehende.

Es geht etwas Entsetzliches im Herzen der CIA vor. Eine kleine Gruppe mißbraucht seit Jahren die Möglichkeiten des Geheimdienstes, um riesige Geldsummen anzusammeln. Von meinem ersten Tag als Direktor an machte ich es mir zum Ziel, diese Gruppe zu demaskieren. Ich hatte zwar Verdachtsmomente, aber mir fehlten die endgültigen Beweise.

Die Atmosphäre in Langley war zu diesem Zeitpunkt höchst explosiv und drohte bei dem leichtesten Funken – das heißt etwa durch die Fragen eines parlamentarischen Untersuchungsausschusses oder durch den Bericht eines Reporters der New York Times – zu explodieren. Auf den Korridoren wurde ziemlich unverhohlen von meiner möglichen Absetzung gesprochen. Einige der Alteingesessenen haßten mich damals sogar mehr als Bill Colby! Und ich weiß auch, daß sich in Washington mehrere mächtige, höchst einflußreiche Persönlichkeiten beim Präsidenten für meine Verabschiedung einsetzten.

Wie Du wissen mußt, kursierten zu der Zeit jede Menge Gerüchte über Korruption großen Stils. Ich hörte Geschichten über eine kleine, anonyme Gruppe ehemaliger und auch aktiver Geheimdienstler, die sogenannten ›Weisen‹. Es hieß, daß diese Gruppe heimlich an einem ungeheuren Coup arbeite. Man sagte, daß diese Männer Geheimdienstinformationen benutzten, um riesige Geldsummen anzuhäufen. Niemand wußte, wer sich hinter dieser Gruppe verbarg, denn offensichtlich waren die Betreffenden so mächtig und so gut organisiert, daß es ihnen gelang, unerkannt zu bleiben.

Eines Tages kontaktierte mich ein europäischer Geschäftsmann – ein Finne – und gab vor, eine ehemals hochrangige Persönlichkeit zu vertreten, die wiederum über Informationen verfüge, die für mich von Interesse sein könnten.

Ich trat in Verhandlungen ein, noch bevor ich erfuhr, daß es sich bei der Person, die dieser Mann vertrat, um Wladimir Orlow handelte. Orlow hielt sich in einer alten Datscha außerhalb Moskaus auf und schmiedete Pläne, die ehemalige Sowjetunion zu verlassen und ins Exil zu gehen.

Der Vermittler ließ mich wissen, daß Orlow ein interessantes Angebot für mich habe. Er benötige meine Hilfe, um Rußlands Goldreserven vor den Falken zu retten, die, davon war er überzeugt, über kurz oder lang die Jelzin-Regierung stürzen würden. Falls ich ihm dabei behilflich wäre, eine große Menge Goldes – im Wert von etwa zehn Milliarden Dollar! – außer Landes zu bringen, würde er mir eine wertvolle Akte mit Informationen über gewisse korrupte Elemente innerhalb der CIA übergeben.

Orlow, so der Vermittler, verfüge über detaillierte Dokumente bezüglich eines umfangreichen Korruptionsgeflechtes innerhalb der CIA. Es handle sich um eine gewaltige Summe an Geldern, die über Jahre hinweg von einer kleinen Gruppe von CIA-Insidern angesammelt worden sei, indem man geheime Unternehmensinformationen aus der ganzen Welt zu eigenen Zwecken mißbraucht habe. Die Akte Orlows enthalte Angaben über Namen, Orte, Geldsummen, verschiedene Aufzeichnungen, kurz: wertvolle Beweise.

Ich willigte selbstverständlich ein. Ich hätte ihn in jedem Fall dabei unterstützt, Rußland vor einem Rückfall in die Diktatur zu bewahren, aber dieses Angebot war natürlich von besonderem Interesse für mich.

Orlow tauchte in Zürich jedoch ohne die Akte auf, da sie ihm gestohlen worden sei, was mich ziemlich argwöhnisch machte. Zuerst nahm ich an, es handle sich um einen Fall von Erpressung, aber schließlich gelangte ich zu der Überzeugung, daß er tatsächlich das Opfer eines Diebstahls geworden war. Und da wir so weit gekommen waren, wollte ich unsere Absprache auch erfüllen.

Ich brauchte jedoch für diese umfangreiche Transaktion Hilfe, und zwar von Leuten außerhalb der CIA. Nur so konnte ich sicher sein, nicht den kriminellen Drahtziehern in die Hände zu wirtschaften. Bei der großen Menge Goldes wäre das fatal gewesen. Außerdem durften die Finanzgeschäfte nirgendwo dokumentiert werden.

Deshalb wandte ich mich an den Mann, der nicht mehr dazugehörte und menschlich jenseits allen Zweifels stand, an Alexander Truslow. Dieser Schritt war der größte Fehler meines Lebens.

Ich machte Truslow zum Mitinhaber des Kontos bei der Züricher Bank, bei der ich die Hälfte des Goldes deponierte. Auf diese Weise konnte keiner von uns ohne Einverständnis des anderen über das Gold verfügen. Außerdem konnte das Gold erst dann transferiert oder abgehoben werden, wenn das Konto aktiviert wurde – ein Mechanismus, der ausgelöst wird, indem einer der Inhaber Zutritt zum Gold verlangt. Ich versprach mir davon, daß keinem von uns die alleinige Verantwortung gegeben werden konnte, falls irgendwelche Probleme entstehen sollten. Man konnte mich auf diese Weise auch keiner Unterschlagung in großem Stil bezichtigen.

Was die andere Hälfte des Goldes betraf, so arrangierten wir deren Verschiffung in Containern über Neufundland und die St.-Lawrence-Straße nach Kanada. Genauer gesagt, es war Truslow, der sich darum kümmerte.

Doch jetzt, wo ich dies schreibe, fürchte ich ernsthaft um mein Leben. Wie Du weißt, Ben, haben wir in Langley genug Experten, die es verstehen, einen Mord wie einen natürlichen Tod aussehen zu lassen.

Meine Tage sind also gezählt.

Vor kurzem habe ich erfahren, daß der deutsche Kanzlerkandidat Wilhelm Vogel nur die Marionette eines mächtigen deutschen Industriekartells ist. Man ist heimlich dabei, Deutschland aufzurüsten und dem Land zu neuer Macht zu verhelfen. Die Absicht, die dahintersteht, ist die, nicht nur die Macht über Deutschland, sondern die Gewalt über das ganze vereinte Europa an sich zu reißen.

Die Verschwörergruppe innerhalb der CIA kooperiert mit diesem Kartell. Das Ziel soll wohl darin bestehen, die gemeinsame Beute untereinander aufzuteilen. Die geheime CIA-Fraktion plant, die Wirtschaft der westlichen Hemisphäre zu kontrollieren, während dem deutschen Kartell Europa zufiele. Sie alle würden durch diese Operation unvorstellbar reich und mächtig werden. Das ist eine neue Form von weltumspannendem Neofaschismus, die diese unsicheren Zeiten ausnutzt, um an die Hebel der Macht zu gelangen.

Der Anführer der Amerikaner ist Alexander Truslow.

Und ich bin absolut machtlos, irgend etwas dagegen zu unternehmen.

Aber ich bin guter Hoffnung, bald die nötigen Beweise zusammengetragen zu haben, um der Sache ein Ende zu bereiten.

Wenn ich vorher umkommen sollte, müßt Ihr diese Beweise finden.

Um das zu schaffen, hinterlasse ich jedem von Euch ein Geschenk.

Ich habe leider nur ein geringes Vermögen, das ich Euch vererben kann. Aber ich möchte jedem von Euch ein kleines Geschenk machen – in Form von Wissen, das letztlich der wertvollste Besitz ist.

Für Dich, Snoops, ist es die Erinnerung an eine sehr glückliche Zeit in Deinem Leben und dem Deiner Eltern. Die wahren Reichtümer, das wirst Du selber noch erfahren, liegen in der Familie. Die beigefügte Fotografie, die Du, glaube ich, noch nie gesehen hast, weckte bei mir stets Erinnerungen an einen sehr glücklichen Sommer.

Du warst damals erst vier Jahre alt, weshalb Du Dich wahrscheinlich auch nicht mehr daran erinnern wirst. Ich war schon damals ein ausgesprochener *Workaholic*. Aber nach einer Blinddarmoperation war ich gezwungen, mir einen Monat freizunehmen. Wer weiß, vielleicht war dies die Art meines Körpers, mir zu sagen, daß ich mir mehr Zeit für meine Familie nehmen sollte.

Du warst sehr glücklich dort. Du fingst Frösche aus

dem Teich, lerntest angeln und einen Softball zu werfen. Den ganzen Tag lang warst Du beschäftigt, und nie habe ich Dich so zufrieden erlebt. Ich habe nie an Tolstois Worte geglaubt, der am Anfang von ›Anna Karenina‹ behauptet, daß alle glücklichen Familien sich gleichen. Ich bin davon überzeugt, daß jede Familie, sei sie glücklich oder unglücklich (und unsere Familie hat beides erlebt), so einzigartig ist wie ein Schneekristall. Meine liebe Snoops, ich darf es mir wohl ein einziges Mal in meinem Leben erlauben, sentimental zu sein.

Dir, Ben, hinterlasse ich die Adresse eines Ehepaares. Ich weiß nicht, ob die beiden noch am Leben sind, wenn Du diese Zeilen liest, aber ich hoffe von ganzem Herzen, daß zumindest einer von beiden noch lebt, um Dir etwas sehr Wichtiges berichten zu können. Nimm bitte den Umschlag mit, er wird Dir als eine Art Eintrittskarte dienen.

Ich bin sicher, daß das, was man Dir erzählen wird, Dich von einer großen Last, die Du mit Dir trägst, befreien wird. Du bist in keiner Weise am Tod Deiner ersten Frau schuldig, Ben, und das wird das Ehepaar Dir bestätigen können. Ich wünschte, ich hätte Dir all das früher sagen können, aber aus verschiedenen Gründen war es mir leider nicht möglich.

Bald wirst Du all das verstehen. Irgend jemand – ich glaube, es war La Rochefoucauld oder ein anderer französischer Aphoristiker des siebzehnten Jahrhunderts – hat es sehr treffend ausgedrückt: Kaum etwas fällt uns schwerer, als denjenigen zu danken, die uns geholfen haben.

Und ein letztes literarisches Zitat aus Eliots ›Gerontion‹: ›Nachdem ich all das weiß, wie sollte ich da nicht vergeben?‹

In Liebe und Dankbarkeit
Dad.

5

Tränen liefen über Mollys Wangen, und sie biß sich auf die Unterlippe. Sie sah das Bild mit feuchten Augen lange an und blickte dann zu mir auf. Ich wußte nicht, was ich zuerst sagen sollte. Deshalb legte ich erst einmal schweigend meine Arme um sie und drückte sie fest an mich. Ich spürte dabei, wie ihr Brustkorb sich durch ihr Schluchzen hob und senkte. Nach einigen Minuten wurde ihr Atem ruhiger, und sie löste sich aus meiner Umarmung. In ihren Augen sah ich plötzlich ein solches Leuchten, daß ich meinte, das vier Jahre alte Mädchen vom Foto vor mir zu haben.

»Warum?« fragte sie schließlich.

»Warum... was?«

Ihre Augen musterten fragend mein Gesicht, so als ob sie selbst herausfinden müßte, was sie eigentlich meinte. »Das Foto«, erklärte sie.

»Es ist bestimmt eine Botschaft, was sollte es sonst sein.«

»Und du glaubst nicht, daß es ganz einfach nur... ein Geschenk sein könnte?«

»Sag selbst, Molly, würde das zu ihm passen?«

Sie schniefte und schüttelte den Kopf. »Dad war ein wunderbarer Mensch, aber er ist nie besonders direkt gewesen. Ich glaube, er hat sich von seinem Freund James Jesus Angleton abgeguckt, was es heißt, kryptisch zu sein.«

»Gut. Wo in Kanada befand sich das Haus deiner Großmutter?«

Sie schüttelte erneut den Kopf. »Mein Gott, Ben, ich war damals gerade *vier* Jahre alt, und wir haben nur einen einzigen Sommer dort verbracht. Ich habe buchstäblich keine Erinnerungen an die Zeit.«

»Denk genau nach«, bat ich sie.

»Aber es hilft nichts! Ich weiß nicht, wo es war. Irgendwo im französischsprachigen Teil, wahrscheinlich in Quebec.«

Ich nahm ihr Gesicht in meine Hände und blickte ihr fest in die Augen.

»Was machst du da – laß das sein, Ben!«

»*Versuch* es wenigstens.«

»Moment mal, hey, wir haben eine Abmachung getroffen. Du hast mir versichert, nein, *versprochen*, nicht mehr zu versuchen, meine Gedanken zu lesen!«

trem . . . tremble . . . trembling? . . .

Es war nur ein Fetzen, ein Wort oder ein Geräusch, das ich plötzlich hörte.

»Tremble. Trembling.«

»Was soll das?«

»*Konzentrier* dich! Trembling. Tremble. Trem . . .«

»Wovon sprichst du?«

»Ich weiß es noch nicht«, erklärte ich. »Genauer gesagt, ich weiß es eigentlich doch. Ich habe dich gehört, du hast es *gedacht*.«

Sie erwiderte meinen Blick mit einem Ausdruck von Verwirrung und Tadel zugleich. »Ich habe wirklich keine Ahnung«, stammelte sie.

»Versuch es bitte. *Denke nach.* Trembling. Trembley? Kanada. Deine Großmutter. Trembley oder so etwas Ähnliches? Hieß so deine Großmutter?«

Sie schüttelte entschieden den Kopf. »Sie hieß Hale, Ellen Hale, und mein Großvater Frederick. Es gab in unserer Familie niemanden namens Trembley.«

Ich stieß einen Seufzer der Enttäuschung aus. »Okay. Trem. Kanada. Trembling. Kanada . . .«

. . . tromblon . . .

»Da ist noch etwas«, informierte ich sie, »du denkst oder formulierst etwas: einen Namen, einen Gedanken, *irgend etwas*, woran du dich auf der Bewußtseinsebene nicht mehr erinnerst.«

»Was meinst du?«

Voller Ungeduld unterbrach ich sie. »Was bedeutet Tromblon?«

»Wie bitte? O mein Gott . . . Tremblant. Lac Tremblant!«

»Und wo . . . ?«

»Das Haus stand am Ufer eines Sees in Quebec. Ich erinnere mich nun wieder. Am Lac Tremblant. Am Fuß eines hohen, majestätischen Berges, des Mont Tremblant. Ja, das

Haus lag am Lac Tremblant. Wieso bin ich doch noch darauf gekommen?«

»Du hast dich daran erinnert. Nicht deutlich genug, um diese Erinnerung laut zu formulieren, aber der Name war in deinem Gehirn gespeichert. Wahrscheinlich ist er in deiner Kindheit oft gefallen, so daß er sich dir eingeprägt hat.«

»Und du hältst diese Information für wichtig?«

»Ich halte sie sogar für *ungeheuer* wichtig. Ich glaube, daß dein Vater dir das Foto hinterließ, weil es einen Ort zeigt, den niemand außer dir identifizieren kann und der wahrscheinlich auch nirgendwo schriftlich erwähnt ist. Falls es irgend jemand geschafft hätte, an das Schließfach heranzukommen, wäre er spätestens bei dem Foto am Ende seiner Weisheit angelangt. Alles, was ein Fremder damit tun könnte, wäre, dich und deine Eltern zu identifizieren. Weiter würde er nicht kommen.«

»Selbst ich war völlig ratlos.«

»Ich bin sicher, er ging davon aus, daß du früher oder später darauf kommen würdest. Das war ganz gewiß sein Ziel.«

»Und . . .«

». . . daß du dorthin gehen würdest.«

»Glaubst du, daß die Dokumente dort sind?«

»Es würde mich jedenfalls nicht sonderlich überraschen.« Ich stand auf und strich die Falten aus meiner Hose und meinem Jackett.

»Was wirst du jetzt tun?«

»Ich möchte keine Sekunde unserer knappen Zeit vertun.«

»Aber wohin sollen wir als erstes fahren?«

»Du bleibst hier«, erklärte ich und sah mich in dem Konferenzraum um.

»Glaubst du, daß ich hier in Sicherheit bin?«

»Ich werde den Bankmanager darüber informieren, daß wir den Raum für den Rest des Tages benötigen und dafür selbstverständlich, falls nötig, gut bezahlen werden. Niemand außer uns darf den Raum betreten. Ein verschlossener Raum in einem Bankgewölbe – wir werden schwerlich einen sichereren Ort finden, jedenfalls nicht auf die Schnelle.« Ich wandte mich zum Gehen.

»Und wohin gehst du?« erkundigte sich Molly.

Als Antwort hielt ich den Umschlag in die Luft.

»Warte einen Moment, Ben. Ich brauche ein Telefon und ein Faxgerät.«

»Wofür brauchst du das?«

»Frage nicht, Ben. Bitte veranlasse, daß ich beides bekomme.«

Ich warf ihr einen überraschten Blick zu, nickte und verließ den Raum.

Die Rue du Cygne (die Schwanenstraße) war eine kleine, ruhige Straße, nur einige Häuserblocks entfernt vom ehemaligen Marché des Innocents, dem großen und zentralen Pariser Marktplatz. Emile Zola nannte ihn *Le ventre de Paris*, den ›Bauch von Paris‹. Nachdem in den späten sechziger Jahren ein Großteil der alten Gebäude abgerissen worden war, wurden etliche monströse modernistische Bauten hochgezogen, unter anderem das Forum Les Halles, das Einkaufspassagen, Restaurants und die größte U-Bahn-Station der Welt beherbergt.

Die Hausnummer 7 gehörte zu einem schäbigen Wohnhaus aus dem späten neunzehnten Jahrhundert, das im Inneren düster, schäbig und verwohnt aussah. Eine alte Holztür, von der die einst weiße, inzwischen aber grau gewordene Farbe abblätterte, trug die Nummer 23.

Schon lange bevor ich den zweiten Stock erreicht hatte, konnte ich das tiefe, drohende Gebell eines großen Hundes aus der Wohnung dringen hören. Ich näherte mich der Tür und klopfte an.

Nach einer ganzen Weile, in der das Bellen des Hundes immer lauter und aggressiver geworden war, vernahm ich die langsamen, schlurfenden Schritte einer alten Frau oder eines alten Mannes. Dann folgte das Rasseln einer Kette, die wahrscheinlich Teil des Türriegels war.

Die Tür öffnete sich, und für den Bruchteil einer Sekunde fühlte ich mich wie in die Szene eines Horrorfilms versetzt – die scharrenden Schritte, das Kettenrasseln und dann das Gesicht dieser Kreatur in der offenen Tür vor mir.

Es war eine Frau, die in gebeugter Haltung vor mir stand. Unter ihrem langen silbergrauen Haar, das sie zu einem

Knoten hochgesteckt hatte, erblickte ich ein Gesicht von unglaublicher Häßlichkeit. Eine einzige Masse an deformierten klumpigen Geschwüren, in die ihre gütigen Augen und ein kleiner verzerrter Mund eingebettet waren.

Ich war wie erstarrt vor Schreck. Doch selbst wenn ich weniger schockiert und sprachlos gewesen wäre, so fehlte mir doch jeglicher Name, mit dem ich sie hätte anreden können. Alles, was ich hatte, war die Adresse auf dem Umschlag, den ich ihr wortlos zeigte. Im Hintergrund hörte ich den Hund unruhig winseln.

Ebenfalls schweigend warf sie einen Blick auf den Umschlag und verschwand dann in der Wohnung.

Nach wenigen Sekunden kam ein etwa siebzigjähriger Mann an die Tür. Auch wenn er heute gebrechlich wirkte, konnte man sehen, daß er einmal von kräftiger Statur und sein widerspenstiges graues Haar einmal schwarz gewesen sein mußte. Immer noch wies sein Gang ein deutliches Hinken auf, und die lange schmale Narbe auf seinem Kinn war nicht mehr rot und entzündet, sondern inzwischen zu einem weißen Strich verblaßt. Die letzten fünfzehn Jahre hatten diesen Mann sehr altern lassen.

Diesen Mann, den ich nie vergessen hatte, weil er mich Nacht für Nacht im Traum verfolgte. Den ich zuletzt gesehen hatte, als er vor fünfzehn Jahren in der Rue Jacob davongehinkt war.

Mit mehr Ruhe, als ich mir je zugetraut hätte, sagte ich: »Sie sind also der Mann, der meine Frau getötet hat.«

6

Ich konnte mich allerdings nicht an diese Augen erinnern: gefühlvolle grau-blaue Augen, die so gar nicht zu einem KGB-Killer paßten; zu dem Mann, der meine schöne junge Frau ohne einen Moment des Zögerns mit einem Schuß ins Herz kaltblütig umgebracht hatte.

Aber ich erinnerte mich noch gut an die dünne Narbe an seinem Kinn, das struppige schwarze Haar, das karierte Jägerhemd und an den hinkenden Gang ...

Ein Überläufer, ein KGB-Mitarbeiter aus der Registratur des Pariser Büros, der sich ›Victor‹ nennt, hat Informationen anzubieten. Informationen, die er angeblich in Moskauer Archiven ausgegraben hat und die mit dem Decknamen ELSTER in Zusammenhang stehen.

Er plant die Seiten zu wechseln. Dafür verlangt er Schutz. Sicherheit und all den Komfort, mit dem Amerikaner bekannterweise einen Überläufer überhäufen.

Wir unterhalten uns. Wir treffen uns in der Faubourg-St.-Honoré. Wir wollen uns wieder an einem sicheren Ort treffen, wo er uns hochexplosives Material aus einer ELSTER-Akte übergeben will. Tobys Aufmerksamkeit ist geweckt. Er ist ernsthaft an ELSTER interessiert.

Wir arrangieren ein Treffen in meiner Wohnung in der Rue Jacob. Ich halte das für ungefährlich, denn ich bin davon überzeugt, daß Laura nicht zu Hause ist. Ich verspäte mich. Ein Mann im karierten Hemd und mit struppigem schwarzem Haar hinkt davon. Ich nehme Blutgeruch wahr, scharf und metallisch, warm und säuerlich, ein Geruch, der mir den Magen umdreht und mir lauter und lauter entgegenschreit, je höher ich die Treppe emporsteige.

Ist das wirklich Laura? Es ist nicht möglich, nein, das kann sie nicht sein, dieser Körper, der dort so merkwürdig verdreht liegt in dem weißen, seidenen Morgenrock, auf dem sich ein tiefroter Fleck ausbreitet. Das ist nicht wahr, es darf nicht wahr sein. Laura ist nicht in der Stadt, sie ist in Giverny, sie kann es gar nicht sein. Es ist nur eine Ähnlichkeit, sie selbst kann es nicht sein.

Ich drohe den Verstand zu verlieren.
Und Toby – diese kaum zu erkennende menschliche Gestalt dort auf dem Fußboden des Hausflures. Toby, halbtot und für den Rest seines Lebens gelähmt.
Ich bin schuld an all dem.
Ich war es, der dies den beiden angetan hatte. Meinem Lehrer und Freund. Und meiner angebeteten Frau ...

›Victor‹ warf einen genauen Blick auf den Umschlag und blickte dann mich an. In seinen graublauen Augen lag ein Ausdruck, den ich nicht zu deuten verstand. War es Angst? Oder Gleichgültigkeit? Dieser Blick konnte alles bedeuten.

Schließlich sagte er: »Bitte, kommen Sie herein.«

Die beiden, Victor und die entstellte Frau, saßen nebeneinander auf einem kleinen Sofa. Beinahe besinnungslos vor Rachedurst stand ich vor ihnen und hielt meine Pistole auf sie gerichtet. Ein großer Farbfernseher lief im Hintergrund mit gedrosselter Lautstärke und zeigte irgendeine alte amerikanische Filmkomödie, die ich nicht kannte.

Der Mann ergriff als erster das Wort und sprach Russisch. »Ich habe Ihre Frau nicht getötet«, erklärte er.

Die Frau – seine Ehefrau? – saß zitternd neben ihm, die Hände auf dem Schoß gefaltet. Ich brachte es vor Abscheu nicht über mich, sie anzusehen.

»Wie heißen Sie?« fragte ich ihn, ebenfalls auf russisch.

»Vadim Berzin«, gab er zur Antwort. »Und das ist Vera. Vera Iwanowa Berzina.« Er machte bei diesen Worten mit dem Kopf eine leichte Bewegung in ihre Richtung.

»Sie sind Victor«, stellte ich fest.

»Das war ich einmal. Ich habe mich nur für ein paar Tage so genannt.«

»Wer sind Sie dann in Wirklichkeit?«

»Sie wissen, wer ich bin.«

Tat ich das? Was wußte ich eigentlich über ihn?

»Haben Sie mich erwartet?« wollte ich wissen.

Vera schloß die Augen, oder die Augen verschwanden vielmehr inmitten der Schwellungen. Mir fiel ein, daß ich ein derart entstelltes Gesicht schon gesehen hatte, aber bisher nur auf Bildern und im Film ›*Der Elefantenmensch*‹; ein eindrucksvoller Film, der auf dem wahren Schicksal des berühmten englischen Elefantenmenschen John Merrick beruhte. Dieser Mann war durch Neurofibromatose, auch als Von Recklinghausensche Krankheit bekannt, die zu Hautkrebs und zu entsetzlichen Deformationen führen kann, schrecklich entstellt gewesen. Ob die Frau unter der gleichen Krankheit litt?

»Ja, ich habe Sie erwartet.« Der Mann nickte.

»Und dennoch hatten Sie keine Angst, mich in Ihre Wohnung zu lassen?«

»Ich habe Ihre Frau nicht umgebracht.«

»Es wird Sie nicht überraschen, wenn ich Ihnen das nicht ohne weiteres glaube«, entgegnete ich.

»Nein«, er lächelte schwach, »das überrascht mich nicht.« Er schwieg eine Weile und fügte dann hinzu: »Sie können mich oder uns beide leicht töten. Sofort, wenn Sie wollen. Aber warum sollten Sie nicht vorher anhören, was wir Ihnen zu berichten haben?

Wir leben hier«, nahm er seine Erzählung auf, »seit dem Niedergang der Sowjetunion. Wir haben uns freigekauft, wie so viele unserer Kameraden vom KGB es auch getan haben.«

»Haben Sie dafür bei der russischen Regierung bezahlt?«

»Nein, wir haben unseren Geheimdienst bezahlt.«

»Aber womit? Mit Dollar, die Sie beiseite gelegt hatten?«

»Kommen Sie, was immer man auch an Dollar über die Jahre zusammenkratzen konnte, war ein Nichts für den Geheimdienst. Man brauchte dort unsere abgegriffenen Dollarnoten nicht. Nein, wir kauften uns mit der Währung frei, mit der alle KGB-Offiziere...«

»Natürlich«, unterbrach ich ihn, »Informationen. Aus den KGB-Akten gestohlene Geheiminformationen. So machten es alle. Es überrascht mich nur, daß Sie einen Abnehmer fanden – nach dem, was Sie getan hatten.«

»Nun ja«, grinste Berzin sarkastisch, »ich habe doch nur versucht, einen jungen, intelligenten CIA-Agenten, der einigen Leuten in der Moskauer Zentrale ein Dorn im Auge war, eine Falle zu stellen. Deshalb arrangierte ich ein angebliches Überlaufen... wie aus dem Lehrbuch, nicht wahr?«

Ich schwieg, und er fuhr fort: »Ich erscheine also am vereinbarten Ort, aber der amerikanische Agent ist nicht da. Weil Rache nicht wählerisch ist, töte ich dafür seine junge Frau und verwunde einen älteren CIA-Mann. Habe ich alles richtig wiedergegeben?«

»So ungefähr.«

»Aha. Ja, eine schöne Geschichte.«

Ich hatte während seiner Worte die Waffe gesenkt, aber nun richtete ich sie erneut auf ihn. Ich bin überzeugt davon, daß wenige Dinge geeigneter sind, um die Wahrheit herauszubringen, als eine scharfe Waffe in der Hand eines Mannes, der entschlossen ist, sie auch zu gebrauchen.

Nun ergriff zum ersten Mal die Frau das Wort. Mit klarer, lauter Stimme forderte sie mich auf: »Lassen Sie ihn ausreden!«

Ich warf einen kurzen Blick auf die Frau und wandte mich dann wieder ihrem Mann zu. Er schien keine Angst zu empfinden, im Gegenteil schien ihn die Situation beinahe zu belustigen. Doch plötzlich wurde sein Gesicht sehr ernst. »Die Wahrheit«, sagte er, »sieht anders aus. Als ich in ihrer Wohnung eintraf, begrüßte mich dieser ältere Mann, Thompson. Ich wußte damals nicht, wer er war.«

»Das ist nicht möglich!«

»Es war so! Ich hatte ihn noch nie gesehen, und Sie hatten mir nicht gesagt, daß er dort sein würde, wahrscheinlich aus Gründen der Geheimhaltung. Er sagte, er sei dort, um mich zu überprüfen, und würde gerne umgehend mit der Befragung beginnen. Ich stimmte zu und berichtete ihm von dem ELSTER-Dokument.«

»Worum handelte es sich dabei?«

»Um eine Informationsquelle beim amerikanischen Geheimdienst.«

»Ein sowjetischer Maulwurf?«

»So ungefähr. Zumindest einer von unseren Leuten.«

»Mit dem Codenamen ELSTER?« Ich gebrauchte das russische Wort für den Vogel, ›soroka‹.

»Ja.«

»Es handelte sich also um einen KGB-Codenamen.« Es gab eine ganze Reihe von KGB-Codenamen, die der Vogelwelt entstammten und weitaus fantasievoller waren als unsere.

»Ja, aber andererseits war der Mann kein Maulwurf im eigentlichen Sinn. Er war vielmehr ein Agent, den wir nur so weit auf unsere Seite gebracht hatten, daß er ab und zu eine Hilfe für uns bedeutete.«

»Und hinter ELSTER verbarg sich wer?«

»Es stellte sich heraus, daß hinter dem Codenamen ELSTER James Tobias Thompson steckte. Ich wußte in dem Moment natürlich nicht, daß ich mit unserer Quelle persönlich sprach, denn der wirkliche Name war mir damals nicht bekannt, die Akten des KGB sind dafür viel zu sehr verschlüsselt. Ich war also dabei, von einer Akte mit wichtigen Informationen zu sprechen, die ich verkaufen wollte, und vor mir stand der Agent, den ich mit dem Verkauf dieser Informationen auffliegen lassen würde. Ich kann Ihnen versichern, daß er mir höchst interessiert zuhörte.«

»Mein Gott«, entfuhr es mir. »Toby!«

»Plötzlich wurde dieser Thompson gewalttätig. Er stürzte sich auf mich, zog seine Pistole, die mit einem Schalldämpfer versehen war, und verlangte von mir die Herausgabe des Dokuments. Ich war natürlich nicht so dumm gewesen, es mitzubringen, bevor die Verhandlungen abgeschlossen waren. Er bedrohte mich, und ich versicherte ihm, daß ich das Papier nicht bei mir hätte. Er war drauf und dran, mich umzubringen, als plötzlich eine Frau das Zimmer betrat. Eine wunderschöne, in einen weißen Morgenrock gekleidete Frau.«

»Ja, das war Laura.«

»Sie hatte alles mit angehört, was wir miteinander geredet hatten, jedes Wort. Sie sagte, sie sei krank und habe im Nebenraum geschlafen, und der Lärm habe sie geweckt. Plötzlich entstand ein Tumult. Ich nutzte die Chance, um aufzustehen und zu fliehen. Während ich davonlief, zog ich meinen Revolver, um mich zu verteidigen, aber noch bevor ich ihn entsichern konnte, bekam ich einen Schuß ins Bein ab. Nun war auch meine Waffe schußbereit, und ich feuerte auf ihn, um mich zu retten. Dann entfloh ich in den Hausflur, rannte, so schnell es ging, die Treppe hinunter und konnte ihm so entkommen.«

Ich wäre am liebsten auf den Boden gesunken, hätte mein Gesicht in die Hände vergraben und mich in Schlaf und Vergessen geflüchtet, aber ich mußte nun durchhalten. Ich ließ mich in einen kantigen Sessel fallen, sicherte meine Pistole und hörte schweigend weiter zu.

»Als ich die Treppe hinunterhetzte«, fuhr Berzin fort, »hörte ich einen schallgedämpften Schuß und wußte, daß er entweder sich selbst oder die Frau erschossen hatte.«

Die entstellten Augen der Frau waren die ganze Zeit über geschlossen geblieben. Eine lange Pause trat ein, in der nur das Motorgeräusch von Mopeds, das Dröhnen von Lastwagen und helles Kindergelächter aus der Ferne zu hören waren.

Endlich war ich wieder in der Lage, ein Wort hervorzubringen. »Eine plausible Geschichte«, bemerkte ich.

»Plausibel – und wahr«, ergänzte Berzin.

»Aber Sie haben keinerlei Beweise dafür«, wandte ich ein.

»Wirklich nicht? Wie genau haben Sie den Leichnam Ihrer Frau untersucht?«

Ich gab keine Antwort. Ich hatte es damals nicht über mich gebracht, Lauras Leiche genauer anzusehen.

»Ich verstehe«, sagte Berzin. »Aber wenn jemand, der etwas von Ballistik versteht, die Wunden untersucht hätte, hätte er festgestellt, daß der Schuß aus James Tobias Thompsons Waffe stammte.«

»Das läßt sich leicht behaupten, wenn der Leichnam seit fünfzehn Jahren unter der Erde liegt«, widersprach ich.

»Es muß Untersuchungen gegeben haben.«

»Gewiß gab es die.« Ich sagte nicht, daß ich keinen Zugang dazu gehabt hatte.

»Ich habe etwas, das Sie interessieren wird. Lassen Sie es mich holen. Dann werde ich meine Schuld gegenüber Harrison Sinclair, Ihrem Schwiegervater, endlich beglichen haben.«

»Er war derjenige, der Ihre Ausreise ermöglicht hatte?«

»Wer sonst wäre einflußreich genug gewesen?«

»Aber warum tat er es?«

»Wahrscheinlich, damit ich einmal in der Lage sein würde, Ihnen diese Geschichte zu erzählen. Es befindet sich auf dem Fernsehapparat.«

»Was?«

»Das, was ich Ihnen zeigen möchte. Auf dem Fernseher dort drüben.«

Ich wandte meinen Kopf in die Richtung, wo der Fernsehapparat stand, in dem gerade eine Wiederholung der Serie M.A.S.H. gezeigt wurde. Auf dem hölzernen Gehäuse stand eine Reihe von Dingen: eine Lenin-Büste, wie man sie früher überall in Moskau erstehen konnte, eine lackierte Schale, die offensichtlich als Aschenbecher diente, ein kleiner Stapel mit Gedichtbänden von Aleksander Blok und Anna Akhmatowa in russischer Sprache.

»Es befindet sich in der Leninbüste«, verriet er mit einem schiefen Grinsen. »Onkel Lenin.«

»Bleiben Sie sitzen«, forderte ich ihn auf, ging zum Fernsehapparat hinüber, hob den kleinen, von innen hohlen Eisenkopf hoch und drehte die Unterseite nach oben. Ein Aufkleber mit der Aufschrift BERIOZKA 431 verriet, daß die Büste aus einem der ehemaligen sowjetischen Läden stammte, in denen man mit harter Währung bezahlen konnte, und vier Rubel und einunddreißig Kopeken gekostet hatte, was einmal eine ganze Menge gewesen war.

»Es ist innen drin«, verriet er.

Ich schüttelte die Büste und spürte, wie innen etwas verrutschte. Ich entfernte einen zusammengeknüllten Papierball, und etwas Schmales, Rechteckiges fiel in meine Hand.

Es war ein Mikrokassettenband.

Ich blickte Berzin fragend an. Aus einem der anderen Zimmer ertönte ein klägliches Winseln (wahrscheinlich war der Hund dort angebunden).

»Da haben Sie Ihren Beweis«, sagte er, als ob das alles erklären würde.

Als ich daraufhin nichts erwiderte, fügte er hinzu: »Ich trug damals ein Aufnahmegerät bei mir.«

»In der Rue Jacob?«

Er nickte erleichtert. »Eine Bandaufnahme, vor fünfzehn

Jahren in Paris aufgenommen, hat mir meine Freiheit geschenkt.«

»Warum in aller Welt trugen Sie damals ein Aufnahmegerät mit sich?« Eine Antwort auf diese Frage ging mir kurz durch den Kopf, aber ich verwarf sie wieder. »Sie liefen damals doch gar nicht wirklich über, oder? Sie arbeiteten doch im Auftrag des KGB. Sollten Sie Informationen beschaffen?«

»*Nein!* Ich trug es zu meinem *Schutz!*«

»Zum Schutz? Aber vor wem? Vor den Leuten, zu denen Sie überlaufen wollten? Das paßt doch nicht zusammen!«

»Hören Sie mich an! Diesen Mikrokassettenrekorder hatte ich von der KGB-Zentrale eigentlich für Spionagezwecke bekommen, aber in jener Situation benutzte ich ihn zu meiner eigenen Sicherheit. Um die Versprechungen, Zusagen, aber auch Drohungen festzuhalten. Ohne diesen Beweis hätte im Falle einer späteren Uneinigkeit bezüglich unserer Absprachen *mein* Wort gegen das *Ihre* gestanden. Ich wußte, wie wertvoll eine Aufzeichnung in einer solchen Situation für mich sein würde. Über welche Beweise hätte ich sonst verfügt?«

Bei diesen Worten nahm er die Hand seiner Frau, die zwar ebenfalls deformiert war, aber lange nicht so entstellt wirkte wie das Gesicht. »Das Band gehört nun Ihnen. Eine Aufnahme von meinem Treffen mit James Tobias Thompson. Der Beweis, den Sie haben wollten.«

Überrascht näherte ich mich den beiden, zog einen Stuhl heran und setzte mich. In meinem Kopf wirbelten alle möglichen Überlegungen durcheinander, aber dennoch versuchte ich mich auf die Gedanken Berzins zu konzentrieren. Schließlich schien es mir tatsächlich, als hörte ich etwas: eine Silbe, ein Wort, auf jeden Fall vernahm ich eindeutig etwas. Ich war mir nun sicher, daß ich seine verzweifelten, eindringlichen Gedanken empfing, die er mir geradezu entgegenzu*schreien* schien.

Sehr ruhig und überlegt sagte ich auf russisch: »Es ist sehr wichtig für mich, daß Sie mir die ganze Wahrheit sagen, sowohl über meine Frau als auch über Thompson und über die gesamten Ereignisse.«

»Selbstverständlich tue ich das!« erwiderte er.

Ich gab darauf keine Antwort, sondern *lauschte* in die Stille des Raumes hinein, die nur von dem lauten Winseln des Hundes durchbrochen wurde. Plötzlich vernahm ich einen Satz.

Selbstverständlich sage ich die Wahrheit!

Tat er das wirklich? War das ein wahrer Gedanke, oder war es nur seine *Absicht*, dies zu sagen, was ich da hörte? Wie kam ich nur auf die vermessene Idee zu glauben, ich könne durch meine telepathischen Fähigkeiten die Wahrheit zuverlässig erkennen?

Mitten in diesen Zweifeln überraschte mich eine andere Wahrnehmung. Ich hörte eine angenehme, tiefe Frauenstimme, die jedoch nicht laut sprach. Es war eine *Gedanken*stimme, die ruhig und bestimmt klang:

Sie können mich hören, nicht wahr?

Ich sah die Frau an, deren Augen inmitten der gräßlich entstellten Gesichtslandschaft wieder geschlossen waren. Es schien, als wären die Winkel ihres kleinen Mundes in einem verzerrten Abbild eines wehmütigen, verstehenden Lächelns ein wenig nach oben gezogen.

Ich dachte: *Ja, das kann ich.*

Bei diesen Gedanken blickte ich sie an und nickte kaum merkbar mit dem Kopf.

Nach einer Sekunde der Stille vernahm ich: *Sie können mich verstehen, aber ich höre Sie nicht, da ich nicht über Ihre Fähigkeit verfüge. Sie müssen laut zu mir sprechen.*

»Das Band«, setzte Berzin an, aber seine Frau legte den Finger auf ihre Lippen, und er schwieg verwirrt.

»Also gut«, erwiderte ich, »ich werde laut sprechen. Woher wissen Sie von meiner Fähigkeit?«

Immer noch lächelte sie mit geschlossenen Augen.

Ich weiß über die Ereignisse und über Tobias James Thompsons Projekte Bescheid.

»Woher?« fragte ich.

Während der Zeit, in der mein Mann in Paris tätig war, wurde ich in Moskau zurückgehalten. Sie taten das gerne – die Ehegatten getrennt zu halten –, um auf diese Weise die Mitarbeiter besser unter Kontrolle zu haben. Ich hatte damals allerdings eine so wichtige Position, daß ich sie sowieso nicht gerne aufgegeben hätte. Ich war Chefsekretärin bei drei aufeinanderfolgenden KGB-Direktoren. In dieser Position hatte ich natürlich Zugang zu allen wichtigen und geheimen Unterlagen sowie zur gesamten Korrespondenz.

»Und auf diese Weise stolperten Sie auch über die ELSTER-Akte?«

Ja, und über viele weitere interessante Papiere.

»Was geht hier vor?« erkundigte sich Berzin verwirrt.

»Wadim, bitte«, bat ihn seine Frau mit beruhigender Stimme. »Bleibe bitte einfach für eine Weile still. Ich werde dir später alles erklären.«

Dann fuhr sie mit ihrer gedanklichen Stimme fort, die ebenso klar und verständlich war wie die gesprochene.

Ich habe diese Krankheit schon immer gehabt. Aber als ich vierzig wurde, griff sie auf mein Gesicht über und machte es mir unmöglich, in einer Position mit so viel Publikumsverkehr weiter tätig zu sein. Der Direktor und seine Mitarbeiter konnten meinen Anblick nicht länger ertragen, so daß sie mich aus meiner Tätigkeit entließen. Doch bevor ich ging, beschaffte ich mir die Akte, von der ich annahm, daß sie wenigstens Wadim die Ausreise in den Westen ermöglichen würde. Als er mich das nächste Mal in Moskau besuchte, übergab ich sie ihm.

»Aber woher wußten Sie von mir?« hakte ich nach.

Das war mehr ein Kombinieren als ein Wissen. An meinem Arbeitsplatz hatte ich von dem Forschungsprogramm erfahren, an dessen Entwicklung Thompson maßgeblich beteiligt war. Niemand im Hauptquartier glaubte daran, daß so etwas wirklich möglich sein könnte. Doch ich glaubte daran. Auch wenn er mit seinem Programm nicht erfolgreich sein würde, ich glaube an die Möglichkeit einer solchen Sache. Ihre Fähigkeit ist außerordentlich bemerkenswert.

»Sie ist schrecklich«, widersprach ich.

Noch bevor ich dieses Urteil weiter ausführen konnte, dachte sie weiter: *Ihr Schwiegervater hat uns aus Rußland herausgeholfen, was sehr großzügig und fair von ihm war. Wir hatten ihm allerdings auch mehr zu bieten als nur das Band.*

Ich runzelte die Augenbrauen und fragte leise: »Und was war das?«

Ihre Gedanken flossen weiter, klar und ruhig.

Dieser Mann, James Tobias Thompson, Ihr Mentor, die EL-STER, er fuhr damit fort, Moskau Informationen zukommen zu lassen. Ich weiß das so genau, da ich seine Berichte mit eigenen Augen gesehen habe. Sie enthielten Informationen über Leute innerhalb und außerhalb der CIA, die weltweit die Macht an sich zu reißen drohen und mit einer Gruppe von Deutschen verbündet sind. Sie müssen zu Thompson gehen. Er wird Ihnen alles erzählen. Er bereut, was er getan hat, und wird Sie über alles aufklären.

Plötzlich verstummte das Winseln des Hundes, und ein scharfes, wütendes Bellen war statt dessen zu hören.

»Es ist etwas mit dem Hund«, sagte Berzin. »Lassen Sie mich nach ihm sehen.«

»Nein«, erwiderte ich. Das Bellen wurde immer lauter und aggressiver.

»Irgend etwas stimmt da nicht!« rief Berzin aus.

In diesem Moment verwandelte sich das Gebell in ein gräßliches, markerschütterndes Jaulen, das sich fast wie ein menschlicher Schrei anhörte.

Dann folgte eine unheimliche Stille.

Mir war, als hörte ich von irgendwo ganz in der Nähe meinen Namen, der mit großer Intensität *gedacht* wurde.

Mir wurde schlagartig klar, daß der Hund brutal abgeschlachtet worden war.

Und wir sollten die nächsten sein.

7

Es ist erstaunlich, wie schnell wir reagieren können, wenn wir uns in Lebensgefahr befinden. Vera und Vadim zuckten bei dem ohrenbetäubenden Schmerzensgeheul ihres Hundes zusammen. Dann gab Vera einen kleinen Schrei von sich und sprang vom Sofa auf, um zu ihm zu eilen.

»Halt!« rief ich ihr eindringlich zu. »Bleiben Sie hier! Wir sind in Gefahr! *Auf den Boden!*«

Völlig verwirrt und zu Tode erschrocken klammerten sich die alten Leute zitternd aneinander. Als Vera laut zu wimmern begann, herrschte Vadim sie an: »*Sei ruhig!*«

Eine unheimliche Stille breitete sich in der ganzen Wohnung aus. Ich wußte, daß sich irgendwo in dieser Stille jemand – oder sogar mehrere Personen – vorsichtig näherten. Ich kannte den Grundriß der Wohnung zwar nicht, aber ich konnte mir eine grobe Vorstellung davon machen. Sie befand sich im zweiten Stockwerk, das die Franzosen *le premier étage* nennen. Wahrscheinlich gab es auf der Rückseite des Hauses, dort, wo ich die Küche vermutete und wahrscheinlich der Hund angebunden gewesen war, eine Feuertreppe. Ich nahm an, daß die Eindringlinge über diese Treppe eingestiegen waren. Wer mochten sie sein?

Meine Gedanken rasten: Wer wußte, daß ich hier war? Es gab keinen Sender, der sie an diesen Ort hätte führen können, und soweit ich wußte, war ich auch nicht verfolgt worden. Toby Thompson – Truslow, arbeiteten sie zusammen oder gegeneinander?

Stand das alte russische Emigrantenehepaar auf der Beobachtungsliste? Oder war es möglich, daß irgend jemand, der Zugang zu den geheimsten Informationen der CIA hatte, und das traf auf Toby und Truslow gleichermaßen zu, von den Verhandlungen zwischen diesem Ehepaar und Mollys Vater erfahren hatte? Ja, das war zweifellos möglich. Und es war darüber hinaus bekannt, daß ich mich in Paris aufhielt, so daß es nur logisch erschien, eine Beobachtung, die in der Zwischenzeit geruht hatte, wieder zu intensivieren.

In wenigen Sekunden ging mir das alles durch den Kopf, doch dann bemerkte ich, daß die Berzins in Richtung des kleinen dunklen Flurs strebten, der offensichtlich zur Küche führte. Die Narren! Was hatten sie vor? Was ging ihnen durch den Sinn, so etwas zu tun?

»Kommen Sie *zurück*«, rief ich ihnen hinterher, aber sie hatten bereits die Tür erreicht, verwirrt und panisch wie aufgeschrecktes Wild, ohne nachzudenken, nur ihrem Instinkt folgend. Ich stürzte auf sie zu, um sie zurückzuhalten, damit ich frei agieren konnte, ohne mich um ihre Sicherheit kümmern zu müssen. Da sah ich im Flur einen sich bewegenden Schatten: die Silhouette eines Mannes.

»Runter!« brüllte ich, doch im gleichen Moment waren auch schon die dumpf klingenden Schüsse einer schallgedämpften Automatikpistole zu hören. Vera und Vadim stolperten erst noch einen Schritt vorwärts, bevor sie still und mit grotesk wirkenden zeitlupenartigen Bewegungen zu Boden sanken wie zwei Bäume, die gefällt worden waren. Das einzige Geräusch dabei war ein tiefes Stöhnen, das Vadim von sich gab, als er niederstürzte.

Ich spürte erneut, wie sich eine eisige Kälte in mir ausbreitete, die alle Angstgefühle erstarren ließ, und feuerte ohne nachzudenken eine Salve in die Dunkelheit des Flures ab. Ein schriller Schmerzensschrei verriet, daß ich jemanden getroffen haben mußte. Mehrere Männerstimmen sprachen hastig durcheinander, bevor mein Feuer erwidert wurde. Der Türrahmen zersplitterte, eine Kugel streifte meine Schulter, eine andere schlug in den Bildschirm des Fernsehapparates ein, der daraufhin zerbarst. Ich sprang vor zur Wohnzimmertür, schlug sie zu und verriegelte sie.

Doch was sollte mir das nützen? Jetzt saß ich in diesem Zimmer fest. Bloß einen klaren Kopf behalten, verdammt!

Der einzige Ausweg führte durch den Flur, in dem sich die Bewaffneten aufhielten, so daß diese Fluchtmöglichkeit wegfiel. Was sollte ich nur tun?

Ich hatte keine Zeit, lange zu überlegen, sondern mußte schnell handeln. Doch ich hatte mich selbst in diese Falle manövriert, und während ich noch fieberhaft überlegte, schlug eine erneute Salve gegen, nein, *durch* die schwere Holztür.

Wohin?

Mein Gott, Ben, *beweg* dich! Um Himmels willen, und zwar schnell!

Ich wirbelte herum und sah den Holzstuhl, auf dem ich eben noch gesessen hatte. Ich packte ihn und schleuderte ihn gegen das Fenster, das mit einem lauten Klirren zersplitterte. Ich rannte zum Fenster hinüber und schlug mit dem Stuhl, der in den Aluminiumlamellen einer Jalousie hängengeblieben war, die scharfen Scherbenreste aus dem Fensterrahmen. Weitere Schußserien fielen, und hinter mir wurde heftig am Türgriff gerüttelt.

Im gleichen Moment, in dem die Tür gewaltsam aufgestoßen wurde, sprang ich, ohne zu sehen, wohin, aus dem Fenster im zweiten Stock auf die Straße hinunter.

In Erwartung des Aufpralls zog ich die Beine an und streckte die Arme aus, um meinen Kopf zu schützen, falls ich vornüber aufkommen sollte.

Ich hatte das Gefühl, als fiele ich im Zeitlupentempo, denn die Zeit schien für mich in diesem Moment eingefroren. Es war, als sähe ich mich selbst fallen, wie in einem Film: Das Anziehen der Beine, das wie von einem Zoom wiedergegebene Näherkommen der Straße, der Sträucher, des Bürgersteigs, der Passanten und...

Der Aufprall auf dem Straßenpflaster verursachte einen harten und schmerzhaften Ruck, der meinen ganzen Körper durchfuhr, als ich auf den Füßen landete und vornüber stürzte. Ich war beinahe aufrecht aufgekommen, und es gelang mir, schnell die Balance wiederzugewinnen.

Mir war klar, daß ich verletzt war, und ich verspürte starke Schmerzen. Aber ich lebte, und zum Glück konnte ich laufen. Als ich erneut die Kugeln meiner Verfolger um mich herum pfeifen hörte, machte ich einen Satz zur Seite und rannte, ohne den stechenden Schmerzen in meinen Füßen und Unterschenkeln Beachtung zu schenken, so schnell ich konnte, instinktiv die Straße in Richtung Les Halles hinunter. Ich war dabei selber überrascht, daß ich überhaupt fähig war, ein solches Lauftempo anzuschlagen. Die Passanten um mich herum schrien aufgeregt und zeigten mit dem Finger auf mich, als ich mir rücksichtslos den Weg durch die Menschenmenge bahnte. Doch ich wußte, daß ebendiese Menschenmenge meine Rettung sein konnte, indem sie auch meine Verfolger behinderte. Aber *gab* es wirklich noch Verfolger? Hatte ich sie mit meinem beherzten Sprung aus dem Fenster abgehängt? Oder gab es ...

Nicht alle von ihnen waren oben in der Wohnung der beiden Russen gewesen. Ein Blick über die Schulter verriet mir, daß mehrere, in dunkle Anzüge gekleidete Männer hinter mir her liefen. Ihre Gesichter drückten Entschlossenheit aus. Ich wich einem Stapel Ziegelsteinen aus, die mich – *Schleuder die gottverdammten Ziegelsteine nach ihnen, verflucht noch mal!* – daran erinnerten, daß ich etwas erheblich Effektiveres als Ziegelsteine bei mir trug. Ich besaß eine erstklassige, verläßliche Pistole, in deren Magazin sich noch etwa zehn oder zwölf Schuß befanden. Ich machte deshalb unversehens halt und feuerte einen einzelnen, genau gezielten Schuß ab, um keinen Unbeteiligten zu treffen. Einer der Männer im Anzug ging zu Boden. Ich rannte weiter und bog in die Rue Pierre-Lescot ein, wo ich im Feierabendgewühl einen Tabakladen, eine Bar und eine Bäckerei passierte. Ich war für meinen Verfolger – war es nur noch einer? – ein ständig in Bewegung bleibendes, unsicheres Ziel, das äußerst schwierig zu treffen war. Er mußte entweder stehenbleiben, um einigermaßen exakt zielen zu können, oder so schnell wie möglich hinter mir herrennen. Es schien, als ob ich mit meiner Vermutung richtig lag, denn er hatte die zweite Möglichkeit gewählt und versuchte mich offenbar einzuholen. Ich konnte ihn bereits dicht hinter mir hören. Es gab jetzt nur noch uns beide, die ganze Welt hatte sich auf uns beide reduziert, auf Leben oder Tod. Es gab keine Menschenmenge, keine Passanten mehr um uns herum, nur noch den Mann im schwarzen Anzug, mit Hut und dunkler Brille, der hinter mir herrannte und mich langsam einzuholen drohte. Ich rannte so, wie ich noch nie zuvor in meinem Leben gerannt war. Ich ignorierte die stechenden Schmerzen, die Warnsignale meines Körpers, und dieses Ignorieren blieb nicht ohne Folgen. Meinen Magen und meinen Brustkorb durchzuckten krampfartige Schmerzwellen, die mich wie Messerstiche peinigten. Mein durch jahrelange Schreibtischtätigkeit erschlaffter Körper signalisierte mir aufzugeben: *Was konnten sie denn eigentlich von mir wollen? Informationen? Dann gib sie ihnen doch! War ich mit meinen Fähigkeiten nicht viel zu wertvoll, als daß man mir etwas Ernsthaftes antun würde?*

Direkt vor mir erblickte ich das modernistische Forum Les Halles, und während ich darauf zulief (Warum das alles? Worum ging es eigentlich? Wollte ich bis zur völligen Erschöpfung so weiterlaufen, war es das?), führten mein Körper und mein Geist einen Kampf miteinander. Mein gequälter Körper, von Schmerzen gepeinigt, flehte und bettelte meinen stählernen, entschlossenen Willen an, endlich aufzugeben: *Gib auf, sie werden dir nichts tun, sie werden auch Molly nichts antun; alles, was sie wollen, ist dein Stillschweigen, und auch wenn sie dir nicht vertrauen sollten, kannst du sie vertrösten, Zeit gewinnen, gib auf, rette dich!*

Die immer schneller werdenden Schritte hinter mir verursachten nun ein hallendes Geräusch, denn ich befand mich in einem ebenerdigen Parkhaus, an dessen Ende ich eine Tür mit der roten Aufschrift SORTIE DE SECOURS und PASSAGE INTERDIT entdeckte. Ich rannte zu der Tür, stieß sie auf und schmetterte sie hinter mir zu. Die Metalltür gab einen rostigen Quietschton von sich, als sie ins Schloß fiel. Glücklicherweise besaß sie von innen einen Riegel, den ich eilig vorlegte. Allerdings war er viel zu schwach, um einem Verfolger lange Widerstand bieten zu können. Ich blickte mich hastig um und sah, daß ich mich in einem engen, nur spärlich beleuchteten Treppenhaus befand. Eine hohe, von Abfall überquellende Mülltonne, die in der Nähe der Tür stand, verströmte einen abstoßenden Gestank. Die Tonne war aus Aluminium, also zu leicht, um ein brauchbares Hindernis zu sein.

Von außen schlug etwas gegen die Tür, ein Fuß, eine Schulter vielleicht, aber die Tür gab noch nicht nach. Verzweifelt kippte ich die Tonne um. Müll, Müll und noch mehr Müll – und die verbogene Hälfte einer Schere. Vielleicht würde es funktionieren, ich mußte es jedenfalls versuchen.

Wieder stemmte sich jemand gegen die Tür, und diesmal gab sie ein Stück nach. Ein heller Lichtstreifen, der für einen Moment in das düstere Treppenhaus gefallen und gleich darauf wieder erloschen war. Ich langte nach dem schmalen, ellbogenförmigen Stück Stahl, das am Boden lag, und schob es so weit wie möglich durch eine Öffnung im Türscharnier.

Ein erneuter Stoß gegen die Tür, aber diesmal kein Lichtstreifen und keine Bewegung: Solange die Schere standhalten würde, war die Tür gesichert.

Ich eilte die Treppe hinauf, die direkt in einen Korridor einmündete, der wiederum in eine lebhafte Arkade führte.

Wo war ich gelandet? Eine Métro-Station, ja, das war es. Chatelet les Halles, die größte U-Bahn-Station der Welt. Ein Labyrinth. Von hier aus gab es viele Möglichkeiten und Richtungen, um ihn abzuhängen. Wenn nur mein Körper noch länger durchhielt und ich die Kraft hatte weiterzufliehen.

Und dann wußte ich plötzlich, was zu tun war.

8

Ich bin fünfzehn Jahre jünger und werde als noch junger Mann nach Paris versetzt. Trotz meiner ersten Erfahrungen in Ostdeutschland sei ich noch nicht ganz ›trocken hinter den Ohren‹, wie mir mein Boß und späterer Freund James Tobias Thompson III scherzhaft immer wieder zu verstehen gibt. Laura und ich sind erst an diesem Vormittag mit einem TWA-Flug vom Washington-National-Flughafen aus in Paris eingetroffen, und ich bin ziemlich erschöpft. Laura ruht sich in unserer noch spärlich eingerichteten Wohnung in der Rue Jacob aus, während ich halb schlafend in Thompsons Büro im US-Konsulat in der Rue St. Florentin sitze.

Ich kann ihn gut leiden, und auch er scheint mich zu akzeptieren. Ein guter Start, wenn man bedenkt, daß es oftmals zu Spannungen zwischen jüngeren Agenten und ihren Vorgesetzten kommt, weil diese die Neulinge von oben herab behandeln.

»Nennen Sie mich Toby«, fordert er mich auf. »Entweder wir rufen uns beide mit dem Nachnamen, das heißt, Sie sind Ellison, und ich muß mich wie irgendso ein verdammter Ausbildungssergeant bei der Marine verhalten, oder wir arbeiten von Anfang an als Kollegen zusammen.« Dann, noch bevor ich ihm danken kann, schiebt er mir einen Stapel Bücher zu. »Lernen Sie das auswendig«, fordert er mich auf, »jedes einzelne.«

Es handelt sich einerseits um Städteführer, wie sie für jeden normalen Touristen erhältlich sind (Plan de Paris par Arrondissement: Nomenclature des rues avec la station du Métro la plus proche), und andererseits um eigens von der CIA für den internen Gebrauch herausgegebene Bände (detaillierte Pläne von der Pariser Métro, streng geheime Auflistungen der diplomatischen und militärischen Gebäude und Anlagen innerhalb des Stadtgebietes sowie Fluchtwegvorschläge auf der Schiene und mit dem Wagen).

»Ich hoffe, Sie scherzen«, sage ich nur.

»Sehe ich so aus?«

»Ich kenne Ihre Form von Humor noch nicht.«

»Ich habe keinen.« Das sagt er mit einem Ausdruck um den Mund, der seine Worte Lügen straft. »Sie haben ein fotografisches

Gedächtnis und können eine Menge mehr behalten als die ganze andere Bagage hier im Haus.«

Wir lachen. Er ist dunkelhaarig, schlank und wirkt schwungvoll in seinem Auftreten.

Er sagt: »Eines Tages, mein Freund, werden Ihnen die Informationen von Nutzen sein.«

Eines Tages, Toby, dachte ich nun und ließ meine Augen über die ausgesprochen weitläufige Métrostation schweifen, um mich zu orientieren. Es war Jahre her, seit ich das letzte Mal hier gewesen war. *Du hast wohl nicht gedacht, daß mir die Informationen von damals einmal von Nutzen sein könnten, um gegen dich vorzugehen, nicht wahr, Toby?*

Rein körperlich war ich ein Wrack. Meine Arme waren, obwohl die Schmerzen in ihnen nachgelassen hatten, immer noch bandagiert; vor allem aber meine Füße, Knöchel und Beine wurden von mörderischen Schmerzattacken heimgesucht.

Chatelet des Halles: *Mit vierzigtausend Quadratmetern die größte U-Bahn-Station der Welt.* Danke, Toby. Die Informationen kann ich jetzt wirklich gut gebrauchen. Ich und mein fotografisches Gedächtnis.

Ich blickte mich um, sah aber keinerlei Verfolger, und doch erlaubte ich mir nicht jenes Gefühl der Erleichterung, das rasch Nachlässigkeit nach sich zieht. Zweifellos war er mir die Treppe hinauf gefolgt, nur für einen kurzen Moment aufgehalten von der rostigen alten Schere, die wiederholter Gewalteinwirkung nicht lange standgehalten haben konnte.

Wenn man verfolgt wird, darf man einen Fehler auf gar keinen Fall machen: dem menschlichen Instinkt des Fliehen-oder-Kämpfen-Triebes zu folgen, der unseren Urahnen als Höhlenbewohner noch das Überleben sicherte. Der Instinkt ist berechenbar, und Berechenbarkeit ist für den Verfolgten tödlich. Statt dessen sollte man versuchen, sich in seinen Verfolger hineinzuversetzen und dessen mögliche Schritte abzuwägen, selbst wenn man ihm damit möglicherweise mehr Intelligenz zutraut, als er tatsächlich besitzt.

Was würde er also tun?

Ungefähr in diesem Moment würde er (falls er es noch nicht geschafft hatte, die Tür aufzustoßen) einen anderen Eingang suchen. Ohne Zweifel gab es in der Nähe eine weitere Tür, durch die er die Métrostation betreten konnte. Er würde dann versuchen, sich in meine Lage zu versetzen, und überlegen, ob ich die Station verlassen hätte und hinaus auf die Straße gegangen wäre (nein, zu riskant), ob ich versuchen würde, ihm im Labyrinth der Gänge zu entwischen (eine gute Möglichkeit), oder ob ich mich bemühen würde, eine U-Bahn zu nehmen, um mich so weit wie möglich von ihm zu entfernen (eine noch bessere Möglichkeit).

Dann würde er die verschiedenen Fluchtrichtungen in Gedanken durchgehen, die beste davon (und damit gleichzeitig auch die wahrscheinlichste) ausschließen und dann in den Hallen nach mir suchen. Überall, nur nicht auf den Bahnsteigen.

Ich ließ meinen Blick über die Menschenmenge schweifen. Ein langhaariges Mädchen ganz in meiner Nähe sang englische Lieder mit einem starken französischen Akzent und imitierte die Piaf in gräßlicher Weise. ›On the Street Where You Live‹, vor dem Hintergrund eines überschwenglichen Synthesizer-Streichorchesters. Die vorbeigehenden Leute warfen Münzen auf den Mantel, den das Mädchen vor sich auf dem Boden ausgebreitet hatte, wahrscheinlich mehr aus Mitleid denn aus Begeisterung. Jeder einzelne der Passanten schien sehr zielstrebig seines Weges zu gehen. Soweit ich erkennen konnte, war der Verfolger noch nicht in der Station.

Wo er wohl steckte?

Die U-Bahn-Station war eine verwirrende Ansammlung von orangefarbenen *Anschlußzüge*-Hinweisschildern und blauen *Sortie*-Schildern, und die verschiedenen Züge fuhren Dutzende von Zielen an: Pont de Neuilly, Créteil-Préfecture, Saint-Rémy-Les-Chevreuse, Porte d'Orleans, Château de Vincennes... und nicht nur die regulären Métro-Züge, sondern auch der – kurz RER genannt – Réseau Express Régional, ein Pendlerzug, der zwischen den Pariser Vororten und der City hin und her fuhr. Es war ein riesiger, lebhafter, verwirrender, unübersichtlicher Ort. Das war für mich ein großer Vorteil.

Zumindest für die nächsten Sekunden.

Ich bewegte mich nun in die Richtung, die mein Verfolger als die nächstliegende (und daher vielleicht auch als die unwahrscheinlichste) ansehen würde: dorthin, wo auch die meisten anderen Menschen hineilten. Zu den Zügen Richtung Château de Vincennes und Pont de Neuilly.

An der rechten Seite einer langen Reihe von Drehkreuzen war ein Bereich mit einer Kette abgesperrt, an der ein Schild mit der Aufschrift PASSAGE INTERDIT angebracht war. Ich lief darauf zu, nahm Anlauf und sprang mit einem Satz über die Absperrung. Eine lange Menschenschlange wartete vor einem Ticket-Verkaufskiosk, wo man Theaterkarten zum halben Preis erstehen konnte (*Ticket-Kiosque Theater: ›Les places du jour à moitié prix‹*). Der Kiosk befand sich neben einer künstlerisch wenig überzeugenden Statue eines Paares, das die Arme theatralisch gegeneinander ausstreckte. Ich rannte an Eingängen zum Centre Pompidou und zum Forum Les Halles vorbei und passierte danach eine Gruppe von drei Polizisten, die mit Funkgeräten, Waffen und Schlagstöcken ausgerüstet waren und mich mit neugierigen Blicken verfolgten. Zweien von ihnen kam ich offensichtlich verdächtig vor, und sie hefteten sich laut rufend an meine Fersen.

An einer Reihe von pneumatisch verriegelten Türen, die ich nicht erklimmen konnte, mußte ich schließlich stehenbleiben.

Aber für eine solche Situation hat Gott die *Sortie de Secours* geschaffen, jene nur für Mitarbeiter erlaubten Sicherheitseingänge, auf die ich nun zustürzte und in die ich, begleitet vom lauten Protest der Métro-Arbeiter, eindrang.

Die Rufe hinter mir wurden immer lauter, und der schrille Ton einer Trillerpfeife ertönte.

Das Trampeln vieler Schritte.

Ein Strumpfladen, ein Blumenstand (›*Promotion – 10 tulipes 35F*‹).

Ich erreichte schließlich einen langen Korridor, in dem zwei Laufbänder die Menschen auf einer leicht ansteigenden Strecke nach oben beförderten. Das zweite Laufband trug die Passanten in die entgegengesetzte Richtung, das heißt in die Richtung, aus der ich gerade kam. Zwischen den beiden Laufbändern befand sich ein hüfthohes, einen Meter breites Metallband, das sich wie ein endloser Metallteppich bergauf bewegte.

Als ich mich umsah, bemerkte ich, daß sich zu den Métro-Sicherheitsbeamten, die mich verfolgten, ein schwarz gekleideter Mann hinzugesellt hatte. Er überholte die Polizisten mit Leichtigkeit und näherte sich mir mit erschreckender Schnelligkeit, als ich durch eine Gruppe von Leuten, die sich auf dem Laufband nicht vorwärtsbewegten, zum Warten gezwungen wurde. Ich saß fest. Hinter mir der Mann im schwarzen Anzug. Genau der, den ich abhängen wollte.

Als ich mich erneut umdrehte, um die noch verbliebene Entfernung zwischen uns zu taxieren, bemerkte ich, daß ich das Gesicht des Mannes schon einmal gesehen hatte.

Seine große dunkle Brille verdeckte nur zum Teil die gelblichen Ringe unter seinen Augen. Den Hut hatte er offensichtlich während der Verfolgung verloren, so daß ich sein hellblondes, zurückgekämmtes Haar erkannte. Sein hohlwangiges, leichenblasses Gesicht, seine farblosen dünnen Lippen...

Marlborough Street in Boston – vor der Bank in Zürich...

Es bestand kein Zweifel. Das war der gleiche Mann. Ein Mann, der mit Sicherheit einiges über mich wußte.

Was mich beinahe mehr beunruhigte, war allerdings die Tatsache, daß er praktisch keine Mühe darauf verwendete, sich vor mir zu verbergen. Es machte ihm offenbar nichts aus, daß ich ihn wiedererkannte. Er *wollte* offensichtlich sogar, daß ich ihn erkannte.

Ich drängte mich an der Menschenmenge vorbei, indem ich mir mit dem Ellbogen einen Weg bahnte, und schwang mich dann auf das Metallband in der Mitte der beiden Laufbänder hinauf.

Stolpernd bemerkte ich, daß auf der Metalloberfläche in regelmäßigen Abständen von etwa einem Fuß Stahlblätter angebracht waren, wahrscheinlich um das zu erschweren, was ich gerade tat, nämlich sich auf dem Metallband fortzubewegen.

Wie hatte die Frau in Zürich ihn noch genannt?

Max.

Also gut, alter Freund, dachte ich. Na komm schon, ›Max‹. Was immer du von mir willst, du mußt es dir holen.

Versuch es nur.

9

Ohne weiter nachzudenken, rannte ich das metallene, stetig ansteigende Band hinauf. Um mich herum hörte ich von beiden Seiten Rufe und Schreie – *wer ist dieser Verrückte? Ein Krimineller? Wovor läuft er davon?* Diese Frage beantwortete sich umgehend von selbst, als die uniformierten Wachleute, deren Trillerpfeifen laut schrillten, am Anfang der Laufbänder sichtbar wurden.

Und dann waren es plötzlich, zum Erstaunen der Zuschauer, zwei Männer, die über das Metallband liefen, wobei der zweite eindeutig den ersten verfolgte.

Max, der Killer.

Kurz entschlossen sprang ich über das sich in Gegenrichtung bewegende Laufband mit den abwärts fahrenden Passanten hinweg und schwang mich – nach einer kurzen Landung auf den Füßen – über die gläserne Randbegrenzung in das gut drei Meter tiefer liegende Treppenhaus. Ohne mich umzublicken, stürzte ich in riesigen Sätzen die Treppe hinauf. Die Geräusche um mich herum wurden vom heftigen Stakkato meines Herzschlages und von meinem keuchenden Atem übertönt. Über mir am Ende der Treppe konnte ich ein blaues Hinweisschild mit der Aufschrift DIRECTION PONT DU NEUILLY erkennen. Ich fühlte mich wie ein Jagdhund, der einem Kaninchen nachsetzt, oder wie ein Häftling beim Ausbruch aus dem Gefängnis. In meinem fiebrigen Kopf identifizierte ich mich mit allem, was mich bei meiner Flucht inspirieren und vorwärts treiben konnte. Meine Fantasien halfen mir, die Schmerzen und Hilfeschreie meines Körpers zu ignorieren, der mir zurief: *Gib auf, Ben. Sie werden dir nichts tun. Du wirst es ohnehin nicht schaffen, sie abzuhängen. Sie sind in der Überzahl. Mach es dir nicht unnötig schwer, und gib lieber gleich auf.*

Nein.

Max wird nicht zögern, mir den Garaus zu machen, widersprach ich innerlich. Er wird auch schon wissen, wie.

Am Ende der Treppe entdeckte ich den Anfang einer schmalen Rolltreppe.

Wo waren meine Verfolger? Ich wagte einen hastigen Blick hinter mich, bevor ich die Rolltreppe hinaufeilte.

Die drei Wachmänner – waren es drei gewesen? – hatten die Verfolgung aufgegeben und meldeten die Verfolgungsjagd wahrscheinlich per Funkgerät weiter. Das hieß, es blieb noch einer übrig.

Mein alter Freund Max.

Er hatte selbstverständlich nicht aufgegeben. Nicht Max! Er verfolgte mich mit schnellen, langen Schritten.

Am Ende der Rolltreppe befand sich zur Rechten eine weitere Tür mit dem Hinweisschild SORTIE RUE DE TIVOLI. Für welchen Weg sollte ich mich entscheiden? Hinaus auf die Straße oder zum U-Bahngleis?

Bleib da, wo du dich auskennst!

Ich zögerte eine Sekunde lang und wandte mich dann in Richtung des U-Bahnsteiges, auf dem Menschenmengen zu den Zügen strebten.

Ich hatte nun vielleicht noch etwa zehn Sekunden Vorsprung vor ihm. Das bedeutete, daß ich, falls er ebenfalls am Ende der Rolltreppe nur kurz stehenbleiben und mich auf dem Bahnsteig sehen sollte, ein leichtes Ziel für ihn darstellte.

Bleib in Bewegung!

Ein Signalton zeigte an, daß der Zug gerade im Begriff war abzufahren, und mir wurde klar, daß ich ihn nicht mehr erreichen würde. Trotz meines verzweifelten Endspurts schlugen die Türen automatisch zu, als ich nur noch etwa zwanzig Meter von der nächsten Tür entfernt war.

Als der Zug anfuhr und Max gleichzeitig das Bahngleis erreichte, machte ich einen verzweifelten Satz nach vorne dem bereits fahrenden Zug entgegen, streckte die Hände aus und bekam mit der rechten Hand etwas Hartes zu fassen.

Einen Griff.

Gott sei Dank.

Dann fand meine linke Hand einen zweiten Griff, während ich von der U-Bahn mitgerissen wurde und Chatelet und Max hinter mir ließ. Ich preßte meinen Körper dicht an den fahrenden Zug, aber das Glück schien mich verlassen zu haben, denn ich sah zu meinem Entsetzen, daß es in wenigen Sekunden mit mir vorbei sein würde.

Am Eingang des Tunnels, in den die ersten Wagen des Zuges gerade hineinfuhren, ragte ein großer runder, an der Tunnelwand befestigter Spiegel fast bis an den Zug heran.

Mir war klar, daß ich an dem Spiegel nicht vorbeipaßte und er mich zerteilen würde wie ein Messer ein Stück Fleisch. Hinter meiner fiebrigen Stirn meldete sich die Stimme der Vernunft: *Was um Himmels willen machst du denn da? Was für ein Wahnsinn! Willst du etwa außen am Zug hängend in den Tunnel fahren und dich wie Ungeziefer an der Tunnelwand zerdrücken lassen? Willst du, daß die Wand tut, was Max nicht geschafft hat? Willst du das wirklich riskieren?*

Ich hörte, wie mir unwillkürlich ein gellender Schrei entfuhr, und in letzter Sekunde, bevor mich die große Metallscheibe köpfen konnte, löste ich meine Hände von den Griffen und ließ mich auf den kalten, harten Bahnsteig fallen.

Ich nahm die Schüsse, die ganz in meiner Nähe fielen, kaum wahr, so sehr befand ich mich in einer anderen Welt, die nur noch aus Angst und Streß bestand und meine Wahrnehmung vollkommen betäubte. Der harte Aufschlag ließ einen scharfen Schmerz durch meinen Kopf und meine Schultern schießen und sandte brennende Messerstiche durch meine Augen. Die Schmerzen waren unbeschreiblich, gleißend, schrill und alles überdeckend.

PASSAGE INTERDIT AU PUBLIC – DANGER

Ich nahm das leuchtendgelbe Schild über mir wie durch einen dichten Nebel wahr. Ich hätte jetzt einfach stehenbleiben können, und alles wäre vorbei gewesen. Ich konnte mich hinlegen und mich einfach ergeben.

Oder ich konnte – falls mein Körper es noch zuließ – weiterrennen, dem gelben Schild und dem Tunneleingang entgegen. Hatte ich wirklich eine Wahl?

Irgendeine unbekannte Kraftreserve in mir öffnete sich und pumpte einen Adrenalinstoß in meine Blutbahn, so daß ich trotz meiner Erschöpfung in Richtung einiger kleiner Betonstufen vorwärtswankte. Ich schob das gelbe Hinweisschild, das nur lose aufgehängt war, mit der Schulter beiseite und stolperte eine kleine Treppe hinunter in die finstere Kälte des Tunnels, in der ich noch den Luftstrom des soeben verschwundenen Zuges spüren konnte.

Ich erkannte einen Fußweg.

Natürlich gab es einen Fußweg. Den ›passerelle de sécurité‹, den die Métro-Mechaniker auch bei Fahrverkehr benutzten.

Während ich den Fußweg entlanglief oder vielmehr entlang*hinkte*, konnte ich hinter mir das pneumatische Geräusch von Bremsen hören, das Kreischen von Metall auf Metall. Ein weiterer Zug näherte sich mir von dem Gleis, das ich soeben verlassen hatte. Er kam direkt auf mich zu.

Es konnte mir doch wohl nichts passieren? Ich war doch sicher hier? Oder?

Nein, der Weg war *zu* schmal, ich würde zu dicht an den sich nähernden Zug herankommen. Das konnte ich selbst in meiner Verwirrung und Panik klar erkennen. Daher würde mein Verfolger wohl die Jagd aufgeben, denn warum sollte er sich freiwillig in Todesgefahr begeben, wenn er wußte, daß ich ohnehin so gut wie am Ende war? Er würde mich einfach in das Tunnelsystem und damit in meinen sicheren Tod gehen lassen. Doch plötzlich konnte ich eine Stimme erkennen und wußte, daß ich nicht allein war.

Ich drehte mich hastig um. Er befand sich ebenfalls im Tunnel.

Ich bin beeindruckt, Max.

Nun werden zwei Leute sterben.

Man konnte von dem in einiger Entfernung liegenden Gleis bereits das elektronische Abfahrtsignal sowie das Knallen der Türen hören, und ich erstarrte, als der Zug in unsere Richtung zu rollen begann.

Ich fühlte so etwas wie einen Schwindelanfall, ein Stechen in meinem Hinterkopf. Sämtliche Synapsen meines Nervensystems schrillten vor Alarm.

Beweg dich weiter, weiter, weiter!

Doch ich besiegte den Instinkt und preßte mich gegen die Tunnelwand, als der vorauseilende Fahrtwind das Kommen des Zuges ankündigte. Unwillkürlich schloß ich die

Augen, und schon brauste die stählerne Wand des Zuges mit einem angsteinflößenden Rauschen so dicht an mir vorüber, daß ich fest davon überzeugt war, er würde mich streifen.

Es schien endlos zu dauern.

Ich blinzelte, und aus den Augenwinkeln sah ich Max, der sich in ungefähr drei Meter Entfernung von mir, genau wie ich, fest an die Wand gepreßt hatte.

Eine schwach flackernde Glühbirne, die direkt über ihm angebracht war, tauchte ihn in ein schmutziges, grünlichgelbes Licht. Doch etwas unterschied seine Reaktion von meiner:

Seine Augen waren nicht geschlossen. Sie starrten – nicht aus Angst, sondern vor Anspannung – geradeaus.

Und noch einen Unterschied gab es.

Er stand nicht regungslos da.

Er bewegte sich langsam seitwärts in meine Richtung.

Er kam mir näher.

10

Er näherte sich langsam, noch während der mir endlos erscheinende Zug an uns vorbeiraste.

Ich fühlte mich, als wäre ich gelähmt und stünde im Zentrum eines Tornados. Als auch ich mich langsam seitlich weiterzutasten versuchte, erblickte ich vor mir eine Nische in der Mauer, die ebenfalls von einer Glühbirne erleuchtet wurde. Falls ich sie erreichen sollte ...

Weniger als einen Meter von mir entfernt wartete die Rettung: eine tiefe Nische. Nur noch ein kleines Stück weiter auf diesem schmalen Weg mit dem unheimlichen Fahrtwind um die Nase und den metallenen Türgriffen des Zuges, die nur eine Handbreit von meinem Gesicht entfernt vorbeijagten.

Geschafft! Ich hatte die Nische erreicht. Ich war in Sicherheit.

Kein anderes U-Bahn-Netz auf der Welt hat dieses System von Gängen und Nischen, erinnerte ich mich. Ich hatte den Plan und die Diagramme noch genau vor Augen. *Alle zehn Meter gibt es eine Nische. Die Gleislänge zwischen zwei Stationen beträgt durchschnittlich sechshundert Meter. Die Gesamtstrecke des Netzes der Pariser Métro beträgt zweihundert Kilometer ... Die dritte Schiene ist lebensgefährlich, da sie mit 750 Volt geladen ist.*

Die Einbuchtung war einen Meter tief. Also ziemlich geräumig.

Ich konnte nun meine Pistole ziehen, sie entsichern, den Hahn spannen, meine Hand aus der Nische strecken, mein Ziel anvisieren und – abdrücken.

Ich hatte ihn getroffen. Er verzerrte das Gesicht vor Schmerz und stolperte vorwärts.

In dem Moment, in dem der letzte Wagen des Zuges gerade vorbeigedonnert war, fiel er nach vorn auf die Schienen. Doch er richtete sich sofort wieder auf, was mir deutlich zeigte, daß er nicht ernsthaft verletzt war.

Der Zug war vorbei. Nun waren nur noch wir beide im Tunnel. Er stand auf dem Schotter zwischen den Schienen. Hastig zog ich mich in die Tiefe der Einbuchtung und aus seiner Schußlinie zurück, doch er sprang mit gezogener Waffe auf mich zu und feuerte.

Ein brennender Schmerz durchzuckte mein Bein: Ich war ebenfalls getroffen.

Noch einmal drückte ich ab, doch es war nur ein leichtes Klicken zu hören, dieses entsetzliche Geräusch, das deutlich signalisierte, daß das Magazin leer war. An ein Nachladen der Waffe war gar nicht zu denken, denn ich hatte nicht einmal ein weiteres Magazin bei mir.

So tat ich das einzig Mögliche: Mit lautem Gebrüll stürzte ich mich auf ihn. Bevor ich ihn zu Boden riß, konnte ich noch seinen Gesichtsausdruck erkennen. Er zeigte dumpfe Gleichgültigkeit, oder war es Ungläubigkeit? Noch in diesem Bruchteil einer Sekunde versuchte er, mit seiner Pistole auf mich zu zielen, aber da fielen wir auch schon zu Boden, wobei sein Rücken auf die stählernen Schienen und den grauen Schotter schlug. Seine Waffe rutschte ihm aus der Hand und schepperte zu Boden.

Mit erstaunlicher Kraft richtete er sich auf, doch ich hatte den doppelten Vorteil des Überraschungseffektes und der besseren Position, so daß ich ihn zurück zu Boden drücken konnte, eine Hand fest an seine Kehle gedrückt.

Er gab ein Grunzen von sich, richtete sich erneut auf, und zum ersten Mal hörte ich ihn einige Worte mit einem starken – deutschen? – Akzent sprechen.

»Nützt . . . nichts«, keuchte er, doch seine Worte interessierten mich nicht. Ich wollte wissen, was in seinem verdammten Hirn vorging, aber ich vermochte mich in dieser Situation kaum zu konzentrieren, denn ich bemühte mich gleichzeitig, die Oberhand über seinen sich heftig wehrenden Körper zu behalten.

In Richtung der U-Bahn-Station war in etwa dreißig oder vierzig Metern Entfernung ein Lichtschimmer zu erkennen.

Plötzlich *vernahm* ich einige Fetzen Sprache, Worte, die mit überraschender Dringlichkeit gedacht wurden, laut und doch ein wenig unklar. *Du kannst mich ruhig töten*, dachte er auf deutsch, *töte mich ruhig, aber dann wird ein anderer kommen, der hinter dir her ist, ein anderer wird kommen ...*

Meine Überraschung ließ mich für einen Augenblick unaufmerksam werden, so daß ich den Griff um seine Kehle lockerte. Diesmal gelang es ihm, sich von mir loszureißen und aufzurichten, wobei ich nach hinten stolperte und in einer Öllache ausrutschte. Instinktiv streckte ich meine rechte Hand aus, um meinen Sturz abzufangen, doch ich griff ins Leere, und dann ...

750 Volt elektrische Spannung!

... konnten meine Fingerspitzen gerade noch die Berührung mit der dritten, stromleitenden Schiene vermeiden, während ich ihn plötzlich auf mich zuhechten sah.

Ich tastete nach meiner Pistole, aber sie war nicht mehr da.

Mit meiner ganzen verbliebenen Kraft schnellte ich hoch, stürzte mich auf ihn und schleuderte ihn mit Schwung über meine Schulter auf die stromleitende Schiene. Im gleichen Moment näherte sich uns der Zug mit einem ohrenbetäubenden Donnern, ein lautes Warnsignal von sich gebend. Ich sah gerade noch, wie Max' Beine durch den Strom wie von Krämpfen geschüttelt zuckten, als der Zug ihn erreichte. Was ich dann sah, konnte ich zuerst kaum fassen. Seine Beine bebten noch immer – aber sie endeten nun in Oberschenkelhöhe. Von dem restlichen Körper meines hartnäckigen Verfolgers war nur noch ein unkenntlicher Fleischklumpen übriggeblieben.

Das Donnern des nächsten Zuges wurde immer lauter. Kalt und emotionslos verließ ich die Gleise, kletterte zu dem schmalen Weg hinauf und begab mich in die Sicherheit der Nische, wo ich mich gegen die Wand drückte. Als der Zug vorbei war, verließ ich den Tunnel, ohne noch einmal zurückzublicken.

11

Das Dorf Mont-Tremblant bestand nur aus wenigen Wohnhäusern sowie einigen französischen Restaurants, einem *Bonichoix*-Supermarkt und einem Hotel mit einer grünen Markise, das wie ein verkleinertes Modell eines Grand Hotels in Monte Carlo aussah und hier auf seltsame Weise fehl am Platze wirkte. Umgeben war das Dorf von den fruchtbaren und grünen Hängen des Laurentian-Gebirges.

Molly und ich waren getrennt auf den beiden internationalen Flughäfen Montreals eingetroffen und hatten von Paris aus auch zwei unterschiedliche Fluglinien gewählt: Sie war über Frankfurt und Brüssel nach Mirabel, ich über Luxemburg und Kopenhagen nach Dorval geflogen.

Ich hatte mich verschiedener nachrichtendienstlicher Standardtechniken bedient, um sicherzustellen, daß keiner von uns verfolgt wurde. Wir benutzten zur Zeit unsere kanadischen Pässe, die mein französischer Kontaktmann in Pigalle für uns gefälscht hatte. Dadurch standen uns die noch unbenutzten amerikanischen Pässe, ausgestellt auf die Namen Mr. und Mrs. Alan Crowell sowie Mr. und Mrs. John Brewer, für einen eventuellen Notfall zur Verfügung. Wir waren zudem von unterschiedlichen Flughäfen abgeflogen: Molly von Charles de Gaulle, ich von Orly. Wichtig war vor allem auch, daß wir als Erste-Klasse-Passagiere mit europäischen Fluglinien, wie Aer Lingus, Lufthansa, Sabena und Air France, unterwegs waren. Denn anders als die amerikanischen Fluglinien, die ihren Erste-Klasse-Passagieren als Spezialservice nichts weiter als einen geräumigeren Sitz und ein kostenloses Getränk bieten, wird man von den europäischen Linien als wirklicher VIP behandelt. Der Sitzplatz ist bei diesen Fluglinien bis zum allerletzten Moment reserviert, indem jeder Passagier, der eingecheckt hat, auf die Platzliste genommen wird, auch wenn er noch gar nicht an Bord ist. Wir sahen zu, bei jedem Teilabschnitt der Reise die Paßkontrolle erst im letzten Moment zu passieren, da wir auf diese Weise sehr eilig abgefertigt wurden und die Beamten meist nur einen sehr flüchtigen Blick auf unsere gefälschten Pässe werfen konnten.

Obwohl wir beide sehr verschiedene Flugrouten gewählt hatten, landeten wir überraschenderweise nur mit einem zeitlichen Abstand von zweieinhalb Stunden.

Ich hatte bereits einen Wagen von Avis gemietet, mit dem ich Molly abholte. Dann begaben wir uns auf unsere 130 Kilometer lange Fahrt auf der Staatsstraße 15 in Richtung Norden. Sie hätte ihrem Aussehen nach überall auf der Welt sein und ebensogut durch die Industriegebiete von Mailand, Rom oder Paris führen können. Erst als die 15 in die 117 überging – in die *Autoroute des Laurentides*, eine breite und gut ausgebaute Straße, die sich durch das malerische Laurentian-Gebirge zieht und über Sainthe-Agathe-des-Monts bis Saint-Jovite führt –, bekam die Straße ein eigenes Gepräge. Dort in Saint-Jovite saßen wir schließlich wie zwei müde Krieger schweigend über unsere Teller mit *Escargots Florentine* und gebratenem Truthahn gebeugt. Schon während der Fahrt hatten wir kein einziges Wort gewechselt.

Teilweise waren sicherlich unsere Erschöpfung und der Jetlag verantwortlich dafür, doch es lag auch daran, daß wir in den letzten Tagen einerseits so vieles gemeinsam und andererseits vieles getrennt voneinander erlebt hatten, daß wir gar nicht mehr wußten, wo wir mit dem Erzählen anfangen sollten.

Wir fühlten uns beinahe wie Alice im Wunderland, denn die Sache wurde von Mal zu Mal verwirrender. Zuerst war Mollys Vater ein Opfer gewesen, dann ein Schurke, und nun, ja, was war er eigentlich wirklich? Auch Toby war zunächst die Rolle des Opfers zugefallen, dann die des Retters, später die des Schurken ... und jetzt?

Alex Truslow, mein Freund und Vertrauter, der ambitionierte neue Direktor der CIA, hatte sich in Wahrheit als Anführer einer Gruppe herausgestellt, die bereits seit Jahren auf illegale Weise vom Wissen der CIA profitierte.

Und ein Killer mit dem Decknamen Max hatte versucht, mich in Boston, Zürich und Paris zu ermorden.

Wer war dieser Mann gewesen?

Die Antwort auf diese Frage hatte ich während der letzten Sekunden, als der Killer und ich auf den Schienen der Pariser Métro miteinander gekämpft hatten, mittels meiner telepathischen Fähigkeit erfahren. Mit letzter Anstrengung hatte ich mich auf seine Gedanken konzentriert und tatsächlich etwas hören können.

»Wer bist du?« hatte ich ihn gefragt.

Sein wirklicher Name war *Johannes Hesse*. ›Max‹ war nur sein Deckname gewesen.

»Wer ist dein Auftraggeber?«
Alex Truslow.
»Womit hat er dich beauftragt?«
Mit einem Mord.
Gegen wen richtet sich das Attentat?

Seine Auftraggeber konnten ihn selber nicht benennen. Alles, was sie wußten, war, daß ihr Opfer als unbekannter Zeuge vor dem Untersuchungsausschuß des Senats aussagen würde. Und zwar morgen.

Wer konnte es nur sein?

Uns verblieben noch etwa vierundzwanzig Stunden, um das Rätsel zu lösen.

Was suchten wir nun aber an diesem entlegenen Ort mitten in Quebec? Was erwarteten wir hier zu finden? Einen hohlen Baum etwa, in dem die Dokumente versteckt waren? Eine Kürbislaterne mit einem Mikrofilm darin?

Ich hatte mir in der Zwischenzeit viele Gedanken gemacht und war in der Lage, die meisten Zusammenhänge zu erklären, doch mir fehlte noch das letzte Teil zu diesem Puzzle. Und ich war überzeugt, dieses fehlende Teil in einer Ferienhütte am Ufer des Lac Tremblant zu finden.

Das Grundbuchamt, bei dem die zum Dorf Mont-Tremblant gehörenden Urkunden verwaltet wurden, befand sich in der nächsten größeren Ortschaft, St.-Jerome. Es stellte sich allerdings heraus, daß man uns dort nur wenig weiterhelfen konnte. Der wortkarge Franzose, dem die Verwaltung der gesamten Akten oblag, ein Mann namens Pierre la Fontaine, erklärte uns höflich, aber kurz angebunden, daß sämtliche Unterlagen bezüglich Mont-Tremblant Anfang der siebziger Jahre bei einem Brand vernichtet worden seien. Alles, was er vorliegen habe, seien die nach diesem Zeitpunkt abgeschlossenen Verträge, in denen er jedoch nichts über den Kauf oder Verkauf eines Hauses am See in Zusammenhang mit den Namen Sinclair oder Hale finden könne. Molly und ich verbrachten gut drei Stunden damit, selbst die Akten durchzugehen, aber vergeblich.

Als nächstes erkundeten wir den Lac Tremblant und warfen einen Blick auf den Tremblant-Club sowie auf die neueren Ferienanlagen, die Mont Tremblant Lodge mit ihren Tennisplätzen und dem schönen Sandstrand, das Manoir Pinoteau und das Chalet des Chut (beides elegant-rustikale Gasthäuser).

Unser Plan war es, das Haus wiederzuerkennen – Molly aus der Erinnerung und ich von der Fotografie. Aber auch dies Unterfangen blieb erfolglos. Die meisten der Häuser waren von der Seestraße aus nicht zu sehen. Das einzige, was wir ausmachen konnten, waren Namensschilder, von denen einige handgeschrieben und andere maschinell gefertigt waren.

Aber selbst wenn wir die Zeit gehabt hätten, jede einzelne Einfahrt zu den am See gelegenen Häusern hinunterzufahren (was sicherlich Tage gedauert hätte), wäre es uns unmöglich gewesen, alle Häuser anzusehen, denn die meisten Zufahrten waren gut versperrt. Etliche Häuser lagen außerdem am entlegenen Nordufer des Sees und waren nur per Boot erreichbar.

Am Ende unserer Erkundungstour fuhren wir entmutigt vor dem Tremblant-Club vor, wo wir unseren Wagen parkten.

»Und was nun?« fragte Molly.

»Wir mieten uns ein Boot«, schlug ich vor.

»Und wo?«

»Am besten gleich hier.«

Aber es waren vor Ort keinerlei Bootsvermietungen zu finden, und es schien, als wollte man es den Touristen so schwer wie möglich machen, den See zu befahren.

Plötzlich durchbrach das entfernte Motorengeräusch eines Außenborders, das vom See herüberschallte, die

Stille, und mir kam eine Idee. In Tremblant-Nord (das sich nicht wirklich am nördlichsten Zipfel des Sees befand, sondern nur das Ende der Straße markierte) stießen wir auf eine Anzahl von verlassen wirkenden Bootsschuppen aus Holz und graugestrichenen Alu-Baracken, die mit Vorhängeschlössern gesichert waren.

Hier schien sich die Bootsanlegestelle der Bewohner zu befinden, die kein Grundstück direkt am See besaßen.

Binnen weniger Minuten hatte ich die Schlösser eines größeren Bootshauses geknackt. Drinnen befand sich eine Reihe kleinerer Boote, die meisten davon Fischerboote.

Mein Blick fiel auf ein kleines Sunray mit einem 70-PS-Außenbordmotor. Ein schnittiges Boot. Was jedoch viel wichtiger war: Der Schlüssel steckte im Zündschloß.

Der Motor sprang ohne Probleme an, und kurze Zeit später fuhren wir inmitten bläulicher Abgaswolken über den See.

Die Häuser, die wir sahen, waren sehr verschieden. Moderne Nachbildungen Schweizer Chalets und rustikaler Blockhütten, von denen einige direkt am Seeufer standen, während andere, von Bäumen fast verdeckt oder weithin sichtbar, an den Hang gebaut waren. Einmal freuten wir uns zu früh, als wir ein Steinhaus entdeckten, das dem von uns gesuchten ähnelte, sich jedoch auf den zweiten Blick als Nachbau einer alten Hütte durch einen zeitgenössischen Architekten entpuppte.

Dann plötzlich sahen wir es vor uns: die alte Hütte mit der Steinfront, die auf einem leicht ansteigenden Grundstück ungefähr hundert Meter vom Ufer entfernt lag. Das Haus hatte zum See hin eine Veranda, auf der zwei weiße Gartenstühle standen. Einem der Stühle fehlte eine Sprosse. Es war zweifellos das Haus, in dem Molly den Sommer verbracht hatte. Es schien sich, seit das Foto Jahrzehnte zuvor aufgenommen worden war, nichts verändert zu haben.

Molly starrte es sprachlos und mit verträumtem Blick zu. Aus ihren Wangen war jede Farbe gewichen.

»Das ist es«, sagte sie bestimmt.

Ich stellte den Außenbordmotor erst ab, als wir ganz nahe am Ufer waren, und legte an dem verwitterten Bootssteg des Grundstücks an.

»Mein Gott«, flüsterte Molly ungläubig, »das ist es wirklich.«

Ich half ihr aus dem Boot und kletterte dann selbst auf den Bootssteg.

»Du liebe Güte, Ben, ich erinnere mich genau an diesen Ort!« Ihre Stimme war ein hohes und erregtes Flüstern. Sie zeigte auf ein weißgestrichenes, hölzernes Bootshaus. »Dort hat Dad mir beigebracht, wie man angelt.«

Ganz in ihre Erinnerungen versunken, ging sie den Steg entlang, bis ich sie am Arm festhielt.

»Was ist denn?«

»Sei bitte mal ruhig!« bat ich sie.

Das Geräusch war zunächst kaum hörbar gewesen, nur ein leichtes Rascheln im Gras irgendwo in der Nähe des Hauses.

»Was ist das?« flüsterte Molly.

Ich erstarrte. Ein dunkler Schatten schien über die Wiese hinweg geradewegs auf uns zuzufliegen. In das Rascheln hatte sich ein warnendes Knurren gemischt.

Langsam wuchs sich dieses Knurren zu einem lauten, aggressiven und angsteinflößenden Bellen aus. Wir sahen zu unserem Entsetzen, daß ein großer schwarzer Dobermann mit gefletschten Zähnen auf uns zustürzte.

»Nein!« kreischte Molly und rannte panisch zum Bootshaus hinüber.

Mein Magen zog sich zusammen, als der Dobermann zum Sprung ansetzte. Aber in dem Moment, in dem ich meine Pistole zog, hörte ich die kommandierende Stimme eines Mannes. »Halt!«

Ein platschendes Geräusch vom See her ließ mich einen überraschten Blick dorthin werfen.

»Das hätte böse Folgen für Sie haben können. Er mag nämlich keine Eindringlinge.«

Ein großer, schlanker, nur mit einer dunkelblauen Badehose bekleideter Mann stieg gerade aus dem See. Das Wasser rann noch aus seinem Bart, während er ganz herauskam.

Ein braungebrannter, leicht gealterter Neptun, der eben der Unterwelt entstiegen zu sein schien.

Sein Anblick war so wider jede Vernunft, daß sich alles in mir weigerte, zu glauben, was ich da sah.

Molly und ich starrten ihn beide mit ungläubig aufgerissenen Augen an.

Dann warf sich Molly in die Arme ihres Vaters.

Teil VII

Washington

1

Was kann man in einem solchen Augenblick sagen? Es schien eine Ewigkeit zu verstreichen, bevor jemand von uns wieder Worte fand.

Der glasklare, tiefblau schillernde See lag absolut still. Kein Motorengeräusch, keine menschliche Stimme, nicht einmal der Gesang von Vögeln durchbrach die friedliche Ruhe. Es schien, als stünde die Welt für einen Moment still.

In Tränen aufgelöst, drückte Molly ihren Vater so fest wie sie konnte an sich. Auch wenn sie ziemlich groß gewachsen war, überragte ihr Vater sie doch so weit, daß er sich zu ihr hinunterbeugen mußte.

Noch ganz benommen, beobachtete ich die beiden wie durch einen Schleier. Schließlich ergriff ich das Wort: »Ich habe dich mit dem Bart erst gar nicht erkannt.«

»Genau das war der Grund, weshalb ich ihn mir wachsen ließ«, erwiderte Harrison Sinclair mit etwas belegter Stimme. Dann zog jedoch ein leichtes Lächeln über sein Gesicht. »Ich nehme an, ihr habt dafür gesorgt, daß euch niemand hierher gefolgt ist.«

»Wir haben uns darum bemüht.«

»Ich wußte, daß ich mich auf euch verlassen kann.«

Plötzlich löste sich Molly aus seiner Umarmung, trat einen Schritt zurück und gab ihrem Vater eine kräftige Ohrfeige. Sinclair zuckte zusammen.

»Du Schuft«, schimpfte sie mit gebrochener Stimme.

In der Hütte war es dunkel und still. Wie in allen Häusern, die lange Zeit leer stehen, roch es nach dieser eigenartigen Mischung aus Kampfer, Mottenkugeln, Schimmel, Farbe, altem Bratfett und kalter Kaminasche.

Wir saßen auf einem alten Sofa, dessen Bezug vom Staub der vielen Jahre ganz verblichen war, und lauschten Mollys Vater, der es sich in einem von der Decke hängenden Schaukelstuhl bequem gemacht hatte.

Er war in weite Freizeitshorts und einen marineblauen Pullover geschlüpft und wirkte mit seiner lässigen Haltung wie ein freundlicher Gastgeber, der sich mit seinem Wochenendbesuch einen Martini genehmigte.

Während der letzten Monate hatte Hal sich einen dichten Vollbart stehen lassen, was unter den gegebenen Umständen äußerst sinnvoll schien, da er in der Tat völlig verändert aussah. Seinem Gesicht sah man an, daß er beim Schwimmen und Bootfahren auf dem See viel Sonne abbekommen hatte.

»Ich wußte, daß ihr mich hier finden würdet«, erklärte er. »Aber so bald hatte ich nicht mit euch gerechnet. Pierre La Fontaine rief mich vor einigen Stunden an und berichtete mir von einem Paar, das in Saint-Jerome Erkundigungen über mich und das Haus eingeholt habe.«

Molly blickte überrascht drein, weshalb er eine Erklärung nachschob. »Pierre ist Grundbuchverwalter, Bürgermeister von Lac Tremblant und Polizeichef in einer Person. Bei ihm laufen sämtliche Fäden zusammen. Außerdem ist er noch Verwalter etlicher Sommerhäuser und ein alter Freund von mir. Er hat sich viele Jahre um dieses Haus gekümmert. Damals in den fünfziger Jahren arrangierte er für mich den Verkauf des Hauses auf so geschickte Weise, daß der Besitz nicht mehr mit meiner Schwiegermutter in Verbindung gebracht werden konnte.

Die Idee hatte damals eigentlich Jim Angleton. Jim hatte mir bei meinem Eintritt in die CIA dringend geraten, mir einen sicheren Zufluchtsort auszuwählen für den Fall, daß ich einmal in eine besonders brenzlige Situation geraten sollte. Kanada war insofern sehr gut dafür geeignet, als es außerhalb der US-Staatsgrenze liegt. Pierre hat das Haus während der Sommermonate und in der Skisaison regelmäßig unter dem Decknamen eines fiktiven kanadischen Investors namens Strombolian vermietet, und die Einnahmen deckten stets die Kosten für die Instandhaltung des Hauses und Pierres Entlohnung. Den Rest des Geldes verwahrte Pierre für mich.« Hal zeigte erneut ein verschmitztes Lächeln. »Er ist ein ehrlicher Bursche.«

Ohne irgendeine Vorwarnung explodierte Molly vor

Zorn. Sie hatte bis jetzt schweigend neben mir gesessen – nachdenklich, wie ich meinte, aber wie sich nun herausstellte, hatte es die ganze Zeit über in ihr gebrodelt.

»*Wie konntest du mir das nur antun, mir soviel Schmerz zuzufügen?*«

»Snoops«, versuchte ihr Vater sie zu beruhigen.

»*Verdammt* noch mal! Hast du überhaupt eine Vorstellung...«

»Molly!« unterbrach er sie mit belegter Stimme. »Warte bitte einen Moment. Verstehst du nicht, daß ich keine andere Wahl hatte?« Er richtete sich auf, neigte sich zu seiner Tochter hinüber und blickte ihr fest in die Augen.

»Als sie meine geliebte Sheila töteten – ja, Molly, wir liebten uns, wie du sicher längst weißt –, wußte ich, daß sie auch mich binnen weniger Stunden schnappen würden. Meine einzige Chance, am Leben zu bleiben, bestand darin, mich zu verstecken.«

»Vor den ›Weisen‹«, fiel ich ein. »Vor Truslow und Toby...«

»... und einem halben Dutzend anderer sowie einem ganzen Troß an Sicherheitsleuten.«

»Das alles hat mit dem zu tun, was zur Zeit in Deutschland vor sich geht, nicht wahr?« erkundigte ich mich.

»Es ist eine überaus komplizierte Angelegenheit, Ben. Im Grunde habe ich...«

»Ich habe gewußt, daß du noch lebst«, unterbrach ihn Molly. »Ich habe es seit Paris gewußt.«

Sie sagte dies so ruhig und bestimmt, daß ich ihr einen überraschten Blick zuwarf.

»Es war sein Brief«, fuhr sie erklärend fort. »Er erwähnte darin eine Blinddarmoperation, die ihn damals zwang, den Sommer hier mit uns am Lac Tremblant zu verbringen.«

»Und weiter?« drängte ich sie.

»Es mag vielleicht verrückt klingen, aber ich konnte mich nicht daran erinnern, damals bei der Identifizierung *deiner* Leiche eine Blinddarmnarbe gesehen zu haben. Das Gesicht war ziemlich entstellt, aber der Körper war relativ unversehrt, so daß mir eine Narbe bestimmt aufgefallen wäre. Dennoch war ich mir nicht hundertprozentig sicher. Erinnerst du dich, wie ich mich bemüht hatte, den Autopsiebericht zu erhalten, der jedoch von offizieller Seite unter Verschluß genommen worden war? Ich mußte mir also etwas anderes einfallen lassen.«

»Deshalb also benötigtest du in Paris das Faxgerät«, stellte ich fest. Sie hatte damals nur eine vage Bemerkung über irgendeine Idee gemacht, die mit der Ermordung ihres Vaters zu tun habe.

Sie nickte. »Jeder Pathologe – zumindest jeder Pathologe, den ich kenne – hebt sich eine eigene Kopie der Patientenakten auf, um bei eventuellen Schwierigkeiten oder Beschwerden darauf zurückgreifen zu können. Es gab also höchstwahrscheinlich noch Unterlagen, an die man herankommen konnte. Ich rief zunächst einen befreundeten Pathologen an, der sich wiederum mit einem Kollegen in Washington, wo die Autopsie durchgeführt worden war, in Verbindung setzte. Eine Routine-Nachfrage, verstehst du? Es ist trotz all der Bürokratie verdammt einfach, die Sicherheitskanäle eines Krankenhauses zu umgehen, wenn man die richtigen Verbindungen hat.«

»Und?« Wieder drängte ich sie voller Spannung.

»Ich ließ mir den Autopsiebericht zufaxen. Und in der Tat, der Blinddarm war als unversehrt aufgelistet. Von diesem Moment an wußte ich, daß Dad sich möglicherweise überall, aber jedenfalls nicht unter jenem Grabstein im Columbia County im Staate New York befand.« Sie wandte sich wieder ihrem Vater zu. »Wessen Leiche war es denn?«

»Es war niemand, der jemals von irgendwem vermißt werden wird«, gab er zur Antwort. »Ich habe da so meine Quellen.« Dann fügte er mit leiser Stimme hinzu: »Es ist wirklich ein lausiges Geschäft.«

»Mein Gott«, stammelte Molly atemlos und senkte den Kopf.

»Es ist nicht ganz so schlimm, wie du vermuten magst«, tröstete Hal sie. »Es bedurfte nur einer intensiven Suche unter den nicht identifizierten Leichen in Krankenhäusern und Leichenschauhäusern, um jemanden zu finden, der ungefähr meine Statur, mein Alter und, was am schwersten war, eine gute Gesundheit hatte. Die meisten Obdachlosen leiden nämlich an einer ganzen Reihe von Krankheiten.«

Molly nickte und lächelte bitter. »Und auf einen Penner mehr oder weniger kommt es doch auch nicht an«, sagte sie zynisch.

»Das Gesicht spielte keine große Rolle«, folgerte ich, »da es beim Unfall sowieso bis zur Unkenntlichkeit zerstört werden sollte, habe ich recht?«

»Das stimmt«, bestätigte Sinclair. »Es wurde bereits vor dem Unfall entsprechend behandelt, mußt du wissen. Die Künstler im Wiederherrichten von entstellten Gesichtern, die natürlich keine Ahnung hatten, daß sie nicht Harrison Sinclair vor sich hatten, bekamen einfach eine Fotografie von mir, nach der sie arbeiteten. Ob es eine öffentliche Präsentation der Leiche gab oder nicht, sie bemühten sich jedenfalls, sie so ansehnlich wie möglich herzurichten.«

»Die Tätowierung auf der Schulter«, warf ich ein, »der Leberfleck auf dem Kinn . . .«

»Problemlos zu machen.«

Molly hatte die ganze Zeit über schweigend diesen Fachsimpeleien zwischen ihrem Vater und mir zugehört, doch nun schaltete sie sich in bitterem Ton ein. »O ja. Die Leiche war nach dem Autounfall wirklich kaum wiederzuerkennen, und die bereits einsetzende Verwesung tat ein übriges.« Sie nickte grimmig und zeigte ein bitteres Lächeln. Ihre Augen funkelten vor Zorn. »Es *sah aus* wie Dad, jawohl, aber wie genau haben wir hingesehen? Wie genau hätten wir unter diesen Umständen hinsehen *können*?« Sie warf mir einen merkwürdigen Blick zu, so als ob sie durch mich *hindurch*sähe. Der Tonfall, in dem sie sprach, war eine gräßliche Mischung aus Wut und Sarkasmus. »Sie führen dich in die Leichenhalle, öffnen den Reißverschluß des Plastiksacks, in dem die Leichen aufbewahrt werden, und du siehst das Gesicht, das durch die Explosion teilweise zerstört ist. Du scheinst genug davon gesehen zu haben, um zu erkennen, daß es dein Vater ist, der da vor dir liegt, daß es seine Nase und sein Mund sind. Du sagst zu dir selbst: Das ist also mein eigen Fleisch und Blut, der Mann, der mich in die Welt gesetzt hat, auf dessen Rücken ich geritten bin.

Alles in mir wehrt sich, ihn so zu sehen, aber sie wollen, daß ich ihn mir ansehe. Klar, das ist er, und dann: Schaffen Sie ihn mir bitte aus den Augen!«

Ihr Vater hatte sein Kinn nachdenklich auf eine Hand gestützt. Er sah traurig aus. Ohne etwas zu sagen, starrte er vor sich hin.

Ich beobachtete meine geliebte Molly, die völlig am Ende war. Sie hatte natürlich recht: Es war mit den heutigen Mitteln der ›Restaurationskunst‹ kein Problem mehr, einen Leichnam wie den einer anderen Person aussehen zu lassen.

»Brillante Arbeit«, sagte ich, ehrlich beeindruckt.

»Mich solltest du dafür nicht loben«, widersprach Hal. »Die Idee stammt von unseren alten Feinden in Moskau. Erinnerst du dich an jenen bizarren Fall, den sie euch während der Ausbildung in Langley immer vorkauten, Ben? Bei dem die Russen Mitte der sechziger Jahre einen hochkarätigen Geheimdienstoffizier der Roten Armee in einem gläsernen Sarg beerdigten?«

Ich nickte.

Er fuhr fort, indem er sich Molly zuwandte: »Wir schickten einige unserer Agenten dorthin, angeblich, um ihm die letzte Ehre zu erweisen, in Wirklichkeit aber, um sich unter den Trauergästen umzusehen und heimlich Fotos zu machen. Bemerkenswerterweise hatte dieser Offizier der Roten Armee gleichzeitig auch uns zwölf Jahre lang mit durchaus bedeutenden Informationen versorgt.

Acht Jahre später stellte sich dann heraus, daß der Kerl noch am Leben war. Die ganze Geschichte war ein wirklich raffinierter Coup der Russen gewesen. Sie erstellten eine Maske des Doppelagenten – der inzwischen von ihnen erneut ›umgedreht‹ und damit praktisch zu einem ›Dreifachagenten‹ geworden war – und paßten sie irgendeiner beliebigen Leiche an, die schließlich in den gläsernen Sarg gelegt wurde. In jenen Tagen, in denen der alte Breschnew noch an der Macht war, hatte man keinerlei Skrupel, jemandem eine Kugel durch den Kopf zu jagen, so daß sie möglicherweise sogar einen Killer aussandten, der sich nach einem passenden Opfer umsehen sollte. Wer weiß?«

»Aber wäre es nicht viel einfacher gewesen«, wandte ich ein, »es so aussehen zu lassen, als ob der Körper bei der Explosion bis zur Unkenntlichkeit verbrannt wäre?«

»Einfacher ja, aber andererseits auch viel riskanter«, erläuterte Sinclair. »Ein nicht identifizierbarer Leichnam weckt alle möglichen Verdächtigungen.«

»Und das Foto?« wollte Molly wissen. »Auf dem du mit . . . mit durchgeschnittener Kehle zu sehen bist?«

»Heutzutage ist auch das kein Problem«, sagte Sinclair mit matter Stimme. »Ein Kontaktmann, der früher mit dem Medienlabor zusammenarbeitete . . .«

»Natürlich«, unterbrach ich ihn. »Digitale Fotobearbeitung.«

Er nickte, während Molly nur verdutzt dreinblickte.

Ich versuchte zu erklären: »Du erinnerst dich doch, daß die *National Geographic* auf ihrem Titelbild eine der Pyramiden von Gizeh ein wenig an die anderen herangerückt hatte, damit alle auf eine Seite paßten?«

Sie schüttelte den Kopf.

»Es gab deswegen zum Teil heftige Kontroversen«, fuhr ich fort.

»Worauf ich hinaus will, ist folgendes: Es gibt heute technisch so fortgeschrittene Möglichkeiten des Retuschierens von Fotomaterial, daß eine Manipulation praktisch nicht feststellbar ist.«

»Genauso ist es«, pflichtete mir Sinclair bei.

»Auf diese Weise hinterfragte niemand, ob du wirklich getötet wurdest, sondern nur *wie*.«

»Nun gut.«

Molly blickte ihren Vater an.

»Du hast mich hinters Licht geführt. Ich war davon überzeugt, daß du umgebracht worden wärst, indem man dir vor dem Autounfall die Kehle durchgeschnitten hatte. Man hatte meinen Vater ermordet! Und was machst du? Du vergnügst dich hier in Kanada beim Segeln!« Ihre Stimme wurde immer lauter und aufgeregter. »Wolltest du ausgerechnet *mich* glauben machen, du seiest tot? Steckt das dahinter? Wolltest du das deiner eigenen Tochter antun?«

»Molly«, versuchte sie ihr Vater zu beruhigen.

»Wie konntest du deiner eigenen Tochter nur so etwas antun? Weshalb nur?«

»Molly!« In seiner Stimme schwang Verzweiflung mit. »Hör mir bitte zu! Laß mich ausreden. Ich tat all das aus einem einzigen Grund, nämlich um mein Leben zu retten.«

Er holte tief Luft und erzählte.

2

Über das Haus, in dem wir auf schlichten Holzmöbeln saßen und den schönen Ausblick auf den See genossen, senkte sich mit dem nahenden Sonnenuntergang langsam die Dunkelheit. Unsere Augen gewöhnten sich jedoch an die veränderten Lichtverhältnisse, so daß Hal Sinclair darauf verzichtete, Licht zu machen. Wir verharrten in der Dämmerung, schweigend den Blick auf ihn gerichtet, und hörten ihm zu.

»Nachdem ich den Posten des Leitenden Direktors übernommen hatte«, fing Hal an und wandte sich zu mir, »bestand meine erste Amtshandlung darin, mir die versiegelte Akte über deine Erlebnisse in Paris aus dem Archiv holen zu lassen. Mir war die ganze Sache von Anfang an sehr zweifelhaft vorgekommen. Und auch wenn ich verstehen konnte, daß du die Sache am liebsten vergessen und nie wieder ein Wort davon hören wolltest, interessierte es mich doch, die Wahrheit über jene Vorkommnisse ans Tageslicht zu befördern.

Zur Zeit des kalten Krieges wäre ich mit meinen Nachforschungen schnell in einer Sackgasse gelandet. Aber da die Sowjetunion sich inzwischen aufgelöst hatte, kamen wir plötzlich an die Namen ehemaliger Sowjetagenten heran. In diesem Fall verrieten mir Gerichtsprotokolle die wahre Identität des Mannes, der damals tatsächlich überzulaufen plante und sich dafür später vor einem russischen Gericht zu verantworten hatte. Er hieß Berzin, und ich machte ihn mit Hilfe verschiedener geheimer Kanäle, über die ich mich jetzt nicht näher auslassen möchte, schließlich ausfindig.

Irgendwie hatten die Russen von seinen Plänen Wind bekommen. Ich nehme an, daß Toby sie informiert hatte. Berzin war deshalb ins Gefängnis geschickt worden, denn zum Glück fanden seit der Machtübernahme Chruschtschows keine Erschießungen von eigenen Leuten mehr statt. Nach seiner Entlassung deportierte man ihn in ein winziges Nest, ungefähr fünfundsiebzig Meilen nördlich von Moskau.

Da die neue Regierung kein Interesse mehr an ihm hatte, war es mir möglich, ein Geschäft mit ihnen zu machen. Ich arrangierte für ihn und seine Frau eine sichere Ausreise ins westliche Ausland, und er gab mir dafür die Akte, die er in Paris hatte verkaufen wollen – mit Beweisen dafür, daß Toby Thompson ein sowjetischer Spitzel mit dem Decknamen ELSTER gewesen war.«

An dieser Stelle unterbrach ihn Molly. »Was heißt das, ein Sowjetspitzel?«

»Toby alias die ELSTER sympathisierte keineswegs mit der kommunistischen Ideologie«, erklärte Sinclair. »Das wäre ihm spätestens 1956 vergangen, wenn nicht sogar noch eher. Aber Toby war offensichtlich von einem aufmerksamen KGB-Mann dabei erwischt worden, wie er Gelder der CIA veruntreute. Daraufhin wurde ihm ein Ultimatum gestellt: Entweder Toby arbeitete mit dem KGB zusammen, oder der KGB würde Langley von seinen Machenschaften unterrichten, was gewiß zu unliebsamen Konsequenzen für ihn geführt hätte. Toby zog es vor zu kooperieren.

Dieser Berzin berichtete mir, daß er eine Bandaufnahme von seinem Treffen mit dir und Toby habe, und er spielte sie mir vor. Die Aufnahme bestätigte seine Aussagen. Ich erlaubte Berzin, das Originalband zu behalten, und erstellte mir eine Kopie, nachdem er mir versprochen hatte, es dir persönlich auszuhändigen, sobald du eines Tages an seine Tür klopfen würdest.

Ich erfuhr kurz darauf, daß Toby keine wichtige Position mehr innehatte, sondern mit irgendwelchen externen Projekten beauftragt war, die mir damals relativ bedeutungslos erschienen – extrasensorische Perzeption und ähnliches – und seine Karriere im Grunde beendet war.«

»Warum hast du ihn nicht gleich unter Arrest gestellt?« wollte ich wissen.

»Es wäre ein Fehler gewesen, ihn festzunehmen, bevor ich auch die anderen hatte«, erklärte Hal. »Ich konnte nicht riskieren, sie auf diese Weise zu warnen.«

»Aber wenn Toby einer der Verschwörer war«, fragte mich Molly, »weshalb wagte er es dann, dir in der Toskana so nahe zu kommen?«

»Weil er wußte, daß die Medikamente meine Fähigkeit stark betäubten.«

»Wovon redet ihr?« fragte Mollys Vater.

Molly drehte sich zu mir um und warf mir einen bedeutungsvollen Blick zu. Ich zögerte jedoch und wandte mich ab. Ob dies der geeignete Zeitpunkt war, um ihm von meinen telepathischen Fähigkeiten zu berichten – selbst, wenn er uns Glauben schenken sollte?

Statt dessen fragte ich: »Dein Brief gab uns Aufschluß über das Gold und darüber, wie du Orlow geholfen hattest, es außer Landes zu bringen. Du hattest den Brief wohl direkt nach deinem Züricher Treffen mit Orlow geschrieben. Aber was passierte dann?«

»Ich wußte, daß diese Menge Goldes in Zürich sehr viel Aufsehen erregen würde«, fuhr er fort, »aber ich hatte natürlich keine Vorstellung davon, was genau geschehen würde. Ich beauftragte Sheila, sich noch einmal mit Orlow zu treffen, um mit ihm in weitere Verhandlungen zu treten und die letzten offenen Fragen zu klären. Nur wenige Stunden nachdem sie von Zürich zurückgekehrt war, wurde sie jedoch in der Nähe ihrer Wohnung in Georgetown ermordet.

Ich war verzweifelt und hatte gleichzeitig Angst, denn mir war klar, daß ich als eine der Schlüsselfiguren in diesem Krieg um das Gold, hinter dem ich die ›Weisen‹ vermutete, das nächste Opfer sein würde. Ich konnte damals kaum einen klaren Gedanken fassen. Der Schock und die Verzweiflung über Sheilas Tod waren einfach zu groß.«

Obwohl Hals Gesicht in der Dämmerung nur verschwommen zu erkennen war, konnte ich sehen, wie starr seine Züge wirkten, ob vor Konzentration oder Anspannung, konnte ich allerdings nicht ausmachen. Ich konzentrierte mich auf seine Gedanken, aber ich war einfach zu weit weg und konnte nichts wahrnehmen.

»Und dann, nur wenige Stunden nach Sheilas Tod, waren sie mir bereits auf den Fersen. Zwei Männer brachen nachts in mein Haus ein. Da ich meinen Revolver neben dem Bett aufbewahrte, konnte ich einen der Angreifer ausschalten. Aber da war noch der zweite, der sich offensichtlich nicht traute, mich einfach zu ermorden. Er schien etwas anderes mit mir vorzuhaben. Es sollte wohl wie ein Unfall aussehen, weshalb er in seinen Möglichkeiten ziemlich eingeschränkt war.«

»Und da hast du ihn bestochen«, vermutete ich.

»Wie bitte?« wunderte sich Molly.

»Du hast richtig geraten«, bestätigte Hal meine Vermutung. »Ich bestach ihn. Ich machte einen Kuhhandel mit ihm aus. Der Direktor der CIA hat schließlich so seine Möglichkeiten. Ich holte ihn auf meine Seite, wie ich es schon in meiner Ausbildung gelernt hatte. Ich konnte ihm aus einem Spezialbudget eine ansehnliche Summe zahlen und, was noch wichtiger war, ich konnte ihm Schutz und damit Sicherheit bieten.

Er verriet mir, daß Truslow ihn geschickt habe, um mich zu töten, und daß Truslow auch Sheila auf dem Gewissen habe. Auf diese Weise sollte das Gold aus dem Besitz der amerikanischen und russischen Regierungen in die Hände der ›Weisen‹ gelangen. Truslow hatte längst Schritte eingeleitet, die mich in Verdacht bringen sollten, enorme Geldsummen unterschlagen zu haben. So hatte er bereits Reiseunterlagen, aber auch Fotos gefälscht, die mich zum Beispiel auf den Caymaninseln zeigten.

Ich wußte nun, daß Truslow ein Schurke war und zu der Gruppe der ›Weisen‹ gehörte. Und mir war ebenfalls klar, daß er nicht ruhen würde, bis er das ganze Gold an sich gerissen hätte. Deshalb mußte ich so schnell wie möglich untertauchen.

Nur aus diesem Grund ließ ich meinerseits ein Foto herstellen, das mich auf äußerst überzeugende Weise als Leiche zeigte. Mit diesem Beweisstück konnte der Killer vor Truslow treten und seine ihm versprochene halbe Million kassieren. Und da ich anschließend bei einem fingierten Autounfall ›verbrannt‹ war – das heißt natürlich, mein Doppelgänger –, konnte ihm nichts mehr geschehen. Es war ein großartiges Geschäft für den Mann – und für mich.«

»Wo ist dieser Mann jetzt?« erkundigte sich Molly.

»Irgendwo in Südamerika, vermute ich. Vielleicht in Ecuador.«

Zum ersten Mal konnte ich einen Gedanken Hals vernehmen, der sehr klar und deutlich formuliert war: *Ich habe ihn töten lassen.*

Mir war nun einiges klargeworden, und ich unterbrach Hal, um ihn etwas zu fragen.

»Was weißt du über einen deutschen Killer mit dem Decknamen ›Max‹?« wollte ich wissen.

»Kannst du ihn beschreiben?«

Ich tat es, so gut ich konnte.

»Du meinst den Albino«, sagte er, ohne zu zögern. »So wurde er jedenfalls immer genannt. Sein wirklicher Name ist Johannes Hesse. Er war bis zum Fall der Berliner Mauer der Stasi-Spezialist für Mordaufträge.«

»Und danach?«

»Dann tauchte er unter. Irgendwo in Katalonien, auf dem Weg nach Burma, wo etliche seiner Stasi-Kollegen Zuflucht gesucht hatten. Wir nahmen an, daß er seine Dienste privaten Auftraggebern anbot.«

»Truslow heuerte ihn an«, verriet ich. »Aber ich habe noch eine weitere Frage: Hattest du erwartet, daß die ›Weisen‹ das Gold ausfindig machen würden?«

»Natürlich. Und ich wurde nicht enttäuscht.«

»Wie . . .«

Er lächelte. »Ich versteckte die Kontonummer an Orten, von denen ich wußte, daß sie dort suchen würden. In den Safes in meinem Büro und zu Hause und zwischen meinen Akten. Natürlich in verschlüsselter Form.«

»Auf diese Weise wirkte es viel glaubwürdiger«, bestätigte ich. »Aber wäre es nicht möglich gewesen, daß unter Umständen jemand einen Weg gefunden hätte, das Gold heimlich verschwinden zu lassen?«

»Das ist bei der Art von Konto nicht möglich. Erst sobald ich oder mein Erbe an das Konto gehen, wird es aktiviert und dadurch überhaupt für Truslow möglich, Einlagen zu transferieren. Er muß dazu aber nach Zürich kommen und alles Weitere persönlich veranlassen. Und er braucht die zweite Unterschrift.«

»Deshalb wollte Truslow unbedingt, daß wir nach Zürich

fliegen«, bemerkte ich. »Und deshalb wollte er mich auch töten lassen, nachdem das Konto durch uns aktiviert worden war. Aber du mußt einen Kontaktmann in der Bank von Zürich gehabt haben, dem du vertrauen konntest.«

Hal nickte matt. »Ich brauche jetzt ein wenig Schlaf, denn ich bin sehr müde.«

Aber ich fuhr fort: »Auf diese Weise kannst du ihn überführen, indem seine Unterschrift beweist, daß er von dem Gold weiß.«

»Und warum hast du mir das Foto in Paris hinterlassen?« fragte Molly.

»Das ist ganz einfach«, erklärte ihr Vater. »Falls man mich gefunden und getötet hätte, wollte ich sicher sein, daß jemand – am besten du – hierher kommen und die Dokumente finden würde, die ich im Haus versteckt habe.«

»Dann hast du also Beweise?« fragte ich.

»Ich habe Truslows Unterschrift. Und das war gar nicht so leichtsinnig von ihm gewesen, wie man meinen könnte, denn seine Leute hielten Orlow unter Beobachtung, und nach seinem Wissensstand war ich ja tot.«

»Die alte Frau – Berzins Ehefrau – sagte mir, ich solle Toby aufsuchen. Sie sagte, er stehe auf unserer Seite.«

Hal war offensichtlich ziemlich erschöpft, denn seine Augen fielen ihm immer wieder zu, und sein Kopf sackte auf die Brust. »Möglicherweise«, antwortete er matt. »Aber Toby Thompson ist vor zwei Tagen eine steile Treppe in seinem Haus hinuntergestürzt. Man sagte, sein Rollstuhl habe sich an einer Ecke des Teppichs verfangen. Ich bezweifle allerdings, daß es ein Unfall war. Doch das spielt nun auch keine Rolle mehr, denn er ist tot.«

Molly und ich waren für einige Sekunden sprachlos. In mir stritten sich die Gefühle: Konnte ich wirklich um jemanden trauern, der zwar mein Freund gewesen war, aber meine eigene Frau getötet hatte?

Hal brach das Schweigen. »Ich habe morgen früh einen Termin mit Pierre la Fontaine, um einige wichtige finanzielle Dinge in Montreal zu erledigen.« Er lächelte. »Die Bank von Zürich hat leider keine Ahnung, wieviel Gold sich in dem Gewölbe befindet. Fünf Milliarden Dollar wurden dort eingelagert, aber es fehlen einige Goldbarren, achtunddreißig Stück, um exakt zu sein.«

»Was ist damit passiert?« fragte Molly.

»Ich habe sie gestohlen und verkauft. Bei dem aktuellen Goldkurs habe ich damit etwas über fünf Millionen Dollar erzielt. Bei der riesigen Menge Goldes, die sich in dem Gewölbe befindet, wird niemand etwas von dem Verlust bemerken. Und ich denke, daß die russische Regierung es mir, oder besser gesagt, uns schuldig ist als eine Art Aufwandsentschädigung.«

»Wie konntest du das tun?« flüsterte Molly entsetzt.

»Es ist nur ein winziger Anteil des Goldes, Snoops. Fünf Millionen Dollar. Du wolltest doch schon immer eine Klinik für arme Kinder gründen, nicht wahr? Jetzt hast du die finanzielle Möglichkeit, diesen Plan in die Realität umzusetzen. Und was ist schon die Kleinigkeit von fünf Millionen verglichen mit einer Gesamtsumme von zehn Milliarden?«

Wir alle waren erschöpft, und Molly und ich schliefen innerhalb kürzester Zeit ein. Hal hatte uns eines der freien Schlafzimmer zurechtgemacht. In einer Kommode fanden wir gebügelte und gestärkte Bettwäsche, die lange nicht benutzt worden war und daher einen leichten Geruch nach Moder verströmte.

Ich hatte vorgehabt, an Mollys Seite nur ein kurzes Nikkerchen zu machen und dann die nächsten Schritte zu planen. Statt dessen schlief ich fest ein und wurde erst Stunden später aus einem Traum gerissen, in dem mich ein merkwürdiges rhythmisches Geräusch verfolgt hatte. Als ich mich jedoch im Bett aufsetzte und durch die verstaubte Fensterscheibe auf die mondbeschienene Landschaft hinausblickte, wurde mir schlagartig klar, daß das Geräusch durchaus real war und sich von außen in meine Träume eingeschlichen hatte. Ein Geräusch, das ständig lauter wurde.

Ein regelmäßiges, flatterndes Schlagen, das mir irgendwie bekannt vorkam.

Das Geräusch von Rotoren.

Ein Hubschrauber.

Es hörte sich so an, als sei der Hubschrauber irgendwo in

der Nähe gelandet. Gab es auf dem Grundstück einen Landeplatz? Ich hatte jedenfalls keinen bemerkt. Durch das Fenster konnte man nichts entdecken, da es nur zum See hin zeigte. Es hatte sich aber so angehört, als wäre der Hubschrauber auf der anderen Seite des Hauses gelandet.

Eilig lief ich hinaus in den Korridor. Von dort aus konnte ich durch ein Fenster sehen, wie tatsächlich ein Hubschrauber gerade von einem kleinen asphaltierten Landeplatz abhob, der mir am Vortag entgangen war.

War jemand eingetroffen? Oder – durchzuckte es mich – flog gerade jemand ab?

Hal!

Ich riß die Tür zu seinem Schlafzimmer auf. Hal war nicht da, und sein Bett war ordentlich gemacht. Entweder hatte er das Bett gemacht, bevor er aufgebrochen war (was ich nicht recht glauben konnte), oder er hatte erst gar nicht darin geschlafen (was mir viel wahrscheinlicher erschien). Ein kleiner Stapel Kleidungsstücke neben dem Bett wies darauf hin, daß er in ziemlicher Eile aufgebrochen war.

Er war also fort. Und er hatte diesen Nacht-und-Nebel-Aufbruch offensichtlich extra so geplant, daß wir nichts davon merken sollten.

Wohin mochte er unterwegs sein?

Ich spürte, daß noch jemand im Zimmer stand, und drehte mich um. Es war Molly, die sich mit einer Hand die Augen rieb und mit der anderen das wirre Haar zurückstrich.

»Wo ist er, Ben?« fragte sie mich.

»Ich habe keine Ahnung.«

»Aber er war es doch, der mit dem Hubschrauber weggeflogen ist?«

»Ich nehme es an.«

»Er sagte, er würde sich mit Pierre La Fontaine treffen.«

»Mitten in der Nacht?« wandte ich ein und rannte zum Telefon. Innerhalb weniger Sekunden hatte ich die Anschlußnummer von Pierre La Fontaine herausbekommen und wählte sie hastig. Nach langem Klingeln hörte ich schließlich La Fontaines verschlafene Stimme. Ich reichte Molly den Telefonhörer.

»Ich möchte bitte meinen Vater sprechen«, erklärte Molly.

Es entstand eine Pause.

»Er sagte uns, daß er Sie am heutigen Vormittag in Montreal treffen würde.«

Wieder eine Pause.

»O mein Gott«, sagte sie nur, als sie den Hörer einhängte.

»Was ist?« drängte ich.

»Er sagte mir, sie hätten verabredet, sich in drei Tagen hier im Haus zu treffen. Es gebe keine Verabredung in Montreal, weder heute noch an irgendeinem anderen Tag.«

»Weshalb hat er uns nur angelogen?« wunderte ich mich.

»Ben!«

Molly hielt einen Umschlag in die Höhe, den sie unter dem Kleiderstapel gefunden hatte.

Darin fanden wir eine hastig gekritzelte Nachricht:
Snoops, bitte vergib mir, ich konnte Euch beide nicht einweihen. Ich wußte, daß Ihr versucht hättet, mich mit allen Mitteln aufzuhalten, da Ihr mich nicht noch einmal verlieren möchtet. Später werdet Ihr mich verstehen. – Ich liebe Euch.

Dad

Da Molly die pedantischen Ordnungsprinzipien ihres Vaters am besten kannte, war sie es, die schließlich die schmale braune Fächermappe fand, die er in seinem Arbeitszimmer aufbewahrte. Zwischen allen möglichen persönlichen Papieren, die er hier in seinem Zufluchtsort benötigt hatte, Bankauszüge, gefälschte Pässe und so weiter, fand sich auch ein Bündel Papiere, das alles erklärte:

Hal hatte offensichtlich unter falschem Namen ein Postfach in St. Agathe gemietet und dorthin in den letzten Wochen eine Anzahl von Dokumenten zugestellt bekommen.

Eines davon war die Fotokopie der Tagesordnung einer öffentlichen und vom Fernsehen übertragenen Anhörung vor dem Senatsausschuß für nachrichtendienstliche Belange. Die Anhörung würde am heutigen Abend im Hart-Gebäude des US-Senats in Washington, Raum 216, stattfinden.

Einer der Tagesordnungspunkte war mit roter Tinte um-

kringelt: das Erscheinen eines nicht näher bezeichneten
›Zeugen‹ um sieben Uhr am heutigen Abend, also in nicht
einmal fünfzehn Stunden.

Auf einen Schlag war mir alles klar.

»Der unbekannte Zeuge«, murmelte ich.

3

Molly schrie entsetzt auf.

»*Nein!*« stieß sie hervor. »O Gott, *nein*! Er ist . . .«

»Wir müssen ihn aufhalten«, unterbrach ich ihre Klagen.

Plötzlich paßte alles auf schreckliche Weise zusammen. Harrison Sinclair, der unbekannte Zeuge, sollte das Opfer des geplanten Attentates werden. Mir ging die furchtbare Ironie der Situation nun erst richtig auf. Hal, den wir bereits unter der Erde gewähnt hatten, war gewissermaßen gerade wieder von den Toten auferstanden – und drohte nun binnen weniger Stunden wirklich getötet zu werden.

Molly (der wahrscheinlich genau der gleiche Gedanke durch den Kopf ging) ballte die Hände zu Fäusten und preßte sie gegen ihre Lippen. Sie biß dabei auf den Knöchel ihres Zeigefingers, so als ob sie damit verhindern wollte, laut aufzuschreien. Mit verzweifeltem Gesichtsausdruck schritt sie im Zimmer ruhelos auf und ab.

»Mein Gott«, flüsterte sie. »Mein Gott! Was machen wir jetzt nur?«

Da ich Molly auf keinen Fall noch mehr beunruhigen wollte, war es äußerst wichtig, daß zumindest ich in diesem Moment einen klaren Kopf behielt und nicht aufgeregt wirkte.

»Mit wem könnten wir uns in dieser Sache in Verbindung setzen?« fragte sie mich.

Ich überlegte.

»Vielleicht mit Washington«, schlug sie vor. »Mit jemandem aus dem Senatsausschuß.«

Ich schüttelte den Kopf. »Das ist viel zu gefährlich. Wir wissen nicht, wem wir dort vertrauen können.«

»Und mit jemandem von der CIA?«

»Das am allerwenigsten!«

Sie kaute immer noch auf ihrem Knöchel herum. »Dann vielleicht mit einem Freund. Mit jemandem, der bei der Anhörung auftauchen könnte.«

»Um was zu tun? Einen professionellen Killer auszutricksen? Nein, wir müssen Hal aufhalten.«

»Aber *wo* finden wir ihn?«

Ich dachte laut vor mich hin. »Er wird mit dem Hubschrauber nicht bis nach Washington fliegen können.«

»Warum nicht?«

»Es ist zu weit. Viel zu weit. Dafür wäre der Hubschrauber viel zu langsam.«

»Montreal.«

»Ja, das ist ziemlich wahrscheinlich. Ich bin zwar nicht sicher, aber es ist höchst wahrscheinlich, daß der Hubschrauber ihn nach Montreal bringt, wo er entweder eine kleine Pause einlegt oder . . .«

»Oder ein Flugzeug nach Washington nimmt. Wenn wir alle Flüge von Montreal nach Washington checken . . .«

»Schön und gut«, unterbrach ich sie nervös. »Das nützt uns aber nur etwas für den Fall, daß er einen Linienflug reserviert hat. Er wird aber unter diesen Umständen wohl eher eine Privatmaschine gemietet haben.«

»Weshalb? Wäre ein Linienflug nicht viel sicherer für ihn?«

»Das stimmt zwar, aber ein Privatflugzeug ist sowohl zeitlich flexibler als auch anonymer. Ich jedenfalls würde an seiner Stelle ein Privatflugzeug nehmen. Nun gut. Gehen wir also einmal davon aus, daß der Hubschrauber ihn nach Montreal bringt.« Ich warf einen Blick auf meine Armbanduhr. »Er wird wahrscheinlich gerade dort eingetroffen sein.«

»Aber *wo*? Auf welchem Flughafen?«

»In Montreal gibt es Dorval und Mirabel. Das sind allerdings nur zwei neben den unzähligen kleinen Flugplätzen, die sich auf der Strecke von hier nach Montreal befinden.«

»Aber die Anzahl der Charterfluggesellschaften in Montreal kann nicht so hoch sein«, bemerkte Molly. Sie hob ein Telefonbuch vom Boden, das neben der Couch lag. »Wenn wir jede einzelne anrufen . . .«

»Nein!« rief ich aus, wobei ich bemerkte, daß ich vor Aufregung übermäßig laut sprach. »Die meisten von ihnen werden um diese Zeit ohnehin nur ihren Anrufbeantworter eingeschaltet haben. Und wer sagt uns, ob dein Vater überhaupt mit einer kanadischen Linie und nicht mit einer US-Gesellschaft geflogen ist?«

Molly sank auf die Couch und schlug die Hände vors Gesicht. »O Gott, Ben. Was machen wir nur?«

Ich sah noch einmal auf die Uhr. »Wir haben keine andere Wahl. Wir müssen nach Washington fliegen und versuchen, ihn dort abzufangen.«

»Aber wir haben keine Ahnung, wo er sich dort aufhalten wird!«

»Natürlich wissen wir das. Im Hart-Gebäude, Raum 216, im Sitzungssaal-Trakt des Senatsausschusses für auswärtige Angelegenheiten.«

»Aber wir wissen nicht, wo er sich *vorher* aufhalten wird!«

Sie hatte natürlich recht. Uns blieb nichts anderes übrig, als im Anhörungssaal aufzutauchen und . . .

Und was dann?

Wie in aller Welt würden wir ihren Vater stoppen oder ihn beschützen können?

Doch plötzlich fiel mir schlagartig eine Lösung ein. Mein Herz klopfte heftig vor Aufregung und Angst.

Einige Sekunden vor einem entsetzlichen Tod hatte Johannes Hesse alias Max daran gedacht, daß nicht er, sondern ein anderer Killer das Attentat ausführen sollte.

Wenn ich also Harrison Sinclair nicht mehr stoppen konnte, so doch vielleicht den Killer.

Wenn es überhaupt jemand konnte, dann ich.

»Zieh dich an«, bat ich Molly. »Ich habe einen Plan.«

Es war kurz nach halb fünf.

4

Drei Stunden später – es war kurz vor halb acht am Morgen dieses letzten Tages jener Ereignisse – landete unsere kleine Maschine auf einem gleichfalls kleinen Flugplatz mitten auf dem Lande irgendwo in Massachusetts. Es blieben uns weniger als zwölf Stunden, und man mußte kein Prophet sein, um vorhersehen zu können, daß die Zeit äußerst knapp werden würde.

Vom Lac Tremblant aus hatte Molly bei einer kleinen privaten Chartergesellschaft namens *Compagnie Aeronautique Lanier* in Montreal angerufen, die einen Notdienst rund um die Uhr anbot. Nachdem sie mit dem diensthabenden Piloten verbunden worden war, erklärte Molly, daß sie Ärztin sei und wegen eines Noteinsatzes dringend zum Dorval-Flughafen in Montreal gelangen müsse. Sie gab die genauen Positionskoordinaten von Hals Haus durch, und etwa eine Stunde später wurden wir von einer Bell 206 Jet Ranger aufgenommen.

In Dorval hatten wir bei einer anderen Charterfirma den Weiterflug von Montreal zum Hanscom-Militärflughafen in Bedford, Massachusetts, arrangiert. Aus dem Angebot, mit einer Seneca 11, einer Commander, einer King-Air-Propellermaschine oder einer Citation 501 weiterzufliegen, wählten wir die Citation, mit einer Höchstgeschwindigkeit von 350 Meilen pro Stunde die bei weitem schnellste Maschine. In Dorval kamen wir mühelos durch die Zoll- und Paßkontrollen; unsere gefälschten amerikanischen Pässe wurden kaum beachtet, und als Molly ihren angeblichen ›medizinischen Noteinsatz‹ erwähnte, wurden wir zügig durchgeschleust. Wir benutzten die auf Mr. und Mrs. John Brewer ausgestellten Papiere. So blieb uns immer noch ein Satz bisher unbenutzter Dokumente für den Fall, daß wir nochmals unsere Identität wechseln müßten.

In Hanscom angekommen, besorgten wir uns einen Leihwagen. Ich fuhr so schnell ich konnte, allerdings ohne die

Geschwindigkeitsbegrenzung zu überschreiten. Nachdem ich Molly meinen Plan erklärt hatte, herrschte eisige Stille im Wagen. Sie war vor Angst wie erstarrt, wußte aber, daß es sinnlos war, sich mit mir zu streiten, da ihr selbst kein weniger gefährlicher Weg einfiel, das Leben ihres Vaters zu retten. Ich mußte unbedingt einen klaren Kopf behalten, um mögliche Fehler zu vermeiden. Es war mir bewußt, daß Molly in diesem Augenblick etwas Trost von mir nötig gehabt hätte, aber ich wußte in dieser Situation nicht viel Tröstliches zu sagen, und außerdem war ich vollends damit beschäftigt, meinen Plan sorgfältig zu durchdenken.

Mir war klar, daß es eine Katastrophe bedeutet hätte, wenn wir wegen einer Geschwindigkeitsüberschreitung angehalten worden wären. Ich hatte das Auto mit einem gefälschten New Yorker Führerschein und einer ungültigen Kreditkarte geliehen. Beim Autoverleih waren wir damit durchgekommen, aber die Führerscheinüberprüfung bei einer polizeilichen Verkehrskontrolle würden wir nicht ungeschoren überstehen. In der Datenbank würde man keinen Eintrag meines Führerscheines finden, und alles wäre aufgeflogen.

Aus diesem Grund schlängelte ich mich vorsichtig durch den Berufsverkehr der Innenstadt von Shrewsbury. Kurz vor halb neun fuhren wir vor dem kleinen gelben Einfamilienhaus im Farmhausstil vor, das einem Mann namens Donald Seeger gehörte.

Der Besuch bei Seeger war ein kalkulierbares Risiko. Er war Waffenhändler und besaß zwei Läden in den Außenbezirken von Boston. Er belieferte die Polizei und im Bedarfsfall, wenn keine Zeit für den üblichen bürokratischen Beschaffungsvorgang blieb, sogar das FBI mit Waffen.

Seeger war in einer ganz bestimmten Grauzone des Waffenhandels tätig, indem er speziell diejenigen Kunden belieferte, die aus dem einen oder anderen Grund auf besondere Diskretion Wert legten und deshalb nicht auf normalem Wege direkt beim Hersteller oder in gewöhnlichen Waffengeschäften kauften.

Noch wichtiger war, daß ich ihn gerade gut genug kannte, um ihm über den Weg trauen zu können. Ein Kommilitone aus der Zeit meines Jurastudiums war in Shrewsbury aufgewachsen und mit Seeger seit langem befreundet gewesen. Durch ihn hatte ich eines Tages erfahren, daß Seeger, der nur selten mit Juristen zu tun hatte und eigentlich für diese Berufssparte – wie die meisten Menschen – wenig Sympathie empfand, einen schnellen und möglichst kostenlosen Rat bezüglich seiner Geschäfte mit einer kleinen Handfeuerwaffenfirma benötigte. Obwohl ich gewiß kein Experte auf diesem Gebiet war, hatte ich ihm die gewünschte Information über einen Kollegen besorgt. Seeger war entsprechend dankbar gewesen und hatte mich zum Dinner in einem erstklassigen Steakhaus in Boston eingeladen. »Sollte ich je etwas für Sie tun können, lassen Sie mich es nur wissen«, hatte er beim Essen erklärt und sein Glas erhoben, um mit mir anzustoßen. Damals ging ich davon aus, ihn nie wiederzusehen. Doch nun war es an der Zeit, das Versprechen einzulösen.

Seine Frau öffnete die Tür. Sie trug einen verblichenen Morgenrock mit einem blauen Blumenmuster.

»Don ist bei der Arbeit«, sagte sie und blickte mich mißtrauisch an. »Er macht sich gewöhnlich bereits zwischen halb acht und acht auf den Weg.«

Seegers Büro mit dem angrenzenden Lagerhaus befand sich in einem langen schmalen und unscheinbaren Ziegelgebäude an einer lebhaft befahrenen Straße. Auf den ersten Blick wirkte es wie das Lagergebäude einer Wäscherei oder etwas Ähnlichem, aber die von ihm getroffenen Sicherheitsvorkehrungen waren hochkarätig. Er war verständlicherweise überrascht, mich zu sehen, trat mir aber mit einem breiten Grinsen entgegen. Er war Anfang Fünfzig und wirkte robust und kräftig. Sein blaues Jackett, das mindestens eine Nummer zu klein für ihn war, trug er offen.

»Sie sind doch der Anwalt, stimmt's?« rief er aus und führte mich an hohen Metallregalen mit Pappkartons voller Waffen vorbei. »Ellison. Was im Himmel führt Sie zu mir?«

Ich trug ihm mein Anliegen vor.

In der für ihn typischen Weise verriet Seegers Gesichtsausdruck kein Anzeichen von Überraschung oder Verwunderung. Er musterte mich nur kurz und zuckte dann die Achseln.

»Schon erledigt«, meinte er.

»Noch eine Sache«, fügte ich hinzu. »Können Sie mir die genauen technischen Angaben eines Durchgangs-Metalldetektors der Marke Sirch Gate 111, Modell SMD200W, beschaffen?« Er sah mich lange und durchdringend an.

»Möglicherweise«, antwortete er zögernd.

»Es ist äußerst wichtig.«

»Das habe ich mir gedacht. Also, ich habe einen Freund, der Sicherheitsexperte ist. Ich werde ihn bitten, mir die Informationen umgehend zu faxen.«

Ich zahlte bar. Als alles erledigt war, machten Molly und ich uns auf den Weg zu einem Sanitätsfachgeschäft in Framingham, das inzwischen geöffnet haben mußte.

Der Laden, der auf die Ausstattung von Behinderten spezialisiert war, führte unter anderem eine ganze Reihe von Rollstuhlmodellen. Die meisten von ihnen kamen nicht in Frage. Nachdem ich erklärt hatte, daß ich einen Stuhl für meinen Vater bräuchte, riet der Verkäufer gleich zu einem leichtgewichtigen Modell, das sich einfacher im Auto verstauen ließe. Daraufhin erklärte ich ihm, daß mein Vater ein wenig eigen sei und auf einem sehr robusten Stuhl bestehe, der möglichst ganz aus Stahl und nicht aus Aluminium gefertigt sein solle.

Schließlich entschied ich mich für ein solides, ziemlich altmodisches Modell. Sein massiver Rahmen bestand aus einer verchromten Stahlrohrkonstruktion. Das wichtigste aber war der für meine Zwecke ausreichende Durchmesser der Armlehnen.

Ich lud den schwergewichtigen Karton in den Kofferraum und setzte Molly an einem nahegelegenen Einkaufszentrum ab, damit sie einige Utensilien besorgen konnte: einen eleganten blauen Nadelstreifenanzug – zwei Nummern größer, als ich normalerweise trug –, ein Hemd, Manschettenknöpfe und noch ein paar andere Dinge.

Während sie die Einkäufe tätigte, fuhr ich zu einer kleinen Autowerkstatt im nahen Worcester. Der Besitzer, ein kräftiger, untersetzter Ex-Sträfling namens Jack D'Onofrio, war mir von Seeger als hervorragender Metallhandwerker empfohlen worden. Seeger hatte mich telefonisch als einen guten Freund angekündigt und D'Onofrio gebeten, mir zu helfen. Er hatte außerdem hinzugefügt, daß ich mich großzügig zeigen würde, was die Entlohnung seiner Arbeit angehe.

D'Onofrio schien von meinen Vorstellungen allerdings keineswegs begeistert zu sein. Ärgerlich inspizierte er den Rollstuhl und rüttelte verächtlich an den Armauflagen aus grauem Plastik, die an den Stahlrohren angeschraubt waren.

»Nicht gerade ein Kinderspiel, mit diesem Plastik zu arbeiten«, meinte er. »Ich könnte die Armauflagen durch Teakholz ersetzen. Das würde die Sache erheblich erleichtern.«

Ich überlegte eine Weile. »In Ordnung«, stimmte ich zu.

»Das Metall wird kaum Probleme bereiten – Schneiden und Schweißen. Aber ich werde den Durchmesser der vorderen Stahlrohre verändern müssen.«

»Die Nahtstelle darf aber auf keinen Fall sichtbar sein, auch nicht bei näherem Hinsehen«, sagte ich mit Nachdruck.

»Wie wäre es, wenn Sie eine chirurgische Knochensäge einsetzen würden?«

»Genau das habe ich vor.«

»Gut. Aber ich benötige den Stuhl in ein bis zwei Stunden.«

»In einer Stunde? Sie machen wohl Witze!« Er ruderte mit seinen kurzen, kräftigen Armen durch die Luft. »Hören Sie mal, wir stecken bis über beide Ohren in Arbeit, verdammt. Bis über beide Ohren.«

Eine oder auch zwei Stunden waren eng kalkuliert, aber nicht unmöglich. Er wollte offensichtlich mit mir handeln. Aber ich hatte keine Zeit zu verlieren. Ich zog ein Bündel Geldscheine aus der Tasche und hielt es ihm vors Gesicht.

»Ich zahle gut«, sagte ich eindringlich.

»Ich werde sehen, was sich tun läßt«, antwortete er.

Das letzte Treffen war am schwierigsten zu arrangieren,

und in gewisser Hinsicht war es das risikoreichste. Von Zeit zu Zeit griffen das FBI und die CIA bei der Verkleidung von Agenten auf Experten zurück, die normalerweise als Maskenbildner, Visagisten, Make-up-Künstler oder auch als Orthopäden für die Anpassung von Prothesen ausgebildet sind. Das Verkleiden eines Agenten erforderte jedoch ganz besondere Fähigkeiten. Der Maskenbildner mußte es verstehen, dem Agenten eine völlig neue Identität zu verleihen und ihn bis zur Unkenntlichkeit zu verändern. Die Verkleidung mußte dabei selbst der schärfsten Kontrolle standhalten. Diese ganz spezielle Kunst wird von nur wenigen beherrscht.

Vielleicht einer der Erfolgreichsten auf diesem Gebiet, der nicht nur für Filmschauspieler und hohe Würdenträger aus Politik und Kirche, sondern auch für die CIA tätig gewesen war, hatte sich in Florida zur Ruhe gesetzt. Nach etlichen Telefongesprächen mit Kostüm- und Filmverleihgesellschaften in Boston trat ich schließlich mit dem alten ungarischen Tierarzt Ivo Balog in Verbindung, der für das FBI gearbeitet hatte und über die von mir benötigten Talente verfügte. Mir war bekannt, daß er es geschafft hatte, einem FBI-Agenten gleich zweimal den Zugang zu einem in Providence ansässigen Mafia-Clan zu verschaffen. Das überzeugte mich von seinen Fähigkeiten. Er arbeitete in einem alten Bürogebäude in Boston als Teilhaber eines Maskenbildner-Unternehmens. Dort erreichte ich ihn kurz vor Mittag.

Da keine Zeit blieb, nach Boston und zurück zu fahren, verabredeten wir ein Treffen im Holiday-Inn-Hotel in Worcester, wo ich ein Zimmer reserviert hatte. Um sich meinem Auftrag zu widmen, mußte er alles andere beiseite legen, doch ich versicherte ihm, daß es sich für ihn lohnen würde.

»Wir müssen uns jetzt trennen«, erklärte ich Molly, als wir das Holiday Inn erreichten. »Kümmere du dich um den Flug. Wir treffen uns wieder hier, sobald du fertig bist.«

Ivan Balog war Ende Sechzig und besaß die groben Gesichtszüge und die gerötete Hautfarbe eines Trinkers. Mir wurde jedoch bald klar, daß er, allen charakterlichen Makeln zum Trotz, ein Meister auf seinem Gebiet war.

Scharfsinnig und mit äußerster Genauigkeit studierte er fast eine Viertelstunde lang meine Gesichtszüge, ohne überhaupt seinen Make-up-Koffer geöffnet zu haben.

»Aber wer und was genau wollen Sie sein?« fragte er.

Meine Antwort schien ihn nicht zu befriedigen. »Was für einen Beruf übt die Person aus, die Sie sein möchten?« fragte er. »Wo lebt sie? Ist sie reich oder arm? Raucher oder Nichtraucher? Ist sie verheiratet?«

Wir tauschten uns einige Minuten lang aus und erfanden eine Biographie. Immer wieder mißfielen ihm meine Vorschläge, und er wiederholte seinen Wahlspruch. »Nein, das geht nicht. Die Essenz einer guten Maske ist die *Einfachheit*.«

Balog bleichte mein dunkles Haar und die Augenbrauen und trug graues Färbemittel auf. »Ich kann Sie zehn bis fünfzehn Jahre älter machen«, verkündete er. »Alles, was darüber hinausgeht, wirkt unglaubwürdig.«

Er hatte keine Ahnung, warum ich mich dieser Prozedur unterzog, aber er spürte offensichtlich die angespannte Situation. Und ich war ihm für seine Ernsthaftigkeit und Gründlichkeit dankbar.

Er verteilte sorgfältig eine chemische Bräunungssubstanz auf meinem Gesicht. »Diese Creme muß mindestens zwei Stunden einwirken«, sagte er. »Ich nehme an, wir haben so viel Zeit?«

»Ja«, antwortete ich.

»Gut. Zeigen Sie mir, was Sie tragen werden.«

Er betrachtete den Anzug und die polierten Schuhe und nickte zustimmend. Dann fiel ihm etwas ein. »Was ist mit der schußsicheren Weste?«

»Hier«, sagte ich und hielt ihm die in Form eines T-Shirts geschnittene ›Safariland-Cool-Max‹-Weste vor die Augen. Sie bestand aus einem ultraleichten Kunststoffmaterial, das laut Don Seeger zehnmal fester als Stahl sein sollte.

»Wunderbar«, sagte Balog bewundernd, »und außergewöhnlich dünn.«

Während die Bräunungscreme ihre Wirkung entfaltete, hatte Balog meine Zähne mit Emaillefarbe dunkler gefärbt und mir einen vollkommen realistisch wirkenden, graumelierten Bart und eine Hornbrille verpaßt. Als Molly ins Zimmer zurückkehrte, schrak sie zunächst zurück und schlug dann die Hände vor das Gesicht.

»Meine Güte«, sagte sie, »einen Moment lang habe ich dich wirklich nicht wiedererkannt.«

»Ein Moment ist nicht lang genug«, antwortete ich und blickte zum ersten Mal in den Spiegel. Auch ich war überrascht. Die Verwandlung war wirklich perfekt gelungen.

»Der Rollstuhl ist im Kofferraum«, berichtete sie. »Du mußt ihn dir genau ansehen. Hör zu!« Sie blickte in Richtung des Maskenbildners. Ich bat ihn, einen Moment auf den Flur zu gehen, damit wir uns ungestört unterhalten könnten.

»Was ist los?« wollte ich wissen.

»Es gab Probleme mit der Sitzung«, erklärte sie. »Üblicherweise sind Senatssitzungen für die Öffentlichkeit zugänglich, außer denen, die ausdrücklich von dieser Regel ausgenommen sind. Doch ausgerechnet dieses Mal sind aus irgendeinem Grund, vielleicht, weil die Sitzung über das Fernsehen ausgestrahlt wird, nur Journalisten und geladene Gäste zugelassen.«

Ich versuchte, die aufkommende Panik zu unterdrücken. »Du sagtest, es *gab* ein Problem. Was soll das heißen?«

Sie lächelte unsicher. Irgend etwas schien sie zu beunruhigen. »Ich habe im Amtssitz des zweiten Senators des Commonwealth von Massachusetts angerufen«, fuhr sie fort, »und ihm erklärt, ich sei die Sekretärin eines Dr. Charles Lloyd aus Weston in Massachusetts, der sich gerade in Washington aufhalte und einmal eine echte Senatssitzung miterleben wolle. Die Senatsmitarbeiter nutzen gern jede Gelegenheit, einen Wähler für sich einzunehmen. Jedenfalls liegt ein Sicherheitsausweis für dich vor dem Sitzungszimmer bereit.« Sie lehnte sich vor und küßte mich auf die Stirn.

»Eine gute Idee«, meinte ich, »aber ich besitze keinen Personalausweis, der auf diesen Namen ausgestellt ist, und die Zeit wird nicht ausreichen, um . . .«

»Ich habe mich erkundigt. Man wird von **dir** keinen Personalausweis verlangen«, unterbrach mich Molly. »Außerdem habe ich ihnen erzählt, daß dir die Brieftasche gestohlen wurde, worauf sie mir empfahlen, den Vorgang der

Polizei zu melden. Jedenfalls gebe es bei öffentlichen Sitzungen keine Ausweiskontrollen; selbst nach dem Sicherheitsausweis werde nur selten gefragt.«

»Und was ist, wenn sie die Angaben doch überprüfen und entdecken, daß sie frei erfunden sind?«

»Das wird nicht geschehen, aber selbst wenn: Diese Person existiert tatsächlich. Charlie Lloyd ist der Leiter der Chirurgischen Abteilung im Zentralkrankenhaus von Massachusetts.

Er verbringt den ganzen Monat in Südfrankreich. Ich habe das mehrfach überprüft. Jetzt gerade hält sich Dr. Lloyd in Begleitung seiner Ehefrau an der Côte d'Azur auf, genauer gesagt, auf den Iles des Hyères vor der Küste von Toulon. Natürlich heißt es auf seinem Anrufbeantworter lediglich, er sei zur Zeit unterwegs. Niemand hört gern, daß sein Chirurg es sich in der Provence oder sonstwo gemütlich macht.«

»Du bist einfach genial.«

Sie lächelte bescheiden. »Danke. Jetzt zum Flug...«

Ich spürte sofort an ihrem Tonfall, daß etwas nicht stimmte. »Molly, sag bloß nicht, daß der Flug Probleme macht?«

Sie antwortete mit einem Anflug von Panik in der Stimme: »Ich habe es bei jeder einzelnen Chartergesellschaft im Umkreis von hundert Meilen versucht. Nur eine einzige von ihnen konnte so kurzfristig eine Maschine bereitstellen. Alle anderen waren schon seit mindestens einer Woche ausgebucht.«

»Dann hast du also das Flugzeug gechartert?«

Sie zögerte. »Ja, das habe ich. Aber die Gesellschaft hat ihren Sitz am Flughafen von Logan.«

»Aber das ist eine Stunde von hier entfernt«, stöhnte ich verzweifelt. Ich sah auf meine Uhr. Es war bereits nach 15 Uhr, und wir mußten vor 19 Uhr am Senatsgebäude sein. Also blieben uns nur vier Stunden! »Sag ihnen, daß der Flieger uns in Hanscom aufnehmen soll. Zahle, was immer sie verlangen. Beeil dich!«

»Das habe ich längst getan, verdammt noch mal«, rief Molly erregt. »Ich habe ihnen das Doppelte und Dreifache des Flugpreises geboten. Aber die einzige zur Verfügung stehende Maschine, eine zweimotorige Cessna 303, war erst gegen 12 oder 13 Uhr frei und mußte erst noch gecheckt und aufgetankt werden.«

»Himmel, Molly! Wir müssen allerspätestens um 18 Uhr in Washington sein. Dein verfluchter Vater . . .«

»Ich weiß!« Ihre Stimme erhob sich beinahe zu einem Schreien, und Tränen liefen ihr über das Gesicht. »Meinst du vielleicht, es vergeht auch nur eine einzige Sekunde, in der ich nicht daran denke, Ben? Das Flugzeug wird in einer halben Stunde in Hanscom landen.«

»Das wird uns kaum genug Zeit lassen. Der Flug dauert rund zwei bis zweieinhalb Stunden!«

»Es gibt einen regelmäßigen Shuttle-Flug für Geschäftsleute, der jede halbe Stunde von Boston abfliegt. Warum um Himmels willen können wir . . .«

»Nein, auf gar keinen Fall können wir einen solchen Flug nehmen. Das wäre verrückt, jetzt, da wir so weit gekommen sind. Es wäre ein viel zu großes Risiko, allein schon wegen der Waffen.« Noch einmal blickte ich auf die Uhr und kalkulierte blitzschnell die verbliebene Zeit. »Wenn wir sofort aufbrechen, könnten wir es gerade noch bis zum Senat schaffen.«

Ich rief Balog herein, bezahlte ihn, dankte ihm für seine Hilfe und verabschiedete mich.

»Los, laß uns machen, daß wir hier wegkommen«, wandte ich mich dann Molly zu.

Es war 15.10 Uhr.

5

Einige Minuten nach halb vier waren wir in der Luft.

Molly hatte sich, wie gewöhnlich, zu helfen gewußt. Die Baupläne und Grundrisse aller Gebäude in Washington D.C. sind in den Stadtarchiven gesammelt. Es ist jedoch nicht einfach, an sie heranzukommen. Einige Privatfirmen bieten dafür gegen Entgelt einen speziellen Service an. Während ich dabei war, mich in einen würdevollen älteren Herrn im Rollstuhl zu verwandeln, hatte Molly sich mit einem dieser Dienstleistungsunternehmen in Verbindung gesetzt und erreicht, daß man ihr, wenn auch gegen unverhältnismäßig hohe Bezahlung, die Baupläne des Hart-Senatsgebäudes in einen kleinen Kopierladen gefaxt hatte.

Während das geschah, hatte sie in der Rolle einer Redakteurin der Worcester-Telegram-Zeitung im Büro des Senators von Ohio angerufen, der die Funktion des stellvertretenden Vorsitzenden des Kontrollausschusses für Nachrichtendienste innehatte. Die Pressevertretung des Senators war gern bereit, der Redakteurin den aktuellen Ablaufplan für die bedeutende Sitzung am Abend zu schicken.

Ich dankte dem Himmel für die Erfindung des Faxgeräts.

Während des zweieinhalbstündigen Fluges besprachen wir den Zeitplan und die Baupläne bis ins letzte Detail – bis wir uns sicher waren, daß alles reibungslos funktionieren würde.

Mein Plan schien hieb- und stichfest zu sein.

Um 18.45 Uhr hielt das kleine Lieferwagen-Taxi, das ich am Flughafen bestellt hatte, vor dem Senatsgebäude. Einige Minuten zuvor hatte der Fahrer auf unsere Anweisung hin Molly bei einer Autoverleih-Firma wenige Straßenblöcke entfernt abgesetzt. Dieser Punkt meines Planes mißfiel ihr: Wenn ich schon mein Leben riskierte, um das ihres Vaters zu retten, warum sollte sich ihr Einsatz darauf beschränken, das Fluchtauto zu lenken? Das hatte sie schon in Baden-

Baden getan, und sie hatte wenig Lust, es noch einmal zu tun.

»Ich möchte nicht, daß du dabei bist«, wiederholte ich auf dem Weg zum Capitol. »Es reicht, wenn einer von uns sich einer solchen Gefahr aussetzt.«

Sie hob zum Protest an, aber ich fuhr fort: »Selbst wenn du dich auch verkleidet hättest, es wäre viel zu riskant, wenn wir uns beide dort aufhielten. Es werden viele Leute und auch viele Sicherheitsbeamte dasein, die alles und jeden genau beobachten. Schon deshalb dürfen wir auf gar keinen Fall zusammen gesehen werden. Jeder von uns kann erkannt werden, und wenn wir beide im Raum sind, verdoppelt das die Gefahr, entdeckt zu werden. Und schließlich ist das eine Aufgabe, die einer allein erledigen kann.«

»Aber wenn du den Attentäter nicht persönlich kennst, wozu brauchst du dann die Verkleidung?«

»Es werden Leute anwesend sein, die für Truslow oder für die Deutschen arbeiten und zweifellos eine Personenbeschreibung von mir erhalten haben. Sie haben den Auftrag, mich zu finden und aus dem Weg zu schaffen«, antwortete ich kurz.

»Na schön. Aber mir ist immer noch nicht klar, warum du nicht einfach eine Waffe auf den Pressebalkon schmuggelst und den Attentäter erschießt. Ich glaube kaum, daß dort ein Metalldetektor aufgestellt wird.«

»Möglicherweise gibt es dort heute abend ein Metallsuchgerät, obwohl ich es bezweifle. In jedem Fall geht es nicht einfach darum, eine Waffe einzuschmuggeln. Der Pressebalkon befindet sich im zweiten Stock und ist viel zu weit vom Zeugenstand entfernt. Und auch zu weit von dem Ort, an dem sich der Attentäter aufhalten wird.«

»Zu weit?« wandte Molly ein. »Du bist doch ein absolut treffsicherer Schütze. Meine Güte, selbst ich könnte gut genug schießen.«

»Darum geht es nicht«, unterbrach ich sie heftig. »Ich muß mich ganz in die Nähe des Attentäters begeben, um zu erkennen, wo er steht. Der Pressebalkon ist zu weit entfernt.«

Widerwillig gab sie ihren Protest auf und sagte nichts

mehr. In allem, was die Medizin betraf, war sie die Expertin; hier war ich es – oder sollte es jedenfalls sein.

Vor mir lag das kunstvoll beleuchtete Capitol. Seine Kuppel zeichnete sich majestätisch vor dem Abendhimmel ab. Der Verkehr stockte; unzählige Regierungsangestellte machten sich müde auf den Weg in den Feierabend.

Vor dem Senatsgebäude hatte sich eine Menschenmenge versammelt. Interessierte, zufällig vorbeikommende Schaulustige und zahllose Journalisten. Eine lange Warteschlange hatte sich vor der Tür gebildet, offenbar alles Leute, die auf Einlaß in Raum 216 warteten, darunter auch Würdenträger und Leute mit Beziehungen, die spezielle Zutrittspässe erhalten hatten.

Es war eine ehrwürdige Gemeinde, und das war kein Wunder. Die Sondersitzung an diesem Abend war ein heißes Thema in ganz Washington, und die Großen und Mächtigen der Hauptstadt hatten sich versammelt, um ihr beizuwohnen.

Unter ihnen befand sich auch der neue Leiter der CIA, Alexander Truslow, der gerade von seinem Besuch aus Deutschland zurückgekehrt war.

Aus welchem Grund war er gekommen?

Zwei der vier größten Fernsehgesellschaften Amerikas übertrugen die Sitzung live und verschoben dafür ihr reguläres Programm.

Wie würde man draußen in der Welt reagieren, wenn man entdeckte, daß der bisher geheimgehaltene Zeuge niemand anderes war als der alte Harrison Sinclair selbst? Der Schock würde riesengroß sein. Aber das wäre noch nichts gegen die Ermordung Hal Sinclairs vor laufenden Fernsehkameras.

Wann würde er auftauchen? Und von wo?

Wie konnte ich ihn nur aufhalten und beschützen, wenn ich nicht einmal wußte, wann und woher er kam?

Der Fahrer befestigte meinen Rollstuhl auf der Ladefläche seines Wagens, die er mit einer elektrischen Vorrichtung zur Straße hin absenkte. Das Manöver rief einen hohen wimmernden Ton hervor. Dann löste er den Stuhl aus seiner Befestigung und half mir, mich hineinzusetzen. Nachdem er mich in die überfüllte Eingangshalle gerollt hatte, zahlte ich, und er ließ mich allein. Blanke Furcht stieg in mir auf.

Für Truslow und seine Leute wie auch für den neuen deutschen Kanzler stand eine Menge auf dem Spiel. Beide durften nicht zulassen, daß ihre kriminellen Machenschaften in aller Öffentlichkeit offenbart wurden, so viel war sicher. Ihrer Verwirklichung einer neuen Weltordnung standen nur zwei – gänzlich unbedeutende – Männer im Wege. Sie standen zwischen ihnen und den unermeßlichen Reichtümern dieser neuen Welt. Und es ging dabei nicht um lächerliche fünf oder zehn Milliarden, sondern um unvorstellbare Summen, um Hunderte von Milliarden.

Was bedeutete neben solchen Dimensionen schon das Leben zweier kleiner Lichter wie Benjamin Ellison und Harrison Sinclair?

Gab es den geringsten Zweifel daran, daß sie vor nichts zurückschrecken würden, um uns zu erwischen und, wie es in der Agentensprache heißt, zu ›neutralisieren‹?

Die Antwort war: nein.

Und dort drüben, im Raum gleich hinter der Menschenmenge, in der ich mich befand, hinter den zwei Metalldetektoren und den doppelten Reihen von Sicherheitskräften, saß Alexander Truslow und machte seine Eingangsbemerkungen. Zweifellos hatte er die eigenen Sicherheitsleute überall auf dem Gelände verteilt.

Doch wo war der Attentäter? Und *wer* war es?

Meine Gedanken überschlugen sich. Würden sie mich trotz meiner Verkleidung erkennen?

Würde man mich entdecken?

Es schien unwahrscheinlich. Aber die Angst kennt keine Vernunft.

Allem Anschein nach war ich ein an den Rollstuhl gefesselter Beinamputierter. Ich hatte meine Beine zusammengebunden und saß auf ihnen. Ich hatte absichtlich einen breiten Rollstuhl gewählt, der mir eine solche Haltung ermöglichte. Balog, der Verkleidungskünstler, hatte in aller Eile die Anzughose so zurechtgeschneidert, daß sie so aussah, als sei sie speziell für einen Amputierten entworfen worden. Eine Wolldecke auf dem Schoß machte das Bild perfekt. Niemand würde nach einem beinlosen alten Mann im Rollstuhl Ausschau halten.

Das Grau meiner Haare wirkte ebenso überzeugend wie das meines Bartes, und die Falten in meinem Gesicht hielten selbst dem schärfsten Blick stand. Meine Hand war voller Altersflecken. Meine horngefaßte Brille verlieh mir eine gewisse gelehrte Würde, die mich in Verbindung mit dem übrigen vollkommen veränderte. Balog hatte sich geweigert, irgendwelche wahrhaft krassen Veränderungen vorzunehmen, und ich war ihm im nachhinein dankbar dafür. Ich sah aus wie ein Diplomat oder ein Geschäftsmann Ende Fünfzig oder Anfang Sechzig, den das Alter nicht geschont hatte. Keineswegs hatte ich irgendeine Ähnlichkeit mit Benjamin Ellison. Davon war ich jedenfalls überzeugt.

Toby Thompson hatte mich zu dieser Maske inspiriert. Jemand, den ich niemals wiedersehen, niemals mehr persönlich sprechen würde. Er war tot, aber er hatte mir einen wichtigen Einfall vermacht.

Ein Mann im Rollstuhl zieht die Aufmerksamkeit gleichermaßen auf sich, wie er sie zerstreut. Diese Tatsache beruht auf der Natur des Menschen. Die Leute drehen sich um, aber ebenso schnell, und das wird jeder Rollstuhlfahrer bestätigen können, sehen sie wieder weg, um peinlichst zu vermeiden, beim Hinstarren erwischt zu werden. Daraus ergibt sich, daß Personen im Rollstuhl oft merkwürdig anonym bleiben.

Ich hatte darauf geachtet, möglichst spät, aber natürlich nicht in letzter Minute anzukommen. Je länger ich mich im Sitzungsraum aufhielt, desto wahrscheinlicher war es, daß ich doch noch erkannt wurde.

Eine weitere Vorsichtsmaßnahme beruhte auf Mollys Idee. Da der Geruch eine der stärksten menschlichen Sinneswahrnehmungen ist und uns auch unbewußt maßgeblich beeinflußt, hatte sie vorgeschlagen, eine kleine Menge einer säuerlichen, medizinisch riechenden Substanz auf die Sitzfläche des Stuhls aufzutragen. Dieser Krankenhausgeruch sollte fast unmerklich meine Verkleidung noch überzeugender machen.

Ich hielt den Vorschlag für fantastisch und willigte ein.

Nun stand ich wartend in der immer dichter werdenden Menge und sah mich mit angemessen ernster Miene nach einem Platz um, an dem ich mich in die Wartenden einreihen konnte. Ein Paar mittleren Alters machte mir zuvorkommend einen Platz vor sich in der Schlange frei. Ich nahm das Angebot dankend an und rollte hinüber.

Bei den Metalldetektoren standen Sicherheitsbeamte hinter langen, schmalen Tischen. Die Beamten händigten all denen, die auf der Liste geladener Gäste standen, blaßblaue Pässe aus. Als ich an einem der Tische angelangt war, nahm ich meinen Paß auf den Namen Dr. Charles Lloyd vom Massachusetts-Krankenhaus, Boston, entgegen.

Einer nach dem anderen wurde durch das Metallerkennungstor geschleust. Wie üblich gab es mehrfach falschen Alarm. Ein Mann, der vor mir an der Reihe war, löste den Alarmton aus, als er durch den Detektorrahmen schritt. Daraufhin wurde er aufgefordert, sämtliche Schlüssel und alles Kleingeld aus seinen Taschen zu entfernen. Aus den Unterlagen, die Seeger mir besorgt hatte, wußte ich, daß es sich bei diesem Detektor vom Typ Sirch-Gate III um ein Gerät handelte, das in der Lage war, auch die geringe Menge von nur 3,7 Unzen rostfreien Stahls aufzuspüren. Ich war mir darüber klar, daß alle Sicherheitsvorkehrungen außergewöhnlich gründlich sein würden. Es war mir bekannt, daß es Toby mehrfach gelungen war, Pistolen durch Metallschranken in Flughäfen zu schmuggeln, indem er sie unter einem Stück Bleifolie unter seinem Sitz versteckt hatte. Dazu war ich jedoch nicht mutig genug. Eine derart versteckte Waffe konnte zu leicht bei einer Durchsuchung entdeckt werden.

Die American Derringer 4, bei der es sich um eine ziemlich ungewöhnliche Waffe handelt, war in eine der Armlehnen eingebaut. Dort würde sie von dem sie umgebenden Stahlrohr nicht zu unterscheiden sein.

Als ich schließlich auf den Metallmelder zurollte, war ich ziemlich sicher, daß man die Waffe nicht entdecken würde.

Aber mein Herz klopfte laut und, wie mir schien, deutlich hörbar in der Brust. Das Klopfen hämmerte und dröhnte rhythmisch in meinen Ohren und übertönte alle anderen Geräusche.

Der Schweiß rann mir über Stirn und Augenbrauen bis in die Augen.

Nein, niemand konnte mein Herz schlagen hören. Aber mein plötzlicher Schweißausbruch war für alle sichtbar. Jedem der Sicherheitsbeamten, die darauf getrimmt waren, auf Anzeichen von Anspannung und Nervosität zu achten, würde er sofort auffallen. Warum schwitzte dieser wohlsituiert wirkende Gentleman im Rollstuhl so außergewöhnlich stark, würden sie sich fragen. Die Halle war weder besonders heiß noch stickig; im Gegenteil, es wehte ein eher kühler Luftzug durch den Raum.

Ich hätte etwas zur Beruhigung meiner Nerven einnehmen sollen, aber das wiederum hätte meine Reaktionsfähigkeit herabgesetzt.

Mir rann der Schweiß in Strömen über das Gesicht, als einer der Sicherheitsbeamten, ein junger Farbiger, mich zur Seite nahm.

»Sir?« sagte er.

Ich blickte zu ihm hinauf, lächelte höflich und rollte an die Seite des Metalldetektors, an der er sich befand.

»Darf ich bitte Ihren Paß sehen?« fragte er.

»Selbstverständlich«, antwortete ich und reichte ihm das blaßblaue Dokument. »Himmel, wie ich mich auf den Winter freue. Ich vertrage diese Temperaturen einfach nicht.«

Er nickte abwesend, warf einen kurzen Blick auf den Paß und gab ihn mir wieder. »Ich liebe dieses Wetter«, meinte er. »Ich wünschte, es wäre immer so warm. Der Winter kommt viel zu schnell mit seiner Kälte.«

»Der Winter gefällt mir am besten«, entgegnete ich. »Früher bin ich rasend gern Ski gelaufen.«

Er lächelte mitleidig. »Sir, sind Sie...«

Ich ahnte, was er sagen wollte. »Es fällt mir nicht leicht, mich von diesem verdammten Stuhl zu erheben, wenn Sie das meinen.« Ich versetzte der hölzernen Armstütze einen Klaps, wie ich es bei Toby gesehen hatte. »Ich hoffe, das verursacht keine Umstände.«

»Aber nein, Sir. Ganz klar, daß Sie nicht durch die Metallschranke gehen können. Für diesen Fall gibt es den Handmetallsucher.«

Er sprach vom Search-Alert-Metalldetektor, der ein surrendes Geräusch von sich gab. Wenn er in die Nähe von Metall geriet, erhöhte sich die Frequenz des Tones.

»Machen Sie nur«, sagte ich. »Und noch einmal: Es tut mir leid, daß ich Ihnen Umstände machen muß.«

»Nein, kein Problem. *Mir* tut es leid, daß ich Sie dieser Prozedur unterziehen muß. Für heute abend sind sämtliche Sicherheitsvorkehrungen verschärft worden.«

Er nahm das Metallerkennungsgerät vom Tisch auf. Es war eine kleine Box, die an einer U-förmigen Schlaufe aus Metall befestigt war. »Man sollte annehmen, die Ausgabe der Sicherheitspässe wäre genug. Aber zusätzlich verschärfen sie alle Sicherheitsmaßnahmen. Dort hinten ist noch ein Metalldetektor«, setzte er hinzu und zeigte auf die Sicherheitskontrolle vor dem Eingang zum Sitzungssaal wenige Meter weiter. »Sie müssen das Ganze also noch einmal über sich ergehen lassen.«

»Mein geringstes Problem«, murmelte ich.

Das Gerät heulte auf, als er es an mich hielt, woraufhin ich erstarrte. Er ließ es meine Beine entlang wandern, über die Knie, und plötzlich, als er bei den Oberschenkeln (und der verborgenen Waffe) angelangt war, schwoll der Ton rapide an.

»Was haben wir denn da?« fragte er mehr sich selbst. »Das verteufelte Ding ist zu empfindlich. Der Stahl des Rollstuhls setzt es in Gang.«

Während ich schweißüberströmt in meinem Stuhl saß, hörte ich auf einmal die Stimme Alexander Truslows über den Lautsprecher in der Halle.

». . . möchte ich dem Komitee dafür danken«, sagte er gerade, »daß es die Aufmerksamkeit der Öffentlichkeit auf die schwere Krise gelenkt hat, die die CIA befallen hat, die mir so sehr am Herzen liegt.«

Der Sicherheitsbeamte schaltete das Suchgerät auf eine niedrigere Empfindlichkeitsstufe und hielt es noch einmal an mich heran.

Wieder ertönte ein schrilles metallenes Geräusch, als es

sich der Armlehne näherte, in der die Pistole verborgen war.

Wieder erstarrte ich und spürte, wie Schweißperlen von meinen Augenbrauen tropften und über das ganze Gesicht liefen.

»Verdammtes Ding«, schimpfte der Sicherheitsbeamte. »Entschuldigen Sie meinen Ausdruck«, fügte er eilig hinzu.

Wieder hörte ich Truslows Stimme, klar und melodisch:

». . . erleichtert mir meine Arbeit ausgesprochen. Wer auch immer dieser Zeuge sein mag, und was immer er zu sagen hat, es kann uns nur weiterhelfen.«

»Wenn Sie erlauben«, sagte ich. »Ich würde zu gerne hineinkommen, bevor Truslow seine Rede beendet hat.«

Er trat zurück, schaltete voller Ärger den Metallsucher aus und meinte erschöpft: »Wie ich diese Dinger hasse. Kommen Sie hier entlang.« Er führte mich außen an der Metallschranke vorbei. Ich neigte meinen Kopf zu einem angedeuteten Gruß und rollte weiter zum nächsten Kontrollpunkt. Dort schien es einen Stau zu geben. Eine Menschentraube hatte sich gebildet. Einige reckten den Hals in dem Versuch, einen Blick in den Verhandlungssaal zu werfen. Was war das Problem? Warum ging es nicht zügig weiter?

Man konnte nun wieder Truslows ruhige und gefaßte Stimme über den Lautsprecher vernehmen: ». . . jede Aussage, die Licht in das Dunkel bringt.«

In mir kochte es. Ich bebte am ganzen Leib vor Ungeduld. Macht schneller, los! Beeilt euch! Der Attentäter stand sicher schon bereit, und in wenigen *Sekunden* würde Mollys Vater den Saal betreten.

Und ich saß hier fest wegen ein paar Möchtegern-Polizisten!

Beeilung, los! Bewegung!

Wieder wurde ich zur Seite gewunken. Dieses Mal von einer rotblonden, vollschlanken Frau mittleren Alters in einer schlecht sitzenden blauen Uniform.

Sie betrachtete mißmutig meinen Paß, blickte mich an und rief jemanden herüber.

Hier stand ich, nur wenige Meter vom Eingang zum Raum 216 entfernt, und diese verdammte Frau ließ sich Zeit.

Vom Sitzungssaal her konnte ich lautes Getuschel vernehmen. Ein Murmeln ging durch die Menge. Die Blitzlichter unzähliger Kameras leuchteten auf.

Was hatte das zu bedeuten?

Hatte Hal den Saal betreten?

Was zur Hölle ging dort vor sich?

»Ich bitte Sie«, wandte ich mich an die Frau, als sie mit einer Kollegin zurückkehrte, die offenbar ihre Vorgesetzte war. »Bitte, ich möchte so schnell wie möglich dort hineinkommen.«

»Einen Moment«, antwortete die rotblonde Frau und drehte sich fragend zu ihrer Chefin um. »Es tut mir leid, Sir«, sagte diese, »Sie müssen bis zur nächsten Pause warten.«

»Ich verstehe nicht«, antwortete ich. Nein! Das durfte nicht wahr sein!

Aus dem Verhandlungssaal ertönte in amtlichem Ton die Stimme des Ausschußvorsitzenden: »Danke, Herr Direktor. Wir alle sind Ihnen dankbar, daß Sie hierhergekommen sind und uns unterstützen in diesen Tagen, die für die CIA eine schwere Prüfung darstellen. Und nun bitten wir ohne weitere Verzögerung den letzten Zeugen der Anhörung herein. Ich bitte darum, keine Blitzlichtkameras zu verwenden und daß alle auf ihrem Platz sitzen bleiben, während...«

»Aber ich muß hinein«, beteuerte ich.

»Es tut mir leid, Sir«, entgegnete sie, »aber wir haben Anweisung, bis zur nächsten Unterbrechung niemanden mehr hineinzulassen. Ich bedaure.«

Ich saß vor Ungeduld und Angst wie gelähmt in meinem Stuhl und blickte die beiden Sicherheitsbeamtinnen flehentlich an.

In wenigen Sekunden würde Mollys Vater ermordet werden.

Ich konnte nicht einfach so sitzen bleiben. Ich war zu weit gekommen, – *wir* waren zu weit gekommen, um jetzt auf diese lächerliche Weise zu scheitern.

Ich mußte etwas tun.

6

Ich blickte die beiden Frauen durchdringend an und rief mit Nachdruck: »Hören Sie, es handelt sich um einen medizinischen Notfall!«

»Was für ein Notfall?«

»Ich habe ein medizinisches Problem, verdammt. Etwas Intimes. Es ist wirklich sehr dringend.« Ich deutete mit verzerrtem Gesichtsausdruck auf meinen Schoß, auf meine Blase, oder was immer sie dort vermuteten.

Es war eine Verzweiflungstat. Aus den Bauplänen wußte ich, daß es in der Halle keine Besuchertoiletten gab. Die einzige Toilette, die behindertengerecht ausgestattet war, befand sich vor dem Gerichtssaal. Aber es gab öffentliche Sanitärräume zwei Stockwerke höher, die zugänglich waren, ohne daß man die Sicherheitskontrollen durchlaufen mußte. Ich wußte darüber Bescheid, aber wußten es auch die Frauen? Es war ein gefährliches Spiel.

Die eine der Frauen zuckte nur die Achseln und verzog das Gesicht zu einer Art Grinsen. »In Ordnung, Sir.«

Ich atmete erleichtert auf.

»... fahren Sie ruhig durch. Zu Ihrer Linken gibt es eine Herrentoilette, die behindertengerecht ausgestattet ist. Aber bitte suchen Sie nicht den Gerichtssaal auf, bevor ...«

Ich wartete nicht, bis sie den Satz beendet hatte. Mit vollem Schwung rollte ich nach links und auf den Gerichtssaal zu. Dort bewachte ein weiterer Sicherheitsbeamter den Eingang. Endlich erreichte ich eine Position, von der aus ich einen guten Überblick über den Raum 216 des Senatsgebäudes hatte. Es war ein geräumiger moderner Saal, der in zwei Ebenen und speziell für den Einsatz von Fernsehkameras angelegt war. Standflutlichter sorgten für eine genügende Ausleuchtung des Raumes für die Kameras, die sich hinter den Fenstern befanden. In der oberen Ebene befand sich im hinteren Teil des Raumes der ebenfalls durch Glas abgeschirmte Pressebalkon.

Wo mochte er stecken?

Auf dem Pressebalkon? War der Attentäter mit Hilfe gefälschter Pressepapiere eingeschleust worden? Das war zwar gut möglich, aber andererseits wäre er dort viel zu weit vom vorderen Ende des Saales entfernt gewesen, um einen gezielten Schuß abgeben zu können.

Mit größter Wahrscheinlichkeit würde er eine kleine Handfeuerwaffe benutzen. Alles andere wäre viel zu auffällig. Dies war nicht die klassische Cowboy-Szene mit Gewehrschuß vom Dach. Er mußte eine Pistole benutzen, und irgendwie mußte es ihm gelungen sein, sie in den Raum hineinzuschmuggeln.

Das bedeutete, daß er sich innerhalb des Schußfeldes und damit irgendwo in der Nähe des Opfers aufhalten mußte. Auch wenn man theoretisch mit einer Handfeuerwaffe noch aus einer Entfernung von hundert Metern treffen kann, wird ein Treffer wahrscheinlicher, je näher man dem Ziel ist.

Mittlerweile hatte ich das Blickfeld der beiden Sicherheitsbeamtinnen verlassen, die mich durch die Sperre gewunken hatten.

Ich holte tief Luft und rollte über die Rampe direkt in den Saal hinein.

Am Eingang stand ein weiterer Wachmann.

»Einen Moment bitte...«

Doch dieses Mal ignorierte ich ihn einfach und setzte meinen Weg unbeirrt fort. Meine Vermutung stellte sich als zutreffend heraus, denn er entschied sich tatsächlich dagegen, seinen Posten zu verlassen, um einem alten Mann im Rollstuhl nachzulaufen.

Ich befand mich nun in der Mitte des Raumes. Ich ließ meinen Blick über die voll besetzten Sitzreihen schweifen. Es war unmöglich, jeden einzelnen zu erkennen, aber ich wußte, daß er hier irgendwo sein mußte.

Wo steckte der Attentäter nur, und wer war es?

Saß er wirklich hier inmitten der Zuschauer?

Mein Blick wanderte zum vorderen Ende des Raumes, wo die Senatoren im Halbkreis auf einem Podest Platz genommen hatten. Einige von ihnen blätterten in ihren Akten, andere unterhielten sich, wobei sie mit den Händen die Mikrofone, die auf den Tischen standen, zudeckten.

Hinter ihnen, direkt vor der Wand, saß eine Reihe von Assistenten, bei denen es sich um gut gekleidete junge Männer und Frauen handelte. Vor dem hohen Podium aus Mahagoni hielten sich drei Protokollführer, zwei Frauen und ein Mann, auf, die das Gesagte in rasender Geschwindigkeit in ihre Tastaturen hämmerten.

Und hinter den Senatoren befand sich – genau in der Mitte – eine Tür, auf die alle Augen voller Spannung gerichtet waren. Im Saal knisterte es vor Erregung. Das war die Tür, durch die die Senatoren den Raum betraten. Und durch diese Tür würde auch Hal Sinclair eintreten.

Der Attentäter mußte sich also weniger als dreißig Meter von dieser Tür entfernt aufhalten.

Wo zur Hölle steckte er nur? Und *wer* in aller Welt war es?

Ich sah hinüber zum Zeugenstand, der sich gegenüber von den Senatoren befand. Er war leer und erwartete den unbekannten Zeugen. Dahinter stand eine Reihe Stühle, die wahrscheinlich aus Gründen der Sicherheit unbesetzt geblieben waren. Einige Reihen weiter hinten erblickte ich Truslow, tadellos in einen eleganten Zweireiher gekleidet. Obwohl er gerade erst aus Deutschland zurückgekehrt war, wirkte er keineswegs erschöpft; sein silbergraues Haar war ordentlich gescheitelt und frisch gekämmt. Mir war, als könnte ich einen Schimmer von Selbstzufriedenheit und Triumph in seinen Augen entdecken. Neben ihm saßen seine Frau Margaret und ein junges Paar. Ich nahm an, daß es sich um seine Tochter und seinen Schwiegersohn handelte.

Langsam rollte ich an den Sitzreihen vorbei nach vorne. Die Leute starrten zu mir herüber, um dann sogleich wieder wegzusehen, genauso, wie ich es inzwischen schon gewohnt war.

Die Zeit drängte.

Erneut betrachtete ich den Aufbau des gesamten Raumes und prägte ihn mir genauestens ein. Es gab nur wenige Plätze, von denen aus ein Schütze anlegen, sein Ziel treffen und auch fliehen konnte.

Ich atmete tief durch, um meine Gedanken zu sammeln. Alles, was über hundert Meter hinausging, konnte ich getrost außer acht lassen – nein, sogar alles über sechzig Meter.

Okay. Von den Möglichkeiten innerhalb dieses Entfernungsradius waren all die Plätze, die sich in der Nähe eines Ausgangs befanden, am verdächtigsten. Das hieß, da die Ausgänge sich lediglich am hinteren und am vorderen Ende des Raumes befanden, daß der Killer mit hoher Wahrscheinlichkeit links, rechts oder in der Mitte im vorderen Teil des Saales Position bezogen hatte.

Weiterhin konnte man bei diesen Möglichkeiten diejenigen ausschließen, bei denen kein freies Schußfeld gegeben war. Das bedeutete, daß ich ohne weiteres fünfundneunzig Prozent aller Sitzplätze ausschließen konnte.

Von meinem Blickwinkel aus sah ich fast nur Hinterköpfe. Der Attentäter konnte sowohl männlich als auch weiblich sein. Daher konnte ich auch nicht einfach die klassischen Suchmerkmale, wie jung – männlich – durchtrainiert, anlegen. Nein, sie waren viel zu schlau. Es war durchaus möglich, daß es sich um eine Frau handelte.

Kinder konnte man ausschließen; aber es war dennoch möglich, daß sich ein kleinwüchsiger Erwachsener als Kind ausgab. Gewiß eine ungewöhnliche Annahme, aber ich konnte es mir nicht leisten, die unwahrscheinlich wirkenden Annahmen einfach auszuschließen. Ich mußte jede Person im gewählten Radius genauestens betrachten. Systematisch fixierte ich jeden einzelnen, der sich in einer möglichen Schußposition befand. Nur zwei von ihnen schienen völlig unverdächtig: ein kleines Mädchen, das eine weiße Bluse mit Bubikragen trug und auch eindeutig wirklich ein Mädchen war, und eine vornehme alte Dame, die, so sagte mir meine Intuition, tatsächlich eine alte Dame war.

Wenn sämtliche meiner Annahmen zutrafen, gab es immerhin noch ungefähr zwanzig Verdächtige, die sich alle im vorderen Teil des Saals befanden.

Bewegung!

Ich beschleunigte die Räder meines Rollstuhls, bis ich beinahe ganz vorne angelangt war. Dann verlangsamte ich meine Fahrt und rollte unmittelbar am äußeren Ende der Stuhlreihen entlang.

Hier und da kam mir ein Gesicht bekannt vor, aber unter den Zuschauern mußte es bekannte Gesichter geben. Es waren natürlich keine persönlichen Freunde, sondern prominente Persönlichkeiten, die regelmäßig im Fernsehen auftauchten und in den Zeitungen abgebildet waren.

Wo mochte er nur stecken?

Konzentration! Verdammt, ich mußte unbedingt meine Gedanken beisammenhalten und mein Denken auf das richten, was tatsächlich wahrnehmbar war. Außerdem mußte ich meine Gedanken zusammenhalten und versuchen, mich in die Situation eines Menschen hineinzuversetzen, der bereit war, in aller Öffentlichkeit ein ungeheures und bis ins letzte Detail methodisch geplantes Attentat zu verüben. Dieser Mensch würde jeden einzelnen seiner Gedanken auf den Auftrag lenken.

Konzentration.

Ich rollte an einem Mann mit Anzug und Weste vorbei, der am Ende der vierten Reihe saß. Er war etwa Anfang Dreißig, verfügte über den Körperbau eines Footballspielers und hatte weizenblondes Haar. Ich neigte meinen Kopf vor und fuhr ganz langsam vorbei, als ob es mir schwerfiele voranzukommen.

Ich fing Gedankenfetzen auf: *Überlege, einen Partner hinzuzunehmen – aber wann? Denn, verflixt noch mal, wenn ich mich nicht bald entscheide ... ein Anwalt; Washington wimmelt davon.*

Jetzt hieß es weitermachen.

Als nächsten sah ich einen ungepflegt wirkenden jungen Mann Anfang Zwanzig mit Akne im Gesicht und mit einer Armeejacke gekleidet. War er zu jung? Da vernahm ich seine Gedanken: *... ruft mich nicht an, weil ich sie nicht zuerst anrufe.*

Eine Frau, die ungefähr Ende Fünfzig sein mußte, ordentlich gekleidet, mit freundlichem Gesicht und dunkelrotem Lippenstift. *Armer Kerl, wie kommt er bloß zurecht, der Ärmste?*

Offensichtlich dachte sie an mich, das war ziemlich klar. Ich beschleunigte meine Fahrt ein wenig und hielt den Kopf gesenkt.

Verdammter Spionagehaufen, hoffentlich jagen sie den ganzen verdammten Verein zum Teufel.

Ein großer Mann in den Vierzigern in einem karierten Hemd. Er trug einen Ring im linken Ohr und das Haar zu einem Pferdeschwanz zusammengebunden.

Konnte er es sein? So hatte ich ihn mir nicht vorgestellt; er besaß nichts von der intensiven, laserstrahlscharfen Konzentration eines professionellen Killers.

In etwa zwei Metern Entfernung hielt ich an und fixierte ihn.

Völlige Konzentration.

Wenn ich nachher zu Hause bin, werde ich das Stück heute abend noch fertig schreiben und vielleicht morgen früh noch einmal überarbeiten. Mal sehen, was der leitende Redakteur der Times dazu sagen wird.

Nein. Ein Journalist oder ein politischer Aktivist. Kein Mörder.

Mittlerweile war ich bei der ersten Reihe angekommen und rollte nun langsam, aber unübersehbar vor den Zuschauern entlang zur anderen Seite des Raumes hinüber.

Die Leute starrten mich überrascht an und fragten sich, wo ich wohl hinwollte. *Der Kerl rollt einfach kreuz und quer hier herum, ob das überhaupt erlaubt ist?*

Dann: *... so nahe von all diesen Senatoren. Wie kann ich nur noch näher an sie herankommen?*

Halt!

... hätte so gern ihre Autogramme.

Also weiter.

Eine aschblonde Frau etwa Mitte Fünfzig, die nach Magersucht aussah, mit eingefallenen Wangen, über denen sich mehrfach geliftete Haut spannte. Sie sah aus wie eine der Partylöwinnen Washingtons. ... *Mousse au chocolat mit Himbeersauce oder eine große Portion Apfelstrudel mit einem riesigen Berg Vanilleeiscreme, ich hab' es mir doch wirklich verdient, habe mich so zurückgehalten ...*

Ich rollte schneller und schneller, konzentrierte mich mit aller Macht und sah dabei mit halb gesenktem Kopf in die Gesichter der Zuschauer und versuchte zugleich zu hören, was sie dachten. Die Gedanken strömten auf mich ein, kamen von allen Seiten, kaleidoskopisch verwirrend, ein beinahe psychedelisches Wirrwarr an Gefühlen, Vorstellungen und Meinungen, ganz persönlichen Empfindungen, völlig banalen Gedanken, Wut, Liebe, Mißtrauen und Erregung.

. . . ist mir überstellt worden . . .

Schneller.

. . . vom verteufelten Justizministerium . . .

Noch schneller!

Wieder und wieder glitt mein Blick über die Zuschauer, die Reihe der gut gekleideten Assistenten der Senatoren, die Protokollanten, die in angestrengter Konzentration, über ihre Tastaturen gebeugt, vor dem Mahagonipodium saßen.

Nein.

. . . nichts aufgeschrieben, und es sollten keine Dokumente existieren . . .

Ein Murmeln ging durch den Saal. Ich blickte auf und dann zum vorderen Teil des Raumes. Während ich die Zuschauerreihe entlangrollte, sah ich, wie sich die vordere Tür einen Spalt weit öffnete.

Schneller.

. . . als mich der Vorstandsvorsitzende auf Kay Grahams Dinnerparty fragte . . .

Verzweifelt drehte ich den Kopf von der einen zur anderen Seite. Wo war bloß der Schütze? Es gab keine Spur, keinen einzigen Anhaltspunkt, und gleich würde Hal erscheinen, und alles war zu spät!

. . . die Beine der Kleinen, ich sag dir, wenn ich bloß ihre Telefonnummer bekommen hätte. Vielleicht kann ich Myrna bitten, in der Personalabteilung anzurufen, aber dann . . .

Schlagartig fiel mir ein, daß ich etwas Wichtiges übersehen hatte! Ich drehte den Kopf zum Podium zu den Gerichtsschreibern, und als mir eine Merkwürdigkeit ins Auge fiel, zog sich in mir alles zusammen.

Drei Schreiber: Zwei von ihnen, die beiden Frauen, schrieben eifrig und ununterbrochen, und das Endlospapier quoll aus ihren Maschinen hervor und fiel auf die bereitgestellten Tische. Der dritte im Bunde schien nichts zu tun. Statt dessen blickte er – ein dunkelhaariger Mann – zur Tür hinüber. Merkwürdig, daß er die Zeit fand, sich umzusehen, während seine Kolleginnen pausenlos arbeiteten; wie einfach wäre es, einen professionellen Schützen dort einzuschleusen. Warum hatte ich nur nicht eher daran gedacht? Ich drehte meinen Rollstuhl ruckartig zu ihm hin und beobachtete ihn halb von der Seite. Der Schreiber blickte ziellos in die Zuschauermenge, und ...

... und plötzlich vernahm ich etwas.

Nicht vom Stenographen, denn der war zu weit von mir entfernt, als daß ich seine Gedanken hätte lesen können. Aber hinter meiner linken Schulter ganz in der Nähe.

Zwölf.

Nur ein kurzes Wort, das sich im ersten Augenblick beinahe wie irgendein Unsinn anhörte.

Aber dann wurde es mir plötzlich klar. Es war ein deutsches Wort. Eine Zahl. Zwölf.

Elf.

Da war es wieder hinter meiner Schulter. Elf. Irgend jemand zählte da in deutscher Sprache.

Ich schwenkte den Stuhl herum, in Richtung der Zuschauer. Jemand schien auf mich zuzukommen, ich nahm ihn gerade noch außerhalb meines Gesichtsfeldes wahr. Und da war eine Stimme, die mich ansprach: »Sir? Sir?«

Zehn.

Ein Sicherheitsbeamter bewegte sich auf mich zu und bedeutete mir, den Platz vor den Zuschauern freizumachen. Es war ein großgewachsener Mann mit kurzgeschorenem Haar, gekleidet in einen grauen Anzug und mit einem Walkie-talkie in der Hand.

Wo zur Hölle ... wo in aller Welt steckte dieser Kerl? Ich ließ den Blick über die erste Reihe schweifen und suchte nach einem möglichen Schützen. Dabei stieß ich auf ein bekanntes Gesicht, wahrscheinlich jemand, den ich kannte, irgendein alter Freund. Doch meine Augen eilten weiter.

Da hörte ich: *Acht Sekunden bis zum Losschlagen.* ›Acht Sekunden bis zum Losschlagen‹ – auf deutsch. Wieder sah ich das mir wohlbekannte Gesicht, und nun konnte ich es einordnen. Es war Miles Preston. Nur wenige Meter von mir entfernt.

Mein alter Saufkumpan, der Auslandskorrespondent,

mit dem ich vor Jahren in Leipzig, im ehemaligen Ostdeutschland, befreundet gewesen war.

Miles Preston?

Warum saß er hier? Wenn er über das Ereignis berichtete, warum hielt er sich dann nicht auf dem Pressebalkon auf? Warum saß er ausgerechnet hier?

Natürlich, das war es.

Der Pressebalkon war zu weit weg.

Der Auslandskorrespondent, mit dem ich mich damals angefreundet hatte. Nein, *er* hatte sich mit *mir* angefreundet.

Er war zu *mir* gekommen, als ich allein in dem Restaurant gesessen hatte. Hatte sich vorgestellt. Und dann war er in Paris gewesen, als ich auch dort war.

Er war auf meine Fährte gesetzt worden – auf die Fährte eines frischgebackenen CIA-Anfängers. Der klassische Fall der hinterhältigen Tour. Sein Auftrag war es gewesen, eine Freundschaft mit mir aufzubauen und ganz unauffällig so viel wie möglich aus mir herauszubekommen.

Auslandskorrespondent: die perfekte Maske.

Der Sicherheitsbeamte kam mit raschen und energischen Schritten auf mich zu.

Miles Preston, der so viel über Deutschland wußte. Er war kein Brite. Er mußte, das war die einzige Erklärung, ein ehemaliger Stasi-Offizier sein, ein deutscher Agent, der jetzt auf eigene Rechnung tätig war. *Er dachte in Deutsch!*

Zwölf Kugeln in der Pistole, dachte er wieder in Deutsch.

Unsere Blicke trafen sich.

Sechs.

Ich hatte Miles erkannt, und er – ich war mir sicher – hatte *mich auch* erkannt. Trotz meiner Maske, dem grauen Haar, dem Bart und der Brille waren es meine Augen, der Ausdruck des Wiedererkennens in meinem Blick, der mich verraten hatte.

Er starrte mich kalt und beinahe teilnahmslos an, und seine Augen verengten sich zu Schlitzen. Dann richtete er seinen scharfen Blick wieder auf die Mitte des Raumes und auf die Tür, die nun einen Spalt offen stand.

Er war es!

Ich werde nicht mehr als zwei brauchen, vernahm ich jetzt.

Jemand kam durch die Tür am vorderen Ende des Raumes.

Im Saal brach ein erregtes Getuschel aus. Die Zuschauer reckten ihre Hälse und versuchten etwas zu sehen.

Entsichert.

Es war der Vorsitzende der Versammlung, ein hochgewachsener grauhaariger Mann in einem taubengrauen Anzug. Ich erkannte in ihm den Senator der Demokraten von New Mexico. Er unterhielt sich mit jemandem, der hinter ihm eintrat und bisher noch im Schatten der Tür stand.

Gespannt.

Ich erkannte die Silhouette des Mannes.

Haut ab da vor dem Ausgang!

Der Mann war Hal Sinclair. Die Zuschauer hatten noch nicht richtig bemerkt, um wen es sich handelte, aber in ein oder zwei Sekunden würde es passiert sein. Und Miles Preston würde . . .

Nein! Ich mußte sofort etwas unternehmen!

Da kommt er. Los! Feuer frei!

In diesem Augenblick schritt Harrison Sinclair, groß und stattlich, tadellos gekleidet, glattrasiert, das Haar frisch frisiert, in Begleitung eines Leibwächters langsam durch die Tür.

Ein Raunen ging durch die Zuschauerreihen, und kurz darauf tobte der Saal.

7

Der ganze Raum war in Aufruhr, aus einem erregten Flüstern war ein deutliches Gemurmel geworden, das von einzelnen erschrockenen Ausrufen unterbrochen wurde.

Das Unvorstellbare war geschehen. Der unbekannte Zeuge war ... ein Toter. Ein Mann, den die Nation bereits vor Monaten begraben und betrauert hatte.

Der Pressebalkon war in hellstem Aufruhr. Einige der Reporter verließen eilig den Raum, wahrscheinlich, um die Nachricht per Telefon durchzugeben.

Es war wohl damit gerechnet worden, daß das Erscheinen des unbekannten Zeugen einen ziemlichen Tumult zur Folge haben würde. Aber Hal und der Vorsitzende des Ausschusses, die sich beide mühsam ihren Weg zum Zeugenstand bahnten, wo Hal vereidigt werden sollte, ahnten bestimmt nicht, was sich in wenigen Augenblicken ereignen würde.

Der Sicherheitsbeamte mit dem Bürstenhaarschnitt eilte auf mich zu, er kam näher und näher ...

Miles war, in all dem Durcheinander unbemerkt, aufgestanden und ließ seine Rechte langsam in die Innentasche seines Jacketts gleiten.

Jetzt galt es zu handeln!

Ich drückte auf den Knopf, der vorn an der rechten Armlehne angebracht war. Der Teakholzdeckel sprang auf, und die Pistole wurde sichtbar, der Lauf im Rohr der Armlehne, der Griff nach oben.

Die Waffe hatte nur zwei Schuß. Das war der Nachteil der amerikanischen Derringer, doch dieses Risiko mußte ich eingehen.

Der Hahn war bereits gespannt. Ich zog die Pistole aus dem Rohr, entsicherte sie mit dem Daumen und ...

Die Schußlinie zwischen mir und Miles war nicht frei! Sie wurde mir von dem Sicherheitsbeamten verstellt, der immer näher auf mich zukam.

Plötzlich wurde das Chaos von dem ohrenbetäubenden Aufschrei einer Frau durchbrochen, der von irgendwo über uns kam. Hunderte von Köpfen drehten sich nach dorthin um, woher der Lärm kam. Er war aus einer der viereckigen Öffnungen gedrungen, die zu den Nischen für die Fernsehkameras gehörten. Aus dieser einen Nische jedoch ragte keine Fernsehkamera heraus, sondern der Kopf einer Frau, die aus Leibeskräften schrie.

»Sinclair! Leg dich flach auf den Boden! Dad! Er ist bewaffnet! Sie wollen dich erschießen! Runter mit dir!«

Es war Molly. Wie in aller Welt war sie nur hier hereingekommen?

Aber es blieb jetzt keine Zeit, mir darüber den Kopf zu zerbrechen. Der Beamte mit dem Bürstenschnitt blieb verwirrt stehen, drehte sich nach links, um einen Blick nach oben zu werfen, und gab für diesen kurzen Augenblick die Schußlinie frei.

In dieser Sekunde nahm ich den Killer, nahm ich Miles genau ins Visier, und ich feuerte.

Ich benutzte keine normale Patrone als Munition, da das Risiko viel zu groß gewesen wäre, den Attentäter unter Umständen nur leicht zu verletzen.

Statt dessen gebrauchte ich eine speziell gefertigte Magnum-Gewehrpatrone, die mit einer halben Unze Bleikügelchen gefüllt war; genau gesagt, mit einhundertundzwölf Kügelchen.

Eine Gewehrpatrone in einer Pistole.

Der Lärm des Schusses erfüllte den Raum, der nun von panischen Angstschreien widerhallte. Die meisten Zuschauer sprangen von ihren Stühlen auf und rannten kopflos den Ausgängen zu, während andere sich flach auf den Boden warfen, um auf diese Weise Schutz zu suchen.

In den zwei Sekunden, bevor der Schutzbeamte mich erreicht und sich auf mich gestürzt hatte, konnte ich noch sehen, daß ich den deutschen Agenten alias Miles Preston getroffen hatte. Er hatte den Kopf zurückgelegt und seinen linken Arm zum Schutz hochgerissen, aber es war zu spät gewesen. Das Blut strömte über sein Gesicht, nachdem Dutzende von Bleikügelchen ihn getroffen und verwundet hatten. Es war, als hätte man ihm eine Handvoll heißer, scharfer Glassplitter ins Gesicht geschleudert. Er schwankte, und die kleine schwarze Automatikpistole, die er in der Hand hielt und nicht mehr hatte abfeuern können, baumelte nun kraftlos an seiner Seite.

Ich konnte auch erkennen, daß Sinclair von jemandem – wahrscheinlich von seinem Leibwächter – zu Boden gerissen worden war und die meisten der Senatoren sich ebenfalls schutzsuchend duckten. Der Saal war ein Babel an ohrenbetäubendem Schreien und Jammern, und es kam mir vor, als ob unzählige der Anwesenden, die nicht zu den Ausgängen geeilt waren oder sich flach auf den Boden geworfen hatten, auf mich zustrebten.

Ich rang mit dem Schutzbeamten und bemühte mich, ihm die Derringer aus den starken Händen zu reißen. Es gelang mir, aus dem Rollstuhl aufzustehen, aber meine Beine, auf denen ich fast eine Stunde gesessen hatte, ließen mich im Stich. Das Blut war aus ihnen gewichen, und ich fühlte nur ein taubes Kribbeln. Sie trugen mich einfach noch nicht.

»Keine Bewegung!« brüllte er, während er mit seiner Pistole hantierte.

Noch einen Schuß! Ich hatte noch einen Schuß! Und mit diesem letzten Schuß, den ich noch im Magazin hatte, konnte ich Miles töten und Mollys Vater retten, wenn es mir gelingen würde, die Waffe zu entsichern. Der Schutzbeamte preßte mich jedoch neben meinem Rollstuhl zu Boden, und andere eilten ihm zu Hilfe. Ich wußte, daß Miles als professioneller Killer, trotz seiner Verwundung, seine Waffe noch schußbereit auf Sinclair gerichtet hielt und ihn mit einer einzigen winzigen Bewegung für immer zum Schweigen bringen konnte.

Und dann hörte ich den Schuß.

Eiskaltes Entsetzen durchfuhr mich, und ich gab meinen Widerstand gegen den Sicherheitsbeamten auf.

Ein Schuß, gefolgt von zwei weiteren, erfüllte den Raum mit einer lauten Detonation. Eine kurze Stille entstand, die von Geschrei und Geheule abgelöst wurde.

Miles hatte dreimal geschossen.

Er hatte Hal Sinclair getötet.

Es war mir beinahe gelungen, Miles auszuschalten. Mollys Aufschrei hatte mir dabei geholfen. Um ein Haar wäre es uns gelungen.

Aber er war zu schnell, zu professionell gewesen.

Und während ich am Boden lag, heruntergedrückt von einem Dutzend Schutzbeamten, die 45er Patrone unabgefeuert in meiner Pistole, die der Kurzhaarige mir entwunden hatte, fühlte ich, wie mich meine Kräfte verließen.

Tränen der Erschöpfung und Enttäuschung traten mir in die Augen, und ich konnte keinen klaren Gedanken mehr fassen.

Unser so brillant zurechtgelegter Plan war gescheitert. *Ich* war gescheitert.

»Das war's«, flüsterte ich mit brüchiger, heiserer Stimme. Ich lag mit dem Rücken auf dem kalten Fußboden, um mich herum das erregte Geschrei der Anwesenden.

Als einer der über mir knienden Beamten seine Handschellen hervorholte und mir anlegte, starrte ich ungläubig zwischen seinem Arm und dem Oberkörper hindurch nach vorne.

Ich konnte nicht glauben, was ich da sah.

Der Killer, Miles Preston, lag zusammengekrümmt am Boden des Zeugenstandes. Sein Gesicht, die ganze Vorderseite des Kopfes fehlte: Er war tot.

Und über ihn gebeugt stand mit einem Ausdruck von Ungläubigkeit und Verwirrung im Gesicht ein großer, schlaksiger und ziemlich aufgelöst wirkender Mann – Harrison Sinclair: Er lebte.

Das letzte, was ich sah, bevor man mich abführte, war ein überraschender, wunderbarer und ebenso mysteriöser Anblick: Molly, die immer noch in der Nische stand, aus der sie den Schrei ausgestoßen hatte – in ihrer ausgestreckten Hand eine mattschwarze Pistole, die sie ungläubig anstarrte.

Und es entging mir nicht, daß sich hinter dieser Ungläubigkeit der Anflug eines triumphierenden Lächelns ahnen ließ.

The Washington Post

Enthüllungen über die CIA erschüttern die ganze Nation

Wilde Schießerei im Anhörungssaal des Senats nach dem Überraschungsauftritt des schon lange totgeglaubten Ex-CIA-Direktors Harrison Sinclair

---

VON ERIC MOFFAT
REPORTER DER WASHINGTON POST

Das Hart-Senatsgebäude wurde am vergangenen Abend zur Bühne für die atemberaubendste Szene, an die sich die Hauptstadt seit langer Zeit erinnern kann.

Bei einer im Fernsehen übertragenen öffentlichen Anhörung vor dem parlamentarischen Kontrollausschuß für Geheimdienstangelegenheiten zu den Korruptionsvorwürfen innerhalb der CIA trat gestern abend gegen 19.30 Uhr völlig unvermutet Harrison Sinclair, der totgeglaubte frühere CIA-Direktor, als Zeuge auf. Zweck des bis dahin geheimgehaltenen Auftrittes von Sinclair war seine geplante Zeugenaussage über das, was er mit eigenen Worten als eine ›massive internationale Verschwörung‹ bezeichnete, in die unter anderem der amtierende Direktor der CIA, Alexander Truslow, sowie die Regierung des gerade ernannten deutschen Kanzlers Wilhelm Vogel verstrickt seien.

In dem Moment, in dem Sinclair von Sicherheitsbeamten in den Saal geleitet wurde, begann eine Schießerei. Einer der beiden Schützen, ein Deutscher, kam dabei ums Leben. Bei dem zweiten handelt es sich offenbar um Benjamin Ellison, 40, einen Rechtsanwalt, der früher einmal für die CIA tätig war. Es wurden keine weiteren Toten oder Verletzten gemeldet.

The New York Times

Einen Monat nach den aufsehenerregenden Ereignissen bei der Anhörung vor dem parlamentarischen Kontrollausschuß für Geheimdienstangelegenheiten noch offene Fragen

VON KENNETH SEIDMAN
EXKLUSIVBERICHT FÜR DIE NEW YORK TIMES

WASHINGTON, 4. Januar. – Die Nation ist noch immer schockiert über die unfaßbaren Ereignisse, die sich im vergangenen Monat vor dem Senat abspielten. Das vor laufenden Fernsehkameras versuchte Attentat auf den totgeglaubten CIA-Direktor Harrison Sinclair, der völlig überraschend als Zeuge bei einer Senatsanhörung zu Korruptionsvorwürfen innerhalb der CIA vernommen wurde, sorgte für großes Aufsehen.

Doch trotz zahlloser Berichte und unermüdlicher Enthüllungsbemühungen bezüglich der Sinclair-Affäre ist bis heute vieles im dunkeln geblieben.

Es ist inzwischen bekannt, daß Harrison Sinclair, der bis Mai letzten Jahres Chef der CIA war, seinen eigenen Tod inszenierte, um der lebensbedrohenden Verfolgung einer konspirativen Gruppe zu entkommen, die er zu enttarnen plante. Es ist ebenfalls bekannt, daß Mr. Sinclair nach den dramatischen Ereignissen in Washington unter Ausschluß der Öffentlichkeit umfangreiche Aussagen über die Machenschaften des zu dem

Zeitpunkt amtierenden CIA-Chefs Alexander Truslow und seiner Komplizen machte.

Doch was ist mit Sinclair seit dem Attentatversuch im vergangenen Monat geschehen? Geheimdienstkreise haben inoffiziell verlauten lassen, daß er einem Mord zum Opfer gefallen sei. Es gibt jedoch keinerlei Beweise, die diese Annahme bestätigen könnten. Zudem wurden nur fünf Tage nach dem Anschlag Harrison Sinclairs Tochter Molly und sein Schwiegersohn Benjamin Ellison offiziell für tot erklärt, nachdem die Küstenwache das Boot, mit dem beide von Cape Cod aus in See gestochen waren, gekentert aufgefunden hatte. Der Geheimdienst schließt in diesem Fall jedoch einen geplanten Mord aus. Das Schicksal der drei bleibt rätselhaft.

Bekannt ist mittlerweile allerdings, wie es Molly Sinclair gelingen konnte, unerkannt in das Senatsgebäude zu gelangen, wo sie den tödlichen Schuß auf den Attentäter abfeuerte. Ein Sprecher des Sicherheitsdienstes von Capitol Hill erklärte kürzlich, daß Sinclairs Tochter sich höchstwahrscheinlich unter dem Vorwand, Lebensmittel anzuliefern, durch einen Lieferanteneingang Zutritt in das Gebäude verschafft habe. Zudem gebe es Beweise, daß sie sich zuvor Pläne über den Grundriß des Gebäudes beschafft habe.

Deutsches Komplott aufgedeckt

Der Attentäter, ein Ostdeutscher namens Josef Peters, wurde als ehemaliger Agent des früheren DDR-Geheimdienstes, der sogenannten Stasi, identifiziert. Wie aus nachrichtendienstlichen Quellen verlautete, hatte Peters, der unter dem Namen Miles Preston als Journalist bekannt war, sich als gebürtiger Engländer ausgegeben. Der in seinen Ausweispapieren angegebene Geburtsort ist Bristol in Großbritannien, doch die dortige Stadtverwaltung stellte fest, daß keine Geburtsurkunde oder sonstige Unterlagen über ihn existierten.

Bis jetzt liegen insgesamt nur wenige Informationen über Josef Peters vor.

Alexander Truslow, Mr. Sinclairs Nachfolger als Direktor der CIA, wartet zur Zeit im Gefängnis auf die im nächsten Monat in Washington stattfindende Gerichtsverhandlung. Die von Mr. Truslow gegründete Firma steht unter dem Verdacht der Mitwirkung bei kriminellen Machenschaften und ist von seiten der Behörden bis zum Ende der Ermittlungen geschlossen worden.

Inzwischen ist auch die deutsche Bundesregierung unter Wilhelm Vogel zurückgetreten. Zudem sind die führenden Köpfe von sechs deutschen Großunternehmen festgenommen worden und müssen sich vor Gericht verantworten. Der Bekannteste unter ihnen ist Gerhard Stössel, Vorsitzender des Neue-Welt-Immobilienkonzerns mit Geschäftssitz in München.

Mr. Sinclair hatte ausgesagt, daß Kanzler Vogel und seine Vertrauten mit Unterstützung von CIA-Direktor Truslow den Einbruch der Deutschen Börse im letzten Herbst inszeniert hätten, um die damals anstehenden Kanzlerwahlen zu gewinnen. Im Anschluß daran seien ein Coup d'état der deutschen Regierung und die Schaffung einer hegemonialen Vormachtstellung in Europa geplant gewesen. Auch wenn die Anschuldigungen Sinclairs noch nicht im einzelnen bestätigt worden sind, haben die Enthüllungen über die Truslow-Vogel-Affäre Regierungen und Wirtschaftskräfte auf der ganzen Welt erschüttert.

Der Stand der Ermittlungen zu der Verschwörung innerhalb der CIA bleibt unklar.

Ein Paket mit Dokumenten

Letzte Woche erhielt die Redaktion ein Paket mit Unterlagen, dessen Absender der ehemalige CIA-Agent James Tobias Thompson III ist. Thompson war nur wenige Tage vor den dramatischen Ereignissen in Washington in seiner Wohnung Opfer eines tragischen Unfalls geworden.

Die Unterlagen bestätigen die Behauptungen Mr. Sinclairs über die illegalen Machenschaften Mr. Truslows und des deutschen Konsortiums.

Es scheint jedoch, als sei ein Teil der Papiere aus dem Paket entfernt worden. Eines der offensichtlich abhanden gekommenen Dokumente wurde in Thompsons Anschreiben mit einem geheimen CIA-Projekt namens ›Orakel‹ in Verbindung gebracht.

Sprecher der CIA bestreiten allerdings die Existenz eines derartigen Geheimprojektes.

Übersetzt aus der *Tribuno de Siena*, S. 22

Öffentliche Mitteilung

Die Stadtverwaltung von Siena freut sich, die Eröffnung der Crowell-Klinik in der Stadt Costafabbri, Kreis Siena, bekanntzugeben. Die Crowell-Klinik, die eine kostenfreie Behandlung für Kinder anbietet, wird von Mr. Alan Crowell und seiner Frau, Dr. Carol Crowell, geleitet. Beide sind mit ihrer kleinen Tochter sowie mit Dr. Crowells Vater, Richard Hale, aus den Vereinigten Staaten von Amerika zu uns gezogen.

Anmerkung des Verfassers

Obwohl das ›Orakel-Projekt‹ frei erfunden ist, basiert der Roman auf einer ganzen Reihe von bisher nicht veröffentlichten historischen Fakten.

Daß bis zum heutigen Tag ein Vermögen an russischen Goldreserven vermißt wird, gilt nach Aussage verläßlicher Quellen in internationalen Geheimdienst- und Wirtschaftskreisen als Tatsache.

Das lebhafte Interesse der CIA, des US-Verteidigungsministeriums und des ehemaligen sowjetischen Geheimdienstes an Forschungsergebnissen im Bereich der Psychologie ist hinlänglich bekannt.

Robert Ludlum

»Ludlum packt in seine Romane mehr an Spannung als ein halbes Dutzend anderer Autoren zusammen.«
THE NEW YORK TIMES

Die Matlock-Affäre
01/5723

Das Osterman-Wochenende
01/5803

Das Kastler-Manuskript
01/5898

Das Jesus-Papier
01/6044

Der Gandolfo-Anschlag
01/6180

Der Matarese-Bund
01/6265

Der Borowski-Betrug
01/6417

Das Parsifal-Mosaik
01/6577

Die Aquitaine-Verschwörung
01/6941

Die Borowski-Herrschaft
01/7705

Das Genessee-Komplott
01/7876

Das Borowski-Ultimatum
01/8431

Das Omaha-Komplott
01/8792

Der Holcroft-Vertrag
01/9065

Das Scarlatti-Erbe
01/9407

Die Scorpio-Illusion
01/9608

Die Halidon-Verfolgung
01/9740

Der Rheinmann-Tausch
01/10048

Heyne-Taschenbücher

John Le Carré

Perfekt konstruierte Spionagethriller, spannend und mit äußerster Präzision erzählt.

»Der Meister des Agentenromans.«
DIE ZEIT

Eine Art Held
01/6565

Der wachsame Träumer
01/6679

Dame, König, As, Spion
01/6785

Agent in eigener Sache
01/7720

Ein blendender Spion
01/7762

Das Rußland-Haus
01/8240

Die Libelle
01/8351

Enstation
01/8416

Der heimliche Gefährte
01/8614

SMILEY
Dame, König, As, Spion
Agent in eigener Sache
Zwei George-Smiley-Romane in einem Band
01/8870

Der Nacht-Manager
01/9437

Ein guter Soldat
01/9703

Unser Spiel
01/10056

Heyne-Taschenbücher

Tom Clancy

»Tom Clancy hat eine natürliche erzählerische Begabung und einen außergewöhnlichen Sinn für unwiderstehliche, fesselnde Geschichten.«

THE NEW YORK TIMES

01/9863

Tom Clancy
Gnadenlos
01/9863

Tom Clancy / Steve Pieczenik
Tom Clancy's OP-Center
01/9718

Tom Clancy / Steve Pieczenik
Tom Clancy's OP-Center Spiegelbild
01/10003

Tom Clancy / Steve Pieczenik
Tom Clancy's OP-Center Chaostage
01/9982

Im Hardcover:

Tom Clancy
Atom-U-Boot
Reise ins Innere eines Nuclear Warship
40/303

Tom Clancy
Fighter Wing
Eine Reise in die Welt der modernen Kampfflugzeuge
40/339

Heyne-Taschenbücher